Inhalt

Der Würfel des Unheils

Mit wütenden Bewegungen warfen die beiden Wachtposten ihre Karten weg, sprangen von den harten Stühlen hoch und schnappten ihre Gewehre.

Zwei Atemzüge später schon rissen sie die Tür auf, spritzten nach draußen und tauchten nach links und rechts weg, so wie man es ihnen eingedrillt hatte.

Die beiden Soldaten hatten das Grollen genau gehört. Etwas stimmte nicht mit dem Berg.

Doch jetzt war es wieder still.

Seltsam...

Die Männer schauten sich an, und beide hatten den gleichen Gedanken, obwohl sie ihn nicht aussprachen.

Etwas ging hier im Brocken, dem Hexenberg, vor. Seit dem Unglück an der Seilbahnstation hatten sogar abgehärtete Grenzer ein ungutes Gefühl, wenn sie zum Gipfel des Berges schauten.

Das Unglück war bisher nie geklärt worden. Die Öffentlichkeit erfuhr ebenfalls nichts. Von höherer Stelle wurde der Mantel des Schweigens über diesen Vorfall gedeckt.

Auch die Soldaten wußten keine Erklärung. Sie sahen nur die zahlreichen Raben, die aufgeregt ihre Kreise über der Bergspitze zogen.

»Sollen wir Meldung machen?«

»Warum?«

»Nachher heißt es wieder...«

Die Worte wurden dem jungen Mann buchstäblich von den Lippen gerissen, denn abermals ertönte das Grollen. Plötzlich brach dicht unter dem Gipfel am Hang die Erde auf, und Gesteinsmassen spritzten fontänenartig in die Höhe.

Eine Staubwolke puffte hoch. Und aus dieser Wolke schälte sich für Sekunden ein Gesicht.

Langes rotes Haar, eine glatte Haut, zwei Hörner, die aus der hoch angesetzten Stirn wuchsen.

Asmodina, die Teufelstochter.

Die Soldaten schauten sich an. Sie versuchten zu grinsen, doch ihre Gesichter nahmen nur einen dümmlichen Ausdruck an. Als die beiden wieder hochblickten, war das Gesicht verschwunden.

»Hast du... hast du... auch das gesehen, was ich gesehen habe, Fritz?«

Der nickte.

»Dann stimmt es?«

»Ja«, gab Fritz flüsternd zur Antwort. »Das war das Gesicht einer Teufelin.«

»Und das wird uns keiner glauben.«

Der DDR-Grenzer schüttelte den Kopf. »Bestimmt nicht, und deshalb sagen wir nichts.«

Sein Kamerad nickte nur. Sie dachten noch lange über die Erscheinung nach, doch eine Erklärung fanden sie nicht.

Dabei hatte Asmodina nur etwas holen wollen, was sich in diesem Berg befand.

Es war ein geometrischer Gegenstand. Nichts Besonderes an sich. Nur ein Würfel...

Er hatte eisgraue Haare, ein kantiges Gesicht, das an Beton erinnerte, und grausame, kleine, schwarze Augen. Die Lippen bildeten einen schmalen Strich, und das Kinn sprang eckig hervor.

Der ganze Mann strömte Brutalität, Kraft und Durchsetzungsvermögen aus. Alle diese Eigenschaften waren so günstig verteilt, daß Asmodina sich für ihn entschieden hatte.

Sie hatte ihn von den Toten zurückgerufen, um ihn für ihre finsteren Zwecke einspannen zu können.

Sein Name: Solo Morasso!

So hatte er wenigstens früher geheißen. Doch seit seiner magischen Erweckung von den Toten hieß er anders. Er hatte sich den Namen zugelegt, der Angst, Panik und Schrecken verbreitete.

Dr. Tod!

Ja, dieser Verbrecher lebte wieder. Dieser grausame Tyrann, der nach den Gesetzen des Schreckens existierte und ein Spinnennetz des Verbrechens über die Welt legen wollte, damit sie zu einem Satelliten der Hölle wurde.

Doch allein konnte er nichts ausrichten. Er brauchte Helfer, Existenzen, die ebenso kalt, zynisch und menschenverachtend waren wie er, damit seine Pläne und die der Asmodina in Erfüllung gehen konnten.

Er wollte die Mordliga gründen!

Das war sein erstes Ziel. Und bei der Teufelstochter fand er volle Unterstützung. Sie hatte alles vorbereitet und den Weg geebnet.

Sechs Leute sollten Dr. Tod zur Seite stehen. Sechs Bosse, sechs Führer, doch es war schwer, sie zu finden, obwohl sie existierten. Einige waren schon seit vielen Jahren tot, aber so etwas hatte Asmodina noch nie gestört. Mit der Kraft des Teufels war sie in der Lage, sich über normale physikalische Gesetze hinwegzusetzen. Sie benötigte dazu nur die entsprechenden Hilfsmittel.

Auch Dr. Tod wußte, daß es Schwierigkeiten geben würde, denn seine neuerliche Existenz war bekannt. Als brutaler sizilianischer Mafioso hatte er einem Hobby gefrönt.

Der Wissenschaft!

Allerdings nicht der offiziellen oder erlaubten, sondern er hatte sich mit Experimenten beschäftigt, die an einen modernen Frankenstein erinnerten. Im Keller seiner Villa hatte er ein Eisgefängnis einrichten lassen und die Menschen dort eingefroren, um sie hinterher wieder aufzutauen.

Es klappte noch nicht, die Versuche befanden sich erst im Anfangsstadium, als ihn ein Herzschlag traf.

Solo Morasso starb.

Doch damals schon hatte ihn Asmodina im Blickfeld gehabt. Nachdem der Spuk ihr den Geist des Dr. Tod freigegeben hatte, gab es nichts mehr, was sie hindern konnte, ihren Plan in die Tat umzusetzen.

Sie erweckte Morasso zum Leben! Und in ihm wohnte jetzt der unheilige Geist des Dr. Tod. Der Mafioso war zu einer Doppelexistenz der Teufelstochter geraten.

So sah es aus.

Noch heute erinnerten sich die Menschen genau, wie es geschehen war. Bei der großen Trauerfeier hatte Dr. Tod plötzlich mit seinen mörderischen Kräften die Verschlüsse des Sargs gesprengt und war aus der prunkvollen Totenkiste geklettert.

Es kam zu einer Panik, man hatte auf ihn geschossen, doch Kugeln taten ihm nichts.

Er konnte nur darüber lachen.

Dr. Tod war ein Zombie!

Und er hatte nichts vergessen. Vor allen Dingen den Mann nicht, dem er sein erstes Ableben verdankte.

Geisterjäger John Sinclair!

Sofort war sein Geist auf Rache programmiert. Eine geschickt lancierte Zeitungsnotiz hatte Sinclair auf Dr. Tod aufmerksam gemacht, und der Geisterjäger war gekommen.

Die Falle schnappte zu.

Im Eiskeller der Villa sollte er sein Leben aushauchen, doch da hatte es einen Chinesen gegeben, der Dr. Tod noch nicht bekannt gewesen war. Und dieser Chinese, ein brandgefährlicher Bursche, hatte es tatsächlich geschafft, John Sinclair aus dem Eisgefängnis zu befreien.

Nun, Dr. Tod war geflohen, an John Sinclair hatte er sich nicht mehr vergreifen können, und nun wartete er ab, bis die erste Niederlage verdaut war und er zum zweiten Schlag ausholen konnte.

Beim ersten war alles ein wenig drunter und drüber gegangen. Hektik hatte die einzelnen Abläufe diktiert, doch nun hatte er sich mehr Zeit gelassen. Einige Wochen waren vergangen, in denen er nicht untätig herumgesessen hatte.

Sinclair hatte inzwischen einige andere Fälle gelöst und den Mächten der Finsternis Schaden zugefügt. Doch was sich unter der Oberfläche zusammenbraute, davon wußte er nichts.

Er würde sich wundern...

Nun wartete Dr. Tod auf Asmodina, denn sie wollte ihm etwas bringen, das er unbedingt für seine neuen Pläne benötigte. Mit der Schwarzen Magie sollte die Mordliga aufgestellt werden, die Schwarze Magie sollte auch entscheiden, wen Dr. Tod als Helfer an die Seite gestellt bekam.

Sechs sollten es sein!

Aber er war froh, wenn er schon einmal einen hatte. Denn Asmodina hatte ihm bereits angekündigt, wie schwierig es sein würde, die passenden Helfer unter einen Hut zu bringen, da jeder für sich ein Herrscher in seinem Reich war und sich nicht gern etwas sagen oder befehlen ließ.

Aber im Sinne des großen Plans sollte jeder Helfer seine eigenen Interessen zurückstecken.

So hoffte Asmodina.

Und so hoffte auch Solo Morasso.

Als Treffpunkt hatten die beiden London ausgewählt. Dr. Tod wartete bereits seit einigen Tagen in den feuchten Kellern einer verlassenen und stillgelegten Bierbrauerei. Hier hatte er sich in einem Verlies niedergelassen und meditierte. Er dachte über die Zukunft nach.

Er brauchte keine Nahrung, keine frische Luft und kein Wasser. Er war ein Untoter, der einfach existierte.

Er hockte in einem großen Gewölbe zwischen zahlreichen Holzfässern, die zum Teil zerstört waren. Der Zahn der Zeit hatte an ihnen genagt, die eisernen Reifen waren durchgerostet und abgeplatzt, das Holz zeigte sich feucht und brüchig.

Schimmel wuchs auf den Planken als eine weiße Schicht; die Luft schmeckte feucht und wurde von einem widerlichen Fäulnisgestank überlagert.

Elektrisches Licht gab es hier unten nicht mehr. Bei der Stilllegung waren sämtliche Leitungen gekappt worden.

Damit Dr. Tod etwas sehen konnte, hatte er sich mit Kerzen eingedeckt, sie auf Fässer gestellt und die Dochte angezündet. So erhellte ein flackernder Schein das Kellergewölbe. Immer wenn Dr. Tod auf- und abschritt, geisterte sein Schatten über die Wände und zeichnete dort ein bizarres Muster.

Es wirkte wie eine Vorahnung, denn bald würde sein Schatten über der Welt liegen, und die Menschen sollten vor dem Bösen zittern und in die Knie fallen.

Tage vergingen.

Auch ein Wesen wie Dr. Tod zeigte Ungeduld. Er wollte es endlich wissen, denn das Warten war nichts für ihn.

Warten...

Wie lange hatte sein Geist gewartet, als er in den Dimensionen des Schreckens gefangen war, in der ewigen Dunkelheit umherirrte, die grausamen Schmerzen fühlte und das Heulen der Gequälten mit anhören mußte.

Ein Chor der Verzweiflung, Gesang der ewig Bestraften, denn der Spuk ließ keine Seele frei, da war er hart, da kannte er keine Gnade. Wer versagt hatte, wurde bestraft.

Nur eine Ausnahme wurde gemacht.

Dr. Tod kam wieder frei.

Und er wollte diese Freiheit nutzen, um endlich seinem großen Ziel näher zu kommen.

Sinclair mußte vernichtet werden. Aber nicht nur er. Auch die anderen, seine Freunde, die im Laufe der Zeit zu ihm gestoßen waren und an seiner Seite kämpften, sollten endlich sterben.

Dann war der Weg frei!

Ein Geräusch schreckte ihn aus seinen Gedanken. Das war anders als das Huschen der Rattenfüße auf dem kahlen Boden. Es kam jemand.

Asmodina?

Dr. Tod nahm eine gespannte Haltung an. Er schritt lautlos bis zur Tür und stellte sich an die Wand in den toten Winkel. So war er in seiner dunklen Kleidung kaum auszumachen. Er trug eine schwarze Hose, eine ebensolche Jacke und dunkle Schuhe. Seine kräftigen Finger stachen aus den Röhren der Ärmel hervor.

Schritte.

Sie näherten sich der alten Bohlentür, dann wurde sie aufgestoßen, und wieder quietschte sie erbärmlich in den Angeln, so daß ein paar der fetten Ratten erschreckt unter die Trümmer der Fässer huschten.

»Ich bin es!« hörte Dr. Tod eine ihm bekannte Stimme, und er war beruhigt.

Asmodina hatte ihr Versprechen gehalten.

14

Solo Marasso löste sich von der Wand. Er trat drei Schritte vor, damit er seine Herrin empfangen konnte.

Die Teufelstochter überschritt die Schwelle der Tür.

Sie sah aus wie immer. Das lange rostrote Haar fiel bis auf die Schultern. Ihr Gesicht war eine Marmormaske, und in den Augen gab es keine Wärme.

Gekleidet war sie in schwarzes Leder, ähnlich wie ihre Leibwächterinnen, die Todesengel, die draußen vor der Tür Wache hielten und achtgaben, daß niemand sie überraschte.

Asmodina schloß die Tür.

Dr. Tod lächelte. »Du bist gekommen«, sagte er endlich. Während er sprach, schaute er auf den Würfel in Asmodinas Händen. »Und du hast ihn gefunden?«

»Natürlich. Er ist in dem Berg zurückgeblieben. Niemand mehr hat an ihn gedacht. Für Sinclair war nur das Buch der grausamen Träume wichtig, das unter dem Würfel lag.«

»Was macht dieser Hundesohn?«

Nach dieser Frage verzog selbst Asmodina das Gesicht. Ein Zeichen dafür, daß ihr die Aktivitäten des Geisterjägers nicht paßten. »Er hat wieder einige Erfolge errungen, es wird Zeit, daß wir ihn vernichten. Vor einigen Tagen ist es ihm in Schottland gelungen, die grausamen Ritter zu vernichten und die Herrschaft des Drachen zu stoppen. Wir müssen ihm die Mordliga entgegenstellen.«

Dr. Tod nickte. Asmodina sprach ihm aus der Seele. Nichts anderes hatte er im Sinn.

Die Teufelstochter schritt an ihm vorbei. Ihr Ziel war eins der großen Fässer, das mitten im Raum stand.

Dort legte sie den Würfel ab.

Dr. Tod deutete auf den Quader. »Wird er uns alles zeigen?« fragte er flüsternd.

»Ich hoffe es. Soviel ich weiß, ist seine Magie ungeheuer stark und nach wie vor ungebrochen. Ich habe ihn für unsere Zwecke präpariert, er wird uns wie die Kugel eines Hellsehers zeigen, wo die Mitglieder der Mordliga zu finden sind.«

Solo Morasso nickte.

Er war begeistert von Asmodina und hing mit seinen Blicken gläubig an ihren Lippen.

Asmodina blieb neben dem Faß stehen und legte ihre rechte Hand auf den Würfel.

»Stell dich mir gegenüber!« sagte sie.

Morasso gehorchte.

Asmodina schaute ihn an. »Dieser Würfel«, flüsterte sie, »wird jetzt sein Geheimnis preisgeben und den oder die zeigen, die zu uns stoßen sollen.«

Sie hob nach diesen Worten die Hand, breitete die Finger aus und umfaßte den Quader. Sie kippte ihn und stellte ihn auf eine Kante. Dann drehte sie ihn herum.

Der Würfel sah völlig normal aus. Er schien aus leicht getöntem Glas zu bestehen, denn er war durchsichtig. Doch wenn man hindurchschaute, so verschwammen die Zwischenräume zu einem milchigen Etwas.

Der Würfel drehte sich.

Und er wuchs.

Mit jeder Umdrehung wurde er größer. Auch änderte sich die Farbe des Materials, sie wurde milchiger und ging über in ein mattes Weiß.

Schneller, immer schneller drehte sich der geheimnisvolle Würfel, seine Seiten und Kanten verwischten, sie wurden eins und bildeten während ihrer Rotation einen Kreis.

Schweigend starrten Asmodina und Dr. Tod auf den Quader.

Wie würde er reagieren?

Solo Morasso hatte die schmalen Lippen so fest aufeinandergepreßt, daß sie kaum zu sehen waren. Innerlich fieberte er, obwohl er an sich nicht mit menschlichen Gefühlen ausgestattet war. Er wollte endlich wissen, woran er war.

Noch immer drehte sich der Würfel – doch war er nicht langsamer geworden? Zeigten sich nicht bereits die ersten Kanten und Seiten?

Ja, der Würfel wurde wieder das, was er war.

Ein normaler Quader.

Aufatmen.

Jetzt mußte es sich zeigen.

Der Würfel kam zur Ruhe.

Noch ein paar Umdrehungen, dann lag er still: ein weißer Quader, der seine Durchsichtigkeit völlig verloren hatte.

Oder?

Nein, da war doch etwas!

Auf einer Seite... Dr. Tod sah es genau. Ein Gesicht. Auf der ihm zugewandten Seite des Quaders war ein Gesicht zu sehen. Eine schreckliche Physiognomie.

Dr. Tod drehte langsam den Kopf und schaute Asmodina an. »Da... da ist etwas!«

Die Teufelstochter nickte gelassen. »Ja, ich habe es gewußt, daß uns der Würfel nicht im Stich läßt.« Sie löste sich von ihrem Platz und kam zu Solo Morasso. »Ich weiß selbst noch nicht, wen der Würfel ausgesucht hat, und ich bin gespannt.«

Sie ging etwas in die Knie, um besser sehen zu können. Beide – Asmodina und Solo Morasso – sahen ein verzerrtes Gesicht mit strähnigen grauschwarzen Haaren, eingefallener Haut und engen Schlitzaugen, aus denen das Böse förmlich auf den Betrachter zusprang.«

»Ja«, söhnte Asmodnina, »das ist er.«

»Wer ist es?«

»Tokata, der Samurai des Satans!«

Dr. Tod verstand nicht. »Wer ist das?«

»Tokata. Du kennst ihn nicht, du kannst ihn nicht kennen. Er ist seit Hunderten von Jahren tot, aber noch heute hat er seine Anhänger, die sein Grab besuchen und ihn verehren wie einen Gott, obwohl er dem Teufel zur Seite gestanden hat und von seinen eigenen Kampfgenossen getötet wurde. Auch in London hat er seine Anhänger.«

»Er ist gefährlich, wie?« fragte Dr. Tod.

»Und wie. Sein Schwert ist die mörderischste Waffe, die du dir vorstellen kannst. Der Teufel selbst hat sie im Höllenfeuer geschmiedet und sie ihm persönlich überreicht. Dieses

Schwert hat er keinem anderen überlassen, er hat es mitgenommen in sein Grab.«

Solo Morasso nickte. »Aber liegt er denn nicht noch begraben in japanischer Erde?«

»Natürlich. Doch das ist kein Hindernis. Der Würfel hat uns gezeigt, daß die Zeit reif ist, ihn zu erwecken. Er wartet nur darauf, das fortzusetzen, was er vor langer Zeit begonnen hat.«

Dr. Tod fragte weiter. »Ist er allein?«

»Nein, er hat noch vier Begleiter. Man nannte sie zusammen ›Die Grausamen Fünf‹.« Asmodina wandte sich an Dr. Tod. »Jetzt hast du ein Mitglied der Mordliga bekommen.«

»Es fehlen aber noch welche.«

»Das weiß ich. Der Würfel war nicht in der Lage, sie uns zu zeigen, wir müssen noch warten, doch Tokata wird dein würdiger Stellvertreter sein.«

Solo Morasso nickte. Noch einmal schaute er auf den Würfel. »Da!« rief er. »Noch ein Gesicht!«

Rechts neben dem Samurai zeigte sich eine weitere Abbildung.

Nur verschwommen zu sehen, aber man konnte erahnen, wen das Gesicht darstellte.

John Sinclair!

»Der Geisterjäger!« knirschte Dr. Tod, und seine Stimme zitterte vor Haß.

Asmodina lachte. »Ja«, sagte sie, »der Geisterjäger. Der Würfel hat beide Gegner vereint. Jetzt ist es klar, daß sie irgendwann aufeinandertreffen. Denn das magische Band zwischen ihnen ist bereits geknüpft. Nur weiß Sinclair noch nichts davon, und das ist gut, denn es gibt uns Zeit, unsere Vorbereitungen zu treffen.«

Dr. Tod war zufrieden. Seine erste Niederlage in Palermo hatte er vergessen. Auch seine Existenz als Mafiakapo war längst Vergangenheit geworden.

Nur noch die Zukunft zählte.

Aber es geschah noch etwas.

Plötzlich lösten sich von der Decke riesige, rote, leicht lila schimmernde Tropfen. Sie klatschten auf den Würfel.

Blut!

»Das Zeichen!« schrie Asmodina, während sie auf den Würfel starrte, über dessen Kanten das Blut als lange Rinnsale herablief. »Es lebe die Mordliga – und Tod für John Sinclair!«

...Sinclair ...Sinclair hallten die Worte als schauriges Echo in dem Gewölbe nach...

Nicht nur auf östlicher Seite war die Explosion am Brocken registriert worden, sondern auch jenseits der Grenze, im Westen.

Auch beim Bundesgrenzschutz fand man keine Erklärung. Manöver waren keine bekannt, so dicht an der Grenze würden sowieso keine stattfinden. Einige Verantwortliche sprachen von einer internen Übung, andere sahen die Explosion als einen verunglückten Versucht an, und aus Agentenkreisen war nichts bekannt.

Trotzdem wurde der Vorfall gemeldet. Die verschiedenen Behörden erhielten die entsprechenden Fernschreiben.

Wie das BKA.

Und hier saß ein Mann namens Kommissar Mallmann. Im Zuge eines Rundlaufs erhielt auch er eine Kopie des Fernschreibens.

Es gehörte zu Will Mallmanns Job, daß er sämtliche Informationen, die man ihm auf den Schreibtisch legte, auch lesen mußte.

Mallmann stutzte, als er über das Wort Brocken stolperte. Nur zu deutlich erinnerte er sich an das Abenteuer, das er gemeinsam mit Sinclair und Suko dort erlebt hatte.

Hexen, der Brocken, die Seilbahn... und die Zeitsprungreise zum Friedhof am Ende der Welt, wo Will Mallmann plötzlich seiner verstorbenen Frau gegenüberstand.

Der Kommissar dachte nach. Er wußte genau, daß längst nicht alles geklärt war, was mit diesem Berg im Harz zusammenhing, und die Explosion deutete auf ein weiteres Treiben finsterer Mächte hin. Seiner Meinung nach, wohlgemerkt. Aber die konnte er offiziell nicht vertreten, denn niemand hätte ihm geglaubt. Mallmann stand so ziemlich allein auf weiter Flur mit seinen Ansichten und Meinungen, obwohl er seine Vorgesetzten in den letzten Monaten hatte überzeugen können, daß es Dinge gab, die nicht so recht in die reale Welt paßten. Deshalb sagte man nichts mehr, wenn Will Mallmann auf Standpunkten beharrte, die andere für Unsinn hielten.

Will las das Rundschreiben ein zweites und dann ein drittes Mal. Dabei nickte er.

Am Brocken ging etwas vor. Der Kommissar war fest entschlossen, in London anzurufen.

Er schaute auf die Uhr. Es war noch früh am Morgen. Man sagte Mallmann, wo man Sinclair finden konnte, und der gute Kommissar wählte die Privatnummer.

Es wurde auch abgehoben. Eine etwas verschlafene, aber trotzdem leicht sinnlich klingende Stimme sagte nur: »Hallo...«

Ich hatte einen Tag frei. Alten Urlaub, sagte man mir, ich müsse ihn nehmen.

Okay, ich nahm ihn.

Und den Abend zuvor verbrachte ich allein zu zweit.

Die zweite Person war Jane Collins. Wir hatten uns einige Zeit nicht mehr gesehen, Jane war überrascht gewesen, hatte aber zugestimmt, mit mir auszugehen.

Wir gingen essen, tranken ein wenig, verschwanden dann in einer kleinen Bar, tanzten, kamen uns mal wieder sehr nahe und landeten in meiner Wohnung, wo wir uns noch näher kamen.

Irgendwann schliefen wir ein, und als ich am Morgen zuerst mein rechtes, dann mein linkes Auge öffnete, fühlte ich Janes Kopf auf meiner Brust. Ihre langen Haare kitzelten meine Nase, ich mußte niesen.

Dieser trompetenhafte Stoß war für Jane Collins das Wecksignal. Sie hob den Kopf an, schaute mich aus schlafgeänderten Augen an und meinte: »Fällt deine Begrüßung immer so aus?«

»Nein, nur wenn deine Haare meine Nase kitzeln.«

Sie rollte sich zur Seite und warf die lange, blonde Flut zurück. Dabei rutschte die Bettdecke, und Jane merkte, daß sie nichts anhatte.

»Huch«, sagte sie und zog die Decke höher.

Ich grinste.

»Guck nicht so unverschämt«, sagte sie.

»Hast du was zu verbergen?«

Jane zog die Augenbrauen zusammen und funkelte mich an. »Zum Glück nicht, mein lieber John.«

»Na bitte.«

Jane legte sich auf den Rücken und hob beide Arme. »Herrlich«, sagte sie, »so im Bett zu liegen und zu wissen, daß man Urlaub hat und an nichts zu denken braucht. Das ist schon was wert.«

»Na ja«, sagte ich.

Sie warf mir einen schrägen Blick zu. »Denkst du schon wieder an Geister und Dämonen?«

»Kaum.«

»Dann denke lieber an mich.« Sie rückte ein paar Zoll näher, und ich spürte ihre Haut an der meinen.

Jane war eine fantastische Frau, und sie wußte, wie man mich herumkriegte. Ich hatte auch nichts dagegen einzuwenden, und so zog sich unser Aufstehen hin.

Bis sich der moderne Quälgeist meldete.

»O nein!« stöhne Jane Collins und wischte sich eine Haarsträhne aus der schweißfeuchten Stirn.

Ich wollte zum Hörer greifen, doch Jane legte mir ihre Hand auf den Arm. »Laß es läuten.«

»Jane, ich...«

»Du hast doch Urlaub.«

Darum kümmerte sich der Apparat nicht. Ich hatte zwei davon, einer stand am Bett.

»Vielleicht ist es was Privates«, versuchte ich Jane zu überzeugen.

Sie lachte. »Eine Freundin?«

»Unsinn. Ich...«

Jane wälzte sich über mich, streckte ihren Arm aus und schnappte sich den Hörer. Dann sagte sie nur: »Hallo...«

Und wie sie das sagte, beinahe giftig.

Ich verdrehte die Augen und sah, wie die Detektivin lauschte. Dann lachte sie plötzlich. »Okay, ich geb ihn dir, Will!«

Will? Damit konnte an sich nur der gute Kommissar Mallmann gemeint sein.

Ich meldete mich.

»So gut möchte ich es auch mal haben«, sagte der Kommissar. »Um diese Zeit noch im Bett liegen, und dabei nicht allein. Das ist ja ein Ding. Oberinspektor beim Yard müßte man sein.«

»Ich habe Urlaub.«

»Wie lange?«

»Einen Tag.«

»Oh, das tut mir leid, daß ich dich ausgerechnet an deinem Urlaubstag gestört habe, John.«

»Es wird ja nicht ohne Grund geschehen sein.«

»Nein, das nicht.« Will Mallmann berichtete, worum es ging, und Jane konnte es nicht lassen, mir mit ihren Fingerspitzen sacht über die Brust zu fahren.

Für mich war es schwer, mich auf das Gespräch zu konzentrieren, aber als Mallmann den Brocken ansprach, horchte ich auf.

Natürlich hatte ich meine Erinnerungen an diesen Berg. Denn dort hatte ich unter einem Würfel das Buch der grausamen Träume gefunden, hatte darin lesen können, wie der Schwarze Tod zu vernichten war, und hatte aus den letzten Seiten des Buchs meine neue Waffe erhalten.

Den Bumerang!

»Tja, Will«, sagte ich, als der Kommissar geendet hatte.

»Eine Lösung ist mir auch nicht bekannt. Ich weiß auch nicht, weshalb diese Explosion geschehen ist.«

»Hast du keinen Verdacht?«

»Nein. Vielleicht die Hexen?«

»Aber die hast du doch geschafft.«

»Sicher. Doch wer weiß, unter Umständen sind einige übriggeblieben.«

»Möglich.«

»Ich mache dir einen Vorschlag, Will. Behalte du mal die Gegend im Auge, oder vielmehr achte auf die Nachrichten, die euch auf den Schreibtisch flattern.«

»Das tue ich. Du selbst willst nicht rüberfliegen?«

»Nein. Ich sehe keinen Grund.«

»Okay«, sagte der Kommissar, »du bist gewarnt, das war für mich das wichtigste.«

Wir sprachen dann noch über einige private Dinge. Will Mallmann hatte ja einen schweren Schicksalsschlag hinter sich, nachdem die Mächte der Finsternis seine Frau erst umgebracht und sie dann als Untote hatten wieder auferstehen lassen.

Will hatte damals keinen gehabt, der ihm zur Seite stand. Er mußte allein mit seinen Problemen fertig werden. Doch nun hatte er sich gefangen, nachdem es eine Zeitlang ausgesehen hatte, als würde er alles hinschmeißen.

Jane Collins wußte, daß sie keine Ruhe mehr haben würde, noch ein Auge zu schließen. Sie stieg aus dem Bett und verschwand in Richtung Dusche, während ich die letzten Worte mit dem Kommissar sprach.

Als die ersten Wasserstrahlen in das Becken rauschten, legte ich auf, verschränkte die Arme hinter dem Kopf und begann nachzudenken.

Irgend etwas bahnte sich an, das sagte mir mein Gefühl. Da stimmte was nicht, es brodelte unter der Oberfläche. Ich ahnte in diesen Minuten, daß etwas Schlimmes auf uns zukommen würde.

Ich hätte wer weiß was darum gegeben, Hellseher zu sein und in die Zukunft schauen zu können. Doch diese Gabe war mir leider nicht mit in die Wiege gelegt worden, und so blieb es vorerst bei den grüblerischen Gedanken.

Jane Collins erschien in der offenen Tür. Ich hatte gar nicht bemerkt, daß sie schon fertig war. Sie hatte sich ein Handtuch um den Körper gewickelt und sah mich an, wobei sie ihr langes Haar schüttelte.

»Du kannst dich duschen.«

»Danke.« Ich sprang aus dem Bett, während Jane mir nachschaute, als ich so, wie Gott mich erschaffen hatte, durch die Wohnung lief.

Natürlich war der Urlaub dahin. Während ich mich duschte, wälzte ich schwere Gedanken. Ich dachte an Myxin, den kleinen Magier. Er war all seiner Kräfte beraubt worden, ein »Verdienst«, den Asmodina auf die Habenseite ihres Kontos buchen konnte. Wo Myxin jetzt steckte, das wußte ich nicht. Nach meinem Einsatz gegen den Drachen und die grausamen Ritter war er verschwunden.

Einfach weg.

Ich konnte mir vorstellen, daß er jetzt an sich selbst zweifelte. Wahrscheinlich hatte er sich in irgendein Mauseloch verkrochen und dachte mit schweren Gedanken an seine Zukunft.

Es war schon schlimm. Dabei steckten wir mitten in einer Sackgasse, trotz unserer Erfolge in der letzten Zeit. Seit Dr. Tod zurückgekehrt war, hatte ich ein ungutes Gefühl, denn da braute sich Schlimmes zusammen, davon war ich fest überzeugt.

Er würde irgendwo einen teuflischen Plan aushecken, um mich zu vernichten.

Als ich mich abtrocknete, zog der Duft von frisch gekochtem Kaffee durch den Raum, und ich schüttelte die trüben Gedanken ab. Der Hunger machte sich bemerkbar.

Jane Collins hatte den Tisch bereits gedeckt. Hastig zog ich mich an.

Draußen schien zwar die Maisonne, doch es tauchten auch dicke Wolken auf, die Regen versprachen.

Wann hatten wir in England schon mal schönes Wetter?

Auch die Detektivin hatte sich umgezogen. Von ihr hingen immer einige Kleidungsstücke bei mir im Schrank. Jane trug eine moderne Karottenjeans in violetter Farbe und eine gestreifte, locker fallende Bluse. Sie sah schick darin aus. Jane Collins gehörte zu den Frauen, denen auch die verrückteste Mode stand.

Wir dachten, in Ruhe frühstücken zu könne, doch es blieb bei dem Vorsatz, weil es schellte.

Jane stieß ein undefinierbares Geräusch aus, ich tupfte mir die Konfitüre von den Lippen und stand auf.

»Das wird Suko sein«, sagte ich.

Der Chinese war es nicht, sondern mein alter Freund und Kampfgefährte Bill Conolly.

Grinsend stand er im Türrahmen.

»Du?« fragte ich.

»Hallo, Urlauber. Darf man eintreten?«

»Sicher.« Ich gab die Tür frei.

Jane lächelte überrascht, als sie Bill erkannte.

Der Reporter grinste. »Seit wann bist du denn hier?« fragte er.

»Seit gestern nacht«, erwiderte ich.

»Aha, so ist das also«, Bill bückte sich und hauchte Jane einen Kuß auf die Wange.

»Hast du schon gefrühstückt?« fragte ich ihn.

Bill nickte. »Aber eine Tasse Kaffee könnte ich vertragen.«

Jane war bereits auf dem Weg in die Küche und holte ein Gedeck. Ich war gespannt, was der gute Bill von mir wollte, wartete jedoch ab, bis er von allein mit der Sprache herausrückte.

»Es geht um Mord«, erklärte er als Einleitung.

Ich schaute ihn an. »Wieso?«

»Ein Bekannter von mir rief mich heute morgen an. Er ist Gerichtsreporter und war dabei, als sie eine männliche Leiche aus der Themse fischten. Ritualmord. Man kann auch sagen Harakiri. Eine verdammt schlimme Sache.«

»Dann war der Tote ein Japaner?«

Bill nickte.

»Was habe ich damit zu tun?«

»Ich sagte ja, Ritualmord. Der Kollege schien sich auszukennen, er mußte damit gerechnet haben, daß man die Leiche findet, denn er sagte mir, daß er einer gefährlichen Vereinigung auf der Spur wäre. Einer Sekte.«

»Weißt du den Namen?«

»Samurais des Satans.«

»Das hört sich schon ganz anders an.«

Sekten, Geheimbünde, fernöstliche Vereinigungen haben oft viel von der Mythologie ihres Volkes als Basis. Und auch in anderen Ländern, in Europa, zum Beispiel, haben sie ihre alten Traditionen nicht vergessen. Sie hängen immer noch am Boden ihrer Heimat, sind mit den Dingen tief verwurzelt und versuchen, ihre Tradition zu bewahren.

London ist sowieso ein Schmelztiegel der Nationen, wie auch New York. Bei London sind es die Überreste des British Empire, die noch nicht richtig verdaut waren.

Aus den Kolonien flohen die Menschen oft ins Mutterland und haben nie richtig Fuß gefaßt. Vor allen Dingen wurden sie von den Engländern kaum akzeptiert. So wie es in London eine philippinische Enklave gibt, so existiert eine chinesische, eine arabische, eine türkische oder wie in diesem Fall, eine japanische.

»Was sagst du dazu, John?« fragte mich der Reporter.

Ich klopfte eine Zigarette aus der Schachtel und reichte Bill ebenfalls ein Stäbchen. Die ersten Züge rauchten wir schweigend.

»Es kann natürlich ein völlig normaler Mord mit einem stinkmormalen Motiv sein«, sagte ich.

»Muß aber nicht«, meinte Bill.

Ich nickte. »Eben. Deshalb werden wir uns die Sache einmal genauer ansehen.«

»Wann?«

»Na, jetzt.«

Jane Collins mischte sich ein. »Aber du hast doch Urlaub.«

Ich hob die Schultern.

Bill Conolly hatte bereits einen Plan. »Am besten ist es,

wenn wir dem Reporter einen Besuch abstatten. Art Murdock wird dir da sicher mehr sagen können.«

»Weiß er denn Bescheid?«

»Ich habe einiges angedeutet«, erwiderte Bill.

»Aha, schon vorgedacht, wie?«

»Genau.«

»Dann warst du dir also ziemlich sicher, mir meinen Urlaubstag zu verderben.«

»John, du bist doch Idealist.«

»Das sage ich mir auch immer, wenn ich meinen Gehaltsstreifen am Monatsende sehe.«

Bill grinste.

»Können wir?« fragte Jane.

»Willst du auch mit?« fragten Bill und ich wie aus einem Munde.

»Warum denn nicht? Erst macht ihr mir die Zunge lang, und dann wollt ihr mich hängenlassen.«

Bill Conolly verdrehte die Augen und sagte: »Meinetwegen. Sie setzt ihren Dickkopf ja doch durch.«

Jane stand auf und räumte den Tisch ab. Das Geschirr verschwand in der Spülmaschine.

»Wir können uns in meinen Porsche quetschen«, schlug der Reporter vor.

Ich war einverstanden, und die Detektivin nickte zustimmend. Ich steckte mir noch meine Waffe ein, was Jane und Bill mit einem schrägen Lächeln quittierten.

Dann fuhren wir nach unten und waren fünf Miunten später bereits unterwegs.

Ein neues Abenteuer wartete...

Art Murdock wohnte in Soho.

Also in der Szene, wie man zu sagen pflegt. Denn hier war er am Ball, erlebte das Verbrechen oft hautnah mit und konnte deshalb so realistisch berichten.

Wie mir Bill erzählte, war er ein Hans Dampf in allen Gassen, ein richtiger Draufgänger.

»Wie ich früher«, sagte der Reporter.

»Bist du das heute nicht mehr?«

»Sei du erst mal verheiratet.« Bill reihte sich in den Kreisverkehr am Piccadilly Circus ein, fuhr am Regent Palace Hotel vorbei und lenkte den Porsche in eine kleine Nebenstraße.

Hier spürte man schon den echten Hauch des Stadtteils Soho. Die Straßen waren schmal. Es gab zahlreiche Lokale und auch Secondhand-shops. Natürlich fehlten nicht die Porno-Bars und Peep-Shows, die bereits morgens geöffnet hatten. So mancher in der Nähe arbeitende Familienvater versüßte sich mit der Peep-Show seine Frühstückspause.

Der Wagen fiel auf, und neidische Blicke wurden dem schnittigen Fahrzeug hinterhergeworfen.

Bill betätigte den Blinker nach rechts. Wir fuhren in eine noch engere Straße, die in eine Sackgasse auslief. Am Ende befand sich ein Platz. Dort wuchsen einige Bäume, dahinter lag ein Streifen Brachland.

Bill fuhr bis in den Wendehammer der Sackgasse und stoppte. Wir stiegen aus.

Es gab nicht nur die Häuser an der Straße, sondern auch die Bauten auf den Hinterhöfen. Man erreichte sie durch Einfahrten oder schmale Pfade.

Hier hatte keine Baupolizei etwas genehmigt, die Leute hatten die Anbauten so hochgezogen, wie es ihnen gerade paßte.

Jane Collins hatte sich einen leichten Mantel übergestreift. Das war auch gut so, denn die Wolken verdichteten sich, und von Westen her fuhr ein unangenehmer Wind in die schmale Straße.

Tolles Maiwetter.

Zahlreiche Augenpaare beobachteten uns, doch angesprochen wurden wir nicht.

»Wohnt dein Bekannter nach vorn raus oder nach hinten?« fragte ich Bill.

»In einem Anbau.«

»Auch das noch.«

Bill grinste. »Er wollte eben in der Szene bleiben.« Der Reporter ging vor und tauchte in eine schmale Einfahrt zwischen zwei Häusern.

Sie führte auf den Hinterhof.

Mülltonnen quollen über. Der Inhalt verbreitete einen widerlichen Geruch. Ich sah die abgeblätterten Fassaden der Häuser, die schmutzigen Fenster, das aufgerissene Pflaster des Hinterhofs und die niedrigen Anbauten und Schuppen.

Kinder spielten auf dem Hof. Sie pfiffen uns aus, als wir ihn durchquerten.

Art Murdock wohnte auf der entgegengesetzten Seite des Hofs in einem Backsteinbau. Er war einstöckig hochgezogen worden, und nur in Höhe der ersten Etage befanden sich Wohnungen. Sechs graugestrichene Türen zählte ich, die allesamt durch eine an der Vorderfront vorbeilaufenden Galerie erreicht werden konnten.

Wirklich kein angenehmer Platz zum Wohnen. Meine Gedanken standen auf dem Gesicht geschrieben, und Bill grinste.

»Was willst du, John, er wollte es nicht anders.«

»Ja, das sehe ich.«

Bill führte uns auf eine Treppe zu, die nicht vertrauenerweckend aussah. Wir warteten, bis eine dicke Frau mit ihrem Wäschekorb uns von oben kommend passiert hatte. Dann stiegen wir die Stufen hoch.

Auf der Galerie blieben wir stehen. Bill sah sich um und zählte die Türen ab.

»Die dritte ist es«, sagte er.

»Namensschilder gibt es wohl keine.«

Der Reporter blickte Jane Collins an. »Wofür auch? Hier weiß jeder, wo er seinen Nachbarn findet, und Besuch ist nicht gerade willkommen.«

Ich nickte nur.

Bill hämmerte gegen die Tür, während ich nach unten in den Hof schaute.

Ein paar Gestalten hatten sich dort zusammengerottet. Sie schielten mißtrauisch hoch zur Galerie. Ihre Blicke sagten genug. Von Fremden hielten sie nicht viel.

»Der alte Geier scheint nicht da zu sein«, bemerkte Bill und klopfte abermals.

Jane Collins dachte da praktischer. Sie griff an Bill vorbei, packte die Türklinke und drückte sie nach unten.

Die Tür war offen.

»Bitte sehr«, sagte Jane. »Tritt ein, großer Meister.« Als Dame von Welt ließ sie uns den Vortritt. Das war auch besser so, wie die nächsten Sekunden zeigten.

Der muffige Geruch fiel Bill und mir sofort auf. Mein Freund warf mir einen schrägen Blick zu. Aber da war noch etwas anderes, was sich unter den Geruch mischte. Ein anderer Duft.

Süßlich...

Wie Blut.

Ich schluckte hart. Die Wohnung hatte keine Diele. Wir standen ohne Übergang im Raum. Die Einrichtung entsprach der einer Jungesellenbude. Es war auch ebenso unaufgeräumt.

Ich sah eine zweite Tür.

»Art!« rief Bill Conolly. »Art Murdock, wo sind Sie, zum Teufel!«

Ich zog die Tür auf, warf einen Blick in das nächste Zimmer und schloß die Augen.

»Du hast recht gehabt, Bill. Er ist beim Teufel«, sagte ich leise und ließ dem Reporter den Vortritt.

Bill blieb neben mir stehen, blickte an meiner Schulter vorbei und sagte nur: »Mein Gott!«

Ich überwand mich und betrat das Zimmer. »Halte du Jane zurück«, riet ich meinem Freund.

Bill drehte sich um. Käsig war er im Gesicht. Kein Wunder, denn mir war auch nicht nach jubilieren zumute. Doch es ging kein Weg daran vorbei, ich mußte mir den Toten ansehen.

Er lag quer über dem Bett. Was sofort ins Auge stach, war das Zeichen auf seiner Stirn.

Ein X

Jemand mußte es mit einem scharfen Gegenstand in die Haut geritzt haben. Die Schnitte waren mit Blut gefüllt. Aus diesem Grund zeichnete sich das X deutlich ab.

Ich schaute mich um. Im Zimmer hatte ein Kampf stattgefunden. Alles deutete darauf hin. Der Tisch war umgestürzt, ebenso die vier Stühle. Art Mordock hatte diese Bude wohl als Schlaf- und Arbeitsraum benutzt, denn ich sah eine Schreibmaschine. Sie lag ebenfalls auf dem Boden. Jemand mußte seinen Zorn daran ausgelassen haben. Er hatte sie nämlich in ihre Einzelteile zerlegt.

Ich hörte Bill mit Jane Collins sprechen. Zwei Schritte brachten mich an das Fenster mit der schmutzigen Scheibe. Ich blickte in den Hof. Diesmal jedoch an der Rückseite. Eine Mauer schloß dieses Geviert ab.

Keine Spur von dem oder den Mördern. Trotzdem konnte der Reporter noch nicht lange tot sein, denn seine Haut war noch warm. Wer brachte so etwas fertig? Welchem Verbrechen waren wir hier auf die Spur gekommen?

Ich wischte mir über die Stirn. Die kleine Wohnung war durchsucht worden, von irgendwelchen Aufzeichnungen würden wir wohl nichts finden.

Trotzdem wollte ich nachschauen.

Da fiel mir eine kleine Tür auf, die ich bisher übersehen hatte. Sie befand sich neben dem Bett, hatte nicht die normale Größe, sondern war sehr schmal.

Was befand sich dahinter? Ein Bad vielleicht?

Ich zog die Tür auf.

Der Raum war dunkel. Ich roch sofort die Chemikalien und identifizierte ihn als Dunkelkammer. Hier hatte der Reporter seinen Aufnahmen selbst entwickelt.

Ich trat über die Schwelle und sah die schattenhafte Bewegung.

In den nächsten Sekunden reagierte ich wie ein Automat. Ich warf mich nach hinten, fiel gleichzeitig in die Knie, und etwas pfiff über mich hinweg, bevor es in den hölzernen Türrahmen hieb.

Eine Klinge.

Eine schmale, mörderische Schwertklinge. Leicht gebogen und an einem Säbel erinnernd.

Ich lag auf dem Boden, vollführte eine Rolle rückwärts, und während ich auf den Füßen landete, verließ der Typ die Dunkelkammer.

Sekundenlang war ich starr vor Staunen und Schreck.

Vor mir stand ein Exote. Aber was für einer. Ich hatte im Kino mal Samurai-Filme gesehen, und wie ein Samurai sah der Kerl vor mir aus. Er trug eine dicke lederne Rüstung, die seine Brust schützte. Vor dem Gesicht hatte er eine Maske, die aussah wie ein kleiner Gitterkäfig. Seine Arme waren nicht geschützt, auch nicht die Hände, und ich sah die trockene, wie Papier wirkende Haut.

Lebte der Samuarai überhaupt noch?

Längst hatte er das Schwert wieder aus der Türfüllung gezogen. Er umfaßte den Griff mit beiden Händen, sprang vor und führte einen mörderischen Hieb.

Ich hechtete zur Seite.

Wieder verfehlte mich die schmale, rasiermesserscharfe Klinge. Mit der Schulter stieß ich gegen den Tisch und drückte ihn weiter weg.

Der Samuarai sprang mir nach.

Sofort war ich auf den Beinen. Die Schnelligkeit des Kerls überraschte mich, er ließ mir keine Zeit, die eigene Waffe zu ziehen, aber es gelang mir, den kleinen Schreibmaschinentisch hochzureißen.

Als die Klinge wieder nach unten fuhr, schleuderte ich dem Samurai den Tisch entgegen.

Das fliegende Möbelstück kreuzte den Schlag, und ich sah mit Schrecken, daß das Samurai-Schwert den Tisch in zwei Hälften teilte. Sie fielen polternd zu Boden.

Dieses Geräusch hörte Bill Conolly. Er streckte seinen Kopf in das Zimmer.

»Weg!« schrie ich ihm zu, denn der Samuarai hatte den Reporter ebenfalls gesehen und sprang auf ihn zu.

Bill zog wirklich im letzten Augenblick den Kopf ein. Die durch die Luft pfeifende Klinge wischte dicht an seiner Nasenspitze vorbei und beschrieb einen Kreis, denn der Japaner hatte beide Arme bei seinem Schlag hoch erhoben gehabt.

Ich hatte endlich Zeit, meine Beretta zu ziehen. Es würde mir wohl nie gelingen, ihn mit den Fäusten zu überwinden, deshalb mußte ich meine Pistole nehmen.

Der Samurai bewegte sich so rasch, daß ich nicht groß zielen konnte. Doch die Kugel traf. Wuchtig hämmerte das Silbergeschoß in die Brust des Kämpfers, aber der Lederschutz war so dick, daß er das Geschoß auffing.

Trotzdem war der Samurai gewarnt. Mit einem gewaltigen Sprung wuchtete er sich auf mich zu, ich wollte noch feuern, doch meine Sicherheit war wichtiger.

Leider war ich nicht schnell genug. Nicht sein Schwert traf mich, sondern ein Fuß. Er rammte mir gegen die Schulter, schüttelte mich durch und schleuderte mich zurück. Der nachfolgende Schlag hieb nur neben dem Toten in das Bett, zerstörte ein Kissen, so daß Federn aufwölkten wie Schneeflocken.

Ich hörte Bill Conolly schreien, kümmerte mich nicht darum, sondern rollte mich vom Bett und legte an.

Wieder feuerte ich.

Der Samurai bewegte sich zu schnell. Meine Kugel wischte an seinem Schädel vorbei, dann war der Unheimliche schon an der Tür und rannte aus dem Zimmer.

Ich hatte Angst um Jane und Bill. Dieser Teufel war wirklich nicht zu stoppen. Ich sprang auf, stolperte über eine Tischhälfte und warf mich aus dem Raum.

Zwei Schüsse fielen.

Dann schrie Jane Collins spitz und gellend. Bill Conolly fluchte wild, ich stürzte durch die Tür, sah Bill am Boden liegen und Jane Collins eng gegen die Wand gepreßt stehen. Die Detektivin blutete aus einer Wunde am Arm.

Der Samurai jedoch stand vor ihr und riß sein Schwert hoch, um Janes Leben ein Ende zu setzen.

Ich schoß.

Vier Kugeln steckten noch im Magazin. Ich hämmerte heraus, was herauszuhämmern war. Dabei fächerte ich die Waffe im Halbkreis hin und her.

Die Geschosse klatschten gegen den Rücken des Unheimlichen, eine Kugel jaulte gegen das Schwertblatt, eine andere zertrümmerte seine linke Hand, und mit einem wüsten Knurren fuhr er zu mir herum.

Er schlug nach mir.

Zum Glück stand ich weit genug weg, so daß die Schwertspitze an mir vorbeifegte. Jetzt hatte ich mich verschossen. Jane Collins stand an der Wand und zitterte wie Espenlaub.

Ich rechnete damit, daß sich der Samurai auf mich stürzen wollte, doch er drehte ab und rannte weg.

Auf dem Weg nach draußen brüllte er noch einmal wütend auf und war verschwunden.

Ich erwachte aus meiner Starre. Denn eins war mir bewußt geworden: Die Silberkugeln hatten nichts bewirkt.

Der Samurai lebte weiter. Ihn mußte eine andere, unheimliche und mir fremde Magie am Leben halten, gegen die ich keine Waffe besaß.

Ich sah Jane an.

Sie nickte mir zu, während Tränen der Erleichterung über ihr Gesicht liefen.

Auch Bill Conolly stemmte sich hoch. Er wollte etwas sagen, doch ich kam ihm zuvor.

»Kümmere dich um Jane!« rief ich ihm zu. Obwohl ich waffenlos war, wollte ich die Verfolgung aufnehmen. Ich mußte wissen, wohin der Samurai verschwunden war.

Meiner Ansicht nach konnte er nicht allein sein, er mußte irgendwelche Helfer haben, die ihm zur Seite standen.

Das Geschrei der Leute wies mir den Weg. Auch sie hatten den unheimlichen Krieger gesehen. Ich hoffte nur, daß er niemanden verletzte oder tötete.

Ich sprang auf die Galerie.

Der Samurai stand bereits unten im Hof. Schreiend flüchteten die Menschen nach allen Seiten. Sie hatten auch Grund, denn der Kerl stand auf der Stelle, drehte sich dabei und hielt sein Schwert in der Hand des rechten ausgestreckten Arms.

Ich schluckte, holte tief Luft und brüllte: »Hier bin ich. Laß die Menschen in Ruhe!«

Er hörte tatsächlich auf und blickte hoch zur Galerie. Dann jedoch warf er sich auf dem Absatz herum und flüchtete. Allerdings nicht auf die Einfahrt zu, sondern in die entgegengesetzte Richtung.

Wenn ich die Treppe hinunterrannte, verlor ich zuviel Zeit. Ich entschied mich anders. Ein Sprung brachte mich über das Geländer der Galerie. In der Luft breitete ich die Arme aus, landete gut, spürte trotzdem den Aufprall bis in den letzten Gehirnwinkel, wurde nach vorn geworfen und blieb auf den Füßen.

Um die ängstlichen und erstaunten Gesichter der Einwohner kümmerte ich mich nicht. Ich sprintete auf die Rückseite der Häuser zu. Hier irgendwo mußte der Unheimliche verschwunden sein.

Die Türen standen offen. Er konnte durch jede geflohen sein und vorn an der Straße wieder auftauchen.

Es war wie verhext!

Da hörte ich einen Schrei.

Rechts von mir, wo der dunkle Hausflur hinter der Türöffnung wie eine Höhle wirkte.

Mich gruselte schon ein wenig, wenn ich daran dachte, daß ich mich in den dunklen Flur schieben mußte. Der Samurai konnte im Hinterhalt lauern und mich eiskalt umbringen.

Die Beretta hatte ich weggesteckt. Sie nützte mir nichts mehr. Ich hatte nur noch mein Kreuz, aber auch bei diesem Talisman war es fraglich, ob es mir etwas nützte.

Dieser Samurai war Japaner. Der stammte aus einer anderen Welt, aus einem anderen Volk, einem fernöstlichen. Bisher hatte ich kaum Kontakt damit gehabt. Aber ich wußte, daß sie rätselhaft und brandgefährlich waren. Letzteres hatte der Samurai mir vor wenigen Sekunden bewiesen.

Ich tauchte in den dunklen Flur.

Nur langsam gewöhnten sich meine Augen an das herrschende Dämmerlicht.

Wo steckte dieser Teufel?

Ich riß meine Augen weit auf, doch mehr als Umrisse nahm ich nicht wahr. Schemenhaft identifizierte ich das Geländer einer Treppe. Unter meinen Sohlen knirschte es. Meinem Gefühl nach mußte man das Geräusch meilenweit hören.

Dann klappte eine Tür. Kurz zuvor sah ich einen helleren Streifen, als das Licht in den Flur fiel. Danach wurde es wieder dunkel.

Für mich war dieses Geräusch der Beweis dafür, daß der Samurai das Weite gesucht hatte.

Ich rannte. Dabei geriet ich zwangsläufig in Gefahr, irgendwo gegenzulaufen. Und schon fuhr ich mit dem rechten Ellenbogen über eine rauhe Wand, kickte mit der Fußspitze gegen einen Eimer, der laut scheppernd an der Wand entlangstreifte. Ich prallte schließlich gegen die Haustür.

Meine rechte Hand fiel nach unten, fand die Klinke, und ich riß die Tür auf.

Vor mir sah ich eine enge Straße.

Sie wurde noch enger durch die zahlreichen parkenden Wagen. Und ein Wagen startete soeben.

Links von mir.

Das Fahrzeug scherte aus der Parklücke. Es war ein dunkelgrüner Kastenwagen. Die Karre schleuderte mit dem Heck, als der Fahrer sie auf die Straße lenkte.

Ich startete von der Haustür aus.

Als ich auf der Fahrbahn stand, wurde der Kastenwagen bereits in die nächste Kurve gerissen. Nicht einmal das Nummernschild konnte ich erkennen, geschweige denn den Fahrer.

Der Wagen verschwand.

Ich stand wie bestellt und nicht abgeholt auf dem Gehsteig und hätte mich vor Wut irgendwohin beißen können. Leider war ich nicht so gelenkig.

Sekundenlang überlegte ich, ob ich eine Fahndung einleiten sollte. Da ich weder Automarke noch Nummernschild kannte, hatte das keinen Zweck. Ich hätte mich nur lächerlich gemacht und den Kollegen unnötige Arbeit.

So ging ich wieder zurück.

Der Flur war nicht mehr so leer. Die Leute wagten sich aus ihren Wohnungen. Einigen stand der Schrecken noch in den Gesichtern geschrieben. Neben einem Mann, der nur ein Bein hatte, blieb ich stehen.

Mein Ausweis brachte ihn zum Reden. »Das war der Gehörnte!« keuchte er und rollte mit den Augen. »Ehrlich, er war wie der Teufel. Mein Sohn wollte ihn noch aufhalten, doch der hat ihn einfach umgerannt.« Der Alte bekreuzigte sich. »Nur gut, daß er nicht zugeschlagen hat.«

Der Meinung war ich auch.

Mir fielen Jane und Bill ein, die sicherlich voller Spannung und Ungeduld warteten.

Sie waren bereits in den Hof gegangen. Bill hatte inzwischen die Wunde der Detektivin verbunden.

Ich ging zur ihr. »Ist es schlimm?« fragte ich.

Sie schüttelte den Kopf. »Nein, es tut nur weh.«

»John«, sagte der Reporter und schluckte. »Dieser Japaner, das ist – das ist ein regelrechter Teufel.«

Ich gab meinem Freund recht. »Und wie. Selbst Silberkugeln sind gegen ihn machtlos.«

Bill, der sonst immer einen Scherz auf den Lippen hatte, blickte mich ernst an. »John, was hat das alles zu bedeuten?«

»Ich weiß es nicht.«

»Hast du denn keinen Verdacht?«

»Nein.«

»Dr. Tod«, sagte Bill.

»Wie kommst du darauf?«

»Das ist doch seine Handschrift. Er hatte lange genug Zeit, etwas in die Wege zu leiten. Jetzt hat er es geschafft und will die Früchte ernten. So sehe ich es.«

Ich nickte. »Da hast du vielleicht recht.«

»Nicht nur vielleicht, John. Wir haben alle Glück gehabt, daß dieser Samurai das Weite suchte. Der hätte uns doch in Stücke gehauen.« Als Jane die Worte vernahm, schüttelte sie sich.

»Laß gut sein, Bill«, sagte ich und lächelte der blondhaarigen Detektivin aufmunternd zu. »Ich werde jetzt der Mordkommission Bescheid geben, dann sehen wir weiter.«

»Wie weiter?«

»Wir sehen noch einmal in Mordocks Wohnung nach.«

»Und danach?«

»Dieser Samurai ist Asiate. Und wer ist ebenfalls Asiate?«

»Suko!« sagte Bill.

Ich tippte ihm mit dem Zeigefinger gegen die Brust. »Ausgezeichnet, großer Denker. Wir werden Suko einspannen. Vielleicht weiß er etwas.«

Bill nickte. »Genau. Ich bleibe ebenfalls am Ball. Wenn ich daran denke, daß dieser Teufel in London herumläuft, wird mir ganz anders.«

Da sagte Jane Collins etwas, was auch mich nachdenklich stimmte. »Woher willst du denn wissen, Bill, daß nur dieser eine Samurai in London herumläuft?«

Wir schauten uns an. Und nicht nur ich verspürte einen Klumpen zwischen Zwerchfell und Magen. Falls Jane recht hatte, standen uns verdammt schlimme Zeiten bevor...

Wir stellten Art Murdocks Wohnung im wahrsten Sinne auf den Kopf. Und wir fanden – nichts.

Entweder hatte dieser teuflische Samurai schon abgeräumt, oder aber es gab keinerlei Aufzeichnungen. Was Art wußte, das hatte er in seinem Kopf bewahrt gehabt.

Bill Conolly nahm sich dann noch den Papierkorb vor, während ich mich darüber ärgerte, daß mir der dunkelgrüne Kastenwagen durch die Lappen gegangen war.

Plötzlich rief mein Freund. »Kommt mal her!«

Jane und ich sahen Bill vor dem ausgeleerten Papierkorb hocken und in den Zetteln und weggeworfenen Notizen herumwühlen. In der rechten Hand hielt er ein gelbes Stück Papier, das schwarz bedruckt war.

Ich nahm es Bill aus der Hand.

Kendo-Club Soho, las ich.

»Na?« fragte Bill. »Ist doch was – oder?«

Ich nickte. »Kann sein.«

Jane fragte. »Glaubst du, daß wir dort eine Spur finden?«

»Immer«, behauptete der Reporter.

Ich war zwar nicht so optimistisch wie mein Freund, aber ganz von der Hand weisen wollte ich es auch nicht. »Steht die Adresse darauf?«

»Nein, da habe ich schon nachgesehen.«

Ich ließ den Zettel wieder fallen. Die Anschrift hatten wir schnell. Die würde im Telefonbuch stehen. Bill hatte die gleiche Idee gehabt. Er blätterte bereits den dicken Wälzer von Soho durch. »Alles klar!« rief er nach einer Weile. »Ich weiß, wo wir den Club finden können.«

»Und wo?« fragte ich.

Der Reporter nannte eine Straße, deren Namen ich nicht kannte.

»Aber ich kenne sie«, sagte Jane. »Die liegt ganz in der Nähe des Apollo-Theaters.«

»Okay.«

»Auf die Schule bin ich gespannt«, meinte Jane.

Ich schaute sie von der Seite her an. »Das brauchst du nicht zu sein, mein Kind.«

»Und warum nicht?«

»Weil wir dich gar nicht mitnehmen!«

»Aha.« In Janes Augen funkelte es. »Erst habe ich dir geholfen, und jetzt kann ich gehen.«

Ich deutete auf ihre Verletzung. »Reicht dir das eine Andenken denn nicht?«

»Das ist doch nur ein Kratzer.«

»Ja, aber ein verdammt gefährlicher. Nein, nein, Mädchen. Du bleibst hier.« Trotz dieser locker formulierten Antwort lag in meiner Stimme der gewisse Unterton, den Jane Collins kannte. Sie wußte, daß jeder Widerspruch jetzt zwecklos war.

Ihr Gesicht vereiste, und sie schaute wütend zu Boden.

»Trotzdem müßten wir jemanden mitnehmen«, meinte der Reporter.

»Sicher, Suko.«

Wir benachrichtigten vorher die Mordkommission, warteten ihr Eintreffen ab, und ich erklärte dem Leiter einiges. Auch abgebrühte Beamte erschauderten, als sie die Leiche sahen. Manche Gesichter wurden bleich.

Der Wagen stand noch dort, wo wir ihn abgestellt hatten. Bill fuhr mich zu meiner Wohnung. Jane Collins stieg vorher beleidigt aus. Ich hatte noch versucht, ihr zu erklären, daß es wirklich besser für sie war, wenn sie diesmal aus der Schußlinie blieb, aber sie wollte einfach keine Vernunft annehmen.

Wütend rauschte sie davon.

Bill grinste mich von der Seite an. »Ja, die Frauen«, sinnierte er. »Sie sind das größte Rätsel auf unserer schönen Welt.«

»Du mußt es ja wissen.«

»Und wie. Schließlich bin ich lange genug verheiratet.«

Bevor Bill sich weiter in die Philosophie über die Frau vertiefen konnte, hatten wir unser Ziel erreicht.

Gemeinsam brachte uns der Lift nach oben.

Ich klingelte bei Suko.

Nicht er öffnete, sondern Shao, seine Freundin. Ihr hübsches Gesicht verzog sich zu einem Lächeln, als sie uns erkannte.

»Dürfen wir eintreten, schönste Blume Asiens?« fragte Bill und vollführte eine Verbeugung.

»Seit wann so förmlich?«

»Er hat sein Verhältnis zu den Frauen überdacht«, erklärte ich, »und er übt sich jetzt in Höflichkeit.«

»Ach so.«

Hinter Shao tauchte Sukos Gesicht auf. Mein Partner steckte noch im Trainingsanzug, er hatte soeben seine morgendlichen Fitneßübungen hinter sich.

»Hast du nicht Urlaub?« fragte er mich.

»Ja.«

»Aber wie ich deinem Gesicht ansehe, liegt wieder was in der Luft.«

»Er kann es eben nicht lassen«, meinte Bill.

Wir hatten längst den Wohnraum betreten. Shao servierte Orangensaft, und ich brachte mein Anliegen ohne Umschweife zur Sprache.

Suko hörte gespannt zu. »Ein japanischer Samurai«, murmelte er, »gegen den Silberkugeln machtlos sind. Das ist ein Ding.«

Der Meinung war ich auch. »Kennst du dich in der japanischen Mythologie aus?«

»Kaum.«

»Auch von Kendo hast du keine Ahnung?«

»Nein, ich könnte es lernen.«

»Dann sehen wir uns die Schule einmal an.«

Suko war ebenfalls dafür. Er zog sich nur noch schnell um.

Shao fragte. »Wird es gefährlich?«

Darauf konnte ich ihr keine genaue Antwort geben.

Der Würfel des Unheils hatte ihm das Gesicht gezeigt. Und damit die Bereitschaft, zurückzukehren.

Aber noch lebte Tokata nicht.

Der grausame Samurai war nach wie vor gefangen. Er lag in seinem Hügelgrab an einem verfluchten Ort, aber er spürte in der Tiefe der Erde, daß etwas im Gange war.

Fremde Gedanken erreichten ihn. Ströme, die sein untotes Gehirn aktivierten und ihn wieder hoffen ließen. Die Kraft des Guten bröckelte. Die Mönche und Götter, die ihn vor langen Jahren verbannt hatten, lebten nicht mehr, deren Nachfolger ebenfalls nicht.

Tokata war in Vergessenheit geraten.

Doch nun merkte er, daß jemand etwas von ihm wollte. Nicht umsonst erreichten die Gedanken sein Gehirn. Er wurde unruhig in seinem Grab. Er spürte, daß bereits etwas Entscheidendes geschehen war, aber noch konnte er nicht selbst eingreifen. Er war zu schwach.

Bauern, die um diese Zeit ihre Felder bestellten, warfen hin und wieder scheue Blicke zu dem Hügel hoch. Sie spürten instinktiv, daß etwas in Gang geraten war. Zwar hatte das Innere des Hügels immer schon gearbeitet, doch in letzter Zeit war es schlimmer geworden.

Aus der Oberfläche quollen giftige Gase und stiegen träge dem Himmel entgegen.

Einige Besserwisser waren davon überzeugt, daß vulkanische Gegebenheiten dafür verantwortlich waren, doch die Bauern glaubten nicht daran. Sie wußten es besser. Nicht umsonst hatte einer von ihnen die vier grausamen Gestalten gesehen, die eines Nachts über den Hügel und dann durch die Lüfte ritten und in der Ferne verschwanden.

Das waren seine Helfer gewesen. Die vier Samurai, die ihn auch vor langer Zeit begleitet hatten.

Sie waren die Vorboten des Bösen, alle Anzeichen standen auf Sturm, mit Tokatas Rückkehr war jeden Tag zu rechnen.

Abends, nach getaner Arbeit, setzten sie sich zusammen, berieten und beteten zu den Göttern.

Fast jeder Ort hatte einen anderen Gott.

Die Menschen waren sehr abergläubisch, aber in diesen Zeiten flehten sie zu Amaterasu, der obersten Göttin, damit sie ihre Bitten erhörte und den grausamen Tokata in der kalten Erde des Hügels ruhen ließ.

Einige sprachen schon davon, die Heimat zu verlassen, doch sie wurden überstimmt.

Nein, man wollte dort bleiben, wo die Ahnen gelebt und gearbeitet hatten. Zu sehr war man mit dieser Gegend verwachsen. Man hatte Kriege erlebt, schlechte und gute Zeiten, und man hatte sie überstanden.

So sollte es bleiben.

Auch in dieser langen Nacht tat sich nichts.

Als die Tageswende überschritten war, legten sich die Menschen schlafen. In ihren Träumen jedoch geisterte eine gefährliche Gestalt, die Angst, Panik und Schrecken verbreitete.

Tokata, der teuflische Samurai.

Wann würde er erwachen?

Von all diesen Dingen ahnten wir nichts, als wir uns auf den Weg nach Soho machten.

Wir – das waren Bill Conolly, Suko und ich.

Diesmal hatten wir meinen Wagen genommen, und ich fuhr.

Selten hatte ich einen Fall mit so trüben Gedanken in Angriff genommen. Denn das Wissen um die Machtlosigkeit meiner Silberkugeln fraß wie eine ätzende Säure in mir.

Wie konnte ich diesen Samurai besiegen?

Mit dem Kreuz? Kaum, denn es gehörte zu einer christlichen Religion. Auch mein Bumerang war unter Umständen nicht die richtige Waffe. Ebenso verhielt es sich mit dem silbernen Dolch und der Gemme. Was ich schon lange geahnt und befürchtet hatte, war nun eingetroffen. Ich war auf Gegner getroffen, bei denen die Mittel der christlichen Lehre nichts mehr nutzten.

Und das war schlimm.

Bestimmt gab es Waffen, mit denen ich auch die anderen Dämonenarten bekämpfen konnte – nur besaß ich keine.

Auch Suko konnte mir da nicht viel helfen. Er wußte wohl über chinesische Götter Bescheid, nicht jedoch über japanische.

Bill merkte, daß mich nicht gerade optimistische Gedanken beschäftigten. Er versuchte mich aufzumuntern.

»Nimm's nicht so tragisch, John. Wir schaffen es.«

»Hoffentlich.«

Der Verkehr um diese Tageszeit war wieder schlimm. Trotz hoher Benzinpreise schien sich in der Londoner City alles versammelt zu haben, was Räder hatte.

Wir kamen nur stoßweise voran.

Piccadilly Circus ließen wir links liegen, gelangten auf die Wardour Street und fuhren bereits durch Soho. Weiter vorn tauchten die beiden Bauten des Globe- und Apollo-Theaters auf. Hier liefen die weltberühmten Musicals oft in großer Starbesetzung. Ich hatte im Apollo unter anderem Liza Minelli in »Cabaret« gesehen. Jane Collins hatte mich begleitet. Allerdings würde es dauern, bis die Detektivin wieder mit mir ins Theater ging. Jane war sauer.

Bill dirigierte.

»Sieh zu, daß du den Lkw da überholst, dann rechts rein!«
Ich schaffte es.

Bill klatsche, und ich verzog das Gesicht.

An den Rückseiten der beiden Theater fuhren wir vorbei. Aus großen Containern wurden Kulissen abgeladen. Auch mir war bekannt, daß man sich im Apollo zu einer Premiere rüstete.

»Nächste links«, sagte Bill.

Wir gelangten in eine schmale Straße.

Eine Einbahn. Rechts parkten zahlreiche Fahrzeuge. Sie machten die Straße noch enger, als sie ohnehin schon war.

Wie ein witterndes Raubtier schob sich die Schnauze des Bentley voran. Obwohl sonniges Wetter herrschte, fielen die Strahlen kaum in diese schmale Straße ein.

Wie sahen keine Menschen. Die Gebäude beherbergten Niederlassungen zahlreicher Firmen.

Wo befand sich die Schule?

Ein Schild wies darauf hin. Es zeigte japanische Schriftzeichen. Darunter las ich den Text in Englisch.

Kendo School

»Die Schule haben wir, einen Parkplatz jedoch nicht«, meinte Bill Conolly.

Ich hielt ebenfalls Ausschau. Schließlich fuhr ich den Wagen mit der Schnauze zuerst auf einen schmalen Bürgersteig. Dort mußte er eben stehen bleiben.

Wir stiegen aus. Dumpf schwappten die Türen zu, als wir sie ins Schloß warfen.

Ich überzeugte mich mit einigen Griffen, daß meine Waffen vorhanden waren, und nickte meinen Freunden zu. Der Eingang zur Kendo-Schule sah ziemlich unscheinbar aus. Eine schmale Tür, von der die grüne Farbe bereits abblätterte. In Augenhöhe befand sich eine Klappe.

Ich entdeckte eine Klingel. Sie befand sich rechts im Mauerwerk.

Ich schellte.

Im Inneren hallte schwach ein Gong nach. Schnelle Schritte näherten sich, dann wurde geöffnet.

Der Mann, der vor uns stand, trug die Kleidung eines Judokas. Er war ungefähr so groß wie Suko, nur etwas schmaler. Sein Gesicht mit der Mongolenfalte um die Augen nahm einen fragenden Ausdruck an. Aus dem Innern des Hauses drangen Kampfgeräusche an unsere Ohren. Es hörte sich an, als würden irgendwelche Gegenstände im gleichbleibenden Rhythmus gegen die Wand geschlagen.

»Sie wünschen?« fragte der Japaner in einwandfreiem Englisch.

Ich hatte mir bereits einen Plan zurechtgelegt. Schnell gab ich die Antwort. »Wir hatten eigentlich vor, uns mit dem Kendo-Sport etwas näher zu beschäftigen, und deshalb möchten wir uns einmal Ihre Schule anschauen.«

Der Mann nickte und lächelte. »Das ist sehr vernünftig, Gentlemen. Darf ich Sie hereinführen?«

Ich war überrascht. So reibungslos hätte ich mir unseren Eintritt nun doch nicht vorgestellt.

Der Mann trat zur Seite. Wir gelangten in einen ziemlich schmalen Flur, an dessen Ende ich die beiden Flügel einer hölzernen Schwingtür sah. An den Wänden klebten Plakate. Sie zeigten allesamt die Kendo-Kämpfer in Aktion.

Es war schon beeindruckend, diese Männer zu betrachten. Wenn ich daran dachte, sie mal als Gegner zu haben, dann breitete sich ein unangenehmes Gefühl in meinem Inneren aus.

Der Japaner schloß die Tür. Er schritt lächelnd an uns vorbei und drückte die rechte Hälfte der Schwingtür auf.

Ich flüsterte Suko eine Frage ins Ohr. »Was hältst du denn davon?«

»Man gibt sich sehr freundlich.«

»Ist das normal?«

»Kann ich nicht sagen.«

Wir schauten in den Kampfraum. Zehn Männer zählte ich, die sich im Stockfechten übten. Sie trugen helle Kleidung, die mich an die Judoka-Anzüge erinnerten.

Alle kämpften.

Sie standen sich auf großen Matten gegenüber und schlu-

45

gen aufeinander ein, während sie fast jede Attacke mit einem urigen Kampfschrei begleiteten.

Unwillkürlich blieb ich stehen. Diese Männer waren Artisten. Virtuos handhabten sie ihre Kendo-Stöcke, die hell aufklangen, wenn sie gegeneinanderprallten.

Es waren fantastische Kämpfer. Direkt neben mir sah ich einen Kraftprotz, der seinen Kendo-Stock fest umklammert hielt und auf seinen wesentlich kleineren Gegner einschlug.

Der jedoch verteidigte sich geschickt, parierte die Schläge und ging zum Gegenangriff über. Er war so schnell, daß der Kräftige kaum parieren konnte und zur Aufgabe gezwungen wurde.

»Ich heiße übrigens Kuni«, sagte der Mann, der uns so freundlich hereingebeten hatte.

Die Höflichkeit gebot es, daß auch wir unseren Namen sagten. Kuni zuckte mit keiner Wimper, er behielt sein Lächeln bei.

»Wollen Sie sich erst einmal die Kämpfe anschauen?« fragte er mich.

»Ja.«

»Bitte, dort können Sie Platz nehmen.« Er deutete auf einige Sitzreihen an der linken Hallenseite. Es waren schlichte Holzbänke. Drei von ihnen standen hintereinander. Die zweite und dritte war jeweils höher als die davor. Fenster gab es nicht, dafür bestand eine Wand aus Glasbausteinen. Erleuchtet wurde die Halle von zwei unter der Decke klebenden Leuchtstoffröhren.

Die Kämpfer nahmen von uns keine Notiz, wenigstens keine sichtbare. Sie übten weiter. Und das alles ohne Kopf- und Gesichtsschutz. Da mußte man schon ein As sein.

»Gefällt es Ihnen?« wandte sich Kuni an uns.

»Ja, sehr«, erwiderte der Reporter.

Kuni lächelte. »Sie können ruhig bleiben. Ihre Anwesenheit stört die Kämpfer nicht.«

Bill schaute mich an.

Suko und ich nickten. Schaden konnte es bestimmt nicht, wenn wir uns hier aufhielten.

In der dritten Reihe nahmen wir Platz. Kuni wartete, bis wir uns gesetzt hatten, verbeugte sich höflich und ging.

Ich saß zwischen Bill und Suko. Zur Hälfte konnte ich die Beine ausstrecken, dann berührten meine Knie die Kante der vorderen Sitzreihe.

»Was sagst du dazu?« fragte der Reporter.

»So hätte ich mir den Empfang nicht vorgestellt. Man ist sehr aufmerksam und höflich.«

»Zu höflich«, bemerkte Bill Conolly. »Irgend etwas stimmt mit dieser Schule nicht, sonst hätte mein Kollege sie bestimmt nicht in seinen Aufzeichnungen erwähnt.«

Der Meinung war ich auch. Hinter uns befanden sich mehrere Türen. Wahrscheinlich gelangte man durch sie zu den Dusch- und Umkleideräumen. Und eine dieser Türen wurde geöffnet.

Ein uralter Mann betrat die Halle. Ich stutzte unwillkürlich, als ich ihn sah, denn er war wirklich eine außergewöhnliche Erscheinung. Der Alte trug keine westliche Kleidung, sondern ein kimonoähnliches Gewand, das ihm bis auf die Knöchel reichte. Er hatte ein faltiges Gesicht, weißes Haar und einen Fadenbart von ebensolcher Farbe. Die Hände hatte er in die Ärmel seines Mantels gesteckt. In diesem Aufzug erinnerte er mich nicht an einen Japaner, sondern an einen chinesischen Mandarin.

Auch meinen Freunden war der Mann aufgefallen. »Wer ist das denn?« staunte Bill Conolly.

Ich hob die Schultern.

»Kannst du mit ihm etwas anfangen?« fragte der Reporter Suko.

»Nein.«

Der Alte schaute zu uns herüber. Er war stehengeblieben. Als sich unserer Blicke trafen, lächelte er.

Ich nickte grüßend.

Der Mann sah es wohl als eine Einladung an, denn er setzte sich in Bewegung und trat auf uns zu. Neben Bill Conolly setzte er sich nieder.

Wir schwiegen.

Die Männer kämpften weiter. Sie schienen überhaupt nicht zu ermüden, und es bereitete ihnen offenbar regelrecht Spaß, aufeinander einzuschlagen.

»Gefällt es den Herren?« fragte der Alte.

»Ja, sehr«, erwiderte Bill.

»Dann möchten Sie das Stockfechten erlernen?«

»Mal sehen.«

»Es ist ein guter und ehrlicher Sport«, erklärte der Alte. »Wenn Sie ihn in dieser Schule erlernen wollen, dann sind Sie genau richtig bei uns. Wir führen die älteste Kendo-Schule Londons.«

»Kämpfen Sie auch noch?« fragte ich.

Der Alte lächelte. »Nein, aber ich habe die Schule gegründet. Kuni, mein Sohn, führt sie weiter.«

»Dann ist auch er ein Kendo-Kämpfer?«

»Ja, sogar ein sehr guter.«

Das glaubte ich dem Mann. Er gefiel mir, auch deshalb, weil er so gesprächig war. Vielleicht konnte man von ihm mehr erfahren. »Bilden Sie nur Kendo-Kämpfer aus?« fragte ich.

»Ja, es ist eine reine Kendo-Schule.«

»Lohnt sich das denn? Ich meine, nur Kendo und keine andere Kampfsportart. So zahlreich werden Ihre Schüler auch nicht sein.«

»Wir sind bescheiden.«

Ich ließ nicht locker. »Obwohl es doch in Japan noch andere traditionsreiche Kampfarten gibt.«

»Woran denken Sie, Sir?«

»Zum Beispiel an die alten Samurai-Tugenden.« Jetzt war es heraus, und ich war gespannt, was der Alte dazu sagte.

Er lächelte. Nicht unverbindlich, sondern irgendwie wissend. »Sie sind ein kluger Mann, Sir«, sagte er. »Doch auch wir müssen uns umstellen. Wer will heute noch etwas von den Lehren der Samurai wissen? Das ist vorbei.«

Ich wiegte den Kopf. »Entschuldigen Sie, wenn ich an Ihrer Aussage Zweifel hege, doch vorbei scheint mir das Wirken der Samurai nicht zu sein.«

Der Alte blieb gleichbleibend freundlich. »Das müssen Sie mir erklären.«

Jetzt ritt mich der Teufel. Ich wollte endlich wissen, woran ich wirklich war. Und ich packte aus. Ich berichtete davon, daß uns ein Samurai begegnet war. Ich erzählte nichts von dem Mord, doch auch meine wenigen Sätze wischten das freundliche Lächeln auf dem Gesicht des Alten weg. Er schaute mich jetzt ziemlich ernst und auch ein wenig ängstlich an.

»Um Himmels willen, Sir, sprechen Sie nicht weiter.«

»Warum nicht?«

Er senkte die Stimme zu einem Flüstern. »Weil Sie damit etwas in Bewegung bringen, an das man am liebsten gar nicht mehr erinnert werden will.«

»Was ist es?«

»Ich kann es Ihnen nicht sagen.«

»Ist es ein Verbrechen?«

»Ein alter Fluch.«

»Der Leid und Schaden bringen kann?«

»Ja.«

»Dann müssen Sie mich aufklären«, drängte ich. »Wenn der Fluch für die ahnungslosen Menschen gefährlich ist, dürfen Sie nichts verheimlichen. Reden Sie, bitte.«

Der alte Mann nickte. »Ja, Sie haben recht. Aber ich weiß nicht, ob Sie und Ihre Freunde die Kraft finden werden, um diesen Fluch zu stoppen.«

»Sie müssen es auf einen Versuch ankommen lassen.«

Der Alte nickte. Er schaute sich um, ob uns auch niemand zuhörte. Das war nicht der Fall. Die Männer kämpften weiter, und von Kuni war nichts zu sehen.

»Wie sah er aus?« fragte mich der Mann.

Ich gab eine genaue Beschreibung.

»Ja«, sagte der Alte, »das ist er. Es besteht kein Zweifel. Das ist einer der Diener Tokatas.«

»Und wer ist das?« wollte ich wissen.

»Der Samurai des Satans. Ein uralter japanischer Dämon,

der vor langer Zeit einmal die Menschen in Angst und Schrecken versetzt hat.«

»Wissen Sie mehr darüber?«

»Ja. Und wo wir schon einmal von ihm reden, werde ich Ihnen die Zusammenhänge in ein paar Sätzen zu erklären versuchen. Wie Sie vielleicht wissen, ist die Mythologie meiner Heimat vielfältig und vielschichtig. Es gibt zahlreiche Göttergeschlechter und unzählige gute sowie böse Geister. Tokata stammt von den Göttergeschwistern Izanagi und Izanami ab. Die Geschwister selbst waren Nachkommen von über 700 Göttergenerationen. Die beiden betrieben Inzucht. Sie paarten sich und gebaren ebenfalls zahlreiche Gottheiten. Diese entstanden aus den Augen, den Nasen oder den Ohren. Tokata stammt aus den Augen des Geschwisterpaares. Im Gegensatz zu den meisten Geborenen wandelte er nicht auf dem Pfad des Guten, sondern schlug den des Bösen ein. Er verbündete sich sehr schnell mit Emma-Hoo, der in euerer Sprache auch Teufel oder Satan heißt. Emma-Hoo herrscht über die Jigoku, die Hölle. Er nahm Tokata freudig auf, denn immer wieder suchte er nach Dienern, die nur ihm hörig waren. Tokata gehörte dazu. Als Dank schmiedete ihm Emma-Hoo im Höllenfeuer ein Samurai-Schwert, dessen Besitzer als unbesiegbar galt. Und Tokata war unbesiegbar. Er und vier andere Samurai fegten wie der Sturmwind über das Land. Sie töteten wahllos, schändeten und brandschatzten. Schon bald wurden sie zur Geißel Nippons. Mutige Männer stellten sich ihnen entgegen, doch sie hatten keine Chance gegen die Grausamen Fünf. Ihr Terror wurde schlimmer, und selbst die Götter waren erzürnt. Sie faßten nun einen folgenschweren Entschluß. Wenn keiner der Menschen die Grausamen aufhalten konnte, dann wollten sie es tun. Sie schmiedeten einen Plan, wie sie Tokata und seinen Vasallen zu Leibe rücken konnten. Und die schafften es, die Grausamen Fünf zu vernichten, aber nicht zu töten. Alle sollten verbrannt und ihre Asche in die vier Himmelsrichtungen verstreut werden, doch der mächtige Emma-Hoo ließ dies nicht zu. Es gab harte Auseinandersetzungen, die schließlich mit einem Kompromiß endeten. Tokata und seine Samurais wurden nicht getötet, sondern vergraben. In unheiliger Erde, in einem verloschenen Vulkan. Von diesem Zeitpunkt an hat man nie mehr etwas von ihnen gehört.«

»Aber sie waren nicht völlig ausgeschaltet«, vermutete ich.

»Stimmt.«

»Dann sind sie jetzt zurückgekehrt!« stellte ich fest. »Oder wenigstens einer von ihnen.«

Der Alte schwieg.

»Wissen Sie nichts darüber?« hakte ich nach.

»Ich habe schon zuviel gesagt«, erwiderte der Japaner. »Wenn Sie sich selbst einen Gefallen tun wollen, dann gehen Sie. Gehen Sie sofort und schnell.«

Die Warnung klang ernst. Und der Alte sprach sie nicht umsonst aus. Er wußte bestimmt mehr. Er hatte geredet. Meiner Ansicht nach befand er sich in großer Gefahr, und das sagte ich ihm.

»Dann gehen Sie mit!«

»Nein, mein Platz ist hier.«

Die Antwort hatte der Mann so überzeugend gegeben, daß ich dagegen nichts sagen konnte. Aber ich wollte noch etwas wissen. »Wer steckt dahinter?« fragte ich. »Wer hat den Samurai geholt?«

»Er liegt noch in seinem Grab«, erwiderte der Alte. »Aber Tokata wird bald auferstehen. Wir alle spüren es. Die Zeichen stehen auf Sturm. Alle Vorzeichen sind erfüllt, und der erste ist schon da. Sie selbst haben ihn gesehen.«

»Ja, aber Sie haben meine Frage noch nicht beantwortet«, sagte ich. »Ich will den Hintermann wissen. Wer hat diesen alten Fluch ausgegraben?«

Der Alte schaute zu Boden.

»Ist es ein Japaner?«

»Nein!«

Mein Verdacht verstärkte sich.

Bill Conolly konnte seine Neugierde kaum noch unterdrücken. »Dann ist es vielleicht Dr. Tod oder Asmodina?«

Weit riß der alte Japaner die Augen auf. Und da wußten

wir alle, daß Bill den Nagel auf den Kopf getroffen hatte. Überrascht waren wir nicht. Wir rechneten schließlich mit Aktivitäten unseres großen Gegners. Er hielt also wieder die Fäden in der Hand.

Plötzlich zuckte der Alte zusammen. Noch in derselben Sekunde bäumte er sich auf und schrie entsetzt.

Blitzschnell spritzten wir von unseren Plätzen hoch und duckten uns gleichzeitig.

Der alte Mann fiel nach vorn. Mit seinem Gesicht prallte er auf die Holzbank. Sein dunkelgrüner Kimono verrutschte, der Hals lag frei, und jeder von uns sah den winzigen Pfeil in seinen Fleisch stecken.

»Gift!« flüsterte Bill.

Und da fiel uns auch die Stille auf. Die Kendo-Kämpfer hatten aufgehört zu trainieren. Statt dessen starrten sie uns an. Zehn Gegner, und vor uns lag ein Toter.

Was mochten diese Männer denken?

»Jetzt wird es schwierig werden, diesen Raum zu verlassen«, murmelte Suko.

Da gab ich ihm recht. Wir wußten zwar, daß der Tod des Alten nicht auf unsere Kappe ging, aber die Kendo-Kämpfer würden uns das kaum abnehmen...

Man konnte mit Jane Collins viel machen, doch aus dem Rennen ließ sie sich nicht werfen. Vor allen Dingen dann nicht, wenn sie eine unheimliche Wut im Bauch hatte.

Wie an diesem Tag.

Ein kleines Schulmädchen hätte man nicht anders behandeln können, dachte sie. Aber nicht mit mir, sagte sie sich. Nicht mit Jane Collins! Sie war wirklich sauer, auf die Männer allgemein und auf mich besonders.

Kaum hatten wir sie abgesetzt, nahm Jane sich das nächstbeste freie Taxi.

»Wohin soll's denn gehen?« fragte der Fahrer, ein junger Farbiger, der seine Blicke kaum von Janes Körper lösen konnte.

Mit eisiger Stimme gab die Detektivin die Adresse an.

Der Driver wurde friedlicher und sagte während der gesamten Fahrt nichts mehr.

Auch Jane geriet in einen Stau, und so dauerte es ziemlich lange, bis sie aussteigen konnte. Ein Trinkgeld gab sie nicht. Wütend rauschte der Fahrer davon.

Auch Jane Collins sagte die schmale Straße mit ihren zahlreichen Bürohäusern nicht viel. Das Schild fand sie nach einigem Suchen. Sie ging an der Tür vorbei und ließ 50 Yards hinter sich, bevor sie stehenblieb.

Jane wollte nicht offiziell in dieses Haus eintreten, sondern mehr durch die Hintertür. Sie hatte auch nicht vor, sich entdecken zu lassen, sie wollte nur auskundschaften.

Jane kannte Häuser wie diese. Sie hatten schon einige Jahrzehnte auf dem Buckel, und hinter den Fassaden verbargen sich meistens verschachtelte Höfe.

Langsam schritt Jane wieder zurück. Diesmal schaute sie sich die Häuser genauer an.

Das Gebäude rechts neben der Schule stand leer. Sie sah die verblichene Schrift über einer größeren Tür.

Brewery.

Eine Brauerei also. Und die war stillgelegt worden, soviel Jane erkennen konnte.

Ein Glücksfall.

In den letzten Jahren hatten die größeren Brauereien durch eine harte Preispolitik und einen immensen Machtdruck die kleinen Unternehmer aus dem Rennen geworfen. Viele Privatbrauereien waren in die Pleite geschliddert. Die Fabriken standen leer, weil niemand sie kaufen wollte, die Grundstückspreise waren zu hoch.

Jane Collins schaute sich das Gebäude an. Es mußte schon lange leerstehen, zudem hatten Jugendliche die Fensterscheiben mit Steinen eingeworfen. Wo sonst Glas war, gähnten jetzt Löcher.

Ideal für die Detektivin.

Sie sah sich um.

Niemand schenkte ihr Beachtung. Die Menschen, die sich

auf der Straße befanden, hatten genug mit ihren Fahrzeugen zu tun. Ein größerer Wagen sprang nicht an. Drei Männer schoben ihn.

Jane ging ein paar Schritte zur Seite und stand vor einem zerbrochenen Fenster. Es war eine große Öffnung, die nach oben hin spitzbogenartig zulief.

Jane packte die rauhe Kante der Fensterbank, stemmte sich hoch, rutschte mit den Händen noch weiter vor, so daß sie das Gesicht auf beide Ballen verlagerte, und schwang ein Bein nach rechts.

Sie kniete auf der Bank. Vorsichtig, damit sie sich an den Scherbenecken nicht schnitt, kletterte sie in das Innere der Brauerei.

Jane konnte riechen, daß hier früher Bier gebraut worden war. Es roch danach, und trotz der teilweise zerstörten Fenster war die Luft feucht und mühsam zu atmen.

Die Detektivin war in das große Sudhaus geklettert. Sie sah die gewaltigen Kupferkessel und die Rohrleitungen, die von den Kesseln ausgingen und unter der Decke entlangliefen. Das Metall schimmerte grünlich und war stumpf. Monatelang hatte hier niemand mehr geputzt. Auch auf dem gefliesten Boden hatte sich der Schmutz angesammelt. Er lag dort als graue Schicht.

Vorsichtig ging Jane weiter. Ihre Füße hinterließen Abdrücke auf dem Boden. Sie passierte einen großen Braubottich und wandte sich in die Richtung, wo die Brauerei an das Nebenhaus grenzte.

Jetzt sah Jane einige Türen, die in andere Hallen der Fabrik führten. Von dort aus würde sie vielleicht in den Hinterhof gelangen.

Keine Tür war verschlossen.

Jane öffnete die erste.

Zwei Schritte danach stand sie in der Halle, wo früher die Flaschen abgefüllt wurden. Sie sah die Etikettiermaschine und die Füllanlagen und auch die schmalen Bänder.

Auf ihnen standen noch einige Flaschen. Jemand mußte bereits vor ihr in der Brauerei gewesen sein, denn in blinder

Zerstörungswut hatten die Eindringlinge zahlreiche Flaschen zu Boden geworfen, wo sich die Scherben reihum verteilt hatten.

Nun konnte Jane auch in den Hinterhof schauen.

Ihr Blick fiel durch eine große Scheibe, die eine Seitenwand der Abfüllungshalle begrenzte. Dort sah sie eine Rampe, an die die Lastwagen fuhren und das Bier abholten.

Der Hof hatte eine große Ausfahrt, was für Jane schon einmal wichtig war, denn nun brauchte sie nicht auf dem gleichen Weg zurück.

Sie schritt an dem langen Fließband entlang, sah über sich die graue Decke, vor sich die unbekannten Maschinen und fühlte sich in dieser Umgebung sehr unwohl.

Hier stimmte einiges nicht.

Jane hatte dieses Gefühl, und darauf konnte sie sich fest verlassen. Das Feeling war in all den Jahren gewachsen. Die Detektivin hatte bereits so viele gefährliche Situationen überstanden, daß sie es sogar merkte, wenn Gefahr in der Luft lag.

Wie jetzt.

Jane Collins blieb stehen.

Stille. Nur irgendwo im Hintergrund der Halle tropfte ein Wasserkran. Gleichmäßig pitschten die Tropfen auf den Boden.

Jane ging weiter.

Sie lächelte plötzlich. Vielleicht hatte sie sich auch geirrt, unter Umständen war alles nur Einbildung gewesen. Bestimmt steckte ihr noch der Kampf mit dem gefährlichen Samurai in den Knochen. Die Verletzung am Arm brannte noch.

Aber aufgeben wollte die Detektivin nicht. Jetzt mußte sie es den Männern beweisen. Es ging nicht an, daß man sie so ohne weiteres abschob wie eine lästige Fliege.

Vor sich in der Wand sah sie eine viereckige Öffnung. Aus ihr fuhr ein Rollband, auf dem normalerweise die Bierkästen transportiert wurden.

Jetzt stand das Band still.

Auf den Rollen lag der Staub. Am Ende des Bands stand ein alter Bierkasten aus Holz.

Jane schaute in die Öffnung – und sah die Bewegung.

Es war mehr ein huschender Schatten, doch die Detektivin glaubte fest daran, sich nicht geirrt zu haben.

Dort war jemand!

Der Samurai?

Plötzlich rieselte ein kalter Schauer über Janes Rücken. Angst schoß in ihr hoch, doch dann gab sie sich einen Ruck und schritt weiter. Wenn da jemand war, dann wollte sie ihn auch sehen.

Um etwas erkennen zu können, stieg Jane auf das Rollband. Sie balancierte zwei Schritte vor, stand jetzt dicht an der Öffnung, bückte sich ein wenig und warf einen Blick durch das Viereck. Sie holte ihre Astra-Pistole aus der Handtasche, die sie am Riemen über der Schulter trug. Das Gefühl, die Waffe in den Fingern zu halten, gab ihr eine gewisse Sicherheit.

Wo lauerte der Unbekannte?

Jane verdrehte den Hals, doch sehen konnte sie nichts. Hatte man sie geleimt?

Da geschah es. Das Band ruckte an.

Nie im Leben hatte Jane Collins damit gerechnet. Sie schrie unwillkürlich auf, wurde nach vorn transportiert, prallte mit dem Gesicht gegen die obere Kante des Rechtecks, kippte nach hinten, versuchte das Gleichgewicht zu halten, doch die Rollen waren schneller.

Jane Collins fiel auf den Rücken.

Das Band transportierte sie weiter. Bevor Jane sich aufrichten konnte, befand sie sich bereits jenseits der Halle in einem engen Schacht, durch den das Band weiterlief.

Rasch wälzte sich Jane auf die Seite. Die Wände zu beiden Seiten bestanden aus glatten Fliesen. Dicht über sich sah sie die Decke. So niedrig, daß sie es nicht schaffte, sich aufzurichten. Sie wäre unweigerlich mit dem Kopf gegen die Decke geprallt.

Und die Öffnung wurde kleiner, das Band lief schneller.

Für Jane wurde es höchste Zeit. Sie steckte ihre Astra in

den Gürtel und robbte sich in die entgegengesetzte Laufrichtung des Bands weiter, um doch noch den Ausgang zu erreichen.

Es war unmöglich, das Band lief zu schnell.

Jane kam nicht von der Stelle. Sie konnte nicht einmal die Geschwindigkeit des Bands ausgleichen, zudem rutschten ihre Hände auf den Rollen immer wieder ab.

Die Detektivin verlor sogar an Boden.

Längst war sie in Schweiß gebadet. Ihr Atem pumpte aus dem Mund. Verzweifelt setzte sie sich gegen diese mörderische Technik zur Wehr. Sie wußte, daß am Ende des Bands jemand lauerte, der diese teuflische Vorrichtung in Betrieb gesetzt hatte.

Eine Kurve.

Jane konnte sie nicht sehen, da sie sich in ihrem Rücken befand. Sie wurde nur herumgeworfen, prallte gegen die Wand und fiel bäuchlings auf das Transportband.

Nach der Kurve ging es bergab.

Ein letztes Mal konnte Jane Collins die Öffnung sehen, dann wurde sie in die Tiefe befördert.

Rasend schnell ging die Fahrt. Sie lag auf dem Bauch, spreizte die Beine und klammerte sich mit beien Händen am Transportband fest.

Sie konnte die Fahrt nicht aufhalten.

Ein letzter Ruck, und Jane Collins wurde vom Band geschleudert. Hart prallte sie auf den feuchten Kellerboden und blieb erst einmal liegen.

Das Band stoppte.

Stille...

»O Gott«, flüsterte Jane Collins und erhob sich taumelnd. Hinter ihr ballte sich die Dunkelheit zusammen. Nur vorn, wo das Band in die Höhe führte, sah sie einen grauen Lichtschimmer.

Instinktiv duckte sie sich zusammen, als würde sie einen Angriff erwarten, der allerdings blieb aus.

Niemand tat ihr etwas.

Jane analysierte ihre Lage. Das Transportband hatte sie also in den Keller befördert. In das unheimliche Dunkel unter den Fabrikationsräumen der Brauerei. Lauerte hier diejenige Person, die das Band in Bewegung gesetzt hatte?

Bestimmt, und wenn Jane daran dachte, dann fürchtete sie sich.

Hier kannte sie sich nicht aus. Wenn sie nur ein paar Schritte zur Seite ging, würde sie sich in der Dunkelheit verirren. Welche Lösung gab es dann?

Den gleichen Weg zurück!

Es war ihre einzige Chance, denn vielleicht merkte derjenige, der das Band angestellt hatte, gar nichts davon.

Jane setzte ihr Vorhaben in die Tat um. Sie ging zwei Schritte vor erreichte das Bandende, betrat es und ließ sich auf Hände und Füße nieder.

Dann kroch sie hoch.

Genau zwei Yards ließ man sie kommen.

Dann wurde Janes Hoffnung brutal zerstört.

Das Band ruckte an.

Jane fiel zurück.

Diesmal jedoch war sie auf den Fall vorbereitet. Sie verstauchte oder prellte sich nichts, dafür war sie schnell wieder auf den Füßen und zog ihre Astra aus dem Gürtel.

Wieder blieb sie allein.

Aber hier stehenbleiben, das konnte sie auch nicht; deshalb faßte sich Jane ein Herz und begann, den Keller zu durchforsten.

Schritt für Schritt bewegte sie sich voran. Ausgestreckt hielt sie den rechten Arm. Mit dem Lauf der Astra tastete sie nach Hindernissen, und schon bald stieß Jane gegen eine Wand.

Sie schob sich weiter.

Instinktiv schritt sie nach rechts und blieb sofort stehen, als sie ein Geräusch hörte.

Es war das Trappeln kleiner Füße, und Jane dachte augenblicklich an Ratten.

Sie ekelte sich davor.

Jane holte ihre Handtasche, die am Riemen über ihrer

Schulter hing und auf den Rücken gerutscht war, nach vorn, öffnete sie und holte ihr Feuerzeug hervor.

Sie knipste es an.

Die kleine Flamme zuckte, wehte hin und her, warf flackernde Schatten über die Wände und...

Jane Collins schrie auf.

Sie hatte jemanden gesehen.

Den Samurai!

Die Detektivin erschrak so sehr, daß sie die Flamme verlöschen ließ. Als sie sich ein Herz faßte und zum zweitenmal das Feuerzeug anknipste, war die Gestalt verschwunden.

Einbildung?

Nein, Jane war sicher, keiner Täuschung erlegen zu sein. Der Samurai hatte vor ihr gestanden.

Aber konnte sich ein Mensch so schnell und lautlos bewegen? Jane fiel ein, daß sie es nicht mit einem Menschen zu tun hatte, sondern mit einer Kreatur der Hölle. Da galten eben andere Gesetzte.

Jane Collins fürchtete sich. Sie dachte an die erste Begegnung mit dem Samurai, und sie wußte, wie schnell er mit seiner mörderischen Waffe war.

Jetzt lauerte er sicherlich in der Dunkelheit auf sie. Behalte die Nerven, sagte sie sich, wenn du jetzt durchdrehst, ist alles aus.

Das Feuerzeug war natürlich verloschen. Sie knipste es ein drittes Mal an.

Kein Feind befand sich in der Nähe. Und auch von den Ratten sah sie nichts. Die hatte das Feuer wahrscheinlich verscheucht.

Eine Handbreit von der Mauer entfernt schlich Jane Collins weiter. Hin und wieder lagen kleine Steine auf dem Boden, und es knirschte, wenn sie unter Janes Schuhen zermalmt wurden.

Sie sah eine Tür. Nein, es war nur ein offener Durchlaß. Aber er brachte sie in einen anderen Raum.

Jane hatte begründete Angst, die Schwelle zu überschreiten, doch es blieb ihr keine andere Wahl. Sie mußte es einfach wagen. Wieder nahm sie die Flamme des Feuerzeugs zu Hilfe, um sich orientieren zu können. Gespenstisch zuckte der Schein über die kahlen Wände. Aber dann sah Jane etwas, das darauf hindeutete, daß in diesem Brauereikeller Menschen gelebt oder sich aufgehalten hatten.

Sie sah zahlreiche Kerzen.

Diese wiederum standen auf einfachen Bierfässern und klebten an dem geschmolzenen Talg fest.

Jane Collins schritt auf die erste Kerze zu und zündete den Docht an. Nachdem vier Kerzen brannten und ihr warmes Licht verstreuten, fühlte sich die Detektivin etwas wohler, obwohl ihr die Einsamkeit auch jetzt noch Alpdrücken verursachte.

Sie schritt zwischen den Fässern hindurch und blieb plötzlich stehen. Ihr Blick war auf ein besonders großes Faß gefallen, aber nicht dieser Gegenstand interessierte sie, sondern derjenige, der auf den Faß stand.

Es war ein Würfel.

Ein gläserner Würfel.

Und doch war er nicht ganz durchsichtig. Das Glas schillerte in den verschiedensten Farben. Mal dunkler, dann wieder heller, ja nachdem, wie es von dem Widerschein der Kerzenflamme getroffen wurde.

Ein Würfel in dieser verlassenen Brauerei? Wieso? Wie kam er hierher?

Jane Colins dachte nach. Dabei schlugen ihre Gedanken und Vermutungen förmlich Purzelbäume.

Sie hatte diesen Würfel zwar noch nie gesehen, trotzdem glaubte sie ihn zu kennen.

Wieso?

Jane überlegte, und da wußte sie es.

John Sinclair hatte von diesem gläsernen Quader berichtet. Es war noch gar nicht so lange her. Damals war John im Brocken eingeschlossen gewesen, und unter einem Würfel hatte das Buch der grausamen Träume gelegen.

Waren die beiden identisch?

Ja. Für Jane Collins gab es keinen Zweifel. Der gläserne

Quader vor ihr mußte einfach der Würfel aus dem Berg in Deutschland sein.

Doch wer hatte ihn hergeschafft?

Janes Neugierde war stärker als ihre Angst. Sie wollte Gewißheit haben und ging auf den Würfel zu.

Dicht davor blieb sie stehen. Sie senkte den Kopf und schaute auf das Glas.

Es zeigte nichts. Keine Bilder oder Szenen, von denen John gesprochen hatte, und trotzdem sah er irgendwie geheimnisvoll aus. Geheimnisvoll und gefährlich.

Von der eigentlichen Gefahr merkte die Detektivin allerdings nichts. Die näherte sich ihrem ungeschützten Rücken. Unbemerkt hatte sich aus einer dunklen Nische die Gestalt des Samurai gelöst, und mit lautlosen Schritten glitt der grausame Kämpfer auf Jane Collins zu.

Sein Schwert hielt er bereits in der Hand.

Jane merkte davon nichts. Sie war in den Anblick des geheimnisvollen Würfels vertieft.

Noch ein Schritt trennte den Samurai von der blondhaarigen Frau.

Er hob den Arm...

Jane hörte das Knistern und Scheuern des Stoffs. In ihrem Gehirn schrillten die Alarmglocken. Sie wollte herumwirbeln, sich zur Seite werfen – es war zu spät.

Etwas pfiff durch die Luft, und im nächsten Moment lag die Klinge des Samurai-Schwerts quer vor ihrem Hals und berührte das straffe, helle Fleisch...

Zehn hartgesottene Kendo-Kämpfer standen gegen uns.

Und wir waren zu dritt.

Ich atmete tief durch.

Bill Conolly räusperte sich, nur Suko sagte oder **tat** nichts. Er blieb gelassen.

»Packen wir's«, flüsterte der Reporter.

Ich bin ja sonst immer ein Optimist, doch in diesem Augenblick wurde ich zum Gegenteil. »Kaum.«

»Was dann?«

»Wir müssen verhandeln.«

»Versuch es«, sagte auch Suko.

Ich nickte und hob als Demonstration meiner friedlichen Absichten beide Hände in Kopfhöhe.

Die Kendo-Kämpfer starrten uns an. Sie standen auf dem Sprung, hielten ihre gefährlichen Waffen schlagbereit und würden mit uns kurzen Prozeß machen, dessen war ich mir sicher.

Ich senkte den rechten Arm und spreizte die Daumen so weit ab, daß er auf den Toten wies. »Wir waren es nicht«, erklärte ich. »Glaubt mir, es ist nicht unsere Schuld.«

Schweigen.

Ich nahm einen neuen Anlauf. »Der Mann ist durch einen Pfeil getötet worden, der seinen Nacken getroffen hat. Wir haben so etwas nicht bei uns. Zudem sind wir Polizeibeamte.«

Wieder sagten sie nichts.

Langsam geriet ich ins Schwitzen. Himmel, wie sollte ich die sturen Kerle denn aus der Reserve locken? Vielleicht wollten sie meinen Ausweis sehen. Ich senkte die Arme, winkelte sie dann an, um in die Innentasche zu greifen, doch ein scharfer Befehl ließ mich anhalten.

»Nicht! Du wirst keine Waffe ziehen!«

Ich lächelte. »Das hatte ich auch nicht vor. Ich wollte euch nur meinen Ausweis zeigen.«

Der Sprecher trat einen Schritt nach vorn. Er war der kräftigste der Männer, trug langes Haar, das durch ein rotes Stirnband gehalten wurde. Sein Arm mit dem Kendostock sank nach unten.

Ich atmete auf. Ein gutes Zeichen, wie ich fand.

»Du kannst deinen Ausweis hervorholen«, sagte er zu mir. »Aber keine falsche Bewegung!«

»Nein, nein.«

Ich trug meinen Sonderausweis immer bei mir. Er war in eine Klarsichthülle eingeschweißt. Ich warf dem Kendo-Mann das Dokument zu.

Geschickt fing er es mit der linken Hand auf und las.

Er ließ sich Zeit. Viel Zeit sogar. Ich wurde langsam nervös. In meinem Nacken sammelten sich die Schweißperlen und rannen langsam den Rücken hinab. Das lag auch an der Luft in der Halle. Sie war feucht und klamm. Eine Klimaanlage gab es nicht.

Schließlich hob der Mann den Kopf. Sein Blick bohrte sich in den meinen.

»Habe ich gelogen?« fragte ich.

»Nein«, erwiderte er und warf mir den Ausweis zurück. Ich mußte einmal nachfassen, um ihn zu halten. Langsam steckte ich ihn wieder ein. »Dürfen wir uns jetzt um den Toten kümmern?« fragte ich.

»Nein.«

»Wer kann ihn ermordet haben?« wollte ich wissen.

Der Kendo-Kämpfer hob die Schultern.

»Kannst du mir einen Grund für den Mord nennen?«

»Nein, aber geht jetzt!«

Der Mann oder die Männer wollten uns loswerden. Warum? Hatten sie doch etwas zu verbergen?

»Und was ist mit dem Toten?« fragte ich.

»Um den kümmern wir uns.«

Das wollte ich auf keinen Fall. Hier war ein Mensch ermordet worden. Ich konnte mir gut vorstellen, was geschah, wenn wir das Haus verließen. Sie würden den Toten auf Nimmerwiedersehen verschwinden lassen. Der Mord mußte untersucht werden.

Ich versuchte es den Männern zu erklären, doch sie stellten sich stur und ließen sich auf keinerlei Kompromisse ein.

»Aber hier läuft ein Mörder frei herum!« schrie ich. Meine Stimme hallte von den Wänden wider.

»Darum kümmern wir uns!« erhielt ich zur Antwort.

»Wir gehen besser!« flüsterte Bill.

Nein, darauf ließ ich mich nicht ein. Da war ich stur. »Wir werden diese Schule untersuchen«, erklärte ich den Kendo-

Kämpfern. »Wir drehen jedes Teil hier um, und wer sich uns in den Weg stellt, der macht sich strafbar.«

»Das ist uns egal!«

Diese Antwort reichte mir. Ich schritt über die vor mir stehende Bank hinweg. Aus den Augenwinkeln nahm ich wahr, daß sich Suko zur Seite bewegte.

Der Kampf war unvermeidlich.

Doch ich hatte mich getäuscht, wenn ich annahm, daß alle angreifen würden. Nur der Sprecher trat mir entgegen.

»Wir haben eine Aufgabe«, erklärte er. »Und auch durch die Polizei lassen wir uns nicht davon abhalten. Dieses hier ist für uns ein Stück Heimat, und wir bewahren die Tradition. Geht, oder...«

Das andere Wort ließ er unausgesprochen, aber ich konnte mir vorstellen, was er damit meinte.

Und dann schlug er zu.

Ich muß dazu sagen, Kendostöcke sind ziemlich lang, keine sehr kurzen Knüppel, mein Gegner hatte also einen längeren Weg zurückzulegen, zudem bin ich nicht gerade der Langsamste.

Ich wich aus.

Seitlich wischte der Stock an mir vorbei, und sofort sprang ich zurück.

Ich rechnete damit, daß die anderen Japaner angreifen würden, aber das war nicht der Fall.

Sie hielten sich zurück. Die Auseinandersetzung war eine Sache zwischen ihrem Anführer und mir.

Der wirbelte herum. Ein gellender Schrei drang aus seinem Mund. Er führte den Stock quer und hätte mir fast den Schädel abgeschlagen, doch ich ging in die Hocke und schnellte mich halbhoch ab.

Unter dem Hieb wischte ich hinweg und krallte meine Hände in die Hosenbeine des Kerls.

Ein Ruck, und der Japaner lag am Boden.

Ich fiel auf ihn und kassierte einen blitzschnellen Hieb mit dem Ellenbogen.

Meine Zahnreihen klackten aufeinander, in meinem Kopf blitzten Sterne auf, aber ich brachte einen Konterschlag an.

Mit der rechten Faust und nach guter alter Boxmanier. Dieser Hieb schüttelte den Kendo-Mann durch. Überrascht riß er die Augen auf, und im Zurückschnellen erwischte ich ihn ein zweites Mal.

Er rollte sich über den Boden, krümmte sich dabei zusammen wie eine Katze und federte auf die Füße.

Noch im Sprung schlug er zu.

Diesmal konnte ich nicht mehr ausweichen. Der Hieb mit dem Stock erwischte mich zwar nicht voll, aber er traf mich an meiner linken Schultern und prallte ab.

Zum erstenmal spürte ich die ungeheure Wucht, die hinter diesen Schlägen lag. Ich schrie auf, wurde um meine eigene Achse gewirbelt und hörte das höhnische Lachen des Japaners.

Er glaubte mich zu haben, und das machte mich wütend. Ich rannte noch weiter zurück, bis ich das Ende der Sitzbank erreicht hatte, bückte mich dann, packte die Bank und stemmte sie mit einem gewaltigen Ruck in die Höhe.

Der Japaner flog auch mich zu. In beiden Fäusten hielt er den Stock. Er würde schräg von oben nach unten zuhämmern, doch dann war ihm plötzlich die hochkant gestellte Bank im Weg, und sein Hieb prallte gegen das Holz.

Ich weiß nicht, aus welchem Material die Kendo-Stöcke bestehen, aber dem Aufprall gegen die Holzbank hatte er nichts entgegenzusetzen. Der Stock brach.

Ich schleuderte dem Kerl die Bank entgegen. Wenn er nicht von ihr umgeworfen werden wollte, mußte er zur Seite springen.

Das tat er auch.

Und darauf hatte ich gewartet.

Er sprang genau in einen Karateschlag, den ich gegen seinen Arm zielte.

Diese Sportart beherrschte ich.

Der Kerl zuckte zusammen und riß den Mund auf. Schräg von unten nach oben wischte mein zweiter Hieb heran.

Der Kopf wurde dem Japaner in den Nacken gerissen, seine Augen hatten plötzlich einen leicht glasigen Schimmer.

Ich konnte einen Blick auf Suko und Bill erhaschen und sah, daß sie mir die Daumen drückten.

Mein Gegner war noch nicht fertig. Mit aller Kraft kämpfte er gegen die drohende Niederlage an. Er wollte einfach nicht wahrhaben, daß er besiegt war.

Der Japaner taumelte zurück. Sein Mund stand halboffen. Zwischen den Zähnen sah ich den hellen Speichel. Er versuchte, noch einmal den Kendo-Stock zu heben.

Bis zur Hälfte schaffte er es.

Dann traf ihn meine Rechte.

Wie ein gefällter Baum brach er zusammen und blieb bewußtlos liegen.

Augenblicklich rutschte meine Hand in den Jackettausschnitt, doch ich konnte die Beretta steckenlassen. Die anderen neun griffen nicht an. Für sie war es ein fairer Kampf gewesen. Ich hatte gewonnen, und sie fanden sich damit ab.

Ich grinste. »Dann können wir wohl mit der Untersuchung anfangen.« Die Worte drangen mir längst nicht so flüssig über die Lippen, auch mich hatte die Auseinandersetzung ziemlich außer Atem gebracht. Zudem tat mir die Schulter weh.

Die Kendo-Kämpfer schwiegen.

Bill und Suko flankten über die Bänke. Der Reporter winkte mir zu. Er orientierte sich bereits in Richtung Ausgang.

Ich deutete auf den Bewußtlosen und befahl den anderen Japanern, ihn wegzuschaffen. »Bringt ihn wieder zu sich. Ich möchte mich noch mit ihm unterhalten.«

Dazu sollte es vorerst nicht kommen, denn plötzlich trat ein Ereignis ein, das mir die Haare zu Berge stehen ließ.

Bill, der schon fast an der Tür war, sah sie zuerst. Er stieß einen Warnruf aus und warf sich zur Seite.

Ich flog herum.

Im selben Augenblick drangen sie in den Saal. Zwei untote Samurais.

Und in ihren Händen hielten sie die mörderischen Schwerter, um uns damit zu töten...

Jane Collins blieb stocksteif stehen. Sie wagte nicht, auch nur den kleinsten Finger zu rühren. Eine falsche Bewegung oder ein hastiges Luftholen konnte ihren Tod bedeuten.

Gleichzeitig roch sie den Modergestank, der von der hinter ihr stehenden Gestalt ausging. Das war kein Mensch mehr, das war eine zum Leben erweckte Leiche.

Jane krochen unsichtbare, kalte Finger über den Rücken, und sie wartete darauf, daß der Samurai sie töten würde. Doch das war nicht der Fall. Er lauerte noch.

Jane atmete nur ganz flach. Sie sog die Luft durch die Nase ein.

Umgeben vom Schein der flackernden Kerzen, wurden ihr Schatten und der ihres Feindes groß an die Wand gemalt.

Die Detektivin fürchtete sich vor diesem Samurai, der sie um Haupteslänge überragte und mit seinem Schwert ein Meister war. Jane dachte an ihre Astra, doch was nützte ihr die Waffe, der andere war immer schneller und stärker. Bevor sie die Pistole hochreißen konnte, hatte er schon zugeschlagen.

Minuten vergingen.

Jane kamen sie vor wie Stunden.

Nur Stille umgab sie. Selbst das Trappeln der kleinen Rattenfüße war verstummt.

Die Ruhe wirkte gespenstisch, und nachdem Jane Collins ihre erste Angst überwunden hatte, begann sie zu überlegen.

Da der Samurai sie nicht getötet hatte, wollte er etwas von ihr. Er oder ein anderer, das war die Frage.

Jane tippte da eher auf einen zweiten Mann.

Nur – wann zeigte er sich?

Lange brauchte sie nicht zu warten, denn plötzlich hörte sie Schritte. Erst leise, dann lauter, und im nächsten Augenblick zeichnete sich ein weiterer Schatten an der Wand ab.

Groß und drohend.

Janes Herz schlug schneller. Die Schläge hallten in ihrem Kopf nach.

Der Schatten veränderte sich, wurde länger, der Ankömmling wechselte die Richtung, und an der Veränderung des

Schattens erkannte die Detektivin, daß sich der Unbekannte auf sie zubewegte.

Ein scharfer Befehl erfolgte.

Sofort verschwand die Klinge von Janes Hals.

Die Detektivin atmete tief durch. Sie taumelte etwas und wischte sich über die Augen.

Den ersten Teil hatte sie überstanden, dabei jedoch nicht bemerkt, daß der Ankömmling vor ihr stehengeblieben war.

Jane Collins riß die Augen auf.

Sie stand einem Fremden gegenüber. Jane hatte den Mann noch nie gesehen, doch fast körperlich spürte sie die Bedrohung, die von ihm ausging.

Der war gefährlich – und grausam.

Ganz in Schwarz hatte er sich gekleidet. Seine Jacke war hochgeschlossen, das Haar kurzgeschnitten, der Schädel wirkte kantig. Die Farbe seiner Augen konnte die Detektivin leider nicht erkennen, sie glaubte jedoch daran, daß diese Augen sehr grausam blicken konnten.

Tief atmete Jane ein. Dann faßte sie sich ein Herz und fragte: »Wer sind Sie?«

Der Mann lachte.

Es war ein kaltes, böses, gemeines und auch triumphierendes Lachen, das Jane ebenfalls Angst einflößte. »Du kennst mich nicht?«

»Nein...

»Ich heiße Solo Morasso!«

Jane schluckte. Plötzlich wich ihr das Blut aus dem Kopf. Sie wurde kalkweiß.

Morasso hatte bemerkt, was in ihr vorging.

»Ich sehe, du weißt Bescheid.«

»Ja. Man hat mir über Sie erzählt.«

»Dann weißt du also, daß man mich Dr. Tod nennt?«

Jane nickte.

Über Dr. Tod hatte sie genug gehört. Nicht nur in letzter Zeit, wo sein Geist in den Körper eines toten Mafioso übergegangen war, sondern auch schon vor Jahren, als das Sinclair-Team des öfteren mit diesem dämonischen Verbrecher konfrontiert worden war. John Sinclair hatte ihn schließlich besiegt, doch nun war er zurückgekehrt – und zwar gestärkt.

Asmodina, die Teufelstochter, hatte sein Selbstbewußtsein stark aufpoliert.

Jane Collins war Realistin genug, um sich auszurechnen, daß sie keine Chance hatte.

Vor ihr stand Dr. Tod, in ihrem Rücken lauerte der Samurai. Da konnte sie nur noch beten.

Dr. Tod lachte abermals. »Ich weiß, wer du bist«, sagte er. »Jane Collins, die kleine Detektivin, die sich in John Sinclair verknallt hat. Dein Fehler. Mit dem Sinclair-Team wird aufgeräumt. Wenn erst die Mordliga steht, gibt es für euch keine Chance. Und auch du wirst sterben, Jane Collins.«

»Sie wollen mich töten?«

»Nicht ich, sondern der Samurai.«

Der Verbrecher sprach mit einer solchen Selbstverständlichkeit, daß Jane große Angst bekam. Sie wußte, daß für ihn ein Menschenleben nicht zählte. Dr. Tod war zwar selbst ein Mensch, aber er stand von der Moral her gesehen auf der Seite der Dämonen. Begriffe wie Mitleid, Liebe oder Gnade hatte er aus seinem Wortschatz gestrichen. Sie existierten für ihn nicht.

Dr. Tod verkörperte das absolut Böse!

»Hast du Angst?« höhnte er.

»Ja«, gab Jane zu.

»Ehrlich bist du wenigstens«, meinte Morasso. »Aber auch deine Angst wird mich nicht daran hindern, dich töten zu lassen.«

»Es wird Ihnen nichts nützen!«

»Das laß nur meine Sorge sein. Auf jeden Fall wird Sinclair erleben, wie es ist, wenn man sich mit mir anlegt!«

Die Detektivin raffte all ihren Mut zusammen. »Sicher«, sagte sie, »Sie können mich töten, aber im Endeffekt wird John Sinclair Sieger bleiben. Es kann nicht sein, daß das Böse gewinnt. Es kann und es darf einfach nicht sein!«

»Du hast ein sehr großes Maul!« zischte Dr. Tod. »Aber das wird dir vergehen. Weißt du, was ich mit dir vorhabe? Ich werde dich umbringen lassen, okay, doch die Art wird Sinclair einen Schock fürs Leben versetzen. Der Samurai schlägt dir deinen Kopf ab, und ihn werde ich John Sinclair zuschicken...«

Jane hörte die Worte. Ihr Gehirn weigerte sich, daran zu glauben, doch der Verstand sagte ihr, daß Solo Morasso auf keinen Fall scherzte.

Er war so grausam.

Und seine Vasallen ebenfalls!

Jane begann zu frösteln. Sie hatte das Gefühl, auf Eis gelegt zu werden, und langsam kroch die Kälte durch ihre Glieder. Was sie eben erfahren hatte, war ungeheuerlich.

»Nun?« fragte Dr. Tod.

Jane hob die Schultern. Sagen konnte sie nichts. Zugeschnürt war ihre Kehle. Sie brachte einfach keinen Laut mehr hervor. Alles war zu schlimm, zu grausam...

»Nun denn«, sagte Morasso. »Man wird mir deinen Kopf bringen, Jane Collins.« Er warf der Detektivin noch einen kalten Blick zu und verschwand in der Dunkelheit.

Bevor seine hochgewachsene Gestalt endgültig unsichtbar wurde, drehte er sich noch einmal um.

»Töte sie!« rief er dem Samurai zu.

Die beiden untoten Samurais kamen wie der Sturmwind. Urplötzlich standen sie in dem Kampfraum, und unter ihren Masken sah ich die widerlichen Fratzen.

Kaum waren sie da, da gerieten auch die Kendo-Kämpfer in Bewegung.

Hatten sie zuvor stur auf ihren Plätzen gestanden, so reagierten sie jetzt wie gut geölte Automaten.

Nach allen Seiten spritzten sie weg, und sie stellten sich den Eindringlingen in den Weg.

Auch Bill und Suko wollten nicht tatenlos zusehen, ebensowenig wie ich.

Ich zog die Beretta.

Suko die Dämonenpeitsche, nur Bill Conolly war nicht bewaffnet. Er wollte sich mit bloßen Fäusten auf die Eindringlinge stürzen, doch ich scheuchte ihn zur Seite.

»Weg, Bill!«

Er schaute mich irritiert an, gehorchte aber.

Ich hielt zwar eine Pistole in der Hand, doch die Waffe mit den geweihten Silberkugeln war wertlos. Damit konnte ich die Samurais nicht töten, sondern höchstens ein wenig ablenken, bevor sie eine nächste Attacke versuchten.

Und einer griff an.

Nicht mich, sondern einen Kendo-Kämpfer. Der zweite Samurai konzentrierte sich auf Suko.

Todesmutig warf sich der Kendo-Kämpfer dem Untoten entgegen. Wuchtig drosch er mit seinem Stock zu, doch das Schwert pfiff bereits durch die Luft und teilte die Waffe des Japaners in zwei Hälften.

Dann erfolgte der Stich.

Der Kendo-Mann sank zu Boden. Auf seinem weißen Oberteil breitete sich ein Blutfleck aus.

Ein anderer sprang den Samurai an. Er war in dessen Rücken gelangt, schlug mit seinem Stock zu und traf den Schädel.

Die Wucht trieb den Unheimlichen nach vorn, er taumelte, hielt sich jedoch auf den Beinen. Dabei geriet er in meine Nähe.

Ich versuchte es und schoß.

Die Kugel klatschte gegen die Maske des Samurais. Sie zerstörte das Drahtgewebe und sirrte als Querschläger in die Wand.

Inzwischen attackierte der zweite Samurai meinen Partner Suko. Blitzschnell führte er seine Schwertstreiche und trieb den Chinesen arg in die Defensive.

Suko schaffte es nicht, seine Dämonenpeitsche einzusetzen, er hatte Mühe, den mörderischen Schwerthieben auszuweichen. Der Horror-Samurai jagte den Chinesen quer durch die Halle. Irgendwann würde Suko den kürzeren ziehen.

Der andere Samurai sah sich jetzt von acht Kendo-Kämpfern attackiert. Die Japaner fighteten ungeheuer geschickt. Immer wieder gelang es ihnen, den Schwerthieben auszuweichen und selbst harte Schläge anzubringen.

Damit brachten sie den Samurai aus dem Konzept. Um sie brauchte ich mich nicht zu kümmern, wichtiger war Suko.

Bill hielt sich zurück, und das war gut so.

Suko stand jetzt mit dem Rücken zur Wand. Vor ihm befand sich der Samurai.

Fest hielt er sein Schwert, und gedankenschnell stach er zu. Er hätte Suko in Hüfthöhe durchbohrt, doch mit einer kaum zu erkennenden Drehung wand sich der Chinese aus der Gefahrenzone.

Die Klinge tickte gegen die Wand und bog sich wie eine Welle.

Bevor der Samurai zum zweitenmal zustoßen konnte, war ich in seinem Rücken.

Und ich hieb zu.

Der Pistolenlauf krachte gegen den Schädel des Monsters. Es wurde zur Seite geworfen, Suko und ich hatten Luft, und der Chinese konnte endlich seine Waffe einsetzen. Mit der Dämonenpeitsche schlug er zu.

Die drei Riemen pfiffen durch die Luft, klatschten gegen den Körper des Samurais, und was niemand von uns für möglich gehalten hatte, trat ein.

Der Samurai verging.

Er brüllte schaurig auf, taumelte zurück und ließ seine Waffe fallen. Wo die Peitsche ihn getroffen hatte, waren regelrechte Einkerbungen zu sehen, aus denen grüner Qualm kroch und ätzend in unsere Lungen stach.

Suko nutzte die Chance.

Mit einem gewaltigen Satz warf er sich vor. Er hob die Peitsche ein zweites Mal, und diesmal fegten die Riemen dem Samurai direkt um die Ohren.

Das war das Ende.

Der Untote brach zusammen. Noch während des Falls zerfiel er. Es knirschte, als sich seine Knochen auflösten, zu Staub wurden, aus dem der grüne Qualm stieg.

Ich konnte mir vorstellen, weshalb uns die Peitsche geholfen hatte. Sie war keine Waffe, die aus der christlichen Mythologie stammte, sondern war im Dämonenreich entstanden. Sie hatte Myxin gehört, und wir hatten sie ihm abgenommen. Seine Bemühungen, sie sich zurückzuholen, waren allesamt fehlgeschlagen.

Jetzt brauchte Myxin sie auch nicht mehr, denn er war seiner Kräfte beraubt worden. Asmodinas Rache hatte ihn fürchterlich getroffen.

Wo sich der kleine Magier aufhielt, das wußte keiner von uns. Ich rechnete damit, daß er uns irgendwann einmal wieder über den Weg laufen würde. Dann sahen wir weiter.

Doch jetzt mußten wir uns um den verbliebenen Samurai kümmern. Er hatte noch gar nicht bemerkt, was mit seinem Artgenossen geschehen war.

Noch immer kämpfte er gegen die Kendo-Leute. Und er hatte ihnen schon einigen Schaden zugefügt.

Zwei Männer lagen blutend am Boden. Sie hatten zwar die Gesichter verzerrt, doch kein Laut des Schmerzes drang über ihre Lippen. Sie hatten gelernt, Schmerzen zu erdulden.

Ich ließ Suko die Peitsche. Er hatte den ersten Samurai erledigt, sollte er sich auch um den zweiten kümmern.

Der Chinese war nicht zu halten. Und mit seinem Angriff rettete er einem Japaner das Leben.

Der Samurai wollte sein Schwert schräg von oben nach unten niedersausen lassen, als Suko ihn voll traf.

Der Schlag war aus der Drehung geführt worden, und die Peitsche wickelte sich um den Hals des Kriegers.

Der Samurai gurgelte. Suko zog am Peitschenstiel, riß den Untoten nach hinten und damit in seine Richtung. Aus dem Hals quollen wieder die grünen Dämpfe. Der Untote ließ seine Waffe fallen, riß die Arme hoch und versuchte die Peitschenschnüre um seinen Hals wegzuziehen. Kaum berührten seine Hände die Peitsche, lösten auch sie sich auf. Sofort ließ der Samurai die Arme wieder fallen.

Gleichzeitig fiel sein Kopf. Er löste sich kurzerhand vom

Rumpf, prallte auf den Boden, rollte noch ein Stück und wurde zu Staub.

Aus dem Rumpf quollen nach wie vor die bestialisch riechenden Schwefeldämpfe, die träge durch die Kampfhalle zogen. Es war ein makaberes Bild, das uns geboten wurde, denn noch stand der Torso.

Dann knickten die Beine weg, der Körper fiel nach vorn und schlug dumpf auf.

Ende...

Die beiden Samurais gab es nicht mehr. Nur konnte niemand von uns wissen, wie viele noch im Hintergrund lauerten.

Ich schaute Suko an.

Er grinste von Ohrläppchen zu Ohrläppchen. Wir hatten es wieder einmal geschafft.

Bill lief heran und schlug Suko auf die Schulter. »Mann, du alter Eisenfresser, das war eine Superschau.«

Der Chinese winkte ab. Er vertrug kein Lob.

Ich wandte mich den Kendo-Schülern zu. Zwei von ihnen kümmerten sich um die verletzten Kameraden. Einer hatte bereits die Hausapotheke geholt, die Verletzten mußten so rasch wie möglich verbunden werden.

Der dritte war tot. Ihn hatte ein Schwertstich genau ins Herz getroffen.

Einer der Männer trat auf mich zu. »Wir müssen uns bei Ihnen bedanken«, sagte er, »und wir wollen uns auch entschuldigen.«

»Vergessen Sie's.«

Der Mann, den ich niedergeschlagen hatte, kam soeben wieder zu sich.

Er richtete sich auf, schaute durch die Halle, und ein ungläubiger Ausdruck stahl sich in seine Augen. Ein Kamerad erklärte ihm, was vorgefallen war.

Ich verstand kein Wort davon, weil japanisch gesprochen wurde. Aber den Mord an dem alten Mann hatte ich noch nicht vergessen. Und den oder die Mörder wollte ich suchen.

Ich ging auf den eben aus der Bewußtlosigkeit erwachten Japaner zu. Er verneigte sich vor mir, eine Geste der Höflichkeit.

»Ich suche noch immer den Mörder!«

Der Mann schaute mir ins Gesicht. »Wir wissen jetzt, daß Sie es nicht waren, und ich kann mir auch nicht vorstellen, wer ihn umgebracht haben könnte.«

»Wie heißen Sie?«

»Jako.«

»Okay, Jako. Ich bin sicher, daß es einen geben könnte, der diesen Pfeil abgefeuert hat.«

»Wer?«

»Kuni.«

Jakos Gesicht, das eine bläulich schimmernde Färbung angenommen hatte, versteinerte. »Nein«, erwiderte er, »das ist unmöglich. Das kann nicht sein.«

»Und warum nicht?«

»Weil Kuni der Sohn des Alten ist.«

Das hatte ich vergessen, doch in meiner Laufbahn hatte ich bereits so schlimme Dinge erlebt, daß ich einen Vatermord auch nicht ausschloß.

»Ich möchte mit Kuni reden. Wo finde ich ihn?«

Jako deutete auf eine Tür. »Gehen Sie dort durch. Ich begleite Sie, Mr. Sinclair.«

Dagegen hatte ich nichts einzuwenden. Suko und Bill blieben zurück. Gewissermaßen als Rückendeckung, falls doch noch Samurais auftauchten.

Ich fragte meinen Begleiter. »Wie viele Samurais existieren in diesen Mauern?«

»Ich weiß es nicht.«

Von der Seite her war ich ihm einen Blick zu. »Aber Sie wissen von der Existenz?«

Vor der Tür blieben wir stehen. »Ja«, sagte Jako.

»Und?«

Er hob die Schultern. »Wir konnten nichts dagegen tun. Es ist so bestimmt worden.«

»Was ist mit dem Alten?«

»Er hatte sich dagegen gestemmt und wollte uns für seinen Plan gewinnen.«

»Was habt ihr gemacht?«

»Wir hatten uns noch nicht entschieden.«

Ich schüttelte den Kopf. Jako hatte zwar viel gesagt, aber nichts Konkretes. Meiner Ansicht nach hielt er mit irgend etwas hinter dem Berg.

Wir stießen die Tür auf. Einen Schritt hinter der Schwelle stellte ich die Frage nach Tokata.

Plötzlich zuckte der Japaner zusammen. Sein Rücken krümmte sich, er atmete scharf ein.

»Was ist?«

Langsam drehte er sich um und wandte mir sein Gesicht zu. »Woher kennen Sie ihn?«

»Tokata? Ich habe von ihn gehört. Ist er schlimm?«

»Er ist ein richtiger Teufel!« flüsterte der Japaner. »Ein richtiger Teufel. Hüten Sie sich vor ihm.«

»Haben Sie bereits seine Bekanntschaft gemacht?«

»Nein.«

»Woher wissen Sie dann so gut Bescheid?«

Er winkte ab und wollte nichts mehr sagen. Na ja, vielleicht konnte mir Kuni weiterhelfen.

Nur – wo steckte er?

Ich blickte mich um. Wir befanden uns in einer Diele, von der mehrere Türen abgingen. Einige führten in die Duschräume, das war zu riechen.

Jako deutete nach vorn, wo eine dunkel gestrichene Tür den Gang abschloß. »Dort wohnt er.«

Ich ging auf die Tür zu. Im oberen Drittel befand sich eine Scheibe aus undurchsichtigem Milchglas.

Jako blieb zurück.

Ich forderte ihn auch nicht auf, mir zu folgen, meinetwegen konnte er dort bleiben.

Die Tür war nicht verschlossen. Allerdings hatte sie noch einen altmodischen Knauf.

Ich drehte ihn herum, winkelte mein Bein an und drückte die Tür mit dem Knie auf.

Es roch nach Bohnerwachs und Räucherstäbchen. Dieser Geruch drang mir zuerst in die Nase. Die Wohnung war japanisch eingerichtet. Ich sah Sitzkissen, einen fast auf der Erde stehenden rechteckigen Tisch, eine Ablage für die Schuhe und eine Pergamentwand, die einen Raum in zwei Hälften teilte.

Nur von Kuni sah ich nichts.

Ich rief nach ihm.

Keine Antwort.

»Er scheint doch nicht da zu sein«, ertönte Jakos Stimme von der Tür her.

»Ich sehe genauer nach.« So leicht hatte ich mich noch nie abspeisen lassen. Von Berufs wegen mußte ich allen Dingen bis auf den Grund gehen.

Die Pergamentwand hatte keine Tür. Sie hörte nur kurz vor der normalen Mauerbegrenzung auf und hielt so einen Durchlaß frei.

Ich schritt hindurch.

Ein Schlafzimmer – das breite Bett und...

Scharf saugte ich die Luft ein. Auf dem Bett lag jemand. Es war Kuni. Neben seinem Kopf sah ich einen roten Briefumschlag. Rot wie die Farbe des Bluts, das sich auf der Bettdecke verteilt hatte.

Kuni konnte niemand mehr helfen.

Er war tot. Und er war nach alter japanischer Tradition gestorben.

Kuni hatte sich selbst getötet.

Harakiri nennt man so etwas...

Dr. Tods Befehl hallte noch in dem Keller wider, als Jane Collins schon reagierte.

Sie wußte selbst nicht, woher sie die Kraft nahm, aber in ihrem Unterbewußtsein mußte wohl eine Sperre aufgebrochen sein.

Jane warf sich nach vorn. In der Bewegung breitete sie beide Arme aus und fegte bis auf eine alle Kerzen von den Bierfässern.

Deren Licht reichte jedoch nicht aus, um den Keller zu erhellen. Die Flamme warf nur einen Kreis an die Decke. Es gab genügend dunkle Ecken und Winkel, wo Jane sich verkriechen konnte, wenn es ihr gelang, dem Samurai zu entkommen.

Das war mehr als fraglich.

Irgendwo aus der Dunkelheit hörte sie einen wütenden Ruf. Das war der Killer.

Jane lag flach auf dem Boden. Sie wagte kaum zu atmen und bewegte sich auch nicht. Steif blieb sie liegen.

Sekunden verrannen.

Die Stille wurde unerträglich. Auch der Samurai rührte sich nicht. Nur die Kerze brannte ruhig weiter, weil kein Windzug sie zum Flackern brachte.

An der Decke faserte der helle Kreis an seinen Rändern aus. Ein Teil des Kerzenlichts fiel auf den geheimnisvollen Würfel, der an einer Fläche rötlich gelb schimmerte.

Jetzt bewegte sich der Samurai.

Jane hörte seine Schritte.

Er näherte sich.

Obwohl er schlich, waren die Geräusche in der Stille gut zu vernehmen. Und Jane hörte auch das Pfeifen. Daraus folgte sie, daß der Samurai sein Schwert bewegte, sich geschmeidg hielt und mit der Klinge die Luft zerteilte.

Wirklich keine angenehme Vorstellung für die Detektivin, die plötzlich Todesangst verspürte.

Irgendwann würde der Samurai sie finden, und dann war ihr Schicksal besiegelt.

Wieder ging er einen Schritt nach vorn.

Er schlich heran...

Sogar so nah, daß er in den Bereich des Kerzenlichts geriet und die Flamme anfing zu flackern.

Wenn er jetzt weiterschritt, würde er unweigerlich über Jane Collins stolpern.

Sie mußte weg von dem Ort.

Und sie wagte es.

Jane kroch vor. Auf allen vieren bewegte sie sich weiter, lauschte dabei den Schritten des Mörders und merkte, daß diese verstummt waren.

Jetzt horchte er.

Janes Herz klopfte rasend schnell. Sie durfte nicht mehr auf dem Boden liegen bleiben, sondern mußte hoch, wenn sie den Schwerthieben ausweichen wollte.

Gedacht – getan.

Die Detektivin sprang auf die Füße.

Das ging natürlich nicht ohne Geräusch ab. Der Samurai hörte sie, und er schlug zu.

Instinktiv sprang Jane Collins nach vorn. Der weit aus der Schulter geholte Schlag verfehlte sie. Aber der Untote war schnell. Sofort drosch er ein zweitesmal zu. Jane hörte die Klinge pfeifen, so nah wischte sie vorbei.

Dann knallte die Waffe gegen die Wand.

Im ersten Augenblick wollte Jane schreien, weil der Aufprall so heftig gewesen war, doch sie riß sich zusammen. Wie ein Computer gab ihr Gehirn die Befehle zum Überleben weiter.

Jane fiel auf die Knie.

Gerade noch rechtzeitig, denn der Samurai war da. Die Klinge hätte sie tödlich getroffen, so aber rasierte sie über ihren Kopf hinweg und klirrte erneut gegen die Wand.

Sofort warf sich Jane Collins nach vorn. Sie tat dies in einer wahren Todesverachtung und weil sie keine andere Möglichkeit mehr sah. Sie hatte das große Glück, daß sich ihre Finger in den Stoff des Beinkleides klammern konnten.

Ein gewaltiger Ruck, und der Samurai wurde aus dem Gleichgewicht gebracht.

Für Bruchteile von Sekunden dachte er nicht mehr daran, mit seinem Schwert zuzuschlagen, er hatte jetzt genug mit sich selbst zu tun. Diese Chance wollte Jane nutzen.

Sie tauchte zur Seite weg, gelangte auf die Füße und lief auf die brennende Kerze zu.

Aber der Samurai war schon hinter ihr her. Und er war verdammt wendig und schnell.

Zu schnell.

Jane Collins wollte an dem Faß mit dem Würfel vorbeihuschen, als der untote Killer sie erreichte.

Das Schwert hielt er in der Rechten, doch mit der Linken schlug er zu. Seine grabeskalte Pranke prallte auf Janes linke Schulter, eisern hielten die Finger fest, und mit einem Ruck wirbelte der Samurai die Detektivin herum.

Jane schrie. Sie riß ihren Arm als Deckung vor das Gesicht und prallte mit dem letzten Wirbel gegen die harte Kante des Fasses, auf dem der Würfel stand.

Jetzt hatte der Töter sie.

Hochaufgerichtet stand er vor ihr. Vom flackernden Kerzenlicht getroffen, eine furchtbare Erscheinung, die keine Gnade kannte und töten wollte.

Jane zitterte vor Angst. Sie hatte alles versucht, doch es war ihr nicht gelungen, aus den Klauen des Samurais zu entrinnen.

Er ließ sie los und hob den rechten Arm. Die blanke Klinge fuhr für den Bruchteil von Sekunden durch den Lichtschein der Kerze und blitzte auf.

Jane spürte nicht mehr den Druck der Hand auf ihrer Schulter, und sie handelte instinktiv und rein reflexhaft.

Sie warf sich zur Seite.

Genau in dem Augenblick, als die mörderische Klinge von oben nach unten fuhr.

Sie traf!

Aber nicht Jane Collins, wie vorgesehen, sondern den geheimnisvollen Würfel. Wuchtig hieb sie in die obere Kante.

Licht sprühte und gleißte auf, und im selben Augenblick stieß der Samurai einen markerschütternden Schrei aus.

Er wollte das Schwert wieder hochziehen, doch die Klinge war plötzlich mit dem Würfel verwachsen. Das Licht breitete sich aus.

Es rann förmlich über die Schwertklinge, erreichte den Samurai, hüllte ihn ein wie eine helle Glocke – und zerstörte die unheimliche Höllengestalt. Gleichzeitig löste sich das Samurai-Schwert auf.

Der Würfel hatte den Frevel des Angriffs gerächt. Der untote Samurai wurde zu Asche.

Langsam sanken die Kleindungsstücke ineinander und blieben als Lumpen auf dem Boden liegen.

Stille.

Nur das heftige Atmen der Detektivin unterbrach sie. Jane lag auf dem Boden. Sie konnte nicht begreifen, daß sie tatsächlich gerettet war. Sie hob den rechten Arm. Geisterhaft tauchte ihre Hand im Leichtschein der Kerze auf. Sie fiel auf den Rand des Fasses, die Finger faßten zu, und Jane zog sich auf die Knie.

Erst jetzt sah sie, was von dem Samurai übriggeblieben war.

Nur noch die Kleidung.

Jane Collins schluckte. Dann brach es aus ihr heraus. Sie schlug die Hände vors Gesichts und weinte vor Glück und Erleichterung.

Ich hatte noch nie jemanden gesehen, der sich nach der alten japanischen Tradition umgebracht hatte, und ich spürte, wie meine Knie weich wurden.

Dieser Anblick war wirklich hart.

Hinter mir hörte ich das schwere Atmen.

Jako war mir gefolgt.

Ich schaute ihn an, forschte in seinem Gesicht und versuchte seine Gedanken zu lesen.

»Es war wirklich besser«, sagte er.

»Was wissen Sie?« fuhr ich ihn an.

»Nichts. Oder vielleicht ein wenig, aber nicht genug, um das Rätsel lösen zu können.« Er streckte den Arm aus, und sein Zeigefinger wies auf den roten Briefumschlag neben dem Kopf des Toten. »Dort können Sie alles lesen.«

»Woher wissen Sie das?«

»Er mußte sein Testament machen. Es war so bestimmt. Er – er kämpfte dagegen an, doch das andere war zu stark.

Schließlich brachte er seinen Vater um, das hat er nicht verkraftet.«

Ich hörte die Worte, während ich an das Bett trat und den Umschlag an mich nahm.

Ich wollte den Toten nicht sehen, wenn ich den Brief las, und ging deshalb in die andere Zimmerhälfte. Jako blieb neben mir stehen, als ich den Umschlag aufriß. Mit spitzen Fingern entnahm ich das Papier, das sehr eng, aber zum Glück in englischer Sprache beschrieben war, so daß man nicht zu übersetzen brauchte.

Die ersten Sätze interessierten mich nicht. In ihnen schrieb Kuni über die Liebe zu seinem Vater und kam dann auf den Fluch der Ahnen zu sprechen.

Ich las halblaut. »Es verfolgte mich im Traum. Ich konnte nachts nicht mehr schlafen, weil der Alp plötzlich da war. Und er befahl mir, aufzuwachen und alles für ihn vorzubereiten. Ich hörte von Tokata, von dem Samurai-Dämon, dessen Wiedergeburt vorbereitet werden mußte. Und mich hatte man dafür ausgesucht. Ich sprach mit meinem Vater, er war entsetzt, aber ich konnte mich nicht wehren. Die Träume wiederholten sich, man brauchte mich, man verlangte nach mir.«

»Stimmt das?« fragte ich Jako.

»Ja.«

Dann las ich weiter. »Mein Vater und ich stritten uns. Er warnte mich immer wieder, doch ich wollte nicht hören. Ich konnte auch nicht, denn das andere in mir war stärker als die reinen Gefühle zu meinem Vater. Tokatas Ankunft war nah. Das übermittelte man mir in meinen Träumen, und ich war dazu ausersehen, ihm den Weg zu ebnen, was mich auf eine besondere Weise mit Stolz erfüllte. Ich bereitete alles vor. Nebenan, in der alten Brauerei, sollten seine vier Leibwächter ihr Versteck finden, denn sie erschienen als erste, während Tokata noch in der unheiligen Erde Japans liegt. Die Tradition hat dies befohlen, und ich gehorchte. Mein Vater war entsetzt. Er flehte die Götter an, doch die erhörten ihn nicht. Dämonen und finstere Gestalten hatten die Regie in diesem Spiel übernommen. Ich folgte nur der Tradition und fühlte mich dabei sehr glücklich. Ich nahm die Dämonen mit offenen Armen auf. Mein Vater hielt sich zurück, doch er informierte heimlich einen Reporter. Der Mann kam in die Schule, sah sich alles an und ging wieder. Wir mußten ihn töten. Ich gab einem Samurai den Befehl, und er führte ihn aus. Als mein Vater das hörte, wandte er sich von mir ab und bezeichnete mich als Mörder. Wir waren zu Feinden geworden, und im Traum erhielt ich den Befehl, ihn zu töten. Ich tat es. Man möge mir verzeihen, ich kann es nicht mehr...«

Damit endete der Brief, der mich doch erschüttert hatte. Wieder erlebte ich es, daß normale Menschen in den Dunstkreis finsterer Dämonen gerieten, zu grausamen Dingen gezwungen wurden und selbst vor einem Familienmord nicht zurückschreckten.

Jako hatte mir zugehört. Jetzt fragte ich ihn. »Stimmt das alles, was in dem Brief stand?«

»Vielleicht.«

»Reden Sie sich nicht immer heraus. Die Samurais existierten, das haben wir erlebt. Und es ist sogar die Zahl genannt worden. Vier, mein Lieber. Zwei sind erledigt, und damit frage ich Sie: Wo befinden sich die anderen beiden?«

»Im Keller...«

»In welchen Keller?«

»Nebenan befindet sich die stillgelegte Brauerei. Dort haben sich die Samurais versteckt.«

Das war eine Information, mit der ich etwas anfangen konnte. Dann hatte ich noch eine Frage. »Ist Ihnen der Name Dr. Tod oder Solo Morasso bekannt?«

Jako dachte nach. »Nein«, meinte er nach einer Weile. »Ich habe ihn noch nie gehört.«

»Danke.«

Bill tauchte auf. Er hatte es in der Kampfschule nicht mehr ausgehalten. »Hier bist du«, sagte er.

Ich erklärte ihm, was vorgefallen war.

»Harakiri?« flüsterte Bill. »Aber das ist ja grauenhaft.«

»Wem sagst du das?«

»Aber zwei fehlen noch«, meinte auch der Reporter.

Ich nickte.

»Und Dr. Tod? Hast du von ihm etwas gehört?«

»Man kann sich nicht an ihn erinnern«, erwiderte ich.

Bill hob die Schultern.

Natürlich rechnete ich fest damit, daß sich die beiden restlichen Samurais nebenan versteckt hielten. Ich würde unweigerlich auf sie stoßen, und deshalb mußte mir Suko seine Dämonenpeitsche geben.

Ich sprach mit ihm darüber.

»Soll ich nicht lieber gehen?« fragte er.

»Nein, die Sache erledige ich.«

»All right.« Suko überreichte mir die Peitsche. Ich nickte ihm dankbar zu und wandte mich wieder an Jako, der mit gesenktem Kopf dem Gespräch gelauscht hatte.

»Komme ich von hier aus in den Keller des Nachbarhauses, oder muß ich außen herumgehen?«

»Nein, es gibt einen Durchschlupf.«

»Zeigen Sie ihn mir.«

Wir gingen.

Hinter einer schmalen Eisentür begann eine steile Treppe. Licht gab es nicht, und wir mußten uns im Dunkeln vorantasten.

Auf halber Treppe bedeutete ich Jako, zurückzubleiben. Er mußte mir nur noch den weiteren Weg erklären, was er mit zitternder Stimme tat.

Ich bedankte mich und schritt weiter.

Diesmal schaltete ich meine kleine Lampe ein, deren Strahl zwar dünn war, aber dennoch die Finsternis so erhellte, daß ich mich orientieren konnte.

Am Ende der Treppe blieb ich stehen, lauschte und schwenkte meinen Arm mit der Lampe.

Den Durchbruch sah ich ein paar Yards weiter. Man hatte ihn kurzerhand so gelassen und nicht durch eine Tür versperrt.

Ich betrat den Keller der stillgelegten Brauerei.

In der linken Hand hielt ich die Dämonenpeitsche, in der

rechten meine Lampe. Die Riemen schleiften über den Boden und wirbelten alten Staub auf.

Ich schaute mich um.

Schon am Geruch war zu erkennen, wo ich mich befand. Es roch nach Treber und abgestandenem Bier. Hinzu kam die Feuchtigkeit, die das Atmen nicht gerade erleichterte.

Auf Zehenspitzen schlich ich voran.

Wo lauerten die beiden Samurais?

Daß es nur einer war, konnte ich nicht ahnen, ich rechnete mit zwei Gegnern.

Ich gelangte in einen Raum, in dem Bierkisten gelagert wurden. Die meisten waren zerstört. Ich sah auch noch die alten Holzkästen, wie man sie früher benutzte.

Unbeschadet durchquerte ich den Kellerraum, gelangte durch eine Tür in den nächsten und blieb stehen.

Ich hatte ein Geräusch gehört.

Weinen...

Befand sich außer mir noch jemand hier unten?

Als ich genauer hinhörte, wurde mir bewußt, daß dieses Weinen von einer Frau stammte.

Aber wo, zum Henker, steckte sie in diesem verdammten Keller-Labyrinth?

Ich schritt weiter vor. Unter der Decke sah ich zahlreiche Leitungen. Aus einigen tropfte Wasser. Wo es den Boden traf, hatten sich Lachen gebildet.

Ich leuchtete mit meiner Lampe.

Eine offene Tür.

Ich blieb stehen. »Hallo!« rief ich. »Hören Sie mich?« Ich mußte mich bemerkbar machen, auch auf die Gefahr hin, daß mich meine Gegner hörten.

Das Weinen verstummte.

Noch einmal rief ich.

Dann die Antwort. »John!«

Es war ein Schrei, und er zitterte durch den Keller. Jemand hatte meine Stimme erkannt, aber auch ich hatte die Stimme der Frau identifizieren können.

Es war Jane Collins!

Himmel, wie kam sie hierher?

»Jane!« Jetzt war ich nicht mehr zu halten. Auch die Samurais konnten mir gestohlen bleiben, und als ich einen Lichtschimmer sah, da wußte ich, daß es geschafft war.

Jane fiel mir in die Arme.

Mein Gott, sie zitterte, sie mußte Schreckliches durchgemacht haben, denn die Detektivin war ziemlich hart im Nehmen. Ich strich über ihr Haar und über ihren Rücken.

Nur langsam ließ Janes Schluchzen nach. Über ihre Schulter konnte ich hinwegschauen, sah die eine brennende Kerze und erkannte auch den viereckigen Gegenstand auf einem Bierfaß.

Den Würfel!

Plötzlich war die Erinnerung da. Himmel, den Würfel hatte ich schon gesehen. Damals, im Brocken, als ich das Buch der grausamen Träume gefunden hatte.

Und jetzt stand er hier.

Wieso?

Ich fragte Jane danach.

Sie löste sich von mir und hob die Schultern. »Ich kann es dir nicht erklären, John. Er war einfach hier, und ich habe mir gleich gedacht, daß er etwas...« Sie brach ab. »O Gott, es war so schrecklich, John.«

»Was war so schrecklich?«

»Sie, nein, er wollte mich töten!«

»Der Samurai?«

»Ja.«

»Aber er war nicht allein, John...«

»Ich weiß, es gibt noch einen zweiten.«

Jane schüttelte den Kopf. »Den meine ich nicht. Es geht um einen anderen Mann – um Dr. Tod!«

Ich hatte das Gefühl, von einem Stromschlag getroffen zu werden. »Was sagst du? Dr. Tod?«

Jane nickte. »Wirklich John, er war hier. Und der Samurai sollte mich köpfen, damit man dir dann meinen...«

»Schon gut, schon gut...«

Ich überlegte fieberhaft. Vier Krieger waren nach London

gekommen. Zwei hatte Suko erledigt, von dem dritten sah ich die Reste neben dem Bierfaß auf dem Boden liegen. Blieb noch einer! Wo hielt er sich versteckt?

Das war im Augenblick zweitrangig. Erst einmal mußte ich Jane Collins in Sicherheit bringen. Und dann wollte ich mich um den Samurai und um Dr. Tod kümmern.

»Kennst du dich hier unten aus?« fragte ich die Detektivin.

»Nein.«

»Okay, dann bringe ich dich auf dem Weg zurück, den ich genommen habe. Suko und Bill werden auf dich achten. Daß du aber auch immer deine Nase in Dinge stecken mußt, die zu gefährlich sind. Ich habe dir doch gesagt, bleib zu Hause.«

»Entschuldige, John.«

Ich lächelte. »Schon gut.« Jane Colins konnte ich nicht böse sein.

Es war für mich nicht schwierig, auf dem gleichen Weg wieder zurückzukehren, doch daraus sollte vorerst nichts werden.

Der Würfel verhinderte es.

Jane Collins sah zuerst, was mit ihm geschah, stieß mich an und rief: »Sieh doch, John!«

Ich drehte mich.

Der Quader änderte seine Farbe. Plötzlich wurden seine Flächen weiß, aber es war ein stumpfes Weiß, kein helles oder strahlendes. Allerdings veränderte sich die Farbe in den nächsten Sekunden. Die Intensität nahm drastisch zu, sie bekam sogar einen Stich ins Gelbliche, und plötzlich strahlte der Würfel Licht ab.

Helles, kaltes Licht.

Der gesamte Kellerrraum wurde ausgeleuchtet, als würden tausend Leuchtstoffröhren gleichzeitig aufflammen. Ich konnte nicht in diese Helligkeit hineinschauen, und Jane Collins erging es ebenso. Wir rissen die Arme hoch und bedeckten unsere Augen, trotzdem drang noch ein heller Widerschein an die Pupillen.

Urplötzlich war es dann vorbei.

Langsam senkte ich meine Hand. Auf halber Höhe blieb sie

stehen. Ich war bereit, meine Augen sofort wieder zu schützen, sobald der Würfel erneut aufflammte.

Das geschah nicht, das konnte gar nicht mehr geschehen, denn der Quader war verschwunden.

Einfach weg.

»Das gibt's doch nicht«, murmelte Jane Collins und trat bis dicht an das Bierfaß.

Ich hielt mich an ihrer Seite. Gemeinsam starrten wir gegen die leere Fläche, auf der als letztes Andenken an den verschwundenen Würfel eine Blutlache lag.

»Wer mag ihn nur weggeholt haben?« flüsterte Jane Collins und schüttelte sich.

Ich hob die Schultern. Eine Antwort konnte ich ihr nicht geben. Doch für mich war das Verschwinden des Würfels ein Beweis, daß wir uns nicht allein in diesem Keller befanden. Irgendwelche Kräfte lauerten hier und beobachteten uns.

»Laß uns so rasch wie möglich verschwinden«, hauchte Jane und hängte sich bei mir ein.

»Ja, gehen wir.«

Was ich anpackte, es war verkehrt. Man wollte uns nicht aus dem Keller lassen, denn plötzlich hörten wir einen lauten Schlag.

Jane zuckte noch mehr zusammen als ich.

Wenig später wußte ich, was geschehen war.

Jemand hatte die Tür zugeschlagen.

Wir waren gefangen!

Japan!

Ein Gebiet auf der Nordhälfte der größten Insel. Reisfelder, wohin das Auge schaute. Dahinter erhoben sich die Hügel mit ihren zahlreichen Kratern. Es waren erloschene Vulkane.

Trotzdem fanden die Menschen in der Umgebung keinen Frieden. Und daran war nur einer schuld.

Tokata, der Samurai des Satans!

Seine Ankunft stand dicht bevor, dichter als sonst, denn

der Berg, in dem er begraben lag, sonderte immer größere Rauchwolken ab. Die Zeichen standen auf Sturm, und selbst die Sonne verblaßte vor dem nach Schwefel riechenden Rauch.

Die Bauern, die sich morgens noch auf die Felder gewagt hatten, hatten ihre Arbeitsplätze verlassen und waren in die Dörfer zurückgekehrt. Dort verkrochen sie sich in ihre Häuser, zündeten Kerzen an und knieten vor ihren kleinen Hausaltären, um zu den Göttern zu beten.

Leergefegt waren die schmalen Straßen. Nicht einmal ein streunender Hund hielt sich noch draußen auf. Auch die Tiere spürten, daß etwas in der Luft lag. Sie unter Umständen noch mehr als die Menschen.

Der Berg kokelte weiter.

Tief in seinem Inneren lag er, war unter Tonnen vulkanischer Erde begraben.

Und er war wach!

Die Impulse hatten seinen Geist so aktiviert, daß er die Befehle an den untoten Körper weitergeben konnte. Nun konnte ihn nichts mehr aufhalten. Die Stunde der Rückkehr war nah.

Sehr nah sogar...

Es wurde Abend.

Die Sonne verkroch sich ganz im Westen, bis sie nur noch wie ein glühender Splitter über dem Horizont stand. Ein paar letzte Strahlen glitten über das Land und badeten es in einem immer blasser werdenden Licht. Der ewige Kampf zwischen Tag und Nacht begann. Wie immer würde der Tag verlieren, denn die Zeit war reif für die Dunkelheit.

Und nicht nur für die natürliche. Auch die Mächte der Finsternis sahen ihre Chance nun gekommen. In den Dimensionen des Grauens hockte Asmodina. Sie hielt den Würfel des Unheils in der Hand, hatte ihn sich geholt, um mit ihm ihre teuflischen Spiele zu treiben.

Dieser Würfel besaß eine besondere Eigenschaft. Er richtete sich genau nach demjenigen, dem er gerade gehörte. Hielt ihn ein guter Mensch in der Hand, so zeigte er ihm den Weg des Lichts. Hielt ihn jedoch ein Dämon in den Händen, so wurden ihm alle Grausamkeiten der Höllendimensionen offenbart.

Asmodina kannte sie. Für sie war es wichtig, daß der Würfel die Kraft aufbrachte, ihre Gedanken zu verstärken wie eine Linse, damit sie gradlinig den Samurai des Satans trafen.

Und sie hatte Erfolg.

Tokata rührte sich, als der letzte Sonnenstrahl hinter den Bergen verschwand und die Dämmerung als gewaltiger grauer Mantel ihre Schwingen über das Land ausbreitete.

Der Samurai spürte die Kraft der Nacht.

Noch stand der Mond blaß am Himmel, doch bald würde er seine Leuchtkraft voll ausschöpfen, und die gab ihm die Kraft, die er benötigte, um aus seinem Gefängnis zu entfliehen.

Noch lag er in der ewigen Finsternis, aber er wurde von Minute zu Minute stärker.

Er lauschte.

Deutlich hörte er das ferne Grummeln im Berg, eine höllische Musik, die seine schreckliche Auferstehung begleiten sollte. Der Vulkan begann wieder zu arbeiten. Bald schon würde er seine todbringende Lava gegen den nachtdunklen Himmel schleudern und zu einem Feuerwerk des Schreckens blasen.

Im Dorf hörte man ebenfalls die Geräusche. Die Erde vibrierte. In den Häusern flackerten die Kerzenflammen, manchmal zitterte auch der Boden.

Die Menschen beteten intensiver, stärker. Sie flehten um Gnade und Vergebung, während in den Ställen das Vieh brüllte und an den Stricken riß.

Die Katastrophe nahte.

Noch verließ niemand seinen Wohnort. Alle wollten so lange wie möglich aushalten. Erst wenn der Berg sein Maul öffnete, dann würden sie flüchten.

Trotzdem packten die Frauen bereits die wenigen Habseligkeiten zusammen. Viele weinten, die Kinder standen da und schauten ihre Eltern fragend an.

Tief im Berg bereitete sich Tokata darauf vor, endgültig die magischen Fesseln abzustreifen.

Ein erster Ascheregen fuhr aus dem Krater, als hätte jemand mit einem gewaltigen Blasebalg hineingepustet.

In den Dörfern wurde alles genau registriert. Als dann das erste infernalische Grollen aus dem Berg drang, da wußten alle, daß der Vulkan das Höllenfeuer ausspeien würde.

Wenige Minuten später brach das Inferno los...

Unser Lage war besch...eiden.

Nicht, daß ich Angst gehabt hätte, aus dem Keller nicht mehr herauszukommen, nein, ein anderer bereitete mir Sorgen: der Samurai.

Außerdem strolchte Dr. Tod hier irgendwo herum.

Das paßte mir überhaupt nicht.

Jane hob die Schultern. Ihr Gesicht drückte Ratlosigkeit aus. »Bill und Suko wissen Bescheid, daß wir hier unten sind«, sagte sie. »Sie werden uns holen.«

»Von dir wissen sie nichts, nur von mir.«

»Dann wird die Überraschung um so größer sein.«

»Und inzwischen sind Dr. Tod und der Samurai verschwunden.«

Jane senkte den Blick. »An die habe ich gar nicht mehr gedacht.«

»Aber ich.«

»Was machen wir nun?«

Die Frage war gut, und so leicht wußte ich keine Antwort darauf.

Zunächst untersuchte ich die Tür. Und dabei erlebten wir die erste Enttäuschung.

Die Tür war zwar schon alt, doch das Holz hatte die Jahre überstanden, ohne Schaden zu nehmen. Es gab keine Stelle, die man hätte mit der Faust einschlagen können. Alles war verdammt stabil.

Ich trat wieder zurück. »Gibt es noch einen anderen Ausgang?« fragte ich Jane.

»Ich weiß nicht.«

Wir suchten und fanden nichts. Die Tür war der einzige Aus- als auch Eingang.

Mist.

Jetzt war guter Rat teuer.

»Wir könnten schreien«, schlug Jane vor.

Ich schüttelte den Kopf. »Nein, dann triumphiert nur Dr. Tod.«

»Weißt du eine andere Lösung?«

Ich knetete mein Kinn und dachte nach.

Jane Collins schaute mich dabei skeptisch an. Nach einer geraumen Weile sagte ich: »Es gibt vielleicht doch einen Weg.«

»Und welchen?«

»Wir müssen die Tür anzünden!«

Jane schaute mich an, als hätte sie einen Verrückten vor sich. »Das ist nicht dein Ernst?«

»Doch.«

»Aber John, wir...«

»Hast du einen anderen Vorschlag?«

»Nein.«

»Okay, dann hol die Kerze.«

Es war die letzte, die allen Schwierigkeiten zum Trotz noch brannte.

Mit der brennenden Kerze in der Hand trat Jane Collins zu mir. »Klappt das denn?« fragte sie.

»Wenn du mir dein Feuerzeug leihst.«

»Warum das denn?«

»Weil es noch mit Benzin gefüllt ist. Oder hast du dich inzwischen umgestellt?«

»Du denkst auch an alles.«

Ich grinste. »Eben. Jetzt brauche ich nur noch ein Taschentuch.«

»Soll ich dir damit auch aushelfen?«

»Danke, das habe ich selbst.«

Eins stand fest. Es war ein Versuch – und ein fragwürdiger

zudem. Aber wenn wir uns rasch aus dieser Klemme befreien wollten, mußte ich zu ungewöhnlichen Mitteln greifen.

Die leeren Bierfässer befanden sich zum Glück so weit weg, daß sie kein Feuer fangen konnten. Und auch sonst gab es in diesem Kellerraum außer der Tür kein brennbares Material.

Jane Collins war schon dabei, ihr Feuerzeug aufzuschrauben. Ich hatte mein Taschentuch hervorgeholt und hatte es zu einer provisorischen Lunte gedreht.

»Nur gut, daß ich erst meinen ›Flammenwerfer‹ frisch gefüllt habe«, meinte Jane.

»Das war Vorsehung.«

»Ha, ha.« Jane kippte ihren »Flammenwerfer« und ließ das Benzin auf mein Taschentuch träufeln. Ich hatte mich vorher davon überzeugt, daß die Tür ziemlich trocken war. Das Holz mußte meiner Ansicht nach brennen, wenn man etwas nachhalf.

»Okay«, sagte Jane, als ihr Feuerzeug leer war. »Es kann losgehen.«

Ich ging in die Knie. Der Benzingeruch stieg mir eklig in die Nase. Aber ich hoffte, da uns gerade dieses Benzin in die Freiheit führen würde.

Sorgfältig legte ich das Taschentuch auf den Boden und dabei dicht an die Tür.

Jane beobachtete mich, und sie drückte mir beide Daumen, als ich die Kerze nahm, die Flamme mit der Hand abschirmte, damit sich die Dämpfe nicht schon entzündeten, und sie dann an das getränkte Tuch führte.

Es fing sofort Feuer.

Wir hörten ein leises »Puff«, und schon stand das Taschentuch in Flammen. Es brannte wie der berühmte Zunder. Ich erhob mich und trat sicherheitshalber einen Schritt zurück.

Das Taschentuch hatte ich so gelegt, daß die Flammen an der Tür hochlecken mußten. Und sie taten mir den Gefallen. Das trockene Holz begann zu glimmen, erste Funken flogen knatternd davon, und dann hatte ein von links nach rechts verlaufender Türbalken auch schon Feuer gefangen.

»Es klappt!« rief Jane. »Es klappt!«

Ich nickte nur.

Wenn das Feuer nur nicht ausging, das war meine größte Sorge.

Rauch stieg gegen die Decke. Es war ein dunkler Qualm, der sich träge erhob.

In seltsamen Figuren breitete sich der Rauch aus, während die Flammen immer mehr Nahrung fanden. Als würden sie an Bändern gedreht, so wirbelten und drehten sie am Türholz hoch.

Jane hustete.

Ich zog sie zurück. Schließlich hatten wir beide keine Lust, hier zu ersticken.

Vor uns knisterte und knatterte es. Kleine glühende Holzsplitter zischten wie winzige Raketen davon. Ich konnte dem Himmel danken, daß das Holz so trocken war. Fast die gesamte Tür war jetzt schwarz gefärbt, und über die Hälfte wurde sie bereits von den züngelnden Flammen bedeckt.

»Hast du noch ein Taschentuch?« fragte ich Jane.

Sie nickte, holte es hervor und preßte es sich gegen den Mund, während ich mir hin und wieder den Jackettärmel gegen die Lippen drückte.

Wir beobachteten weiter. Das Feuer war jetzt nicht mehr aufzuhalten. Gierig fraß es sich weiter. Auch der obere Querbalken wurde bereits erfaßt und geschwärzt.

Er war brüchig. Ich trat gegen den unteren. Das verkohlte Holz zerfiel unter meinem Tritt und stäubte als feiner, schwarzer Ascheregen zu Boden.

Das Feuer gierte bereits in das Holz hinein. Es suchte neue Nahrung, fand sie auch und fraß sich unaufhörlich weiter.

Zwischen zwei Hustenanfällen fragte mich Jane: »Ob man es schon wagen kann?«

Ich wischte mir die Tränen aus den Augen und schüttelte den Kopf. Obwohl uns der Rauch schwer zusetzte, wollte ich noch abwarten.

Nur nichts Halbes machen, das war die Devise.

Langsam wurde die Luft schlechter. Sie war kaum noch zu

atmen. Und wir merkten das Risiko, das wir mit dieser Befreiungsaktion eingegangen waren. Klappte es nicht, würden wir unter Umständen elendig ersticken.

Immer wieder schaute ich besorgt auf Jane Collins. Auch ihre Augen tränten. Sie hustete und würgte, aber sie hielt sich tapfer auf den Beinen. Schließlich wußte auch sie, was alles noch vor uns lag.

Die Dämonenpeitsche hatte ich in den Gürtel gesteckt. Ich war jedoch sicher, daß ich sie noch gebrauchen würde. Denn ein Samurai lief noch frei herum. Hoffentlich drang er nicht in die Kendo-Schule ein, wo Suko, Bill und die anderen auf uns warteten. Meine Freunde besaßen keinerlei Waffen, um sich gegen das Ungeheuer verteidigen zu können.

Der Gedanke machte mir fast noch mehr Angst als die Vorstellung, in diesem Keller ersticken zu können.

Die Tür war jetzt eine einzige Feuerwand. Nach rechts, links und nach oben leckten die Flammen ebenfalls weg. Sie waren auf der Suche nach neuer Beute, doch da gab es nur Mauerwerk, und das widerstand dem Feuer.

Jane Collins schaute mich an.

Ich wußte, was sie dachte. Ihr Gesicht war rußverschmiert, in den Augen leuchtete die Angst.

»Okay!« keuchte ich. »Ich werde es wagen!«

Sie nickte.

Ich trat zurück, zog meine Jacke aus und wickelte sie mir um die Schulter und den rechten Arm.

Luft konnte ich nicht viel holen, dafür maß ich die Entfernung, startete und rannte los.

Wuchtig warf ich mich gegen die brennende Tür.

Plötzlich war die Hitze da. Ich hätte schreien könne, hörte das Knirschen – aber die Tür hielt.

»Zurück, John!« Janes Stimme kippte fast über.

Ich folgte ihrem Ruf.

Sofort war sie bei mir, schlug mit beiden Händen auf mich ein und erstickte so die kleinen Flämmchen, die schon auf der Kleidung tanzten.

»Wir müssen noch warten!« knirschte ich.

Lange konnten wir es in dieser Hölle aus Qualm und Rauch nicht mehr aushalten.

Ich biß die Zähne zusammen, als ich sah, wie Jane taumelte. Sie legte sich zu Boden, dort war die Luft noch etwas besser.

Der zweite Anlauf.

Ich rannte los. Spürte wieder die verdammte Hitze, knallte gegen die brennende Tür, hörte das Ächzen und Knirschen, schrie selbst auf, als die Flammen mich packten.

Hart knallte ich zusammen mit der brennenden Tür zu Boden. Ich mußte von den Flammen weg und reagierte instinktiv. Automatisch rollte ich mich zur Seite, schlug auf meinem Körper herum und erstickte die Flämmchen.

Die Tür lag auf dem Boden und brannte aus.

In meine Lungen drang die frische Luft.

Doch Jane. Wo war sie?

Ich kam auf die Knie, wollte ihren Namen rufen, aber nur ein Krächzen drang aus meiner Kehle.

Dafür sah ich ihre Gestalt.

Jane taumelte durch das Rechteck, in dem einmal die Tür gesteckt hatte. Sie konnte sich kaum noch auf den Beinen halten, und ich ging ihr entgegen.

Die Detektivin fiel mir in die Arme.

»Alles okay«, sagte ich, »wir haben es hinter uns!« Dieser Opimismus sollte mir bald vergehen, denn wie ein Spuk tauchte aus dem Hintergrund des Kellers eine Gestalt auf.

Der vierte Samurai!

Ein alter Bauer sah es zuerst. Er hatte bereits des öfteren Vulkanausbrüche erlebt, war auf das Dach seines Hauses gestiegen, um den Berg zu beobachten.

Urplötzlich stieg die Flammensäule in den Himmel. Ein gewaltiges Brausen erfüllte die Luft, der gesamte Berg schien zu explodieren. Er rumorte und grollte, als wäre die Hölle dabei, ihre sämtlichen Pforten zu öffnen.

Glühende Lavamassen schleuderte der Druck in den

96

nachtdunklen Himmel, wo das rötliche Licht die Finsternis zerriß und einen weiten blutigen Schein über das Firmament legte.

Die Lava kochte, gischtete und sprühte. Stoßweise drang sie aus dem Krater, gewaltige Mengen unheimlicher Energien, die da in den Himmel pufften.

Nach der Lava folgte die Erde.

Tonnenweise wurde sie hochgewirbelt, heraus aus dem Krater und der glühenden Lava folgend.

Es war ein grandioses Schauspiel. Makaber, fantastisch, aber auch brandgefährlich, denn die zurückfallenden, glühenden Lavaströme flossen den Berghang entlang und wälzten sich wie eine gewaltige Wand auf die Dörfer zu.

Jetzt erst verließen die Einwohner ihre Häuser. Sie wußten, daß die Bauten sie nicht schützen konnten, die Lavamassen würden alles unter sich begraben.

Menschen, Tiere, Material...

Sie waren wie gefräßige Monster, die ihre Opfer mit Haut und Haaren verschlangen.

Die Flucht war ein Wettlauf mit der Zeit. Manche hatten ihre Zugtiere vor die Wagen gespannt, doch die Ochsen – sonst trabten sie auf den Feldern – waren viel zu langsam und auch nicht mit der Peitsche zu bewegen, schneller zu laufen.

Und die Lava rollte weiter auf das Dorf zu. Sie riß alles mit, was sich ihr in den Weg stellte. Büsche, kleinere Bäume, Felsen, Geröll. Sie verwüstete die Reisfelder, begrub sie unter ihren glühenden Massen, und es gab nichts, was sie aufhalten konnte.

Der Vulkan spie weiter, während in seinem Inneren, in dieser kochenden Hölle, der Samurai erwacht war. Das Vibrieren der Erde empfand er als reine Wohltat.

Bald würde der Vulkan auch ihn ausspeien. Ihn, gegen den der normale Ausbruch harmlos war. Die Lava erkaltete, aber er blieb und würde dem Land und der ganzen Welt seinen grausamen Stempel aufdrücken.

Inzwischen hatte die erste Lavawelle den Ort erreicht.

Sie überspülte die Hütten am Ortsrand, riß sie weg.

Die Menschen flüchteten.

Sie vernahmen in ihrem Rücken das gewaltige Donnern und Poltern, das immer lauter wurde, je mehr sich die Glutlawine den Fliehenden näherte.

Die Alten wurden von den Jüngeren getragen. Auch die schwerfälligen Ochsen wußten jetzt, worauf es ankam, daß sie um ihr Leben rennen mußten, wollten sie nicht von der Glut vernichtet werden.

Die Angst mobilisierte in den Menschen die letzten Kräfte. Sie schafften es tatsächlich, den Lavaströmen zu entkommen, und hetzten einen Hügel hoch, vom dem aus sie eine gute Sicht hatten.

Im Tal kochte die Hölle.

Die glühende Lava lag nicht ruhig da, sondern spritzte und bewegte sich. Steine wurden jetzt aus dem Trichter des Vulkans geschleudert und jagten wie Raketen dem Himmel entgegen.

Dann blies der Vulkan einen heißen Ascheregen aus, der sich sofort über das Land verteilte.

Die Menschen beteten wieder. Noch hatten sie nichts von Tokata gesehen. Manche hofften, daß er nicht auftauchen würde, daß dieser Vulkanausbruch eine normale Ursache hatte.

Doch sie sahen sich getäuscht.

Tokata kam.

Der Ascheregen hörte plötzlich auf. Dafür ertönte ein Grollen im Innern des Berges, und gleichzeitig fiel das Mondlicht so auf das Land, daß es den Vulkan anleuchtete.

Lachen...

Aus der Tiefe des Vulkans schallte es nach draußen, und die Menschen auf dem entfernten Hügel drückten ihre Gesichter in die Erde und flehten zu den Göttern.

Plötzlich zeigte der Vulkanrand eine schwefelgelbe Farbe, die ein blasses Leuchten verbreitete.

Die Geflohenen sahen dies ebenfalls und wußten Bescheid.

Tokatas Rückkehr stand dicht bevor. Ihre Gebete hatten nichts genützt. Die Hölle war stärker.

Sämtliche Augen waren dem Vulkan zugewandt, aus dessen Trichter keine glühende Lava mehr strömte, sondern nur noch pulvrige Asche aufstieg. Im hohen Bogen puffte sie in den Himmel, bildete dort einen Kranz und fiel wieder zurück.

Und dann war er da.

Wie der große Sieger stieg er aus dem Vulkan. Er hatte gespürt, daß seine Zeit reif war. Die Kräfte kehrten zurück, Schwarze Magie half ihm, ein zweites, schreckliches Leben zu führen.

Asmodinas Plan ging auf.

Riesig war seine Gestalt. Obwohl aus dem Krater plötzlich hohe Flammen schlugen, konnten sie ihm nichts anhaben. Sie hüllten ihn nur ein wie ein Mantel.

Tokata war nicht zu stoppen.

Er stieg aus den hell lodernden Flammen, ein Held des Bösen.

Hoch hob er seinen rechten Arm. Das in der Hölle geschmiedete, mörderische Schwert blitzte im Schein des Feuers auf. Aus dem Maul des Samurais drangen furchtbare Laute. Worte, die im Totenreich gesprochen wurden und einem schrecklichen Racheschwur glichen.

Tokata stand am Rande des Kraters, und seine Gestalt hob sich klar und deutlich von den hinter ihm flackernden Flammen ab.

Er war da!

Die Menschen zitterten. Viele kannten die schlimmen Legenden, die sich um ihn rankten.

Jetzt sahen sie ihn zum ersten Mal.

Und sie hatten Angt.

»Flieht!« flüsterte ein alter Mann. »Flieht, solange ihr es noch könnt.«

Die anderen verstanden ihn gut. Sie packten ihre Habe und rannten, als wäre der Leibhaftige hinter ihnen her...

Okay, ich hatte damit gerechnet, ihm gegenüberzustehen, aber so plötzlich und so rasch, das war doch eine Überraschung.

Jane hatte ihn noch nicht bemerkt, und ich stieß die Detektivin hart zur Seite.

Sie konnte sich nicht auf den Beinen halten und fiel hin. Besser ein paar gestauchte Knochen, als für immer ins Grab.

Die Dämonenpeitsche steckte in meinem Gürtel. Ich hatte nichts von ihr, denn der Samurai ließ mir keine Zeit, sie hervorzureißen. Er griff sofort an.

Wuchtig schlug er mit seinem Schwert von oben nach unten zu. Die Klinge zerschnitt die Luft, ich tauchte zur Seite, und der erste Schlag verfehlte mich.

Aus den Augenwinkeln nahm ich wahr, daß sich Jane Collins aufgerichtet hatte.

Sie starrte den Unheimlichen an.

»Weg, Jane!« brüllte ich. »Versteck dich!« Dann konnte ich mich nicht mehr um sie kümmern, denn mein Gegner stürmte auf mich zu. Den rechten Arm hielt er dabei ausgestreckt, die Spitze des Schwerts wippte etwa in Gürtelhöhe.

Er stieß nicht zu, sondern täuschte.

Immer wieder zuckte das Schwert vor, und jedesmal ging ich zurück. Es war ein Katz-und-Maus-Spiel, das der Untote mit mir tieb, aber ich hatte ihm nichts entgegenzusetzen, sondern mußte mich voll auf seine Attacken konzentrieren, so daß ich nicht dazu kam, die Dämonenpeitsche zu ziehen.

Ich ging weiter zurück.

Die Tür war fast völig ausgebrannt. Nur an den Rändern zuckten noch einige kleine Flämmchen hoch. Ich schritt über sie hinweg, hörte es knirschen, und die nächste Attacke trieb mich in den Raum zurück, aus dem wir uns befreit hatten.

Dicker Rauch wölkte träge umher.

Sofort mußte ich wieder husten, als dieser Qualm in meine Lungen drang, er verschlechterte aber auch die Sicht, und das hatte Vorteile für mich.

Trotzdem konnte ich die Waffe nicht hervorholen, der verdammte Samurai war einfach zu schnell.

Normalerweise sagt man immer, daß sich Untote ungelenk bewegen, bei ihm war das nicht der Fall.

Er blieb mir auf den Fersen.

Ich hustete. Der Qualm war noch verdammt dicht. Er wehte wie dichter Nebel vor meinen Augen, aus dem schattenhaft die gefährliche Gestalt des Samurais auftauchte.

Ich hörte das Pfeifen der Klinge, wenn sie die Luft zerschnitt, und es gelang mir noch, dem mörderischen Schlag auszuweichen.

Dann stieß ich gegen ein Bierfaß, sprang jedoch sofort zur Seite, was mein Glück war, denn die Klinge verfehlte mich und traf nur die Kante vom Faß.

Plötzlich hatte ich eine Idee.

Ich rannte zur Seite, wo das kleinste der Fässer stand. Der Samurai folgte mir. Für den Bruchteil einer Sekunde hatte ich Angst, er könnte sein Schwert schleudern, das tat er jedoch nicht, und mir gelang es, das Faß zu packen, umzukippen und mit dem rechten Fuß hart dagegenzutreten.

Das Faß rollte auf den Samurai zu.

Und es traf.

Der Unheimliche konnte nicht schnell genug ausweichen und schaffte es auch nicht, über das rollende Faß zu springen.

Er stolperte, fiel nach vorn und verlor dabei zwangsläufig die Übersicht.

Das war meine Chance.

Blitzschnell riß ich die Peitsche hervor, schlug einen Kreis über dem Boden und hieb zu.

Der Samurai war nicht gefallen, doch er stand in gebückter Haltung. So mußte er meinen Schlag voll nehmen.

Die Riemen klatschten in seinen Nacken.

Der Unheimliche aus Japan stieß einen röhrenden Schrei aus. Ich schlug ein zweites Mal zu und traf ihn auf dem Rücken.

Er brach zusammen.

Mit der linken Hand wollte er sich aufstützen, während aus seiner Kleidung bereits die grünen Dämpfe stiegen und sich mit dem Rauch vermischten.

Ich trat ihm den Stützarm kurzerhand weg.

Hart fiel er aufs Gesicht.

Er blieb liegen.

Und er Verwesungsprozeß setzte sich fort. Schon bald war er in eine stinkende Wolke eingehüllt, die mich nicht mehr interessierte. Ich war froh, auch den letzten Samurai geschafft zu haben.

Rasch ging ich zurück.

Von Jane Collins sah ich keine Spur.

Augenblicklich machte sich in meinem Inneren Beklemmung breit. Ich dachte an Dr. Tod. Hatte er vielleicht seine Finger im Spiel und sich die Detektivin geholt?

Ich schaute mich um.

Dabei fiel mein Blick auf den Boden. Ich sah Fußspuren und auch die von Jane.

Sie wiesen in Richtung Ausgang, während eine andere Spur parallel lief.

Plötzlich hörte ich ein Geräusch. Es erinnerte mich an das Quietschen einer Tür und war von rechts aufgeklungen.

Ich rannte hin.

Nach wenigen Schritten schon sah ich den Schatten. Jedoch einen flüchtenden Schatten.

Obwohl ich nur die Rückenpartie erkannte, wußte ich sofort, wen ich vor mir hatte.

Dr. Tod!

Der Superverbrecher floh!

Jetzt, wo seine Helfer nicht mehr existierten, sah er keine andere Möglichkeit mehr.

Aber die Suppe wollte ich ihm versalzen.

Augenblicklich nahm ich die Verfolgung auf.

Ich hatte Dr. Tod leider zu spät gesehen, so daß sein Vorsprung ziemlich groß war. Fast hätte ich nicht mehr stoppen können, als plötzlich die Tür vor mir auftauchte, die der Verbrecher hinter sich ins Schloß gedonnert hatte.

Mit der Schulter prallte ich dagegen. Es war ausgerechnet die, die sowieso schon genug schmerzte.

Wuchtig riß ich die Tür auf.

Vor mir lag ein langer Kellerraum. Durch irgendein Oberlicht fiel schwaches Licht, und in seinem Schein erkannte ich die Gestalt meines Gegners.

Dr. Tod war dabei, in die Unterwelt einzutauchen. Ich sah nur noch die Hälfte seines Oberkörpers, und einen Herzschlag später war er völlig verschwunden.

Ich sprintete dorthin, wo er sich verdrückt hatte.

Es war ein Gully, durch den er die Flucht suchte. Der Deckel lag noch neben der Öffnung, ein kreisrundes, schweres Stück Beton, das Dr. Tod hochgewuchtet haben mußte.

Ich nickte anerkennend. Wer das schaffte, der besaß Bärenkräfte.

Mit der Lampe leuchtete ich in den Schacht.

Schritte vernahm ich nicht, dafür das Rauschen von fließendem Wasser.

Und ich sah eine Steigleiter, deren Sprossen innerhalb der Einstiegsröhre fest verankert waren.

Ohne auf meine eigene Sicherheit zu achten, begann ich mit dem Abstieg. Zum Glück war die Tunnelröhre für mich breit genug.

Sprosse für Sprosse tauchte ich tiefer.

Das Rauschen wurde lauter.

Ich hielt inne, holte meine Bleistiftlampe hervor und leuchtete in die Tiefe.

Der dünne Strahl warf einen blitzenden Reflex auf die schäumenden Wellen des unterirdischen Flusses.

Von meinem Feind sah ich nichts.

Die Distanz zum Boden war jedoch nicht besonders groß, und ich wagte den Sprung.

Hart kam ich auf, ging in die Knie und federte den Aufprall aus.

Neben mir rauschte der Fluß. Es war eine widerlich stinkende, dreckige Brühe, die gurgelte, schmatzte und schäumte, Blasen warf und ihre Gischt über die Ränder verteilte.

Schon einmal – es war inzwischen Jahre her – hatte ich einen Gegner durch die Abwässerkanäle gejagt. Dämonos, einen ähnlichen Verbrecher wie Dr. Tod.

Ich schaute nach links.

In unregelmäßigen Abständen brannten unter der gewölbten Decke kleine Lampen. Sie allesamt waren durch Drahtgitter geschützt, und ihr Schein reichte aus, um die Dunkelheit tief unter der Erde notdürftig zu erhellen.

Deshalb sah ich auch Dr. Tod.

Er hatte einen verdammt großen Vorsprung, rannte weiter und schaute sich immer wieder um.

»Bleib stehen!« brüllte ich. »Du hast keine Chance!«

Er warf mir nur sein höhnisches Gelächter entgegen und lief weiter.

Ich hinterher.

Es war gar nicht so leicht, am Rand des Abwasserstroms die Balance zu halten und dabei noch Tempo zu machen. Die Steine waren nicht regelmäßig gelegt, außerdem durch das Wasser ziemlich glitschig geworden. Zudem hatte sie eine Moosschicht noch glatter werden lassen, und ich mußte höllisch aufpassen, nicht in der Brühe zu landen und dadurch wertvolle Zeit zu verlieren.

Dr. Tod hatte mit den gleichen Schwierigkeiten zu kämpfen. Er wurde ebensogut damit fertig wie ich.

Im Klartext hieß dies: Ich holte nicht auf. Der Abstand zwischen uns blieb gleich.

Und dann war er verschwunden.

Ich blieb stehen, schaute angestrengt nach vorn und sah, daß der Hauptfluß von einem schmalen Bach gekreuzt wurde. Dr. Tod hatte sich nach links gewandt.

Wenig später erreichte auch ich die Stelle.

Hier stank es erbärmlich. Meiner Ansicht nach wurden frische Abwässer in den Hauptfluß geleitet. Am liebsten hätte ich mir die Nase zugehalten.

Vorsichtig lugte ich um die Ecke. Man konnte nie wissen, welche Überraschung Dr. Tod noch für einen parat hielt.

Es gab keine, auch er dachte nur noch an die Flucht, denn wenn ich ihn allein zu fassen kriegte, dann hatte er keine Chance. Und das wußte der Kerl genau. Deshalb verließ er sich immer auf seine willenlose Werkzeuge.

Dann sah ich ihn.

Aber im Wasser.

Er watete durch die Strömung, die seine Hüften umspülte, und hatte beide Arme erhoben, um die Balance zu halten.

Wenig später mußte auch ich in die Brühe, denn der Weg an der Seite war zu Ende.

Ich sprang hinein.

Das Wasser spritzte auf, ein paar Tropfen gischteten mir ins Gesicht, und ich ekelte mich.

Trotzdem ging ich weiter.

Auf einmal wurden meine Augen groß. Gleichzeitig sah ich meine Chancen sinken.

Dr. Tod hatte ein Gitter erreicht, das er bereits hochstemmte, darunter verschwand und es wieder zurückfallen ließ. Das Teuflische jedoch war der Riegel an der anderen Seite des Gitters. Er legte ihn vor, so daß ich die Sperre nicht mehr hochdrücken konnte.

Verdammt auch.

Und Dr. Tod lief weiter.

Als ich das Gitter erreichte, kletterte er bereits aufs Trockene. Und er lachte mich aus.

Ich klammerte meine Hände um die Stangen, während die Brühe mich umspülte.

»Sinclair, du Hund!« schrie er. »Du hast es nicht verhindern können. Tokata ist erwacht! Du und deine verdammte Clique werdet noch von uns hören!«

Ich wollte die Waffe ziehen, doch Dr. Tod verschwand um eine Gangbiegung.

Das letzte, was ich von ihm hörte, war sein triumphierendes Lachen.

Ich hätte mich vor Wut selbst irgendwohin beißen können, denn mir blieb nichts anderes übrig, als den Weg zurückzulaufen, den ich genommen hatte.

Als Verlierer...

Jane Collins hatte den Weg allein gefunden, und sie hatte Hilfe geholt. Suko und Bill traf ich zusammen mit ihr im Keller an.

»Und?« fragte der Reporter.

Ich hob die Schultern. »Er ist verschwunden!«

Bill fluchte, Suko preßte die Lippen zusammen, nur Jane lächelte mir aufmunternd zu. Sie wußte genau, was hinter uns lag.

Ich erzählte den Freunden von den letzten Worten, die mir Dr. Tod entgegengeschleudert hatte.

»Tokata«, meinte Bill, »den Namen müssen wir uns merken.«

»Und wie.«

Jane fragte: »Willst du keine Großfahndung einleiten?«

Ich schüttelte den Kopf. »Dr. Tod ist schlau, den fangen wir nicht. Und ich hätte ihn fast gehabt, verdammt auch!«

Wir gingen wieder in die Kendo-Schule. Meine Gedanken waren bei Tokata. Noch hatte ich ihn nicht gesehen, aber ich war sicher, daß ich irgendwann mit ihm zusammentreffen würde.

Er, Asmodina und Dr. Tod bildeten ein höllisches Trio. Wieder war einer hinzugekommen. Leute wie Dr. Tod fanden überall ihre Helfer.

Noch wußte ich nichts von der Gründung der Mordliga. Und das war gut so. Denn sonst hätte ich des Nachts wohl kein Auge mehr zugetan...

ENDE

Invasion der Riesenkäfer

Jaffir war verloren!

Der kleine Ägypter hatte nicht die Spur einer Chance, und das wußte er auch. Trotzdem versuchte er, sich zu verstecken, um den Monstern zu entgehen.

Ein bleicher Mond stand am Himmel. Er schickte sein Licht in den schmalen Talkessel. Deutlich hoben sich die glatten Felswände hervor, die das enge Tal von allen Seiten einschlossen.

Jaffir zitterte.

Er hockte dicht an einem Felsen, spürte unter seinen nackten Füßen den noch vom Tage warmen Sand und wartete. Man hatte ihm fast alles genommen, nur einen Lendenschurz trug er um seine mageren Hüften.

Er schwitzte. Immer wieder wischte er sich über das Gesicht. Jedesmal, wenn er die Händ zurückzog, waren sie naß.

Wann würden die Monster kommen?

Wo steckten sie?

Jaffir suchte mit seinen Blicken die Felswände ab. Manche zeigten Löcher, Eingänge zu den düsteren Höhlen, in denen die Sylphen lauerten.

Sie rochen das Menschenfleisch, denn es wurden ihnen fast jeden Tag Opfer gebracht.

Und heute war Jaffir an der Reihe. Dabei hatte er nichts Schlimmes getan. Er hatte nur das Weib eines anderen begehrt und mit der Frau geschlafen. Dabei war er von dem Ehemann überrascht worden. Was dieser mit seiner Frau getan hatte, wußte Jaffir nicht, doch ihn hatte das Hohe Gericht verurteilt.

Es war still in dem Kessel. Nicht ein Windzug fiel über den Rand. Die Luft stand.

Als Jaffir zu den Rändern hochschaute, sah er seine Peiniger. Sie hockten dort wie steinerne Figuren und schauten hinunter in den Kessel.

Wenn Jaffir nur den Versuch unternahm, an einer Wand hochzuklettern, würden sie ihn töten. Zudem war es beinahe unmöglich, sich an den flachen Felsen hochzuhangeln. An einem Seil hatten sie ihn in die Tiefe gelassen und den Strick hohnlachend wieder hochgezogen.

Jaffir wußte nicht, wieviel Zeit vergangen war. Er hatte überhaupt keinen Begriff für Zeit. Für ihn war der Tag zu Ende, wenn sich die Sonne zurückzog. Und er begann, wenn er die Sonne wieder sah.

Nie hätte er gedacht, daß es dieses Tal überhaupt gibt. Man hatte hinter versteckter Hand darüber gesprochen, flüsternd und ängstlich darauf bedacht, daß es kein Fremder hörte. Denn die Sylphen hatten ihre Anhänger überall. Die Sekte hatte sich wie eine Seuche über das Land verbreitet. Obwohl sie verboten war, blühte sie im geheimen weiter.

Da hörte Jaffir das Geräusch.

Es war nicht laut, ein Schaben oder Reiben, aber direkt über ihm. Jaffirs Nackenhaare sträubten sich. Er wußte, daß dieses Geräusch nicht von einem Mensch stammen konnte, nein, die Sylphen hatten seinen Geruch wahrgenommen.

Sie kamen...

Der kleine Ägypter zitterte. Noch nie in seinem Leben hatte er eines dieser Monster gesehen, er kannte sie nur von Wandzeichnungen und Erzählungen her, und er fürchtete sich vor dem Augenblick, wenn er einer Bestie gegenüberstand.

Jaffir stand auf.

Mit zitternden Knien ging er einige Schritte vor und drehte sich dann um.

Gespannt schaute er hoch zur Felswand.

Auch dort befanden sich die Höhlen, düstere Löcher. Drei zählte er, und aus dem mittleren kroch ein Schatten.

Das erste Untier war da.

Noch konnte er es nicht genau sehen, aber der Schatten wurde größer, und dann ließ er sich fallen.

Mit einem Schrei auf den Lippen warf sich der kleine Ägypter zurück und rannte. Es war sinnlos, doch die Panik diktierte in diesen Augenblicken sein Handeln.

Seine nackten Füße klatschten in den Sand, der zu kleinen Wolken aufstäubte.

Keuchend blieb er schließlich stehen, als er sah, daß auch an der Felswand vor ihm die Schatten aus den Höhlen drangen.

Er drehte sich um.

Seine Augen wurden groß.

Die erste Bestie kam bereits auf ihn zu.

Ein Geschöpf wie aus einem Alptraum. Ein riesenhafter Käfer, halb so groß wie ein ausgewachsener Mensch. Er lief auf sechs Beinen, seine beiden Augen bestanden aus zahlreichen Facetten, doch am schlimmsten waren die beiden Greifarme, die vorn wie die offenen Schenkel einer Schere auseinanderklappten.

Damit tötete er.

Jaffir schaute sich um. Wo konnte er sich verstecken? Er sah die glatten Wände und wußte, daß es keine Chance mehr gab.

Der Käfer lief weiter.

Mit jedem Schritt, den er zurücklegte, wurde er größer. Grausam war er anzusehen, die beiden Scheren bewegten sich, klappten laut gegeneinander.

Die Sylphen waren nichts anderes als mordende Käfer. Die Erzählungen stimmten. Seine Bekannten hatten recht gehabt, und auch die Zeichnungen logen nicht.

Wieder ließ sich ein Käfer in den Talkessel fallen. Er befand sich nun im Rücken des bedauernswerten Mannes.

Und ein dritter sprang.

Drei Sylphen.

Eine erdrückende Übermacht.

Jaffir schaute sich wild um. Weit waren seine Augen aufgerissen. Die nackte Todesangst leuchtete darin. Sogar das Weiße seiner Augäpfel war zu sehen.

Die Angst stieg weiter...

Der erste Käfer war bereits so nah, daß seine Zangen den Mann fast berührten.

Jaffir bemerkte die Gefahr im letzten Augenblick, warf sich zur Seite und entging somit den zupackenden Zangen. Er hatte eine Galgenfrist erreicht, mehr nicht...

Vom Rand des Talkessels schauten seine Peiniger gespannt zu. Sie wollten wissen, wie lange Jaffir noch am Leben blieb.

Es hatte Männer gegeben, die sich heldenhaft wehrten, die in ihrer wahnsinnigen Todesangst sogar einen Käfer buchstäblich zerrissen hatten, aber andere waren gekommen und hatten sie gnadenlos vernichtet.

Jaffir fiel gegen die Felswand. Die Hitze und die Angst hatten ihm schwer zugesetzt. Er konnte sich kaum auf den Beinen halten, die Knie wurden ihm weich, die Beine knickten weg, und er prallte zu Boden.

Mit dem Gesicht fiel er in den Sand. Er schmeckte ihn auf der Zunge und den Lippen, die feinen Körner drangen in seine Nase ein und klebten sie zu, sie scheuerten auch in den Augen. Es dauerte, bis die Tränen die Augenhöhlen wieder leergespült hatten.

Die Sylphen kamen.

Es war bei der Zahl drei geblieben. Andere brauchten nicht mehr in den Talkessel hinunter, denn Jaffir hatte nicht einmal gegen einen Käfer eine Chance gehabt.

Noch einmal raffte er sich auf. Er hob den Kopf, seine Augen weiteten sich, und er brüllte auf.

Der erste Käfer befand sich bereits dicht vor ihm. Deutlich sah er die schillernden Facettenaugen, hörte das Klappern der mörderischen Zangen und wollten wegkriechen.

Zu spät.

Die Zangen packten zu.

Plötzlich fühlte sich Jaffir hochgehoben, er schwebte über dem Boden, spürte, wie das Blut aus den Wunden rann, dann schmetterte ihn eine ungeheure Kraft zu Boden.

Mit dem Kopf zuerst stieß er in den Sand.

Etwas blitzte vor seinen Augen auf, und im nächsten Moment kam die Bewußtlosigkeit.

Für Jaffir war es eine Gnade. So spürte er nicht mehr, was die drei Sylphen mit ihm anstellten.

Dieser grausame Mord geschah vor fast 4000 Jahren im alten Ägypten.

Die alten Ägypter waren »in«.

Igendwo auf der Welt fand man immer eine Ausstellung, die sich mit dieser Kultur beschäftigte. Museen und Galerien rissen sich um die ägyptische Kunst, und die Besucherströme waren unübersehbar.

Ob man eine vorgeschichtliche Totenmaske sehen wollte, ein altes Relief, Mumien oder einen Papyrus. Die Menschen von heute staunten über das, was es alles schon im alten Ägypten gegeben hatte.

Auch London hatte seine Ausstellung. Keine weltbewegende, nein, eher eine für Kenner, für die Feinschmecker unter den Interessierten.

Es ging um altägyptische Sekten, ein Sondergebiet der Altertumsforschung und kaum populär. Man kannte zwar die zahlreichen Götter und Gottheiten, doch die Sekten, die im geheimen blühten, gaben den Wissenschaftlern noch immer Rätsel auf.

Über diese Sekten war deshalb nicht viel bekannt, weil die damalige offizielle Religion sie kurzerhand unterdrückte. Sie wollte nicht, daß diese Ableger existierten, denn die Mitglieder der Sekten beteten oft grausame Abarten von Tieren an, und ihre Rituale reichten bis hin zum Kannibalismus.

Führer der Sekten waren meist die Oberpriester, die von den Pharaonen verstoßen wurden. Sie sammelten Gleichgesinnte um sich, lehrten die Schwarze Magie und brachten ihre Diener dazu, schreckliche Greueltaten zu verüben.

Wurden die Mitglieder dieser verbotenen Sekten gefaßt, dann stand ihnen oft ein ebenso schrecklicher Tod bevor wie denen, die sie umgebracht hatten.

Und doch übten gerade diese Sekten auf zahlreiche Wissenschaftler eine selten gekannte Faszination aus. Vor allen Dingen in der modernen Zeit, in der die Computer in das Leben eingegriffen und die Menschen mehr und mehr katalogisiert haben. Da fanden sich Leute, die dem Alten, dem Ursprünglichen auf der Spur waren. Ob es sich nun um Autodidakten handelte, die durch die Welt reisten und nach Spuren fremder Rassen suchten, die irgendwann einmal die Erde besucht hatten, oder um Archäologen, die selbst an den Stätten geforscht und erkannt hatten, daß es doch Dinge gab, die mit dem menschlichen Verstand nicht zu erfassen waren. Um sie jedoch zu begreifen, mußte man auch die anderen Gesetze anerkennen, die der Schwarzen und Weißen Magie.

Denn diese Kunst kannten nicht nur die alten Ägypter, sondern auch die Chinesen oder Sumerer. Vieles, was heute noch erzählt und gesprochen wurde, ging zurück auf uralte Kulturen.

Zu den Sektenforschern zählte sich auch Ahmed Gregori. Er war ein Besessener. Besessen insofern, daß er seine Forschungen über alles stellte. Er kannte Ägypten wie seine Westentasche, hatte in längst vergessenen Tälern und Schluchten gegraben und sich vor allen Dingen mit dem Sektentum und der Schwarzen Magie des ägyptischen Volkes beschäftigt.

Er selbst fühlte sich ebenfalls als Ägypter, obwohl nur seine Mutter aus dem Land am Nil stammte. Sein Vater war Italiener, er kam aus Neapel.

Bereits seit seinem zehnten Lebensjahr wohnte der junge Ahmed Gregori in Kairo, und schon damals hatte ihn die Kultur dieses Volkes fasziniert. Er war durch die Museen geschlendert, oft tagelang, ja, er hatte sich sogar einschließen lassen, und es stand fest, daß er sich auch später mit diesem Volk beschäftigen würde.

Ahmed wurde Archäologe.

Und er trat in die Dienste des Staates ein.

Schon mit 30 war er ein Mann, dessen Wissen man als phänomenal bezeichnen konnte. Er wurde um die Welt geschickt, hielt Vorträge und warb so für das Land am Nil.

Das ging zehn Jahre so, dann zog sich Gregori plötzlich aus der Öffentlichkeit zurück und verschwand in der Versenkung, um ganz seinen privaten Forschungen nachzugehen.

Er blieb nicht nur in Ägypten, sondern bereiste den gesamten Orient. Mal sah man ihn in Persien, dann in Afghanistan, und schließlich wurde er auch in Indien erkannt.

Niemand wußte, woher er das Geld nahm, um seine Forschungen und Reisen zu finanzieren.

Hinter der Hand munkelte man von unsauberen Geschäften, von Betrügereien oder Diebstählen, aber beweisen konnte ihm niemand etwas. Er reiste auch nicht mehr allein, sondern ihm stand ein Mann zur Seite, den er aus der nubischen Wüste mitgebracht hatte. Ein muskelbepackter Schwarzer, der ihm treu ergeben war und ihm Feinde und Neider vom Hals hielt.

Zehn Jahre vergingen. Eine Zeit, in der Ahmed Gregori ungeheuer viel arbeitete und forschte.

Dann hatte er sein Ziel erreicht.

An seinem 50. Geburtstag verließ er Afrika und fuhr nach Europa.

Über einen Makler hatte er sich in der Nähe von London ein leerstehendes Haus gekauft, um sich dort für zwei Jahre niederzulassen, denn so lange wollte er in Europa bleiben.

Mitgebracht hatte er zahlreiche Schätze. Seltene Funde aus verlassenen Gräbern und verschwiegenen Gebirgstälern. Aus versunkenen Städten und vergessenen Kulturen.

Sein Haus war ein Museum.

Und es war einmal in der Woche geöffnet.

Dann führte Ahmed Gregori die Interessenten durch sein Haus, zeigte ihnen einige Schätze und stand für Fragen zur Verfügung. Wer sich jedoch nach den Kellerräumen erkundigte, der erntete nur ein geheimnisvolles Lächeln, denn es hatte sich herumgesprochen, daß gerade in den weit angelegten Kellergewölben die größten Geheimnisse verwahrt wurden.

»Ich muß sie erst noch präparieren«, sagte Ahmed Gregori immer. »Wenn es soweit ist, werde ich Ihnen Bescheid geben.« Während dieser Worte stand der Nubier wie ein Denkmal hinter ihm und nickte.

Die meisten Besucher gaben sich mit dieser Auskunft zufrieden. Nicht allerdings Fred Mallory, ein Einbrecher der Spitzenklasse. Er hatte von einem fanatischen Sammler den

Auftrag bekommen, in den Keller einzudringen und Kunst-schätze zu stehlen.

50 000 Pfund sollte Fred der Job einbringen.

Soviel Geld hatte ihm noch nie jemand für einen Einbruch geboten. Und da vergaß Fred sogar seine Prinzipien, immer ohne Waffe loszuziehen.

Er kaufte sich einen Colt Ruger, ein regelrechtes Geschütz, mit dem man sogar Elefanten stoppen konnte. Fred dachte je-doch nicht an die Rüsseltiere, sondern mehr an den Nubier. Dieser schokoladenbraune, muskelbepackte Glatzkopf sah verdammt danach aus, als wäre mit ihm nicht zu spaßen.

Dreimal hatte Fred an einer Besichtigung teilgenommen. Und seine scharfen Falkenaugen hatten keine Alarmanlage entdeckt.

Für ihn ein Leichtsinn sondergleichen, aber das war nicht seine Sache. Ihm erleichterte es nur die Arbeit.

Für seinen Einbruch hatte sich Fred Mallory eine düstere Nacht ausgesucht. Am Tag zuvor hatte noch die Sonne ge-schienen, doch gegen Mittag waren dicke Wolken aufgezo-gen. Die Luft wurde schwül. Schon bald stand sie in den Lon-doner Straßenschluchten, und der Wind schlief völlig ein.

Gegen Abend donnerte es irgendwo weit im Westen, doch das Gewitter kam nicht näher. Es blieb so schwül.

Die Menschen stöhnten. Sie rissen ihre Fenster auf. Drau-ßen war es um kein Grad kühler.

Viele gingen auch aus, stürzten sich in den Trubel von So-ho, wo man vor den Lokalen saß und sein Ale trank.

Doch an so etwas dachte Fred Mallory nicht. Er hatte einen Job, der ihm eine Menge einbrachte, und er wollte dafür gute Arbeit leisten.

Seinen Wagen hatte er in der Nähe des Hauses abgestellt. Fred fuhr einen Range Rover, einen Geländewagen, der viel Platz zum Einladen bot.

Bevor er sich auf den Weg machte, überprüfte er seine Aus-rüstungsgegenstände.

Es war alles vorhanden.

Auch der Colt...

Fred hoffte nur, daß er ihn nicht gebrauchen mußte.

Er hatte extrem dunkle Kleidung angelegt, auch das helle Haar verdeckte er mit einer dunklen Mütze. Es war seine »Berufskleidung«. Sehen, aber nicht gesehen werden, so lautete seine Devise.

Leichtfüßig schritt der Einbrecher auf das Grundstück zu. Das alte Haus lag inmitten einer Gruppe von mächtigen Eichenbäumen. Von der Straße her gab es eine Zufahrt, aber keinen Zaun oder eine Mauer, die das Areal umfriedete.

Fred Mallory war ein durchtrainierter Bursche, der kein Gramm Fett zuviel mit sich herumtrug, aber bei dieser Schwüle kam auch er gehörig ins Schwitzen. Schon bald spürte er den feuchten Schweiß überall auf der Haut, und die Kleidung klebte am Körper, als hätte er in voller Montur unter der Dusche gestanden.

Es war eine dunkle Nacht. Träge hingen die dicken Wolken am Himmel. Nicht ein Stern war zu sehen. Selbst der abnehmende Mond hatte sich versteckt.

Mallory blieb hin und wieder stehen, um zu lauschen. Er wußte nicht, ob der Wissenschaftler sein Grundstück durch Hunde bewachen ließ. Sollte dies der Fall sein, dann hatte der Dieb vorgesorgt. Er trug ein Pulver bei sich, das die Hunde verscheuchte, wenn sie es rochen.

Nichts geschah.

Unangefochten erreichte Fred Mallory sein Ziel.

Hinter einem Baumstamm blieb er stehen.

Nur wenige Schritte vor ihm erhoben sich die wuchtigen, mit Efeu bewachsenen Hausmauern. Er sah auch die zahlreichen Fenster und lächelte, als er erkannte, daß in der ersten Etage zwei von ihnen offenstanden.

Mallory trat einen Schritt vor und peilte am Baumstamm hoch.

Die ausladenden Äste der Eiche wuchsen so günstig, daß mehrere von ihnen bis dicht an die offenen Fenster reichten.

Das war ideal.

Mallory war schon in seiner Kindheit ein guter Turner gewesen. Und er hatte im Laufe der Jahre hinzugelernt. Es bereitete ihm keinerlei Mühe, den Baum zu erklettern.

Er packte den untersten Ast und schwang sich hoch. Der Rest war ein Kinderspiel.

Auf dem Bauch kroch er über den Ast, der bis dicht an das Fenster reichte.

Vorsichtig bewegte er sich weiter. Mallory war voll konzentriert und verursachte kaum ein Geräusch.

Als er nahe genug heran war, drehte er sich auf die rechte Seite, streckte ein Bein vor und fand auf der Fensterbank Halt. Er hangelte sich noch ein Stück vor, bis er auch das linke Bein lösen konnte. Dann stieß er sich ab.

Der Schwung trug ihn bis in das Zimmer hinein. Er sprang leichtfüßig zu Boden und tauchte sofort zur Seite weg, um in der knienden Stellung lauschend zu verharren.

Nichts rührte sich.

Nachdem er auch Minuten später kein verräterisches Geräusch vernommen hatte, war er beruhigt.

Die Bewohner des Hauses hatten ihn nicht gehört. Er richtete sich auf und riskierte es, eine kleine Lampe einzuschalten. Fred Mallory war in einem Zimmer gelandet, das gar nicht benutzt wurde. Die Möbel, die es füllten, waren durch Tücher verdeckt. Es roch nach Staub.

Eine Tür sah der Einbrecher auch.

Gewandt, als hätte er überhaupt kein Neuland betreten, schlich Mallory darauf zu.

Die Tür hatte noch einen altmodischen Knauf, der golden schimmerte. Fred drehte ihn herum, die Tür schwang auf, und der Einbrecher konnte in einen breiten Gang schauen.

Fred hatte sich natürlich bei seinen Besuchen alles genau angesehen, und nicht nur das, er hatte auch fotografiert. Mit einer kleinen Kamera, die kaum zu bemerken war.

Deshalb wußte er, wohin er zu gehen hatte.

Als er eine breite Treppe erreichte, blieb er stehen. Die Stufen bestanden aus Stein. In der Mitte lief ein dunkelroter Läufer bis zum nächsten Absatz.

Die Bilder an den Wänden waren in dem herrschenden

Licht nur als Schatten zu sehen. Fred wußte jedoch, daß sie allesamt Motive aus dem alten Ägypten zeigten. Diese Gemälde allerdings waren nicht archaisch, ein guter Maler hatte die Szenen nachgezeichnet.

Auch ein Flurfenster war geöffnet. Kein Windhauch drang in das Innere des Hauses, nur die schwüle Luft, die das Atmen manchmal erschwerte.

Unangefochten gelangte der Einbrecher in das Erdgeschoß. Von Ahmed Gregori war nichts zu sehen, von seinem nubischen Leibwächter ebenfalls nichts.

Sollte das Glück Fred Mallory hold sein? Er drückte sich selbst beide Daumen, als er den Weg zum Keller nahm. Dabei mußte er durch die große Eingangsdiele. Er passierte sie lautlos und erreichte einen schmalen Durchgang, hinter dem genau rechts die erste Tür zum Kellergewölbe lag. Es gab davon mehrere, aber die eine interessierte Fred besonders, denn sie hatte ein Schloß, das für ihn mühelos zu knacken war.

Er hörte Schritte.

Für einen winzigen Moment zuckte der Einbrecher zusammen, ein Zeichen, daß er doch nervös war. Dann jedoch atmete er beruhigt auf, denn die Geräusche waren über ihm ertönt, in der ersten Etage, und die hatte er ja hinter sich.

Dort oben mochte herumlaufen, wer wollte, ihn störte das nicht.

Das Schloß war schnell geknackt. Fred Mallory besaß darin eine unwahrscheinliche Routine. Er trug immer ein »Besteck« mit sich, dem kein Schloß widerstand.

Behutsam zog er die Tür auf. Sie war gut geölt und quietschte nicht einmal in den Angeln.

Der Dieb sah vor sich eine gebogene Steintreppe, schloß die Tür und machte die ersten Schritte.

Die Stufen waren breit. Zur Wand hin jedoch wurden sie schmaler, das lag an der Krümmung der Treppe.

Unangefochten erreichte Fred Mallory den Keller. Er hatte sich bisher auf seine guten Ohren verlassen und war beruhigt. Niemand schien sich in dem Keller aufzuhalten, er jedenfalls hatte keine verräterischen Laute vernommen.

Ein paar Schritte brachten ihn in die Tiefe des Raumes. Noch war es dunkel, und er wagte nicht, eine Lampe einzuschalten.

Er tastete sich mit ausgestreckten Armen voran, fühlte Wände ab und fand die erste Türnische.

Fred Mallory blieb stehen.

Seine Hand rutschte in die Tasche, er holte die kleine Lampe hervor und leuchtete.

Ein schmaler Lichtstreifen fiel auf den Boden. Er wurde zu einem Balken, als der Dieb die Lampe bewegte und feststellte, daß er sich in einem großen Gewölbe befand, dessen Decke von mehreren Pfeilern gestützt wurde.

Es war ein interessanter Keller.

Der Dieb sah einige Türen, die zu irgendwelchen Verliesen führten. Dort mußten all die zahlreichen Kostbarkeiten stehen, die Gregori nicht zeigen wollte.

Fred grinste. Er würde sich davon einiges holen. Mit der rechten Hand faßte er nach seinem Gürtel. Dort hing zusammengerollt der dünne, aber stabile Plastiksack, mit dem er bald seine geraubten Gegenstände abtransportieren würde.

Vielleicht mußte er auch zweimal gehen, wer konnte das schon wissen.

Mallory hatte die Qual der Wahl. Er konnte sich die Tür aussuchen, mit der er anfangen wollte.

Er entschied sich für die größte.

Es war eine Doppeltür. Die beiden Hälften waren durch ein Schloß gesichert.

Im Schein der kleinen Lampe schaute sich der Dieb die Tür an. Kein Problem.

Seine Finger zitterten nicht, als er sich an dem Schloß zu schaffen machte.

Eine Minute später war die Tür offen.

Er schüttelte den Kopf über soviel Leichtsinn. Diese Schlösser konnte jeder Dilettant knacken.

Wenn man in Betracht zog, welche Kostbarkeiten in den Kellerräumen aufbewahrt wurden, war es ein bodenloser Leichtsinn.

Mallory dachte allerdings nicht weiter. Und hätte er das getan, wäre ihm einiges erspart geblieben.

So aber brach er die Tür auf und schlich in den Raum.

Genau das war sein Fehler.

Er sah vor sich die Dunkelheit, aber nicht die Gestalt rechts von der Tür.

Die packte zu.

Plötzlich spürte er den würgenden Griff im Nacken. Mallory wurde nach vorn gestoßen, hörte etwas pfeifen und erhielt einen harten Schlag gegen die Schläfe.

Augenblicklich löschte der Hieb sein Bewußtsein aus.

Fred Mallory fiel schwer zu Boden und blieb liegen.

Der Nubier aber nickte zufrieden. Dann verließ er auf nackten Sohlen den Kellerraum...

Draußen brütete eine schwüle Hitze, und es gab kaum jemanden, der sich nicht nach einem abkühlenden Gewitter sehnte. Aber noch war davon nichts zu spüren.

Nach wie vor flimmerte die Luft unter der Sonnenglut, die die Rollbahnen des Flughafens in kochende Platten verwandelte und den Sprengwagen Hochbetrieb bescherte.

Zusätzlich hatte die Urlauberwelle begonnen, und in den großen Wartehallen drängten sich die Fluggäste.

Ich hockte im Restaurant, hatte einen kühlen, nichtalkoholischen Drink vor mir stehen und schaute durch die große Panoramascheibe nach draußen.

Ich wartete auf einen alten Bekannten.

Auf Mandra Korab.

Ja, mein Freund aus Indien hatte seinen Besuch angekündigt. Ein Telegramm war vor zwei Tagen auf meinen Schreibtisch geflattert.

Der Inder wollte allerdings keinen Urlaub in London verbringen, sondern einem Mann einen Besuch abstatten.

Dieser Typ hieß Ahmed Gregori.

Ich hatte von ihm noch nie etwas gehört, dann aber nachgeforscht und festgestellt, daß Gregori ein in Fachkreisen bekannter Ägyptologe war, ein Wissenschaftler, der in der

ganzen Welt herumgereist war und seine Vorträge gehalten
hatte.

Nun befand er sich in England.

Er hatte ein Landhaus in der Nähe von London gekauft
und sich dort niedergelassen. Mehr war auch mir nicht bekannt. Denn ich hatte andere Sorgen.

Die hießen Dr. Tod!

Vor einigen Tagen hätte ich ihn fast gehabt, doch in den Ab-
wässerkanälen war er mir entwischt. Und ich hatte die Erweckung eines grausamen japanischen Dämons nicht verhindern können.

Tokata, der Samurai des Satans.

Er war aus einem langen magischen Schlaf erwacht und
rüstete sich zusammen mit Dr. Tod und Asmodina, der Teufelstochter, der Menschheit großen Schaden zuzufügen.

Ich hatte natürlich meinem Chef, Sir Powell, Bericht erstat-
tet, und er war ebenfalls nicht begeistert.

Doch der alte Fuchs hatte sofort Gegenmaßnahmen ergriffen. Dank seiner Stellung und Position konnte er es sich leisten, Dinge in Bewegung zu bringen, die für mich eine Nummer zu groß waren.

Er hatte mit zahlreichen Polizeiorganisationen der Welt
Verbindung aufgenommen, damit ihm jeder Fall gemeldet
wurde, der irgendwie aus dem Rahmen fiel.

So sollten die Aktivitäten eines Dr. Tod früh genug erkannt
und, wenn möglich, verhindert werden.

Doch das war Zukunftsmusik, und ob die Verständigung
untereinander klappte, stand noch in den Sternen. Oft waren
die einzelnen Polizeiorganisationen zu ehrgeizig, und meistens wollte jeder sein eigenes Süppchen kochen.

Es war kein eigentlicher Fall, der Mandra Korab nach London führte, wenigstens nahm ich das an, denn er hatte in seinem Telegramm nichts dergleichen erwähnt.

Er wollte sich nur mit diesem Ägyptologen beschäftigen.

Ich freute mich auf den Besuch des Inders.

Mandra Korab haßte die Dämonen ebenso wie ich. Er war

ein Kämpfer der Weißen Magie, und er kannte sich in der Mythologie seines Landes sehr gut aus.

Hinzu kam, daß man den Inder durchaus als finanziell unabhängig bezeichnen konnte. Er entstammte einer hohen Kaste, und seine Familie besaß große Güter auf dem Subkontinent. Ferner gehörten ihm einige Paläste, und er nannte auch einen alten Familienschatz sein eigen.

Ich nippte an meinem Glas. Es war längst beschlagen. Die Wassertröpfchen perlten am Rand. Der etwas bitter schmeckende Saft rann angenehm kühl durch meine Kehle.

Das Restaurant war nur zur Hälfte besetzt. Die Klimaanlage schaffte es kaum, vernünftige Temperaturen herzustellen. Aus der Küche drang das Klappern von Geschirr.

Draußen fielen die schweren Vögel vom Himmel. Es war immer faszinierend zu sehen, wenn sich einer dieser metallenen Giganten dem Erdboden näherte.

Ich schaute auf meine Uhr.

Die nächste einfliegende Maschine mußte Mandra Korab bringen. In Rom hatte sie die letzte Zwischenlandung gehabt.

Und sie war pünktlich. Direkt ein Wunder bei der ungeheuer weiten Strecke.

Als kleiner silberner Punkt war sie zu sehen, wurde schnell größer, und dann rauschte sie schon auf die Landebahn zu.

Die Kellnerin befand sich in meiner Nähe.

Ich winkte sie herbei, sie kassierte mit mürrischem Gesicht, und ich stand auf.

Mit der Rolltreppe ließ ich mich in die große Ankunftshalle fahren. Eine Zigarette rauchend, baute ich mich neben dem Zoll auf. Man warf mir einige mißtrauische Blicke zu, und erst mein Ausweis beruhigte die Zöllner als auch die Sicherheitsbeamten. Die Angst vor Terroristen steckte eben noch zu tief.

Neben mir hatten sich noch andere Menschen eingefunden, um Verwandte oder Freunde zu begrüßen. Ich sah mich umringt von einer lachenden, aufgeregten Schar, die von den Zollbeamten mißtrauisch beobachtet wurde.

Mandra Korab war im Strom der Fluggäste wirklich nicht

zu übersehen. Sein weißer Turban leuchtete wie eine kleine Sonne. Der Inder ließ den anderen den Vortritt, traf fast als letzter ein und winkte mir schon lächelnd zu.

Ich winkte zurück.

Der Inder trug nur einen Koffer bei sich. Bis auf seinen Turban sah er wenig orientalisch aus. Er trug einen gut geschnittenen, beigefarbenen Sommeranzug aus Rohseide, ein dazu passendes Hemd und eine schmale Krawatte. Sein Gesicht zeigte eine natürliche Bräune. Die Augen blickten klar und hell. Das Gesicht mit den hohen Wangenknochen wirkte asketisch. Die Nase sprang darin hervor wie ein Erker. Doch er hatte sich verändert.

Mandra Korab trug jetzt einen Bart. Er wuchs von der Oberlippe rund um den Mund bis hin zum Kinn, sah dabei sehr gepflegt aus, wie überhaupt die gesamte Erscheinung des Inders wirklich außergewöhnlich war. Obwohl ich auch nicht gerade klein bin, überragte mich Mandra Korab fast um eine Kopflänge. Es lag auch daran, daß er einen Turban trug.

Die Zollformalitäten waren rasch erledigt. Mandra nahm seinen Koffer und kam auf mich zu.

Kurz bevor er mich erreicht hatte, stellte er den Koffer zu Boden, und dann umarmten wir uns.

In seinen Augen blitzte eine echte Wiedersehensfreude, sein Gesicht strahlte, und mir ging es nicht anders. Ich freute mich ebenfalls riesig, Mandra Korab wiederzusehen.

»Wie lange ist es her?« fragte er.

»Ich weiß es nicht.«

»Doch bestimmt vier Jahre.«

»Möglich.« Ich schlug ihm auf die Schulter. »Komm, das Wiedersehen möchte ich mit dir begießen. So eilig wirst du es ja nicht haben.«

»Nein.«

»Dann lade ich dich zu einem Drink ein.«

»Einverstanden.«

Den Drink nahmen wir in einer Hotelbar ein. Mandra, ein Feind des Alkohols, bestellte Mokka. Ich hielt mich an kühlen, ungesüßten Tee. Dazu rauchte ich eine Zigarette.

»Und nun erzähle mal, wie es dir so ergangen ist«, sagte ich neugierig.

Mandra berichtete von Indien. Er war auch viel unterwegs, beruflich stark angespannt und hatte keine Zeit mehr, sich um die Dämonen oder finsteren Mächte zu kümmern.

»Gibt es denn immer noch die Sekte der Göttin Kali?« fragte ich.

»Leider ist diese Pest noch nicht ausgerottet worden.« Mandra nahm einen Schluck Mokka. »Vor etwa einem Jahr haben Freunde und ich eine Organisation zerschlagen können. Die Diener opferten tatsächlich Menschen. Es war grausam.«

Das konnte ich ihm nachfühlen. Dann berichtete ich stichwortartig von meinen größten Fällen, und der Inder schüttelte immer wieder den Kopf.

»Kaum zu glauben, was sich in den letzten Jahren so alles ereignet hat«, meinte er.

»Da sagst du was.«

Er lächelte. »Aber du bist nicht totzukriegen, wie?«

Ich winkte ab. »Manchmal hatte ich mehr als Glück. Und der Schwarze Tod hätte mich fast geschafft.«

»Aber eben nur fast«, grinste Mandra.

»Da bin ich froh.« Ich wechselte das Thema. »Sag du mir doch, was dich auf unsere Insel führt. Dein Telegramm war ziemlich kurz.« Ich drückte meine Zigarette aus. »Ist es wirklich dieser Ägyptologe?«

»Ja, Ahmed Gregori.«

»Ein Freund?«

Mandra Korab lachte auf. »Nein, John, eher das Gegenteil.«

Ich horchte auf.

»Gregori ist ein anerkannter Wissenschaftler! Allerdings ist er auch ein Betrüger: nicht auf fachlichem Gebiet, nein, er hat sich seine Reisen und Forschungen durch Verbrechen finanziert. Ich nahm ihn für zwei Wochen in meinem Haus auf. Als Dank dafür hat er mir einen der kostbarsten Edelsteine gestohlen. Den Feuerrubin. Und ihn möchte ich wieder zurückhaben.«

»Wieviel ist der Stein wert?«

Mandra Korab hob die Augenbrauen. »Fünf Millionen Dollar sicherlich.«

Ich pfiff durch die Zähne. »Das ist allerhand.«

»Der Meinung bin ich auch, John. Und deshalb möchte ich den Stein zurückhaben. Außerdem ist er ein unersetzliches Erbstück, das man nicht aus der Hand gibt und sich auch nicht stehlen läßt.«

Der Meinung war ich auch. Aber ich wollte mehr über Ahmed Gregori wissen.

Mandra lächelte hintergründig. »Vielleicht interessiert er auch dich, John.«

»Wieso?«

»Gregori ist zwar Ägyptologe, aber er hat sich besonders mit der Magie der ägyptischen Religionen und Sekten beschäftigt. Manche nannten ihn sogar einen Magier.«

»Davon hast du mir nichts geschrieben«, beschwerte ich mich.

»Ich habe es bewußt nicht getan. Du solltest keinerlei Vorurteile hegen.«

»Gehört habe ich allerdings nichts von ihm.«

»Er ist auch noch nicht lange im Land und wird mitten in den Vorbereitungen stecken.«

»Wenn man dich so reden hört, muß man annehmen, daß dieser Gregori einiges im Schilde führt«, sagte ich.

»Davon kannst du ausgehen.«

»Wann besuchen wir ihn?« fragte ich.

»Vielleicht noch heute.«

Ich war einverstanden.

Mandra Korab fragte: »Halte ich dich auch wirklich nicht von der Arbeit ab?«

»Nein. Im Gegenteil, vielleicht werde ich sogar bei ihm fündig, wenn er wirklich eine Art Magier ist.«

»Das ist möglich.«

Ich beglich die Rechnung. Dann rutschten wir von unseren

Hockern und gingen zu den Parkplätzen. Von der Seite her schaute ich den korrekt gekleideten Inder an.

»Schwitzt du?«

»Nein, wieso?«

»Es ist doch heiß.«

»Lau, John, höchstens lau. Du mußt erst mal die Temperaturen in Indien erleben.«

Fred Mallory stöhnte. Obwohl es stockdunkel um ihn herum war, wußte er sofort, wo er sich befand, und er erinnerte sich auch daran, was geschehen war.

Man hatte ihn niedergeschlagen, als er die Tür öffnete.

Aber wer?

Da gab es an sich nur einen. Der Nubier mußte ihm diesen Hieb verpaßt haben.

»Scheiße«, murmelte er und tastete nach seinem Kopf. Er fühlte das klebrige Blut und die Beule.

Dann aber spürte er einen Druck in Höhe der Hüfte. Seine Hand fiel herab, genau auf den Kolben der Waffe.

Fred atmete auf.

Man hatte ihm seinen Colt gelassen. Jetzt sah seine Gefangenschaft gar nicht mehr so schlimm aus, denn einigen Unzen Blei hatte auch der Nubier nichts entgegenzusetzen.

An seinen Job dachte Fred nicht mehr. Für ihn war wichtig, aus diesem Keller herauszukommen.

Im Dunkeln tastete er sich zur Tür vor. Er hob die Hand, berührte Schloß und Klinke und stellte fest, daß die Tür zu war. An sich nicht schlimm, doch als er nach seinem Besteck tastete, da durchfuhr ihn ein heißer Schreck.

Das Werkzeug war nicht mehr da! Nun wurde die Sache kritisch.

Fred Mallory unterdrückte nur mühsam einen Fluch. Wie sollte er jetzt wegkommen?

Er stand auf.

Das heißt, er versuchte es, denn auf halber Höhe packte ihn ein schlimmer Schwindel. Plötzlich hatte er das Gefühl, in einem Boot zu sitzen, das bei hoher Windstärke hin und **her** schwankte. Er mußte die Augen schließen und tief durchatmen, um sich zu konzentrieren.

Langsam ging es ihm besser.

Beim zweiten Versuch stand er vorsichtiger auf und stützte sich an der Wand ab. Diesmal blieb er auf den Beinen. Wenigstens einen kleinen Erfolg hatte er errungen.

Die Lampe fiel ihm ein.

Er suchte in seinen Taschen danach und erlebte abermals eine Enttäuschung.

Seine Lampe war verschwunden.

Fred blieb ruhig stehen. Mit dem Handrücken wischte er sich über die schweißnasse Stirn. Er dachte nach, aber in dieser verdammten Dunkelheit sah er einfach keine Chance. Was ihm schon lange nicht mehr passiert war, trat jetzt ein.

Fred Mallory wurde nervös.

Er merkte es daran, daß sein Herz schneller klopfte und seine Hände anfingen zu zittern.

Himmel, ohne Licht und ohne sein Besteck fühlte er sich hilflos. Er dachte wieder an seine Waffe. Ob er es damit schaffte, das Schloß zu zerschießen?

Aber die Tür war verdammt stabil. Sie bestand aus sehr dickem Holz, höchstwahrscheinlich würden die Kugeln darin steckenbleiben, und das wäre reine Munitionsverschwendung.

Ein Wegwerffeuerzeug trug er trotzdem noch bei sich. Leider enthielt es sehr wenig Gas, und als er die Flamme höherstellen wollte, wurde sie kaum größer.

Es war zum Heulen.

Fred Mallory dachte nach. Sie hatten ihn ja nicht ohne Grund in den Keller gesperrt. Außerdem wollten sie etwas von ihm, denn wäre das nicht der Fall gewesen, hätten sie ihn schon längst umgebracht. Ja, so mußte es sein, und er wollte auch an keine andere Möglichkeit glauben.

Nachdem er sich mit dieser Lösung vertraut gemacht hatte, ging es ihm besser. Sollten diese verdammten Hundesöhne nur antanzen, er würde sie schon gebührend empfangen.

Die Zeit verrann. Und die Kopfschmerzen ließen nicht nach. Unter seiner Schädelplatte hämmerte und bohrte es, ein widerliches Gefühl.

Trotzdem waren die Schmerzen nicht so stark, als daß er das Geräusch überhört hätte.

Der Einbrecher erstarrte.

Auf einmal rann eine Gänsehaut über seinen Rücken, und das Angstgefühl steigerte sich. War er vielleicht nicht allein im Keller? Gab es hier unten noch einen Gefangenen?

Wenn die verdammte Dunkelheit nur nicht gewesen wäre! Aber so konnte man nicht die Hand vor Augen sehen, und abermals das Feuerzeug anzuknipsen, das traute sich Mallory jetzt nicht. Schließlich wußte er, daß er nicht mehr allein hier unten war.

Doch es wurde heller!

Das ging wie im Kino.

Der Schein wurde jedoch nicht von einer Lampe abgestrahlt, sondern drang aus den Wänden.

Ein violettes, geheimnisvolles Licht, das Stück für Stück des gewaltigen Kellergewölbes aus der Dunkelheit riß.

Auch hier sah Mallory wieder die hohen Säulen, die die Decke stützten. Sie wurden zuerst sichtbar, dann jedoch weiteten sich seine Augen.

Um ihn herum standen gewaltige Käfige!

Sie bestanden aus Holz und hatten vorn eine Klappe, die jedoch hochgeschoben war.

Die Käfige waren nicht leer.

Darin befanden sich – Käfer!

Riesige Insekten, halb so groß wie Menschen!

Fred Mallory erschrak bis ins Mark. Zu schlimm war der Anblick für ihn gewesen, er zitterte am ganzen Körper, denn solche Monstren sah man höchstens in einem Horror-Film.

Doch das hier war Wirklichkeit, brutale Realität. Woher kamen diese Käfer? Hatte Gregori sie mitgebracht? Wenn ja, was wollte er mit ihnen?

Als der Einbrecher seine Angst überwunden hatte, schlich er näher an die Käfige heran.

Sechs zählte er.

Und darin sechs Käfer!

Sie waren ausgestopft, darauf schwor Mallory fast einen Eid, doch während er auf die Käfige zuschritt, kamen ihm Bedenken. So sahen keine ausgestopften Tiere aus.

Auf halbem Weg blieb er stehen. Er hatte nun einen anderen Sichtwinkel und bemerkte im Hintergrund des Gewölbes die beiden vergoldeten Löwenmenschen.

Auch hier traf ihn der heiße Schreck, denn die Monster hatten einen Löwenkörper und den Kopf einer Frau mit Löwenmähne.

Das violette Licht fiel auf ihre goldenen Körper und ließ die Farbe seltsam grünlich aufleuchten.

Der Einbrecher war von den Gesichtern der beiden Frauen fasziniert, sie strahlten eine fast übernatürliche Schönheit aus und waren nicht mit normalen Steinplastiken zu vergleichen.

Als würden sie leben...

Nur, wer hatte das Geräusch verursacht? Die Löwinnen oder einer der Käfer?

Allerdings gab es noch eine dritte Möglichkeit. Vielleicht hatte ein von ihm noch nicht entdeckter Mensch seine Finger im Spiel. Eigentlich mußte es so sein, denn die toten Käfer oder die Löwinnen mit den Frauenköpfen konnten sich schließlich nicht bewegen.

So dachte Fred Mallory...

Doch es sollte für ihn ein tödlicher Irrtum werden.

Die Käfige waren im Halbkreis aufgestellt. Was Fred nicht gefiel, waren die hochgezogenen Klappen. Das paßte ihm überhaupt nicht, denn dadurch verstärkte sich sein Gefühl, als wollten die Riesenkäfer jeden Augenblick ihre Käfige verlassen.

Auf einmal glaube er, verrückt zu werden.

Der Käfer vor ihm hatte sich bewegt.

Er war zusammengezuckt, deutlich hatte Mallory es gesehen, und plötzlich öffnete das Tier seine beiden Zangen.

Hart klappten sie gegeneinander.

Das Geräusch hallte nach und mischte sich mit Mallorys verzweifeltem »Nein, bitte...«

Dieser Laut wirkte wie ein Startsignal, denn auch die anderen Käfer klappten ihre Scheren auf.

Sie fielen wieder zusammen.

Ein höllisches Konzert, das der entsetzte Fred Mallory in dem unheimlichen Gewölbe zu hören bekam.

Und jetzt bewegte sich der erste Käfer.

Er machte einen etwas holprigen Sprung. Schon hatte er den Käfig verlassen.

Fred Mallory zitterte vor Angst.

Er wandte den Kopf nach rechts und nach links. Zu seinem Entsetzen bemerkte er, daß auch die anderen Käfer nichts mehr in ihren Käfigen hielt.

Die Tiere verließen sie, um sich das Opfer zu holen.

Ungelenk, aber zielstrebig bewegten sie sich voran. Ihr Ziel war Fred Mallory.

Der Dieb war wie vor den Kopf geschlagen. Er begriff zwar, daß er sich in einer tödlichen Gefahr befand, doch er wollte es einfach nicht glauben.

»Bleibt weg!« schrie er. »Verschwindet!«

Es waren unnütze Worte, hervorgestoßen in seiner großen Todesangst. Die Käfer kümmerten sich nicht darum. Sie strebten ihrem Ziel unentwegt zu.

Mallory sprang zurück. Er mußte dies tun, sonst hätte ihn der erste Käfer schon gehabt. Seine Scheren klappten etwa in Kopfhöhe des Mannes zusammen, und Fred konnte sich vorstellen, was das bedeutete.

Er rannte zur Seite. Wuchtig warf er sich gegen die Tür. Dann geriet er in Panik. Er schrie und brüllte verzweifelt. Weit riß er den Mund auf. All seine Angst entlud sich in gellenden Schreien. Er wollte nicht sterben, nein, nicht...

Angstgepeitscht hämmerte er mit beiden Fäusten gegen die Tür. Doch das hielt stand. Es vibrierte nur, mehr geschah nicht, und die Schläge hallten dumpf durch das Gewölbe.

»Hilfe...«, gellte der Schrei. »So helft mir doch! Ich will nicht sterben. Ich will nicht...«

Schaurig brüllte der Einbrecher, doch da war niemand, der ihn hörte oder hören wollte.

Seine Kräfte verließen ihn, und Fred Mallory sank langsam an der Tür zusammen. Seine Fäuste scheuerten über das Holz, mit der Stirn fiel er gegen die Tür, dann hörte er das Klappern.

Dieses Geräusch wirkte wie ein Signal.

Fred Mallory nahm alle Kräfte zusammen und fuhr herum. Er drehte sich auf den Knien, und seine Augen weiteten sich im grenzenlosen Schock.

Zwei Käfer standen vor ihm.

»Neinnn...« Mallory riß die Arme hoch, da schloß sich bereits die erste Schere.

Der Dieb spürte den beißenden Schmerz, ein roter Nebel wallte vor seinen Augen auf, er kippte auf die Seite, und noch ein dritter Käfer kam hinzu.

Alle zusammen verrichteten die grausige Tat...

Hinter der Tür wurden die Schreie gehört. Dort standen zwei Männer. Ahmed Gregori und sein Schatten, der nubische Leibwächter. Während das Gesicht des Schwarzen unbewegt blieb, spielte um Gregoris Lippen ein grausames Lächeln. Er gönnte dem Dieb diesen Tod, denn schließlich sollte niemand in das Haus einbrechen. Hier hatte keiner etwas zu suchen. Und wer glaubte, das Haus sei unbewacht, der unterlag einem tödlichen Irrtum. Gregori hatte überall seine empfindlichen Alarmanlagen eingebaut. Sensoren, die jede Annäherung eines Fremden meldeten.

Dann stand bereits der riesenhafte Nubier bereit.

Ahmed Gregori war ein Mann, bei dem der wilde Vollbart sofort ins Auge fiel. Er umwallte den unteren Teil seines Gesichts wie ein dunkler Wattebausch. Dafür wuchsen auf seinem Schädel weniger Haare. Die paar, die ihm geblieben waren, hatte er jedoch straff nach hinten gekämmt, und sie sahen aus, als wären sie auf der Schädelplatte festgeleimt worden.

Wie immer trug er einen alten dunkelbraunen Anzug und

ein fleckiges Hemd. Auf Äußerlichkeiten hatte der Ägyptologe noch nie großen Wert gelegt, ihm war es egal, wie er auf andere Menschen wirkte.

Die Schreie verstummten.

Ahmed Gregori blickte den Nubier an. »Ich schätze, du kannst ihn jetzt holen!«

Der Schwarze nickte.

Er war ein Koloß. Der Kopf sah aus wie eine blanke braune Kugel. Augenbrauen hatte er nicht. Ein Feuer hatte sie auf dem Gewissen. Sie waren seither nicht wieder nachgewachsen. Der Nubier trug nur weite Hemden und ebensolche Hosen. In normale Kleidung paßte sein gewaltiger Körper nicht hinein.

Als Waffen hatte er seine Fäuste, und – wenn die nicht ausreichten – eine speziell geknüpfte Lederschnur, die immer griffbereit in seiner Hosentasche steckte. Auf Schußwaffen verzichtete er völlig. Trotz seines massiven Körpers bewegte er sich schnell und flink wie eine Gazelle.

»Was soll ich tun, Herr?« fragte der Schwarze in der Zeichensprache.

»Du wirst ihn holen und wegschaffen!«

»Ja, Herr!«

Der Nubier wartete ab, bis Gregori die Tür aufgeschlossen hatte. Furchtlos betrat der Ägyptologe das Gewölbe.

Die Sylphen sahen ihn und wichen sofort zurück. Sie gehorchten ihm, und wieder einmal spürte Gregori die Macht, die ihm in die Hand gegeben war. Er hatte diese Horrorkäfer dressiert, sie gehorchten seinen Befehlen blind.

Die Käfer wichen zurück.

Neben dem Toten blieb Gregori stehen. Er schaute auf ihn hinab und schüttelte den Kopf. »Narr! Elender Narr. Warum mußtest du auch so etwas versuchen!«

Der Schwarze kam. Lautlos trat er neben seinen Meister. Er hatte bereits eine Decke geholt, in die er die Leiche entwickelte.

»Wirf sie in den Fluß!« ordnete der Ägypter an. »Die Fische sollen sich um ihn kümmern.«

Der Nubier nickte.

Während er das Kellergewölbe verließ, zogen sich die Käfer wieder in die Käfige zurück.

Gregori aber schaute sie an. Jeden einzelnen kannte er. Jeder war ihm ans Herz gewachsen. »Ja«, flüsterte er. »Ihr werdet bald eure Freiheit haben. In der nächsten Nacht schon. Ich sehe keinen Grund mehr, euch in den Käfigen zu lassen. Die Sylphengötzen sind wieder auferstanden, ein Kult lebt wieder auf, der jahrelang verschollen war. Freut euch mit mir, das uralte Ägypten lebt!«

Nach diesen Worten verließ Ahmed Gregori den Keller. Er war vollauf zufrieden.

Als Polizeibeamter hat man so gut wie kein Privatleben. Das gilt nicht nur für mich, da möchte ich auch die anderen Kollegen auf der Welt mit einschließen.

Man ist praktisch immer im Dienst.

Mandra Korab und ich saßen kaum in meinem Bentley, als sich das Telefon meldete.

Ich warf dem Inder einen verzweifelten Blick zu. »Da siehst du es, mein Lieber. Man läßt mir keine Ruhe.«

Mandra lächelte. »Geh schon ran.«

Ich hob ab. Sir James Powell meldete sich. Er mußte sich räuspern, bevor er sprach. »Da sind Sie ja endlich.«

»Sorry, Chef, aber ich...«

»Ich weiß, daß Sie Mr. Korab abgeholt haben, aber das schieben Sie mal zur Seite. Fahren Sie nach Chiswick.«

»Das liegt sogar auf der Strecke.«

»Deshalb habe ich Sie ja auch angerufen.«

»Und was gibt es dort zu sehen?« fragte ich.

»Eine Leiche.«

»Seit wann kümmern wir uns um normale Leichen, Sir?«

»Es ist keine normale Leiche, sondern eine schrecklich zugerichtete, und Sie sind gerade in der Nähe. Sie fahren zum Themseknick. Ich habe Ihr Kommen schon angekündigt.«

»Danke, Sir.«

»Und melden Sie, was es gegeben hat.«

»Selbstverständlich.«

Damit war das Gespräch beendet.

Mandra Korab lächelte. »Ich sehe schon, du bist ein vielge-
fragter Mann.«

Ich winkte ab. »Weniger wäre mir lieber.«

Chiswick liegt bereits außerhalb Londons. Bis zu diesem
Ort führt der Motorway 4. Natürlich war der Betrieb entsprechend, denn vom Flughafen her fuhr alles über diese Straße
nach London hinein.

Ich kam nicht so von der Stelle, wie ich es mir vorgestellt
hatte. Mandra Korab saß neben mir und sagte nichts. Er
schaute nur hin und wieder aus dem Fenster.

Ich erzählte dann von Suko, Shao und Bill Conolly. Mandra
kannte den Chinesen noch nicht, ebenso seine Freundin. Bill
war ihm bekannt, er wußte auch, daß der Reporter Vater geworden war. Ich hatte es ihm geschrieben.

In Chiswick selbst war der Weg hinunter zum Fluß überhaupt nicht zu verfehlen. Dafür sorgten zahlreiche Schilder,
denn die Uferwiesen waren im Sommer ein sehr beliebter Badeort.

Wir ließen den Wagen in einer schmalen Straße stehen, an
dessen Ende sich das Gelände zum Ufer hin öffnete.

Die Wiesen waren voll. Kein Wunder bei diesem Wetter.
Trotzdem konnte man es aushalten, denn am Wasser wehte
immer eine frische Brise.

»Willst du mit?« fragte ich den Inder.

»Natürlich.«

Wir schritten über den dürftigen Grasboden. Ich hatte auch
schon gesehen, wo die Leiche angetrieben worden sein mußte, denn dort war eine große Menschenmenge versammelt.
Zudem sah ich zwei Polizeiwagen, die bis dicht an das Wasser herangefahren waren.

Es war uns kaum möglich, den Ring der Neugierigen zu
durchbrechen. Als wir es geschafft hatten, standen baumlan-
ge Bobbys vor uns, die uns scharf anblickten.

»Hier geht es nicht weiter«, sagten sie bestimmt.

Ich zeigte meinen Ausweis.

Wir durften passieren.

Der Mann, der die Untersuchung leitete, war mir nicht bekannt. Er war etwa in meinem Alter, trug einen zerknitterten Anzug und hatte sich die Krawatte unter das Revers der Jacke geschoben. Der Fluß selbst lag wie flüssiges Blei in der Sonnenglut. Schwer wühlten sich die Schiffe durch die Wellen. Die Lastkähne waren hoch mit Containern beladen und wurden von flotten Motorbooten immer wieder überholt.

»Sind Sie Sinclair?« sprach mich der Mann im zerknitterten Anzug an.

»Ja.«

Der Knabe kaute auf seinen Schnurrbartenden. »Ich heiße Wilkins«, sagte er.

»Angenehm.«

Wilkins deutete auf den Inder. »Was haben Sie denn da für einen Vogel mitgebracht?«

Ich schluckte. Wilkins benahm sich verdammt arrogant, und das mochte ich gerade. »Ich bin es gewohnt, daß man höflicher zu meinen Freunden ist«, erwiderte ich. »Vor allen Dingen, wenn Polizeibeamte ihn ansprechen.«

Wilkins lachte. »Okay«, meinte er. »Lassen wir das. Wenn Sie die Leiche sehen, vergessen Sie die Höflichkeit. Kent!« rief er und wandte sich um. »Nimm mal die Decke weg!«

Die Decke war eine Plane, und als sie abgehoben wurde, zuckte ich zurück.

Ersparen Sie mir eine Beschreibung, es war wirklich scheußlich. Mandra Korab trat an meine Seite.

Er hatte ebenfalls den Blick gesenkt, in seinem Gesicht regte sich kein Muskel, nur in seine Augen war ein harter Glanz getreten.

Ich wandte mich ab. »Es ist gut«, sagte ich zu Wilkins.

Die Leiche wurde wieder verdeckt.

Automatisch fuhr meine Hand in die Tasche, doch Wilkins hatte meine Gedanken erraten und reichte mir eine Zigarettenpackung. Dankend nahm ich ein Stäbchen.

Während ich den blaugrauen Rauch aus den Nasenlöchern

entweichen ließ, fragte ich: »Wer hat das getan? Welche Bestie tut so etwas?«

»Da sagen Sie etwas«, murmelte Wilkins.

»Einen Verdacht haben Sie nicht?«

»Nein. Außerdem ist die Leiche auch nicht hier in den Fluß geworfen worden. Sie wurden angeschwemmt.«

»Man kann aber berechnen, wo man sie hineingeworfen hat.«

»Sicher.«

»Veranlassen Sie das bitte!«

Wilkins winkte ab. »Damit beschäftigen sich bereits die Experten, mein Lieber.«

Die Polizisten hatten es durch Unterstützung neu eingetroffener Kollegen geschafft, die Neugierigen zurückzudrängen. Es gab heftige Proteste, doch die Bobbys ließen sich nicht beirren. Sie waren solche Einsätze gewohnt und hatten darin Routine.

Ich rauchte und hing meinen Gedanken nach. Auch Mandra schien zu merken, was mit mir los war, denn er sprach mich nicht an.

Dieser Mord war ein scheußliches Verbrechen, das stand fest. Nur – wer hatte es begangen? Ein Mensch? Konnte ein Mensch wirklich zu so etwas fähig sein? Das war die große Frage, die mich beschäftigte. Wenn man die Geschichte durchforstete, gab es genügend Parallelen. Ich dachte da an »Jack the Ripper«, einen Killer, der seine Opfer auch so behandelt hatte und der nie gefaßt werden konnte.

Sollten wir es mit solch einem Psychopathen zu tun haben? Oder steckte gar etwas völlig anderes dahinter, eine Macht, mit der ich mich beschäftigen mußte, also dämonisches Treiben und Wirken?

»So nachdenklich?« sprach mich Wilkins an.

Ich trat die Zigarette aus. »Ja, ich suche nach einem Motiv. Weiß man bereits, wer der Tote ist?«

»Nein.«

»Keine Ausweise?«

Wilkins schüttelte den Kopf.

»Ein normaler Mensch läuft mit Papieren herum«, sinnierte ich. »Bei dem Toten sind keine gefunden worden. Entweder hat er sie verloren oder bewußt nicht mitgenommen.«

»Wenn letzteres zutrifft, kann man annehmen, daß der Tote in seinem Leben nicht gerade auf gesetzlichen Pfaden gewandelt ist«, folgerte mein Kollege.

Ich stimmte ihm zu.

»Vielleicht ein Killer«, murmelte Wilkins.

»Kann auch ein Dieb und Einbrecher gewesen sein«, schwächte ich seine Vermutung ab.

»Möglich.« Wilkins drehte sich um und sah zu, wie die Leiche in einer Wanne wegtransportiert wurde. Der Arzt kam auf uns zu. Er zog seine Gummihandschuhe aus und verstaute sie in einem Seitenfach seines Koffers.

»Können Sie schon was sagen, Doc?« fragte Wilkins.

Der Mediziner hob die Schultern. »Es ist schwer, auf jeden Fall ist der Mann noch keine 24 Stunden tot. Vielleicht die Hälfte, unter Umständen auch etwas länger. Ich werde ihn noch genauer untersuchen, das Ergebnis bekommen Sie auf den Schreibtisch.«

Wilkins nickte.

Jemand stieß mich in die Seite. Es war Mandra Korab. »Schau mal auf das Wasser«, sagte er und streckte dabei seinen rechten Arm aus.

Ich tat ihm den Gefallen.

»Siehst du das Motorboot mit den grün gestrichenen Aufbauten?«

»Natürlich.«

»Und auch den bärtigen Mann am Heck?«

»Ja. Was soll das?«

»Den Kerl kenne ich. Das ist kein anderer als mein Freund Ahmed Gregori...«

Ich blickte Mandra an und dann wieder zum Boot hin, das mit langsamer Fahrt an uns vorbeipflügte.

»Hast du dich auch nicht getäuscht?«

Der Inder schüttelte den Kopf.

»Aber warum sollte Gregori hier auf der Themse herum-kutschieren?« fragte ich.

»Vielleicht ein Zufall?« Mandra stellte die Frage so, daß man heraushören konnte, wie sehr er von eigenen Zweifeln geplagt wurde. Auch mir war klar, daß dies kein Zufall sein konnte. Gregori hatte in seinem Boot die Stelle bewußt passiert. Nur – aus welchem Grund? Wußte er bereits, daß Mandra Korab nach London gekommen war, und hatte er ihn schon beobachtet?

Das war eine Möglichkeit, doch es gab noch eine zweite. Vielleicht hatte dieser Gregori etwas mit dem Mord zu tun und wollte sich überzeugen, ob die Leiche schon gefunden war. Diese Alternative war zwar sehr unwahrscheinlich, doch ich hatte in meinem Job schon Dinge erlebt, die mit dem menschlichen Verstand kaum zu erfassen waren. Da gingen oft Glück, Zufall und logisches Folgern ein Bündnis ein.

»Wie können wir ihn fassen?« fragte der Inder.

Ich hatte eine Idee. »Komm mit«, sagte ich hastig.

Wilkins wunderte sich, daß wir so plötzlich, ohne uns zu verabschieden, wegrannten. Wir liefen zu meinem Wagen, der in der Sonne briet. Ich griff sofort zum Telefon und stellte eine Verbindung mit der River Police her.

Dort kannte man meinen Namen.

Mit wenigen Worten erklärte ich meinen Plan. Die Kollegen spielten auch mit und versprachen mir, das Boot zu stoppen. Wenn es soweit war, wollten sich sich melden.

Ich berichtete Mandra vom Ergebnis meines Anrufs. Der Inder lächelte. »Das klappt ja ausgezeichnet bei euch.«

»Ja, manchmal läuft alles Hand in Hand.«

Wir blieben nicht auf dem Fleck stehen, sondern fuhren in die Richtung, die das Boot genommen hatte. Also stromab-wärts. Wenn der Anruf der River Police eintraf, waren wir wenigstens in der Nähe.

»Ich überlege die ganze Zeit, was dieser Gregori an der Fundstelle zu suchen gehabt hat«, sagte der Inder. »Für mich ist das kein Zufall, dahinter steckt System.«

»Solltest du recht haben, dann gibt es auch eine Verbindung zwischen Gregori und dem Toten.«

Mandra schaute mich an. »Sollte Ahmed Gregori den Mann vielleicht umgebracht haben?«

Unsere Gespräche wurden unterbrochen, weil sich das Autotelefon meldete.

»Sinclair!«

»Okay, Kollege, wir haben das Boot gestoppt. Beeilen Sie sich. Lange können wir ihn nicht festhalten. Wir haben als Vorwand eine Rauschgiftfahndung genommen. Außerdem hat er sich das Boot mitsamt Kapitän geliehen, und den Eigner kennen wir. Ein integrer Mann.« Er gab noch die genaue Position durch, und ich bedankte mich bei dem hilfsbereiten Kollegen.

Auf der Uferstraße fuhren wir weiter. Nach Chiswick wurde sie schmaler, folgte jedoch nicht jedem Knick des Flusses, so daß ich die Themse hin und wieder aus den Augen verlor.

Wir fuhren durch eine kleine Ortschaft, deren Namen ich nicht kannte. Die paar Häuser standen wie hingeworfen in der Gegend herum. Es gab eine schmale Straße, die direkt zum Flußufer führte.

In die bog ich ein, denn hier ungefähr mußte die Stelle sein, die der Kollege mir angegeben hatte.

Der Bentley schaukelte über den Weg. Querrinnen und kleine Schlaglöcher machten ihm zu schaffen. Als wir freie Sicht hatten, entdeckte ich den Uniformierten. Er wartete schon.

Ich stoppte, wir stiegen aus dem Wagen und liefen auf den Mann zu. Die beiden Boote lagen mehr in der Flußmitte. Der freundliche Polizist war mit einem Schlauchboot zum Ufer gefahren.

Wir stiegen ein.

Der Heckmotor des Schlauchbootes blubberte auf, knatterte dann, und die Fahrt ging ab.

Über eine Leiter stiegen wir an Bord des Polizeibootes. Dort warteten nicht nur die Beamten der River Police, sondern auch Ahmed Gregori. Seine Augen wurden groß, als

140

Mandra Korab an Bord kletterte. Demnach hatte der Ägyptologe den Inder sofort erkannt. Mandra sagte nichts.

Gregori war nicht allein. Neben ihm stand eine Gestalt, vor der man sich fürchten konnte. Ein hünenhafter Neger mit blankem Oberkörper, der fettig glänzte. Die Muskelpakete waren nicht zu verachten, und wenn ich in das Gesicht des Mannes schaute, wurde mein Blick von zwei völlig gefühlskalten Augen erwidert.

Mit dem Burschen war nicht gut Kirschen essen. Vielleicht war er sogar der Mörder des Unbekannten. Doch ich wollte keinerlei Vorurteile hegen und verbannte die Gedanken aus meinem Hirn.

Wir wurden von dem Kommandanten des Polizeibootes begrüßt, dann überließ ich Mandra Korab die Initiative.

Er kam jedoch nicht dazu, etwas zu sagen, denn Gregori giftete sofort los. Sein Zeigefinger wies auf den Kommandanten. »Was will dieser Inder hier?«

»Sie kennen mich also?« fragte Mandra sanft.

»Ja.«

»Sie geben ferner zu, daß Sie einige Zeit bei mir gewohnt haben, Mr. Gregori?«

»Das streite ich nicht ab.«

»Dann wissen Sie auch, daß man Gastfreundschaft nicht so erwidert wie Sie.«

Gregoris Augenbrauen zogen sich zusammen. »Werden Sie bitte deutlicher!«

Mandra lächelte. »Das mache ich gern. Sie waren es, der meinen Rubin gestohlen hat.«

Schweigen. Nur das Klatschen der Wellen an die Bordwand war zu vernehmen. Tief holte Ahmed Gregori Luft. Seine Augen wurden noch dunkler. Er warf seine Antwort uns förmlich entgegen.

»Es ist eine Unverschämtheit, was Sie da behaupten. Haben Sie Beweise für diese Annahme? Ich habe Ihren komischen Stein nicht gestohlen. Ich bin Wissenschaftler, kein Verbrecher. Und ich werde mir überlegen, ob ich nicht gerichtlich gegen Sie vorgehe.«

»Das können Sie gern tun, Mr. Gregori«, erwiderte Mandra Korab kühl. »Nur möchte ich zuerst meinen Stein zurückhaben.«

»Den besitze ich nicht.«

»Darf ich mich davon überzeugen?«

Die Frage stand im Raum, und der Ägyptologe dachte nach. »Wie soll ich das verstehen?«

»Vielleicht besuche ich Sie einmal?«

Gregori warf seinem Leibwächter einen schnellen Blick zu. Für einen winzigen Moment glaubte ich, ein wissendes Grinsen auf seinem Gesicht zu sehen. Dann wurde daraus ein Lächeln, und Ahmed Gregori erwiderte: »Natürlich können Sie zu mir kommen, Korab. Ich lade Sie sogar ein, mein Gast zu sein. Wann darf ich mit Ihnen rechnen?«

»Noch heute.«

»Ich habe nichts dagegen.« Er lachte, aber es klang nicht echt. Eher hinterhältig, wissend und gemein. Mandra mußte auf der Hut sein, doch er würde nicht allein zu diesem Kerl gehen. Ich wollte ihn begleiten.

Ahmed Gregori schaute sich um. »Ist sonst noch etwas?« fragte er und reckte aggressiv sein Kinn vor.

»Ja, ich habe noch eine Frage«, sagte ich.

Gregori blickte mich herausfordernd an. »Wer sind Sie überhaupt, Mister?«

Ich stellte mich vor.

»Ein Bulle!«

Ich blieb weiterhin freundlich. »Wir wollen doch nicht in den Slang der 70er Jahre verfallen. Das Wort Bulle ist aus der Mode gekommen.«

»Was wollen Sie also?«

»Darf ich vielleicht den Grund Ihrer Reise erfahren?«

»Ja. Es ist schönes Wetter, und da habe ich mir ein Boot gemietet, um ein wenig auf der Themse spazierenzufahren. Ist das verboten?«

»Nein, natürlich nicht.«

»Na also.«

»Die angeschwemmte Leiche haben Sie nicht zufällig gesehen?«

»Welche Leiche?« konterte er.

»Sie sind ziemlich langsam an der Fundstelle vorbeigefahren«, erklärte ich, »da hätte Ihnen die Menschenansammlung eigentlich auffallen müssen.«

»Ist sie mir aber nicht.« Er grinste frech. »Noch etwas, Mr. Polizist?«

»Nein, nein, schon gut.«

»Kann ich jetzt weiterfahren?«

»Selbstverständlich.«

Ahmed Gregori warf dem Inder noch einen Blick zu. »Wir sehen uns ja später.«

Mandra nickte.

Der Ägyptologe und sein Leibwächter stiegen von Bord. Der Schwarze hatte bisher kein Wort gesprochen, sondern nur geschaut. Doch seine Blicke sagten mehr als tausend Worte. Aus ihnen sprach der reine Haß. Ich ahnte jetzt schon, daß ich mit diesem abgebrochenen Riesen noch heftig aneinandergeraten würde. Wohl war mir dabei nicht. Da ich Ahmed Gregori zum ersten Mal gesehen und nun mit ihm gesprochen hatte, konnte ich den Inder verstehen. Dieser Kerl war auch mir nicht ganz geheuer. Er konnte gar nicht so gut schauspielern, um sein schlechtes Gewissen zu verbergen.

»Ist bei Ihnen alles klar?« fragte mich der Kommandant.

»Sicher.« Ich bedankte mich noch einmal für die Unterstützung, dann wurden wir wieder ans Ufer gefahren.

Als wir festen Boden unter den Füßen hatten, fragte Mandra Korab: »Was hältst du von ihm?«

Ich öffnete die Fahrertür. »Du hast recht. Dieser Gregori ist nicht astrein.«

»Das war noch positiv ausgedrückt.«

»Und du willst ihm einen Besuch abstatten?«

Mandra nickte. »Ja, heute abend.«

»Erlaubst du, daß ich dich begleite?«

Der Inder lächelte. »Das erlaube ich nicht nur, das hoffe ich sogar.«

Ich fuhr an. Während wir in Richtung London rollten, muß ich immer wieder an den Toten denken. Er ging mir einfach nicht aus dem Kopf. Welcher Mensch war in der Lage, einen anderen auf diese schreckliche Art und Weise umzubringen?

Ich fand einfach keine Erklärung, weil ich es keinem Menschen zutraute.

Von der Lösung jedoch war ich meilenweit entfernt...

Die Sylphen wurden unruhig!

Hatten sie bisher in ihren Käfigen gehockt, so waren sie nicht mehr dazu zu bewegen, sich dorthin zu begeben. Etwas war geschehen, ein Ereignis, auf das sie lange genug gewartet hatten.

Man hatte ihnen ein Opfer überlassen. Sie durften töten. Und nun hatten sie Blut geleckt.

Uralte Triebe und Instinkte, die längst verschüttet waren, erwachten nun. Es schien, als würde die Vergangenheit auferstehen, und dazu trugen auch die beiden Löwenmenschen bei, die in der Höhle als stumme Wächter lauerten. Sie waren ebenfalls ein Relikt aus der Vergangenheit, und sie gehörten zu den Göttern, denen die Sylphen ihre Existenz verdankten und denen sie deshalb gehorchten.

Immer wieder schlugen sie ihre gefährliche Zangen gegeneinander. Die dabei entstehenden Geräusche waren eine mörderische Musik. Sie wiesen aber auch auf die Unruhe dieser Käfer hin, auf den Trieb, der kaum noch zu unterdrücken war.

Die Sylphen wollten raus!

Drei von ihnen hielten sich an der Tür auf. Sie kratzten mit ihren Beinen über das Holz, schlugen mit den Zangen dagegen, doch die Tür widerstand ihren Bemühungen ebenso, wie sie denen des Einbrechers standgehalten hatte.

Auch die restlichen drei näherten sich nun der Tür und versuchten es. Doch die ersten wollten keinen Platz machen und ließen sich auch nicht verdrängen, als sie von ihren Artgenossen mit den Scheren attackiert wurden.

Ein Kampf entbrannte.

Die Sylphen selbst konnten sich mit den Scheren nicht verletzen, ihre gepanzerte Haut war zu stark. Sie konnten sich höchstens gegenseitig umwerfen, aber Sieger gab es keine.

Die unheimlichen Tiere wurden erst ruhig, als sie Schritte hörten. Sofort ließen sie voneinander ab und bauten sich im Halbkreis vor der Tür auf.

Ein Schlüssel drehte sich im Schloß.

Die Tür schwang auf.

Ahmed Gregori stand auf der Schwelle. Hinter ihm wuchs wie eine Drohung der Körper des Nubiers auf. Stumm und gefährlich...

Aber auch in die Augen des Ägyptologen war ein gefährlicher Glanz getreten, als er auf seine Diener schaute. »Da seid ihr ja«, flüsterte er heiser. »Ihr lieben Tierchen. Ja, ich merke, wie unruhig ihr herumlauft, aber die Zeit der Gefangenschaft ist vorbei. Ihr werdet frei sein. Heute noch, jetzt und gleich...«

Es schien, als hätten die Sylphen ihren Herrn verstanden, denn sie lösten den Kreis auf und wollten an Gregori vorbei durch die offene Tür entfliehen.

Der Wissenschaftler breitete die Arme aus. »Halt!« rief er. »Nicht weiter!«

Die Käfer gehorchten, standen still.

Gregori begann zu reden. »Ihr wißt um eure Aufgabe!« rief er in den Keller hinein. »Euch ist bekannt, wer unsere Feinde sind. Alle Menschen, die nicht unserer Religion angehören, die euch töten wollen. Kommt ihnen zuvor. Bewacht dieses Haus, in dem die Löwengötter bald auferstehen werden, um ein neues Geschlecht zu gründen. Die letzten beiden Löwenmenschen warten nur darauf. Und ich habe zwei Opfer ausgesucht. Wenn sie erscheinen, schafft sie her, und tötet jeden, der euch in die Quere kommt.«

Die Sylphen bewegten sich nicht, doch sie schienen die Worte verstanden zu haben.

Ahmed Gregori gab den Weg frei, indem er zurücktrat.

Auch der Nubier folgte ihm.

Die Riesenkäfer verließen das große Kellerverlies. Gregori

wartete ab, bis auch der letzte an ihm vorbeigegangen war,
dann schloß er die Tür wieder ab.

Er schaute seinen Freunden nach, wie sie die Stufen der
Treppe hochkrabbelten. Er rieb sich die Hände; ja, mit diesen
Dienern war er unschlagbar.

Die Leiche des Einbrechers hatten sie gefunden. Jetzt würden sie überlegen, wer wohl der Mörder gewesen sein könnte. Auf die Wahrheit würden sie nie kommen.

Nur der Inder paßte nicht in seinen Plan. Mit ihm hatte er
nicht gerechnet. Sehr gut noch konnte er sich an Korab erinnern und auch an den Stein, den er ihm entwendet hatte.
Doch den gab es nicht mehr. Gregori hatte ihn verkauft und
für einen Teil des Erlöses dieses Haus hier erworben.

Aber der Inder sollte sich nur zeigen! Ihm würde man einen gebührenden Empfang bereiten, falls die Käfer ihn nicht
vorher töteten. Denn jetzt waren sie frei, und wenn die Dunkelheit hereinbrach, wollten sie ihren Aktionsradius auswei-
ten. Wehe dem, der ihnen dann über den Weg lief. Er war verloren.

»Soll ich ihn töten?« fragte der Nubier in der Zeichensprache.

»Den Inder?«

Nicken. Ahmed schüttelte den Kopf. »Nein, ich habe es mir
überlegt. Er ist lebend wertvoller. Wenn er in mein Haus
kommt, werde ich ihn in das Verlies sperren, wo er mit den
Löwinnen allein ist.«

»Und der andere?« deutete der Nubier.

Da hatte der Schwarze einen wunden Punkt angesprochen. Über Sinclair wußte Gregori nicht viel. Ihn konnte er
nicht richtig einordnen. Dieser Mann war zwar vom körper-
lichen her nicht solch ein Bulle wie der Nubier, trotzdem
durfte man ihn nicht unterschätzen. Ahmed Gregori hatte einen Blick für gefährliche Männer, und der blondhaarige Polizist war ein harter Typ.

»Wenn er mitkommt, wirst du dich um ihn kümmern!« befahl Gregori seinem Diener.

146

Der Nubier nickte, und in seinen Augen glitzerte die reine Mordlust...

Jack Burtles war zwar kein Förster, aber er hatte sein ganzes Leben in der Natur verbracht. Als kleiner Junge schon war er die meiste Zeit im Wald. Sein Vater war Holzfäller und wohnte praktisch an seinem Arbeitsplatz.

Burtles jedoch wollte nicht die harte Arbeit verrichten, er schlug den Berufsweg des Försters ein. Bis zum Förster hatte er es aber nicht gebracht, doch er erfüllte die gleichen Aufgaben. Sein Revier befand sich nördlich von London, in einem Landkreis mit der Bezeichnung Islington. Dort war er für den Forst zuständig. Sein eigentlicher Vorgesetzter lag nur noch auf dem Krankenlager. Burtles rechnete damit, daß er jeden Tag sterben würde.

Unter seiner Leitung arbeiteten gut ein halbes Dutzend Waldarbeiter.

50 Jahre zählte Jack Burtles, seine Frau war acht Jahre jünger. Auch sie liebte die Natur, und da sie viel Zeit hatte, begleitete sie ihren Mann oft bei seinen Kontrollgängen durch den Forst.

Auch an diesem späten Nachmittag hatten sich beide fertiggemacht. Jack verzichtete auf seine Jacke, weil es ihm zu stickig war. Sein Gewehr nahm er jedoch mit.

»Bist du fertig, Lena?« rief er zum Schlafraum hinüber.

»Ja.« Lena kam. Sie war etwas korpulent, hatte ein rosiges Gesicht und trug das fahlblonde Haar kurz geschnitten.

Auch sie war wanderfest gekleidet. Festes Schuhwerk, Kniebundhose und eine karierte Bluse aus strapazierfähigem Stoff. Wenn es sich eben ermöglichen ließ, begleitete Lena ihren Mann. Sie war eine gute Hilfe, denn sie hatte im Laufe der Jahre reichlich Erfahrungen gesammelt, und ihre Tips waren manchmal Gold wert.

Draußen stand ihr Wagen. Ein Range Rover, mit der grünen Farbe des Waldes lackiert. Mit diesem Fahrzeug unternahmen sie ihre Rundfahrten, doch es war nicht so, daß sie sich nur auf den Rover verließen, nein, einen Großteil der Strecke gingen sie schon zu Fuß.

Jack Burtles hatte bereits den Motor gestartet. Lena ließ sich auf den Beifahrersitz fallen und knallte die Tür zu.

Ab ging es.

Das Revier reichte bis über die Londoner Stadtgrenze. Es war ziemlich ausgedehnt, und auch der Wildbestand konnte sich sehen lassen. Burtles hatte immer dafür gesorgt, daß nicht zu viele Tiere abgeschossen wurden.

Im Herbst, wenn die großen Jagden stattfanden, war sein Revier sehr beliebt. So mancher Politiker hatte schon seinen Fuß über Burtles' Hausschwelle gesetzt und in seiner Wohnung einen kräftigen Schluck zur Brust genommen.

Sie blieben auf dem Hauptweg. Im Wald war es noch schwüler als auf dem freien Feld. Unter den Baumkronen staute sich die Hitze wie ein unsichtbarer Damm. Obwohl sie die Fenster des Führerhauses heruntergekurbelt hatten, brachte der Fahrtwind kaum Kühlung.

Es blieb stickig.

»Die Sonne hat mir einen zu fahlen Glanz«, bemerkte Lena. »Ich glaube, wir bekommen noch ein Gewitter.«

Ihr Mann nickte. »Da kannst du recht haben.«

»Sind wir bis dahin zurück?«

Jack Burtles lächelte schmal. »Natürlich. Ich habe nicht vor, im Wald zu übernachten.«

»Was willst du überhaupt dort?«

»Es gibt einige Bäume, die bald reif zum Fällen sind und die ich noch kennzeichnen muß. In den nächsten Tagen komme ich nicht dazu, heute ist die letzte Gelegenheit.«

»Fahren wir auch in die Nähe dieses Hauses?« fragte Lena.

»Du meinst zu Mr. Gregori?«

»Ja.«

»Sicher. Da müssen sogar die meisten Bäume abgeholzt werden. Dort hat sich in den letzten Jahren zuviel verfilzt. Die kleineren Pflanzen können kaum atmen.«

Lena schüttelte sich. »Also, ich habe keine Lust, mir diesen Kerl anzusehen.«

»Warum nicht?«

»Er ist mir nicht ganz geheuer.«

»Ach, du mit deinen Vorurteilen. Mr. Gregori ist seltsam, das gebe ich zu. Aber auch Einzelgänger haben ein Existenzrecht.«

»Das bestreitet ja keiner. Nur ist mir dieser Gregori unsympathisch. Ich kann nichts dagegen machen. Ebenso ergeht es mir mit seinem Diener.«

Jack Burtles warf seiner Frau einen lächelnden Blick zu. »Du solltest toleranter sein, meine Liebe.«

»Das versuche ich.«

Das Ehepaar fuhr noch auf dem Hauptweg. Er war ziemlich breit, und da es lange nicht mehr geregnet hatte, war die Fahrbahn trocken. Eingefressene Reifenspuren zeugten davon, daß des öfteren Fahrzeuge diese Strecke fuhren.

Rechts und links des Weges wuchsen die Bäume dicht an dicht. Die einzelnen Zwischenräume sahen seltsam dämmrig aus, kaum Sonnenlicht drang durch das Blätterdach.

Sie erreichten eine Lichtung, wo Baumstämme zersägt und aufgestapelt wurden.

Jack hielt kurz an.

Zwei Arbeiter blickten ihm entgegen. Der Forstmeister sprach mit den Männern und erkundigte sich, wann die Bäume abtransportiert werden konnten.

»In den nächsten beiden Tagen!«

Burtles war zufrieden. »Ich schicke euch dann einen Wagen vorbei.«

»Aber jetzt machen wir Feierabend.«

»Okay«, sagte der Forstmeister. »Meine Frau und ich haben noch zu tun. Ich kreide Bäume an, die in diesem Jahr gefällt werden müssen. Darüber bekommt ihr noch näher Bescheid.«

Die Männer nickten.

Das Ehepaar Burtles fuhr weiter. Den größten Teil der Strecke hatten sie hinter sich. Nach etwa 500 Yards bogen sie vom Hauptweg ab und stellten den Wagen auf einem schmalen Seitenpfad ab.

»Aussteigen!« rief Burtles.

Lena folgte lachend der Aufforderung ihres Mannes. Sie trug die Tasche mit den Arbeitsutensilien.

Die beiden verschwanden im Wald. Zwei Stunden konzentrierter Arbeit lagen vor ihnen. Danach hatten sie es geschafft, und sie waren auch geschafft.

Aufatmend kehrten sie zu ihrem Wagen zurück.

»Mein lieber Himmel!« stöhnte Lena. »Ich hätte nie gedacht, daß so viele Bäume anfällig geworden sind.«

»Tja, die Umwelt macht viel kaputt«, erwiderte ihr Mann und schraubte den Verschluß der Teekanne ab. »Hier, nimm erst mal einen Schluck. Das tut gut.«

Lena und Jack tranken. Der Förster stützte seine Ellenbogen auf die Oberschenkel. »Sollen wir weitermachen oder zurückfahren?«

Lena lächelte verschmitzt. Sie deutete durch das Blätterdach zum Himmel. »Es ist noch nicht dunkel, und wie ich deine Arbeitswut kenne, willst du weitermachen.«

»Eigentlich ja«, gab Jack zu.

»Okay, packen wir's an!«

»Aber wir begeben uns jetzt in die Gegend, wo dieser Gregori wohnt.«

»Das ist mir egal.«

Jack schlug seiner Frau auf die Schultern. »Los, Zeit ist Geld.« Er klemmte sich wieder hinter das Lenkrad und rangierte den Range Rover auf den breiten Weg zurück.

Sie mußten einige Bogen fahren, überquerten einmal die normale Zufahrtsstraße und sahen rechts von sich das Haus liegen. Dann wieder nahmen ihnen die Bäume die Sicht auf das Gemäuer.

Es wurde dunkler.

Von Westen her schob sich die graue Wand der Dämmerung heran, die Sonne verblaßte noch mehr und würde bald nicht mehr zu sehen sein.

»Wir müssen uns beeilen«, sagte Jack, »wenn wir die Bäume noch anzeichnen wollen.«

»Dann trennen wir uns«, schlug seine Frau vor.

Jack hob überrascht die Brauen. »Das ist ein guter Vorschlag. Da schaffen wir es wirklich schneller.«

»Du traust mir aber viel zu«, bemerkte seine Frau.

»Ich habe dich gut angelernt.«

Mit diesen Worten verabschiedete sich der Forstmeister von seiner Frau. In einer Stunde wollten sie sich wieder am Wagen treffen. Das Gewehr nahm Jack Burtles mit. Nicht, weil er damit rechnete, angegriffen zu werden, es war eine alte Waidmannstradition, die Waffe immer bei sich zu haben. Es war eine Zwillingsbüchse, und Jack konnte damit umgehen. Er hatte bei einigen Wettbewerben schon Preise geholt.

Dieser Gregori war auch ihm nicht sehr sympathisch. Aber er hatte sich angewöhnt, vorurteilsfrei zu denken.

Jack drang tiefer in den Wald. Er schaute sich die Bäume an, nickte oft zufrieden, furchte auch hin und wieder die Stirn. Manch alte Riesen waren vom Smog der Riesenstadt London gezeichnet. Jahrhunderte hatten sie überdauert, doch die umweltfeindliche neue Zeit setzte auch ihrem Leben ein Ende. Dagegen mußte man unbedingt etwas unternehmen, nur war es so verdammt schwer, die Verantwortlichen aufmerksam zu machen. Gesprochen und versprochen wurde viel, Weniges allerdings nur gehalten.

Plötzlich blieb Jack stehen.

Er war zuvor so in seine Arbeit vertieft gewesen, daß er auf die ihn umgebende Umwelt gar nicht geachtet hatte. Nun fiel ihm die Ruhe auf, die in diesem Waldstück herrschte.

Wo sonst die Tiere der Nacht erwachten, herrschte Schweigen. Alles war still.

Unnatürlich still...

Jack Burtles hatte sich soeben die Rinde einer alten Eiche angeschaut und trat nun einen Schritt zur Seite. Sichernd blickte er in die Runde.

Grüngraues Dämmerlicht umgab ihn. Er konnte kaum noch den Himmel sehen, das Blätterdach über ihm war einfach zu dicht. Die Luft war zusätzlich schwül und feucht. Die Kleidung fühlte sich klamm an. Ein Gewitter lag in der Luft.

Waren deshalb die Tiere so still? Hatten sie vielleicht Angst vor dem großen Donnerschlag?

Eigentlich unwahrscheinlich, denn ein Gewitter gehörte zum normalen Kreislauf der Natur. Irgend etwas anderes mußte die Tiere erschreckt haben.

Dem Forstmeister rieselte plötzlich eine Gänsehaut über den Rücken. Mehr unbewußt nahm er die Flinte von seiner Schulter und hielt sie schußbereit in den Händen.

Langsam ging er vor.

Das Brechen der trockenen Zweige unter seinen Füßen klang unnatürlich laut in der Stille. Der Wald schien zum Schweigen verdammt zu sein. Nur die Mücken tanzten unbeirrt weiter.

Von Minute zu Minute wurde es dunkler. Die Umrisse verschwammen, genaue Konturen waren kaum auszumachen. Jack Burtles dachte plötzlich an seine Frau. Auch sie befand sich in dem Waldstück. Jetzt hätte er sie gern an seiner Seite gehabt.

Jack bohrte seine Blicke in das Dämmerlicht. Er suchte im Unterbewußtsein nach einer Gefahr, sie war auch vorhanden, doch nicht vor, sondern über ihm.

Auf einem Baum hockte der Riesenkäfer!

Schon die ganze Zeit über hatte er Jack Burtles nicht aus den Augen gelassen. Für ihn war dieser Mann ein potentielles Opfer, und er durfte auch killen.

Jetzt und gleich.

Der Käfer hockte in einer Astgabel, er rutschte jetzt ein Stück vor, damit er sich direkt über dem Forstmeister befand.

Und Jack Burtles hörte das schabende Geräusch!

Er verharrte, riß den Kopf in den Nacken und schaute nach oben. Da ließ sich der Käfer fallen!

Jack Burtles sah nur etwas Großes, Schwarzes auf sich herniedersausen, er wollte noch sein Gewehr hochreißen, aber dazu kam es nicht mehr.

Der Käfer fiel genau auf ihn.

Er war groß, und er hatte sein Gewicht. Jack wurde zu Boden gedrückt, er nahm einen strengen, aber auch faulen Geruch wahr, wollte sich herumwälzen, doch da spürte er einen Fuß des Käfers auf seiner Brust.

Das Bein nagelte Jack am Boden fest.

Plötzlich bekam er keine Luft mehr. Er gurgelte auf, wollte sich drehen, doch gegen die Kraft der unheimlichen Bestie war er machtlos.

Über sich hörte er ein Klappern, wußte jedoch nicht, was dieses Geräusch zu bedeuten hatte. Jack war voll und ganz damit beschäftigt, sich aus den Klauen des Käfers zu befreien.

Es gelang ihm, den Gewehrlauf herumzudrücken. Mit der Mündung stieß er gegen den Leib des Riesentieres, leider gelang es ihm nicht, den Finger um den Abzug zu legen. Seine Lage war einfach ungünstig.

Der Käfer zog sich zurück.

Seine Beine stakten über den Leib des Mannes, und Jack schöpfte wieder etwas Hoffnung.

Er konnte sich aufrichten.

Da sah er die beiden Scheren dicht vor sich, und sie waren geöffnet. Plötzlich wußte er, was das Klappern zu bedeuten hatte, und ihm war auch klar, in welch einer Gefahr er schwebte.

Gellend schrie er um Hilfe.

Im selben Moment klappte die rechte Schere zu. Der Mann brachte seine Schulter nicht schnell genug aus der Gefahrenzone und spürte den beißenden Schmerz.

Er sah das Blut aus der Wunde quellen und erlitt einen Schock.

Der Käfer griff weiter an.

Blindlings schlug Jack mit dem Gewehr zu, er traf den Kopf des Tieres und hämmerte den Lauf gegen eine der Scheren.

Die Bestie zuckte zurück. Sie war von der Gegenwehr irritiert worden.

Das nutzte Jack Burtles aus.

Im Liegen schwang er seine Flinte herum, fand den Abzug und feuerte. Der Schuß dröhnte in seinen Ohren, die Mündung spie die Kugel aus, sie traf auch, doch dann weiteten sich die Augen des Forstmeisters in ungläubigem Staunen.

Das Geschoß war zwar gegen den Panzer des Käfers geprallt, es hatte ihn jedoch nicht durchdrungen. Nur an der Aufschlagstelle zeigte sich ein heller Streifen.

Jack Burtles war so geschockt, daß er vergaß, ein zweites Mal abzudrücken.

Das nutzte der Käfer aus.

Blitzschnell war er über dem Mann. Wieder klappten die Scheren zu. Diesmal trafen sie tödlich.

Jacks Schrei erstickte noch im Ansatz, als er die gefährliche Waffe des Käfers dicht vor seinem Gesicht auftauchen sah. Eine Sekunde später fiel der Forstmeister in den Schacht des Todes, aus dem es kein Entrinnen mehr gab...

Auch Lena Burtles nahm ihre Aufgabe sorgfältig wahr. Wie es Jack ihr beigebracht hatte, schaute sie sich die einzelnen Bäume genau an, machte sich hin und wieder Notizen oder hinterließ ein Zeichen an den Stämmen.

Daß sie sich in der Nähe des Landhauses bewegte, fiel ihr gar nicht auf. Lena mochte den neuen Besitzer zwar nicht, aber sie hatte noch nie zu den Personen gehört, die sich bei Dunkelheit fürchteten, wenn sie durch den Wald gingen.

Die Natur war ihr Freund. Und die Tiere des Waldes taten ihr auch nichts.

Nur diesmal verhielten sie sich still.

Seltsam still...

Es war der Frau natürlich auch aufgefallen, doch sie dachte nicht weiter darüber nach. Sie gab sich mit der Erklärung eines bevorstehenden Gewitters zufrieden.

Lena arbeitete weiter. Sie war so in ihre Aufgabe vertieft, daß sie nicht auf ihre Umgebung achtete.

Aber sie wurde beobachtet.

Der Käfer lauerte bereits...

Er hatte sich im Unterholz verkrochen und ließ die Frau keinen Moment aus den Augen.

Zufällig fiel Lenas Blick auf die Uhr.

Himmel, sie hatte nur noch wenige Minuten Zeit, um zum Treffpunkt zurückzukehren.

Wie die Zeit doch verrann!

Zudem war die Dämmerung hereingebrochen, die sich innerhalb des Waldes bereits zur Dunkelheit verdichtete. Wenn Lena es noch schaffen wollte, mußte sie sich beeilen.

Hastig drehte sie sich um.

Genau in dem Augenblick, als der Käfer sein Versteck verlassen wollte. Als er die Frau in die entgegengesetzte Richtung laufen sah, zögerte er.

Lena Burtles rannte.

Und dann blieb sie abrupt stehen.

Sie hatte einen Schuß gehört. Das dumpfe Echo hallte durch den Wald.

Lena hatte bei ihrem Mann gelernt. Sie konnte die einzelnen Gewehrarten unterscheiden. Der Schuß, den sie gehört hatte, war aus der Waffe ihres Mannes aufgeklungen.

Gefahr!

Jack befand sich in Gefahr. Denn niemals schoß er ohne Grund.

Lena spürte, wie ihr Herz schneller schlug. Zum Glück wußte sie, wo sich ihr Mann ungefähr aufhalten mußte. Und in diese Richtung hetzte sie los.

Diesmal trieb sie die Angst voran und beschleunigte ihre Schritte. Unbewußt brachte sie den Schuß mit der Existenz des Hauses und dessen Besitzers in Verbindung. Sie glaubte, daß dieser Gregori auf ihren Mann getroffen und mit ihm in Streit geraten war. Hoffentlich ist Jack nichts zugestoßen, betete sie. Hoffentlich nicht...

Sie lief nicht auf den Wagen zu, sondern quer durch das Gelände. So kürzte sie ab, auch wenn dieser Weg beschwerlicher war als der normale.

Die Beine wurden immer schwerer. Unter diesen dichten Wipfeln war die Luft für Anstrengungen dieser Art das reinste Gift. Ihre Lungenflügel pumpten, manchmal drehten sich auch Kreise vor den Augen der Frau.

Lena Burtles mußte pausieren, ob sie es wollte oder nicht. Erschöpft lehnte sie sich gegen einen Baumstamm. Für einen Moment schloß sie die Augen. Ihren Herzschlag spürte sie im Hirn, das Blut rauschte durch ihre Adern und war als dumpfes Brausen in ihren Ohren zu vernehmen.

Lena riß sich zusammen und lief weiter. Sie mußte den Platz bald erreicht haben, lange würde sie nicht mehr zu laufen haben. Mehr torkelnd als laufend bewegte sie sich voran.

Und dann stieß sie gegen etwas Weiches. Sie konnte nicht sofort stoppen und wankte darüber hinweg. Mit den Händen hielt sie sich an einem niedrig hängenden Ast fest, drehte sich und schaute zurück.

Dort lag ein Toter!

Ihr Mann!

Weit riß sie die Augen auf. Das kalte Entsetzen sprang die Frau an wie ein wildes Tier. Plötzlich klapperten ihre Zähne aufeinander, als würden Fieberschauer ihren Körper peinigen.

Sie sah die Leiche, und sie erkannte nur an der Kleidung, daß Jack vor ihr lag.

»Nein!« schluchzte sie und schüttelte wild den Kopf. Wie eine riesige Woge kam der Schmerz. Für einen Moment sah es so aus, als würde Lena neben dem Toten zusammenbrechen, doch irgend etwas trieb sie herum.

Lena Burtles warf sich in den Wald hinein. Laut schreiend rannte sie weg von dem Platz des Grauens.

Die Flucht war ihr Glück, und der lauernde Käfer sah sich um sein zweites Opfer betrogen...

Eigentlich hatte ich schon früher fahren wollen, doch Sir Powell bat mich noch einmal zu sich.

Vor seinem Schreibtisch nahm ich Platz.

»Bitte berichten Sie«, sagte mein Chef.

Viel war es nicht, was ich ihm zu sagen hatte. Der Superintendent sah es auch ein und nickte behutsam.

»Dann steht es also gar nicht fest, ob dieser Mord in Ihren Bereich fällt.«

»Nein, Sir.«

»Bleiben Sie trotzdem am Ball. Ich habe das Gefühl, daß mehr hinter der Sache steckt.« Mit einem Tuch wischte Sir Powell über seine Stirn. Er trug trotz der Hitze einen korrekt sitzenden Anzug und hatte eine Krawatte umgebunden.

»Ich hätte mich auch so einfach nicht aus dem Rennen werfen lassen, Sir«, erwiderte ich. »Dieser Gregori ist mir nicht ganz geheuer. Und sein Leibwächter auch nicht.«

Sir Powell hob mit spitzen Fingern ein Blatt hoch. »Ich habe über den Mann nachforschen lassen. Es liegt nichts Negatives gegen ihn vor. Die Fachwelt lobt ihn sogar in den höchsten Tönen.«

»Das hat nicht viel zu bedeuten.«

»Gut, wie Sie meinen.«

Mit diesen Worten war ich entlassen. Auf dem Flur kam mir die schwarzhaarige Glenda entgegen.

»Heute machen Sie sich rar«, sagte meine Sekretärin.

»Der Streß hält mich gefangen.«

»Man sieht's Ihnen direkt an.«

Glenda trug eine Weinflasche in der Hand. Ich zeigte darauf. »Für wen ist die denn bestimmt?«

»Eine Kollegin hat Geburtstag. Da will ich ihr die Flasche schenken.«

»Wissen Sie, wer der Beschützer aller Weinhändler ist?« fragte ich.

»Nein.«

Ich grinste. »Der Panschen Lhama.«

Ihr Lachen hörte ich noch, als ich bereits meine Bürotür aufzog. Ich nahm Waffen mit. Meine Beretta, das Kreuz und die Gnostische Gemme. Die Sachen mußten reichen, obwohl mir das Kreuz bei meinem letzten Fall nicht geholfen hatte. Die Samurais zeigten sich immun gegen das christliche Symbol.

Ich war froh, aus meinem Büro verschwinden zu können, denn die Luft dort war nicht gerade etwas für eine fröhliche

Lunge. Die Klimaanlage war nämlich defekt, und da konnte man es in den kleinen Räumen kaum aushalten.

Mit dem Bentley fuhr ich zu dem Hotel, wo Mandra Korab abgestiegen war.

An der Rezeption wußte man schon Bescheid. Einer der Angestellten erklärte mir, daß der Inder bereits auf mich wartete.

Ich fuhr hoch.

Als ich Mandras Zimmer betrat, blieb ich überrascht stehen. Der Inder war zu einem anderen Menschen geworden. Er hatte sich umgezogen. Zwar schmückte der Turban noch immer seinen Kopf, doch am Körper trug er jetzt ein gelbes Gewand, das mehrere Male gewickelt war.

Und er hielt ein Kurzschwert in der Hand.

»Was ist das denn?« fragte ich erstaunt.

Mandra steckte das Schwert weg. »Ich habe vorhin meditiert«, erklärte er mir, »und während der Meditation Dinge gesehen, die eine große Gefahr darstellen.«

»Genauer.«

»Das kann ich leider nicht sagen. Die Gefahr war zu abstrakt. Ich weiß nur, daß sie von diesem Gregori ausging. Mehr konnte ich nicht sehen. Tut mir leid.«

Manch einer hätte über Mandra gelacht, ich hütete mich, denn schließlich wußte ich, daß die indischen Geheimlehren, die Korab zum großen Teil kannte, unendliche Möglichkeiten boten.

Es gab tatsächlich in diesem großen Subkontinent Gurus, die Telekinese oder Telepathie beherrschten.

»Hast du dich auch bewaffnet?« fragte der Inder.

»Ja.«

»Dann ist es gut.«

Ich deutete auf das Schwert. »Wie hast du es durch den Zoll bekommen?«

»Es ist mir gelungen, den Zöllner zu hypnotisieren«, erwiderte er einfach.

Ich schluckte. Diese Möglichkeiten hätte ich auch gern gehabt, aber leider besaß ich solche Kräfte nicht.

»Können wir?« fragte Mandra.

»Immer.«

Wir verließen das Zimmer und fuhren mit dem Lift nach unten. Mandra Korab wurde angestarrt, aber das störte ihn nicht. Neben mir schritt er zum Ausgang hin.

Das Hotel hatte einen eigenen kleinen Parkplatz für Besucher. Dort hatte ich den Bentley abgestellt.

Die Schwüle hatte zugenommen. Es roch förmlich nach einem Gewitter. Weit im Westen wurde der Himmel dunkel. Doch das Grau war bereits von einem schwefelgelben Schein überlagert.

Die Menschen auf den Gehsteigen zeigten einen apathischen Gesichtsausdruck. Jedem machte das Wetter zu schaffen. Durch die Windstille konnten die Abgase kaum abziehen, was sich auch auf die Gesundheit niederschlug.

Wir stürzten uns in den Abendverkehr. Es war eine Qual, durch London fahren zu müssen. Zweimal gerieten wir in einen Unfallstau. Dann endlich erreichten wir den Stadtrand.

Ich atmete auf.

»Ist es noch weit?« fragte der Inder.

»Nein, jetzt geht es zügiger.«

Ich fuhr auf der breiten Straße meistens rechts, überholte Lastwagen und sah zu, daß ich das Tempo beibehielt.

Wir mußten in den Kreis Islington. Er grenzte direkt an den Riesenmoloch London.

»Kennst du die genaue Lage des Hauses?« fragte ich Mandra.

Der Inder nickte. »Ich habe mir eine gute Karte besorgt.« Er griff in sein umhangähnliches Kleidungsstück und holte sie hervor.

»Gut vorbereitet«, lobte ich ihn.

Mandra lächelte nur.

Er war anders als sonst, ernster, konzentrierter. Die Meditation mußte ihn doch stärker mitgenommen haben, als er es zugeben wollte. Was hatte Mandra wirklich gesehen?

Ich sprach ihn noch einmal darauf an.

»Wirklich nichts Konkretes, John«, erwiderte er. »Ich würde dich nicht anlügen.«

»Okay.« Mit dieser Antwort gab ich mich zufrieden.

Die Gegend wurde ländlicher. Längst standen die Häuser nicht mehr so dicht beisammen. Es lagen Gärten dazwischen, und in dieser Jahreszeit blühten die bunten Sommerblumen.

Man hatte einen weiten Blick. Vor uns hoben sich wie Scherenschnitte die drei Schornsteine einer Fabrik ab. Dahinter stand eine dunkle Wand. Dort begann der Wald. Und da lag auch schon Islington, unser Ziel.

Wir fuhren durch ein Neubaugebiet. Als wir es hinter uns hatten, waren die Straßen merklich leerer. Viele Pendler wohnten in den neuen Häusern.

Immer weiter kroch die Dämmerung vor. Wie ein gefräßiges Tier, das nicht mehr aufzuhalten ist. Die Sonne war nicht mehr zu sehen. Dunkle Gewitterwolken verdeckten sie.

Ich schaltete das Licht ein. Zu Hunderten klatschten Mücken und Schmeißfliegen gegen die breite Frontscheibe des Bentley. Ich spülte und ließ die Wischer wandern.

Der Schmier verteilte sich nur.

Mandra Korab warf hin und wieder einen Blick nach draußen und verglich dann seine Eindrücke mit der auf seinen Knien liegenden Karte. »Fahr mal langsamer«, bat er mich.

Ich verringerte die Geschwindigkeit, und sagte: »Wir sind noch nicht da.«

»Das weiß ich. Nur habe ich hier eine Abkürzung gesehen«, klärte er mich auf. »Die können wir nehmen.«

Ich hatte nichts dagegen.

»Die nächste links«, sagte Mandra.

Ich fuhr noch langsamer und bog dann ab. Es war wirklich eine schmale Straße, die kaum den Namen verdiente. Wie eine Schlange wand sie sich zwischen Kornfeldern und Wiesen hindurch auf den Wald zu, wo das Haus des Ägyptologen liegen mußte.

Darauf war ich wirklich gespannt. Wir hatten uns bereits einen Plan zurechtgelegt. Und zwar würden wir nicht gemeinsam das Haus betreten, sondern nur Mandra Korab. Ich wollte in der näheren Umgebung bleiben und den Bau beobachten.

Wenn Mandra sich nicht nach einer Stunde meldete, würde ich ihn suchen.

Alles war gut geplant, doch erstens kommt es anders und zweitens als man denkt.

Der Wald nahm uns auf. Die Dämmerung wurde zur Dunkelheit. Die beiden Scheinwerfer rissen helle Bahnen in die Finsternis. In den Lichtlanzen tanzten Hunderte von Insekten ihre bizarren Reigen.

Die Bäume standen sehr dicht. Fast wuchsen manche Zweige über der Fahrbahn zusammen, so daß man das Gefühl haben konnte, durch einen grünen Tunnel zu fahren.

So groß hatte ich mir den Wald nicht vorgestellt.

»Hier müßte gleich die Abzweigung kommen«, meinte Mandra Korab.

»Sag mir nur früh genug Bescheid.«

Der Inder nickte.

Eine Kurve. Langgestreckt. Sie schien kein Ende nehmen zu wollen. Ich fuhr noch langsamer. Der Motor war kaum zu hören. Er lief seidenweich.

»Halt mal an!« sagte Mandra plötzlich.

Ich stoppte und schaltete gleichzeitig die Warnblinkanlage ein.

»Was ist denn los?« fragte ich.

Statt einer Antwort drückte Mandra Korab bereits die Beifahrertür auf und stieg aus.

Ich folgte ihm.

Und jetzt hörte ich es.

Schreie!

Grell und spitz stachen sie durch den Wald. Zuvor hatte ich sie nicht vernommen, aber Mandra Korab – er mußte Ohren wie ein Luchs haben – hatte sie gehört.

Es war ein Mensch, der da schrie. Und zwar drangen die Schreie rechts von uns aus dem Wald.

Sofort hetzte Mandra los.

Es war nicht mehr nötig, denn eine Frau stolperte durch das Unterholz auf die Fahrbahn.

Ich erschrak, als ich sie im Licht der Scheinwerfer genauer sah.

Ihr Gesicht war nur noch eine von Grauen und Angst entstellte Grimasse. Sie hatte die Arme halb erhoben, brüllte verzweifelt, und als Mandra sie festhalten wollte, riß sie sich mit fast unmenschlichen Kräften los.

Bevor sie die Straße überqueren konnte, sprang ich ihr in den Weg. An der Schulter bekam ich sie zu packen und schleuderte sie herum. Sie fiel zu Boden, sprang sofort wieder hoch, da hielt ich sie fest.

Die Frau schrie immer noch und trat nach mir. Ich mußte zum Radikalmittel greifen und schlug ihr zweimal ins Gesicht.

Das Schreien verstummte.

Plötzlich schaute sie mir ins Gesicht. Groß und tränennaß waren ihre Augen. In den Pupillen spiegelte sich die Panik.

»Was ist denn los?« herrschte ich sie an.

»Jack, mein Mann, tot...«

Mir lief es kalt den Rücken hinunter.

»Wo?«

Sie deutete nach hinten.

»Können Sie uns die Stelle zeigen?«

»Nein, ich... ich kann nicht mehr. Es ist zu schlimm. Er ist tot. Die Bestie hat ihn...« Weinend brach sie zusammen.

Ich nickte Mandra Korab zu. »Bleib du hier. Ich sehe mir die Sache an.«

»Und der Besuch bei ihm?«

Da hatte der Inder recht. Wenn wir uns jetzt um die Frau kümmerten, verzögerte sich alles, und unser Plan wurde über den Haufen geworfen. Andererseits konnten wir diese hilflose Person auch nicht allein lassen.

»Ich gehe schon vor«, sagte der Inder.

Er wollte sehen, wie die Frau reagierte. »Wollen Sie hier im Wagen auf mich warten?«

Sie nickte.

Das war gut. Ich fuhr den Bentley dicht an den Straßenrand, bat die Frau einzusteigen und schloß alle Türen. Ich unterwies sie auch in der Entriegelung.

Sie nickte nur, sagte kein Wort, und ich hoffte, daß sie alles begriffen hatte. Aus dem Kofferraum nahm ich eine starke Taschenlampe. Mandra stand neben mir, als ich die Klappe wieder zuschlug.

»Ich gehe dann«, sagte der Inder.

»Okay, viel Glück.«

»Danke. Glaubst du, daß die Leiche, von der die Frau gesprochen hat, etwas mit Gregori zu tun hat?«

Ich nickte heftig. »Das nehme ich stark an. Und deshalb überlege es dir, Mandra. Laß uns lieber zusammen gehen...«

»Nein, John, ich habe ältere Rechte.«

Der Inder verschwand. Ich schaute ihm nach, bis die Dunkelheit ihn verschluckt hatte. Dann sah ich nach der Frau. Apathisch hockte sie im Wagen und stierte durch die Scheibe. Die Hände hatte sie in ihren Schoß gelegt, die Finger waren ineinander verkrallt, die Wangen naß von den Tränen.

Ich ging los.

Es ist nicht jedermanns Sache, durch einen nächtlichen Wald zu spazieren, vor allen Dingen dann, wenn es ein völlig fremdes Gelände ist. Hier war ich noch nie, hier kannte ich mich nicht aus, und die Frau war auch nicht in der Lage gewesen, mir die genaue Richtung anzugeben, die ich gehen mußte.

So mußte ich mich einzig und allein auf mein Glück verlassen. Die Taschenlampe hielt ich eingeschaltet in der rechten Hand. Der Strahl tanzte bei meinen Schritten auf und nieder, er machte den Rhythmus mit, wippte über Unterholz und Baumstämme, riß Zweige und Äste aus der Dunkelheit.

Nur meine Schritte waren zu hören, sonst nichts.

Das ließ mich stutzig werden. Ich bin zwar kein Trapper oder Waldläufer, doch ich wußte, daß auch ein nächtlicher Wald nicht ruhig war, ebenso wie der Dschungel. Es gab zahlreiche Tiere, die erst bei Dunkelheit richtig erwachten und auch lärmten.

Das war in diesem Stück nicht der Fall.

Hier war alles still.

Was mir wiederum überhaupt nicht paßte, denn ich kannte solche Anzeichen, sie deuteten zumeist auf eine Gefahr hin. Der Instinkt der Tiere ist da wesentlich besser entwickelt als das Bewußtsein der Menschen.

Ich wurde noch vorsichtiger.

Immer wieder blieb ich stehen, schaute mich um und leuchtete im Kreis.

Nichts, außer im Lichtstrahl tanzende Insekten. Aber keine Leiche. Ich ging weiter. Entfernte mich dabei mehr von der Straße, sah einen schmalen Wildwechselpfad und schritt diesen entlang. Manchmal mußte ich mich durch das Unterholz wühlen, schob sperrige Zweige mit den Händen zur Seite und trat auch hoch gewachsenes Farnkraut nieder.

Fast 20 Minuten waren vergangen. Ich wollte noch einmal zehn hinzugeben, traf ich dann nicht auf den Toten, würde ich umkehren.

Plötzlich hörte ich das Rascheln.

Augenblicklich blieb ich stehen, lauschte.

Dabei knipste ich die Lampe aus, denn ich wollte keine Zielscheibe für irgendeinen heimtückischen Killer abgeben. Zusätzlich ging ich noch in die Knie.

Wieder vernahm ich das Rascheln.

Jetzt, da ich mich konzentrierte, hatte ich auch die Richtung bemerkt. Es war vor mir aufgeklungen, und es schien doch weiter entfernt zu sein.

Vorsichtig schlich ich weiter. Schritt für Schritt bewegte ich mich voran, leuchtete nach links und rechts und strahlte mit dem Licht auch den Boden an.

Da sah ich etwas blitzen.

Direkt vor mir war der Lampenschein auf einen Gegenstand gefallen, der nicht hierher gehörte.

Es war ein Gewehr!

Das brünierte Metall des Laufs hatte den Lichtreflex erzeugt. Wo die Waffe lag, fand ich vielleicht auch den Besitzer. Von dieser Voraussetzung ging ich aus.

Zwei Schritte.

Und da sah ich ihn.

Mein Gott...

Voll fiel der Strahl der Lampe auf die Gestalt. Sie ähnelte dem Toten am Themseufer. Hart preßte ich die Lippen zusammen. Meine Zähne knirschten aufeinander, ich führte die Lampe ein wenig nach rechts, der Schein streifte das Unterholz, dann einen Baumstamm, und im nächsten Augenblick sah ich den Mörder des Mannes.

Es war ein riesiger Käfer!

Scharf zog ich die Luft durch die Nase ein. Im ersten Moment wollte ich das Bild nicht glauben, das sich meinen Augen bot, doch es war keine Täuschung. Vor mir stand ein gewaltiger Käfer. Aus zwei Augen glotzte er mich an. Er reichte mir etwa bis zur Hüfte, ich zählte sechs Beine und zwei Fühler, die sich in der Spitze zu Zangen erweiterten.

Ein scheußliches Bild!

Der Käfer bewegte sich. Dabei streiften Zweige über seine Panzerhaut und verursachten kratzende Geräusche, die bei mir eine Gänsehaut auf dem Rücken erzeugten.

Zwei Riesenkäfer!

Wo kamen sie her, wieso konnten sie entstehen? Ich habe bewußt zwei Käfer gesagt, denn links von dem ersten sah ich einen unförmigen Schatten und wußte, daß sich dort ein weiteres Untier aufhielt. Es wollte mich wahrscheinlich auch töten.

Ich ging einen Schritt zurück, hakte rasch die Lampe an meinem Gürtel fest und zog die Beretta. Sechs Silberkugeln steckten in ihrem Magazin. Mit normaler Munition war den Tieren wohl nicht beizukommen, vielleicht mit geweihten.

Die Scheren des ersten Käfers klapperten gegeneinander. Wohl eine Art Startsignal, denn plötzlich bewegte er sich sehr schnell. Ich war sein Ziel.

Sofort senkte ich meinen Arm, zielte auf den Schädel des Rieseninsekts, drückte ab und sah, daß die Kugel am Panzer abprallte.

Sie hatte ihm nichts anhaben können.

Jetzt wurde es kritisch, denn das verdammte Biest war höchstens noch zwei Yards entfernt. Und was mit einem Menschen geschah, der ihnen unterlegen war, das hatte ich zweimal gesehen.

Dicht vor meinem Gesicht klappten die Scheren zusammen, ich duckte mich, tauchte zur Seite weg, kam hinter einem Baumstamm wieder hoch und legte erneut an.

Diesmal zielte ich auf das Auge des Riesentiers.

Im selben Moment bewegte sich über mir im Baum der dritte Käfer. Und wie ein Stein ließ er sich fallen...

Lena Burtles war mit ihren Nerven am Ende. Völlig erledigt hockte sie in dem fremden Wagen und starrte durch die breite Scheibe in die Dunkelheit.

Ihre Blicke waren ebenso leer wie ihr Innerstes. Für Lena war eine Welt zerbrochen. Nach dem Tod ihres Mannes stellte sie alles in Frage, doch sie fand keine Antworten. Sie war nicht fähig dazu, vielleicht wollte sie auch gar nicht danach suchen. Einfach die Realität vergessen, sich treiben lassen, irgendwohin...

Möglich, daß alles nur ein Traum war. Daß sie einen widerlichen Alptraum hatte, der sie unendlich plagte und aus dem sie nur schwerlich erwachen konnte.

Sie hob den Blick.

Für einen Moment wurden ihre Pupillen wieder klarer, sie nahm die Umgebung wahr, roch das Leder der Sitze, und ihr wurde bewußt, daß sie in einem fremden Wagen saß und alles kein Traum war.

»Lieber Himmel«, flüsterte sie. »Ich... ich habe ihn verloren. Jack ist nicht mehr...«

Sie weinte wieder. Ihr Kopf sank nach vorn. Das Schluchzen schüttelte ihren Körper. Wieder tauchte das grausame Bild vor ihren Augen auf. Sie sah den am Boden liegenden Toten – ihren Mann...

»Nein...«, knurrte sie tief in der Kehle. Es glich schon mehr einem Röhren, und wild schüttelte sie den Kopf.

Es war still um sie herum. Nur ihr eigenes Weinen vernahm die Frau des toten Forstmeisters.

Dann jedoch hörte sie ein anderes Geräusch, was gar nicht in die Umgebung passen wollte.

Etwas kratzte am Wagen.

Lena erstarrte. Leicht geduckt und angespannt blieb sie sitzen, konzentrierte sich auf das Geräusch und hoffte, daß es sich wiederholte.

Das geschah in der Tat.

Abermals kratzte etwas über das Blech.

Jetzt hatte die Frau das Geräusch genau lokalisiert. Es war am hinteren Kotflügel aufgeklungen.

Die Frau drehte den Kopf und peilte durch die Scheibe. Sie schaute zwar nach draußen, erkannte jedoch nichts, weil es zu dunkel war.

Das Kratzen begann erneut.

Diesmal jedoch wesentlich stärker und auch rascher hintereinander. Lena hatte das Gefühl, als würde jemand über die Haube des Kofferraums laufen.

Sie verrenkte sich fast den Kopf, kniete sich auf den Sitz und schaute durch die Heckscheibe.

Ein Schatten.

Ja, in Höhe des Kofferraums bewegte sich ein Schatten, der noch dunkler war als die Finsternis.

Bisher hatte Lena von dem Mörder ihres Mannes nichts gesehen, sie ahnte nicht, welch ein Monster Jack umgebracht hatte, und auch jetzt konnte sie nichts Genaues erkennen, doch sie spürte instinktiv die Gefahr, die von diesem Schatten ausging.

Er wollte was von ihr.

Und er bewegte sich weiter. Über die Heckscheibe hinweg schlich er und gelangte aufs Dach.

Tack, tack, tack...

Len Burtles hörte die Geräusche, als das Wesen über das Wagendach wanderte. Ihr Herz schlug schneller, die Angst war größer geworden. Bei den ersten Kratzgeräuschen hatte sie angenommen, daß vom Wind bewegte Zweige über die Karosserie gestreift wären, doch nun war sie eines Besseren belehrt worden.

Sie dachte an den blondhaarigen Mann, in dessen Wagen sie saß. Warum war er denn nicht hier? Warum ließ er sie allein zurück? Ahnte er nichts von der Gefahr, die ihr drohte?

Die Geräusche waren verstummt. Das unbekannte, von Lena noch nicht identifizierte Wesen verhielt sich still.

Wie lange?

Lena verdrehte die Augen und warf einen Blick nach oben, als könnte sie durch das Dach schauen. Sie hatte die Hände zu Fäusten geballt, die Fingernägel gruben sich in die Handballen, doch sie spürte keinen Schmerz, die Angst überlagerte alles.

Da, wieder das Kratzen.

Doch diesmal woanders.

Nicht über ihr, sondern vorn am Wagen. War der erste Schatten lautlos weitergewandert?

Nein, das war er nicht. Als Lena durch die Scheibe starrte, sah sie den zweiten. Sie riß den Mund auf, doch kein Schrei drang aus ihrer Kehle.

Das Entsetzen ließ sie verstummen.

Zwei Wesen hatten sie eingekreist.

Das Grauen kam von verschiedenen Seiten. Plötzlich war der zweite Schatten ebenfalls verschwunden. Aber Lena sah ihn schnell wieder, und ihre Panik steigerte sich.

Der Schatten kroch an der Beifahrerseite hoch, erreichte das Fenster und glotzte ins Innere.

Jetzt erst löste sich ein gellender Schrei aus der Kehle der Frau. Sie hatte den Schatten erkannt.

Es war ein Riesenkäfer!

Lena Burtles schüttelte den Kopf. Ihre Haare flogen. Und als der Käfer mit seinen Vorderfüßen gegen die Scheibe trommelte, da war es mit Lenas Beherrschung vorbei.

Schreiend warf sie sich auf den Fahrersitz und vergrub ihr Gesicht in das Leder.

Der Käfer aber ließ sich nicht abhalten. Er schien zu wissen, daß sich innerhalb des Wagens eine hilflose Person befand und damit für ihn ein Opfer.

Seine harten Füße trommelten gegen das Glas. Sie erzeugten ein wildes Stakkato, aber noch hielt die Scheibe.

Auch der erste Käfer wollte nicht mehr auf dem Autodach bleiben, er hatte erkannt, daß das Metall seinen Bemühungen doch einen zu großen Widerstand entgegensetzte.

Er rutschte an der Fahrerseite herab.

Lena Burtles hatte ihren Kopf etwas erhoben, die Augen verdreht, und sie sah auch den zweiten Käfer.

Das Riesentier plumpste zu Boden, richtete sich sofort wieder auf und trommelte ebenfalls von außen her gegen das Fenster.

Dabei war es nur eine Frage der Zeit, wann es den beiden Sylphen gelingen würde, die Scheiben zu zerstören...

Ich hörte zwar etwas, doch ich reagierte zu langsam und kam nicht schnell genug weg.

Der Käfer fiel auf mich.

Es war ein harter Schlag, der mich traf. Ich wurde nach vorn geschleudert und fiel zu Boden. Auf meinem Rücken spürte ich die harten Füße des Riesentieres und vernahm über mir das klackende Geräusch, als die Scheren gegeneinanderklappten.

Das machte mich munter.

Mein Entsetzen hatte ich längst überwunden. Mit einer wütenden Bewegung warf ich mich herum, zog gleichzeitig die Beine an und drückte die Füße unter den Leib des Riesentieres.

Dann schnellten sie vor.

Von der Wucht wurde der Käfer in die Luft geschleudert, fiel wieder nach unten und prallte gegen seinen Artgenossen, der ebenfalls auf mich zudrängte.

Sekundenlang hatte ich Luft, weil die beiden Tiere mit sich selbst beschäftigt waren.

Doch es gab noch den dritten.

Der wollte mich angreifen.

Ich hatte die Beretta in der Hand behalten, zielte auf seine Augen und feuerte.

Daneben.

Haarscharf wischte die Kugel an einem Auge vorbei. Sie stoppte den Käfer zwar für einen Augenblick, doch seinen Vorwärtsdrang konnte sie nicht aufhalten.

Ich verfeuerte die dritte Kugel.

Und diesmal traf ich.

Das Silbergeschoß drang in das Auge der Höllenkreatur und zerstörte es. Plötzlich war der Käfer halbblind – er drehte durch.

Auf der Stelle kreiselte er herum, seine Scheren klapperten wild gegeneinander, er war völlig von der Rolle.

Ich stürzte auf die beiden anderen Riesentiere zu, doch bevor ich einen weiteren Schuß abgeben konnte, wichen sie auseinander und verschwanden im Unterholz.

Sollte ich sie verfolgen?

Nein, ich blieb.

Der dritte Käfer rannte gegen einen Baum. Dabei brach eine Schere ab. Die zweite ratschte über die Rinde, dann prallte der Käfer mit dem Kopf gegen den Stamm.

Es knirschte und knackte.

Ich brauchte nicht mehr einzugreifen, das Riesentier starb.

Erleichtert atmete ich auf. Jetzt aber wußte ich, wie die beiden Männer ums Leben gekommen waren.

Die Käfer hatten sie getötet.

Nie im Leben hätte ich damit gerechnet.

Mir zitterten nachträglich die Knie, wenn ich daran dachte, und ich glaubte auch zu wissen, wem diese Monster gehorchten.

Ahmed Gregori!

Und Mandra Korab war bei ihm. Der Inder befand sich also in allerhöchster Gefahr.

Was sollte ich tun?

Ich mußte zu ihm. So schnell wie möglich. Aber da war noch die Frau. Sie konnte ich nicht allein lassen. Eine Fahrt ins nächste Dorf hätte zuviel Zeit gekostet, wo jede Sekunde wichtig war.

Ich schob die Entscheidung hinaus, wollte erst zu meinem Wagen zurück, dort konnte man dann weitersehen.

Angegriffen wurde ich auf dem Rückweg nicht. Die Riesenkäfer hatten sich zurückgezogen. Wahrscheinlich war ich ihnen nicht ganz geheuer. Der Weg war leicht zu finden, und ich brauchte nicht einmal die Hälfte der Zeit.

Die letzten Yards lief ich schneller, erreichte die Straße, sah den Wagen und...

Wie angewurzelt blieb ich stehen, und in meinem Magen krampfte sich alles zusammen.

Die Frau war nicht mehr allein. Zwei Riesenkäfer attackierten den Wagen und waren dabei, die Scheiben einzuschlagen...

Für Mandra Korab bedeutete es nichts Außergewöhnliches, sich in einer fremden Umgebung zurechtzufinden. Auch die Dunkelheit machte ihm nichts aus. Der Inder hatte scharfe Augen.

Und er sah auch sehr schnell den trüben gelben Schein, der durch das Blattwerk der Bäume schimmerte.

Das mußte das Haus sein.

Mandra ging schneller. Er hatte einen federnden Gang, und er trampelte nicht wie ein Elefant durchs Unterholz, sondern ging so gut wie lautlos. Mit todsicherem Instinkt wich er herumliegenden Ästen und Zweigen aus, bewegte sich geschmeidig über aus dem Boden ragende Astwurzeln hinweg und kam seinem Ziel immer näher.

Dann sah er das Haus.

Mandra Korab blieb am Waldrand stehen. Obwohl über dem Eingang eine Lampe brannte, konnte ihr Schein den düsteren Gesamteindruck des Gebäudes doch nicht vertreiben.

Die meisten Ecken und Winkel lagen ebenso im Schatten wie auch die Fenster. Nur im Parterre brannte Licht.

Noch immer war es schwül. Zahlreiche Mücken tanzten

dicht über dem Boden und kitzelten die Haut des Inders, als er mitten durch den Schwarm schritt.

Vor der breiten Treppe blieb er einen Augenblick stehen. Er schaute hoch zur Tür, sah hinter einem Fenster einen Schatten und wußte, daß man ihn beobachtete.

Ein schmales Lächeln kräuselte die Lippen des hochgewachsenen Inders, als er die Stufen hochging.

Die Tür wurde geöffnet.

Allerdings nicht von Ahmed Gregori, sondern von seinem kahlköpfigen Leibwächter.

Der Nubier stand dort mit verschränkten Armen und trat erst zur Seite, als Mandra nur noch eine Stufe von ihm entfernt war. Schweigend ließ er den Inder passieren.

»Treten Sie nur ein, mein Freund!« hörte der Besucher die Stimme des Ägyptologen. »Ich habe schon auf Sie gewartet.«

Mandra trat über die Schwelle.

Hinter ihm schloß der Nubier die Tür. Lautlos drückte er sie zu und entfernte sich ebenso unhörbar. Er schlug einen Bogen und blieb hinter seinem Herrn stehen, der auf einem hochlehnigen Stuhl saß, der an einen Thron erinnerte.

Ein weiterer Stuhl stand bereit. Zwischen den beiden Sitzgelegenheiten lagen mehrere Teppiche übereinander. Auf ihnen wiederum standen Schalen mit erlesenen Früchten.

Ahmed deutete auf den freien Stuhl. »Wenn Sie sich setzen wollen, mein Freund.«

»Danke.« Mandra nahm Platz.

Dieser Gregori hatte sich den Umbau des Hauses wirklich etwas kosten lassen. In der Empfangshalle sah Kobra nur wertvolle Antiquitäten aus dem Orient. Da standen silberne Schalen, dunkle Becher, und die Wandbehänge mußten ein kleines Vermögen gekostet haben, denn auch sie konnte man schon als antiquarisch bezeichnen. Klar, daß solch eine Einrichtung Geld kostete. Geld, das Gregori nicht besaß und sich auf unredliche Weise beschaffen mußte.

Wie den kostbaren Rubin.

Auf einen Wink Gregoris hin bückte sich der Diener und

reichte ihm eine Schale mit Trauben. Gregori stellte sie auf seinen Schoß und begann schmatzend zu essen.

Mandra beobachtete ihn.

»Warum sagen Sie nichts?« fragte Gregori zwischen zwei Bissen.

»Ich warte, bis Sie satt sind.«

»Sie können sich bedienen.«

»Danke, nein.«

»Gut, dann kommen wir zur Sache. Ich esse inzwischen weiter. Es macht Ihnen doch nichts aus?«

Mandra ging nicht auf die Frage ein. Er sagte: »Wo finde ich meinen Rubin, den Sie gestohlen haben?«

Ahmed Gregori schluckte eine Traube hinunter. »Den finden Sie nirgendwo.«

»Sie geben zu, daß Sie ihn gestohlen haben?«

Gregori warf die leere Schale zurück auf die Teppiche. »Natürlich habe ich ihn gestohlen, und er hat mir fünf Millionen eingebracht. Zwar kein guter Preis, aber ich mußte ihn akzeptieren.«

Mandra wunderte sich nicht über dieses Geständnis. Er hatte gewußt, wer der Dieb war, und in seinem Haus fühlte sich Ahmed Gregori sehr sicher.

»Was wollen Sie jetzt machen?« fragte er.

»Ich werde Sie bestrafen!« erwiderte Mandra.

Der Ägyptologe lachte. Er lehnte sich zurück, öffnete den Mund, und ein lautloses Lachen schüttelte seinen Körper. »Sie sind gut, sogar sehr gut. Aber ich werde mich nicht bestrafen lassen. Sie waren zu arrogant und haben einen Fehler begangen, indem Sie dieses Haus betreten haben. Sie hätten in Indien bleiben sollen.«

»Ich jage meine Feinde!«

»Doch hier sind Sie am Ende. Begreifen Sie das endlich. Da kann Ihnen auch Ihr Freund nicht helfen. Wo steckt dieser komische Polizist eigentlich? Er wollte Sie doch begleiten.«

»Mr. Sinclair hat es sich überlegt.«

Ahmed Gregori schüttelte den Kopf. »Das nehme ich Ihnen nicht ab, Korab. Sinclair ist sicherlich in der Nähe. Ich möchte wetten.« Er schnippte mit den Fingern. »Sieh nach, Omar!« befahl er seinem Leibwächter.

Der Nubier zog sich zurück. Er verursachte kein Geräusch, als er auf seinen nackten Sohlen den Raum durchquerte und durch eine Seitentür verschwand.

Mandra Korab unterschätzte die Gefährlichkeit des Mannes keineswegs. Das war noch ein echter Kämpfer. Er erinnerte an einen Gladiator aus den Blütejahren der alten Stadt Rom. Wenn der mit John Sinclair zusammentraf, würde der Oberinspektor einen verdammt schweren Stand haben, so dachte Mandra.

Er wurde unruhig, ließ sich äußerlich aber nichts anmerken.

Ahmed Gregori griff nach einer mit Apfelsinen gefüllten Schüssel. Die Früchte waren bereits von ihrer Schale befreit, der Ägypter brauchte nur noch hineinzubeißen. Das tat er mit Wonne, wobei der Saft an seinen Mundwinkeln hinablief.

»Irgendwie bewundere ich Sie, mein Freund«, sagte er schmatzend. »Sie wagen sich allein in die Höhle des Löwen. Oder entspricht das Ihrer Mentalität? Ich habe gehört, daß die indische Rasse zu den duldsamen auf der Welt zählt.«

»Duldsam nur gegen unsere Freunde. Nicht gegen die Feinde. Und Sie gehören zu den letzteren.«

»Warum bin ich Ihr Feind?«

»Denken Sie an den Rubin!«

»Das ist doch nichts.« Gregori winkte ab. »Sie sollten ihn endlich vergessen, es gibt ganz andere Dinge, die Vorrang haben.«

»Welche?«

Gregori griff zur nächsten Apfelsine. »Geld ist für mich eigentlich nebensächlich. Wie Sie wissen, interessieren mich die alten Kulturen, besonders die der Ägypter. Vor allen Dingen habe ich mich mit ihrer Religion beschäftigt und mit den Sekten, die daraus hervorgegangen sind. Kennen Sie die Sylphen?«

Mandra Korab überlegte. Worauf wollte Gregori hinaus? Den Namen Sylphen hatte er schon gehört, wußte aber nicht, wo er ihn hinstecken sollte.

»Ich merke schon, daß Sie auf diesem Gebiet nicht beschlagen sind«, meinte Gregori ein wenig herablassend und biß wieder in eine Frucht. »Deshalb will ich es Ihnen erklären. Sylphen sind Käfer. Aber riesenhafte Käfer, halb so groß wie ein Mensch. Sie wurden von einer Sekte angebetet, als es einem Oberpriester, der auch in der Magie bewandert war, gelang, aus einem normalen Skarabäus eine Sylphe zu züchten. Das Volk war natürlich begeistert, endlich hatte es einen richtigen Gott. Und es betete die Sylphen an. Doch eines hat der Oberpriester nicht bedacht. Die Sylphen gierten nach Blut, sie brauchten Opfer. Nun, die Sekte machte genügend Gefangene, die sie den Sylphen vorwarfen: Ihr Treiben wurde immer schlimmer, es weitete sich aus, mehr Mitglieder stießen hinzu. Das blieb dem Pharao natürlich nicht verborgen. Er verbot diese Religion, doch die Anhänger kümmerten sich nicht darum. Sie beteten die Sylphen weiterhin an. Bis dem König die Geduld platzte. Er schickte ein Heer und rieb die Sektenanhänger auf. Die Sylphen tötete er, doch einige hatten überlebt. Sechs waren es, die sich in den Höhlen eines unzugänglichen Gebirgszuges versteckt hielten. Sie waren in eine magische Starre gefallen. Ich habe sie entdeckt, sie mit nach England genommen und zu neuem Leben erweckt, denn es gelang mir auch, die Löwengötzen mit in dieses Land zu schaffen. Sie waren die Herren der Sylphen, und nach meinem Plan soll auch ihr einst untergegangenes Geschlecht wieder auferstehen.«

Mandra Korab hatte genau zugehört. Ihm war plötzlich ein schrecklicher Verdacht gekommen.

»Laufen diese Käfer frei herum?«

»Ja.«

»Und die Leiche an der Themse?«

Jetzt lachte Gregori. »Soll ich Ihnen wirklich noch verraten, wer der Mörder war?«

»Nein, das brauchen Sie nicht mehr.«

»Ich wußte doch, daß Sie nachdenken können. Sie selbst haben den Beweis gesehen, und nun frage ich Sie: Wer will mich und meine Freunde noch stoppen?«

Mandra Korab holte tief Luft. »Ich!«

»Das schaffen Sie nie!«

Der Inder nickte. »Soweit Ihre Meinung, aber wer will mich daran hindern, Sie jetzt mitzunehmen?«

Der Inder erhielt eine Antwort. Allerdings anders, als er sie sich vorgestellt hatte. Sein Gegenüber drückte auf einen der Lehne versteckten Knopf, und im nächsten Moment öffnete sich unter Mandra Korab der Boden.

Alles ging so schnell, daß der Inder nicht mehr dazu kam, etwas zu unternehmen.

Zusammen mit dem Stuhl fiel er wie ein Stein in die Tiefe. Und das hämische Lachen des Ägyptologen begleitete seinen Fall...

Lange würden die Wagenscheiben den Versuchen der Riesenkäfer nicht widerstehen, das war mir klar.

Ich mußte etwas tun.

Als ich mich dem Fahrzeug näherte, sah ich das angstverzerrte Gesicht der Frau. Sie mußte Höllenqualen ausgestanden haben, denn ihr war niemand zu Hilfe gekommen.

Die Käfer merkten, daß sie mit der Frau nicht mehr allein waren. Sie ließen vom Wagen ab.

Einer kletterte von der Beifahrerseite her auf das Dach, machte sich dort sprungbereit, während der andere Käfer auf mich zulief. Er war ziemlich schnell, aber nicht so schnell wie ein Mensch.

Ich lief ihm weg, und ich lockte ihn von meinem Bentley und damit von der Frau fort.

Auch den zweiten Käfer interessierte nicht mehr die Frau, sondern nur noch meine Wenigkeit.

Sollten sie nur.

Ich überquerte den Weg, landete in einen niedrigen Graben, stieg wieder hinaus und stolperte fast über einen handlichen Ast.

Rasch hob ich ihn auf.

Er war etwa doppelt so lang wie ein Männerarm und als Waffe durchaus zu gebrauchen.

Die Käfer waren mir schon ziemlich nahe. Ich sprang wieder auf die Straße und griff die erste Bestie an, bevor sie mich attackierten.

Mit beiden Händen hielt ich den Knüppel gepackt und drosch genau zwischen den beiden Fühlern des Käfers hindurch. Der Knüppel krachte auf die Panzerhaut, sonst geschah nichts.

Rasch sprang ich zurück.

Wieder hörte ich das Klappern der verdammten Greifer, aber diesmal ließ ich mich nicht irre machen.

Mein nächster Rundschlag krachte gegen eine Schere. Sie war nicht so stabil und brach ab.

Der Käfer sprang förmlich in die Höhe, wahrscheinlich verspürte er Schmerzen.

Da war der zweite heran.

Fast lautlos hatte er einen Bogen geschlagen und griff mich von der rechten Seite her an.

Ich reagierte blitzschnell, schob meinen rechten Arm vor, traf mit dem Ast so hart, daß der Käfer zur Seite geschleudert wurde.

Jetzt hatte ich freie Bahn und spurtete auf meinen Wagen zu.

Bevor die beiden Käfer überhaupt mein Vorhaben richtig begriffen, befand ich mich bereits an der Kühlerhaube und riß den Autoschlüssel hervor.

Der Frau wollte ich keinen Bescheid geben. Sie hätte mein Zeichen in ihrer Panik unter Umständen nicht verstanden.

Hastig schloß ich auf.

»Weg!« schrie ich der Frau zu, weil sie halb auf dem Fahrersitz hockte.

Sie reagierte instinktiv, und ich hämmerte die Tür zu.

Frontal liefen die beiden Käfer auf den Bentley zu. Sie kletterten auch über den Stock, den ich weggeworfen hatte.

Der Zündschlüssel glitt ins Schloß, eine Umdrehung – Start.

Sofort kam der Motor. Scheinwerfer an!

Ich gab Gas.

Die beiden Käfer befanden sich nur wenige Schritte von der Kühlerschnauze des Bentley entfernt. Ich weiß nicht, ob sie die Gefahr überhaupt spürten, doch der linke von ihnen machte kehrt und lief auf den Straßengraben zu.

Der rechte schaffte es nicht.

Ich überrollte ihn.

Die Vorderreifen des Bentley packten den Käfer, nachdem die Stoßstange ihn nach unten gedrückt hatte.

Es knirschte und knackte. Der Wagen holperte etwas, das war auch alles.

Den Rest besorgten die Hinterreifen.

Sie zermalmten das widerliche Ungeheuer. Ich stoppte, riskierte es und ließ die Scheibe nach unten fahren.

Von dem zweiten Käfer war nichts zu sehen. Er hatte die Flucht ergriffen. Ich fuhr weiter, bremste jedoch nach fünfzig Yards wieder ab und wandte mich der Frau zu.

Zusammengesunken hockte sie auf dem Sitz.

»Können Sie sprechen?« fragte ich.

Sie schaute mich an und nickte.

»Möchten Sie eine Zigarette?«

»Ja.«

Ich gab ihr ein Stäbchen und zündete mir selbst auch eins an. Das Fenster hatte ich offengelassen. Träge zog der Qualm nach draußen.

»Ihr Mann ist tot«, sagte ich. »Ich habe ihn gesehen. Es kommt jetzt darauf an, seine Mörder zu fangen. Werden Sie mir dabei helfen?«

»Wenn ich kann?« lautete die schwache Antwort.

»Erzählen Sie, weshalb Sie unterwegs waren.«

Sie berichtete. Ich erfuhr, daß sie Lena Burtles hieß und daß sie und ihr Mann als Waldhüter tätig waren. Sie erzählte auch, daß sie sich zwecks Arbeitsteilung getrennt hatten.

»Dann ist es eben passiert«, sagte sie.

»Haben Sie die Käfer schon einmal gesehen?« wollte ich wissen.

»Nein, noch nie.«

»Haben Sie vielleicht von ihnen gehört?«

Mrs. Burtles schüttelte den Kopf. »So etwas kann es doch gar nicht geben«, sagte sie mit schwacher Stimme. »Das gibt es doch nur im Kino.«

Ich ging nicht weiter darauf ein, sondern erkundigte mich nach Ahmed Gregori.

Lena nickte. »Den kenne ich«, erwiderte sie. »Aber ich kann nicht behaupten, daß er mir sonderlich sympathisch ist.«

»Haben Sie näher mit ihm zu tun?«

»Gott bewahre. Ich habe nicht einmal ein Wort mit ihm gewechselt. Jack, mein Mann, kennt ihn besser.« Als sie den Namen des Toten erwähnte, begann sie wieder zu weinen. Ich konnte es dieser Frau nachfühlen. Sie hatte Schweres hinter sich. Ich wunderte mich sowieso, wie stark sie war.

»Dann waren Sie auch nie in Gregoris Haus?«

»Niemals.« Sie schaute mich an und wischte sich das Wasser aus den Augen. »Aber weshalb fragen Sie? Glauben Sie, daß Gregori etwas mit diesen Ungeheuern zu tun hat?«

Ich hob die Schultern.

»Ja, Sie glauben es, Mister...«

Endlich kam ich dazu, meinen Namen zu sagen. Ich teilte ihr auch meinen Beruf mit. Sie nahm dies ohne erkennbare Reaktion zur Kenntnis.

Da mir Mrs. Burtles keine konkreten Antworten geben konnte, wollte ich weiterfahren. Doch sie legte mir ihre Hand auf die Schulter.

»Was haben Sie vor?«

»Ich werde Sie in den nächsten Ort bringen.«

»Nein!« Hart stieß sie das Wort aus, und ich blickte sie überrascht an.

»Was ist denn? Warum weigern Sie sich?«

»Ich will nicht, daß die Leute sich die Mäuler zerreden. Ich bleibe bei Ihnen. Sollte dieser Gregori wirklich etwas mit dem Mord zu tun haben, dann Gnade ihm Gott.«

Unsere Blicke trafen sich. Ich sah die Entschlossenheit in ihren Augen, trotzdem versuchte ich, sie umzustimmen. »Es ist zu gefährlich für Sie.«

»Fahren Sie zu seinem Haus! Ich zeige Ihnen den Weg!«

Diese Frau konnte ich von ihrem Entschluß nicht mehr abbringen. Sie hatte in den letzten Minuten eine Wandlung durchgemacht. Okay, sie sollte ihren Willen haben.

»Aber Sie bleiben im Wagen!«

»Ja, ja.« Mehr sagte sie nicht.

Mir war die Sache nicht geheuer, doch ich hatte einmal zugestimmt und konnte jetzt keinen Rückzieher mehr machen. Ich fuhr los.

Während der Fahrt sprachen wir nicht miteinander. Der Weg schlängelte sich noch immer durch den Wald. Die Frau schaute stur geradeaus. Einmal sah ich einen hellen Schein zwischen den Bäumen. Wetterleuchten in der Ferne.

Das Gewitter kündigte sich an.

Unterwegs hielt ich auch nach den Riesenkäfern Ausschau. Sie zeigten sich nicht mehr. Ich rechnete damit, daß sie uns am Haus erwarten würden.

Ein wenig mulmig war mir schon zumute, denn ich wußte nicht, wie viele Käfer noch herumliefen. Mit zweien kam ich bestimmt nicht aus. Vielleicht hatte dieser Gregori einen ganzen Stall voll. Verdammt, das paßte mir überhaupt nicht.

»Der Weg ist bald zu Ende«, unterbrach Mrs. Burtles' Stimme meine Gedanken. »Sie müssen dann rechts abbiegen, weil Sie einen Bogen gefahren sind.«

»Mein Freund sprach von einer Abkürzung.«

»Das ist es kaum.«

Eine Querstraße tauchte im Licht der beiden Scheinwerferlanzen auf. Ich schob den Blinkhebel hoch und fuhr nach rechts. An einer Seite war jetzt freies Feld. In der Ferne sah ich die Lichter einer Ortschaft, und weit im Süden traf ein hellerer Schein den sonst dunkelgrauen Himmel.

Dort lag London.

Ich tastete nach meinem Kreuz. Es hing nach wie vor um meinen Hals. Würde es mir gegen die neuen Gegner helfen? Vielleicht sogar gegen Gregori? Doch soviel mir bekannt war, konnte man ihn nicht in die Kategorie der Dämonen einordnen. Er war ein Mensch. Ein verblendetes, verbrecherisches

Individidium, ähnlich wie Dr. Tod, der jetzt bestimmt irgendeine neue Teufelei ausheckte.

Wieder fuhr in der Ferne ein Blitz im wilden Zickzack über den Himmel. Donner war noch nicht zu hören.

Wir gelangten an eine Kreuzung. Zwei schmale Wege zweigten ab.

»Nehmen Sie den linken«, sagte Lena Burtles.

Ich fuhr hinein. Dabei hatten die Scheinwerfer auch ein Schild gestreift, das auf das Haus des Ahmed Gregori hinwies.

Wir fuhren wieder durch einen Wald, und plötzlich sah ich das Licht. Auch Mrs. Burtles hatte es entdeckt.

»Das ist das Haus«, sagte sie.

Ich fuhr den Wagen bis dicht an den Waldrand, so daß die ersten Zweige schon über das Dach streiften.

»Was haben Sie vor?«

Der Motor erstarb. »So ganz offiziell möchte ich nicht bei dem Gentleman erscheinen.« Ich löschte die Scheinwerfer.

»Verstehe.«

Lena öffnete die Tür.

»Moment«, sagte ich und hielt die Frau fest. »Denken Sie daran, was Sie mir versprochen haben.«

Sie überlegte, schaute mich an und nickte. »Okay, ich bleibe hier.«

»Fein.« Diesmal stieg ich aus. Die Tür drückte ich sanft zu, und Lena blieb zurück.

Langsam schritt ich vor. Einen Blick zurück warf ich nicht, sondern behielt den Lichtschein im Auge. Ich hielt mich immer dicht am Waldrand, so daß ich nicht so rasch entdeckt werden konnte.

Vor dem Haus befand sich ein großer Platz. In lockerer Aufteilung breiteten alte Bäume ihre Äste und Zweige als grüne Dächer aus. Hinter den Stämmen konnte ich Deckung finden. Es würde nicht schwierig sein, sich dem Gebäude ungesehen zu nähern.

Wo steckten die Käfer?

Ich war fast sicher, daß sie irgendwo in der Nähe lauerten,

aber sie ließen sich nicht blicken. Warteten sie einen günstigen Moment ab, um mich blitzschnell überfallen zu können?

Ein paar schnelle Schritte brachten mich vom zum Haus führenden Weg ab und hinter einem Stamm.

Dort blieb ich erst einmal stehen.

Verlassen lag der Eingang im Licht der runden Hausleuchte. Der Schein spiegelte sich auf den blanken Steinstufen der Treppe. Alles war ruhig. Ich schaute zu den erleuchteten Fenstern hin und sah auch dort keine Bewegung.

Ja, ich konnte es riskieren.

Schnell löste ich mich aus meiner Deckung, lief im Zickzack weiter – und blieb stehen, als wäre ich vor eine Wand gelaufen.

Plötzlich war er da.

Ein Schatten.

Riesig wuchs er vor mir hoch, und im letzten Moment konnte ich noch stoppen.

Ich erkannte ihn.

Es war der schwarze Leibwächter.

Und er hielt eine Lederschnur in seinen gewaltigen Pranken...

Mandra Korab zog seinen sportgestählten Körper zusammen. Er schnellte sich noch in der Luft aus dem Stuhl, und einen Sekundenbruchteil später prallte er auf.

Auf dem Rücken blieb er liegen und schaute nach oben, wo die Luke noch offenstand.

Dort hockte Ahmed Gregori und lachte. »Einen schönen Tod wünsche ich dir, Bastard!« keifte er und drosch mit einem Ruck die Luke zu.

Es wurde dunkel.

Nein – nicht ganz, denn als sich Mandras Augen an die Lichtverhältnisse gewöhnt hatten, sah er den grünlichen Schein, der aus den Wänden drang und diffuses Licht abgab.

Der Inder erkannte Einzelheiten.

Er entdeckte eine Tür, die allerdings so stabil aussah, daß

es unmöglich erschien, sie zu knacken. Da kam er also nicht heraus. Wo aber dann?

Vielleicht an der anderen Seite.

Plötzlich sah er der Tür gegenüber die beiden Statuen.

Unwillkürlich blieb der Inder stehen, denn was sich seinen Augen bot, war eine einmalige Kostbarkeit.

Er hatte die Löwenfrauen vor sich.

In alten Schriften war darüber zu lesen. Man kannte die Sekte im alten Ägypten, wo diese Löwenmenschen angebetet wurden. Diese hier waren halb Frau und halb Bestie. Und Gregori hatte ebenfalls davon gesprochen.

Sie bestanden aus Stein und waren von einer goldenen Schicht überzogen. Mandra schritt noch näher. Die Löwen waren groß. Es kam daher, weil sie auf Podesten hockten, und als Mandra in ihre Augen schaute, schauderte ihn unwillkürlich.

Die Augen wirkten, als würde Leben in ihnen stecken. Fast körperlich spürte der Inder ihre Blicke auf seiner Haut brennen, und er konnte nicht behaupten, daß er sich darüber freute.

Würden diese Figuren irgendwann einmal erwachen?

Mandra rechnete damit. Er riskierte es und hob seinen rechten Arm. Mit den Fingerspitzen fuhr er über den breiten Hals dieser sphinxhaften Geschöpfe.

Der Stein fühlte sich seltsam warm an, als würde unter der Oberfläche Blut durch Adern rinnen.

Mandra schluckte.

Er machte sich auf alles gefaßt und kreiselte herum, als die Luke geöffnet wurde.

Welche Teufelei plante Gregori jetzt wieder?

»Du bekommst Besuch, Inder!« schrie der Ägyptologe. »Lieben Besuch sogar. Gib nur acht!«

Ahmed Gregori trat von der Lukenöffnung zurück, die im nächsten Augenblick von einem Schatten verdunkelt wurde.

Dann fiel etwas nach unten, klatschte auf den Boden und erhob sich sofort wieder.

Mandras Augen wurden groß. Dieser Gregori hatte ein Monstertier in den Keller geworfen.

Es war ein Riesenkäfer!

Mandra Korab fielen die Worte des Verbrechers ein. Er hatte über die Käfer, auch Sylphen genannt, geredet, und er hatte wirklich nicht geblufft.

Es gab sie tatsächlich.

Aber dieser Käfer war nicht der einzige Besucher, der zu Mandra Korab kam. Gregori hielt noch drei weitere Trümpfe in der Hinterhand.

Drei Sylphen fielen durch die Luke nach unten in den Keller, und der Inder hatte es mit vier Gegnern zu tun.

Dann schlug Ahmed Gregori die Luke wieder zu.

Dieser Knall kam Mandra Korab irgendwie endgültig vor, doch er schaltete alle Gefühle aus und konzentrierte sich nur auf die vor ihm liegende nächste Zukunft.

Die Käfer hatten einen Halbkreis gebildet. Sie waren in die Schatten des Verlieses getaucht und dort kaum wahrzunehmen. Mandra hörte sie nur, er vernahm das Klappern ihrer Scheren, und er wußte, daß er mit diesen Instrumenten nicht in Berührung kommen durfte. Zu deutlich stand noch das Bild des Toten an der Themse vor seinen Augen.

Mandra wich etwas zurück. Seine Hand verschwand in den Falten des Umhangs. Als sie wieder hervorkam, hielt sie das Kurzschwert umklammert.

Der Inder stellte sich zum Kampf.

Eine magische Waffe besaß er nicht, nur eben dieses Schwert, mit dem er sich die Käfer vom Hals halten wollte.

Würde es reichen?

Die Käfer zogen den Kreis enger.

Sie rückten näher zusammen, bewegten ihre Fühler und klappten die Scheren gegeneinander.

Das Signal für den Angriff.

Dann hielt sie nichts mehr!

Ich wollte mich auf keinen langen Kampf einlassen, bei dem ich höchstwahrscheinlich nur zweiter Sieger geblieben wäre.

Deshalb zog ich meine Waffe, um dem Kerl vor mir Respekt einzubläuen.

Doch dazu kam es nicht.

Halb hatte ich die Beretta aus dem Holster, da war der Schwarze auch schon da.

Sein Fußtritt erfolgte ansatzlos. Die nackte Sohle klatschte gegen meinen Arm, der hochgerissen wurde, und noch in der Bewegung spürte ich den Schmerz. Mein Gegner mußte irgendeinen Nerv getroffen haben, so daß mir gar nichts anderes übrigblieb, als die Hand zu öffnen und die Waffe fallen zu lassen.

Auf dem Boden blieb sie liegen.

Unerreichbar für mich...

Ich mußte zurück, denn der nächste Tritt fegte heran. Blitzschnell duckte ich mich, der Fuß rasierte an meinem Kopf vorbei. Ich wollte ihn noch packen, doch meine Hände griffen ins Leere, weil der Schwarze zu flink war.

Er wirbelte herum.

Noch hatte er seine verdammte Schnur nicht eingesetzt, aber die Füße reichten als Waffe aus.

Wenn sie mich einmal voll trafen, war es vorbei.

Ich wich zurück.

Mein Gegner vor mir stieß ein drohendes Knurren aus. Noch hatte er die Arme halb erhoben und die Schnur um seine Hände gewickelt. Er zog die Arme etwas auseinander, die Schnur spannte sich, und ich vernahm das Surren.

Kein angenehmes Geräusch.

Ich schluckte.

Der Schwarze ging weiter vor. Dabei pendelte er seinen Oberkörper leicht hin und her.

Wann kam der nächste Angriff?

Ein Atemzug später war er da.

Vom Boden aus stieß sich der Schwarze ab, er hechtete auf mich zu, die Arme ausgestreckt, und aus seinem Mund drang ein gefährliches Grunzen.

Ich federte zur Seite, fiel zu Boden und rollte mich gedankenschnell hinter einen Baumstamm.

Der Schwarze traf mich nicht.

Mit der Schulter rasierte er über die Baumstammrinde, geriet aus dem Gleichgewicht und mußte sich erst fangen.

Ich stieß mit dem Fuß zu.

Meine Hacke traf seine Kniekehle, der Koloß knickte zusammen, blieb aber auf den Beinen.

Blitzschnell war ich hoch. Meine Beretta lag nur ein paar Yards entfernt. Wenn es mir gelang, die Waffe zu erreichen, konnte ich den Schwarzen vielleicht in Schach halten.

Ich sprang auf die Pistole zu.

Doch auf halbem Weg spürte ich schon, daß ich es nicht schaffen konnte.

Und ich hatte mich nicht getäuscht.

Plötzlich war er da.

Etwas pfiff durch die Luft, im nächsten Augenblick spürte ich einen ungeheuren Druck an der Kehle und wurde zurückgerissen. Mit dem Rücken prallte ich zu Boden.

Dann war er über mir.

Mit einem heftigen Ruck zog er die Schnur zusammen. Mir wurde die Luft abgewürgt.

Auf einmal konnte ich nicht mehr atmen. Ich hing in dieser teuflischen Würgeschnur, und der Kerl zerrte mich hoch.

Verzweifelt schnappte ich nach Luft, doch da war nichts zu machen. Über mir hörte ich das Schnaufen des Schwarzen. Es klang triumphierend, denn nun hatte er mich.

Noch konnte ich meine Arme bewegen.

Ein Vorteil?

Ich hoffte es.

Mit viel Wucht schleuderte ich die Arme hoch, versuchte mit den Händen den Nacken meines Widersachers zu umklammern, um ihn über mich hinwegzuschleudern.

Es war ein Judogriff, der seine Wirkung nur selten verfehlte. Doch diesmal klappte es nicht, denn der Kerl war zu schwer.

Zudem rutschten meine Hände ab. Ich war nicht einmal bis zum Nacken gekommen, unter meinen Fingern spürte ich nur die Muskeln der Schultern.

Der Bursche ließ nicht locker. Ich hing in einer gefährlichen

Schräglage, war praktisch wehrlos und spürte, **wie die ver-**
fluchte Lederschnur tiefer in meine Haut drang.

Luftholen war nicht mehr drin. Alles in mir schrie nach
Sauerstoff, jede Faser meines Körpers wurde gepeinigt,
schon verschwamm die Umgebung vor meinen Augen in einem roten, wattigen Schleier.

Sah so das Ende aus? Erwürgt von einem Menschen, der
kein Erbarmen kannte?

Die Angst flutete heran.

Sie überschwemmte mich. In meiner Verzweiflung trampelte ich mit den Beinen, stieß die Hacken in den Boden,
wühlte Erde auf, schlug auch mit den Armen um mich und
hatte doch keine Chance, die würgende Schlinge an meinem
Hals zu lösen.

Der Killer hinter mir besaß Routine.

Sein Schnauben vernahm ich nicht mehr. Das Blut in meinem Kopf rauschte durch die Adern, die Augen traten mir
aus den Höhlen, dick lag der Schweiß auf meiner Stirn, und
die Lungenflügel schienen explodieren zu wollen.

Nein, es war vorbei. Keine Chance mehr für mich. Der
Schwarze hinter mir war stärker.

Es konnte sich nur noch um Sekunden handeln, dann hatte
er mich geschafft.

Das wußte der Nubier auch. Und mit einem letzten mörderischen Griff zog er die Schnur noch fester zu...

Mandra Korab ging in die Knie, als die ersten beiden Scheren
nach ihm greifen wollen. Sie wischten dicht über seinem
Kopf hinweg, klappten zusammen, und dann schnellte der
Inder hoch.

In der Bewegung noch schlug er zu. Er führte mit dem
Schwert einen gewaltigen Streich, traf den ersten der beiden
Fühler und trennte ihn glatt durch.

Die Hälfte fiel zu Boden.

Sofort drosch Mandra zum zweitenmal zu und kappte
auch den nächsten gefährlichen Fühler.

Jetzt war der Käfer wehrlos.

Er drehte sich um seine eigene Achse, schwankte und geriet seinen Artgenossen in den Weg.

Dadurch hatte Mandra etwas Luft, die er für einen Angriff nutzte. Er sprang auf die Tiere zu, führte den nächsten Streich und zog dabei das Schwert von oben nach unten.

Hart schlug es auf den Panzer des Käfers. Mandra hatte mit solch einer Wucht geschlagen, daß die Bestie zusammenzuckte. Ihre Beine knickten weg, und sie fiel zu Boden. Aus der Drehung schlug der Inder abermals nach den Greifern des Käfers und durchtrennte sie mit einem Streich.

Mandra sprang zurück und lachte wild. In seinen Augen schienen Flammen zu tanzen. So leicht wollte er es den Bestien nicht machen. Dieser verdammte Gregori sollte sich verrechnet haben. Ihn konnte so leicht nichts zu Boden zwingen.

Die beiden restlichen Sylphen waren vorsichtiger geworden. Sie griffen nicht so ungestüm an, sondern lauerten auf ihre Chance. Zwischen ihnen befand sich etwa eine Distanz von zwei Yards, zu schmal für Mandra Korab, um hindurchzulaufen, die Zangen der Tiere hätten ihn immer gepackt. Der Inder nahm sich vor, einen der Käfer wegzulocken, damit er sich mit dem anderen beschäftigen konnte.

Aber wie sollte er das bewerkstelligen?

Mandra schaute sich um.

Die beiden spinxähnlichen Figuren glotzten ihn unverwandt an, als würden sie den Kampf beobachten. Aber unter ihnen, genau zwischen den Podesten, stand eine Schale.

Die konnte Mandra nutzen.

Der Inder lief hin, hob die Schale auf und stellte fest, daß sie aus Ton bestand und ziemlich leicht war.

Als er sich wieder umdrehte, bewegte sich der rechts von ihm stehende Käfer bereits vor.

Wuchtig warf Mandra Korab ihm die Schale entgegen. Zwischen den beiden vorstehenden Fühlern hindurch traf sie ihr Ziel und knallte gegen den Kopf des Käfers, wo sie zerbrach.

Das sah Mandra nicht mehr, sondern hörte es nur. Da der Käfer abgelenkt war, eilte er rasch auf dessen Artgenossen zu und wollte ihm mit einem Schwerthieb die gefährlichen Fühler stutzen.

Das schaffte er nicht.

Der Käfer drehte sich blitzschnell.

Mandra Korabs Schlag wuchtete ins Leere. Dafür jedoch wandte ihm das Tier den Rücken zu, und eine Idee durchzuckte das Gehirn des Inders.

Mit einem gewaltigen Sprung warf er sich auf den Rücken der Bestie. Die spürte das fremde Gewicht, knickte mit ihren Beinen ein und wollte sich drehen, um den Mann so von ihrem Rücken zu schleudern.

Der Inder war schneller.

Von links nach rechs führte er seine Waffe und trennte die Fühler mittendurch.

Wie auch bei den ersten beiden Käfern fielen sie zu Boden.

Sofort sprang Mandra Korab wieder vom Rücken des Riesentieres auf den Boden und wandte sich dem letzten Käfer zu.

Der hatte sich inzwischen gefangen. Bevor Mandra sich versah, griffen seine Scheren schon zu.

Der Inder schaffte es nicht, sich zur Seite zu werfen, aber er hatte unverschämtes Glück. Die Scheren packten nicht seinen Hals, sondern wühlten sich in den Turban und rissen ihn von Mandras Kopf.

Der sorgsam gewickelte Stoff verlor seine Form. Plötzlich hingen die Bahnen zwischen den Fühlern des Käfers. Er zerrte und riß, doch er konnte sich nicht befreien.

Mandra grinste hart.

Dann schlug er zu.

Er zertrennte mit einem Streich die beiden gefährlichen Fühler des Käfers, die hochgewirbelt wurden und zu Boden fielen. Noch immer hingen die Turbanbahnen zwischen ihnen, aber das störte den Inder nicht. Für ihn zählte allein, daß er die vier Bestien erledigt hatte.

Er blickte auf sein Schwert.

Kein einziger Blutstropfen zierte die Klinge, und wenn er

sich die Bestien anschaute, so stellte er fest, daß auch die völlig blutleer waren.

Sie vergingen.

Nach dem Verlust ihrer Waffen war es ihnen nicht mehr möglich, am Leben zu bleiben. Die Tiere fielen regelrecht auseinander. Es knackte und knirschte dabei, als würde jemand Holzstäbe zerbrechen.

Von Seiten der Käfer drohte dem Inder keine Gefahr mehr. Jetzt mußte er zusehen, wie er aus diesem Verlies herauskam.

Eine Tür gab es zwar, doch sie war zu stabil. Und die Luke konnte er nicht erreichen. Selbst als Meisterspringer hätte er dies nicht geschafft.

Was also blieb?

Mandra mußte abwarten, bis ihn jemand befreite. Und da setzte er seine Hoffnungen auf John Sinclair. Sie hatten ja verabredet, daß einer dem anderen den Rücken decken wollte.

Dem Inder blieb nichts anders übrig, als zu warten.

Im Lotossitz hockte er sich auf den Boden. Noch immer knisterte und knackte es. Die Käfer zerfielen langsam zu Staub.

Aber noch ein anderes Geräusch schwang durch den Keller.

Ein Stöhnen!

Mandra Korab horchte auf. Dieser Laut war hinter ihm aufgeklungen, wo sich die beiden Steinfiguren befanden.

Sollten sie etwa...?

Langsam drehte sich der Inder um.

Das Licht in dem Verlies war keineswegs heller geworden, doch Mandra Korabs Augen hatten sich inzwischen so gut an die Verhältnisse gewöhnt, daß er Einzelheiten unterscheiden konnte.

Und er starrte gebannt auf die beiden Sphinx-Geschöpfe.

Sie standen nicht mehr still. Sie rollten mit den Augen, und die Löwenfrauen bewegten sich...

Das ist das Ende! schoß es mir durch den Kopf. Es war wohl ein letzter Gedanke, bevor die ewige Dunkelheit kam.

Doch plötzlich bekam ich Luft.

Herrliche, wunderbare Luft.

Ich konnte wieder atmen, mein Gott...

Der Druck an meinem Hals war verschwunden. Obwohl noch immer das Rauschen des Bluts in meinen Ohren zu hören war, vernahm ich doch die dumpfen Schläge und den hellen Schrei.

Ich fiel auf den Rücken. Am liebsten wäre ich liegengeblieben, doch ich durfte mir keine Pause gönnen, wälzte mich herum, gelangte auf die Knie und sah meine Retterin.

Es war Lena Burtles!

Sie hielt einen starken Ast in der Hand und schlug auf den riesigen Schwarzen ein.

Ein paar Hiebe hatten ihn bereits am Kopf getroffen, denn er blutete stark, war angeschlagen und taumelte, hielt sich jedoch auf den Beinen. Aus seiner Kehle drang ein dumpfes Knurren, er riß jetzt beide Arme hoch und fing den nächsten Schlag ab.

Wenn der Kerl sich erholte, brachte er die Frau um. Das durfte ich nicht zulassen.

Diesmal war niemand da, der mich daran hinderte, meine Beretta aufzuheben. Als ich sie in der Hand hielt, fühlte ich mich wohler.

Noch immer konnte ich nicht richtig klar sehen, denn die Schleier vor meinen Augen wollten einfach nicht verschwinden. Aber den Schwarzen erkannte ich, der mit einem gewaltigen Faustschlag konterte und der Frau den Ast aus der Hand drosch.

Lena schrie auf.

Der Schwarze lachte grollend. Er wollte sich auf die Frau stürzen, und seine verdammte Schnur hielt er schon in den Händen.

Es blieb beim Vorsatz.

Ich griff gerade noch rechtzeitig ein. Vielleicht hatte er mich gehört, als ich hinterrücks auf ihn zulief, er wollte noch herumwirbeln, aber es war bereits zu spät.

Die Hand mit der Waffe raste nach unten.

Diesem Schlag hatte selbst ein Koloß wie er nichts mehr entgegenzusetzen. Er traf wuchtig seinen muskulösen Nacken. Der Treffer schleuderte den Schwarzen nach vorn. Er streckte noch die Arme aus, um seinen Sturz aufzufangen, doch unter seinem Gewicht knickten sie ein.

Schwer fiel der hünenhafte Kerl aufs Gesicht und blieb liegen.

»Mein Gott«, sagte die Frau nur. »Mein Gott...«

Ich nickte ihr zu, atmete ein paarmal tief durch und ging in die Knie. Ich hatte Handschellen mitgenommen. Sie hingen hinten an meinem Gürtel. Mit der stählernen Acht fesselte ich den bewußtlosen Hünen, damit er keinen Unsinn machte, wenn er erwachte. Ich bog seinen Körper so zusammen, daß sich ein Ring um sein Handgelenk schloß und der andere um das Gelenk am Fuß.

Es war zwar keine sehr humane Art, ihn aus dem Verkehr zu ziehen, doch wenn der Hüne nur an den Händen oder Füßen gefesselt war, konnte er trotzdem gefährlich werden. Bis ich die Polizei alarmiert hatte, mußte er es schon aushalten.

Lena stand neben mir, als ich mich aus der Hocke erhob. »Habe ich mich eigentlich schon bei Ihnen bedankt?« fragte ich.

Sie winkte ab.

»Trotzdem danke.«

Die Frau schaute mich an. »Kann ich denn jetzt bei Ihnen bleiben? Ich will dem Mörder meines Mannes Auge in Auge gegenüberstehen!«

Diesmal konnte ich beim besten Willen nicht nein sagen. »Okay, dann kommen Sie mit.«

»Danke.«

Ich schaute hinüber zum Haus. Hatte man von dort den Kampf beobachten können?

Schwerlich, denn wo wir uns befanden, nistete die Dunkelheit. Wenn dieser Gregori mit meinem Besuch gerechnet hatte, so hoffte er sicherlich, daß sein Leibwächter mich ausgeschaltet hatte.

Wie überrascht würde er sein, wenn ich vor ihm stand.

»Gehen wir«, sagte ich zu der Frau und hatte im selben Augenblick eine Idee.

Mit wenigen Worten erklärte ich Lena meinen Plan.

Sie nickte begeistert, und in ihre Augen trat ein harter Glanz. »Ja, so machen wir es!«

Wir trennten uns.

Während ich im Dunkeln blieb und mich geduckt der Treppe von der Seite her näherte, schritt Lena Burtles direkt auf den Hauseingang zu. Als wäre nichts geschehen, nahm sie die Stufen und ging zur Haustür hoch.

Wenn Gregori jetzt nach draußen schaute, sah er die Frau. Er war somit abgelenkt, auf mich würde er kaum achten.

Ich klebte schon mit dem Rücken an der Hauswand, genau im toten Winkel.

Lena stand vor der Tür.

Eine Klingel gab es wohl nicht. Die Frau bewegte suchend den Kopf, entdeckte einen eisernen Klopfer und hämmerte damit gegen das Holz.

Dumpf hallten die Schläge.

Dann wurde die Tür geöffnet.

Meine Nervenstränge vibrierten. Längst hielt ich die Waffe schußbereit. Wie würde Gregori reagieren?

»Sie?« hörte ich die überraschte Stimme des Ägyptologen.

»Ja, ich«, erwiderte die Frau.

»Was wollen Sie?« fragte der Mann barsch.

»Mit Ihnen reden, Mörder!«

Das letzte Wort schrie sie ihm ins Gesicht. Es mußte auf Gregori wie eine Anklage wirken, und sicher sah er ein, daß sein Versteckspiel keinen Zweck mehr hatte.

Bevor er seinen Schreck überwand, reagierte ich.

Von der Seite her sprang ich auf die Treppe, stieß Lena Burtles zur Seite und stand vor dem noch immer überraschten Ägypter.

»Hier spielt die Musik«, sagte ich und drückte ihm die Mündung der Beretta in den Leib...

Die Löwenfrauen waren erwacht!

Mit dieser Tatsache sah sich der Inder konfrontiert. Mit dem Tod der Sylphen waren nun die Löwinnen seine Gegner. Und Mandra glaubte daran, daß der Kampf gegen die Käfer nur ein kleiner Vorgeschmack von dem gewesen war, was ihm jetzt bevorstand.

Die beiden Bestien fauchten.

Mandra duckte sich unwillkürlich, als ihm der heiße Atem entgegenfuhr.

Er roch seltsam beißend und scharf, wie Mandra noch nie einen Geruch wahrgenommen hatte.

Er blieb stehen und beobachtete.

Die Löwenfrauen warfen ihre Köpfe hin und her. Plötzlich war die Mähne kein Stein mehr, sondern echt. Die Flanken der Tiere zitterten. Die Löwinnen öffneten ihre Mäuler, und Mandra schaute auf die Reißzähne der Bestien.

Diese Tiere waren grausam. Obwohl sie zur Hälfte Mensch waren, glaubte der Inder nicht daran, daß noch menschliche Instinkte in ihnen steckten.

Nein, sie wollten töten.

Die erste Löwin sprang vom Podest.

Sie tat dies mit einer geschmeidigen Bewegung, und die straffen Muskeln spielten unter dem Fell.

Sie blieb stehen.

Mandra und die Löwenfrau fixierten sich.

Der Inder sah in den gelbgrünen Augen keinerlei Gefühl. Aus ihnen leuchtete ihm der Tod entgegen. Auch das Frauengesicht war zu einer abstoßenden Grimasse geworden, nicht mehr klassisch schön wie zuvor.

Mandra hielt mit der rechen Hand sein Schwert umklammert. Er hatte es halb erhoben. Vier Sylphen hatte diese Waffe erledigt, und er wollte sich damit auch gegen die Löwenfrauen verteidigen.

Nur nicht aufgeben.

Das nächste Geschöpf sprang vom Podest. Es federte den Aufprall gut ab, öffnete den Mund und schien wieder zu erstarren. Eine Täuschung, denn die Magie der alten Ägypter wirkte auch noch in der heutigen Zeit nach.

Mandra wich zurück. Er wollte die Reaktion dieser Löwenfrauen testen und sah sich bestätigt, denn sie folgten ihm. Der Inder wußte genau, daß diese Geschöpfe aus dem Stand springen konnten. Sie stießen sich ab, ohne zuvor eine erkennbare Reaktion zu zeigen.

Und das war schlimm.

Noch lauerten sie, fixierten ihr Opfer, und dann schnellte der erste Löwenmensch vor...

Ahmed Gregori war so überrascht, daß er unwillkürlich gehorchte und zurück in das Haus ging.

Lena schloß die Tür.

Ich lächelte hart. »Damit haben Sie wohl nicht gerechnet, wie?«

Der Ägyptologe fing sich schnell. »Was... was wollen Sie?« fuhr er mich an. »Warum dringen Sie hier in mein Haus ein? Wer gibt Ihnen überhaupt das Recht?«

»Ich bin gekommen, um einen Mörder zu verhaften!« erklärte ich ihm.

»Wen soll ich umgebracht haben?«

»Sie waren es vielleicht nicht, aber ihre Kreaturen, die Sie angestiftet haben.«

»Welche?«

»Die Käfer!«

Jetzt lächelte er. »Zeigen Sie mir die Tiere doch. Käfer, solch ein Unsinn. Als ob Insekten töten könnten.«

»Nicht, wenn sie normal sind«, entgegnete ich. »Doch die, die ich meine, sind fast so groß wie Menschen!«

»Wo haben Sie denn das geträumt?«

»Mr. Sinclair«, sagte Lena Burtles. »Was halten Sie sich überhaupt mit Reden auf. Geben Sie dem Kerl, was er verdient hat. Auge um Auge, Zahn um Zahn. So steht es schon in der Bibel.«

»Nein, ich bin kein Mörder und kein Richter. Zudem habe ich einige Fragen.«

»Darf ich mich setzen?« fragte Gregori lächelnd.

Ich schaute ihn an. »Meinetwegen.«

»Danke.« Er schritt rückwärts, drehte sich dann, ging um den Teppich herum und nahm auf einem thronähnlichen Stuhl Platz. Ich verfolgte seinen Gang mit dem Lauf der Waffe.

Vor Gregori lagen Teppiche aufgehäuft. Auf ihnen standen Schalen mit Obst.

»Sie gestatten, daß ich esse?« fragte er.

Ich nickte.

Nerven hatte der Kerl, das mußte man ihm lassen. In aller Ruhe nahm er ein kleines Tablett mit dunklen Weintrauben und begann zu essen. Dabei schlug er die Beine übereinander.

»Wo ist Mandra Korab?« fragte ich.

»Der Inder?«

»Ja.«

»Keine Ahnung«, erwiderte Gregori und spie einige Kerne auf den Teppich.

»Er hat Sie besucht.«

»Nein, bei mir war niemand«, log er mir glatt ins Gesicht und lächelte dabei.

Ich stand ziemlich dumm da, denn wie sollte ich beweisen, daß Mandra Korab doch dieses Haus betreten hatte? Mit einer Durchsuchung. Das ging, aber so einfach ist das nicht. Ich besaß keinen Durchsuchungsbefehl, der mir dies gestattete.

Ich versuchte einen Bluff. »Wenn Sie mir die Wahrheit nicht sagen, Gregori, werde ich Ihren Leibwächter fragen, wenn er aus seiner Bewußtlosigkeit erwacht.«

Jetzt zuckte der Ägyptologe doch zusammen. Daß sein Leibwächter bewußtlos war, damit hatte er wohl nicht gerechnet.

Ich fuhr fort. »Er hat mich draußen abfangen wollen«, erklärte ich. »Aber daraus wurde nichts. Sie verlassen sich auf die falschen Leute.«

Wild schüttelte Gregori den Kopf. »Omar wird nichts sagen, er kann nicht sprechen, denn er ist stumm!«

Deshalb also hatte er nie geredet. Nun wurden mir auch die Grunzlaute verständlich, die er ausgestoßen hatte.

Wieder eine Hoffnung weniger. Zum Teufel, ich stand dicht vor dem Ziel. Sollte ich tatsächlich noch aufgeben müssen, nur weil ich diesem Gregori nicht beweisen konnte, daß er der Anstifter der beiden Morde war?

Das schmeckte mir überhaupt nicht.

Ahmed Gregori ahnte, welche Gedanken mich beschäftigten. Er grinste.

»Keinen Erfolg gehabt, Bulle, nicht wahr?«

Bevor ich antworten konnte, mischte sich Lena Burtles ein. »Ich durchsuche das Haus, denn ich bin an kein Gesetz gebunden, nur an mein eigenes.«

»Nein!« schrie der Ägyptologe.

Lena lachte spöttisch. »Wollen Sie mich daran hindern, Mörder? Seien Sie froh, daß ich keine Waffe habe, sonst hätte ich Sie schon längst eingesetzt!«

Gregoris Arm schnellte vor. Der Zeigefinger deutete auf mich. »Das können Sie nicht zulassen. Dieses Haus darf nicht durchsucht werden. Nicht ohne richterliche Anordnung.«

»Ich bin für die Taten der Frau nicht verantwortlich«, erwiderte ich kalt. »Mrs. Burtles ist erwachsen. Sie kann tun und lassen, was sie will.«

Gregori war grau im Gesicht geworden. »Ihr Hunde«, flüsterte er. »Ihr steckt alle unter einer Decke!«

»Keine Beleidigungen«, sagte ich scharf.

»Ach, hör auf, Bulle!«

Die Sprache paßte mir nicht. Sie bewies mir jedoch, daß dieser Kerl Dreck am Stecken hatte und daß mit einer Hausdurchsuchung so manches Rätsel gelöst werden konnte.

»Ich mache mich dann auf den Weg«, sagte die Frau.

»Nein!« heulte Gregori auf. »Sie bleiben hier...«

»Fangen Sie mit dem Keller an!« rief ich dazwischen.

Gregori drehte den Kopf, starrte mich an, und seine Augen waren blutunterlaufen. »Bullenhund!« flüsterte er erstickt. »Verdammter Bullenhund, aber dir werde ich es zeigen. Du wirst dort landen, wo auch dein Freund ist.«

»Dann geben Sie zu, daß Mandra Korab hier war?«

»Sicher. Er war hier, und er ist hier. Vielleicht nur sein Kadaver, das andere werden die Käfer besorgt haben!«

In mir vereiste etwas. »Wo steckt er?«

Gregori kicherte wild. »Er steckt da, wo du auch gleich hinkommst, Sinclair!«

Ich hob die Waffe etwas an. »Wo?«

»Damit kannst du mich nicht einschüchtern, Bulle!«

»Reden Sie!«

Er hob die linke Hand. »Okay, Bulle, du willst zu ihm. Ich tu dir den Gefallen.« Während er sprach, fuchtelte er mit der linken Hand in der Luft herum. Ich ließ mich leider von diesen Gesten ablenken und achtete nicht auf seine andere Hand, die noch immer auf der Stuhllehne lag.

Und darunter befand sich der Mechanismus.

Gregori betätigte ihn.

Die Überraschung gelang ihm perfekt. Nie hätte ich damit gerechnet, daß der Boden unter meinen Füßen nachgeben würde. Deshalb schaffte ich es auch nicht mehr, mich nach vorn zu werfen und mich irgendwo festzukrallen.

Ich fiel in die Tiefe.

»Jetzt bist du bald bei ihm!« brüllte Gregori von oben, und unter mir vernahm ich ein schreckliches Fauchen. Ich fiel geradewegs in das Verlies der Löwenmenschen...

Die Löwenfrau wuchtete ihren geschmeidigen Körper vor und streckte gleichzeitig ihre Tatzen mit den scharfen Krallen aus.

Mandra Korab riß sein Schwert hoch. Er hielt den Arm von sich gestreckt, das Tier mußte genau in die Klinge springen.

Es sprang auch.

Die Klinge bohrte sich durch die Mähne in den Hals der Bestie.

Kein Tropfen Flüssigkeit drang aus dem Körper.

Mandra Korab war geschockt. Durch diese Schrecksekunde kam er nicht schnell genug vom Fleck, und das Löwenmonster fiel auf ihn.

Die Wucht und das Gewicht des schweren Körpers drückten Mandra Korab zu Boden. Doch auch die Löwenfrau hatte noch sehr viel Schwung. Sie rutschte über den Inder weg.

Mandra Korab gelang es mit großer Mühe, unter dem Körper wegzukriechen. Ein schneller Griff, er hielt das Schwert umklammert und zog es aus dem Körper.

Sofort sprang er zurück.

Da flog der zweite Löwenmensch auf ihn zu.

Er kam seitlich, prallte Mandra in die Flanke und riß ihn von den Beinen.

Mit dem Hinterkopf schlug der Inder auf. Sterne tanzten vor seinen Augen, ein Tatzenhieb traf seinen rechten Arm, die Krallen rissen die Haut auf und hinterließen blutige Furchen.

Die Löwenfrau senkte den Kopf.

Weit riß sie den Rachen auf.

Abermals sah Mandra Korab die gefährlichen Reißzähne. Wenn die zuschnappten, war er verloren.

Er versuchte, den schweren Körper von sich wegzustemmen, doch es gelang ihm nicht einmal, die Beine anzuziehen. Das Gewicht war einfach zu stark.

Der heiße Atem traf sein Gesicht. Noch zögerte die Tier-Mensch-Mischung, zuzubeißen, sie wollte die Qual des Inders verlängern. Mandra verdrehte die Augen. Er bekam mit, daß sich auch die zweite Löwenfrau näherte.

Sie glitt auf seidenweichen Pfoten von der anderen Seite auf ihn zu und knurrte.

Dem Inder lief es kalt den Rücken hinunter. Noch einmal versuchte er, unter dem Körper wegzukommen – ohne Erfolg. Auch den rechten Arm konnte er nicht heben, so war das Schwert nutzlos geworden.

Die Bestien hatten gewonnen.

Da hörte er die Stimme Gregoris. Sie hallte in dem Verlies wider, und Mandra verstand trotz seiner Not, was dieser Verbrecher schrie.

»Jetzt bist du bald bei ihm!«

Im nächsten Augenblick fiel noch jemand in das Verlies!
»John!« schrie der Inder, denn er hatte mich erkannt.

Gern hätte ich jetzt einen Fallschirm gehabt, der meinen Sturz abgebremst hätte.

Zum Glück hatte ich zahlreiche Judo- und Karatekurse hinter mich gebracht, und dort lernt man nicht nur kämpfen, sondern auch das richtige Fallen.

Ich prallte zu Boden, warf mich nach vorn und rollte über die Schulter weg ab.

Sofort stand ich wieder auf den Beinen. Mein rechter Knöchel schmerzte zwar, aber das konnte ich verkraften.

Ich wirbelte herum.

Fast setzte mein Herzschlag aus, als ich sah, in welch einer Lage sich Mandra Korab befand.

Das war grauenvoll.

Eine Mischung aus Frau und Löwe hockte über ihm, und das Maul mit den gefährlichen Zähnen befand sich dicht an seiner Kehle.

Jeden Moment konnte die Bestie zubeißen.

Und noch eine zweite Sphinx-Gestalt befand sich in diesem Kellerraum.

Sie hatte nicht auf Mandra gehockt, sondern drehte sich knurrend um und wandte sich mir zu.

Von wegen Käfer, hier hatte ich es mit Löwenmonstern zu tun.

Die erste Löwenfrau war durch mein plötzliches Auftauchen abgelenkt. Sie achtete nicht mehr so stark auf ihren Gefangenen.

Mandra Korab nutzte die winzige Chance.

Er konnte seinen Arm anwinkeln und rammte den Ellbogen gegen die Schnauze der Löwenfrau. Dort hatte er eine empfindliche Stelle getroffen, und die Bestie warf ihren Kopf zurück. Dabei bewegte sie auch ihren Körper. Mandra erhielt Spielraum, stemmte sich ab und kroch unter der Löwenfrau hervor.

Sofort schnellte er in die Höhe und lief zu mir.

»Alles okay?« fragte ich.

Er nickte.

Jetzt standen wir Seite an Seite und sahen uns den beiden Löwenfrauen gegenüber.

Doch das war noch nicht alles. Die Luke stand weiterhin offen, und von oben hörten wir Kampfgeräusche. Dort mußte sich Lena Burtles mit Gregori herumschlagen.

Ich hielt noch immer die Beretta. Ein paar Kugeln hatte ich noch. Drei, wenn mich nicht alles täuschte.

Ich schoß, traf auch, doch die Kugel wurde von dem Körper geschluckt. Das geweihte Silber machte ihm nichts.

Ich war ratlos.

»Sie sind einfach zu stark«, flüsterte Mandra Korab.

Welche Möglichkeit hatten wir noch? Ich dachte an mein Kreuz. Ob ich es mal versuchte?

Während die beiden Löwinnen näher kamen, wichen wir zurück. Ich knöpfte in fieberhafter Eile mein Hemd auf, und das Kreuz lag frei vor meiner Brust.

Reagierte es?

Zwei Sekunden vergingen.

Nein, es tat sich nichts. Die Magie der Löwenmenschen war zu alt und zu fremd.

»Da bleibt uns nur noch eins übrig«, sagte ich mit rauher Stimme. »Der Kampf.«

»Und der Untergang«, fügte Mandra Korab bitter hinzu...

Auch Lena Burtles wurde völlig überrascht, als ich plötzlich in die Tiefe sauste. Nur stand sie zum Glück nicht auf der Luke, sondern ein paar Schritte weiter.

Eine Handbreite neben ihren Fußspitzen öffnete sich der Boden.

Lena zuckte zurück.

Sie starrte sekundenlang in die Tiefe und vergaß dabei, auf Ahmed Gregori zu achten.

Der Ägyptologe setzte alles auf eine Karte. Er glaubte daran, die beiden Männer ausgeschaltet zu haben, jetzt mußte auch noch die Frau weg. Sie war die letzte Zeugin.

Blitzschnell schnellte Gregori aus seinem Stuhl. Dabei fuhr seine Hand unter die Jacke und zog einen Dolch hervor.

Es war eine besondere Waffe. Sie stammte aus Ägypten, und die Spitze war mit einem Gift präpariert, das sofort tödlich wirkte, wenn es in den Blutkreislauf des Menschen gelangte.

Böse lachend lief Gregori um die Luke herum. Den Dolch hielt er in der erhobenen rechten Hand, die Spitze wies auf die Frau.

Erst jetzt erwachte Lena aus ihrer Erstarrung. Und sie ahnte die Gefahr, in der sie sich befand.

Kurz bevor Gregori sie erreichte, sprang sie auf den Teppich, wo die zahlreichen Schüsseln und Schalen standen. Zum Teil hatte der Mann sie leergegessen.

»Bleib stehen!« schrie Gregori.

Lena hörte nicht. Sie bückte sich und packte mit beiden Händen eine Obstschale.

Da war der Ägyptologe heran. Die Hand mit dem Dolch raste nach unten. Lena riß hastig die Schale hoch und stemmte ihre Arme vor.

Sie hatte Glück.

Der Dolch klirrte gegen die Schale, er rutschte ab, ohne die Frau zu treffen.

Gregori fluchte.

Lena Burtles aber nutzte die Gelegenheit und schlug dem Kerl die Schale um die Ohren.

Ahmed mußte zurück.

Sie war wie besessen. Plötzlich sah sie wieder die Leiche ihres Mannes auf dem Waldboden liegen, und ihr wurde bewußt, daß dieser Kerl vor ihr den Befehl zum Mord gegeben hatte.

»Du Killer!« schrie sie und hieb wieder mit der Schale zu.

Gregori riß die Arme als Deckung hoch. Nie hätte er damit gerechnet, solch eine Furie vor sich zu haben. Seine Rechnung ging nicht auf. Diese Lena Burtles hatte sich zu einer regelrechten Rächerin entwickelt.

Sie trieb Gregori in die Enge.

Immer wieder schlug sie mit der Schale zu, und zwar mit den scharfen Rändern.

Eine Wand hielt Gregori auf. Er verzog das Gesicht, hob die Hand mit dem Dolch, und wollte die Waffe losschleudern. So würde er bestimmt treffen.

Die nächste Szene schien sich in Zeitlupe abzuspielen. Lena Burtles sah, was Gregori vorhatte. Sie warf aus dem Handgelenk heraus die Schale wie eine fliegende Unterrasse.

Wie gesagt, die Ränder waren scharf.

Die Schale raste auf Gregori zu, der immer noch den Arm erhoben hatte. Er kam nicht mehr dazu, seinen vergifteten Dolch zu schleudern. Die flache Schale war schneller.

Und plötzlich zeigte sich ein roter Streifen am Hals des Mannes. Ein letztes Röcheln drang aus der Kehle, die Knie gaben Gregori nach, dann fiel er zusammen.

Tot blieb er liegen.

Lena Burtles stand vor ihm.

Sie schaute auf den Toten hinab, sah, was die Schale angerichtet hatte, und schüttelte den Kopf.

»Nein, nein...« Ihre Stimme versagte. Schwindel erfaßte sie, und im nächsten Augenblick wurde sie ohnmächtig. So bekam sie das Drama im Keller des Hauses nicht mit...

Mandra Korab zeigte sich als Pessimist. Irgendwie konnte ich ihn verstehen, denn er hatte bereits gegen die Löwenfrauen gekämpft und verloren.

Doch jetzt waren wir zu zweit, und wir hatten das Kreuz. Ein Kreuz, das sich nicht rührte. Und dabei waren ja noch andere Zeichen in das Silber eingraviert worden...

Die Löwenfrauen schüttelten die Köpfe. Sie rissen ihre Mäuler auf, wir sahen die gefährlichen Zähne, und der heiße Atem fauchte uns entgegen.

Mandra hatte sein Schwert gepackt. »Auch wenn du ihnen damit eine Verletzung zufügst, sie bluten nicht.«

Ich nickte. Warum griffen sie uns nicht an, weshalb zögerten sie?

Und dann wußte ich es, denn mir wurde der Beweis geliefert.

Unter dem M, dem Zeichen des Erzengels Michael, auf meinem Kreuz befand sich das strahlende, in ein Dreieck eingefaßte Auge. Es war das Allsehende Auge oder das Auge der Vorsehung. Dieses Symbol wurde schon im alten Ägypten zur Darstellung des großen Gottes Osiris gebraucht und ist dann später von der christlichen Lehre mit anderen heidnischen Symbolen übernommen worden.

Dieses Auge entfaltete plötzlich seine Kräfte. Die Löwenfrauen vor uns hatten dem Gott nicht gedient. Sie waren Abtrünnige, nannten sich selbst Götter, doch das rächte sich heute, Tausende von Jahren später.

Auf einmal drang aus dem Auge ein breiter grüner Strahl. Er fächerte auseinander, traf beide Löwenmenschen und hüllte sie mit seiner grünen Aura ein.

Innerhalb dieses Lichtscheins gab es kleine, lautlose Explosionen. Feuer sprühte, grünes Feuer, das sich als Kranz um die Löwenfrauen legte und sie verbrannte.

Es knisterte und sprühte. Plötzlich waren die Löwenfrauen von einer grünen Lohe umhüllt. Sie versuchten ihren Kopf hochzuwerfen, doch sie erstarrten mitten in den Bewegungen.

Die Löwenfrauen wurden wieder zu Stein.

Doch die grüne Kraft des Gottes Osiris ließ nicht locker. Sie durchdrang auch das Gefüge des Steins, riß es auseinander und zerstörte die beiden Löwenmenschen.

Wir hörten Schreie.

Wer sie ausstieß, wußten wir nicht. Sie klangen nur unendlich fern und weit, als lägen Dimensionen dazwischen. Vielleicht waren es die gemarterten Seelen dieser Bestien, aber auch das half ihnen nichts. Von den sphinxhaften Geschöpfen blieb nichts anderes zurück als heller Staub.

Der Strahl fiel wieder zusammen. Er wurde von meinem Kreuz absorbiert.

Mandra Korab und ich atmeten auf.

»Wußtest du das?« fragte mich der Inder.

Ich schüttelte den Kopf. »Nein. Auch heute noch ist das Kreuz für mich ein Rätsel. Aber es hat wieder einen kleinen

Teil seines Geheimnisses gelüftet.« Und leise sagte ich: »Das Auge des Osiris. Mein Gott, wer hätte das gedacht.«

Wir schauten uns um. Kein Gegner lebte mehr. Sie alle waren erledigt. Die schrecklichen Geschöpfe hatten das bekommen, was sie verdienten.

»Himmel!« rief Mandra plötzlich. »Die Frau!«

O Gott, ich hatte sie in der Aufregung völlig vergessen. Was mochte mit Lena Burtles geschehen sein? Sie war zurückgeblieben und mit ihr Ahmed Gregori.

Sicher würde er sie umbringen.

Ich rief nach ihr.

Keine Antwort.

Aber auch von Gregori hörten wir nichts. Das machte mich stutzig. Wenn er den Kampf gewonnen hätte, wüßten wir das längst.

Was mochte dort oben passiert sein?

Wir erfuhren es fast über eine Stunde später, als uns Lena Burtles aus dem Keller befreite. So spät war sie aus ihrer Ohnmacht erwacht. Sie hatte die Schlüssel gefunden, die Tür aufgeschlossen und uns herausgelassen.

Dann sahen wir Ahmed Gregori.

Ihm konnte niemand mehr helfen. Die Schale hatte ihn getötet.

»Bin ich jetzt eine Mörderin?« fragte mich Lena Burtles.

»Nein, Sie haben in Notwehr gehandelt.«

Allein ging ich nach draußen.

Der Schwarze lag noch dort, wo ich ihn zurückgelassen hatte. Er war inzwischen aufgewacht und starrte mich haßerfüllt an. In seinen Fesseln konnte er sich kaum bewegen.

Neben ihm blieb ich stehen. »Dein Herr ist tot«, teilte ich ihm mit.

Er riß den Mund auf, doch sprechen konnte er nicht. Aus seiner Kehle drangen nur unverständliche Laute. Was mit diesem Mann geschah, wußte ich nicht. Wahrscheinlich würde er in eine Anstalt kommen.

Als die Polizei eintraf, ordnete ich eine große Suchaktion an. Ich wußte nicht, wie viele Käfer noch in der Gegend herumirrten. Die Beamten durchsuchten die nähere Umgebung. Sie hörten erst auf, als die Morgendämmerung über den Horizont kroch.

Gefunden hatten sie nichts.

Ich hoffte nur, daß sämtliche Käfer vernichtet waren.

Die Kunstschätze, die Gregori gesammelt hatte, wurden dem Britischen Museum zur Verfügung gestellt. Eigentlich konnten wir froh sein, daß alles so glimpflich abgelaufen war. Nur einer war ziemlich deprimiert.

Mandra Korab.

Ihn schmerzte der Verlust seines kostbaren Rubins. Den Stein jedoch würde er wohl nie wieder zurückbekommen.

Der Inder blieb noch zwei Tage in London.

Dabei lernte er meine Freunde und sie ihn kennen. Alle verstanden sich auf Anhieb. Wir saßen an den beiden Abenden zusammen, aßen, lachten, tranken und erzählten.

Besonders Jane Collins war von Mandra Korab angetan.

»Welch ein Mann«, sagte sie, als ich sie nach einer Feier nach Hause brachte.

»Besser als ich?«

Sie schaute mich an. »Die indische Liebeslehre soll ja etwas Besonderes sein.«

Ich nickte. »Da hast du recht. Die britische aber auch, mein Kind.«

Ihre Augen wurden verschleiert. »Wirklich?«

»Das werde ich dir gleich beweisen, meine Liebe«, sagte ich und faßte sie unter.

Über den Beweis möchte ich hier nichts schreiben. Jane Collins gab mir nur am anderen Tag zu verstehen, daß sie gern in Europa bleiben würde.

Und das war doch auch etwas – oder nicht?

ENDE

Der Ratten könig

Ein Schrei gellte auf!

Ausgestoßen in ungeheurer Angst, stach er schrill gegen die Decke der Tiefgarage, hallte durch die weiten unterirdischen Räume, wurde als vielfaches Echo von den kahlen Wänden zurückgeworfen und verebbte in einem langezogenen Wimmern.

Ich blieb ruckartig stehen. Der Schrei war so schlimm, daß mir eine Gänsehaut über den Rücken kroch.

Eine Frau hatte in ausgestoßen. Eine Frau, die sich in Gefahr befand. Und das in der Tiefgarage, in der mein Bentley stand.

Der Komplex unter der Erde war groß und schwer zu überschauen. Ich stellte mich auf die Zehenspitzen, reckte den Hals und suchte nach der Frau.

Nichts zu sehen.

Dann ein dumpfer Schlag, als hätte jemand hart gegen Autoblech gehämmert.

Und das erstickt klingende Wimmern.

Ich preßte hart die Lippen zusammen, aber diesmal wußte ich, woher das Geräusch gekommen war. Rechts von mir, gar nicht weit von der Fahrstuhltür entfernt.

Ich sprintete los. Zahlreiche Wagen standen im Weg. Über eine Motorhaube sprang ich mit einem gewaltigen Satz hinweg, erreichte eine der breiteren Fahrbahnen, die die Halle durchschnitten, und blieb stehen, um mich umzuschauen.

»Hallo!« rief ich. »Wo sind Sie?«

Nur meine Stimme schwang als Echo nach.

Da sah ich den Schatten. Die Bogenlampe an der Tür traf eine Gestalt und warf deren Schatten gegen die Wand.

Das mußte die Bedrohte sein.

Zwei Sekunden später war ich da.

Ich sah eine Frau. Etwa 40 Jahre alt. Sie hatte die Hände in ihre Lockenfrisur gekrallt, und die Augen hinter den Brillengläsern waren weit aufgerissen.

Mit dem Rücken hatte sich die Frau gegen eine Wand gepreßt. Etwa zwei Schritte vor ihr stand der nächste geparkte

Wagen. Es war ein Ford Granada. Auf seiner langen Kühlerschnauze hockte einer der Bedroher.

Der andere saß dicht vor den Füßen der Frau und starrte
sie an.

Beide waren widerlich anzusehen und gefährlich.

Die Bedroher der Frau waren dicke, fette Ratten!

Wo kamen sie her?

Diese Frage stellte sich automatisch, als ich dicht neben der
Frau stoppte.

Es war klar, die beiden Ratten wollten und würden die
Frau angreifen, sonst hätten sie sie nicht so sehr in die Enge
getrieben.

Und die erste sprang.

Es war das Tier, das auf dem Kotflügel gehockt hatte. Es
stieß sich kraftvoll ab und wuchtete seinen Körper auf die
Frau zu.

Da spielte ich nicht mit.

Im selben Augenblick, als sich die Ratte abstieß, sprang ich
vor. Und ich jagte ihr in den Weg, schleuderte meine Faust
aus dem Schultergelenk und traf das sich in der Luft befindliche Biest.

Es klatschte, als meine Hand traf. Diesem Faustschlag hat-
te die Ratte nichts entgegenzusetzen, sie wurde aus ihrer
Sprungbahn geworfen und kugelte ein paar Yards von der
Frau entfernt zu Boden.

»Okay«, sagte ich und streckte meinen Arm aus, um der
Frau behilflich zu sein.

Da warnte mich ihr Gesichtsausdruck.

Verdammt, die zweite Ratte. Sie lauerte noch in meinem
Rücken.

Ich kreiselte herum.

Das Biest befand sich bereits im Sprung. Sie hätte mich im
Nacken getroffen, doch da ich ihr jetzt meine Vorderseite zuwandte, näherte sich das aufgerissene Maul meiner Kehle.

Ich duckte ab.

Das Tier streifte noch meine Schulter, versuchte zu beißen, doch die Zähne verfehlten mich.

Die Ratte fiel zu Boden.

Der ersten gab ich einen Fußtritt, der sie weit unter einen abgestellten Wagen schleuderte, wo sie quiekend liegen blieb. Die zweite versuchte ich ebenfalls mit einem Tritt wegzubefördern, doch sie schien meine Absicht zu ahnen. Mit einer gedankenschnellen Drehung verschwand sie.

Zurück blieben die angsterfüllte Frau und ich.

Ich lächelte. »Es ist vorbei.«

Sie nickte nur.

»Kann ich irgend etwas für Sie tun?«

Sie schaute mich aus großen Augen an und hob die Schultern. Ich sah den Schweiß auf ihrer Stirn, und die Haut seitlich am Hals zuckte.

Plötzlich begann sie zu weinen. Ihr Kopf fiel nach vorn, die Schultern bebten.

Eine erklärliche und verständliche Reaktion nach all dem Schrecken, der hinter ihr lag.

Ich holte den Aufzug. Mir war längst klar geworden, daß ich die Frau in ihrem Zustand nicht ans Steuer lassen durfte.

Als der Lift da war, fragte ich sie: »Wohnen Sie hier im Haus?«

Sie nickte.

»In welcher Etage?«

Ich erfuhr, daß sie zwei Stockwerke unter mir wohnte. Komisch, ich hatte sie noch nie gesehen. Aber so ist das oft in den seelenlosen Betonburgen. So praktisch es manchmal ist, dort zu wohnen, seine Nachbarn kennt man kaum.

Ich schob sie in die Kabine.

Die Handtasche hing noch über ihrem Arm.

Während wir nach oben fuhren, holte die Frau ein Taschentuch hervor und schneuzte ihre Nase.

»Ich – ich glaube, ich habe mich bei Ihnen noch gar nicht bedankt«, flüsterte sie erstickt.

»Das ist auch nicht nötig.«

Der Lift hielt. Ich stieß die Tür auf und ließ die Frau in den

Gang treten. Bis zu ihrer Wohnung waren es nur ein paar Schritte. Um Mißverständnissen vorzubeugen, zeigte ich meinen Ausweis.

»Sie sind Mr. Sinclair«, sagte sie. »Ich habe bereits von Ihnen gehört.«

»Hoffentlich nur Gutes.«

Sie lächelte. Und das machte ihr Gesicht hübscher.

Am Türschild las ich ihren Namen. Sie hieß Ellen Langster und schien allein hier zu wohnen.

Das sagte sie mir auch, als wir im Living-room standen. Ich erfuhr, daß sie seit einem Jahr geschieden war.

»Aber jetzt entschuldigen Sie mich. Ich sehe unmöglich aus.«

»Bitte.«

Ellen Langster verschwand im Bad. Ich blieb allein im Wohnraum zurück. Er war hübsch eingerichtet. Besonders fielen mir die zahlreichen Blumen auf, die sorgfältig verteilt auf kleinen Tischen, Kommoden und einer Bank standen.

Ich hatte Zeit, denn es war Abend, und ich kam von der Arbeit. Ich hatte mich im Büro länger aufgehalten und einen Bericht über meinen letzten Fall geschrieben.

Ellen Langster kam zurück. Sie hatte sich frisch gemacht und umgezogen. Die Frau trug ein grünes Kleid, das locker um ihren Körper fiel und in der Taille von einem Gürtel gehalten wurde.

»Möchten Sie einen Whisky?« fragte sie.

Ich lächelte. »Gern.«

»Entschuldigen Sie, wenn ich Ihnen vorher nichts angeboten habe, aber ich war so...«

»Geschenkt.«

Sie reichte mir den Whisky. Ellen Langster trank auch einen Schluck. Mir hatte sie allerdings einen Doppelten eingeschenkt.

»Cheerio«, sagte sie, und wir tranken uns zu.

Aus einem Zigarettenkästchen bot sie mir ein Stäbchen an. Wir rauchten gemeinsam.

Schweigend vergingen die nächsten Minuten. Ich schaute

Ellen Langster an. Obwohl sie Rouge aufgelegt hatte, wirkte sie noch immer blaß. Der Schock saß tief.

Ich ließ sie in Ruhe. Es war klar, daß wir uns über die Ratten unterhalten würden, aber ich wollte nicht damit anfangen.

Ellen Langster drückte ihre Zigarette aus, dabei schüttelte sie sich, als hätte jemand Eiswasser über ihren Kopf gegossen.

»Denken Sie nicht mehr daran«, sagte ich.

»Sie haben gut reden, Mr. Sinclair. Sie sind Polizist, Sie kann so etwas nicht erschüttern. Aber mich...«

»Haben Sie eine Erklärung?«

Ellen Langster nahm die Brille ab. Sie hatte schöne Augen. Groß und braun. »Nein, die habe ich nicht. Es sei denn...«

»Was ist?«

»Ach, eigentlich ist so etwas Unsinn.«

»Reden Sie trotzdem«, machte ich ihr Mut.

»Nun, es ist so, es klingt auch völlig verrückt, aber ich mußte nun mal daran denken. Ich war für zwei Wochen in Urlaub und bin erst vor drei Tagen zurückgekommen. Meinen Urlaub verbrachte ich in Southwick. Das ist ein kleiner Ort in der Nähe von Brighton. Es ist dort nicht so teuer wie in dem mondänen Badeort, aber der Strand ist ebenso gut. Auf einer meiner Wanderungen an der Küste entlang bin ich dort von einer Ratte angegriffen worden. Sie kam aus dem Dünengras und wollte mich anspringen. Ich hatte einen Wanderstock mit und reagierte zum Glück geistesgegenwärtig genug. Es gelang mir, die Ratte zu töten. Ich erschlug sie. Es war ein wirklicher Kampf, und kurz bevor sie starb, geschah etwas Seltsames. Die Ratte riß noch einmal ihr Maul auf, quiekte, und ich glaubte, eine menschliche Stimme zu hören. Von der Rache des Rattenkönigs war die Rede. Dann verendete sie.«

»Hm.« Ich hob die Augenbrauen. »Haben Sie die Worte wirklich deutlich verstanden?«

»Nein, natürlich nicht. Es kam mir wenigstens so vor. Meine Nerven waren überreizt, und ich konnte mich ebenso getäuscht haben, doch ich glaubte, diese Worte zu verstehen.«

Ich dachte nach. Lächeln konnte ich über die Worte der Frau nicht, denn in meinem Job erlebte ich die unmöglichsten Dinge. Ratten, die sprechen konnten, an sich ein Unding, aber erst vor kurzem hatte ich gegen die Sylphen, gefährliche, fast menschengroße Käfer, gekämpft, und solche Bestien gab es normalerweise auch nicht.

Ich war eines Besseren belehrt worden.

»Sie – Sie sagen ja nichts«, meinte die Frau. »Überlegen Sie, ob Sie mich auslachen sollen?«

»Das auf keinen Fall.«

»Sondern?«

»Ich möchte gern mehr über den Fall wissen. Sicher, es gibt Ratten genug. Und wie ich hörte, sollen sie sich in manchen Großstädten unwahrscheinlich schnell vermehrt haben. Gerade in unserer modernen Abfallgesellschaft, in der viel Müll produziert wird, finden die Ratten einen oft idealen Nährboden. Aber daß sie auch an den Urlaubsstränden auftauchen, ist mir neu.«

»Mir war das auch neu«, meinte die Frau. Sie drehte ihr leeres Glas in den Händen. »Da kommt aber noch etwas hinzu. Ich habe in meinem Hotel über den Fall gesprochen, und dort hat man mir geglaubt, denn ich war nicht die einzige, die von Ratten angefallen wurde. Einigen Urlaubern ist es ebenso ergangen. Zwei junge Mädchen sind sogar von den Biestern verletzt worden und mußten in ärztliche Behandlung. Meiner Ansicht nach steckt dahinter System.«

Ich wurde immer nachdenklicher. »Haben die anderen auch von sprechenden Ratten erzählt?«

»Nein, das ist nur mir aufgefallen.«

»Und die anderen haben auch kein Tier getötet?«

»Glaube ich nicht.«

»Dann kann dieser Rattenbesuch heute gar nicht so zufällig gewesen sein«, folgerte ich.

Ellen Langster schaute mich erschreckt an. »Meinen Sie das im Ernst, Mr. Sinclair?«

»Leider.«

»Himmel, dann – dann bin ich ja in Gefahr. Die beiden Ratten sind nicht tot, sie könnten wiederkommen.«

»Was ich nicht hoffe.« Ich räusperte mich. »Ganz ausschließen kann man es jedoch nicht.«

»Was kann man da denn machen?« fragte sie nach einer Weile des Nachdenkens.

»Tja, im Augenblick kann ich Ihnen auch keinen Rat geben, Mrs. Langster. Vielleicht sollten Sie die Türen verschließen oder zu einer Freundin fahren, bis der Fall geklärt ist.«

»Wer soll ihn denn untersuchen. Die Polizei?« Sie lachte bitter auf. »Daran glaube ich nicht.«

»Sie scheinen schlechte Erfahrungen mit Polizisten gesammelt zu haben«, bemerkte ich.

»Sorry, ich vergaß, daß auch Sie...«

»Macht nichts.« Ich trank mein Glas leer. »Trotzdem wird sich die Polizei Ihres Falles annehmen. Sie vergessen, daß auch ich Polizist bin. Und ich interessiere mich für Ihren Fall.«

Ellen Langster war erstaunt. »Sie, Mr. Sinclair? Aber müssen Sie nicht Verbrecher jagen?«

Die Frau wußte von meinem eigentlichen Job beim Yard natürlich nichts. Sie dachte, ich wäre einer dieser Fernsehdetektive, die sich mit finsteren Gestalten herumschlagen. Das gab es natürlich auch, doch meistens kämpfte ich gegen die Mächte der Finsternis, gegen Dämonen und Höllengeschöpfe. Da sich diese Ratten einerseits sehr unnatürlich benahmen, sagte ich mir, daß dies unter Umständen nicht mit rechten Dingen zuging. Ich konnte mir gut vorstellen, daß hinter dieser Sache etwas steckte, das in mein Ressort fiel.

»Sie sind so nachdenklich, Mr. Sinclair. Überlegen Sie, ob Sie bei Ihrem Wort bleiben?«

»Daran gibt es keinen Zweifel. Ich bleibe dabei.«

»Aber wie wollen Sie das anstellen? Wollen Sie nach den Ratten fahnden lassen?«

»Nein, natürlich nicht. Ich werde nur einen kleinen Urlaub in Southwick verleben.«

»Können Sie das denn so ohne weiteres?«

»Wenn ich nett mit meinem Boß rede, schon.«

»Da bin ich gespannt.«

Nun, so gespannt brauchte ich gar nicht zu sein. Ich war ziemlich selbständig, und irgendwie hatte ich das Gefühl, daß hinter diesem Angriff der Ratten auf die Frau mehr steckte.

Ich stand auf.

»Sie wollen schon gehen, Mr. Sinclair?«

»Ja, ich muß.«

Ellen Langster schluckte. »Gut, ich werde die Türen verschließen, daß mir so etwas nicht noch einmal passiert.«

Sie reichte mir die Hand und brachte mich noch bis zur Tür.

»Ich werde Sie auf jeden Fall informieren«, sagte ich zum Abschied zu ihr und zog die Tür auf.

Da geschah es.

Urplötzlich sprangen zwei graubraune Körper vom Hausflur aus in das Innere der Wohnung.

Ratten!

Ellen Langster schrie!

Ich hämmerte die Tür zu und wirbelte auf der Stelle herum.

Die Frau war in der Diele zusammengesackt, und eines dieser verdammten Biester hatte sich im Stoff ihres Kleides verbissen. Ein Glück, daß ihr Kleid nicht eng am Körper lag, so rissen die Zähne nur den Stoff entzwei.

Aber die Ratte wollte sich weiterwühlen. Und sie war schnell, so daß es auf Sekunden ankam.

Ich verdrängte meinen Ekel und packte mit der rechten Hand zu. Meine Finger griffen in den Nacken des Tieres wie Stahlklammern.

Als ich das Biest wegriß, zerfetzte ein Teil des Kleides, so fest hatte die Ratte zugebissen.

Sie strampelte in meinem Griff. Ich hielt sie so gepackt, daß sie ihren Schädel nicht drehen und in meine Hand beißen konnte. So packt man auch Giftschlangen.

Dann schleuderte ich die Ratte von mir.

Sie klatschte gegen die Wand. Ich hörte etwas Knirschen, dann fiel der graubraune Körper zu Boden, zuckte noch einmal und blieb liegen.

Tot...

Die Frau zitterte vor Angst. Sie hockte auf dem Boden. Ich zerrte sie hoch und schob sie in das Bad. »Hier bleiben Sie, bis alles vorbei ist«, sagte ich und schloß rasch die Tür.

Dann machte ich mich auf die Suche nach der zweiten Ratte. Sie hatte noch nicht angegriffen und hielt sich wahrscheinlich irgendwo in der Wohnung versteckt.

Ich mußte sie finden.

Natürlich trug ich meine Waffe bei mir, und ich nahm mir vor, das Tier mit einem Schuß zu erledigen, wenn es mir vor die Mündung lief. Doch erst einmal mußte ich es finden.

Auf der Türschwelle blieb ich stehen. Die Beretta lag in meiner rechten Hand. Die Mündung schwenkte ich hin und her, streute damit den Living-room ab.

Die Ratte sah ich nicht.

Wo konnte sie stecken?

Unter der Couch, hinter der Tür, zwischen den Blumen auf der Bank?

Ich konnte nicht gerade behaupten, daß mir wohl in meiner Haut war. Irgendwie hatte ich schon ein komisches Gefühl. Vor Ratten ekelt sich fast jeder, jedenfalls kenne ich keinen, der diese Tiere als seine Freunde bezeichnet.

Sicher, ich war schon mit wesentlich stärkeren Gegnern fertig geworden, aber in einem Zimmer zu sein und zu wissen, daß irgendwo versteckt eine angriffsbereite Ratte hockte, ist schon komisch.

Ich ging einen Schritt vor, den zweiten...

Wo lauerte sie?

Die Frage wurde mir einen Atemzug später beantwortet. Das Biest steckte hinter der Tür, genau im toten Winkel.

Und als ich den dritten Schritt nach vorn ging, sprang die Ratte auf mich zu.

Ich ahnte die Gefahr, konnte aber nicht ausweichen. Die Ratte prallte in meinen Rücken.

Ich spürte den Aufprall und danach den kurzen beißenden Schmerz, als sich die Ratte durch meine Kleidung und damit in die Haut gebissen hatte.

Ich drehte mich.

Blitzschnell wirbelte ich im Kreis herum, während ich gleichzeitig die Arme nach hinten schlug und so versuchte, die Ratte zu packen. Hoch hatte ich die Arme angewinkelt, bückte mich, und ich kriegte sie tatsächlich.

Meine Finger griffen zu.

Mit aller Kraft riß ich das verdammte Biest von meiner Kleidung los. Dann zappelte sie in meiner Hand.

Voller Ekel schleuderte ich das angriffslustige Tier zu Boden. Meine Waffe hatte ich auf einen Sessel geworfen. Jetzt sprang ich hin und nahm die Beretta wieder an mich.

Die Ratte war aufgedreht. Sie suchte keine Deckung, sondern den offenen Kampf. Sie wollte mich attackieren. Das Tier hockte auf dem Boden und starrte aus kleinen tückischen Augen zu mir hoch.

Ich visierte.

Und dann schoß ich.

Das Silbergeschoß raste aus dem Lauf, traf den Schädel und zertrümmerte ihn.

Die Ratte verging.

Aber auf eine andere Art und Weise, als ich gedacht hatte. Ihr Körper wurde zwar von der Einschlagwucht der Kugel zurückgeschleudert, aber er löste sich auf!

Das Tier lag dicht neben einem kleinen Tisch. Es zuckte mit den Füßen, und plötzlich quoll schwarzer Qualm aus dem von meiner Kugel getroffenen Körper.

Die Ratte verging.

Wie Dämonen oder deren Helfer.

Jetzt wußte ich Bescheid. Die Angriffswut der Ratten beruhte auf keiner normalen Basis, sondern auf einer dämonischen. Irgend etwas leitete sie zu diesen Taten an, und in diesem Augenblick war es endgültig ein Fall für mich geworden.

Ein beißender, ekliger Geruch durchströmte das Zimmer, und ich verzog angewidert die Nase. Als ich wieder zu der toten Ratte hinschaute, lag dort nur ein Gerippe.

Ich ging in die Diele.

Die Ratte dort hatte sich nicht aufgelöst. Sie war unter meinem Tritt gestorben.

Ich holte Papier aus der Küche, legte das tote Tier darauf und auch das Gerippe. Beides warf ich in den Müllschlucker. Dort war das Zeug am besten aufgehoben.

Jetzt konnte Ellen Langster das Bad verlassen. Die Gefahr war gebannt.

Ich klopfte an die Tür. »Alles okay, Mrs. Langster, Sie können das Bad verlassen. Es gibt keine Ratten mehr.«

Ich erhielt keine Antwort.

Verwundert drückte ich die Tür auf, betrat das Bad und blieb entsetzt stehen.

Ellen Langster war tot!

Die Frau lag quer über dem Wannenrand. Der Oberkörper hing in der Wanne, die Beine berührten den gefliesten Boden.

Eine ungeheure Wut packte mich, die das Entsetzen verdrängte. Ich riß meine Beretta hervor, als ich eine Ratte sah, die soeben in der Toilette verschwand. Es hatte keinen Zweck mehr, zu schießen. Das Biest war schon weg. Ich wußte aber wenigstens, welchen Weg die Tiere genommen hatten. Sie waren durch die Kanalisation in das Bad gelangt. Ich vermutete, daß es mehrere gewesen waren; von einer Ratte getötet zu werden ist nur schwer vorstellbar. Und sie mußten Ellen Langster überrascht haben, einen Schrei oder andere Geräusche hatte ich nicht vernommen.

Die Ratten waren lautlos und hinterrücks gekommen, die Frau war ohne Chance gewesen.

Etwas allerdings bereitete mir Sorgen. Das war die Zielstrebigkeit, mit der die verfluchten Bestien vorgingen. Das taten sie nicht von allein. Irgend jemand leitete sie, einer steckte dahinter, der ihnen die Befehle gab.

Nur – wer?

In diesem Augenblick schwor ich, den Unbekannten zu finden. Und dazu brauchte ich mir nicht erst die Tote anzuschauen. Sie hatte eine Ratte umgebracht, im Urlaub, und die Artgenossen hatten sie bis in ihre Londoner Wohnung verfolgt.

Aus der Tasche der Toten nahm ich den Türschlüssel und verließ die Wohnung.

Im Lift fiel mir ein, daß ich auch einige Ratten gekillt hatte. Folge: Sie würden jetzt mich jagen. Ich stand nun auf ihrer Mordliste ganz oben.

Sollten sie nur kommen, ich würde ihnen schon einen würdigen Empfang bereiten.

Trotzdem sah ich mich vorsichtig um, als ich meine Wohnung betrat. Keine Ratte lauerte auf mich. Unangefochten erreichte ich das Telefon und rief die für diesen Bezirk zuständige Mordkommission an. Die Männer wollten in wenigen Minuten hier sein.

Danach schellte ich bei Suko.

»Komm rein«, sagte der Chinese. »Ich nehme gerade mein Kraftfutter zu mir. Kannst was abkriegen.«

»Dein Saft reizt mich heute nicht.«

Suko schaltete schnell. »Was ist passiert?«

Ich erzählte es ihm.

»O verdammt«, sagte er nur.

Ich teilte ihm mit, wo die Wohnung lag, und verschwand wieder. Noch eine Minute mußte ich warten, dann erschien die Mordkommission. Ihren Leiter kannte ich gut. Ich erklärte ihm, was geschehen war.

Ungläubig schaute er mich an. »Ratten, John? Sind Sie sicher?«

»Ja.«

Er schüttelte den Kopf, als könnte er noch immer nicht fassen, was ich gesagt hatte. Dann sah er die Tote und wurde bleich. Mit einer Hand strich er sich über das Gesicht. »O Gott, das ist ein Horror«, meinte er.

»Und eine Tatsache.«

Der Arzt untersuchte die Tote. »Den Verletzungen nach zu urteilen, sind es Tiere gewesen«, meinte er.

»Aber wie ist das möglich?« wurde ich gefragt.

Ich blickte dem Chef der Truppe ins Gesicht. »Keine Ahnung. Auf jeden Fall bin ich mit betroffen, und ich werde mich auch hinter die Sache klemmen.«

Mein Kollege atmete auf.

Ich schlug ihm auf die Schulter. »Keine Angst, Sie brauchen schon keine killende Ratten zu jagen. Das ist meine Spezialität.«

»Da wünsche ich Ihnen viel Glück.«

Ich bedankte mich.

Vor der Tür wachten zwei Polizisten. Irgendwie mußte es sich herumgesprochen haben, daß etwas passiert war, denn einige Hausbewohner standen im Flur und diskutierten heftig. Ich vernahm auch Sukos Stimme und ging nach draußen.

Die Bobbies wollten ihn nicht passieren lassen. Suko sah mich und atmete auf.

»Ist schon okay«, sagte ich.

Ich nahm den Chinesen mit in die Wohnung. Auch er sah sich die Tote an.

»Schlimm, verdammt schlimm. Ob diese Biester irgendwie degeneriert sind?«

»Kaum.«

»Was macht dich so sicher?«

»Die Ratten-Rache. Ellen Langster hat mir davon berichtet. Die Tiere haben sie von Southwick aus verfolgt. Und dieser Ort liegt an der Küste, ein paar Meilen von Brighton entfernt.«

»Dann hat also dort alles seinen Ursprung genommen«, vermutete der Chinese.

»Sicher.«

»Ich sehe uns schon am Meer«, lächelte er.

»Bestimmt.«

Ich mußte noch für ein paar Fragen Rede und Antwort stehen. Alles andere würde später erledigt. Dann wollte ich auch das Protokoll unterschreiben.

Wir machten Platz, damit die beiden Träger vorbei konnten. Sie trugen die Wanne, in der die Überreste der Toten lagen.

»Fahren wir hoch?« fragte Suko.

Ich hatte nichts dagegen.

Wir gingen zu ihm. Dort wartete Shao. Allerdings nicht allein. Jane Collins war eingetroffen.

»John!« rief sie, als sie mich sah. »Ich habe eine fantastische Idee. Wir haben heute Freitag, draußen ist herrliches Wetter, und deshalb können wir ruhig für ein Wochenende an die See fahren. Shao ist auch einverstanden. Was hältst du davon?«

Sie schaute mich an und wartete darauf, eine negative Antwort zu erhalten. Um so überraschter war sie, als ich sofort auf ihren Vorschlag einging.

»Aber natürlich fahren wir, meine Liebe. Ich habe sogar schon einen Ort ausgesucht. Southwick, das liegt bei Brighton.«

»Ja, John, ich weiß. Hast du wirklich keine Einwände?«

»Nein.«

»Das ist seltsam, direkt komisch.«

Ich grinste. »Warum sollen uns immer die Frauen Rätsel aufgeben. Schließlich sind wir auch emanzipiert, nicht wahr, meine liebe Detektivin?«

Neben Brighton verblaßte Southwick.

Dieser Ort war längst nicht so mondän, aber auch nicht so teuer. Hier fuhren Familien mit schmalerem Geldbeutel hin, und sie hatten das gleiche Meer und den gleichen Strand wie in Brighton. Nur waren die Hotels nicht so elegant, die Preise nicht so hoch, und das Essen und Trinken billiger als in Brighton.

Deshalb warb dieser Ort an der englischen Südküste auch

nicht mit Exklusivität, sondern machte auf familienfreund-
lich.

Und eine Familie waren die Hardings auch.

Er arbeitete in London bei einem großen Elektrokonzern,
sie war halbe Tage Hausfrau. Das Kind kam im nächsten Jahr
zur Schule.

Es wurde nur Sweety genannt. Die kleine blonde Göre war
wirklich süß und am Strand der große Sonnenschein. Sie
wurde von den übrigen Gästen verwöhnt, erhielt Schokolade
und Nascherei, so daß die Eltern schon ein paarmal eingreifen mußten.

Auch an diesem Nachmittag lagen sie wieder am Strand.
Sie hatten mittags etwas geschlafen, da sich der Himmel be-
wölkte, doch die Wolken waren verschwunden, und ein sat-
tes, strahlendes Blau spannte sich über der Küste.

Die Sonne meinte es gut. Ein leichter Wind wehte und trug
die Wellen schäumend gegen den Strand, wo sie langsam
ausliefen und im Sand versickerten.

Es war ein friedliches Bild, das die Badegäste in sich auf-
saugten. Sie hockten in den Strandkörben oder hinter Zelt-
planen, die sie vor dem Wind schützten.

Manche Urlauber lagen auch im Sand, ließen sich von der
Sonne bescheinen und sahen am Abend aus wie Grillhähn-
chen. Die Kinder bauten Burgen oder spielten Ball.

Dazwischen spazierten junge Mädchen mit ihren knackig
braunen Körpern, die wie magisch die Blicke aller Männer
auf sich zogen, so daß manch gestandener Ehemann von seiner Frau einen derben Rippenstoß kassierte.

Der Nudistenstrand war ein Stück entfernt, was zahlreiche
Girls jedoch nicht daran hinderte, das Oberteil des Bikinis abzunehmen, um wenigstens auf dem Rücken nahtlos braun zu
werden.

Es war ein fröhliches Treiben, und auch die Familie Harding fühlte sich wohl.

Joyce Harding, eine 30jährige Blondine mit aufregenden
Kurven, legte sich auf den Bauch und schielte zu ihrem Mann
hinauf, wobei sie die Sonnenbrille in die Stirn schob.

»Öl mich noch einmal ein, Peter!«

Peter Harding las gerade einen Krimi. »Muß das sein?« nörgelte er.

»Komm, stell dich nicht so an. Sonst sage ich einem anderen Bescheid. Es sind viele hier, die sich darum reißen würden, mich einzureiben.«

»Das kann ich mir denken.« Peter Harding ließ sich aus dem Strandkorb fallen, blieb neben seiner Frau knien und nahm die kleine Flasche mit dem Sonnenöl.

Mit einer Hand öffnete er den Bikini-Verschluß.

»Routiniert wie eh und je«, lächelte seine Frau.

»Gelernt ist gelernt.«

»Aber nicht nur bei mir.«

»Vielleicht.« Peter lachte, träufelte Sonnenöl auf den Rücken seiner Frau und begann mit den Fingerspitzen zu reiben.

Joyce schloß die Augen. Sie genoß es, wenn die Finger über ihren Rücken fuhren, da überlief sie jedesmal ein angenehmer Schauer.

Das merkte auch Peter, ihr Mann. Er machte lächelnd weiter, bis seine Frau sagte: »Okay, es ist gut.«

»Soll ich das Oberteil wieder zuhaken?« fragte er.

»Ja.«

»Aber viele laufen doch...«

»Ich nicht.«

Peter hakte die beiden Bikinischlaufen zusammen und griff nach seinen Zigaretten. Sweety spielte im Sand mit anderen Kindern. Sie bauten eine Burg.

Peter Harding schaute seine Frau an, die sich ebenfalls aufgesetzt hatte. »Sollen wir es wagen?«

»Wie meinst du?«

»Wir könnten ins Wasser gehen.«

»Ohne Sweety?«

»Ja. Sie spielt doch gerade so schön. Ich sage den Nachbarn Bescheid. Warte.«

Peter Harding stand auf und trat an den nächsten Korb. Er

redete ein paar Worte, nickte und sagte zu seiner Frau: »Komm!«

Hand in Hand liefen sie zum Wasser. Als die auslaufenden Wellen ihre Füße umspülten, da rannten sie. Wuchtig warfen sie sich in die heranrollende Brandung. Je weiter sie vorliefen, um so höher wurden die Wellen.

Lachend warfen sie sich hin, wurden überspült, hochgetragen, zurückgeworfen und begannen das Spiel von vorn.

Bevor die nächste Welle anrollte, waren nur ihre Köpfe zu sehen. Wenn sie aus dem Wasser lugten, dann lachten und bespritzten sie sich gegenseitig wie die kleinen Kinder.

Das Ehepaar war fröhlich und ausgelassen. Weder die Frau noch der Mann ahnten die schreckliche Gefahr, die sich ihnen näherte.

»Laufen wir noch weiter rein?« rief Peter.

Joyce Harding schüttelte den Kopf. »Nein, bitte nicht.«

»Okay.« Peter nahm Anlauf und warf sich auf seine Frau zu. Die wollte zurückweichen, schaffte es jedoch nicht, und Peter bekam sie zu fassen. Seine Arme umklammerten ihre Hüften, mit einem Ruck zog er Joyce zu sich heran und preßte ihr seine Lippen auf den Mund.

Es war ein Kuß, der Joyce den Atem raubte. Sie schmeckte seinen Mund und das Salzwasser auf den Lippen. Dann schmeckte sie nur noch das Salzwasser, denn die nächste Welle überrollte beide.

Sie fielen, hielten sich dabei fest und rollten ineinanderverkrallt über den Boden.

Um sie herum war nur Wasser. Es zerrte so heftig an ihnen, daß sie glaubten, es wollte sie ins Meer ziehen.

Sie tauchten auf.

Joyce riß den Mund auf, schnappte nach Luft und schrie plötzlich: »Au!«

»Was ist denn?«

»An meinem Bein, da hat mich was gebissen!«

Peter lachte. »Sicherlich ein Krebs oder so was.« Im nächsten Moment zuckte auch er zusammen, aber nicht, weil ihn etwas gebissen hatte, sondern weil er plötzlich auf der Oberfläche einen kleinen Kopf tanzen sah, der ziemlich viel Ähnlichkeit mit dem Schädel einer Ratte aufwies.

Ratte?

War da nicht was vor einigen Tagen gewesen? Und jetzt war seine Frau gebissen worden.

»Los, wir müssen hier raus!« schrie er Joyce zu, packte sie an der Hand und riß sie mit sich.

Sie hörten die Schreie.

Nicht die Menschen im Wasser stießen sie aus, sondern die Badegäste am Strand.

Das Ehepaar blieb stehen, schaute aus großen Augen zum Strand hin und sah, daß dort die Panik ausgebrochen war.

Auf dem hellen Sand wirbelten plötzlich unzählige dunkle Punkte herum.

»Das sind Rat...«, schrie Joyce. Die letzten Buchstaben brachte sie nicht über die Lippen, weil sie von einer Welle umgerissen wurde.

Joyce fiel, tauchte unter, ihr Mann faßte nach ihr, zog sie hoch, und Joyce riß in wilder Angst den Mund auf.

»Sweety! Unsere Sweety!« schrie sie.

Peter Harding schluckte.

O verdammt, seine Frau hatte recht, Sweety war allein zurückgeblieben. Nachbarn wollten zwar auf sie achten, aber die hatten bestimmt genug mit sich selbst zu tun, als sich um anderer Leute Kinder zu kümmern.

Jetzt bekam auch er Angst.

Die Badegäste am Ufer rannten schreiend hin und her, als wäre eine Bombe explodiert. Auch die Menschen, die sich noch im Wasser befanden, wurden nun aufmerksam.

Eine Frau schrie gellend auf.

Wahrscheinlich hatte auch sie die Bekanntschaft mit einer Ratte gemacht.

Peter rannte und stolperte. Die Wellen holten ihn ein, überspülten ihn und seine Frau, Wasser drang in ihre Kehlen, sie husteten und spuckten, aber nichts konnte sie aufhalten.

Endlich wurde es flacher.

Peter und Joyce Harding konnten schneller laufen. Joyce

war schon ziemlich am Ende, doch Peter zog sie weiter. Es ging um das Leben seines Kindes.

Sweety war in Gefahr!

Am Strand tummelten sich die Ratten. Fast alle Menschen hatten ihre Plätze verlassen. Schreiend waren sie geflüchtet, hatten ihre Sachen liegen und stehen gelassen und rannten zu den in der Nähe liegenden Hotels, um dort Schutz zu suchen.

Zahlreiche Körbe und Windschutzzeltplanen waren umgefallen. Es sah wüst aus.

In dem Chaos fühlten sich die grauen Biester wohl. Sie waren kaum zu zählen, und auch Peter Harding verspürte plötzlich Angst. Doch die Sorge um sein Kind trieb ihn weiter.

Sie erreichten den Strand.

Dicht vor ihnen hatten sich fünf Ratten über einen Picknickkorb hergemacht und leerten ihn mit Hochgenuß. Vorsichtig und sich an den Händen haltend, schlichen Peter und Joyce vorbei.

Die Tiere kümmerten sich nicht um sie.

Joyce zitterte vor Angst und Kälte. Krampfhaft hielt sie sich an ihrem Mann fest. Ihre Gesichtszüge schienen erstarrt zu sein. Sie wagte nicht ihren Blick zu Boden zu richten, wo sich die Biester tummelten.

Aber sie mußten weiter. Sie konnten nicht zurück. Denn die Ratten waren überall. Auch im Wasser.

Hinter dem Strand sah Peter die Linie der Hotels. Sie waren sonst so nah und zu Fuß in ein paar Minuten zu erreichen, doch nun schienen sie ungeheuer weit entfernt zu sein.

Konnte er die Strecke schaffen? Würde seine Frau durchhalten?

Die Ratten hatten ihre große Stunde. Sie hockten überall. Sie waren ausgeschwärmt und hatten den Strand überrollt.

Peter suchte nach Menschen.

Er sah ein Paar Beine.

Es ragte aus einem Strandkorb hervor, und in dem Korb bewegte sich eine graue Masse.

Peter Harding schluckte.

Schnell ging er weiter.

Ein paar Ratten starrten ihn und seine Frau an. Sie ließen die beiden allerdings in Ruhe, weil sie anderweitig beschäftigt waren. Der Strand hatte sich fast völlig geleert. Und doch war es nicht allen Menschen gelungen, zu entkommen.

Einige lagen im weichen Sand.

Tot?

Peter Harding wußte es nicht genau. Sie konnten auch verletzt sein, er hoffte, daß letzteres zutraf.

Doch wo steckte Sweety?

Gesehen hatte er die Kleine nicht. War es ihr wirklich gelungen, zu entkommen?

Peter hatte lange nicht mehr gebetet, doch in diesem Augenblick sandte er einen stummen Hilfeschrei zum Himmel hoch. Sweety mußte gerettet werden. Sie war so jung, die Ratten konnten sie einfach nicht...

Der Mann weigerte sich, weiterzudenken.

Die Hälfte der Strecke hatten sie geschafft. Ihre Füße versanken im weichen Sand. Peter glaubte, weit entfernt das Heulen von Polizeisirenen zu hören.

Hilfe nahte.

Falls es nicht zu spät war.

Plötzlich blieb Joyce stehen. Sie stemmte sich gegen den Griff ihres Mannes und wollte nicht weiter.

Peter funkelte sie an. »Mach keinen Unsinn!«

Sie schüttelte den Kopf. Dabei hielt sie die Augen gesenkt, ihre blonden Haare flogen. »Ich – ich kann nicht mehr, Peter. Bitte...«

»Wir müssen!« zischte er.

»Nein...«

Da griff Peter Harding zum Radikalmittel. Er schlug seiner Frau zweimal ins Gesicht, obwohl ihm diese Schläge selbst wehtaten.

Joyce starrte ihren Mann an, öffnete den Mund, wollte etwas sagen, doch Peter kam ihr zuvor.

»Können wir weiter?«

»Ja, sorry.«

»Schon gut.«

Sie konnten nicht geradewegs auf das Hotel zulaufen, sondern mußten einen Bogen schlagen. Die verdammten Ratten waren überall. Vor, neben und hinter ihnen.

Peter warf einen Blick über die Schulter zurück. Einige Menschen befanden sich noch im Wasser. Sie trauten sich nicht, das Meer zu verlassen.

Hoffentlich wurden sie nicht angegriffen.

Dann erschien die Polizei.

Peter und Joyce sahen die Uniformen weiter oben, wo die Hotels lagen. Es waren mindestens 20 Polizisten. Sie hielten unförmige Waffen in den Händen und stürmten in einer langen Kette auf den Strand.

Die Ratten witterten das Unheil.

Sie rotteten sich zusammen. Auf einmal hatten sie einen neuen Gegner.

Als hätte jemand einen Befehl gegeben, so bildeten sie mehrere Gruppen, die sich zum Kampf stellten.

Joyce schrie, als die Tiere über ihre nackten Füße huschten und Kratzer hinterließen. Eine sprang sie sogar an, biß sich aber nicht fest, sondern fiel wieder in den Sand und rannte sofort weiter.

Die Ratten machten jetzt Front gegen die Polizisten. Joyce und Peter sahen, daß sich die Beamten Gasmasken über die Gesichter gestülpt hatten. Jetzt wußten sie, wie die Männer der Rattenplage Herr werden wollten.

Sie rannten wieder. Peter tat instinktiv das richtige, indem er seine Frau schräg an den kämpfenden Gruppen vorbeizog. Aus den Augenwinkeln konnte er beobachten, was geschah.

Die Ratten griffen an!

Zu Hunderten stürmten sie auf die Polizisten los, die sich niedergekniet hatten, und feuerten.

Sie hielten mitten zwischen die grauen Leiber. Kaum hatten die Gasgranaten den Boden berührt, da detonierten sie schon.

Urplötzlich breitete sich dichter Qualm aus. Er umhüllte

die Ratten wie eine Wolke, die Fliehenden sahen nur huschende Schatten, mehr nicht.

Erste Schüsse fielen.

Ratten wurden von den Kugeln gepackt, hochgeschleudert und überschlugen sich. Die Mehrzahl jedoch tauchte aus dem Qualm lebend auf und jagte auf die Männer zu.

Das Gas hatte ihnen nichts anhaben können. Sie waren immun dagegen.

»Das darf doch nicht wahr sein!« schrie Joyce. Ihr Mann kümmerte sich nicht darum. Er riß seine Frau fort, ihr eigenes Leben stand auf dem Spiel.

Endlich lag der Strand, auf dem noch immer geschossen wurde, hinter ihnen.

Sie hetzten über die Strandpromenade und jagten auf das erstbeste Hotel zu. Joyce taumelte. Sie konnte nicht mehr.

Das Hotel hatte eine große Glastür, hinter der sich die Menschen drängten und angsterfüllt nach draußen schauten.

Erschöpft fielen Peter und Joyce gegen die Tür. Der Mann trommelte mit den Fäusten dagegen, als nicht sofort geöffnet wurde.

»Aufmachen!« brüllte er. »Aufmachen!«

Die Menschen reagierten nicht.

Seine Frau stand neben ihm. Sie hatte den Kopf gedreht und blickte zurück.

Vom Strand her kamen die Ratten.

Sie hatten bereits die Promenade erreicht und jagten in Pulks über die Straße. Welchen Grund sie für diesen Wechsel hatten, wußte keiner. Es interessierte auch niemanden.

Joyce schrie. Sie hatte rasende Angst. Sollte alles umsonst gewesen sein? Warum rührten sich die Menschen denn nicht? Sie konnten doch nicht zusehen, wie die Ratten sie angriffen!

Da endlich wurde die Tür geöffnet. Ein Hotelangestellter schloß auf. Peter packte seine Frau, schleuderte sie zur Seite und drückte sie durch den Spalt. Helfende Hände zerrten sie in das Innere der Halle.

Dann war Peter an der Reihe.

Doch die ersten Ratten waren bereits da.

Peter machte zwei große Schritte, als sich vier Biester gleichzeitig abstießen. Sie flogen auf den Mann zu und zielten dabei auf seinen Rücken.

Peter Harding warf sich nach vorn.

Mit letzter Kraft gelang es ihm, durch den Türspalt zu hechten. Die vier Ratten befanden sich noch im Sprung. Drei von ihnen prallten gegen das stabile Glas der Tür. Die vierte jedoch wischte durch den Türspalt und fiel dem Flüchtenden zwischen die Beine.

Einige Frauen schrien hysterisch, als sie das Tier sahen. Es hatte zwar zugeschnappt, jedoch im Fallen, und so hatten die nadelspitzen Zähne Hardings Wade verfehlt.

Der Hotelangestellte warf die Tür zu. Peter Harding fiel zu Boden. Er war restlos erschöpft, ausgepumpt.

Die Ratte drehte sich im Kreis. Sie quiekte böse, während ihre Artgenossen immer wieder gegen die Glastür sprangen und nicht fassen konnten, daß ihr Opfer für sie nicht mehr zu erreichen war.

Die vierte Ratte bekam den Haß der Menschen zu spüren. Sie wurde totgeschlagen.

Langsam erhob sich Peter Harding. Er zitterte am gesamten Körper. Seine Blicke irrten durch die gefüllte Halle. Er suchte seine Frau.

»Wo ist Joyce?« fragte er.

»Meinen Sie damit Ihre Frau?« wurde er gefragt.

»Ja.«

»Man hat sie in einen Nebenraum gebracht. Sie war sehr erschöpft. Dort kann sie sich ausruhen.« Der Hoteldirektor gab ihm diese Auskunft, und Peter war beruhigt.

Jedoch nur zwei Sekunden. Dann fiel ihm Sweety ein. »Und wo steckt mein Kind?« fragte er. Es fiel ihm schwer, den Satz überhaupt zu formulieren.

»Ihr Kind?« Die Menschen schauten sich ratlos an.

»Ja!« schrie Peter. »Meine kleine Tochter. Ich habe Nachbarn Bescheid gegeben, auf Sweety aufzupassen, solange wir im Wasser waren.«

»Nichts gesehen«, bekam Peter Harding von jedem zur Antwort.

»Vielleicht ist sie in ein anderes Hotel gebracht worden«, versuchte der Direktor ihm Mut zu machen.

Peter schaute ihn an. Seine Augen waren blutunterlaufen. »Nein, das glaube ich nicht. Ich werde sie suchen.«

»Sie wollen wieder nach draußen?«

»Wenn es sein muß – ja!«

»Aber das ist lebensgefährlich, Mister.«

»Glauben Sie denn, daß ich hier nur herumsitzen und meine Hände in den Schoß legen kann, während die verdammten Ratten...« Er verstummte, riß seine Augen weit auf und rannte weg. Die anderen Menschen blickten ihm mitleidig nach.

Peter Harding hatte sich in den letzten Minuten wieder gefangen. Er war nicht mehr so kraftlos wie zu Anfang. Wie ein Wilder stürmte er durch das Hotel und schrie Sweetys Namen.

Er gelangte auch an die Rückseite, wo ebenfalls große Glasfenster einen Blick nach draußen freigaben.

Dort sah er die Ratten.

Sie rannten weg, landeinwärts. Die gewaltige graue Masse schob sich voran. Und an der Spitze lief eine Gestalt, die alle überragte und groß war wie ein Mensch.

Ein Mensch?

Nein, eine lebensgroße Ratte.

Sie hielt etwas in den Armen. Peter Harding erkannte einen kleinen Körper, blondes Haar – und...

Es war Sweety!

Ein gellender, markerschütternder Schrei drang aus seiner Kehle. »Sweety!« brüllte er. »Sweety!« Er wollte das Fenster aufreißen, um hinauszukriechen, doch er fand keinen Riegel. Die Scheibe war durchgehend eingesetzt worden, ohne Fensterriegel. Das Hotel war mit einer Klimaanlage ausgestattet, aus diesem Grund hatte man die Fenster so angelegt.

Die Ratten entfernten sich immer mehr. Sie liefen schneller und schneller. Die Riesenratte hielt das Tempo mit.

Bald verschwanden sie zwischen den kleinen Häusern von Southwick, und Peter Harding konnte seine Tochter nicht mehr entdecken. Die Riesenratte hatte das Kind entführt.

Peters Knie zitterten. Plötzlich verschwamm alles vor seinen Augen. Er merkte nicht, daß sein Schrei gehört worden war und mutige Männer ihn umringten.

Die Welt versank für ihn in einem tiefen, dunklen Schacht. Er konnte sich nicht mehr auf den Beinen halten und kippte nach hinten.

Geistesgegenwärtig sprangen zwei Männer hinzu und fingen ihn auf. Ratlos blickten sie um sich.

»Was ihn wohl so aus der Fassung gebracht haben mag?« fragte einer.

»Keine Ahnung. Vielleicht die Sorge um seine Tochter.«

»Bestimmt«, meinte ein anderer.

Der Wahrheit jedoch kam niemand nahe...

Die beiden Frauen hatten prächtige Laune. Sie saßen im Fond des Bentley, unterhielten sich und lachten hin und wieder wie Teenager, was Suko veranlaßte, manchmal einen Blick über die Schulter zu werfen. Er konnte dann nur immer den Kopf schütteln.

»Wir sind in Urlaubsstimmung«, bemerkte Jane Collins spitz. »Du hast dir wieder das Wochenende verdorben«, meinte sie dann zu mir. »Ich jedenfalls werde am Strand liegen, faulenzen und mich von braungebrannten Männern verwöhnen lassen. Nicht wahr, Shao?«

Die Chinesin nickte heftig.

Suko sah es im zweiten Außenspiegel und meinte: »Laß dich nur nicht von dieser komischen Detektivin aufhetzen. Es gibt keine besseren als uns.«

»Ha, ha, das mußt du gerade sagen.«

»Zweifelst du daran?« fragte ich.

»Ja.«

»Warum bist du dann mitgefahren?«

»Aus Gründen der Sparsamkeit, deshalb. Schließlich kostet das Benzin heute eine Unmenge Geld.«

»So haben wir nicht gewettet. Du beteiligst dich natürlich.«

Jane verzog das Gesicht. »Erst jetzt erkenne ich deinen wahren Charakter, du Miesling. Fährst auf Spesen an die Küste und willst noch bei anderen kassieren. Schämen solltest du dich.«

Ich grinste. »Mal sehen, wenn ich Zeit habe.«

Wir flachsten herum, und so verging die Zeit ziemlich schnell. Jane und Shao hatten schon Urlaubskleidung angelegt. Das Wetter war ja auch entsprechend.

Während Jane eine luftige rote Bluse und dazu eine enge Leinenhose trug, hatte Shao einen knöchellangen Rock an und ein ärmelloses Oberteil. Das Haar hatte Shao hochgesteckt, während ein Reif Janes blonde Flut hielt.

Wenn ich daran dachte, was die beiden Frauen alles mitgenommen hatten, wurde mir nachträglich noch ganz anders. Mit Mühe und Not hatten wir unseren Einsatzkoffer noch verstauen können. Was Jane und Shao in den Koffern mitschleppten, wußten wohl nur sie selbst.

Ich hatte Ja und Amen gesagt, und wir waren losgefahren.

Mich überraschte der Verkehr. Nicht auf unserer Seite, sondern umgekehrt.

Die Wagen kamen von der Küste. Manche hochbeladen bis unter das Autodach.

Das sah direkt nach einer Flucht aus.

Auch Jane fiel das auf. »Ist doch komisch. Normalerweise fahren die Menschen am Wochenende in Richtung Meer, aber hier...«

»Vielleicht haben sie vor dir Angst«, meinte ich grinsend.

»Hör auf. Schau du dich mal im Spiegel an.«

Wir lachten gemeinsam.

Noch ungefähr 20 Meilen mußten wir fahren, und vor uns lagen die South Downs, einige Hügel, die nicht höher als 1000 Fuß waren. Dahinter fiel das Gelände dann wieder ab und war bis zur Küste eben.

Wir fuhren auf dem Motorway in Richtung Brighton. Diese Straße verband London mit der englischen Küste. Noch immer hing die Sonne wie eine geputzte, große, blendende Scheibe am Himmel und meinte es besonders gut.

Ein Wetter zum Baden.

Wir wurden oft überholt.

Viele junge Leute saßen in den schnellen Flitzern, die nach Brighton rauschten. Da war bei solch einem Wetter wieder die Hölle los.

Auch in Southwick würde es nicht viel ruhiger sein, da war ich mir sicher.

Ich dachte an die Ratten!

Und an die Tote.

Zwei Ratten hatte ich umgebracht, nun stand ich auf der Liste dieser kleinen Bestien.

Wie viele von ihnen existierten wohl noch?

10, 20 – oder 100?

»Was ist?« fragte Suko, der an meinem Gesicht ablas, welche Gedanken mich beschäftigten.

»Ich denke an die Ratten.«

Der Chinese nickte nur.

Wir wollten dieses Thema auch nicht weiter auswringen, denn die Frauen freuten sich auf einen Urlaub. Ich hatte mir vorgenommen, sie so wenig wie möglich in irgendeinen Fall mit hineinzuziehen. Meinetwegen sollten sie sich ganz auf das Leben am Strand konzentrieren. Allerdings kannte ich Jane Collins. Wenn die einmal »Blut geleckt« hatte, war es aus mit der Urlaubsfreude.

Die Straße führte jetzt in die Höhe. Unaufhaltsam wand sie sich durch die Hügel. Lange Steigungen machten Lastwagen und Wohnwagengespannen schwer zu schaffen. Sie blieben zurück.

Ich fuhr schneller.

Es war eine reizvolle Gegend, durch die wir rollten. Zudem zählte die Provinz Essex nicht zu den ärmsten im Lande. Wir sahen schmucke Dörfer, gepflegte Felder und weite Rasenflächen. Wie aus einem Bilderbuch.

Es war ein ziemlich klarer Tag, man konnte weit sehen, und als wir die höchste Stelle erreicht hatten, wies Suko nach vorn.

»Dort ist das Meer!«

Er hatte recht. Weit in der Ferne sahen wir eine blaugraue Fläche. Dort wuchsen Wasser und Himmel am Horizont zusammen.

Die letzten Meilen lagen vor uns.

Jane hatte Durst.

»Vor Southwick halten wir nicht«, sagte ich.

»Stell dich nicht so an!«

Ich war dagegen, doch Shao wollte auch etwas trinken. So ließ ich mich breitschlagen und fuhr vom Motorway ab.

»Vergiß nicht, wir haben Urlaub«, sagte die Detektivin. »Und da kann man sich ruhig Zeit lassen.«

»Wie du meinst.«

Ich schloß den Wagen ab und schritt hinter den Freunden her, die schon auf das Lokal zugingen. Es war in einem alten Fachwerkhaus untergebracht. Unter den schattigen Zweigen hochgewachsener Ulmen parkten einige Wagen.

Leider standen vor dem Haus keine Tische und Stühle. So mußten wir ins Lokal gehen.

Jane hatte schon einen Fensterplatz ergattert. An den anderen Tischen hockten Urlauber. Familien mit ihren Kindern. Die Menschen hatten zwar eine braune Gesichtsfarbe, wirkten jedoch ziemlich verstört.

Gar nicht wie Leute, die aus den Ferien kamen, was mich wiederum wunderte. Automatisch mußte ich an den starken Gegenverkehr denken, der uns auf der Fahrt ins Auge gestochen war.

Sollte in Southwick oder wo auch immer etwas passiert sein? Ellen Langster hatte ja erzählt, was ihr und anderen Badegästen widerfahren war.

Ich wurde mißtrauisch.

Es gab auch Eis.

Jane sah die Becher auf einer Karte abgebildet und stieß einen Jubelschrei aus. »Das ist genau das richtige.«

Sie bestellte für sich einen Früchtebecher. Shao nahm ebenfalls von dem süßen Zeug, das nun überhaupt nicht den Durst löschte. Ich jedoch enthielt mich eines Kommentars.

Ich bestellte etwas Bitteres, Suko nahm Tee.

Vom Nebentisch stand jemand auf. Es war ein Familienvater, der sich auf die Waschräume und Toiletten zubewegte.

Das war die Möglichkeit.

Ich blieb noch ein paar Sekunden sitzen und folgte dem Mann. Ein Gang nahm mich auf, der so niedrig war, daß ich den Kopf einziehen mußte.

Rechts fand ich die Toilette. Davor lag ein Waschraum. Der Mann stand über ein kleines Becken gebeugt und ließ Wasser in seine Hände laufen.

Ich wartete, bis er nach dem schmuddligen Handtuch faßte. Dann sprach ich ihn an.

»Entschuldigen Sie, Sir, Sie kommen mit Ihrer Familie aus dem Sommerurlaub?«

»Ja.«

»Darf ich fragen, was Sie deprimiert hat? Ich meine, Sie machen keinen erholten Eindruck.«

Der Mann rieb sich die Hände trocken und schaute mich mißtrauisch an. »Wer sind Sie überhaupt?« blaffte er. »Kommen Sie mir doch nicht auf diese dumme Tour.«

»Sorry.« Ich zeigte ihm meinen Ausweis.

»Scotland Yard?« Er räusperte sich und wurde sofort zugänglicher. »Okay, Mr. Sinclair, wenn das so ist. Wir kommen aus Southwick und sind vorher abgereist, weil man es dort nicht mehr aushalten konnte. Wir waren unseres Lebens nicht mehr sicher. Die Rattenplage haben die da.«

»Ratten?«

Er nickte heftig. »Wissen Sie was? Sie kamen aus allen Richtungen, fielen über den Strand her, griffen Menschen an, und ich weiß nicht, ob sie auch welche getötet haben, nehme es jedoch stark an. Ja, das glaube ich.«

»Was hat man dagegen getan?«

»Nichts.«

»Keine Polizei?«

»Doch, die kam. Auch andere Hilfsdienste rollten an. Glauben Sie nur nicht, daß die mit den Ratten fertig geworden wären. Hätten sich die verdammten Biester nicht von allein zurückgezogen, hätte es übel ausgesehen.«

»Sind noch Menschen dort geblieben?« fragte ich.

»Nicht mehr viele. Die meisten sind abgereist. Ist auch verständlich. Und die Hoteliers schreien Zeter und Mordio. Sie suchen jetzt einen Schuldigen.«

»Den man nicht hat«, vermutete ich.

»Richtig.«

»Hat man denn einen Verdacht?« wollte ich wissen.

»Keine Ahnung.«

Ich lächelte. »Auf jeden Fall danke ich Ihnen für die Auskünfte.«

»Bitte, gern geschehen. Darf ich Ihnen denn eine Frage stellen, Mister?«

»Natürlich.«

»Wollen Sie wirklich nach Southwick?«

»Ja.«

»Dann sehen Sie sich vor. Wenn die Ratten kommen, gibt es nur noch eins: Flucht.«

»Danke, ich werde es mir merken.«

Ich blieb noch eine Weile auf der Toilette. Als ich an den Tisch zurückkehrte, war die Familie schon wieder gefahren.

Jane Collins hatte ihr Eis schon fast verputzt. »Hast dich aber lange herumgetrieben«, bemerkte sie.

»Ich hatte eine Verabredung.«

»Mit den Kloratten?« fragte Jane.

»So ungefähr.«

Mir war überhaupt nicht nach Scherzen zumute, und auch Jane hätte anders reagiert, wenn sie die ganze Wahrheit gewußt hätte. Ich hatte sie nur halb eingeweiht. Zudem dachte sie viel mehr an ihren Urlaub.

Sie zahlte auch die Rechnung. »Für den Sprit.«

Wir lachten wieder.

Im Hinausgehen warf ich einen Blick auf die Uhr. »Noch eine gute halbe Stunde, dann sind wir im Hotel.«

»Hoffentlich ist noch etwas frei«, meinte Shao.

Suko nickte. »Bestimmt.«

Ich ging als letzter. Jane hatte die Spitze übernommen, und vor mir schritten Suko und Shao. Der Chinese hatte seinen Arm auf Shaos Schulter gelegt.

»John!« rief Jane Collins plötzlich.

Dieser Ruf warnte mich. Mit zwei großen Schritten war ich an Shao und Suko vorbei.

Die Detektivin war stehengeblieben. Den rechten Arm hielt sie ausgestreckt. Ihr Zeigefinger wies auf das Autodach.

Dort hockte eine Ratte!

Im ersten Augenblick war ich überrascht. Dann hatte ich mich gefaßt und ging langsam auf den Bentley zu.

Das Tier starrte mich an. Und es hatte nur Blicke für mich.

Zwei Schritte vor meinem Wagen blieb ich stehen. Ich schaute in die kleinen, tückischen Augen und glaubte, darin regelrechten Haß zu lesen.

Ja, die Ratte mußte mich hassen.

Wie ein Denkmal saß sie dort, und ich konnte wirklich nicht behaupten, daß mir wohl zumute war. Meine Hand rutschte unter das dünne Jackett. Ich zog die Beretta aus dem Holster.

Kaum hielt ich sie in der Hand, als sich das Tier bewegte. Es sprang auf die Kühlerschnauze und von dort zu Boden. Bevor ich um den Wagen herumlaufen und schießen konnte, war die Ratte längst wieder weg.

Meine Freunde waren ebenso überrascht wie ich. Jane Collins hatte die Stirn gerunzelt, ein Zeichen, daß sie intensiv nachdachte. Shaos Augen waren vor Schreck geweitet, sie klammerte sich ängstlich an Suko, denn auch sie hatte Angst.

Der Chinese meinte: »Sie lassen dich nicht aus den Augen. Du hast zwei von Ihnen getötet.«

Ich nickte. »Das scheint mir auch.« Dann schloß ich die Türen auf. Doch Jane ließ mich nicht einsteigen. Sie legte mir die Hand auf die Schulter.

»Einen Moment noch, John.«

»Was ist denn?«

»Jetzt möchte ich endlich wissen, was hier gespielt wird. Wie kam die Ratte auf das Dach?«

»Keine Ahnung.«

»John, da stimmt was nicht.«

»Du willst Urlaub machen.«

»Der ist für mich schon beendet, wo er noch gar nicht begonnen hat. Ich schätze, wir werden unseren Wochenendurlaub wohl mit Ratten verbringen müssen.«

»So schlimm wird es auch nicht.«

Jane schlug sich gegen die Stirn. »Nun verstehe ich auch, weshalb du unbedingt getrennte Zimmer haben wolltest. Du erwartest schweren Ärger.«

»Das ist möglich.«

»Okay, du kannst auf mich rechnen.«

Nun war es natürlich auch mit Janes Urlaub vorbei. Mein ganzer Plan geriet ins Wanken. Eine miese Situation. Ich hatte sie wirklich nicht herbeigesehnt.

Klar, daß der Rest der Fahrt ziemlich schweigsam verlief.

Kurz vor dem Ort sahen wir linker Hand eine Burg. Sie stand auf einem der letzten Hügel, und die alten Gemäuer wurden vom grellen Sonnenlicht gebadet.

Die Burg sah ziemlich verfallen aus, von den beiden Türmen stand nur noch einer, der Ostturm war zusammengefallen.

»Wem die wohl gehört?« fragte Suko.

Ich hob die Schultern. »Warum interessiert dich das?«

»Immer wenn ich oder wir es mit einer Burg zu tun hatten, gab es Ärger.«

»Hier wird es nicht anders sein.«

»Das stimmt.«

Weiter ging die Fahrt.

Kurz vor Southwick sahen wir die ersten Polizeiwagen am Straßenrand stehen. Mir fiel auf, daß die vor ihren Fahrzeugen stehenden Beamten Gasmasken bei sich trugen. Die unförmigen Dinger hingen an ihren Koppeln.

Ich fuhr links ran, zeigte meinen Ausweis und fragte nach dem Grund.

»Der ist einfach, Sir. Haben Sie noch nichts von der verdammten Rattenplage gehört?«

»Das schon.«

»Und wir haben versucht, die Viecher mit Gas zu verscheuchen.«

»Ist Ihnen das gelungen?«

»Das kann man nicht so genau wissen. Sie haben sich jedenfalls verzogen.«

»Sind noch viele Sommergäste im Ort?«

»Die meisten sind abgefahren, und die anderen werden dem Meer bestimmt bald den Rücken kehren.«

»Hat es Tote gegeben?«

»Ja, zwei Urlauber. Das war grauenhaft. Aber wir hatten auch einige Verletzte. Diese Biester sind wie wahnsinnig. Wollen Sie nach Southwick, Sir?«

»Natürlich.«

»Dann sehen Sie sich vor.«

»Danke für den Rat.« Wir fuhren weiter.

»Mein Gott, das muß schlimm gewesen sein«, bemerkte Shao. »Da hat man richtig Angst, hinzufahren.«

Mit diesen Worten hatte Shao gar nicht so unrecht. Ich hatte bereits gegen viele Dämonenarten gekämpft. Gegen Riesenameisen, gewaltige Käfer und andere Schattenwesen.

Aber noch nicht gegen Ratten.

Mir fiel ein Film ein, den ich über Ratten gesehen hatte. Dort züchtete ein Junge diese Biester. Dieser Film hatte mich hart getroffen, kein Streifen für schwache Nerven.

Und nun rutschten wir in etwas Ähnliches hinein. Ich machte mir bereits Vorwürfe, die Frauen mitgenommen zu haben. Am liebsten hätte ich sie wieder nach Hause geschickt, doch da hätte Jane nicht mitgespielt.

Wir fuhren in den Ort.

Am Straßenrand standen schicke Häuser aus Ziegelsteinen, die wie frisch gewaschen glänzten. Vorgärten erfreuten mit blühenden Blumen die Augen der Gäste.

Uns bot sich ein friedliches Bild, das nur durch die Anwesenheit der Polizei gestört wurde. Doch das mußte sein, denn hinter der Fassade lauerte die Angst.

Vor der Fahrt hatte ich mich in einem Katalog nach einem Hotel umgesehen und auch eins gefunden.

Es war das »Sea View«, ein Bau direkt am Strand und wie der Name schon sagte, mit Blick auf das Meer. Da wollten wir uns einquartieren. Das Hotel war leicht zu finden. Überall gab es Hinweisschilder, auf die man die Namen der Hotels gepinselt hatte.

Ich entdeckte einen Weg, der zum Strand führte. Ziemlich schmal und mit Kopfsteinen gepflastert.

Als der Bentley hinüberrollte, sah ich keinen Menschen. Der Ort wirkte leer.

Dann sahen wir die Kästen.

»Meine Güte«, sagte Jane Collins, »das ist fast so wie auf Mallorca.«

»Nur fast«, erwiderte ich. »So schlimm hat man es hier nicht getrieben.«

»Aber klein sind die Bauten auch nicht gerade.«

Da hatte sie recht. Wir rollten inzwischen über die Uferstraße, wo links und rechts die Strandpromenade entlanglief. Die rechte Seite bestand nur aus einem schmalen Weg, hinter dem sofort der Sand begann.

Links jedoch, parallel zu den Hotelfronten, lief ein breiter Weg, auf dem wohlgestutzte Bäume Schatten spendeten.

Hier sahen wir einige Gäste. Nur im Wasser befand sich kaum einer, obwohl das Wetter es gut meinte.

Der Strand war leer.

Erst auf den zweiten Blick fiel die Unordnung auf. Die umgekippten Körbe und die im Sand liegenden Windfänger bewiesen, daß etwas passiert war.

»Richtig unheimlich, dieser leere Ort«, meinte Jane.

»Ich war mit meinen Gedanken woanders. Southwick gefiel mir überhaupt nicht. Diese Stadt hatte einen unsichtbaren Gast, der über ihr lauerte.

Die Angst...

Ja, die Menschen, die noch zurückgeblieben waren, hatten Angst. Ich sah es im Vorbeifahren ihren Gesichtern an. Der gehetzte Ausdruck in den Augen, der kam nicht von ungefähr.

Die Hotelauffahrt.

Sie zweigte von der Straße ab. Ich lenkte den Bentley hinein und stoppte vor dem großen gläsernen Portal.

Vier Hotelangestellte stürmten nach draußen und rissen die Wagentüren auf.

Wir stiegen aus. Dabei wurden wir angeschaut, als wären wir lebensmüde. In fieberhafter Hast bemühte man sich um unsere Koffer, als hätten die Leute Angst, daß wir es uns überlegten und wieder abreisten.

In der Halle wurden wir von dem Hoteldirektor empfangen. Er stellte sich als Trace Jordan vor.

Auch wir sagten unseren Namen.

Jordan lächelte. Er war ein mittelgroßer Mann mit schwarzem Haar und einem flachen Gesicht. Seine Augendeckel befanden sich in ständiger Bewegung.

»Wie lange wollen Sie bleiben?«

»Einige Tage«, erwiderte ich.

Er nickte. »Nehmen Sie Zimmer mit Seeblick?«

Ich schaute Jane an. »Natürlich.«

Der Hoteldirektor schnippte mit den Fingern und rief den Boys die Zimmernummern durch. Die Angestellten schleppten die Koffer zu den Fahrstühlen.

Nur den Einsatzkoffer ließ Suko nicht aus der Hand.

Ich blieb noch im Foyer. »Kann ich einen Augenblick mit Ihnen ungestört reden, Mr. Jordan?«

»Selbstverständlich. Kommen Sie mit in mein Büro.«

Wir brauchten nur ein paar Schritte zu gehen. Das Büro lag rechts neben der Rezeption.

Trace Jordan wies auf einen Stuhl, dessen Sitzfläche gepolstert war.

»Bitte, nehmen Sie Platz, Mr. Sinclair.« Ich setzte mich.

Jordan hockte sich hinter seinen Schreibtisch und schaute mich erwartungsvoll an. »Was kann ich für Sie tun?«

Ich warf ihm den Ausweis auf den Schreibtisch.

»Presse?«

Ich schüttelte den Kopf. »Lesen Sie.«

Trace Jordan nahm die Hülle mit spitzen Fingern auf. Er las und schluckte. »Scotland Yard.«

»Genau.«

Jordan kippte den Ausweis. Er fiel ihm aus den Fingern; ich nahm ihn wieder an mich. »Sie können sich vorstellen, weshalb ich zu Ihnen gekommen bin?«

»Ja, die Ratten.«

»Wie sieht es aus?«

Ich erhielt meine Informationen. Trace Jordan berichtete von der Invasion, die am Morgen stattgefunden hatte. Er beschrieb alles sehr gut und erzählte auch von der panischen Flucht der Menschen.

»Sie sind gerannt, als wäre der Teufel hinter ihnen her.«

»Was ist mit der Presse?« fragte ich.

»Bis jetzt sind keine Reporter aufgetaucht, aber das kann noch kommen.«

»Ich werde dafür sorgen, daß niemand nach Southwick hinein kann. Wir müssen die Straßen sperren.«

»Nein, das kann man nicht.«

»Und warum nicht?«

»Wir sind sonst erledigt. Die Verluste können wir niemals mehr aufholen. Das ist unser Ruin. Wenn sich herumspricht, was hier geschehen ist, kommen auch in den nächsten Jahren keine Gäste mehr. Und dabei waren wir froh, endlich belegt zu sein. Schließlich ist Brighton in der Nähe.«

»Wenn es um Menschenleben geht, müssen geschäftliche Interessen hintenanstehen«, gab ich scharf zurück.

Jordan stützte seinen Kopf in beide Hände. »Ich weiß, verdammt, ich weiß.«

»Hat es Tote gegeben?« wollte ich wissen.

Er nickte schwer.

»Wie viele Menschen sind umgekommen?«

»Das kann ich Ihnen nicht sagen. Da müßten Sie schon mit dem zuständigen Leiter der Polizeitruppe reden.«

»Das werde ich auch. Andere Frage: Wie lange halten Sie sich bereits in diesem Ort auf?«

»Einige Jahre.«

»Sie kennen sich also aus.«

»Das kann man wohl sagen.«

»Dieser Rattenüberfall ist ja nicht von ungefähr gekommen«, sagte ich. »Können Sie sich vielleicht ein Motiv vorstellen?«

Er wollte lächeln, doch diese Mundbewegung zerfaserte. »Ein Motiv?« wiederholte er. »Kaum.«

»Denken Sie nach.«

»Nein, ich...« Er runzelte plötzlich die Stirn. »Unter Umständen wäre das eine Lösung.«

»Was?«

»Ach, die Sache liegt schon Jahre zurück. Damals gab es die meisten Hotels noch nicht. Wir haben, vielmehr große Baugesellschaften haben das Land dann gekauft. Der Verkäufer wurde dabei übers Ohr gehauen.«

»Wie heißt der Mann?«

»Rocky Koch.«

Ich lächelte. »Ein seltsamer Name.«

»Er stammt aus Deutschland. Ist hier irgendwie nach dem Krieg hängengeblieben.«

»Wohnt er noch hier?«

»Ja und nein.«

Ich blickte den Hoteldirektor erstaunt an.

Jordan griff nach einem Zigarillo und hielt die Spitze gegen die Feuerzeugflamme. »Es ist so. Man hat diesen Knaben weggeekelt, deshalb hat er sich woanders verkrochen. Es gibt in der Nähe eine verfallene Burg, die niemand haben wollte. Doch Koch hat sie von seinem Geld erworben, das er durch den Verkauf dieses Landes hier erhielt. Seit Jahren schon haust er in der Burg, ist ein Einsiedler und Einzelgänger geworden und schwört jedesmal finstere Rache, wenn er nach Southwick kommt. Doch die Leute lachen ihn aus. Sie halten ihn für einen harmlosen Spinner.«

»Hatte dieser Rocky Koch mit Ratten zu tun?«

»Das weiß ich nicht.« Trace Jordan legte überrascht seinen Zigarillo in den Ascher. »Vermuten Sie denn, daß dieser Rocky Koch hinter der Rattenplage steckt?«

»Man muß an alles denken«, erwiderte ich ausweichend.

»Sicher, aber daran glaube ich nicht. Obwohl…« Jordan zögerte.

»Was ist?«

»Wir haben einen Gast im Hotel. Er ist mit seiner Frau und der fünfjährigen Tochter gekommen. Die Hardings wollten hier Urlaub machen und haben die Invasion überlebt. Allerdings ist das Kind von einer riesigen Ratte entführt worden.«

»Was sagen Sie da?«

»Ja, von einer menschengroßen Ratte.«

»Wer hat das gesehen?«

»Mr. Harding selbst. Er schaute durch ein Fenster und sah, wie eine menschengroße Ratte seine Tochter wegschleppte.«

»Kann ich mit dem Mann reden?«

»Wenn er dazu in der Lage ist. Wir haben einen Arzt holen müssen, der ihm eine Spritze gab. Mr. Harding ist ohnmächtig geworden.«

Verständlich, falls der Mann wirklich gesehen hatte, daß seine Tochter von einer Ratte entführt worden war.

Einer Ratte in Menschengröße!

Kaum vorstellbar. Der Sache mußte ich nachgehen.

»Sagen Sie mir die Zimmernummer dieses Mr. Harding.«

»Ich bringe Sie hin, Sir.« Der Hoteldirektor erhob sich. Gemeinsam verließen wir das Büro.

Vier Zimmer hatten wir bestellt.

Vier mal Seeblick.

Eine fantastische Aussicht. Alle Räume hatten einen Balkon. Jane Collins öffnete sofort die beiden Doppeltüren und trat auf den Balkon hinaus. Sie legte ihre Hände auf den Handlauf des Gitters. Tief atmete sie durch.

Die Seeluft drang in ihre Lungen. Sie schmeckte nach Salz,

Frische und Meer. Eine eigentümliche Mischung, wie man sie nur an der Küste findet.

Im immer gleichbleibenden Rhythmus liefen die Wellen gegen den weißgelben Strand. Jane schloß die Augen und hörte das Rauschen. Dabei hatte sie das Gefühl, über den Wolken zu schweben. Es war herrlich. Trotz aller Unstimmigkeiten wollte die Detektivin die Tage so erholsam wie möglich gestalten.

Es waren auch Boote draußen. Prächtig sah es aus, wie sich die bunten Segel von dem Graugrün der Wasserfläche abhoben. Allein das zu sehen war für Jane bereits ein Erlebnis.

Auch größere Schiffe entdeckte sie. Die schweren Kähne zogen dicht vor dem Horizont ihre Bahn. Es waren die Könige der Meere, stählerne Ungeheuer, die auch kein Sturm umwerfen konnte.

Zahlreiche Möwen segelten durch die Luft, ließen sich vom Wind tragen, so daß ihr Flug direkt schwerelos wirkte.

Dann schaute Jane auf den Strand. Und schon schwand ein Teil ihrer Urlaubsstimmung.

Niemand hatte nach dem gräßlichen Überfall der Ratten aufgeräumt. Am Strand herrschte ein gewaltiges Durcheinander. Dort lagen noch die Habseligkeiten der Urlauber. Die Menschen hatten alles im Stich gelassen.

Und doch lockte Jane das Wasser.

Sie sah die Wellen, am Himmel die strahlende Sonne, eine frische Brise fächerte durch ihr Gesicht, und vergessen war die Gefahr. So schnell würden die Ratten nicht wiederkommen.

Abrupt drehte sich die Detektivin um. Sie verließ den Balkon und begab sich in ihr Zimmer.

Die Tür ließ sie offen...

Rasch zog Jane Collins sich um. Den modischen Einteiler hatte sie griffbereit oben im Koffer liegen. Bademantel, Sonnenöl, Handtücher waren ebenfalls schnell herausgenommen, auch die Badekappe. So ausgerüstet verließ Jane das Zimmer und klopfte bei Shao an.

Die Chinesin öffnete. Sie trug einen dünnen Hausmantel,

der im Gegenlicht durchsichtig war, und Jane konnte durch das Gespinst des Stoffes Shaos Körper bewundern.

Wirklich bewundern, denn die Chinesin hatte eine prächtige Figur.

»Wolltest du schwimmen gehen?« fragte sie.

»Hatte ich eigentlich vor.«

Shao warf einen Blick auf die Wand zum Nebenzimmer, wo Suko seine Bleibe hatte. »Er wird etwas dagegen haben.«

»Mußt du ihn denn fragen?«

»Nein, eigentlich nicht.«

»Dann komm. Wir haben den Strand fast für uns.«

Shao lächelte. »Okay, ich ziehe mich nur rasch um.« Sie holte zwei kleine Stoffetzen aus dem Koffer, verschwand im Bad, und als sie wiederkam, leuchtete auf ihrer braunen Haut der gelbe, sehr knapp sitzende Bikini. Sie streifte sich noch den Bademantel über, packte Handtücher auf den Arm, und wie zwei Verschwörerinnen schlichen die Frauen über den Hotelflur zum Lift.

Sekunden später gingen sie schon durch das Foyer, verließen das Hotel und nahmen einen der kleinen Wege, der sie an die Uferstraße brachte.

Sie überquerten die Fahrbahn und spürten schon bald den feinen Sand unter ihren Füßen.

Inzwischen waren einige Angestellte der Stadt aufgetaucht, um die Schäden zu beseitigen. Die Männer bekamen Stilaugen, als sie sahen, wie die beiden Girls ihre Bademäntel fallen ließen.

»Mann«, sagte einer, »die könnte ich auch.«

»Hau nicht so auf den Pudding, das bringst du doch nicht mehr.«

»Wetten?«

Jane und Shao hörten von den Gesprächen nichts. Sie hatten einen leeren Strandkorb gefunden und legten dort ihre Sachen ab.

»Jetzt ins Wasser!« rief Jane. Sie wollte losrennen, doch sie stoppte, als wäre sie gegen eine Wand gelaufen.

Aus der Deckung des nächstliegenden Strandkorbs löste sich eine Gestalt.

Es war ein Mann!

Und wie er die beiden Frauen mit seinen Blicken abtastete, erzeugte bei Jane und Shao eine Gänsehaut...

Peter Harding empfing mich im Bett liegend. Trace Jordan, der Hoteldirektor, hatte sich zurückgezogen, denn ich wollte mit dem Zeugen allein reden.

Ich stellte mich vor.

In Hardings Augen blitzte Interesse auf. »Sie sind von der Polizei, Sir?«

»Ja.«

»Was kann ich für Sie tun?«

»Ich hörte, daß Ihre Tochter entführt wurde. Stimmt das?«

»Ja, von einer Ratte!«

»Sie haben sich nicht getäuscht?«

Harding lief rot an. Anscheinend hatte ihn meine Frage aufgewühlt. »Nein, ich habe mich nicht getäuscht!« zischte er. »Sweety, meine Tochter, lag in den Armen einer menschengroßen Ratte. Das Tier ging aufrecht, es lief sogar wie ein Mensch. Ich schwöre Ihnen, daß ich nur dies und nichts anderes gesehen habe.«

Mein Lächeln ließ ihn wieder ruhiger werden. »Ich wollte Ihnen nicht zu nahetreten, Mr. Harding. Natürlich glaube ich Ihnen. Schließlich wird man nicht jeden Tag mit einer menschengroßen Ratte konfrontiert.«

»Da haben Sie verdammt recht.«

»Haben Sie etwas unternommen?«

»Das konnte ich nicht. Erstens bekam ich das Fenster nicht auf, und zweitens hatte die Ratte schon einen viel zu großen Vorsprung. Sie und ihre Artgenossen befanden sich auf dem Rückzug. Da war nichts zu machen.«

»Verfolgen konnten Sie sie auch nicht?«

»Nein, ich wurde bewußtlos.«

»Sorry, ich vergaß.«

Zehn Minuten dauerte das Gespräch mit Peter Harding. Es war fruchtlos, denn der Mann wußte wirklich nichts. Er konnte sich auch nicht erklären, wieso die Ratten plötzlich aufgetaucht waren. Und von einem Rocky Koch hatte er auch noch nie gehört.

»Dann entschuldigen Sie die Störung«, sagte ich zum Schluß, doch Harding hielt mich am Arm fest.

»Einen Augenblick noch, Mr. Sinclair.«

»Bitte?«

Ich hatte mich gedreht und sah in seine flehenden Augen. »Sir, meine Frau und ich hängen sehr an unserer Kleinen. Holen Sie Sweety zurück. Ich flehe Sie an!«

»Das verspreche ich Ihnen, Mr. Harding.«

»Danke. Ich selbst kann hier nicht weg, weil ich zu schwach bin. Vielleicht schaffen Sie es...«

»Bestimmt«, erwiderte ich optimistisch, obwohl ich auch noch nicht davon überzeugt war.

Ich ließ ihn allein.

Trace Jordan hatte draußen gewartet. Neugierig blickte er mich an. »Und? Haben Sie was in Erfahrung bringen können?«

»Leider nein.«

»Der Ärmste ist völlig durcheinander, was man auch verstehen kann. Was haben Sie jetzt vor, Sir?«

»Ich gehe auf mein Zimmer.«

»Entschuldigen Sie.« Der Direktor verschwand.

Mit dem Lift fuhr ich hoch. Ich bewohnte ein Zimmer, das nahe am Ende des Ganges lag.

Den Schlüssel hatte ich noch in der Tasche, schloß auf, betrat den kleinen Vorraum, durchquerte ihn, nachdem die Tür zu war und stand im Schlaf-Wohnraum.

Nichts hatte sich verändert.

Keine Ratte zu sehen.

Ich atmete auf.

Bevor ich mich mit Suko in Verbindung setzte, wollte ich erst noch duschen. Auf dem Absatz machte ich kehrt, betrat das Bad und blieb wie angewurzelt stehen.

Auf dem Wannenrand hockten sie.
Fünf Ratten!

Jane Collins versuchte zu lächeln, als sie in das Gesicht des Fremden schaute, doch es mißlang.

Es sah auch zum Fürchten aus.

Das schwarze Haar wuchs ihm wie Fell fast bis auf die Schultern. Die Enden der Strähnen berührten den langen schmutzigen Mantel, der um die Knöchel des Mannes wehte. Das Gesicht war noch nicht alt, doch es zeigte einen menschenverachtenden Ausdruck, der Jane Collins abstieß. Die Augen waren klein, sie glänzten wie Perlmutt. Es war ein kalter Glanz. Die Detektivin konnte sich vorstellen, daß dieser Mann zu keinen Gefühlen fähig war – außer zu hassen.

In der rechten Hand trug er einen Stock, mit dessen Spitze er kleine Figuren in den Sand malte, ohne dabei hinzusehen.

»Los, haut ab!«

Auch Shao hatte sich erschreckt. Fröstelnd zog sie die Schultern hoch, wo sich eine Gänsehaut gebildet hatte.

»Wo kommen Sie her?« fragte Jane, nachdem sie den ersten Schrecken überwunden hatte.

Der Mann öffnete den Mund. Jane sah, daß er spitze Zähne hatte. »Wer gibt Ihnen das Recht zu dieser Frage, he?«

Jane war irritiert. Mit diesem aggressiven Ton hatte sie nicht gerechnet. »Moment mal, Mister. Dies hier ist ein öffentlicher Badestrand, soviel ich weiß. Sie können uns nicht verjagen. Wir wohnen in einem Hotel, in dessen Preisen auch die Strandgebühr enthalten ist. Demnach dürfen wir uns hier aufhalten.«

»Nein!«

Jane holte tief Luft. Sie hatte die Beklemmung vor diesem Mann überwunden. »Ich habe keine Lust mehr, mit Ihnen zu diskutieren. Wenn Ihnen das Gelände gehörte, wären wir auf Ihren Vorschlag eingegangen. So aber bleiben wir.«

»Mir gehört das Land!«

Jane lächelte spöttisch. »Seit wann denn?«

»Die Überheblichkeit wird Ihnen noch vergehen. Verlassen Sie sich darauf. Denken Sie daran. Das ist mein Land. Man hat es mir nur weggenommen, aber es sind Zeiten angebrochen, die...« Der Mann stockte plötzlich und wechselte dann das Thema. »Denken Sie an Rocky Koch. Mehr will ich nicht sagen!« Er schaute die beiden Frauen noch einmal mit seinem eisigen Blick an, machte kehrt und ging.

»Ein Spinner«, murmelte Jane.

»Meinst du?« fragte Shao.

»Wieso nicht?«

»Mir war er nicht geheuer. Der machte mir sogar einen gefährlichen Eindruck.«

»Unsinn, das war ein Trottel, durch den wir uns die Laune nicht verderben lassen wollen. Los, Shao, das Wasser wartet!« Jane lief einfach vor, zum Meer hin.

Nach wenigen Schritten stoppte sie Shaos Ruf.

»Komm mal zurück.«

Jane Collins wandte sich um und tat Shao den Gefallen. Große Lust verspürte sie nicht.

Die Chinesin deutete auf die Stelle, wo der Fremde gestanden hatte. »Schau dir an, Jane, was der Kerl gemalt hat!«

Die Detektivin senkte den Blick. Der Sand war noch nicht zusammengefallen, so daß die Figuren ziemlich klar zu sehen waren. Es gab keinen Zweifel, was sie darstellen sollten.

Ratten!

Jane Collins schluckte. Langsam hob sie den Kopf und blickte Shao an.

»Ich habe keine Erklärung«, kam die Chinesin einer Frage zuvor.

Jane legte die Stirn in Falten. »Ob dieser Rocky Koch etwas mit der Sache zu tun hat?« murmelte sie.

»Meinst du, er könnte die Ratten geschickt haben?«

Jane hob die nackten Schultern.

Shao schüttelte den Kopf. »Ich weiß nicht so recht. Der Typ sah mir eigentlich nur aus, als wollte er uns Angst einjagen. Mit den Ratten hat der kaum was am Hut.«

»Man kann nie wissen.«

Jetzt war Shao optimistischer. »Willst du denn noch schwimmen, oder ist dir die Lust vergangen?«

»Nein, das überhaupt nicht.« Jane deutete in die Runde. »Zudem sind einige Beschützer da, und im Wasser werden wir auch nicht allein sein.«

Das stimmte. Hin und wieder tauchte der Kopf eines Schwimmers aus den Wellen auf. Nur der Turm des Strandwächters war nicht besetzt. Doch Jane als auch Shao konnten beide gut genug schwimmen, auf sie brauchte man nicht achtzugeben.

Sie liefen zum Wasser, und nichts hielt sie mehr auf. Als die Wellen ihre Füße umspülten, faßten sie sich an den Händen und rannten lachend in die Brandung. Bald standen sie bis zu den Hüften im Wasser, warfen sich den Wellen entgegen und ließen sich auf- und niederwerfen.

Es war ein herrliches Gefühl. Sie verloren den Grund unter den Füßen und mußten schwimmen. In der Eile hatten sie vergessen, ihre Badehauben aufzusetzen. Das Wasser spielte mit ihren Haaren, schwemmte sie hoch und machte aus ihnen lange, nasse Fahnen.

Für beide war es ein köstliches Vergnügen, sich im herrlichen Seewasser zu tummeln, darauf hatte vor allen Dingen Jane Collins lange genug gewartet. Ihr schien es, als würden die Wellen auch ihre Sorgen wegschwemmen. Sie legte sich auf den Rücken und ließ sich einfach treiben.

Shao kraulte heran. Dicht vor Jane trat sie Wasser, schleuderte ihre Haare aus dem Gesicht und blitzte die Detektivin an. »Ist es nicht herrlich?«

»Und wie!« rief die blondhaarige Detektivin.

»Da schwimmt sogar ein leeres Boot«, sagte Shao. »Hinter dir!«

Jane wandte sich um. Ein rotes Schlauchboot tanzte auf den Wellen. Sogar ein Paddel hing noch in der Verankerung am Wulst.

»Damit können wir zurückpaddeln«, schlug Jane vor. »Das ist ja herrlich.«

»Soll ich es holen?«

»Jetzt noch nicht.« Jane sprach die Worte, beugte ihren Kopf nach vorn und tauchte.

An dieser Stelle war das Wasser noch nicht sehr tief. Jane Collins hatte schnell den Grund erreicht. Ihre Hände wühlten im Schlick. Eine graue Wolke quoll hoch. Zahlreiche im Schlamm steckende kleinere Tiere wurden mit hochgewirbelt. Jane sah sogar einen winzigen Krebs, der seine Scheren aufgeregt bewegte.

Die Luft wurde knapp. Sie mußte wieder hoch.

Ein paar Yards von Shao entfernt tauchte sie auf. Diesmal hatte sich die Chinesin auf den Rücken gelegt. Sie genoß es, vom Wasser umspielt zu werden. Wie ein Vlies lag das lange dunkle Haar ausgebreitet dicht unter der Oberfläche.

Jane schaute zum Strand hinüber.

Von ihrem Besucher war nichts mehr zu sehen. Sie hatten sich ziemlich weit entfernt, und Jane mußte erst den Wasserschleier von ihren Augen wischen, um überhaupt den Aufräumtrupp zu erkennen. Die meisten Strandkörbe standen schon wieder. Der Rest würde ein Kinderspiel sein.

Das Boot befand sich noch immer in der Nähe. Es war gar nicht schlecht, daß sie es gefunden hatten, denn so konnten sie sich hineinlegen und vielleicht auch »oben ohne« sonnen.

Jane machte Shao den Vorschlag.

Die Chinesin nickte begeistert.

»Los, wer zuerst da ist!« rief Jane.

Da schrie Shao auf.

Jane Collins wandte den Kopf und hatte das Gefühl, von einem Stromstoß getroffen zu werden.

Dicht vor Shaos Kopf war eine Ratte aufgetaucht!

Das war wirklich eine höllische Überraschung, die mir die Biester da bereiteten.

Aber ich hatte damit rechnen müssen, schließlich stand ich auf ihrer Abschußliste, wie auch Ellen Langster, die es nicht geschafft hatte, den Ratten zu entrinnen.

Doch ich war keine hilflose Frau, ich konnte mich **wehren**.

Noch zögerten sie, ich wurde nur fixiert. Fünf Augenpaare starrten mich an. Alle fünf Ratten hatten ihre spitzen Mäuler aufgerissen und präsentierten ihre Zähne.

Ich zog die Beretta.

Das heißt, ich wollte sie ziehen. Als meine Hand unter dem Jackett verschwand, sprangen die ersten beiden Biester auf mich zu.

Hinter den Sprüngen lag Kraft, das sah ich nicht zum erstenmal. Ich ließ meine Beretta und warf mich zur Seite. Im Bad war es eng, ich krachte mit der Schulter gegen die Wand und verbiß mir den Schmerz.

Die Ratten prallten gegen den Spiegel, klatschen dort ab und fielen in das Waschbecken. Doch blitzschnell waren sie wieder auf den Beinen und krabbelten daraus hervor.

Ich mußte auf die drei anderen Ratten achtgeben, denn auch sie hatte es nicht auf dem Wannenrand gehalten.

Wie schon bei den Artgenossen zuvor war ich ihr Ziel.

Diesmal jedoch ging ich voll dazwischen. Angriff ist die beste Verteidigung, das zeigte ich den Ratten. Als sie sprangen, warf ich mich ihnen entgegen.

Man hatte mir beigebracht, mit den Handkanten zu schlagen. Diese Kenntnisse nützte ich aus.

Die erste Ratte drosch ich mit einem wuchtigen Schlag zu Boden, wo sie sich nicht mehr rührte. Die zweite beförderte ich durch einen flachen Schlag in die Wanne zurück, und nur die dritte sprang mich an.

Sie biß sich an meinem Jackett fest. Blitzschnell nagten ihre Zähne weiter, damit sie an meine Haut gelangen konnten. So hatten wir nicht gewettet.

Obwohl es mich Überwindung kostete, packte ich sie dicht hinter dem Nacken, drückte zu und riß sie weg.

Knirschend ging Stoff entzwei. Er blieb zwischen den Zähnen der kleinen Bestie hängen.

Ich drehte mich und wuchtete die Ratte gegen die Tür.

Noch zwei.

Nein, drei, denn das Tier aus der Wanne war schon wieder

auf den Rand geklettert und hatte mich im Visier. Ich war mit einem gewaltigen Schritt bei ihr.

Dadurch verfehlten mich die beiden Ratten aus dem Waschbecken. Sie sprangen daneben.

Ich griff mir die Wannenratte und schleuderte sie so hart zu Boden, daß sie liegenblieb.

Dann trat ich mit dem Absatz zu.

Das Tier starb.

Die letzten beiden schienen zu merken, daß hier nichts mehr für sie zu holen war. Sie huschten auf die Toilette zu, sprangen auf den Deckelrand und verschwanden.

Ich bekam sie nicht mehr zu packen, so sehr ich mich auch bemühte. Prustend blieb ich stehen, nahm ein Handtuch und wischte mir den Schweiß von der Stirn. Der Kampf gegen die Widerlinge hatte mich doch ganz schön geschlaucht.

Langsam bekam ich ein Rattentrauma. Wurden sie denn nie weniger? Kaum, ich brauchte nur an die Invasion zu denken, dann konnte ich meine Hoffnungen begraben.

Die restlichen drei Tiere waren tot. Meine Schläge und Tritte hatten sie geschafft. Mit den Füßen schob ich sie zusammen, verließ das Zimmer und klopfte bei Suko an.

»Ja, komm rein«, sagte er.

Suko hatte sich aus dem Einsatzkoffer die Dämonenpeitsche geholt. Als ich eintrat, hielt er sie in der Hand.

Ich deutete auf die Waffe. »Die hätte mir vorhin sicherlich gut geholfen.«

»Wieso?«

Ich berichtete dem Chinesen von meinem Erlebnis.

Suko schluckte. »Verflixt«, sagte er, »jetzt sind die Biester schon im Hotel. Was sagt Jane dazu?«

»Sie weiß nichts davon.«

»Ist auch gut so. Ich werde Shao ebenfalls nichts davon sagen. Sie würde sich nur ängstigen. Was machen wir jetzt?«

»Die Viecher müssen aus dem Bad. Ich rufe unten an. Dann soll man mir ein anderes Zimmer geben.«

»Das ist gut.«

Suko ging mit, warf einen Blick in das Bad, sah die toten

Ratten und schüttelte den Kopf. »Schätze, wir müssen uns etwas einfallen lassen«, meinte er.

»Ich weiß auch schon was.«

»Dann bist du schlauer als ich. Erzähl.«

»Gleich.« Zuerst sprach ich mit der Rezeption und ließ mir den Hoteldirektor geben. Mr. Jordan schluckte zwar, versprach jedoch, das Bad zu säubern. Selbstverständlich stellte er mir ein anderes Zimmer zur Verfügung.

Ich berichtete Suko, was ich über diesen Rocky Koch erfahren hatte.

»Glaubst du, daß er dahintersteckt?« fragte mein Partner.

Ich hob die Schultern. »Vielleicht, doch um das herauszufinden, werden wir dem Knaben eine Besuch abstatten.«

»Wann?«

»Jetzt gleich.«

Suko war einverstanden. »Sollen wir den Frauen Bescheid geben?«

»Nein, die würden sich nur ängstigen. Außerdem scheinen sie zu schlafen, man hört nichts.«

»Oder sie sind am Strand.«

»Das ist wahr.« Ich trat ans Fenster und schaute nach draußen. Am Strand konnte ich die beiden nicht entdecken. Mein Blick glitt über das Wasser. Ich sah zwar einige Schwimmer, doch die Entfernung war zu groß, um unterscheiden zu können, um wen es sich handelte.

»Dort unten sind sie wohl nicht.«

Suko war zufrieden.

Der Hoteldirektor kam. Er war ein wenig blaß um die Nase herum, kein Wunder bei dieser Hiobsbotschaft. Er hatte einen alten Müllsack mitgebracht. Gemeinsam warfen wir die toten Ratten hinein.

»Von meinem Personal kann ich das keinem zumuten«, erklärte er mir.

Ich verstand ihn.

Zwei Türen weiter lag mein neues Zimmer. »Hoffentlich haben Sie hier Ihre Ruhe«, meinte Trace Jordan.

Ich hob die Schultern. »Von Ruhe kann wohl kaum die Rede sein. Mein Partner und ich haben noch einiges vor.«

»Wollen Sie auf die Burg?«

»Ja.«

Erschrocken holte der Direktor Luft. »Das ist gefährlich, Mr. Sinclair. Man sagt, daß dieser Rocky Koch keinen Menschen an sich heranläßt. Der hat irgendwelche Sicherheitsmaßnahmen getroffen.«

»Danke für den Tip. Wir werden schon achtgeben. Wissen Sie, die Gefahr ist unser Job, wenn ich das mal so lässig ausdrücken darf.«

»Wie Sie meinen«, sagte er nur.

Weit riß die Chinesin ihren Mund auf und schrie. Sie bekam Wasser in den Hals, der Schrei erstickte, wurde zu einem unkontrollierten Keuchen.

Die Ratte paddelte näher. Sie bewegte sich mit ihren kurzen Beinen ziemlich schnell und hätte die völlig überraschte Shao auch zu packen gekriegt.

Da überwand Jane Collins sich selbst.

Mit einer Hand griff sie zu, erwischte die Ratte, hob ihren Arm aus dem Wasser und schleuderte die Bestie so weit fort, wie sie eben konnte.

Irgendwo klatschte das Tier ins Wasser. Es war jedoch nicht tot, sondern würde zurückkehren. Und wer sagte überhaupt, daß es die einzige Ratte gewesen war, daß nicht noch mehr von diesen Mordbiestern irgendwo lauerten?

Shao hatte sich wieder gefangen.

»Wir müssen zurück!« rief sie.

Das war klar. Nur hatten sie sich ziemlich weit vom Ufer entfernt. Bis sie dort anlangten, konnten die Ratten sie schon zehnmal eingeholt haben.

Diese Gedanken schossen Jane in Sekundenschnelle durch den Kopf, und sie hatte auch schon eine andere Lösung gefunden.

»Das Boot, Shao. Hin!«

Die Chinesin begriff. Sie warf sich, wie auch Jane Collins, nach vorn und begann zu kraulen.

Die Arme der beiden Frauen durchpflügten das Wasser. Jane und Shao konnten nicht so schnell wie in einem Pool schwimmen, denn oft wurden sie von Wellen überrollt. Manche liefen auch von vorn auf sie zu und unterbrachen ihren Rhythmus.

Es wurde ein Wettlauf mit der Zeit.

Nicht weit entfernt hüpften wie Korken vier Rattenschädel auf der Wasserfläche.

Jane Collins sah die Viecher. Sie stoppte vor Schreck und fiel deshalb ein Stück zurück.

Es kostete sie Überwindung, nicht zu schreien und Shao somit zu warnen. Die Chinesin wäre unter Umständen nur in Panik verfallen.

Jane schwamm schneller. So nahe das Boot vor ihnen getanzt hatte, so groß kam ihr die Entfernung jetzt vor. Außerdem ließen die Ratten nicht locker. Sie schwammen von der Seite her auf die beiden Frauen zu, um ihnen noch vor dem Boot den Weg abzuschneiden.

Zum Glück konnten sich die Biester nicht so schnell voranbewegen. Sie hatten Mühe mit den Wellen, wurden hochgetragen, dann wieder hinunter, oft zurückgedrückt, aber sie schafften es dennoch, sich gegen die See zu behaupten.

Zudem machte es die Masse.

Denn nicht nur die vier Ratten waren aufgetaucht, sondern noch einige mehr auf der anderen Seite. Zusammengenommen waren das sicherlich zehn widerliche Gegner.

Etwas streifte Jane Collins' rechte Wade.

Die Detektivin schrie auf, dann drang Wasser in ihren Mund, und sie mußte husten. Dieses Etwas hatte sich angefühlt wie das Fell einer Ratte. Das war es jedoch nicht. Jane war nur von einer Qualle berührt worden.

Sie kraulte weiter.

Shao hatte das Boot bereits erreicht, schleuderte ihre Arme aus dem Wasser und umklammerte den Bootswulst.

Shao stemmte sich hoch. Ihre Bewegungen waren nicht

mehr so geschmeidig, das Schwimmen hatte viel Kraft gekostet. Sie kämpfte sich hoch, schwang ihr Bein aus dem Wasser, legte es ebenfalls auf den Wulst und ließ sich in das Boot rollen.

Erschöpft blieb sie liegen.

Dann fiel ihr Jane Collins ein. Mein Gott, sie war noch nicht da! Shao stemmte sich auf die Knie und schaute über den Bootsrand.

Jane schwamm heran. Noch zwei Kraulschläge, dann hatte sie das rettende Boot erreicht.

Shao sah aber auch die Ratten.

Und die schwammen der Detektivin dicht auf den Fersen. In einer in die Breite gezogenen Reihe gingen sie gegen das rote Schlauchboot an.

»Jane, hinter dir!« gellte Shaos Warnruf. Die Chinesin hatte sich hingekniet und einen Arm ausgestreckt, um Jane Collins die Hand zu reichen.

Jane Collins schleuderte ihren Körper aus dem Wasser. Halbhoch kam sie, streckte die Hand aus und wollte nach Shao greifen, doch sie verfehlte deren Arm. Jane rutschte am Wulst des Schlauchboots ab und tauchte für einen Moment unter.

Shao blieb fast das Herz stehen. Groß wurden ihre Augen, denn die Ratten waren schon nah. In den nächsten Sekunden mußten sie die Detektivin erreichen.

Da packte Shao zu.

Sie griff kurzerhand in Janes Haarflut, riß sie wild hoch, und Jane gelang es durch diese Hilfe, ihre Finger um den dicken Gummiwulst zu klammern.

Sie stemmte sich hoch.

Weit hatte sie den Mund aufgerissen und schnappte nach Luft. Wasser rann über ihr Gesicht, legte einen Schleier vor die Augen, und Shao griff unter Janes Achseln.

Da sprangen die ersten Ratten.

Sie wuchteten sich aus dem Wasser. Zwei Tiere klatschten gegen Janes Rücken, glitten jedoch ab und fielen wieder zurück.

Shao zerrte die Detektivin ins Boot.

Weit neigte sich das Schlauchboot über, es schwankte und schlingerte, doch Jane Collins lag unverletzt auf dem mit Holz ausgelegten Boden.

Sie keuchte schwer.

»Alles okay?«

Jane nickte nur. Sprechen konnte sie noch nicht. Die Flucht vor den Ratten hatte sie zu sehr erschöpft.

Shao schaute über die Bordwand.

Dabei hatte sie das Gefühl, einen Schlag mit dem Hammer zu erhalten. Ihr Herz raste plötzlich, und sie spürte das Pochen oben im Hals.

Die Ratten hatten das Schlauchboot eingekreist!

Vor dem Hotel lief mir der Leiter des Einsatzkommandos über den Weg. Es war ein Captain.

Ich sprach ihn an.

Der Captain blieb stehen und runzelte unwillig die Stirn. »Was wollen Sie?«

Ich zeigte ihm meinen Ausweis.

Er studierte ihn genau und las auch das Kleingedruckte, dessen Text bewies, welch eine Sonderstellung ich innehatte.

»Okay, Sir!« schnarrte der Offizier. »Ich stehe zu Ihrer Verfügung.«

Ich grinste und steckte die Hülle weg. »So militärisch wollen wir es nicht machen. Ich habe nur ein paar Fragen.«

»Und?«

»Wie sehen Sie die Lage?«

»Wir haben Verstärkung angefordert. Bereitschaftspolizei befindet sich auf dem Weg. 100 Mann.«

»Haben Sie dafür neue Gründe?«

»Ja. Es sind wieder Ratten gesehen worden.«

»Im Ort?«

Der Captain nickte.

»Lassen Sie Southwick absperren!«

»Ist schon geschehen, Sir. Es kommen auch keine Reporter hier herein.«

Ich rieb nachdenklich mein Kinn. »Wie wollen Sie das verhindern, Captain?«

»Ich lasse das Ganze hier als eine Übung laufen. Sicher wird es sich herumgesprochen haben, daß Ratten aufgetaucht sind. Die Geflohenen werden davon berichten, doch nach Southwick selbst kommen die Pressefritzen nicht herein.«

»Das war gut.«

Der Captain lächelte und quälte sich eine Frage über die Lippen. »Weshalb sind Sie hier, Sir? Wegen dieser Rattenplage?«

»Ja.«

»Was wollen Sie unternehmen?«

Ich deutete auf Suko. »Mein Partner und ich rollen den Fall gewissermaßen von hinten auf.«

»Aha«, machte der Captain. Seinem Gesicht sah ich an, daß er nicht verstand. Ich hatte auch keine Lust, ihm lange Erklärungen zu geben, und verabschiedete mich.

Etwas später, wir standen bereits am Wagen, meinte Suko: »Knackiger Knabe, der Captain.«

Ich grinste. »Kann das Militär nicht verleugnen.«

Wir starteten noch nicht, sondern sahen erst auf der Karte nach, um den richtigen Weg auf Anhieb zu finden. Ein Hotelangestellter hatte uns zwar die Richtung erklärt, aber so konfus, daß keiner von uns etwas damit anfangen konnte.

Mit dem Bleistift zeichnete ich den Weg nach und legte Suko die Karte auf die Knie.

»Immer ich«, maulte der Chinese.

»Warst du nicht mal Pfadfinder?«

»Kann mich nicht erinnern.«

Wir starteten. Langsam ließ ich den Bentley in Richtung Ortsausgang rollen.

Überall sahen wir Polizisten. Sie standen an den Straßenecken oder patrouillierten über die Gehsteige. Es war ein Bild, das mich irgendwie störte. Ich mag keine Städte, die von Polizei wimmeln. Sie haben immer etwas Autoritäres an sich.

Die Bewohner und auch die restlichen Gäste hielten sich zurück. Sie blieben in den Häusern oder Hotels. Allen steckte noch die Angst vom letzten Überfall in den Knochen.

Am Ortsende wurden wir angehalten. Diesmal von zwei anderen Polizisten.

Wieder verschaffte mir mein Ausweis freie Bahn.

»Ich bin froh, wenn wir es hinter uns haben«, meinte Suko.

Da konnte ich meinem Partner nur zustimmen.

Ein Stück mußten wir noch über die Hauptstraße fahren, danach ging es rechts ab ins Gelände.

Der Weg war schmal, aber gut asphaltiert. Vor uns lagen die Berge, oder vielmehr die Hügel. Und wir sahen auch die Burg auf einem der Hügel.

Aus der Entfernung gesehen wirkten die Gemäuer wie ein paar hingeworfene Steine, doch als wir näher heranfuhren, kristallisierten sich der Turm und die Mauer heraus.

»Auf den Knaben bin ich gespannt«, sagte Suko.

»Vielleicht erwartet dich gar kein Mensch.«

Suko schaute mich an. »Du meinst eine Ratte?«

»Ja.«

Der Chinese klopfte gegen den Stiel der Dämonenpeitsche. »Dieser Ratte werden wir den Zahn schon ziehen, darauf kannst du dich verlassen.«

Eine Kreuzung tauchte auf.

Rechts oder links, das war die Frage. Suko schaute auf die Karte, wir entschieden uns für links.

Der Weg wurde schlechter. Schlaglöcher, Querrillen, tiefe und hartgewordene Reifenspuren schwerer Trecker machten der Federung des Wagens zu schaffen.

Wir hatten inzwischen hohen Nachmittag, und ganz allmählich neigte sich die Sonne nach Westen.

Würden die Ratten mit der Dämmerung kommen? Wir wollten das verhindern, denn ein zweiter Überfall durfte einfach nicht stattfinden. Doch wer sagte mir, daß alle Ratten die

Stadt verlassen hatten? Sie konnten sich ebensogut in Hunderten von Schlupfwinkeln versteckt halten.

Das war unser Problem.

Ich dachte an die beiden zurückgebliebenen Frauen. Hoffentlich waren Jane und Shao vernünftig und verhielten sich ruhig. Nur nichts provozieren.

Rechts und links der Fahrbahn standen so hohe Büsche, daß sie uns die Sicht auf die Burg nahmen. An einer Seite des Wegs gluckerte ein Bach.

»Sollen wir gemeinsam hoch zur Burg?« fragte Suko.

Ich schüttelte den Kopf. »Nein, wir trennen uns.«

»Einverstanden.«

Das Gelände wurde wieder übersichtlicher. Wir sahen ein paar Scheunen aus den Weiden wachsen. Dahinter lagen Getreidefelder. An ihnen vorbei führte der Weg, den wir nehmen mußten.

Danach waren wir fast am Ziel.

Ich ließ den Bentley in Deckung einiger Bäume stehen. Wir stiegen aus.

Stille umgab uns.

Hier war nichts mehr vom frischen Küstenwind zu spüren. Die Sonne schien heiß vom Himmel.

Ich nickte Suko zu. »Komm.«

Wir schritten quer über eine große Wiese. Sogar ein paar Kühe weideten darauf. Sie hoben nicht einmal die Köpfe, als wir vorbeigingen, sondern rupften weiter das Gras aus dem Boden.

Über den Burgmauern flirrte die Luft. Sie schien regelrecht zu kochen.

Auch mir war der Schweiß auf die Stirn getreten. Mit dem Handrücken wischte ich ihn ab.

Von Ratten sahen wir nichts.

Suko blieb stehen und deutete auf die Burg. »Ich werde sie umrunden und nähere mich dann von der Rückseite.« Er blickte auf seine Uhr. »Gib mir 20 Minuten Vorsprung.«

»Okay.«

Nach einem Händedruck trennten wir uns. Der Chinese lief schnell. Bald entzog eine Buschreihe ihn meinen Blicken.

Ich gab Suko die Zeit, bevor ich mich auf den Weg machte. Mit dem Wagen hätte ich nicht bis an das Gemäuer heranfahren können, dafür war der Weg zu schmal, wie man mir erzählt hatte. So mußte ich mich auf meine Schuhsohlen verlassen.

Ich maß die Entfernung zur Burg ab und entschied mich, den schmalen Weg zu verlassen.

Das Gras wuchs hier kniehoch und streichelte meine Beine. Wilde Blumen blühten, Vögel und Insekten schwirrten durch die Luft, eine Umgebung wie aus dem Bilderbuch.

Doch hinter dieser herrlichen Kulisse lauerte das Grauen, ich ließ mich da nicht täuschen.

Der Hügel war in seiner unteren Hälfte zum Teil mit lichtem Wald bewachsen. Ich schritt zwischen den Bäumen hindurch; der weiche Boden federte meine Schritte ab.

Es ging bergauf.

Dann sah ich plötzlich links von mir einen Pfad, der sich in die Höhe schlängelte.

Diesen Weg nahm ich. Dort zu laufen war weniger beschwerlich, als querbeet zu spazieren.

Zügig kam ich voran.

Hin und wieder konnte ich einen Blick auf die Burg werfen. Jetzt erkannte ich, daß sie gar nicht oben auf dem Hügel lag, sondern ein kleines Stück unter der Kuppe.

Für mich günstig, so brauchte ich weniger zu laufen.

Der Pfad wurde breiter. Schon bald dämpfte eine Humusschicht meine Schritte.

Noch eine Kehre, dann sah ich die Burg vor mir.

Keine Spur von Leben. Auch keine Ratten waren zu sehen und erst recht nichts von dem Eigentümer, diesem Rocky Koch.

Die Mauern schienen in der Sonne zu glühen.

Nicht weit entfernt sah ich ein Tor. Es war nicht geschlossen, ein Flügel stand offen.

Für mich eine Einladung.

Ein unangenehmes Kribbeln spürte ich doch, als ich den Burghof betrat. Der Gedanke an die zahlreichen Ratten war nicht gerade angenehm. Ich konnte mir wirklich etwas Besseres vorstellen, als mich mit diesen freßgierigen Tieren herumzuschlagen.

Aus der Nähe sah ich, wie verfallen die Burg wirklich war. Der Haupttrakt wies große Löcher in der Mauer auf, auch auf dem Dach fehlten einige Schindeln. Am Turm hatte ebenfalls der Zahn der Zeit genagt, und aus den Treppen waren Steine herausgebrochen.

Ich suchte den Eingang.

Er befand sich vor mir. Allerdings mußte ich erst durch einen Torbogen, über den ein Teil der Mauer lief.

Man hatte mich gewarnt. In dieser Burg sollten zahlreiche Fallen vorhanden sein.

Sorgfältig tastete ich mit Blicken den Boden vor mir ab, doch ich sah nichts, was meinen Verdacht erregt hätte.

Mit Falltüren hatte ich in der letzten Zeit des öfteren unangenehme Bekanntschaften gemacht.

Es fiel auch kein Eisengitter aus dem Durchlaßbogen, und ich konnte mich ungehindert dem Eingang nähern.

Keine Ratte strolchte auf dem Burghof herum.

Alles friedlich...

Ich schritt die Stufen zum Portal hoch.

Suchend blieb ich stehen, denn ich sah weder einen Klopfer noch einen Klingelknopf.

Dafür jedoch ein Seil, dessen Ende etwa zwei Fuß über meinem Kopf pendelte.

Ich streckte die Hand aus und zog kräftig.

Irgend etwas wurde drinnen in Bewegung gesetzt, denn es läutete. Das Echo schwang noch nach, als ich bereits Schritte hörte.

Im normalen Tempo näherten sie sich der Tür. Die große gußeiserne Klinke bewegte sich nach unten, dann wurde die Tür aufgezogen.

Vor mir stand der Besitzer der Burg.

Rocky Koch!

Wild sah er aus mit seinem Bart und der dunklen Kleidung, doch ich konnte nichts Unheimliches oder Dämonisches an ihm feststellen, nur Mißtrauen. Es nistete in seinen Augen.

»Was wollen Sie?« fragte er barsch. Er hielt die Tür so fest, daß er sie sofort wieder zuhämmern konnte.

»Sind Sie Rocky Koch?«

»Ja.«

»Mein Name ist John Sinclair.«

»Nie gehört.«

»Trotzdem möchte ich mit Ihnen reden, Mr. Koch.«

»Aber ich nicht mit Ihnen, Mister. »Sehen Sie zu, daß Sie von hier verschwinden! Hauen Sie ab!«

»Ich will den weiten Weg nicht umsonst gemacht haben«, erklärte ich. »Außerdem interessieren mich Ihre lieben Tierchen. Sie haben es doch mit den Ratten – oder nicht?«

Er war schon im Begriff gewesen, die Tür zuzuhämmern. Jetzt hielt er inne. »Wie meinen Sie das denn?«

»Man erzählte mir davon in Southwick.«

»Weshalb sind Sie hier?«

»Um mich zu überzeugen, ob die Leute recht haben.«

»Sind Sie von der Polizei?«

»Vielleicht...«

Plötzlich änderte sich sein Gesichtsausdruck. Er deutete so etwas wie ein Lächeln an. »Kommen Sie doch herein, Mister. Es ist mir eine Ehre, mit Ihnen reden zu können.«

Ich nahm die Einladung an und hoffte, daß es Suko inzwischen geschafft hatte, in die Burg zu gelangen. Auf jeden Fall lenkte ich den Besitzer ab.

Wir betraten eine Halle. Sie war spärlich möbliert, und auch hier sah ich keine Ratten.

»Was kann ich für Sie tun, Mr. Sinclair?« fragte Rocky Koch.

»Warum haben Sie sich hierher zurückgezogen.?«

Sein Lächeln verschwand wieder. »Weil ich die Menschen hasse. Alle hasse ich.«

»Das muß einen Grund haben.«

»Hat es auch.«

»Den Sie nicht sagen wollen?«

Er betrachtete mich lauernd. »Warum eigentlich nicht?« meinte er nach einer Weile. »Natürlich kann ich Ihnen den Grund sagen. Vielleicht werden Sie mich sogar verstehen. Ich habe eine Zeitlang unten in Southwick gewohnt. Nach dem Krieg. Als ich erwachsen wurde, lernte ich die Gier der Menschen kennen. Uns gehörte der Strand. Wenigstens das meiste davon. Plötzlich fiel es irgendeinem Konzern ein, die kleine Stadt in ein zweites Brighton zu verwandeln. Strohmänner wurden ausgeschickt und kauften Land. Die meisten gaben es auch ab, denn der Preis war gut. Nur bei mir bissen sie auf Granit. Ich wollte das Erbe meiner Mutter nicht einfach verscherbeln und weigerte mich. Doch die Hyänen gaben nicht auf. Sie kamen immer wieder. Erst versuchten sie mich nur zu überreden, dann griffen sie zu härteren Mitteln. Sie schreckten vor Drohungen nicht zurück und hatten auch die Einwohner des Dorfes auf ihrer Seite. Ich stellte mich dem Fortschritt entgegen, hieß es. Der Druck wurde stärker, ich gab nach. Verkaufte, erhielt mein Geld und erwarb diese Burg hier. Aber vergessen habe ich nichts.«

»Sie wollen sich rächen?« fragte ich.

»Wie kommen Sie darauf?«

»Die Ratten, das ist doch Ihr Werk, oder?«

»Wer sagt Ihnen das, Mister?«

»Die Menschen im Dorf.«

Rocky Koch hob die Schultern. »Wie Sie meinen.« Er hob die Hand. »Darf ich Ihnen etwas zeigen, Mr. Sinclair?«

»Meinetwegen.«

»Dann folgen Sie mir.«

Er schritt vor mir her auf eine Tür zu, die zahlreiche Schnitzereien aufwies. Ich war gespannt darauf, was er mir zeigen wollte, und rechnete mit dem Schlimmsten.

Nur unsere Schritte waren zu hören.

Vor der Tür blieb Rocky Koch stehen, drehte seinen Kopf und schaute mich wissend an.

Dann öffnete er.

Ich ging vor, konnte in den Raum hineinsehen und fand ihn leer.

»Bitte, Mr. Sinclair!«

Ich betrat das Zimmer. Es wies zahlreiche Fenster auf. Sie waren relativ schmal und liefen nach oben hin spitz zu. Das helle Licht draußen war nur verwaschen zu sehen, denn außen vor den Scheiben hingen zahlreiche Spinnweben.

Etwas stach jedoch sofort ins Auge.

Der dunkelrote Vorhang, der die gesamte Raumbreite dicht vor der Stirnwand einnahm.

Rocky Koch schloß die Tür. Als er an mir vorbeischritt, lächelte er wieder.

Verdammt, das fiel mir auf den Wecker.

Ich hatte ein komisches Gefühl. Dieses Zimmer hier, so spärlich möbliert es auch war, wirkte auf mich unheimlich. Den Grund konnte ich nicht sagen, es war einfach so.

Rocky Koch ging bis zum Vorhang. Dort blieb er stehen, streckte die Hand aus und krallte sie in den Stoff. Er zog den Vorhang jedoch noch nicht zurück, sondern schaute mich an.

»Geben Sie genau acht, Mr. Sinclair!«

Und dann riß er den Vorhang mit einem Ruck auseinander. Die Bühne war frei.

Mir stockte der Atem.

Was ich sah, waren Ratten...

Ich konnte sie nicht zählen.

Sie hockten auf einer Bühne. Aufeinander, nebeneinander, sie krabbelten und waren in ständiger Bewegung, aber sie verließen die Bühne nicht.

Rocky Koch lachte.

Es war das Lachen eines Triumphators. Gemein, siegessicher, häßlich. Mit leuchtenden Augen starrte er die Ratten auf der provisorischen Bühne an.

Aber diese Tiere waren nicht allein. Die Ratten konnte man nur als Beiwerk bezeichnen.

Alles andere überragte eine Figur. Als ich sie anschaute, mußte ich unwillkürlich schlucken.

Die Figur stellte eine riesige Ratte dar, groß wie ein Mensch. Wie ein Mensch?

Mir fiel Peter Hardings Erzählung ein. Seine Tochter war von einer menschengroßen Ratte verschleppt worden.

Und hier sah ich sie.

Jedoch aus Stein.

»Na, Mr. Polizist«, höhnte Rocky Koch. »Sind Sie nun zufrieden?«

Ich konnte nur mühsam meinen Blick zu ihm hinwenden. »Ja, ich bin zufrieden. Ich weiß jetzt, wer die Ratten geschickt hat. Sie, Rocky Koch.«

»Das stimmt. Ich habe sie über diesen verdammten Ort kommen lassen, damit die Menschen wissen, was sie mir angetan haben. Ich bin ihr König, ich bin der König der Ratten!«

Mir fiel ein altes Märchen aus Germany ein. Dort war auch ein Rattenfänger durch die Stadt gegangen, und die Tiere gehorchten ihm blind.

Wie hier.

Nur war dieser Kerl kein Rattenfänger in dem Sinne. Und die Geschichte aus Germany war nur ein Märchen. Welche Voraussetzungen spielten hier eine Rolle?

Danach fragte ich ihn.

»Sehen Sie auf die Figur, Polizist. Das ist Dworsch, der Rattendämon. Ich habe ihn beschworen. Er ist aus den Dimensionen des Schreckens in die Welt gekommen und hat seine Freunde mitgebracht. Dworsch wird alles unter seine Gewalt bringen. Dafür sorgen Tausende von Helfern. Dworsch ist unschlagbar.«

»Aber er lebt nicht«, sagte ich.

»Und wie er lebt. Ich brauche es nur zu wollen, denn er gehorcht meinen Befehlen.«

»Sie bluffen.«

»Soll ich es Ihnen beweisen?« schrie Koch.

»Nein, nein, schon gut.« Nicht daß ich Angst gehabt hätte,

aber mir ging es um das Kind. »Dann hat Dworsch auch die Kleine entführt, nicht wahr?«

»Ja, Polizist.«

Vor der entscheidenden Frage bekam ich doch ein wenig Herzklopfen. »Lebt das Mädchen noch?«

Rocky Koch verzog das Gesicht. »Möglich. Es befindet sich in den Verliesen der Burg. Vielleicht hat es sich mit den Ratten angefreundet, wer weiß?«

Ich lief rot an vor Wut und Zorn. Am liebsten wäre ich diesem Widerling an die Kehle gesprungen, doch das brachte nichts.

»Wolltest du das Kind zurückholen?« fragte er mich.

»Das hatte ich vor.«

»Diese Chance ist vorbei.«

»Warum läßt du die Kleine nicht frei?«

»Weil ich es nicht will«, erwiderte Koch. »Die Menschen sollen Angst haben, sich fürchten, sie sollen endlich das tun, was ich will, Sinclair. Und auch für dich gibt es kein Zurück mehr!« schrie er plötzlich. »Die Ratten werden dich zerfetzen. Sie sind besonders scharf auf Bullen!«

Jane Collins gönnte sich einige Sekunden Pause. Sie lag zusammengekrümmt auf dem Bauch, hustete, keuchte und spie Wasser. Ihr war übel.

Shao hatte sich hingesetzt und starrte auf die Wellen. Immer mehr Ratten tauchten auf. Sie mußten in der Tiefe gelauert haben, diese kleinen, mordgierigen Ungeheuer.

Jane stemmte sich wieder hoch und sah den Schrecken auf Shaos Gesicht.

»Sie sind noch da«, flüsterte die Chinesin.

Jane nickte. Vorsichtig drehte sie sich herum und sah an der Innenwand ein zweites Paddel. Es war dort mit Stricken festgezurrt.

Sie machte Shao darauf aufmerksam.

Hoffnung blitzte in den Augen der Chinesin. »Ob wir es schaffen?«

»Bestimmt.« Jane nahm das Paddel an sich.

»Sieh dich mal um.«

Die Detektivin blickte über die Wasserfläche. Jetzt sah auch sie die zahlreichen Köpfe. Jane versuchte zu zählen, doch bei 20 hörte sie auf.

»Wir müssen da durch!«

»Aber wenn sie das Boot annagen!« hauchte Shao.

»Mal den Teufel nicht an die Wand.« Jane nahm ihr Paddel und stach es ins Wasser. »Du an der anderen Seite, Shao.«

Die beiden Frauen versuchten es. Jane gab die Kommandos. »Immer gleichzeitig, sonst kommen wir nicht vom Fleck und drehen uns nur im Kreis.«

Die Ratten hatten den Kreis nicht ganz geschlossen, und so versuchten die beiden Frauen mit dem Boot hindurchzuschlüpfen. Die Biester schwammen mit. Sie kamen dichter an das Boot heran, und Jane Collins hieb so hart mit der schärferen Längskante des Paddels zu, daß sie einer Ratte den Schädel abtrennte.

Weiter!

Die Frauen achteten jetzt nicht mehr auf die Tiere. Sie setzten alle Kraft ein, die sie hatten. Sie stachen die Paddel ins Wasser, zogen sie zurück und hatten gegen die Brandung zu kämpfen, die das Schlauchboot immer wieder auf das offene Meer hinaustreiben wollte.

Es war ein verzweifelter Kampf um Alles oder Nichts.

Die Ratten blieben den beiden auf der Spur. Sie hatten ihre Opfer gesehen, und es gelang den Girls nicht, sie von der Bordwand wegzuhalten.

Das erste Tier kletterte ins Boot.

Shao entdeckte den Nager zuerst, zog das Paddel aus dem Wasser und drosch damit zu.

Sie hatte Glück.

Die breite Seite faßte die Ratte und schaufelte sie wieder zurück ins Meer.

Sofort stach Shao das Paddel ins Wasser.

Gischt spritzte auf, wenn die Wellen gegen das Schlauchboot rollten. Shao und Jane wurden hochgehoben und dann wieder in ein Tal getrieben.

Es war ein ewiges Wechselspiel.

Die Ratten gingen aufs Ganze.

Jane und Shao wurden daran gehindert, weiter zu paddeln. Sie mußten mit ihren Paddeln nach den Viechern schlagen, klatschten die Blätter auf die Köpfe oder drückten die Ratten unter Wasser.

Dann paddelten sie wieder weiter, wenn sie sich etwas Luft verschafft hatten.

Himmel, wie weit war es denn noch bis zum Strand!

Plötzlich drang Wasser in das Boot.

Jane sah es, sagte aber nichts. Allerdings wußte sie, daß die Ratten damit begonnen hatten, ihr Schlauchboot anzunagen. Jetzt kam es wirklich auf jede Sekunde an, wenn sie überleben wollten.

»Schneller!« feuerte Jane die Chinesin an. »Himmel, beeil dich, Shao!«

Sukos Freundin verstand. Wie auch Jane schlug sie nicht mehr nach den Tieren, sondern paddelte um ihr Leben.

Immer mehr Wasser lief in das Boot und erschwerte das Fortkommen, so daß die Frauen größere Kräfte aufwenden mußten.

Doch sie kämpften. Sie kämpften mit dem Mut der Verzweiflung, und sie waren stärker als die verdammten Ratten, die nicht so schnell schwimmen konnten.

Aber sie blieben hinter ihnen. Abschütteln konnten die beiden Frauen sie nicht.

Sie schafften auch die Brandung, wurden nicht mehr so weit zurückgetragen und gerieten in flacheres Gewässer.

Das Wasser hatte das Boot bereits zur Hälfte gefüllt. Es war kaum noch möglich, es durch Paddeln weiterzubewegen.

»Raus!« rief Jane Collins.

Shao verstand. Sie schleuderte das Paddel weg und sprang aus dem Boot.

Das Wasser spritzte auf, zum Glück reichte es den beiden Frauen nur bis zu den Knien.

Menschenleer war der Strand, auf den Shao und Jane zuhetzten. Auch die Arbeiter hatten ihn verlassen, nachdem die Liegestühle wieder standen.

Als ihre Füße endlich über den weichen, trockenen Sand liefen, atmeten die Frauen auf. Sie bewegten sich mehr taumelnd als laufend voran.

Sie konnten bald nicht mehr.

Vor ihren Augen wallten bereits rote Kreise und Nebel auf. Jane lief sogar einen Strandkorb um, stolperte dabei und fiel über das Gerät.

Shao half ihr auf die Beine.

Weiter...

Eine relativ flache Böschung führte hoch zur Straße. Diese Strecke bereitete den Frauen noch einmal Schwierigkeiten. Diesmal rutschte Shao ab.

Jane stoppte, drehte sich und streckte der Chinesin beide Hände entgegen. Sie zog Shao förmlich die Böschung hoch. Dabei fiel ihr Blick zwangsläufig auf das Meer.

Die Ratten hatten das Wasser bereits verlassen. Eine wirbelnde, quirlige Masse bewegte sich über den Strand und war durch nichts aufzuhalten.

»Mein Gott!« hauchte Jane.

Die zweite Invasion hatte begonnen.

Die Frauen rannten auf die Straße. Da sahen sie einen offenen Mannschaftswagen der Polizei. Er war mit sechs Männern besetzt und rollte langsam heran.

Jane Collins stellte sich mitten auf die Fahrbahn und winkte mit beiden Armen.

Der Wagen stoppte.

Ein Mann sprang heraus und eilte auf die Detektivin zu.

»Die – die Ratten!« keuchte Jane völlig außer Atem und deutete nach hinten zum Strand. »Da sehen Sie. Aus dem Wasser sind sie...« Jane konnte nicht mehr weitersprechen, doch der Polizist hatte sie auch so verstanden.

Er lief zum Wagen und gab ein paar Befehle.

Die restlichen Männer stiegen aus.

Sie waren bewaffnet. Jane sah die unförmigen Gegenstände, und sie wußte, was das für Dinger waren.

Flammenwerfer!

Das einzig wirksame Mittel gegen die Plage.

Kommandos hallten über die Fahrbahn. Die Polizisten liefen bis an die Böschung und nahmen dort Aufstellung.

Die ersten Ratten hatten bereits den oberen Böschungsrand erreicht. Da spien die Waffen Feuer.

Armlange Flammenzungen fauchten aus den Mündungen, wühlten sich den Ratten entgegen, deren Körper trotz der Nässe sofort Feuer fingen.

Die Temperaturen waren so hoch, daß die Körper regelrecht verschmorten.

Die Polizisten gingen routiniert vor. Sie überkletterten die Leitplanke, trieben die Ratten vor sich her, die plötzlich in wilde Panik verfielen.

Sie rannten zum Wasser, doch sie erreichten es nicht. Die langen Flammenzungen waren schneller, sie fraßen die Viecher.

Jane und Shao schauten zu. Die beiden Girls hatten sich gegenseitig gestützt, und Tränen der Erleichterung liefen über ihre Wangen.

Geschafft.

»Zum Hotel«, sagte Jane. »Das muß John Sinclair wissen.«

Sie schafften auch noch die letzte Strecke. Als sie das Foyer betraten, gaben ihre Knie nach.

Sofort waren zahlreiche Helfer da, die Jane und Shao auffingen.

Auch Trace Jordan befand sich unter ihnen. »Was zu trinken, schnell!« rief er.

Shao und Jane wurden in zwei Sessel gebettet. Jemand holte Decken, die Trace Jordan den Frauen um die Schultern legte.

Dann kam der Boy mit dem Whisky. »Trinken Sie«, sagte Jordan und reichte Jane ein Glas.

Auch Shao erhielt einen Schluck.

Der Whisky belebte sie, und es dauerte nicht lange, da konnten sich die beiden hinsetzen. '

Die Menschen standen wartend um sie herum.

»Was hat es gegeben?« fragte der Direktor.

Jane Collins berichtete mit stockender Stimme.

»Eine zweite Invasion?« fragte jemand.

»Ja.«

»Mein Gott, das überstehen wir nicht.«

Die Detektivin hatte als erste Mut gefunden. »Keine Angst, die Polizisten gehen gegen diese Biester mit Flammenwerfern vor. Und sagen Sie auch Mr. Sinclair und Mr. Suko Bescheid. Die beiden sollen...«

»Die Gentlemen sind nicht mehr hier«, erklärte der Hoteldirektor.

»Was?«

»Nein, sie haben vor einiger Zeit das Hotel verlassen.«

»Verstehst du das?« fragte Jane Collins die Chinesin.

Shao schüttelte den Kopf. »Haben Sie nicht gesagt, wohin sie gehen wollten?«

»Ja, zur Burg!«

»Rocky Koch!« flüsterte Jane.

»Genau.« Irritiert schaute Jordan die Detektivin an. »Woher wissen Sie?«

»Ich habe, vielmehr wir haben ihn am Strand unten getroffen. Er hat uns gewarnt. Er wollte, daß wir verschwinden, doch wir haben ihn ausgelacht.«

Trace Jordan nickte gedankenschwer. »Also doch dieser Rocky Koch.«

»Stimmt denn seine Geschichte?« fragte Jane.

»Ja.«

»Dann hätte er auch ein Motiv.«

Jordan hob die Schultern. »Was heißt hier Motiv? Er hat sein Land verkauft. Es blieb ihm schließlich nichts anderes übrig. Außerdem konnte er sich nicht gegen die Gemeinschaft stellen. Alle haben ihr Land abgegeben und sind dabei gut gefahren. Koch hat damals Rache geschworen, nur ist dies kein Grund, gegen Unschuldige vorzugehen. Und überhaupt. Ich verstehe gar nicht, wie er die Ratten schicken kann. Normalerweise müßte doch auch er vor diesen Biestern flüchten.«

»Vielleicht hat er sie dressiert«, meinte Jane.

Trace Jordan starrte die Detektivin ungläubig an. »Meinen Sie wirklich, Miss Collins?«

»Ich ziehe diese Möglichkeit durchaus in meine Überlegungen mit ein, Mr. Jordan.«

»Aber das kann keiner genau sagen.«

»Vielleicht John und Suko«, meldete sich Shao. »Sie sind ja unterwegs zu dieser Rattenburg.«

»Wie kommst du denn auf den Namen?« fragte Jane.

»Fiel mir gerade so ein.«

Jordan lachte. »Rattenburg ist gut. Ja, wahrscheinlich wird Koch mit seinen Ratten dort oben hausen. Schlimm, wenn man daran denkt.« Der Direktor schüttelte sich.

»Ist eigentlich Ihr Hotel sauber?« fragte Jane.

»Sie meinen, ob keine Ratten da sind?«

»Genau.«

Trace Jordan wandte sich um und fragte die in der Nähe stehenden Angestellten. »Habt ihr etwas gesehen?«

»Nein.«

»Da sehen Sie, Miss Collins. Sie können ganz beruhigt sein.«

Jane erhob sich, und auch Shao stand auf. »Es wird Zeit, daß wir uns etwas überziehen. Komm, Shao.«

Sie ließen die Decken über ihren Schultern hängen und gingen auf den Lift zu.

Dabei passierten sie die Treppe und blickten nach rechts.

Wie angewurzelt blieben die Frauen stehen und schauten die Stufen hoch zum ersten Absatz.

»Das ist doch nicht möglich«, krächzte Shao, und Jane bekam eine Gänsehaut.

Auf dem ersten Absatz hockten die widerlichen Ratten dicht an dicht...

Suko mußte zuerst ein Waldstück umrunden, um in die Nähe der Burg und damit an die Rückseite zu gelangen.

Den Vorsprung, den er mir gegeben hatte, schmolz ziemlich schnell zusammen, was Suko ärgerte. Deshalb legte er noch einen Zahn zu, ohne jedoch seine Umgebung aus den Augen zu lassen.

Er suchte Ratten.

Nichts zu sehen.

Es schien, als hätten sich die Biester verkrochen, als hätte es sie nie gegeben.

Suko ließ sich trotzdem nicht täuschen. Er glaubte daran, daß er sich dem Zentrum der Rattenplage näherte.

Dann sah er die Mauern.

Suko hatte den Hügel noch vor sich. Auf dieser Seite wuchs das Gras wie ein dichter grüner Teppich. Die Sonne stand schräg am Himmel. Ihre Strahlen brannten in Sukos Nacken.

Geduckt nahm er sich die letzte, aber auch anstrengendste Teilstrecke vor. Der Chinese war ein durchtrainierter Mann, und so machte ihm die Hitze auch nicht viel aus. Sie zehrte kaum an seiner Kondition.

Schräg lief er den Hügel hoch.

Das Gras raschelte, wenn er es mit seinen Füßen knickte, und Suko hoffte nur, daß man ihn oben von der Mauer nicht sah. Häufig warf Suko einen Blick auf die Krone, doch einen Aufpasser entdeckte er nicht.

Zudem hoffte er, daß ich den Besitzer der Burg entsprechend ablenkte.

Die Hälfte hatte Suko hinter sich. Sein Atem ging kaum schneller. Er war in guter Form.

Weiter ging's.

Schräg lief der Chinese den Hang hoch. Zwei Schwalben segelten über ihm auf die Burgmauer zu und verschwanden dort zwischen den dicken Steinen.

Suko schaffte auch den Rest.

Vor der Mauer blieb er stehen und gönnte sich eine kleine Pause. Von dieser Stelle aus hatte er einen prächtigen Blick in das Land hinaus. Er sah die zahlreichen Hügel, Wälder und Wiesen. Über allem lastete die Glut der Sonne.

Danach untersuchte der Chinese die Mauer.

Er war zufrieden, denn er hatte zahlreiche Spalten und Risse im Gestein entdeckt, die, wenn er die Füße dazwischen klemmte, sein Gewicht durchaus halten würden.

Suko begann zu klettern.

Es war schon eine kleine artistische Leistung, wie er es schaffte, im Zickzack hochzuklettern. Er nutzte jede Lücke und jeden Vorsprung aus.

Schon bald sah er die Krone, legte den Kopf in den Nacken und schaute hoch.

Keine Ratte zu sehen.

Das gab Suko Mut, weiterzuklettern.Ein letzter Griff, und seine rechte Hand legte sich um die Kante der Mauerkrone.

Die linke folgte.

Suko holte tief Luft, sammelte seine Kräfte für einen Klimmzug und war oben.

Er schwang sein rechtes Bein hoch, legte es auf die Mauerkrone und zog das andere nach.

Über den Rand hinweg konnte Suko in den Burghof peilen, in dem sich nichts bewegte.

Drei Fuß unter ihm lief ein Wehrgang parallel zur Burgmauer entlang. Den konnte Suko benutzen.

Er machte einen langen Schritt und stand auf dem Gang.

Suko schaute sich um.

Der Wehrgang führte zum Turm, und von dort aus würde Suko sicherlich auch in den Schloßhof gelangen, denn springen konnte er nicht, die Distanz war zu groß.

Der Chinese lief geduckt los. Er überzeugte sich, ob auch noch alle Waffen vorhanden waren.

Leider hatte Suko auf dem Rücken keine Augen, und so sah er nicht, was sich hinter ihm anbahnte.

Die Ratten waren da.

Sie hatten in den zahlreichen Spalten und Ritzen innerhalb der Burgmauer gelauert und abgewartet, bis Suko auf dem Wehrgang stand. Jetzt hielt sie nichts mehr auf.

Sie huschten los.

Es waren mindestens 20 Tiere, die sich an die Verfolgung machten. Sie waren schnell, gierig und übereifrig. Oft fielen sie übereinander, weil die ersten das Tempo nicht schnell genug liefen, was die hinteren dazu veranlaßte zu drücken und zu schieben. Manche Ratten fielen in den Hof, doch es blieben noch genügend übrig, um Suko Schwierigkeiten zu bereiten.

Die Biester liefen nicht lautlos.

Suko hörte sie.

Er vernahm das Trappeln der Füße auf dem nackten Gestein und drehte sich um.

Im ersten Augenblick stand er starr. Er sah die Ratten auf sich zulaufen, und in seinem Hirn überschlugen sich die Gedanken.

Sollte er sich ihnen stellen oder zur Turmtür rennen?

Die Entscheidung wurde ihm abgenommen, denn die Biester waren plötzlich heran, und bevor sich Suko versah, stießen sich die ersten schon ab.

Einen Atemzug später krallten sie sich bereits an Sukos Kleidung fest...

Ich hatte die letzten Worte gehört. »Die Ratten werden dich zerfetzen!« Reizende Aussichten, aber noch war es nicht soweit, noch konnte ich mich wehren.

Das tat ich auch.

Bevor die Viecher von der Bühne springen konnten, jagte ich auf Rocky Koch zu.

Überrascht riß er die Augen auf, starrte mir entgegen, war jedoch zu keiner Gegenwehr fähig.

Ich packte ihn, schleuderte ihn herum, nahm ihn in den Klammergriff und zog meine Beretta.

Die kalte Mündung setzte ich an seine Stirn. »Okay, Freund!« zischte ich ihm ins Ohr. »Jetzt bin ich an der Reihe. Verstanden?«

»Ja«, krächzte er.

Ich warf einen Blick auf die Bühne. Dort waren die Ratten in Bewegung geraten. Sie spürten und sahen auch, daß etwas nicht stimmte. Sie wurden unruhig, scharrten mit ihren Füßen und liefen aufgeregt hin und her, so daß man meinen konnte, der gesamte Bühnenboden wäre in ständiger Bewegung.

Und nicht nur die Ratten bewegten sich, auch die Steinfigur. Dieses menschengroße Biest wollte nicht tatenlos zusehen.

Für mich wurde es noch gefährlicher, und ich mußte mich höllisch beeilen.

»Wenn du einen Ton sagst, geht es dir schlecht!« drohte ich Rocky Koch. »Okay?«

»Was wollen Sie?«

»Ich will hier raus. Und zwar mit dir. Wir beide werden den Raum verlassen, und du bringst mich zu dem Mädchen.«

»Sie haben keine Chance!«

»Das laß meine Sorge sein.« Ich schleuderte ihn herum und drückte ihn auf die Tür zu.

Aus den Augenwinkeln hielt ich dabei die Bühne im Blickfeld, wo weiterhin die makabre Schau ablief.

Die kleineren Ratten hatten sich inzwischen um das Monster geschart. Sie sprangen daran hoch, krabbelten über das Fell, kletterten auf die Schultern und rutschten am Rücken herab.

Einige wollten auch von der Bühne, doch Rocky Koch merkte es früh genug.

»Bleibt da!« keifte er. »Ich befehle es euch. Bleibt da!«

Die Ratten gehorchten nicht so recht. Sie blieben weiterhin unruhig. Drei sprangen von der Bühne.

»Weg!« kreischte Rocky Koch. »Weg!«

Die Ratten, schon auf dem Sprung, zögerten.

Wir erreichten die Tür.

Sie war nicht abgeschlossen. Ich griff mit meiner freien Hand an Koch vorbei und öffnete sie.

Dann stieß ich den Mann nach draußen.

Wir standen wieder in der Diele. Koch fluchte, ging etwas in die Knie und warf sich zur Seite. Er riskierte es, weil er nicht mehr so direkt bedroht wurde.

Seine Hand schnellte vor, und da er nah am Kamin lag, griffen seine Finger nach einem Schürhaken.

Rocky Koch packte so fest, daß er das ganze Gestell mit zu Boden riß. Ein Blasebalg und ein kleines Stochereisen schepperten auf den Boden.

Ich hätte schießen können, unterließ es jedoch, weil ich den Mann nicht töten oder verletzen wollte.

Er jagte hoch.

Aus geduckter Haltung sprang er mich an. Dabei schwang er den schweren Schürhaken, als wollte er mir damit den Kopf von den Schultern schlagen.

Ich sprang zurück.

Die schwere Eisenwaffe wischte an meinem Gesicht vorbei. Durch den eigenen Schwung wurde Koch nach vorn geworfen und lief genau in meine Faust.

Rocky Koch wurde blaß, flog zurück, und seine Arme sanken nach unten. Er blieb jedoch auf den Beinen, schüttelte seinen Schädel und wollte erneut angreifen.

Den Schürhaken brachte er nicht mehr hoch, weil ihm ein Treffer in die Körpermitte die Luft raubte.

Auf einmal riß er den Mund auf und würgte die Zunge hervor.

»Reicht das?« fragte ich.

Der Schürhaken rutschte ihm aus der Hand, er wollte etwas sagen, da wurde die Tür aufgestoßen.

Ich kreiselte herum.

Die Ratten kamen. Eine gewaltige Woge stürzte aus dem Raum. Sie zappelten, quietschten und stürmten vor.

Und mitten unter ihnen befand sich das menschengroße Rattenmonster Dworsch.

Für den Bruchteil einer Sekunde trafen sich unsere Blicke. Ich sah rote Rattenaugen mit weißen Ringen in den Pupillen. Seine Schnauze lief spitz zu, er hatte sie aufgeklappt und präsentierte die gefährlichen Zähne.

Ich hätte vielleicht schießen können, doch die Ratten ahnten mein Vorhaben, denn sie wuchteten ihre Körper hoch, so daß sie Dworsch wie einen Vorhang deckten.

Für mich wurde es höchste Eisenbahn.

Den Auftrag, das Kind wiederzufinden, hatte ich nicht vergessen, deshalb rannte ich auch nicht nach draußen, sondern sprintete auf eine andere Tür zu.

Ich war schneller als die gefährlichen Nager. Wuchtig riß ich die Tür auf.

Da warf Rocky Koch den Schürhaken.

Irgendwie hatte ich die Gefahr gerochen. Ich zog instinktiv den Kopf ein und hechtete flach über dem Boden nach vorn.

Der Schürhaken verfehlte mich und donnerte gegen die stabile Tür, wo er lange Splitter aus dem Holzgefüge riß.

Ich aber schlitterte in einen mit Fliesen belegten Raum hinein, der unschwer als Küche zu identifizieren war.

Hier lauerten keine Ratten, dafür jedoch sah ich abermals eine Tür. Ich riß sie auf.

Vor mir lag eine Treppe, die wendelartig in die Gewölbe der Burg führte.

Mir blieb keine Wahl, ich mußte hinunter, denn hinter mir brachen bereits die Ratten in die Küche ein...

Jane Collins und Shao zuckten zurück.

Sie sahen die Rattenflut und wußten, daß der Weg nach oben versperrt war.

Aber auch die anderen Menschen hatten die Ratten entdeckt.

Zwei Frauen schrien gellend.

Das war das Startsignal für die braunen Nager. Sie hechteten nach vorn, warfen sich die Stufen hinunter, rollten, überschlugen sich, quiekten und bissen.

»Weg!« brüllte Jane.

Im Nu entstand ein furchtbares Durcheinander. Niemand wußte so recht, wohin er laufen sollte.

Jane hatte das Büro des Hoteldirektors gesehen. Vielleicht konnten sie sich dorthin flüchten.

»Da rein!« schrie sie und wies mit der Hand auf die Tür.

Die meisten verstanden sie. Nur einer nicht. Trace Jordan. Niemand wußte, was in ihn gefahren war, er flüchtete nicht auf sein Büro zu, sondern lief den Ratten entgegen.

»Zurück!« kreischte er. »Verdammte Bestien!« Mit bloßen Fäusten warf er sich der Rattenflut entgegen.

Sie kamen über ihn wie eine Woge.

Jane und Shao hatten die Angestellten in das Büro gescheucht. Die Detektivin wartete noch bis zum Schluß. Bevor sie ebenfalls verschwand, warf sie einen Blick zurück.

Sie sah das Grauen.

Die graubraunen Körper hatten Trace Jordan überflutet. Er brüllte verzweifelt. Manchmal sah man von ihm eine Hand oder einen Arm. Dann brach er zusammen.

Sein Schreien verstummte...

Jane schloß die Tür. Ihr Magen hatte sich verkrampft. Sie war viel gewohnt, doch so etwas hatte sie noch nie in ihrem Leben gesehen.

Am liebsten hätte sie sich in eine dunkle Ecke verkrochen.

Die anderen schauten sie an. Sie hatten sich in einer Ecke zusammengedrängt, dicht neben dem Fenster.

Jemand fragte: »Was ist mit Jordan?«

»Tot«, krächzte Jane.

»Mein Gott...«

Die Menschen schwiegen. Shao blickte Jane an, die sich mit dem Rücken gegen die Tür gelehnt hatte.

»Was machen wir jetzt?«

Jane erwachte wie aus einem Traum. Sie deutete auf das Telefon. »Wir müssen Hilfe holen.« Mit zwei Schritten war sie am Schreibtisch und nahm den Hörer.

Rasch tippte sie die Nummer der Polizei in die Tastatur.

»Hoffentlich ist jemand da«, vernahm sie eine angsterfüllte Frauenstimme.

Jane schaute die Sprecherin nur an. Dann wurde abgehoben.

»Polizeistation Southwick!«

Innerhalb von Sekunden sprudelte die Detektivin ihre Meldung hervor. Der Mann hörte zu und reagierte.

»Okay, ich sage dem Einsatztrupp Bescheid.«

»Ja, aber schnell!«

»Geht klar.«

Jane legte den Hörer auf. »Sie kommen«, erklärte sie den anderen Menschen.

Im nächsten Augenblick sprach keiner mehr ein Wort. Denn jeder hatte das typische Geräusch gehört, das entsteht, wenn zahlreiche Zähne damit beginnen, Holz zu durchnagen.

Die Ratten gaben nicht auf. Sie wollten auch noch die anderen Opfer...

Suko kam nicht rasch genug an seine Dämonenpeitsche, er mußte erst die Ratten von seiner Kleidung schlagen.

Drei hatten sich festgebissen. Andere standen schon sprungbereit, nur wenige Schritte vor ihm.

Eine Ratte hockte auf seinem linken Oberschenkel, zwei andere liefen über seinen rechten Arm, eine vierte sprang schon auf seine Schulter.

Die packte Suko zuerst.

Er schleuderte das quiekende Biest hinunter in den Burghof und schlug blitzschnell die Tiere von seinem Oberschenkel.

Dann sprang er zurück, bis er mit dem Kreuz gegen die Turmtür prallte.

Noch in der Bewegung zog er die Dämonenpeitsche. Wo die Ratten sich festgekrallt und zugebissen hatten, war seine Kleidung zerfetzt. Suko schlug mit der Peitsche einmal einen Kreis über den Boden, und im nächsten Augenblick glitten die Riemen aus der Öffnung.

Jetzt hatte er freie Bahn, nun konnte er sich wehren.

Wuchtig schlug der Chinese in den vor ihm hockenden Rattenpulk. Die Riemen fächerten dabei auseinander, trafen zahlreiche Tiere, die vom Wehrgang gefegt wurden oder die Magie der Dämonenpeitsche voll zu spüren bekamen.

Sie lösten sich auf.

Das Fell begann zu dampfen. Rauch stieg aus den Körpern, kräuselte dem blauen Sommerhimmel entgegen und verbreitete eine stinkende Wolke.

Ein zweiter Schlag.

Er riß ein noch größeres Loch in die Rattenmannschaft, so daß nur noch vier Nager übrigblieben.

Sie flohen.

Aber auch die Biester wollte der Chinese nicht entkommen lassen. Zwei Nager waren auf die Burgmauer gesprungen und wollten fliehen.

Suko ließ ihnen keine Chance.

Mit der Peitsche fegte er sie von der Krone.

Die beiden anderen Nager entkamen. Wie Schatten huschten sie an der rauhen Mauer nach unten in den Hof der Burg.

Suko atmete auf.

Er war schweißnaß, die Hitze und der Kampf hatten ihm doch in den letzten Sekunden zugesetzt.

Außerdem war es gar nicht einfach gewesen, auf dem relativ schmalen Wehrgang die Balance zu halten.

Suko schaute sich nach allen Seiten um, und er peilte auch nach unten in den Burghof, doch von den Ratten sah er nicht mal einen Schwanz.

Er hatte sie vertrieben!

Siegessicher war Suko deshalb nicht. Er wußte, daß die Viecher wiederkommen würden. Diese Burg bot unzählige Verstecke. Sie konnten überall lauern. In jeder Spalte, in jedem Riß. Ratten paßten sich sehr gut an.

Manchmal erinnerten sie Suko an ein Chamäleon.

Er drehte sich wieder um und tat das, was er schon einige Minuten zuvor tun wollte.

Er öffnete die Turmtür.

Vor ihm lag eine alte Treppe. Sie bestand aus Holz, das sehr brüchig aussah, was Suko überhaupt nicht gefiel.

Trotzdem mußte er es wagen.

Der Chinese setzte seinen Fuß auf die oberste Stufe, hörte das Ächzen des Holzes und verzog das Gesicht. Ob die Treppe sein Gewicht hielt, war fraglich.

Durch schießschartenartige Öffnungen fiel Licht in den Turm. Suko sah in den hellen Streifen zahlreiche Spinnennetze zittern, und unzählige Staubpartikel flogen durch die Luft.

Von den Ratten ließ sich keine blicken.

Wie diese alte Holztreppe in den Turm gekommen war, das interessierte Suko wirklich. Normalerweise fand man in Gebäuden dieser Art Steintreppen. Sukos Ansicht nach war die Holzstiege sicherlich später eingebaut worden.

Er schaute sich um.

Auch von oben stürzten sich keine Verfolger auf ihn herab. Es war wie die berühmte Ruhe vor dem Sturm. Daß Suko noch längst nicht außer Gefahr war, das wußte er selbst. Irgendwann würden ihn die Biester wieder angreifen.

Sie brauchten nur den Befehl zu erhalten. Nur – wo steckte der Befehlsgeber?

Diese Frage interessierte Suko brennend. Er hoffte, ihn bald zu finden und auch seinen Partner zu treffen, denn Suko machte sich auch Gedanken um mich.

Jede Wendel lag in etwas hellerem Lichtschein. Danach wurde es wieder dunkler. Das durch die Spalten fallende Licht reichte nicht aus, um das gesamte Turminnere zu erhellen.

Zum Glück waren noch alle Stufen vorhanden. Es gab keine großen Zwischenräume, die Suko überspringen mußte, denn das hätte die morsche Treppe sicherlich nicht ausgehalten.

Suko wurde die Zeit lang. Jede Stufe mußte er abtasten, bevor er sie betrat. Zudem war es im Innern des Turms unerträglich heiß. Die dicken Mauern, einmal aufgeheizt, strahlten die Wärme nun wieder ab. Ein richtiger Brutkasten.

Einmal blieb Suko stehen, als er glaubte, ein Geräusch gehört zu haben.

Irgendein Kratzen oder Schaben.

Das Geräusch wiederholte sich nicht, und der Chinese ging weiter.

Zehn Minuten vergingen. Eine Zeit, in der Suko sich voll konzentrierte. Er machte keinen Fehler, obwohl es ihn eine ungeheure Beherrschung kostete, so langsam weiterzugehen.

Dann hörte er wieder das Geräusch.

Diesmal lauter, und er lokalisierte es.

Vor ihm!

Schlagbereit hielt der Chinese seine Dämonenpeitsche in der Hand. Er war jeden Moment darauf gefaßt, abermals angegriffen zu werden.

Der nächste Schritt, dann noch einer...

Da blieb Suko stehen.

Er sah die Ratten!

Sie hockten fünf Stufen vor ihm, am nächsten Wendel. Die Sonnenstrahlen fielen durch die Schießscharte und wärmten ihr graubraunes Fell.

Doch sie saßen nicht nur auf der Treppe, sondern waren damit beschäftigt, das Holz anzunagen.

Daher die Geräusche.

Zwei Sekunden schaute Suko zu.

Die Zähne der Tiere fraßen sich in das alte Material.

Und es würde nicht mehr lange dauern, dann kippte ein Teil der Treppe.

Der Chinese setzte alles auf eine Karte.

Er sprang vor, schwang die Peitsche, ließ die Riemen zwischen die Ratten klatschen und fühlte plötzlich, wie ihm der Boden unter den Füßen weggerissen wurde.

Etwas knackte und knirschte, die Treppe brach zusammen. Inmitten von morschen Holzteilen und gefräßigen Ratten fiel Suko in die unbekannte Tiefe...

Ich hatte die Tür zwar hinter mir zugerammt, wußte jedoch, daß dies nur ein kurzer Aufschub war.

Sekunden, mehr nicht.

Ich stürmte in den Keller.

Es war nicht völlig dunkel, denn an den Wänden brannten in unregelmäßigen Abständen Fackeln. Für mich ein Zeichen, daß die Verliese der Burg benutzt wurden.

Drei, vier Stufen nahm ich auf einmal. Hinter mir hörte ich bereits das häßliche Fiepen und Kreischen der Ratten. Geräusche, die mir eine Gänsehaut über den Rücken jagten.

Rocky Koch feuerte seine Tierchen an. »Packt ihn! Macht ihn fertig! Reißt ihn in Stücke!«

Keine optimistischen Aussichten. Zudem zweifelte ich nicht daran, daß die Ratten dem Befehl auch nachkommen würden.

Noch hatten sie mich nicht.

Ich erreichte einen Gang.

Er war ziemlich breit, und auch hier unten brannten Fackeln, so daß ich mich mühelos orientieren konnte.

Die Decke war gewölbt. Manchmal fielen Wassertropfen auf den Boden, der mit dicken Steinplatten belegt und deshalb ziemlich eben war.

Ich jagte weiter.

Wohin der Gang führte, wußte ich nicht. Es war mir auch egal. Hauptsache, daß ich irgendwo Deckung finden konnte.

Einmal nahm ich mir die Zeit und wandte mich um.

Die Ratten waren mir auf den Fersen. Die Masse schob sich voran, ein widerliches Gewimmel, das zuckte, sich bewegte, quiekte und voller Gier war.

Ich schüttelte mich.

Inmitten der Ratten lief Rocky Koch. Dworsch, den Dämon, sah ich nicht. Er hielt sich noch zurück. Zum Glück, denn gegen ihn wollte ich jetzt nicht gerade kämpfen.

Die Tiere holten auf.

Sie waren schnell, so verflucht schnell.

Dann blieb ich stehen, riß meine Beretta hervor, zielte und jagte drei Silberkugeln in die Masse hinein.

Ich hatte mit der Waffe die Gangbreite entlanggefächert. Körper wurden in die Luft geschleudert, kippten wieder zurück und vergingen. Mit den drei Kugeln hatte ich mehrere Tiere getroffen, denn die Aufprallwucht durchschlug gleich zwei oder drei Körper.

»Hund!« brüllte Rocky Koch. »Dein Tod wird furchtbar sein!«

Das konnte ich mir gut vorstellen. Ich jagte weiter.

Eine Kurve. Der Gang machte einen scharfen Knick, fast hätte ich ihn übersehen und wäre gegen eine Wand gelaufen. Im letzten Moment drehte ich nach rechts ab.

Dieser Gang war schmaler. Er führte leicht bergab, schien in die Tiefe des Hügels zu stoßen.

Hier brannten auch keine Fackeln. Die Helligkeit blieb zurück, und ich tauchte ein ins Dunkel.

Verflixt, jetzt wurde es gefährlich. Wenn ich die Ratten nicht sah, erging es mir dreckig, dann konnten sie mich blitzschnell angreifen, und ich merkte es zu spät, um mich wirkungsvoll zu verteidigen.

Ich ärgerte mich maßlos, daß ich vergessen hatte, mir eine der Fackeln mitzunehmen. Mit Feuer konnte man die kleinen Bestien sicherlich eine Zeitlang verscheuchen.

Und da hörte ich die Stimme.

»Hallo, Mister!«

Ich zuckte zusammen. Es war eine helle Mädchenstimme gewesen, und ich dachte sofort an die kleine Sweety.

»Wo bist du?« flüsterte ich.

»Hier.« Ich hörte Schritte, und ich spürte eine kleine Hand in der meinen.

Willig ließ ich mich mitziehen, denn meine Verfolger hatten inzwischen die Stelle erreicht, wo der Gang den berühmten Knick machte.

Es ging weiter in die Dunkelheit. Plötzlich zog mich die Kleine nach rechts.

»Hier rein«, sagte sie, und ich sah auch schon den Lichtschein der Fackel.

Wir betraten ein Verlies.

Ich mußte den Kopf einziehen, weil die Tür so niedrig war. Das Mädchen drückte die Tür zu, drehte sich um und lächelte.

Es mochte etwa fünf Jahre alt sein, trug nur einen Badeanzug aus rotem Stoff und hatte blondes Haar.

»Du brauchst keine Angst zu haben«, sagte die Kleine. »Sie sind alle meine Freunde.« Dabei deutete sie auf die etwa 20 Ratten, die sich ebenfalls in dem Verlies befanden...

»Sie packen uns noch. Sie schaffen es!« kreischte eine hysterische Frau und schüttelte wild ihren Kopf. »Diese Biester schaffen alles. Die nagen sogar durch Beton.«

»Seien Sie ruhig!« fuhr Jane die Frau an.

»Nein!« schrie sie der Detektivin entgegen. »Ich will aber nicht ruhig sein, verdammt!«

Jane schlug ihr ins Gesicht.

Die Frau wurde blaß und verstummte.

Jane wandte sich an die anderen. »Es tut mir leid, doch es gab keine andere Möglichkeit.«

»Schon gut«, sagte ein älterer Mann.

Shao war zur Tür geschlichen und lauschte.

Immer wieder sprangen Tiere gegen die Tür. Die dabei entstehenden Geräusche versetzten die Hoffenden in Angst und Schrecken. Wann endlich hatte der Horror ein Ende?

Jane Collins hatte wirklich in ihrem Leben bereits einiges mitgemacht, doch in diesen Minuten hatte auch sie Angst. Noch immer stand das Bild vor ihren Augen, wie sich die Ratten über den Hoteldirektor gestürzt hatten.

Ein grauenhafter Anblick.

Nur nicht so enden, dachte sie.

Ein paar Menschen waren zum Fenster gelaufen und schauten hinaus. Sie wollten sehen, wann die Polizei kam. Auch dieses Fenster ließ sich nicht öffnen. Wenn alles nichts nützte, mußten sie eben die Scheibe einschlagen.

Dann ein Schrei.

»Draußen sind sie auch!«

Damit war dieser Fluchtweg ebenfalls versperrt.

Die Angst steigerte sich.

Dann geschah es.

An der unteren Tür hatten sich die Ratten durchgenagt. Holz splitterte, wurde herausgerissen, und im nächsten Augenblick drang die erste Ratte in den Raum.

Die Polizei war noch nicht da.

Schreie.

Die Menschen drängten sich noch weiter zurück. Eine zweite Ratte kam, eine dritte.

Das Loch wurde größer.

Jane Collins handelte. Sie hatte einen Brieföffner vom Schreibtisch genommen, packte ihn wie ein Messer und stach auf die erste Ratte ein.

Sie traf sie in der Mitte.

Schon sprang die nächste.

Jane wich aus. Dafür biß sich die Ratte an einem Hotelboy fest. Der Junge wurde fast wahnsinnig vor Angst. Er hatte die Arme hochgerissen und schrie.

Shao handelte.

Sie überwand ihren Ekel, sprang auf den Jungen zu, riß die Ratte von ihm weg und schleuderte sie mit aller Kraft gegen die Tür.

Aber es wurden immer mehr.

Jane spürte einen heißen Schmerz, als ein Tier in ihren Knöchel biß.

Dann raste der Brieföffner auf die Ratte zu.

Auf einmal hörten sie draußen Stimmen. Scharfe Kommandos. Die Polizei war da.

Endlich!

Die Beamten räumten draußen vor dem Hotel auf. Flammenwerfer fauchten und verbrannten die Ratten mit ihrer tödlichen Glut.

Harte Schläge donnerten gegen die Tür, die nicht standhielt und in den Raum hineinkippte.

Doch mit ihr kamen die Ratten.

Und die Polizisten.

»In Deckung!« brüllten sie. »Auf den Boden werfen!«

Der Kampf begann.

Die Ratten schienen zu wissen, daß es ihnen an den Kragen

gehen sollte. Und sie reagierten verdammt raffiniert und schlau. Sie suchten bei den Menschen Schutz.

Jetzt waren die Beamten gehandikapt. Sie konnten nichts mit ihren Flammenwerfern ausrichten, wenn sie die Personen nicht in Gefahr bringen wollten.

Die Menschen mußten sich schon mit bloßen Fäusten gegen die angreifenden Ratten wehren.

Einige Polizisten warfen ihre Waffen zur Seite und gingen die Rattenbrut ebenfalls mit bloßen Fäusten an.

Es wurde ein harter, erbarmungsloser Kampf, während draußen immer wieder die Flammenwerfer mit der Rattenplage aufräumten.

Langsam wurden die Menschen der Plage Herr.

Einer nach dem anderen konnte flüchten, und die Ratten blieben zurück.

Jetzt konnten die Polizisten es riskieren.

Auch Jane und Shao blieben. Sie schnappten sich sogar Flammenwerfer und halfen mit, die Ratten zu verbrennen. Natürlich fingen auch die Einrichtungsgegenstände Feuer, doch es standen bereits Beamte bereit, die Löscher in den Händen hielten und damit die Flammen erstickten.

»Geschafft!« keuchte Jane Collins nach einer Weile und lehnte sich aufatmend gegen die Wand.

»Sie haben sich tapfer gehalten«, sagte ein Polizist.

Jane und Shao lächelten, weil er mit diesen Worten sie beide gemeint hatte.

Sie gingen nach draußen.

Die Menschen standen im Flur. Sie hatten sich aufgeregt um etwas geschart, das Jane und Shao nicht sehen konnten. Erst als sie sich auf die Zehenspitzen stellten, hatten sie für Sekunden freie Sicht.

Beide erschraken bis ins Mark.

Was dort auf der Erde lag, war ein Skelett. Mehr hatten die Ratten von Trace Jordan, dem Hoteldirektor, nicht übriggelassen.

»O Himmel«, flüsterte Jane und schluckte.

Shao erging es ähnlich.

Jane Collins schüttelte das Gefühl ab. Es mußte weitergehen. Sie hatten noch längst nicht gewonnen. Hier im Ort waren die meisten Ratten getötet worden, woanders gab es sie noch.

Jane redete mit dem Einsatzleiter.

Der wußte Bescheid, denn er hatte von John Sinclair und Suko bereits gehört und auch mit ihnen gesprochen.

»Ich weiß, daß sie zur Burg wollten«, sagte er.

»Wir müssen auch hin!« verlangte Jane.

»Hat das Sinn?«

»Natürlich, Sir. John, ich meine Mr. Sinclair, kann die Sache nicht allein durchstehen. Und auch zu zweit sind sie völlig unterbesetzt. Zwei Leute gegen Hunderte von Ratten oder noch mehr. Was ist das schon? Sie können nicht bestehen, wir müssen Ihnen helfen!«

Jane Collins hatte drängend gesprochen, und der Einsatzleiter nickte.

»Okay, Sie haben mich überzeugt! In zehn Minuten ziehen wir ab. Wir werden 30 Leute hier im Ort lassen. Der große Rest kommt mit zur Burg!«

Das war ein Wort, das Jane verstand. Sie bedankte sich und ging zum Lift.

Shao schloß sich an.

»Und jetzt?« fragte die Chinesin.

»Wir gehen mit. Ich will mich nur noch umziehen!«

Sie fuhren hoch. Beide waren sehr vorsichtig, als sie ihre Zimmer betraten.

Doch keine Ratten lauerten auf sie. Jane fiel nur die Balkontür auf, die offenstand. Waren durch sie die Ratten in das Hotel eingedrungen? Anzunehmen.

Hastig schloß die Detektivin die Tür. An ihre Freunde dachte sie mit großer Sorge...

Suko stürzte ab.

Er raste in die Tiefe, und sein Fall war durch nichts mehr aufzuhalten.

Er riß zwar die Arme hoch, versuchte sich irgendwo festzuhalten, seine Hände glitten auch über Holzteile, doch die befanden sich ebenso im Fall wie er.

Es waren die Fragmente der Treppe, die mit ihm in die Tiefe stürzten.

Diesen Fall überlebte er nicht, das war Suko klar. Plötzlich wurden Sekunden zu Ewigkeiten, und auch ein Mann wie Suko hatte große Angst. Er wollte nicht sterben.

Wann erfolgte der Aufprall?

Jetzt!

Suko, der praktisch mit dem Leben abgeschlossen hatte, wurde völlig überrascht. Sein Körper zerschmetterte nicht auf harter Erde, sondern wurde aufgefangen.

Von einem Netz.

Suko jagte hinein, wurde hochgeschleudert, fiel zurück, und das Spiel begann von vorn.

Dann lag er still.

Im ersten Augenblick hatte der Chinese Mühe, sich zu konzentrieren, und diese Zeit nutzte die Gegenseite aus.

Bevor Suko etwas unternehmen konnte, wurde das Netz zusammengezogen, so daß es ein riesiges Bündel bildete mit dem gefangenen Suko in der Mitte.

Seine Beine wurden hochgedrückt, der Rücken bildete eine Krümmung, und in dieser unnatürlichen Haltung blieb Suko hängen.

Sekunden vergingen.

Der Chinese hatte jetzt seinen Schreck überwunden und schaute sich um. Den Kopf konnte er drehen, zudem waren die Maschen des Netzes weit genug, um einen freien Durchblick zu gestatten.

Was Suko sah, ließ ihn nicht gerade jubeln. Er war vom Regen in die Traufe gekommen, nur mit dem einen Unterschied, daß er noch lebte. Deshalb wollte er nicht undankbar sein.

Soviel Suko schätzen konnte, pendelte er etwa zwei Yards über dem Boden. Vielleicht etwas weniger, das spielte keine Rolle. Er konnte sich sowieso nicht aus dem Netz befreien.

Und die Ratten?

Sie waren ebenfalls noch da, nur hatten sie sich besser fangen können als Suko. Sie waren an den Wänden des Turms dem Boden entgegengelaufen.

Einige hatte es erwischt.

Der Aufprall hatte sie zerschmettert.

Suko dachte nach. Er war sehr tief gefallen. Tiefer als das eigentliche Niveau des Burghofes. Demnach mußte er unter der Erde liegen. Es drang auch kein Licht mehr in diesen alten Turm. Helligkeit gaben zwei Fackeln ab, die in den Wänden steckten.

Gespenstisch tanzten die Schatten hin und her. Es sah aus, als würden die Wände ein Eigenleben führen, während das Licht die zahlreichen nach unten krabbelnden Rattenkörper berührte.

Die Ratten sammelten sich.

Unter dem Netz blieben sie dicht gedrängt stehen. Manche machten sich über die toten Artgenossen her, andere sprangen hoch, ohne sich jedoch am Netz festzubeißen.

Minuten vergingen.

Dann wurde eine Tür geöffnet.

Suko konnte es nicht sehen, er hörte es nur an den Geräuschen, die hinter ihm aufklangen.

Wer kam?

Schritte. Patschig und unregelmäßig. Die Ratten wurden plötzlich aufgeregt, huschten hin und her, fiepten und quiekten.

Ein Schatten verdunkelte den Fackelschein. Die Gestalt schritt an Suko vorbei und blieb so vor ihm stehen, daß er sie anschauen konnte.

Der Chinese erschrak.

Vor ihm stand die menschengroße Ratte!

Am liebsten wäre ich in den Boden versunken, doch es gab kein Loch oder eine Falltür, durch die ich hätte verschwinden können.

Das Mädchen zwischen all den Ratten.

Unglaublich.

Und die Tiere taten Sweety nichts.

Niemand hätte damit rechnen können. Auch ich nicht. Diese Kleine mußte eine besondere Beziehung zu den Tieren haben. Sie schaute mich an und lächelte.

»Was ist los mit dir, Mister? Fürchtest du dich?«

Ich räusperte mir die Kehle frei. »Nein.«

»Ich heiße übrigens Sweety«, sagte die Kleine, streckte ihren Arm aus und streichelte eine Ratte.

»Ich weiß.«

»Du kennst mich?«

»Nein, aber ich habe mit deinem Vater gesprochen. Er ist sehr traurig.«

»Warum das denn?« fragte Sweety erstaunt.

»Weil du nicht bei ihm bist. Er sucht dich.«

»Ach, mir geht es gut. Sieh dich doch um, Mister. Ich habe so viele Spielkameraden.«

Ja, das sah ich. Nur, die Ratten als Spielkameraden zu bezeichnen war doch seltsam.

»Trotzdem soll ich dich nach Hause bringen.«

Die Kleine schaute mich an. Das Fackellicht warf einen rötlich gelben Schein auf ihr Gesicht. Ich sah, daß die Ratten über ihre Schenkel liefen, und auch mich griffen sie nicht an. Sie machten einen direkt friedlichen Eindruck.

Aber wo steckten die anderen?

Rocky Koch und seine Meute?

Sie mußten doch längst bemerkt haben, wohin ich geflüchtet war. Warum kamen sie nicht?

Sweety hatte bis jetzt gesessen, nun stand sie auf. »Wie heißt du eigentlich?« fragte sie.

»John Sinclair!«

»Machst du auch Urlaub?«

War das eine Situation! Ich stand in einem **Keller**verlies, umgeben von Ratten, und das kleine Mädchen **erkun**digte sich, ob ich Urlaub machte.

Sachen gibt's...

»Ich soll dich nach Hause bringen!« drängte ich. »Komm, laß die Ratten, wo sie sind.«

»Hm.« Sie überlegte.

»Deine Eltern warten.«

»Kann ich denn wieder zurück?« fragte die Kleine und legte den Kopf schief.

Mir war alles recht, wenn ich nur hier raus kam. »Natürlich kannst du wieder zurück.«

Sweety strahlte. »Das ist toll. Dann können wir ja jetzt gehen, Mr. Sinclair.«

Puh, das war geschafft. Ich drehte mich und wollte zur Tür, doch Sweety hatte etwas dagegen.

»Nicht da raus. Wir gehen woanders hin.«

War mir auch recht, denn im Gang lauerte sicherlich die gefräßige Meute. Nur – wo wollte die Kleine langgehen?

Sweety schritt auf die Wand zu, während die Ratten neben ihr herliefen und an ihren nackten Waden entlangstrichen. Manchmal rieben sie sogar ihr Fell daran.

Vor der Wand blieb das Kind stehen, hob den rechten Arm und tastete mit den Finger in einer schmalen Steinspalte herum. »Ich hab's!« rief sie.

Im nächsten Moment hörte ich das knackende Geräusch. Dann erfolgte ein Knirschen, und die Wand geriet in Bewegung. Zur Hälfte schwang sie nach außen.

Vor uns lag ein dunkler Gang.

»Nimm eine Fackel mit«, riet die Kleine.

Himmel, ich tat ja alles, was sie wollte. Wenn ich nur diese Burg hinter mir lassen konnte.

Ich mußte Kraft einsetzen, um die Fackel aus der Halterung zu zerren. Das Holz hatte sich verkantet.

Das Mädchen stand schon an der Tür, während sich die Ratten um seine Beine geschart hatten.

»Bin schon da«, sagte ich und lächelte.

Die Biester machten mir Platz. Sie huschten zur Seite, als ich den Gang betrat.

Er war ziemlich niedrig, so daß ich den Kopf einziehen mußte. Zudem hatte man den Boden diesmal nicht mit Steinen belegt. Ich ging auf der nackten Erde und mußte achtgeben, daß ich nicht über Unebenheiten stolperte.

Sweety hielt sich an meiner Seite. Wir beide waren von den Ratten eingekreist, doch sie taten uns nichts. Komisch war das schon, denn so ganz konnte ich mich nicht daran gewöhnen.

Der Schein strich über die dicken Lehmwände, die feucht glänzten. Dieser Teil hier mußte noch zu den uralten Regionen der Burg gehören, und der Stollen sah mir ganz nach einem Fluchtgang aus.

Niemand von uns sprach. Nur das Trappeln der Rattenfüße war zu hören.

»Wo führst du mich eigentlich hin?« fragte ich nach einer Weile.

»In den Turm.«

»Und was sollen wir da?«

»Von dort aus gibt es einen Weg. Du willst doch die Burg verlassen oder nicht?«

»Natürlich, mit dir zusammen.«

»Ich weiß nicht, ob man mich läßt.«

Ich warf der Kleinen einen knappen Blick zu. »Verstehe ich nicht. Wer sollte dich denn nicht lassen?«

»Dworsch!«

Ich war überrascht und schockiert zugleich. »Du kennst dieses Monster?«

»Dworsch ist kein Monster. Er sieht nur anders aus. Außerdem hat er mir versprochen, mich in ein wunderschönes Land mitzunehmen. Da sollen nur Blumen blühen, und es scheint auch immer die Sonne. Das hat er mir gesagt. Aber ich will erst meine Eltern fragen.«

Ich konnte mir vorstellen, welches Land Dworsch meinte. Die Dimensionen des Grauens, wo Heulen und Zähneklappern herrschte und das Chaos an der Tagesordnung war.

Nein, auf keinen Fall durfte Sweety mitgehen. Ich würde alles tun, um dies zu verhindern. Das jedoch sagte ich ihr nicht, sondern behielt es vorerst für mich.

Ich hielt die Fackel ausgestreckt in der Hand und glaubte, daß der Gang höher wurde.

Tatsächlich.

Ich konnte wieder normal gehen und atmete auf, als der Lichtschein gegen eine Holztür fiel.

»Wir sind da«, sagte Sweety. Sie legte einen Finger vor ihre Lippen. »Du mußt jetzt ruhig sein.«

»Sicher.«

Sweety ging vor. Sie mußte die Hand heben, um an die Klinke zu gelangen.

Die Ratten tanzten um die Kleine herum, warfen sich gegen die Tür oder liefen aufgeregt hin und her.

Was lag dahinter?

Ich sollte es bald erfahren, denn plötzlich hörte ich einen dumpfen Fluch.

Die Stimme kannte ich.

Sie gehörte Suko!

Mich hielt nichts mehr auf dem Fleck. Mit zwei gewaltigen Schritten sprang ich vor, zertrat dabei eine Ratte und riß die Tür selbst auf, bevor Sweety sie öffnen konnte.

»Nein!« rief sie. »Du mußt aufpassen. Dahinter sind Dworsch und seine Freunde. Sie werden dich...«

Ich hörte gar nicht hin, sondern sprang in den Turm...

Suko hing nach wie vor gefangen im Netz. Die Seile, die es festhielten, waren an den Mauern angebracht. Sie liefen dort durch Rollen, damit man das Netz zusammenziehen konnte.

Ein teuflischer Mechanismus.

Noch teuflischer war die Gestalt, die vor dem Chinesen stand.

Dworsch!

Und seine Ratten befanden sich in Aktion. Sie stießen sich vom Boden ab und sprangen Suko an. Einige hatten es bereits geschafft und hielten sich an den Netzmaschen fest.

»Halte noch aus!« brüllte ich Suko zu und stürzte mich in rasender Wut auf den Rattendämon.

Der war bei meinem Eintritt zurückgewichen, bis er mit dem Rücken gegen die Wand stieß.

Weit hatte er sein Maul geöffnet. Schreckliche Laute drangen daraus hervor. Er fauchte mich an, und er gab seinen Ratten den Befehl, auch mich zu attackieren.

Sie sprangen mich an.

Ich hielt die Fackel in der rechten Hand, und das war mein Glück. Die Flamme war ziemlich stark. Da hier im Turm auch eine bessere Luft herrschte als in dem Gang, fand die Flamme wieder mehr Sauerstoff und brannte noch heller.

Mit der Fackel schlug ich zu. Ein paar Viecher bekamen das Feuer zu spüren. Sie verschwanden jaulend. Dabei drehte ich mich um meine eigene Achse, konnte jedoch nicht verhindern, daß ein paar Ratten den dünnen Stoff meiner Hose durchbissen und das Fleisch trafen. Ihre Zähne waren wie kleine Messer.

Ich achtete jedoch nicht auf den Schmerz, sondern fightete weiter. Die Bewegung des Rattenmenschen nahm ich aus den Augenwinkeln wahr. Dworsch wollte zur Tür.

Ich sprang vor und hieb mit der Fackel zu. Sie traf ihn gegen die Brust. Er heulte auf und wurde zurückgedrängt.

Inzwischen versuchte Suko, sich aus dem Netz zu befreien. Es war ihm gelungen, sein Feuerzeug aus der Tasche zu ziehen. Auch als Nichtraucher trug er so etwas immer bei sich.

Er knipste es an und hielt die Flamme gegen das Netz. Die Fäden waren pulvertrocken und brannten sofort.

Ich sah mich inzwischen wieder einer Rattenübermacht gegenüber, warf mich vor bis zur anderen Wand und riß dort die zweite Fackel aus der Halterung.

Jetzt drosch ich mit zwei Flammenzungen zu.

Einmal konnte ich einen Blick auf Sweety erhaschen. Die Kleine hatte sich zurückgezogen. Ihr Gesicht war vom Schrecken gezeichnet, sie schritt rückwärts in den Gang hinein.

Das sah auch Dworsch.

Er wollte das Mädchen nicht entkommen lassen, denn es war seine Beute.

Da ich zu sehr mit den Ratten beschäftigt war, warf Dworsch sich vor, und es gelang ihm, an mir vorbeizukommen.

Nicht aber an Suko.

Die Flammen hatten sich so weit hochgefressen, daß nicht nur das Netz Feuer gefangen hatte, sondern auch Suko. Der Ärmel seines Hemdes brannte, und auf seiner Hose kohlte es bereits.

Das Netz brach.

In einem Flammen- und Funkenregen fiel der Chinese nach unten und Dworsch genau in den Weg.

Suko prallte auf den Boden, stand wieder auf und hämmerte Dworsch seine Karatefäuste gegen das schreckliche Gesicht. Die menschengroße Ratte wurde zurückgetrieben, schüttelte jedoch nur den Schädel und kreischte nervtötend.

Suko mußte sich jetzt um sich kümmern. Er warf sich zu Boden, drehte sich ein paarmal um die eigene Achse, und die Flammen verlöschten.

Dann sprang er hoch und zog seine Dämonenpeitsche.

Im selben Augenblick stieß das Mädchen einen gellenden Schrei aus. Die Ratten, mit denen Sweety gespielt hatte, weil sie sich unter Dworschs Schutz befand, gehorchten ihr plötzlich nicht mehr, sondern hörten auf den Dämon.

Sie griffen Sweety an!

Die Burg war umstellt!

Mit dem Einsatzleiter an der Spitze drangen Jane Collins und Shao in den Hof ein. Ihnen folgten 20 Polizisten, die sofort auseinanderfächerten und die Flammenwerfer schußbereit in den Händen hielten.

Da wurde die Tür aufgestoßen.

Auf der Schwelle stand – Rocky Koch!

Er war völlig überrascht, denn mit diesem Angriff hatte er nie gerechnet.

Doch Koch war nicht allein.

Eine Armee von Ratten begleitete ihn.

Die Tiere, aufgepeitscht wie selten, griffen sofort an.

Ruhig standen die Polizisten da. Dann traten die Flammenwerfer in Aktion.

Der Burghof verwandelte sich in eine Hölle.

Rocky Koch blieb auf der obersten Stufe stehen, starrte in die Flammen, sah den Untergang seiner Lieblinge und schrie sich fast die Seele aus dem Leib.

Jane Collins jagte auf ihn zu. Sie wollte diesen Mann fassen, der an all dem Elend schuld war.

Jane kam von der Seite, wich einigen Ratten aus und sprang auf die Treppe.

Rocky Koch sah sie zu spät.

Jane Collins packte ihn und schleuderte den Rattenkönig in den Raum hinein.

Koch fiel hin.

Wieder dachte er an den Schürhaken. Doch Jane Collins ließ es soweit nicht kommen.

Ihr Tritt war schneller.

Kochs Kopf wurde in den Nacken gerissen, er verdrehte die Augen, stürzte auf den Rücken und blieb liegen.

Die Detektivin nickte und drehte sich um, als der Captain den Raum betrat.

»Alles okay«, sagte Jane und lächelte glücklich.

»Jetzt fehlen nur noch Ihre Freunde«, meinte der Polizeioffizier mit sorgenvoller Stimme.

Suko hatte vorgehabt, sich auf das Rattenmonster zu stürzen, doch als er sah, in welcher Gefahr das Kind schwebte, hielt ihn nichts mehr.

Wie ein Teufel fegte er dazwischen. Die Dämonenpeitsche hielt er schlagbereit in der Rechten. Und jeden Hieb begleitete er mit einem wilden Schrei.

Der Chinese räumte auf.

Die magischen Riemen fuhren in den Rattenpulk hinein, rissen ihn auseinander. Die Biester kreischten und quiekten, wurden von den Schlägen hochgeworfen, klatschten gegen die Wände, fielen wieder zu Boden und vergingen.

Skelette blieben zurück.

Mit der linken Hand packte der bärenstarke Chinese das

kleine Mädchen, warf es sich über die Schulter und kämpfte weiter.

Auch ich hatte alle Hände voll zu tun, um mir die Plage vom Hals zu halten.

Ich schaffte es.

Die Ratten zogen sich zurück. Sie hatten einen zu großen Respekt vor dem Feuer.

Inzwischen hatten auch einige Reste der Treppe Feuer gefangen. Sie brannten lichterloh. Funken stoben auf, Rauch quoll in die Höhe, und vor der Tür lag ein Flammenring.

Er verhinderte, daß Dworsch sich absetzte.

Auf diese Bestie hatte ich es abgesehen. Ich stieß mich plötzlich von der Wand ab, achtete nicht mehr auf die kleineren Ratten und stand vor ihm.

Dworsch funkelte mich an.

Er wollte mit seinen Pfoten nach mir schlagen, doch ich wischte sie mit dem Feuer zur Seite weg.

Das Maul stand offen.

Die Chance.

Meinen rechten Arm schleuderte ich vor und jagte dieser Bestie die Fackel ins Maul.

Zur Hälfte blieb sie stecken. Die Wirkung war frappierend. Dworsch konnte sich nicht mehr wehren. Er riß fast sein Maul auseinander, weil er versuchte, die Fackel wieder auszuspeien. Für etwas anderes hatte er kein Interesse mehr.

Das nutzte ich aus.

Ich hielt die zweite Fackel gegen den Körper der riesigen Rattenbestie.

Sofort fing das Fell Feuer.

Der Rattendämon verbrannte.

Ich trat zurück, suchte die anderen Ratten, doch sie griffen mich nicht mehr an. Sie sahen ihren Herrn, der wahrscheinlich durch eine finstere Beschwörung auf die Erde gelangt war, sterben, und sie wollten ihm zu Hilfe eilen.

Die Tiere sprangen ihn an und wurden dabei selbst von den Flammen erfaßt.

Ich wollte endlich raus, denn der Qualm raubte mir schon den Atem.

Halbblind taumelte ich in den Gang hinein, meine Füße traten auf tote Ratten. Ein paarmal rutschte ich aus, aber ich schaffte es.

Von Suko sah ich nichts. Er hatte sicherlich das Mädchen in Sicherheit gebracht.

Zurück ließ ich eine Hölle, doch vor mir lag die Zukunft und das Wissen, es wieder einmal geschafft zu haben.

Dann fiel mir Rocky Koch ein. Und ich dachte daran, daß auch er noch seine Ratten befehligte.

Innerlich stellte ich mich auf einen weiteren Kampf ein.

Ich traf Suko in dem Verlies, wo ich das Mädchen gefunden hatte. »Alles okay«, sagte ich, als ich in den Keller hineintaumelte. Mir war verdammt schlecht. Der Rauch hatte mir stark zugesetzt. Außerdem blutete ich aus zahlreichen kleinen Wunden, die die Ratten mir beigebracht hatten.

Suko erging es ähnlich, nur Sweety war zum Glück nichts geschehen.

Das stimmte mich froh.

Dann hörten wir Stimmen.

»Wie weit geht das denn noch hinein?« fragte ein Mann.

»Keine Ahnung.« Eine Frau antwortete.

Himmel, das war Jane. Sollten sie und die Polizisten sich etwa um diesen Rocky Koch gekümmert haben?

Eine Minute später hatte ich Gewißheit. Da lagen wir uns in den Armen. Jane und Shao erzählten. Auch die Chinesin war glücklich. Immer wieder streichelte sie Sukos Gesicht.

Ich wandte mich an den Captain. »Sind die Ratten alle erledigt?«

»Ich hoffe es doch sehr«, räusperte er sich. »Sicherheitshalber lasse ich die Burg noch durchsuchen.«

»Tun Sie das.«

Wir gingen nach oben. War ich froh, als mir die Sonne wieder ins Gesicht schien. Das ließ mich sogar die Schmerzen vergessen.

Ich ging zu Rocky Koch. »Pech gehabt, mein Lieber. Ihr Plan ist nicht aufgegangen.«

»Ich werde sie zurückholen!« schrie er. »Sie kommen wieder. Ich werde Dworsch...«

»Dworsch ist tot«, unterbrach ich ihn kalt. »Er ist verbrannt!«

»Hund!« brüllte Koch. »Verdammter Hund! Das hast du nicht umsonst getan!«

Seine Flüche und sein Schimpfen hörte ich noch, als ich bereits draußen auf der Treppe stand.

»Der ist reif für die Irrenanstalt«, meinte der Captain.

Ich nickte und schaute in den Burghof, wo keine lebende Ratte mehr zu sehen war.

Die Menschen in Southwick konnten aufatmen und wieder den Urlaub verbringen, den sie sich verdient hatten...

ENDE

Der weiße Magier

Zauber, Schwarze Magie, nur wenige beherrschten sie, aber diejenigen übten sich in ihrer Macht, weiteten sie aus und terrorisierten die Menschen.

Sie wollten die Angst, und sie schafften es immer wieder.

Auch Jorge hatte Angst. Todesangst. Sie schüttelte ihn durch wie das Sumpffieber, denn er wußte, daß die Trommeln nur seinetwegen angeschlagen worden waren.

Wie ein Häufchen Elend hockte er in der Nähe der Tür und konnte doch nicht hinaus. Er bereute es, in das Haus des Magiers gegangen zu sein, eine Mutprobe hatte es sein sollen, um Evita, seiner Verlobten, zu imponieren, doch die Mutprobe war zur Todesfalle geworden. Die Häscher hatten ihn erwischt, vor den Magier geschleift, und der hatte Jorge nur angeschaut.

Dann wurde er weggeschafft, doch er glaubte zu wissen, was der Magier, der auf den Namen Caligro hörte, vorhatte.

Mit Voodoo wollte er ihn vernichten.

Durch eine Puppe.

Jorge zitterte. Er klapperte mit den Zähnen. Obwohl die Nacht heiß und schwül war, rann über seinen Körper ein Kälteschauer nach dem anderen.

Er dachte an Evita und daran, daß er sie für immer verloren hatte.

Tränen rannen über sein Gesicht, denn die Angst war nicht mehr zu kontrollieren.

Noch immer riefen die Trommeln.

Alle wußten Bescheid. Auch die Menschen aus seinem Dorf, denn wie Jorge kannten sie die Bedeutung der Trommeln.

Einer würde sterben.

Jemand aus ihrer Mitte, der die Gesetze nicht beachtet hatte. Als Warnung für die anderen würde man seinen Kopf...

Jorge durfte gar nicht daran denken, was Caligro mit den Köpfen seiner Opfer anstellte. Man sprach flüsternd darüber. Niemand wußte genau, ob es der Wahrheit entsprach, denn beweisen konnte man dem Magier nichts.

Caligro war der unumschränkte Herrscher der Insel. Er

übte die Macht aus, und jeder tanzte nach seiner Pfeife. Es gab Menschen, die versucht hatten, ihn zu stellen.

Sie lebten nicht mehr...

Jorge war nicht gefesselt. Sie hatten ihn nur geschnappt und einfach im Dunkeln liegengelassen, und doch würde er es nie wagen, einen Fluchtversuch zu unternehmen.

Er würde nicht weit kommen, denn die Häscher des Magiers lauerten überall.

Die Trommeln sandten weiterhin ihre finstere Botschaft aus. Der junge Mann horchte auf. Jetzt bereiteten sich die Voodoo-Tänzer vor, um den Totentanz zu zelebrieren.

Auch Evita wußte das. Wie es ihr wohl ging? Ob sie ahnte, was sie da mit ihrer Mutprobe angestellt hatte?

Plötzlich Stille.

Das Trommeln war verstummt.

Holten sie ihn jetzt?

Jorge blickte sich um, doch die Dunkelheit war zu stark. Er konnte sie nicht durchdringen.

Dann hörte er Schritte. Sandalen und nackte Füße klatschten auf dem Steinboden. Irgendwo flackerte ein Licht, es wurde größer. Schatten fielen über die glatten Steinwände, malten die Körper der Häscher als zuckende, bizarre Monster nach.

Dann standen sie vor ihm.

Jorge schaute hoch.

Die beiden hielten Fackeln in den Fäusten. Er sah ihre muskulösen Körper, die im Lichtschein seltsam ölig glänzten, dann die Gesichter, grell angemalt, Fratzen des Wahnsinns.

Jorges Angst steigerte sich noch mehr. Er versuchte zurückzukriechen, doch da war nichts mehr, wo er sich hätte verstecken können. Mit dem Rücken stieß er gegen die Wand.

Zwei Hände tauchten aus dem Dämmer über ihm auf. Finger, die zu Klauen gekrümmt waren.

Sie packten zu.

Rechts und links gruben sie sich in das Fleisch seiner Schultern. Eisern hielten sie fest, obwohl es nicht nötig war, der junge Insulaner hätte sowieso keinen Fluchtversuch gewagt.

Sie zogen ihn hoch.

Ja, sie zogen, denn von allein konnte Jorge kaum aufstehen. Zu weich waren seine Knie.

Gemeinsam schleiften sie das Opfer zur Tür. Durch die große Scheibe blickten sie in den tropischen Garten, der schon mehr einem Dschungel glich.

Dunkel war es.

Und trotzdem sah Jorge die noch dunkleren Schatten durch das Unterholz huschen.

Das waren die Geister der Getöteten, erzählte man.

Einer öffnete die Tür. Er schob sie zur Seite, und die stickig schwüle Luft traf den nackten Oberkörper des jungen Insulaners.

Plötzlich waren Lippen dicht an seinem linken Ohr. Er spürte den Atem und vernahm die flüsternden Worte.

»Den Weg, der gleich hinter dem Haus beginnt. Ihn mußt du nehmen. Er führt zum Ausgang. Wenn du es schaffst, bist du frei, Jorge. Hast du verstanden?«

Jorge nickte automatisch.

»Dann geh jetzt!«

Jorge blieb stehen. Er wußte zwar nicht, welche Gefahren in dem Wald lauerten, aber dieser Garten war das reinste Horrorgebiet, so sagte man.

»Bitte!« flüsterte er. »Ich – ich will nicht. Gnade, bitte. Laßt mich noch einmal mit ihm sprechen!«

»Er hat keine Zeit, Jorge. Du hast ihn gereizt. Sei froh, daß er dich noch nicht getötet hat.«

Jorge atmete tief ein. Himmel, diese beiden kannte er doch. Er war mit ihnen aufgewachsen, hatte mit ihnen gespielt, und jetzt stießen sie ihn in den Tod.

»Aber ich...«

Die Häscher hörten nicht, sie wollten nicht hören. Sie gaben Jorge einen Stoß, der ihn nach vorn katapultierte. Der junge Mann hatte Glück, daß er nicht stürzte, im letzten Augenblick konnte er sich fangen.

Hinter ihm wurde die Tür geschlossen.

Jorge warf einen schnellen Blick zurück. Er sah die beiden Fackeln, die ihr Licht verbreiteten, das die Gesichter der Männer seltsam verschwommen aussehen ließ.

Zögernd ging Jorge ein paar Schritte nach vorn. Er schaute nach links und rechts, versuchte, die Dunkelheit mit seinen Blicken zu durchdringen, aber er sah nichts.

Nur den Wald, der wie eine drohende Wand vor ihm stand.

Mit dem Handrücken wischte er über sein schweißnasses Gesicht und zuckte plötzlich zusammen, denn neben ihm war etwas mit einem klatschenden Geräusch zu Boden gefallen.

Jorge drehte den Kopf, ging in die Knie und hob den Gegenstand auf. Seine Augen wurden groß, sein Mund stand halb offen, und flüsternde Worte drangen daraus hervor.

Was er in den Fingern hielt, war eine Puppe!

Seine Puppe, eine Nachbildung seiner Person, die Todespuppe des Voodoo-Zaubers.

Und mitten im Hals steckte eine Nadel.

Jorge wußte, was das zu bedeuten hatte, aber er wollte nicht daran glauben.

Er hob die Puppe an.

Da geschah es.

Durch die etwas heftige Bewegung löste sich der Kopf und fiel genau vor Jorges Füße...

Er wollte schreien, doch bereits im Ansatz erstickte der Laut. Nur ein dumpfes Röcheln drang aus seiner Kehle.

Jorge starrte auf den Puppenkopf.

Auf seinen Kopf! Denn der Schädel zeigte seine Gesichtszüge. Ja, er täuschte sich nicht.

Fahrig schüttelte er den Kopf, wischte sich über die Augen und ging ein paar Schritte zur Seite. Er traute sich nicht mehr, zu Boden zu blicken, und er merkte erst jetzt, daß er noch den Körper in der Hand hielt.

Seltsam warm fühlte er sich an. Als würde er leben...

Leben?

Mit Schwung und einer Geste des Ekels schleuderte er den Torso weit von sich, der irgendwo im Unterholz landete und liegen blieb.

Jorge fühlte sich wie erlöst, doch im nächsten Augenblick traf ihn abermals der Schock.

Der Kopf lachte.

Es war ein kicherndes, höhnisches Geräusch, das er Jorge entgegenschleuderte, und der junge Mann glaubte, wahnsinnig zu werden. Er warf sich auf dem Absatz herum und rannte weg. Seine nackten Füße klatschten auf den weichen Untergrund, und erst der Stamm eines dicken Urwaldriesen hielt ihn auf.

Jorge blieb stehen. Heftig ging sein Atem. Er war bereits so weit vom Haus entfernt, daß er nur noch die Umrisse ahnen konnte. Gleichzeitig fielen ihm die Worte ein.

Es gibt einen Weg! Den mußt du nehmen. So ähnlich hatten die beiden gesprochen.

Jorge sah den Weg. Durch Zufall war er dort hingelaufen, wo er begann.

Führte er nicht in die Freiheit?

Ein schwacher Hoffnungsfunke, aber immerhin. Doch wer wußte, welche Gefahren auf diesem Weg in den finsteren Dschungel lauerten? Welche Götzen, Tiere, Monster warteten auf all die Unglücklichen, die den Weg gegangen waren?

Nie war einer zurückgekehrt, der durch den Wald gelaufen war. Er blieb für alle Zeiten verschwunden. Nur Reste seiner Kleidung waren hin und wieder an den Klippen am Nordrand der Insel gefunden worden. Reste, die auch die Haie nicht mehr mochten.

All diese Gedanken und Vermutungen bildeten **einen regelrechten** Wirbel in Jorges Kopf. Doch er durfte sich **nicht** verrückt machen lassen. Er mußte los.

Jetzt!

Der junge Insulaner lief. Er tauchte hinein in den feuchtwarmen, gefährlichen Urwald, der in absoluter Finsternis vor ihm lag.

Jorge hatte das Gefühl, sich in einem Tunnel zu befinden, dessen Eingang sich langsam hinter ihm schloß. Er wagte es nicht, zurückzuschauen, für ihn gab es jetzt nur noch den Weg nach vorn.

Er lief. Seine Beine arbeiteten wie ein Uhrwerk. Er achtete nicht auf Unebenheiten am Boden, seine Füße klatschten einen monotonen Rhythmus, wie zuvor die gefährlichen Voodoo-Trommeln ihre makabre Melodie in die Nacht gehämmert hatten.

Jorges Mund stand offen, sein Gesicht glänzte vor Schweiß. Ebenso wie der nackte Oberkörper. Die enge Hose, deren Beine dicht unter den Knien aufhörten, klebte auf der Haut.

Jorge war ein kräftiger junger Mann, der sich seiner Haut zu wehren wußte, deshalb war er auch die Mutprobe eingegangen. Nun hatte er nur noch Angst.

Er lief und lief. Weiter und tiefer in den Wald hinein. Der Weg wurde manchmal schmaler, so daß die Zweige der Bäume Jorges Körper streiften und er das Gefühl hatte, von den Händen längst verstorbener Menschen berührt zu werden.

Dann sah er das Licht.

Rechts von ihm und weiter voraus.

Er verlangsamte seine Schritte, ging jetzt normal weiter und hielt seinen Blick unverwandt auf das Licht gerichtet.

Es strahlte nicht hell, sondern war mehr ein düsteres, rötliches Glosen. Was bedeutete das? War das bereits das Ende des Wegs? Wenn ja, dann hatte er es geschafft, dann war er frei.

Als erster – als einziger...

Neue Hoffnung durchflutete ihn, und abermals beschleunigte er seine Schritte.

Er näherte sich dem Licht und riß die Augen weit auf, um besser sehen zu können.

Diesmal glaubte er, einen Kreis oder wenigstens einen kreisförmigen Gegenstand zu sehen, der das Licht abstrahlte. Aber daneben standen weitere Lichtquellen. Er zählte vier.

Waren es Laternen?

Jorge konnte das nicht glauben. Wie sollten hier im

314

Dschungel, wo alles noch so primitiv war, Laternen hinkommen? Die gab es nur im Ort und an der Küste, wo der feine weiße Sand sich bis zu den Felsen ausbreitete.

Vorsichtig schritt er auf die erste Lichtquelle zu. Stille umgab ihn. Eine merkwürdige Ruhe, die meistens dann eintritt, wenn ein schreckliches Ereignis unmittelbar bevorsteht.

Noch drei, vier Meter.

Immer weiter näherte sich Jorge.

Dann blieb er stehen. Seine Augen weiteten sich in grenzenlosem Entsetzen. Er hatte den Gegenstand erkannt.

Es war ein Schrumpfkopf.

Die alten Geschichten stimmten also doch. Caligro tötete seine Feinde und sammelte die Köpfe, nachdem sie präpariert worden waren. Dieser rötlich leuchtende Schrumpfkopf stand auf einer Stange dicht am Wegrand.

Wie von einem Band gezogen, schritt Jorge näher. Ob er wollte oder nicht, er mußte sich den Kopf ansehen.

Dicht davor blieb er stehen, verdrehte die Augen und blickte hoch.

Der Schrumpfkopf bot einen grauenhaften Anblick.

Er war um die Hälfte kleiner als ein normaler Schädel, die Haut war zusammengedrückt wie altes Pergamentpapier.

Den Mund hatte er aufgerissen, und Jorge sah deutlich die nadelspitzen Zahnreihen. Die Zähne mußten abgefeilt worden sein. Auch die Augen standen offen. Aus ihnen drang ebenso das rote Licht wie aus der Mundhöhle. Wo dieses Licht seinen Ursprung hatte, war dem jungen Insulaner ein Rätsel.

»Nein!« flüsterte er. »Das kann nicht wahr sein...«

Er wankte zurück. Er hatte plötzlich nicht mehr die Kraft, weiterzulaufen, der Anblick des Schädels war für ihn ein Schock gewesen. Wenn er den Weg weiterging, dann mußte er auch an den anderen Schädeln vorbei und erlebte den gleichen Horror noch ein paarmal.

Jorge schluckte.

Er schaute zurück.

Dunkelheit, tiefschwarze Finsternis, die keinen Ausweg freiließ. Es gab für ihn nur eine Alternative.

Er muße quer durch den Wald laufen.

Zum Glück wurde der Weg nur an einer Seite von den auf Stangen steckenden Schädeln flankiert, auf der linken Seite wuchs der dichte Urwald bis an den Rand.

Jorge drehte sich um, lief die beiden Schritte bis zum Waldrand und wollte sich in das Unterholz werfen.

Es blieb bei dem Versuch.

Plötzlich waren die Pflanzen wie lange Gummiarme, die ihn festhielten, an ihm zerrten und ihn nicht mehr losließen.

Jorge schrie, schlug um sich und geriet in höchste Panik.

Da schleuderten ihn die Arme zurück.

Der junge Mann krachte mit dem Rücken zuerst auf den Weg, überschlug sich und blieb dicht neben einer Schädelstange liegen.

Er war verzweifelt. Ein tiefes Schluchzen drang aus seiner Kehle, mühsam stemmte er sich hoch und stand wankend auf den Füßen.

Er mußte den Weg nehmen, vorbei an den Schädeln. Es gab nur diese eine Möglichkeit.

Er taumelte los, erreichte die zweite Stange, auf deren Spitze wiederum ein leuchtender Schrumpfkopf saß, nein, sitzen sollte.

Die Stange war leer.

Wie ein langer, dünner Finger ragte sie vor Jorge hoch. Und auch auf den anderen Stangen hockten keine Schrumpfköpfe mehr. Sie waren ebenfalls verschwunden.

Wohin?

Fieberschauer schüttelten Jorge, seine Zähne klapperten aufeinander, die Angst wurde übermächtig.

Vorsichtig wandte er sich um, als fürchtete er, daß ihn jemand entdecken könnte.

Er sah die Köpfe.

Sieben insgesamt.

Sie waren von ihren Stangen gehüpft und hatten den jungen Mann eingekreist.

Kleine Bestien, mit Mäulern, die sie auf- und zuklappten, wobei die Reißzähne wie Kastagnetten gegeneinanderschlugen.

Und sie rückten näher.

Die gefährlichen Schädel hüpften auf den schreckensstarren Jorge zu. Er drehte sich um.

Das gleiche Bild. Auch diese Schädel befanden sich in Bewegung.

Der erste sprang. Jorge nahm die huschende Bewegung aus den Augenwinkeln wahr, duckte sich, und der Schrumpfkopf verfehlte ihn.

Gleichzeitig federten zwei andere ab. Denen konnte Jorge nicht ausweichen.

Plötzlich spürte er ihr Gewicht auf beiden Schultern, wollte sie packen und wegschleudern, da bissen sie zu.

Der Schmerz war schlimm. Er trieb Jorge das Wasser in die Augen. Der Mann drehte sich im Kreis und bemerkte voller Grauen, daß ihn auch die anderen Schrumpfköpfe ansprangen und die beiden auf seinen Schultern hockenden auf seinen Hals zuwanderten.

Jorge brach in die Knie.

Seine Schreie verstummten.

Dann waren nur noch gräßliche, schlürfende Geräusche zu vernehmen. Sonst nichts...

Als es hell wurde, tauchten zwei Männer auf.

Sie sahen die Schädel auf den Stangen und den Toten davorliegen. Beide nickten zufrieden.

»Der Meister wird sich freuen«, sagte der eine und hob die Leiche des Inselbewohners auf. Er warf sie über die Schulter und ging zum Haus zurück.

Caligro wartete schon im Keller. Der Tote wurde auf einen langen Holztisch gelegt, und der Magier griff zur Säge...

Stunden später warfen zwei Männer etwas von den Klippen ins Meer. Der Gegenstand lag kaum im Wasser, als die See schon zu kochen begann.

Haie!

Sie lauerten immer, denn sie wußten, daß es an dieser Küste sehr oft Beute gab...

Wir genossen den lauen Sommerabend.

Wir, das waren Sheila Conolly, ihr Mann Bill und ich. Als Platz hatten wir uns den Garten der Conollys ausgesucht, in dem man sich wirklich erholen konnte.

Bill hatte Jane Collins auch mit eingeladen, doch die Detektivin war verhindert. Ein Auftrag hatte sie nach Kopenhagen geführt. Sie ermittelte dort wegen eines Antiquitätendiebstahls.

Die Conollys hatten einen Grund, mich einzuladen. Es war ihr vorerst letzter Abend in London, denn Bill, Sheila und der kleine Johnny wollten eine Schiffsreise antreten.

Ziel: Bermuda-Dreieck!

Am nächsten Tag würden sie zu den Bahamas fliegen und von dort aus die Kreuzfahrt beginnen.

Damit hatte mich Bill überrascht.

Sheila war nicht im Garten, sie brachte den Kleinen ins Bett. Ich hing im bequemen Stuhl, hatte die Beine hochgelegt und nuckelte an einer erfrischenden Früchtebowle.

Bill ging seinen Pflichten als Hausherr nach. Er grillte. Auf dem Rost lagen die leckersten Steaks, bei deren Anblick mir das Wasser im Mund zusammenlief. Auf einem Tisch hatte Sheila alles bereitgestellt. Salate, Soßen und Brot.

Bill blieb neben dem fahrbaren Grill stehen und warf mir einen langen Blick zu.

Ich grinste ihn über den Rand der Bowlenschale hinweg an. »Ist was?«

»Ja, du hast noch nichts gesagt.«

»Doch, ich habe Johnny, Sheila und dich begrüßt und erzählt, daß es mir gut geht. Reicht das nicht?«

Bill schüttelte den Kopf. »Das meine ich auch nicht, sondern unsere Reise. Dazu hast du keinen Kommentar gegeben.«

Ehrlich gesagt, ich war an diesem bewußten Abend so richtig abgeschlafft und wollte keine tiefschürfenden Gespräche führen, während Bill vor Energie platzte. Ich tat dem Freund trotzdem den Gefallen.

»Was heißt hier Kommentar? Es ist euer Urlaub. Ihr könnt tun und lassen, was ihr wollt. Ich kann euch doch nichts vorschreiben.«

»Und beim Bermuda-Dreieck macht es bei dir nicht klick?«

Ich hob die Schultern. »Ein wenig schon.«

»Aha«, sagte Bill, »wußte ich es doch.« Er schaute mich auffordernd an. »Willst du nicht mitfahren?«

»Zum Bermuda-Dreieck?«

»Ja.«

»Nein danke. Dazu habe ich keine Lust. Sucht die verschwundenen Schiffe allein, das hast du doch vor – oder?«

Bill schaute mich treuherzig an, zu treuherzig, als daß ich es hätte glauben können. »Nein, John, wir wollen nur einfach Urlaub machen.«

»Das hast du Sheila erzählt. Ich nehme dir das nicht ab, mein Lieber.«

»Na ja, so ganz...«

»Wie groß ist denn das Schiff?« fragte ich.

»Es sind noch einige Bekannte dabei und die Besatzung.«

»Dann kann ich mir denken, was du vorhast«, erwiderte ich.

»Das ergibt sich eben.«

»Was ergibt sich?« fragte Sheila plötzlich. Keiner von uns hatte sie auf die Terrasse treten sehen. Sie stand auf einmal da und hielt den kleinen Johnny auf dem Arm.

Der Conolly-Nachwuchs schlief bereits und nuckelte an seinem Daumen. Es war der rechte. Unter den linken Arm hatte er sich seinen Teddy geklemmt. Das Stofftier war ein Geschenk von mir.

Ich schwang die Beine von der Liege und stand auf.

»Johnny wollte nur noch seinem Onkel gute Nacht sagen«, erklärte Sheila, »aber er ist unterwegs schon eingeschlafen.«

Ich ging auf Sheila zu. »Das macht doch nichts«, sagte ich und drückte meinem Patenkind einen Kuß auf die rosige Wange. Dabei roch ich Sheilas Parfüm.

»Ist das neu?« fragte ich und wedelte mit der Hand.

»Was?«

»Dein Parfüm.«

»Nein, das ist schon älter. Aber du bist zu selten bei uns, deshalb fällt es dir heute auf.«

»Kann sein.«

Sheila wandte sich an ihren Mann. »Können wir dann essen, wenn der Kleine im Bett ist?«

»Meinetwegen.«

Sheila verschwand im Living-room. Sie trug ein buntes Gartenkleid, das bis auf die Knöchel reichte und über der Schulter von zwei dünnen Trägern gehalten wurde. Ihr langes Haar hatte sie über die Ohren zurückgesteckt. Gehalten wurde es von zwei Spangen.

Bill grinste. »Sie hat nichts gemerkt.«

Ich hob die Schultern, ging zur Eisbox und holte mir eine Flasche Bier heraus. Das Glas setzte ich mit der Öffnung auf den Flaschenhals.

»Warum ist Suko eigentlich nicht mitgekommen?« fragte Bill.

»Er und Shao sind auf einem Sommerfest seines Karateclubs. Gönnen wir ihnen die Freude.« Ich deutete auf die Steaks. »Dreh sie mal rum, sonst kauen wir hinterher auf Schuhsohlen.«

»O verdammt, das hätte ich bald vergessen.« Hastig wendete der ehemalige Reporter die Fleischstücke.

»Wer fährt denn noch mit?« wollte ich wissen.

»Ein Arzt und zwei Meeresbiologen. Sind Bekannte von uns. Sie nehmen auch ihre Frauen mit.«

»Da ist Sheila nicht mißtrauisch geworden?«

»Wir haben ja nichts gesagt.«

»Das heißt, ihr wollt tauchen?«

»Ja.«

»Wie viele Männer Besatzung hat der Kahn?«

»Die Seabird hat – Moment«, Bill hob die Hand und begann mit den Fingern zu rechnen, während mir der Duft des gebratenen Fleisches schon in die Nase stieg.

»Sechs Mann Besatzung. Mit dem Kapitän.«

»Das ist nicht wenig.«

»Wir fahren auch nicht mit einer Nußschale.«

Sheila kam zurück. Den fahrbaren Wagen mit den Tellern darauf schob sie vor sich her.

»Die Filets sind auch fertig«, rief Bill, stach in das erste mit der Steakgabel hinein und legte es auf einen Teller.

Ich wollte es Sheila überlassen, doch sie schüttelte den Kopf. »Du bist der Gast, John.«

»Sei doch nicht so förmlich.«

»Trotzdem.«

Ich nahm den Teller, suchte frische Salate aus und ging auch zu den Soßen.

Am runden Tisch nahm ich Platz. Sheila und Bill setzten sich ebenfalls. Der Reporter schob den Grill herbei.

Sheila trank Rotwein aus Frankreich, während Bill und ich uns am Bier festhielten.

Wir aßen fast zwei Stunden. Es wurde viel gelacht und auch einiges getrunken. Den Bentley hatte ich in der Garage gelassen, ich kannte schließlich die Grillfeste bei den Conollys.

Alles schmeckte vorzüglich, und Bill erzählte ein paar neue Witze. Auch einen Gruselwitz.

»Kennst du den schon, John? Kommt ein Vampir an die Grenze und hat ein junges Mädchen über der Schulter liegen. Fragt der Zöllner: Was wollen Sie denn damit? Darauf der Vampir mit Grabesstimme: Denken Sie, ich reise ohne Proviant!«

Wir lachten alle drei. Langsam wurde es dunkel. Im Garten begannen automatisch die Laternen zu leuchten, sie schufen helle Inseln in der Dämmerung. Ich fühlte mich rundherum wohl. Die Spannung der vergangenen Tage fiel von mir ab wie eine alte Haut. Wir erzählten weiter, und es blieb nicht aus, daß die Sprache auf meinen Job kam.

Natürlich mußte ich von meinem letzten Abenteuer berichten. Sheila zog dabei ein paarmal wie fröstelnd die Schultern hoch. Ich wollte schon zu einem anderen Thema überwechseln, als Bill fragte: »Was ist eigentlich mit Dr. Tod geschehen?«

Ich hob die Schultern und klopfte dreimal auf den Tisch. »Mal den Teufel nicht an die Wand, Bill. Ich bin froh, daß ich in den letzten Wochen nichts von ihm gehört habe. Und auch nicht von Tokata, dem grausamen Samurai.«

»Die werden schon zusammen ein Süppchen kochen«, meinte Bill.

Da gab ich ihm recht.

Die nächste Frage stellte Sheila. »Hast du inzwischen etwas von Myxin gehört, John?«

»Leider nicht.«

»Was mit ihm wohl geschehen sein mag?« murmelte Sheila.

Das fragte ich mich auch oft. Myxin war und blieb nach dem Kampf auf der Drachenburg verschwunden.

Er hatte schwer büßen müssen, weil er sich auf unsere Seite geschlagen hatte. Das verzieh ihm Asmodina nie. Sie hatte ihm seine magischen Kräfte genommen. Myxin mußte ungeheuer unglücklich sein. Ich hatte ihm helfen wollen, aber er hatte abgelehnt und war verschwunden. Wir machten uns natürlich Sorgen, denn irgendwie war uns der kleine Magier ans Herz gewachsen.

Wo mochte Myxin jetzt stecken? Hoffentlich war er nicht Asmodina in die Hände gefallen, doch das hätte sie mir irgendwie zu verstehen gegeben, denn auch die Teufelstochter war eitel wie alle Dämonen. Da unterschieden sie sich nicht.

Eine Schweigepause entstand.

Bill hob schließlich sein Glas. »Cheerio. Trinken wir auf Myxin und auf unseren Urlaub.«

Wir stießen an.

Danach wurde es wieder lustiger. Bill ließ Musik laufen, und kurz vor Mitternacht gähnte Sheila verstohlen.

Ich schaute auf die Uhr. »Wann startet ihr eigentlich?«

»Erst am Mittag.« Bill winkte ab und griff zu einer neuen Flasche.

»Also, ich gehe ins Bett«, sagte Sheila.

Wir hielten sie nicht auf.

Ich wünschte ihr noch alles Gute und sah ihr nach, bis sie verschwunden war.

»Ein Prachtmädel«, sagte Bill, wobei seine Stimme auch nicht mehr sicher klang. »Komm, John, wir nehmen noch einen kleinen zur Brust. Du kannst ja hier schlafen.«

Damit war ich nun gar nicht einverstanden. Schließlich mußte ich ins Büro, und Blaumachen war nicht drin.

Eine Stunde später stand das Taxi bereit. Bill brachte mich noch zum Wagen.

Unser Abschied fiel aus, als wäre er einer fürs Leben. Dabei ahnte ich nicht, wie schnell ich die Conollys wiedersehen würde. Allerdings unter Umständen, an die ich heute noch mit Schaudern zurückdenke...

Wie ein Tier hatte er sich verkrochen!

Nach dem Untergang des Drachenmonsters und Asmodinas Niederlage war Myxin verschwunden. Er hatte sich klammheimlich aus dem Dorf entfernt.

Ein Verzweifelter, ein Geschlagener...

Wohin er wollte, das wußte Myxin nicht. Nur irgendwohin, in die Einsamkeit der Berge, wo er mit sich und seinen Problemen allein war und wo er nicht so leicht aufgestöbert werden konnte, denn Myxin hatte schwer zu leiden.

Seine magischen Fähigkeiten waren verschwunden. Asmodina hatte dies geschafft und ihn derart gedemütigt.

Myxin war ein Mensch wie jeder andere.

Nein, nicht ganz. Als er sich auf seiner Wanderung einmal an einer Glasscherbe schnitt, da drang kein Blut aus der Wunde, und er verspürte auch keine Schmerzen.

Wenigstens darin unterschied er sich von den Menschen. Myxin registrierte also, daß ein Rest Magie noch vorhanden war. Aber er war ja auch kein Mensch. Seine Wiege stand ganz woanders, und da hätte er sich gern hingewünscht, was wiederum nur durch Magie zu schaffen war, und die magischen Kräfte hatte er verloren.

Ein schlimmer Kreislauf, in dem alles endete. Doch es half kein Toben, kein Schimpfen und Verzweifeln. Myxin mußte sich mit der neuen Lage abfinden.

Er war ein Einsamer, ein Geschlagener. Die Armee der Schwarzen Vampire hatte man ihm genommen, die Dimensionen der Finsternis – sonst auch seine Reiche – waren und blieben ihm verschlossen. Er hatte die Fähigkeit des Zeitsprungs verloren, vielmehr war sie ihm durch Asmodina genommen worden.

Und das nur, weil Myxin sich auf die Seite der anderen geschlagen hatte.

Dabei hatte er das nicht einmal freiwillig getan. Es hatte sich einfach so ergeben. Denn es waren John Sinclair und Suko gewesen, die ihn aus einem 10 000jährigem Schlaf erweckten. In diesem Schlaf hatte ihn der Schwarze Tod versetzt, damals in Atlantis. Sie waren Todfeinde, von Beginn an, und daran hatte auch seine Wiedererweckung nichts geändert. Myxin, der Magier, bekämpfte den Schwarzen Tod so, wie er ihn damals bekämpft hatte.

Allerdings gab es einen Unterschied. Der Schwarze Tod war mächtiger geworden. Er hatte die Zeit genutzt, die ihm zur Verfügung stand. Myxin allein konnte nichts gegen ihn ausrichten. Er brauchte starke Helfer. Die fand er im Sinclair-Team. Obwohl er die Menschen ebenfalls haßte, half er ihnen doch hin und wieder, damit der Schwarze Tod besiegt wurde und Myxin an seine Stelle treten konnte.

Doch der Teufel ließ sich nicht ausrechnen. Er sah, was sich anbahnte, und schickte Asmodina, seine Tochter.

Sie sollte die große Nachfolgerin des Schwarzen Tods werden. Das wußte auch Myxin. Von diesem Zeitpunkt an richtete sich sein Kampf nicht nur gegen den Schwarzen Tod, sondern auch gegen Asmodina.

Der Schwarze Tod wurde besiegt, nicht zuletzt durch Myxins Schwarze Vampire. Er selbst jedoch wurde von Asmodinas Todesengeln gefangengenommen und in eine andere Dimension verschleppt.

Inzwischen jedoch hatte Myxin die andere Seite auch kennengelernt. Er wußte, was Freundschaft, Treue und Kameradschaft bedeuteten. Und das gefiel ihm gar nicht schlecht. Während er unter Asmodinas Todesengeln zu leiden hatte, versuchte John Sinclair gemeinsam mit Damona King, ihn zu befreien.

Es gelang nicht.

John und Damona hatten Glück, daß sie aus dieser schaurigen Welt fliehen konnten.

Myxin jedoch mußten sie zurücklassen, und er war weiterhin Asmodinas Rache ausgesetzt.

In der Drachenburg war er dann wieder auf John Sinclair gestoßen, als Wrack, als Gedemütigter, als Gepeinigter. Asmodina hatte sich furchtbar gerächt. Sie hätte ihn auch töten können, aber das wäre zu billig gewesen. Nein, Myxin sollte leiden, er sollte auf der Erde herumkriechen und dahinvegetieren, diese kleine, fast unscheinbare Person mit der leicht grünlich schimmernden Haut.

Allein und verlassen ging Myxin in die Berge. Er wollte keinen Menschen mehr sehen, versteckte sich am Tag und wanderte nachts weiter. Menschliche Bedürfnisse verspürte er nicht. Er brauchte nicht zu essen oder zu trinken, er benötigte keinen Schlaf, und er empfand keine Schmerzen.

Myxin war ein regelrechtes Neutrum.

Und doch spürte er die Einsamkeit. In manchen Nächten, wenn er draußen saß und zu den funkelnden Sternen schaute, dachte er an seine Menschenfreunde.

Ja, sie sorgten sich um ihn, doch Myxin traute sich nicht, den Freunden unter die Augen zu treten. Er war ein Besiegter, ein Geschlagener, und er hatte Angst, daß man ihn verachtete oder auslachte.

Doch tief in seinem Inneren sagte er sich, daß das nicht stimmen konnte. Diese Menschen waren anders als Dämonen. Sie dachten nicht so wie Schwarzblüter, sie handelten nicht so. Für sie gab es die Freundschaft, die Treue und das

Sich-aufeinander-verlassen-Können. Dieses fast verschüttete Wissen gab Myxin Kraft und Mut, nicht aufzugeben.

Es trieb ihn auch voran. Seine Wanderung führte ihn weit nach Schottland, wo das Land ebenso urwüchsig ist wie die Menschen.

Und er fand einen Platz.

In einer Höhle verkroch sich der kleine Magier. Sie lag an einem windgeschützten Hang, an dem haushohe Tannen wuchsen und den von den Bergen fallenden Wind stoppten.

Er blieb in der Höhle.

Tage, Wochen...

Und er dachte nach. Über sich und sein Schicksal. Über die Zukunft und die Welt, in der er, der Magier, jetzt leben mußte. Es waren trübe Gedanken, von keinem Lichtstrahl der Hoffnung durchbrochen. Aber Myxin brauchte diese Zeit der Regeneration, er mußte wieder zu sich selbst finden, sich erholen und mit der neuen Lage fertig werden.

Von Asmodina hörte er nichts. Wahrscheinlich machte sie sich nicht die Mühe, ihn aufzuspüren. Für sie war Myxin ein Nichts, kein Gegner mehr, was sollte sie auch mit ihm?

So blieb Myxin allein.

Stundenlang meditierte er, versank in eine bleierne Starre und suchte nach seinen verlorengegangenen Kräften. Sie konnten doch nicht völlig verschüttet sein! Etwas mußte zurückgeblieben sein!

Myxin gab nicht auf.

Langsam verschwanden die Depressionen. Frische Kraft und neuer Mut durchströmten ihn. Sein Inneres war wie ein Motor, der lange nicht in Betrieb gewesen war und jetzt stotternd ansprang.

Asmodina hatte nicht all seine Kenntnisse löschen können. Ihm fielen Formeln ein, zwar schwache nur, aber er konnte wieder etwas. Er wußte, daß die Schwarze Magie existierte und daß er mit ihr spielen und sie manipulieren konnte.

Dann kam der Tag seiner ersten Beschwörung.

Früher war es für ihn ein Kinderspiel gewesen, aber heute war es eine harte Prüfung.

Myxin blieb im Halbdämmer seiner Höhle, während er die Vorbereitungen traf.

Er zog einen magischen Kreis, schritt ihn ab und murmelte dabei alte Bannsprüche.

Auch die Sprache war ihm wieder eingefallen. Zwar kannte er nicht alle Worte, doch auch ein Drittel reichte aus, um die Beschwörung zu formulieren.

Myxin überstürzte nichts, er hatte Geduld und in der letzten Zeit das Warten gelernt.

Vor seiner ersten Beschwörung sammelte er Kraft, meditierte und dachte an das bevorstehende Ereignis.

Dann war es soweit.

Myxin, selbst dämonischer Abstammung, wollte einen Dämon beschwören.

Er kniete sich vor den Kreis, streckte die Arme aus und spreizte die Hände.

Dann sprach er einen Satz.

Normalerweise wären jetzt Funken aus seinen Fingerspitzen gesprüht, doch Myxin war zu schwach. Er fühlte wohl das Prickeln, hörte auch ein Knistern, doch Funken sprangen nicht über.

Ein paarmal versuchte Myxin es.

Nichts...

Die Beschwörung gelang nicht!

Müde ließ er sich zurückfallen. Er wischte den magischen Kreis nicht weg, denn aufgeben wollte er nicht. Die Beschwörung sollte zu einem anderen Zeitpunkt noch einmal durchgeführt werden.

Es dauerte abermals Tage, bis Myxin sich wieder aufraffte und einen zweiten Versuch startete.

Wie schon zuvor hatte er Kräfte gesammelt und konzentrierte sich nur auf dieses eine Ziel.

Er sprach die magischen Worte, hatte die Arme ausgestreckt und die Finger gespreizt.

Wieder knisterte es.

Aber es sprühten keine Funken.

Myxin wollte die Beschwörung schon enttäuscht abbrechen, als er bemerkte, daß doch etwas geschehen war.

Innerhalb der Höhle hatte sich die Luft verändert. Sie war kälter geworden und streifte als eisiger Hauch über die Wände.

Das Böse war nah...

Myxin spürte es mit jeder Faser seiner Nerven. Es prickelte, es vibrierte, er stand dicht vor dem Ziel.

Ja, es würde gelingen!

Myxin hatte einen niederen Dämon beschwören wollen. Einen aus der Kaste der Diener, doch der Dämon erschien nicht.

Myxin hörte zwar eine Stimme, aber der Unheimliche materialisierte sich nicht. Irgend etwas störte. Myxin vermutete, daß er in einer anderen magischen Sphäre gelandet war.

Plötzlich erfaßte die Kälte auch ihn. Gleichzeitig jedoch hatte er das Gefühl, mit einer Hälfte seines Körpers in siedendem Pech zu stehen.

Heiß und kalt wurde ihm.

Plötzlich war die Höhle von einem dumpfen Brausen erfüllt. War der Dämon da, klappte die Beschwörung?

Myxin riß die Augen auf. Seine Haut verfärbte sich. Aus dem Grün wurde ein aschfahles Grau. Er blickte in den Kreis, sah dort Bewegung und ein Bild.

Verschwommen nur, er erkannte nichts. Doch das Bild wurde klarer, manifestierte sich, und ein Stöhnlaut drang aus Myxins Mund.

Das war kein Dämon, den er gestört hatte. Seine Magie war einer anderen in die Quere geraten, die beiden hatten sich überlappt und die Szene des anderen Magiers in die von Myxin beschworene Sphäre transportiert.

Eine Gestalt erschien.

Ein langer weißer Umhang, aus dem ein Kopf schaute, mit entstelltem Gesicht, grausamen Augen und einem feuerroten Vollbart. Der Magier hielt beide Arme ausgestreckt, hatte die Handflächen nach oben gedreht, und auf ihnen lagen zwei Köpfe.

Schrumpfköpfe...

Der fremde Magier lachte. Myxin erkannte dies nur an seinem Gesicht, wie er den Mund öffnete.

Nebel umwallte die Beine des Magiers. Aus dem Nebel schälten sich Gestalten. Eingeborene mit gräßlich bemalten Gesichtern, die einen höllischen Reigen tanzten.

Und Trommeln.

Es wurden Trommeln geschlagen.

Voodoo!

Das war finsterer Voodoo-Kult. Irgendwo in der Welt spielte ein mächtiger Magier mit diesen schrecklichen Kräften.

Myxin versuchte, ihn zu erkennen, aber es war nicht möglich. Er hatte die Gestalt in Weiß noch nie gesehen.

Das Bild verschwamm.

Fiel die Beschwörung zusammen?

Nein, eine andere Szene erschien.

Wasser, ein Schiff. Menschen darauf. Tanzende und lachende Menschen, Bekannte...

Sheila und Bill Conolly...

Und dann die verwesten Leichen. Sie tauchten aus dem Wasser auf, näherten sich der Bordwand. Geschöpfe der Hölle, lebende Leichen, durch den Voodoo-Zauber aktiviert.

Plötzlich brandete ein Schrei auf.

Und dieser Schrei drang durch die Dimensionen und erreichte Myxins Ohren.

C-a-l-i-g-r-o!

Gleichzeitig spürte Myxin die Schmerzen. Sie strömten in seinen Körper, der bäumte sich auf, kämpfte dagegen an und schaffte es nicht. Zuviel Kraft hatte ihn die Beschwörung gekostet.

Myxin fiel schwer auf die Seite und blieb liegen.

Der Kreis, den er gezogen hatte, verschwand ebenso wie das Bild. Nichts blieb zurück.

Nur die gähnende Leere der Höhle...

Und ein kleiner Magier, dessen Beschwörung unendlich viel Kraft gekostet hatte.

Stunden dauerte es, bis sich Myxin wieder bewegte. Er

zuckte zuerst, als würde jemand auf ihn einschlagen, dann richtete er sich auf und schaute verwirrt in die Runde.

Myxin lag noch immer in der Höhle. Nur langsam kehrte die Erinnerung zurück. Dann richtete er sich mit einem Ruck auf.

Plötzlich sah er wieder das Bild vor seinen Augen. Den weißen Magier, das Schiff, Sheila und Bill Conolly, die lebenden Unterwasserleichen, die Gefahr...

Auf einmal glitt ein Lächeln über Myxins schmales Gesicht. Wochenlang war er umhergeirrt, verzweifelt, sich am Ende und nutzlos fühlend, doch nun durchströmte ihn neue Kraft.

Ihm war eine Beschwörung gelungen. So ganz konnten seine magischen Kräfte nicht verschüttet sein.

Asmodina hatte sich geirrt...

Aber Myxin wußte, was er zu tun hatte. Es gab keinen anderen Weg. Er mußte zurück nach London und dort einen Mann warnen.

Der Kampf ging weiter...

Auch für ihn.

Früher, als Myxin noch der alte gewesen war, hatte es für ihn keine Entfernungsprobleme gegeben. Darüber hatte er nur gelacht. Er teleportierte sich einfach zu seinem Ziel.

Das klappte heute nicht mehr.

Myxin mußte wie jeder andere Mensch reisen. Nur – wie sollte er reisen, wenn er kein Geld besaß?

Es war schlimm, nahezu demütigend für ihn. Sich auf ungesetzliche Art und Weise Geld zu beschaffen, wagte er nicht, er wollte auch nicht betteln, und so versuchte er, auf allen möglichen Wegen nach London zu gelangen.

Eine Hoffnung hatte Myxin. Daß sich die Szene, die er gesehen hatte, erst in etwas fernerer Zukunft abspielte. Die Chancen standen also 50 zu 50.

Immer wieder versuchte Myxin, die Kräfte der Teleportation einzusetzen. Es gelang ihm nicht. Er mußte zu Fuß nach

London. Am vierten Tag nach der Beschwörung überschritt er mitten in der Nacht die Grenze nach England.

Doch wie sollte er am schnellsten nach London gelangen? Bis Carlisle schlug er sich zu Fuß durch. Dann war er es leid.

Myxin ging zum erstenmal das Wagnis ein und versuchte sich als Anhalter.

Er wollte trampen.

Wie immer trug er seinen alten langen Mantel. Er hatte ihn notdürftig gesäubert, bevor er sich an die Straße stellte und darauf hoffte, daß ihn jemand mitnahm.

Er war nicht der einzige Tramper, ein paar junge Leute, hielten sich in seiner Nähe auf.

Sie wurden rasch mitgenommen, Myxin blieb stehen.

Am frühen Abend fing es an zu regnen. In langen Bindfäden rann das Wasser vom Himmel, die Scheinwerfer der Wagen wurden zu explodierenden kleinen Sonnen, wenn die schweren Fahrzeuge an Myxin vorbeirasten.

Er winkte.

Niemand hielt.

Die Zeit verrann, es wurde dunkel, der Regen blieb. Er fiel jetzt in kleinen Tröpfchen vom Himmel, wurde vom Wind erfaßt und schräg in Myxins Gesicht geschleudert.

Der Magier war naß bis auf die Haut.

Er wollte schon aufgeben, als abermals ein Truck aus dem Regen herandonnerte.

Automatisch hob Myxin die Hand.

Der Truck fuhr vorbei.

Myxin folgte dem Gefährt mit seinen Blicken. Die schweren Hinterreifen schleuderten lange Wasserfahnen hoch. Myxin sah die Rückleuchten wie eine Kette von roten Augen, die plötzlich aufglühten.

Der Wagen wurde gebremst.

Es zischte, als die schweren Druckluftbremsen in Betrieb gesetzt wurden. Myxin wußte, was dies zu bedeuten hatte.

Der Fahrer wollte ihn mitnehmen.

Myxin rannte. Neben dem Fahrerhaus blieb er stehen. Eine

schattenhafte Gestalt beugte sich zur Beifahrerseite hinüber und öffnete.

Einsam und irgendwie verloren stand Myxin im Regen. Selbst ein Lächeln brachte er nicht mehr fertig.

Der Fahrer hatte Mitleid.

»Wohin soll's denn gehen?«

»Nach London.«

»Verdammt weite Strecke. Egal, steig ein.«

»Danke, ich danke Ihnen sehr.« Myxin kletterte die kleine Treppe hoch und nahm Platz.

Der Driver winkte ab. »Mach's halblang, Kamerad. Auch ich bin froh, daß ich Unterhaltung habe.«

Myxin schloß die Tür. »Fahren Sie nach London?«

»Ja.«

»Und Sie nehmen mich wirklich mit?«

»Warum nicht?«

»Aber ich kann nicht bezahlen.«

»Der Sprit geht auf Kosten der Firma. Und jetzt sei ruhig, ich muß weiter.«

Der Driver fuhr an. Myxin beobachtete ihn aus den Augenwinkeln. Der Mann war schon älter, hatte ein gutmütiges Gesicht, das fast so rund wie der Vollmond war, und schüttere blonde Haare. Er trug eine Lederjacke und ein kariertes Hemd. Seine kräftigen Hände umklammerten das Lenkrad.

Eine Weile fuhren sie schweigend. Myxin hockte zusammengesunken auf dem Sitz, der von seiner Kleidung genäßt wurde.

»Wo kommst du eigentlich her?« fragte der Fahrer.

»Aus Schottland.«

»Tramper?«

»Ja.«

»Ich heiße übrigens Cocky!«

»Mein Name ist Myxin.«

»Nie gehört, komisch.«

»Das ist keltisch.«

»Aha«, sagte der Fahrer. »Aber da kenne ich mich nicht aus, weißt du. Waren das nicht unsere Vorfahren?«

»So ähnlich.«

»Erzähl doch mal.«

Myxin wollte dem Fahrer den Gefallen tun. Er berichtete von alten keltischen Sagen, und Cocky hörte gespannt zu. Die Zeit verging wie im Flug. Ehe sie sich versahen, war es kurz vor Mitternacht.

»Mann, ich brauche jetzt einen Kaffee. Wir sind bald in Manchester. Dort gibt es einen Rasthof. Trinkst du einen mit?«

»Ich habe keinen Penny.«

»Den Kaffee bezahle ich.«

»Danke.«

Der Fahrer grinste Myxin an. »Dafür mußt du mir hinterher wieder Geschichten erzählen.«

»Mach ich.«

Fünf Minuten später tauchte aus dem Regenvorhang das Schild auf, das zum Gasthaus wies. Tanken brauchte Cocky nicht, und so fuhren sie direkt zu den Parkplätzen für Trucks.

Sie lagen ziemlich am Ende der Anlage. Cocky rangierte den schweren Truck in eine noch leere Parkbucht. Die beiden Männer stiegen aus. Cocky überprüfte noch einmal die Ladung, war zufrieden, daß die Sicherungen noch hielten, und anschließend schritten die ungleichen Männer auf die erleuchtete Raststätte zu.

Myxin trank Kaffee und aß ein Sandwich, obwohl er keinen Hunger verspürte.

Der Fahrer pumpte sich mit Kaffee voll, er wollte die Nacht unbedingt durchfahren.

Nach einer halben Stunde ging es weiter.

Der Regen hatte aufgehört. Naß glänzte die Fahrbahn. Auf den Wasserpfützen schimmerten bunte Ölflecken.

Die beiden Wagen neben ihrem Truck waren verschwunden.

»Einsteigen«, sagte Cocky und holte den Schlüssel aus der Seitentasche.

In diesem Augenblick sahen sie sie.

Fünf schwarzgekleidete Gestalten – Rocker!

Sie hatten hinter dem Wagen im Gebüsch gelauert und kreisten Cocky und Myxin blitzschnell ein.

»O verdammt«, sagte der Fahrer und schluckte. Selbst in der Dunkelheit war zu sehen, wie weiß sein Gesicht wurde.

Die Rocker waren siegessicher. Das sah man ihrem Lächeln an. Und sie waren bewaffnet.

Fahrradketten, Schlagringe, Messer...

Einer trat zwei Schritte vor. Er war der Anführer. Er trug auf dem Kopf eine Pudelmütze, hatte seine Lederjacke mit Weltkriegsorden geschmückt und schlug den Totschläger leicht in seine linke, offene Handfläche.

»Gibst du deine Ladung freiwillig ab, oder sollen wir sie dir abnehmen?«

Cocky überlegte. »Ich – ich habe nichts, das euch interessieren könnte.«

»Fährst du nicht Zigaretten?«

»Auch.«

»Na bitte. Und du wagst es, uns zu belügen, Scheißer?«

»Gib ihm Stoff!« meldete sich einer der übrigen Rocker. »Schlag ihn nur leicht zusammen.«

Der Anführer grinste. »Du hast gehört, was meine Freunde sagen. Ich muß auf sie hören. Sorry.«

Er schlug zu.

Die Bewegung war kaum zu sehen, aber der Totschläger traf Cockys linke Schulter.

Der Fahrer stöhnte auf, wankte zurück und fiel gegen die Tür. Der Rocker setzte nach und hob den Arm zum zweiten Schlag. Genüßlich suchte er die Stelle aus, die er sich als nächstes vornehmen wollte. Auf Myxin achtete keiner.

Der Magier trat einen Schritt vor. Er tat dies nicht gern, doch in Anbetracht der Lage konnte er nicht anders.

Bevor der Rocker zuschlug, sagte Myxin: »Laß es sein!«

Der Schläger stoppte tatsächlich. Überrascht starrte er Myxin, den Magier, an.

»Bist du lebensmüde?«

»Ich habe mich wohl deutlich genug ausgedrückt.«

»Das hast du«, erwiderte der Kerl und hieb zu.

Der Schlag traf Myxin ebenfalls an der Schulter. Ein normaler Mensch wäre zusammengebrochen, nicht der kleine Magier.

Er spürte keinen Schmerz, ging einfach weiter und packte zu.

Plötzlich umschlossen die Finger seiner rechten Hand die Kehle des Rockers.

Und schon zuvor hatte Myxin sich konzentriert und all seine Kräfte gesammelt.

Der Rest Schwarzer Magie, der noch in ihm steckte, reichte völlig aus.

Dem Rocker blieb die Luft weg, und im selben Augenblick hatte er das Gefühl, von mehreren Stromstößen getroffen zu werden. Er zuckte, riß den Mund auf und schrie, doch es wurde nur ein ersticktes Röcheln.

Der Rocker brach in die Knie.

Plötzlich war sein Körper von einer grünen Lichtaura umgeben, und der Kerl wand sich, zuckte auf dem Boden, als würden zahlreiche, unsichtbare Hände auf ihn einschlagen.

Seine Kumpane sahen dies, rissen die Augen vor Schreck auf und hauten ab. Sie rannten weg, als wäre der Teufel hinter ihnen her.

Myxin drehte sich um. »Wir können, Cocky.«

Der Fahrer konnte kaum sprechen. Ihm hatte es wahrhaftig die Sprache verschlagen.

»Ja – ja. Ich – ähm – natürlich.« Er war völlig durcheinander. So etwas hatte er noch nie erlebt.

Der Rocker lag noch immer auf dem nassen Asphalt.

»Ist er tot?« fragte Cocky.

»Nein in einer halben Stunde ist alles vorbei. Es ging nicht anders. Steigen Sie ein, wir müssen weiter.«

»Klar, Myxin, klar.« Cocky wischte sich über die Stirn und kletterte in den Truck.

Myxin stieg ebenfalls ein.

Schweigend fuhren sie ab. Hin und wieder warf Cocky Myxin einen scheuen Blick zu.

Der Magier sagte nichts, er lächelte nur still in sich hinein. So ganz wehrlos war er nun doch nicht...

Hatte Cocky vorher darauf bestanden, weiterhin Geschichten zu hören, so sprach er jetzt kein Wort mehr darüber. Er schaute nur stur geradeaus.

Sie rollten weiter durch die Nacht. Irgendwann schaltete Cocky das Radio an.

Tanzmusik drang aus den beiden Boxen der Auto-Stereoanlage. Die Straßen wurden trocken, sie fuhren besserem Wetter entgegen. Es herrschte kaum Verkehr.

Schließlich hatte Cocky sich überwunden und stellte die Frage. »Wie hast du es nur geschafft?«

»Du meinst den Rocker?«

»Ja.«

»Hm.« Myxin lächelte verstohlen und schaute durch die breite Scheibe, wo der Lichtteppich der beiden Scheinwerfer über die Fahrbahn wanderte. »Es war ein Karatetrick, mehr nicht.«

»Das glaube ich nicht.«

»Warum nicht?«

»Nein, Karate sieht anders aus. Was du gemacht hast, war schon Zauberei. Ja, Hexerei.« Cocky nickte entschlossen.

»Unsinn, so etwas gibt es nicht.«

»Das hatte ich bisher auch immer gedacht. Aber wie der da lag und der Schimmer ihn einhüllte...«

»Welcher Schimmer?«

»Dieser grüne Schein.«

»Den habe ich nicht gesehen«, behauptete Myxin.

Cocky lachte. »Jetzt willst du mich auf den Arm nehmen. Der Rocker ist doch davon eingehüllt worden, als er auf dem Boden lag.«

»Du täuschst dich.«

»Ich weiß mittlerweile gar nicht mehr, was ich noch glauben soll«, sagte Cocky. »Also gut, ich habe mich getäuscht. Zufrieden?«

Myxin lächelte nur. Er konnte den Fahrer gut verstehen,

doch der kleine Magier wollte ihm nicht die Wahrheit sagen. Für den Mann wäre wirklich eine Welt zusammengebrochen.

Er bedankte sich noch einmal mit stotternden Worten für seine Lebensrettung.

»Die hätten mich fertiggemacht«, flüsterte er. »Solche Typen sind auf Mord aus.«

»Kennst du dich da aus?«

Cocky nickte. »Ich selbst bin zwar heute zum ersten Mal überfallen worden, aber Kollegen hat es erwischt. Vor drei Wochen erst war ich auf einer Beerdigung. Der Mann hinterließ eine Frau und zwei Kinder. Ich kann dir sagen, das ging an die Nerven. Und hinter den Überfällen stecken Banden, die zuvor mit guten Informationen versorgt werden. In den Kontoren der Speditionen gibt es einen Verräter.«

»Habt ihr die Polizei eingeschaltet?« fragte Myxin.

»Ja, aber dabei ist nichts rausgekommen.«

Im Osten wurde es bereits hell, und sie fuhren noch immer. An der nächsten Tankstelle pausierten sie für ein paar Minuten. Cocky trank wieder Kaffee, während Myxin nach Süden schaute, wo die Riesenstadt London lag.

Sie umfuhren Birmingham und nahmen die letzte Strecke unter die Reifen.

Gegen Mittag erreichten sie endlich ihr Ziel.

»Wo genau mußt du hin?« fragte Cocky.

Myxin hob die Schultern. »Wenn du in die City fährst, kannst du mich irgendwo absetzen. Wenn nicht, laß mich jetzt raus.«

»Ich muß zum Hafen.«

»Dann steige ich an der Waterloo Bridge aus.«

»Gemacht.«

Sie wühlten sich durch den Londoner Verkehr. Myxin sah sich aufmerksam um. Er spürte die Spannung, die ihn erfaßt hatte. Endlich am Ziel.

Als er dann ausstieg, bedankte sich Cocky, der Fahrer, noch einmal. Myxin winkte nur ab, lächelte und verschwand.

Eine Stunde später stand er vor dem Haus, in dem Suko und ich wohnten.

Er fuhr hoch, schellte bei mir, doch niemand öffnete.

Myxin versuchte es bei Suko.

Der war zu Hause.

Tellergroß wurden die Augen des Chinesen, als er den kleinen Magier sah.

»Du hier?« sagte er.

»Ja.«

»Mensch, komm rein.«

Es gab im Moment nichts, was Myxin lieber getan hätte.

Sukos Anruf erreichte mich im Büro. Was mir der Chinese zu sagen hatte, riß mich fast vom Schreibtischstuhl.

»Myxin ist bei dir?« fragte ich überrascht.

»Ja.« Suko räusperte sich. »Er will dich sehen, John. Ich glaube, er hat einiges zu erzählen.«

»Bin schon unterwegs«, erwiderte ich und legte auf.

Eigentlich war ich mit Sir James Powell, meinem Chef, verabredet gewesen, doch das hatte Zeit.

Ich gab dem Superintendenten telefonisch Bescheid.

Er brummte seine Zustimmung in die Muschel und meinte: »Dann zeichne ich Ihre Spesenabrechnung eben ohne Erklärung ab.«

»Danke, Sir.«

»Glauben Sie, daß Myxin eine Spur zu Asmodina und deren Kumpanen entdeckt hat?«

»Möglich.«

»Sie sagen mir heute noch Bescheid. Sollte es länger dauern, können Sie mich im Club erreichen.«

»Geht klar, Sir.«

Glenda Perkins, meine Sekretärin, war erstaunt, als ich das Büro verließ. »Wollen Sie schon nach Hause, John?«

»Ja, ich habe keine Lust mehr.«

»Ich auch nicht. Nehmen Sie mich mit.«

Ich lachte. »Einer von uns muß ja die Stellung halten. Im Ernst, Glenda. Sie können mich in meiner Wohnung erreichen, falls etwas sein sollte.« Ich wiederholte fast Sir Powells Worte.

»Okay.«

Myxin war also wieder da. Im Wagen dachte ich darüber nach. Wieso? Wo war er gewesen? Weshalb war er wieder aufgetaucht? Ich dachte an die Szene in der Drachenburg, als ich gegen die grausamen Ritter kämpfte und Myxin ebenfalls anwesend war, mir aber nicht helfen konnte, weil Asmodina ihn mit einem Bann belegt hatte.

Es hatte sich demnach etwas getan in den letzten Wochen. Und das nicht nur bei mir, sondern auch bei Myxin. Auf seine Geschichte war ich wirklich gespannt.

Natürlich gestaltete sich der Weg zu meiner Wohnung als Nervenprüfung. Der Londoner Verkehr ist grauenhaft, am Mittag und am späten Nachmittag besonders.

Ich atmete auf, als der Bentley endlich an seinem Platz in der Tiefgarage stand. Als ich auf die Fahrstuhltür zuging, suchte ich unwillkürlich die Umgebung ab.

Mein Abenteuer mit den Ratten hatte hier in der Tiefgarage begonnen.

Die Rattenplage war jedoch vergessen, und ich gelangte unbeschadet in meine Wohnung.

Dort warteten Suko und Myxin. Der Chinese besaß einen Schlüssel zu meiner Wohnung und ich auch einen zu seiner.

An der Tür zum Living-room blieb ich stehen. »Myxin«, sagte ich nur. »Daß es dich noch gibt...«

Der kleine Magier hockte im Sessel und lächelte. Ich sah die Freude in seinen Augen, doch auch so etwas wie Kampfeslust blitzte darin auf.

Wir schüttelten uns die Hände. Myxin hatte seinen Mantel ausgezogen. Er trug ein dunkles Hemd, das ihm über die Hose fiel und von einem Gürtel gehalten wurde. Auch die Hose bestand aus dunklem Stoff.

»Hat dich Kamikaze, der Sturmgeist, hierher geweht, oder bist du freiwillig gekommen?«

»Freiwillig.«

Ich setzte mich. »Und wo hast du gesteckt?«

Er schaute mich ernst an. »In Schottland, John. Ich habe mich verkrochen wie ein Tier, denn ich hatte Angst, und ich schämte mich meiner beraubten Kräfte.«

»Die du jetzt wieder gefunden hast?« fragte ich.

»Nein, ich bin immer noch schwach.« Bevor ich etwas dazu sagen konnte, sprach er weiter. »Aber nicht mehr so schwach wie zuvor, sonst wäre ich geblieben.«

»Heißt das, du kannst wieder mitmischen?«

»Ein wenig«, erwiderte er bescheiden.

»Wie wenig?«

»Nun, die stärksten Eigenschaften sind verlorengegangen, das hat Asmodina geschafft. Aber vergiß nicht, daß ich ein Schwarzblüter bin, solch ein Erbe kann selbst Asmodina nicht auslöschen. Irgend etwas bleibt immer zurück, und das hoffe ich aktivieren zu können.«

»Wir können demnach auf dich zählen?«

»Ja das könnt ihr.«

»Weißt du, daß inzwischen einer meiner Erzfeinde wieder aufgetaucht ist?«

»Suko erzählte etwas von Dr. Tod.«

»Das stimmt. Demnach sieht es nicht besser aus, auch wenn der Schwarze Tod vernichtet worden ist. Die Kräfte haben sich nur verschoben und zu unseren Ungunsten verdichtet. Mit Asmodina als Führungskraft wird es für uns schwer sein, zu bestehen. Denn sie und Dr. Tod kleckern nicht, sondern klotzen. Hast du eigentlich schon mal etwas von Tokata gehört?«

»Ja, der ist mir bekannt. Man nannte ihn den Samurai des Satans. Er ist uralt.«

»Und er existiert wieder. Dr. Tod hat ihn zurückgeholt.«

Myxin schaute mich an. »Hast du schon gegen ihn gekämpft, John Sinclair?«

»Nein. Nur gegen seine Vasallen. Und das war schlimm genug.«

»Ich kann es mir vorstellen. Aber nicht nur von dieser Seite droht eine große Gefahr.«

Ich horchte auf. »Du weißt mehr?«

»Durch einen Zufall erfuhr ich von Caligro, einem weißen Magier.«

»Wer ist das?«

»Ich will es dir erklären. Nur – eine Frage vorweg. Sind die Conollys zu Hause?«

»Nein, die sind vor zwei Tagen nach den Bahamas gejettet. Sie wollten im Bermuda-Dreieck kreuzen.«

Myxin zuckte zusammen. »Dann stimmt es doch«, flüsterte er.

»Zum Teufel, rede!«

»Ja, John Sinclair, du sollst alles erfahren. Und dann müssen wir unsere Gegenmaßnahmen treffen.«

Himmel, der Kleine machte es spannend. Er tat, als würde die Welt vor dem Untergang stehen. Ich verstand ihn. Schließlich hatte er einen kleinen Teil seiner alten Persönlichkeit zurückgefunden, und da wollte er sich einmal in Szene setzen.

Myxin berichtete ausführlich. Gebannt hörten Suko und ich zu. Nun, die Welt stand zwar nicht kurz vor dem Untergang, doch was der kleine Magier da erzählte, war schlimm genug.

Nach Myxins Bericht schwiegen wir.

Suko schaute zu Boden, und ich blickte ebenfalls auf meine Schuhspitzen.

Beide dachten wir an Bill Conolly.

»Vielleicht können wir ihn über Funk erreichen«, schlug der Chinese vor.

Ich nickte. »Das sicher. Nur, wenn wir ihn warnen, okay. Wenn jedoch die anderen Mitreisenden etwas erfahren, könnte an Bord eine Panik ausbrechen. Wir einigen uns auf einen Kompromiß. Wir erkundigen uns, ob noch alles okay ist, dann sehen wir weiter.«

»Und Caligro?« fragte Myxin.

»Das ist unser großes Problem«, gab ich zu. »Kannst du dich noch an Einzelheiten erinnern? Ich meine, wo hast du ihn gesehen? Wie sahen die Tänzer aus?«

»Schrecklich bemalt.«

»Das ist klar. Nur, welche Typen waren das? Wir wissen, daß der Voodoo-Kult in Afrika ebenso zu Hause ist – oder sogar seine Heimat hat – wie in Mittelamerika.«

»Ich weiß, worauf du hinaus willst, John Sinclair.« Myxin dachte nach. »Afrika war es auf keinen Fall«, murmelte er nach einer Weile. »Nein, bestimmt nicht. Das muß Mittelamerika gewesen sein. Ich bin sicher, daß es irgendeine Insel zwischen Florida und dem südamerikanischen Kontinent war.«

Suko schaute mich an. »Das müßte doch herauszukriegen sein.«

Ich stand auf. »Und wie.«

Ein langer Schritt brachte mich zum Telefon. Die Nummer vom Yard konnte ich sogar im Schlaf aufsagen. Ich ließ mich mit unserer Informationsabteilung verbinden.

Das war eine feine Sache, in der Abteilung wurden sämtliche Nachrichten gesammelt und gespeichert. Mochten sie auch noch so unbedeutend sein, manchmal brachten gerade die Kleinigkeiten einen Polizisten auf die richtige Spur.

Sogar der Geheimdienst bediente sich dieser Abteilung, wo die besten Spezialisten arbeiteten.

Ich trug mein Anliegen vor.

»Caligro«, sagte der Kollege. »Solch einen ähnlichen Namen habe ich doch schon gehört.«

»Du meinst sicher Cagliostro.«

»Ja, richtig.«

»Der ist es nicht. Oder dieser Caligro hat den Namen nur abgekürzt.«

»Andere Frage. Du klingst so außerhäusig. Wo bist du zu erreichen?«

»In meiner Wohnung.« Ich gab ihm die Telefonnummer.

»So gut möchte ich es auch mal haben«, beschwerte sich der Mann und legte auf.

Gut haben, der konnte reden...

Wir warteten. Ich rauchte eine Zigarette und trank ein Glas Mineralwasser. Myxin sprach inzwischen über Einzelheiten seiner Odyssee. Auch die Szene mit den Rockern gab er zum besten.

342

»Dann steckt in dir ja noch alte Energie«, sagte ich.

»Ein wenig, nur ein wenig.«

»Auf jeden Fall kannst du uns behilflich sein«, bemerkte Suko. »Schließlich kennst du dich im Reich der Schwarzblüter ausgezeichnet aus. Du weißt, wer wo seinen Platz hat, bist über die Verbindungen informiert, und dir sind vor allen Dingen Dämonen bekannt, die wir nicht kennen. Den Samurai des Satans kannten wir zuvor nicht.«

»Ja, das sind fremde Dämonen«, gab Myxin zu.

Das Telefon summte. Rasch packte ich den Hörer. Der Kollege vom Yard war dran.

»Du hast Glück, John, wir sind fündig geworden.«

»Dann laß mal hören.«

»Es gibt da tatsächlich einen Kerl, der Caligro heißt. Und zwar besitzt der sogar eine eigene Insel. Sie liegt nordöstlich der Dominikanischen Republik. Ins Gerede gekommen ist dieser Caligro, weil von seiner Insel des öfteren Menschen verschwunden sind. Außerdem tummeln sich rund um das Eiland unzählige Haie. Unsere Leute in Lateinamerika haben vor einem Jahr mal nachgeforscht, ob der Kerl irgend etwas mit Spionage zu tun hat. Das war nicht der Fall. Er arbeitet für keinen Geheimdienst, auch nicht für die Kubaner.«

»Weiß man noch mehr über ihn?«

»Nein. Aber es ist bereits ein Bote zu dir unterwegs, der genaues Kartenmaterial bringt.«

»Das ist gut.«

»Ja, man nennt uns auch die Schnelldenker.«

Ich bedankte mich für diese wertvollen Informationen und legte auf.

»Erfolg gehabt?«« fragte Myxin.

»Ja.« Ich berichtete.

Suko rieb sich bereits die Hände. »Dann steht uns ja eine schöne Reise bevor. Wollte schon immer mal in die Karibik.«

Zehn Minuten später traf der Bote ein. Er lieferte einen Umschlag ab und ging wieder.

Ich breitete die Karten auf dem Tisch aus. Gemeinsam beugten wir uns darüber.

Die Insel Caligro Island lag östlich von Kuba, gar nicht mal weit von den Bahamas entfernt, und am südwestlichen Rand des Saragossa-Meeres. Sie war auch auf der Spezialkarte nur ein kleiner Flecken im Blau des Meeres. Eine Ortschaft war erst gar nicht eingezeichnet.

Ich klappte die Karte zusammen. »Dann wissen wir ja, wo wir hinmüssen.«

»Wird ein langer Flug«, bemerkte Suko.

Der Meinung war ich auch. Da ich meinem Chef versprochen hatte, ihn anzurufen, wählte ich seine Nummer.

Ich unterrichtete Sir James Powell von dem, was uns Myxin gesagt hatte.

Powell war einverstanden. »Natürlich fliegen Sie.«

»Mit Suko und Myxin.«

»Meinetwegen auch das.«

Wir sprachen noch ein paar Minuten über organisatorische Fragen, dann hatte ich freie Bahn.

Die Tickets bestellte ich ebenfalls telefonisch. Wir konnten bis Port au Prince, der Hauptstadt der Republik Haiti, fliegen. Von dort mußten wir dann selbst sehen, wie wir an unser Ziel gelangten. Wahrscheinlich mit einer Chartermaschine.

»Ich gehe rüber zu Shao und informiere sie«, sagte Suko.

»Tu das.«

Suko verschwand, und ich packte meinen Koffer. Während ich die leichten Kleidungsstücke hineinwarf, mußte ich immer wieder an die Conollys denken.

Hoffentlich bewahrheitete sich Myxins Aussage nicht so schnell...

Wer in Evita Torres' Glutaugen schaute, war fasziniert. Doch nun nistete in den Pupillen die Angst.

Ja, Evita hatte Angst.

Nicht erst, seitdem ihr Bruder sie gewarnt hatte.

Deutlich klangen ihr noch Juans Worte in den Ohren.

»Du mußt fliehen!« hatte er in verschwörerischem Ton geflüstert. »Sie haben ihn erwischt, ich weiß es. Jorge hatte keine Chance. Sie werden ihn töten.«

Evita schaute ihren Bruder nur an. Dann begann sie zu weinen, und das Gefühl der Traurigkeit durchströmte auch den drei Jahre älteren Mann. Er hing an seiner Schwester, und er hatte auch Jorge gemocht, denn sie waren von Kindheit an immer zusammengewesen.

Bis zu dieser Mutprobe.

Jorge hatte sich dazu überreden lassen. Er wollte Evita damit einen Gefallen tun.

Es war nicht geheim geblieben, das Vorhaben hatte sich im Ort herumgesprochen. Wie Juan den Magier kannte, würde er alles daransetzen, um auch Evita in seine Gewalt zu bringen.

Deshalb mußte das Mädchen weg.

Nachts sollte sie mit einem Boot fliehen. Einfach weg, hinaus aufs Meer, das war immer noch besser, als hier auf der Insel zu bleiben, die für Evita nichts anderes war als ein riesiges Gefangenenlager.

Jetzt war die Dunkelheit angebrochen, und Evita wartete auf ihren Bruder. Er wollte sie zum Strand begleiten.

Juan war pünktlich. Auf leisen Sohlen schlich er in die Hütte am Ortsrand, wo das Mädchen wartete.

Als die Tür knarrte, zuckte Evita herum.

»Ich bin's nur«, flüsterte der junge Mann und legte einen Finger auf die Lippen. »Bist du bereit?«

Die glutäugige Schönheit nickte.

Juan ließ seine Blicke über die Gestalt des Mädchens wandern. Was er sah, war wirklich erfreulich.

Evita hatte die biegsame Figur einer Tänzerin. Die Hose saß eng um ihre Hüften, und das dunkle T-Shirt verbarg die kleinen, festen Brüste. Das lange, dunkle Haar hatte sie im Nacken zu einem Pferdeschwanz gebunden, um ihre Schultern hatte sie eine Stofftasche gehängt.

»Komm, komm!« forderte Juan, der an der Tür stehengeblieben war. »Wir haben nicht viel Zeit.«

Evita schluckte. »Muß es den wirklich sein?«

»Du willst doch jetzt keinen Rückzieher machen?«

»Ich – ich weiß nicht. Jorge, er ist...«

»Mann, Schwester, die Halunken suchen dich. Sie haben schon die Todestrommeln geschlagen. In einer halben Stunde ist Mitternacht, dann holen sie dich. Es ist deine letzte Chance.«

»Und du, Juan?«

»Ich finde mich schon zurecht.«

Evita nickte. Tränen rannen über ihr Gesicht, während sie einen letzten abschiednehmenden Blick durch den Raum warf. Dann setzte sie sich entschlossen in Bewegung und huschte an ihrem Bruder vorbei nach draußen.

Die beiden Geschwister waren allein auf der Welt, nachdem ihre Eltern gestorben waren. Der Vater war von einem Hai getötet worden, die Mutter war aus Gram darüber drei Wochen später gestorben.

Sie wohnten zum Glück ziemlich am Ende des Dorfes, so daß sie nicht so leicht gesehen werden konnten, denn Caligro hatte seine Spitzel und Zuträger überall.

Der Himmel war ein wenig bewölkt. Zum Glück, denn so wurde der Vollmond oft bedeckt und konnte mit seinem Licht nicht die Insel bestreuen.

Sie waren kaum zehn Schritte gelaufen, als sie die Trommeln hörten.

Dum-dum-dum...! So hallte es über die Insel.

Evita begann zu zittern. Juan sah es und legte seinen Arm um die Schultern der Schwester. »Wir werden es schon schaffen«, sagte er optimistisch.

In Wirklichkeit hatte auch er Angst. Bis zum Strand war es weit, da konnte noch viel passieren.

Die Trommeln wurden lauter.

Jetzt machten sich die Tänzer bereit. Der Voodoo-Zauber erlebte seinen höllischen Höhepunkt.

Juan zerrte seine Schwester mit sich. »Beeil dich, sonst schaffen wir es nicht.«

Sie sprangen über einen Zaun, gaben nicht acht und hörten plötzlich das aufgeregte Gackern der Hühner. Sie hatten die Tiere aufgeschreckt.

»Verdammt!« schimpfte Juan und hastete über den weichen Boden davon.

Hinter ihnen wurde es hell. Die Hausbewohner fühlten sich gestört und hatten eine alte Ölfunzel angezündet. Eine Tür knarrte. »Halt!« brüllte eine scharfe Männerstimme, aber da waren die beiden Flüchtlinge schon weg.

Über einen schmalen Trampelpfad liefen sie weiter. Rechts stand eine dunkle Wand.

Zuckerrohr!

Etwa 100 Meter liefen sie am Feld entlang, dann wurde es Juan zu riskant. Wenn sie den Strand unbeschadet erreichen wollten, mußten sie quer durch das Feld.

Er zog seine Schwester zwischen die hohen Stauden.

»Paß auf, daß du dich an den Blättern nicht schneidest!« keuchte er und zog sie weiter.

Evita schützte mit einer Hand ihr Gesicht, während sie dem Bruder folgte.

Sie wühlten sich durch diesen Dschungel. Die Stauden hieben gegen ihre Haut, wenn sie wieder vorschnellten, doch verletzt wurden die beiden nicht.

Zum Glück war das Feld nicht sehr groß.

Als Juan mit der linken Hand die letzten Stauden zur Seite schlug, atmeten beide auf. Der erste Teil des Fluchtweges lag hinter ihnen. Niemand hatte sie entdeckt.

Vor ihnen wuchsen die Felsen in die Höhe. Bizarre Türme mit scharfen Ecken und Kanten. Der Nachtwind war hier stärker. Man roch das Meer bereits.

Eine steife Brise vertrieb die Wolken am Himmel. Das Licht des Mondes strahlte auf die Erde, berührte auch die Felsen, die silbrig zu schimmern begannen.

Es war ein romantisches Bild, doch die Flüchtlinge hatten dafür keinen Blick. Sie wollten weg.

Sie sahen das Meer zwar nicht, hörten es aber. Im ewigen Rhythmus lief die Brandung gegen die Felsen an und wurde dort gebrochen. Es war eine wilde, zerklüftete Küste, die jedoch auch zahlreiche Verstecke bot, wenn man sie kannte.

Und Juan war hier geboren.

Ein kaum erkennbarer Pfad führte in die Höhe. Der Weg war steinig. Das spürten beide durch die Sohlen ihrer Turnschuhe. Doch die Unanehmlichkeiten nahmen sie gern in Kauf, wenn sie daran dachten, was sie zurückließen.

Evita schaute sich oft um. Von irgendwelchen Verfolgern sah sie nichts. Langsam schrumpfte die Angst.

Evita wurde wieder etwas mutiger. Geschickt turnten die beiden über die scharfen Rippen der Felsen, sprangen manchmal von einem Block zum anderen und sahen hin und wieder das Meer.

Silberhell schäumte die Brandung auf. Die unzähligen Wassertröpfchen wurden vom Mondlicht gebrochen, wenn die Wucht sie hoch in die Luft schleuderte.

Irgendwo auf dem fernen Meer blinkten winzige Lichter. Ein Schiff, das dort seine Bahn zog.

»Achtung, jetzt müssen wir springen!« sagte Juan. Kraftvoll stieß er sich ab, fand auf dem nächsten Felsen Halt und wandte sich um.

Auch Evita sprang.

Zu kurz.

Sie schrie auf, als ihre Füße das Gestein berührten, der Körper jedoch nicht die Balance halten konnte und zurückfiel.

Sekundenbruchteile entschieden.

Juan reagierte vorzüglich.

Sein rechter Arm schnellte vor. Die Finger krallten sich in Evitas Tasche, die sie fest an sich gepreßt hielt, und mit der Tasche zog Juan die Schwester zu sich heran.

Evita Torres zitterte. »Danke«, hauchte sie. »Das war Rettung in letzter Sekunde.«

Juan hielt sich nicht lange auf. Er wollte weiter. Die gefährliche Stelle war überwunden. Von nun an liefen sie auf direktem Weg zum Strand. Sie erreichten eine schräge Felsplatte, auf der sie hinunterrutschen konnten.

Juan erreichte als erster den weichen Sand. Eine Welle rollte heran, lief aus und umspülte seine Füße.

Evita landete dicht neben dem Bruder. »Hast du hier das Boot versteckt?« fragte sie.

»Ja, ganz in der Nähe.« Juan nahm die Hand seiner Schwester und führte Evita in den schmalen Durchschlupf zwischen zwei hohen Felsen. Dahinter lag eine kleine, mit Wasser gefüllte Mulde. Ein See oder Naturhafen.

Nicht groß, doch immerhin so breit, daß ein Schlauchboot darauf schwimmen konnte.

Es war ein dunkles Boot, ausgerüstet mit einem Heckmotor, zwei Paddeln, einem aufstellbaren Segel und genügend Proviant.

»Woher hast du das Boot?« fragte Evita.

»Das ist doch jetzt unwichtig«, erwiderte ihr Bruder und sprang in den kleinen See. Das Wasser reichte ihm bis an die Knie. »Hilf mir mal, Schwester.«

Evita sprang ebenfalls.

»Geh zum Bug, wir müssen das Ding tragen.«

Evita warf ihre Tasche ins Boot und hob es am Bug an. Juan hatte den schwereren Teil übernommen, weil sich am Heck der Motor befand.

Aus dem Tümpel heraus schritten sie an Land. Der Sand war weich und körnig. Bereits nach einigen Schritten wurden ihre Füße vom anlaufenden Wasser wieder naß.

Hier war die Brandung nicht so stark, weil die Insel an dieser Seite durch eine kleine Bucht geschützt wurde. Weiter rechts und links stachen die Felsen wie Nasen ins Meer hinein. Dort wurden die anrollenden Wellen gebrochen.

»Der Motor ist stark genug, um das Boot auch durch die Brandung zu bringen«, sagte Juan.

Evita nickte nur. Sprechen konnte sie nicht. Jetzt nicht, wo alles kurz vor dem Abschied stand. Bisher war alles wie ein Traum gewesen, nun warf man sie in die brutale Wirklichkeit zurück. Sie hatte Angst, und sie zitterte.

Juan schob das Boot zur Hälfte ins Wasser. Er winkte. »Los, Evita, steig ein.«

»Willst du nicht doch...?«

Juan lächelte. »Nein, meine Liebe. Ich habe mich entschieden und bleibe hier. Es ist besser so. Laß dich noch einmal umarmen.«

Die Geschwister gingen aufeinander zu. Evita weinte, während ihr Juan sanft über den Rücken strich.

»Wir sehen uns wieder«, flüsterte er, »bald schon. Es kann nicht mehr so weitergehen, glaub mir das.«

»Ja, Juan.«

Der junge Mann drückte seine Schwester von sich. Auch er mußte hart schlucken.

Evita stieg in das Boot.

Die beiden jungen Menschen glaubten sich mutterseelenallein an diesem Teil des Strandes. Und niemand von ihnen sah die Augenpaare, die jede ihrer Bewegungen verfolgten. Längst waren die Häscher da.

Lautlos waren sie ihnen gefolgt und hockten nun auf den Felsen.

Menschen waren es nicht.

Caligro hatte andere geschickt.

Die Schrumpfköpfe!

Zweimal zog der junge Mann an einem Band, dann sprang der Motor an. Er knatterte ein paarmal und lief rund. Eine Welle hob das Boot hoch. Juan wurde überspült. Als er wieder klar sah, hatte das Boot schon ein paar Meter gewonnen.

Evita saß am Heck und hielt das Ruder ängstlich umklammert.

Ihre Odyssee begann...

Juan ging wieder zurück. Bis über die Hüfte reichte ihm das Wasser, ein letztes Winken, dann entzog die nächste Welle das Boot den Blicken des jungen Mannes.

Juan war froh, als er wieder trockenen Boden unter den Füßen hatte. Er schüttelte den Kopf, das Wasser perlte aus seinen Haaren, und im selben Augenblick spürte er den Schlag auf der rechten Schulter.

Juan drehte den Kopf und schrie auf.

Auf seiner Schulter hockte der Schrumpfkopf. Er kannte das Gesicht. Es gehörte Jorge!

Weit riß der Kopf sein Maul auf. Er bleckte die spitzen Zähne, wollte sie in das Fleisch der Schulter hacken, doch Juan überwand ssein Entsetzen schnell. Er schlug den Kopf von seiner Schulter.

Mit einem dumpfen Laut landete der häßliche Schädel im Sand.

Sofort kreiselte Juan herum. Er tauchte dabei zur Seite, und das war sein Glück, denn ein zweiter Schrumpfkopf ließ sich von einem Felsen fallen.

Instinktiv trat Juan mit dem rechten Fuß zu. Die Schuhspitze traf das häßliche Gesicht, und der Schädel wurde ein paar Meter weit geschleudert, wo er gegen einen Felsen prallte.

Juan Torres lief zurück. Noch in der Bewegung griff er in seine hintere Hosentasche und holte das Messer hervor. Auf Knopfdruck stieß die Klinge aus dem Griff.

Juan blieb stehen.

Sie hatten ihn erwischt, daran gab es keinen Zweifel. Nur gut, daß Evita weg war. Sie wäre mit dem Grauen nicht fertig geworden. Es hätte sie in den Wahn gtrieben.

Der junge Mann schaute sich um.

Noch immer fiel das Mondlicht auf den Strand und hellte den Sand auf. Jetzt gereichte dieses Licht Juan zum Vorteil, er konnte besser sehen.

Nicht nur zwei Köpfe waren da, sondern vier. Ein weiterer ließ sich soeben vom Felsen her auf den Sand fallen und wandte sein verzerrtes Gesicht dem jungen Juan zu.

Lebende Schrumpfköpfe.

Ein Horror ohnegleichen.

Juan spürte die über seinen Rücken rieselnde Gänsehaut. Mit dem Handrücken wischte er sich den Schweiß von der Stirn. Obwohl er im Umgang mit dem Messer ein wahrer Meister war, glaubte er nicht, sich wirksam gegen die Schrumpfköpfe verteidigen zu können. Irgendwann würden sie ihn zu packen kriegen.

Seltsame Laute stießen die Köpfe aus. Es war eine Mischung aus Fauchen und Zischen.

Und dann sprang der erste auf Juan zu. Es war ausgerechnet Jorges Kopf, der sich aus dem Sand hochwuchtete. Augen und Mund waren weit aufgerissen, die nadelspitzen Zähne gebleckt und bereit, zuzubeißen.

Juans rechter Arm beschrieb einen Halbkreis. Die Klinge blitzte, als das Mondlicht sie traf. Dann spürte Juan den Widerstand. Das Messer war durch den Schädel gefahren, der sich jetzt blitzschnell bewegte und von der Klinge rutschte.

Im Sand blieb er liegen.

Unverletzt, denn die lange Wunde schloß sich sofort wieder.

Juan stöhnte auf.

Danach sprang er gedankenschnell in die Höhe, weil Jorges Kopf nach seinem Fuß hackte.

Noch einmal stieß Juan mit dem Messer zu. Diesmal fuhr die Klinge durch strähnige Haare, mehr geschah nicht.

Der Kopf rollte zurück.

Zum Glück griffen die anderen Schädel nicht sofort an, und Juan hatte Zeit, sich herumzuwerfen.

Die Schrumpfköpfe waren zwar schnell, aber er konnte rennen, und sie würden ihn kaum einholen.

Juan Torres tauchte nach rechts weg. Er kam nicht so gut vom Fleck, weil der Sand rutschig war, trotzdem war er schneller als die Schrumpfköpfe.

Sie flogen vorbei.

Dann hatte Juan freie Bahn.

Er rannte auf das Meer zu, und schon nach wenigen Schritten klatschten die Wellen bis gegen seine Schienbeine. Er riskierte es, blieb stehen und schaute zurück.

Die Schrumpfköpfe waren ihm gefolgt, doch vor dem Wasser hatten sie aufgegeben. Deutlich hoben sie sich von dem helleren Sand ab. Juan glaubte sogar, den Haß in ihren Augen zu lesen, aber ins Wasser hinein trauten sich diese Bestien nicht.

Wild schüttelte der junge Mann die Faust. Ein befreiendes Lachen drang aus seiner Kehle. Er hatte es geschafft und war diesen unheimlichen Bestien entkommen.

Juan drehte sich und sah aufs Meer hinaus.

Dunkel lag die wogende Fläche vor ihm. Von Evita und

ihrem Boot war nichts mehr zu sehen. Nur hin und wieder blitzten die Schaumkränze der Wellen auf.

Die Köpfe zogen sich zurück, als hätten sie einen Befehl erhalten. Der junge Mann wartete, bis sie zwischen den Felsen waren, und ging dann weiter. Allerdings beging er nicht den Fehler, das Wasser zu verlassen. Wie leicht konnten ihm die Schädel eine Falle stellen und an Land auf ihn lauern.

Juan Torres kannte diese Ecke der Insel genau. Er wußte, wie er zu laufen hatte, und auch die gefährlichen Strudel kannte er, die dort auftraten, wo die Felsen in das Wasser ragten und die Brandung stoppten.

Er lief jetzt nicht mehr allzu schnell, wollte sich nicht durch aufspritzende Wasserfontänen verraten, denn es konnte durchaus sein, daß zwischen den Felsen irgendwelche Beobachter lauerten.

Juan Torres hatte Glück. Niemand bemerkte ihn bei seiner Wanderung durch das flache Wasser.

Als vor ihm der Kegel des ersten Felsens aus den Wellen schaute, wurde der junge Mann vorsichtig. Er verließ das Wasser, lief ein paar Meter über den Strand und kletterte auf allen vieren einen Felsen hoch.

Durch mannsgroße Steine geschützt, blieb er geduckt sitzen und schaute sich um.

Viel konnte er nicht sehen.

Weit entfernt, etwa auf der Inselmitte, leuchteten mehrere Lichter. Dort hatte der Magier sein Haus. Bestimmt war er wach und wanderte unruhig auf und ab. Doch seine Schrumpfköpfe würden ihm keinen Erfolg zu berichten haben. Juan würde sich nicht gefangennehmen lassen.

Trotzdem war sein Schicksal ziemlich bescheiden. Auf der Insel gab es zwar eine Polizei, aber der Commandante ging bei Caligro aus und ein. Auf ihn konnte Juan nicht zählen, der würde ihm auch kein Wort abnehmen.

Wo würde er Hilfe finden? Von seinen Freunden? Kaum, die waren allesamt zu feige. Denn der Magier besaß die Macht und würde sie grausam bestrafen.

Es sah trostlos aus, und doch freute sich der junge Mann, denn er lebte noch.

Im Gegensatz zu Jorge.

Ihm hatten sie das angetan, wovon man sich nur flüsternd erzählte. Sein Schädel war zu einem Schrumpfkopf geworden. Juan schüttelte sich noch im nachhinein, denn er hatte Jorge gesehen.

Er kletterte weiter. Juan war ein Kind der Insel, seine Füße fanden mit traumwandlerischer Sicherheit Halt. Dann rutschte er in eine enge Spalte zwischen zwei hohen Felsen. Als seine Füße den Boden berührten, atmete er auf.

Geschafft.

Juan bückte sich, schaufelte Sand zur Seite und sah vor sich den Eingang zu einer Höhle.

Auf dem Bauch kroch Juan hinein. Wenig später konnte er sich wenigstens setzen.

Er hatte die Höhle mal in seiner Kindheit entdeckt und das Geheimnis keinem anvertraut.

Jetzt war es seine Rettung.

Juan Torres beschloß, die Nacht in der Höhle zu verbringen. Er faltete die Hände, und über seine Lippen drangen die Gebete der Kindheit, die ihn der Padre gelehrt hatte...

In Port au Prince waren wir glücklich gelandet. Und hier hatten wir den Sommer.

Die Hitze traf mich wie ein Hammerschlag. Suko grinste schadenfroh, und nur Myxin schien das Klima nichts auszumachen. Sein Gesicht blieb unbewegt.

Ich erkundigte mich sofort nach einem Flug zu Caligro Island. Der Mann am Schalter, ein Einheimischer mit unwahrscheinlich dicker Nase, zog seine Stirn kraus.

»Da haben Sie Pech, Señor. Sie ist verdammt, diese Insel. Keiner will was damit zu tun haben, aber wenn Sie durchaus dorthin wollen, kann ich Ihnen einen Tip geben.« Er schwieg, grinste und wartete ab.

Bei mir fiel der Dollar centweise. Klar, der Knabe wollte ein Bakschisch.

Ich drückte ihm ein paar Münzen in die Hand und erhielt den Rat, mich zum Hafen fahren zu lassen.

»Hier auf Haiti ist eben alles anders«, sagte er zum Abschluß.

Ich nickte. »Das habe ich bemerkt.«

Taxis warteten vor dem Flughafengebäude. Wir vertrauten uns einem Einheimischen an, der einen alten Mercedes Diesel fuhr.

Der freute sich über die Fahrt und machte sicherlich einige Umwege, bis wir schließlich am Ziel waren.

Von der Gegend hatte ich nicht viel gesehen, denn der Taxifahrer wollte uns anscheinend beweisen, daß Nicky Lauda gegen ihn nur ein Waisenknabe war.

Am Hafen fragte ich mich dann durch und wurde an einen alten Fischer verwiesen, der hin und wieder Touristen fuhr.

Der Fischer, ein Mestize, hockte auf einem·alten Rumfaß und soff. Aus glasigen Augen starrte er über die am Kai dümpelnden Boote. Ich mußte ihn dreimal ansprechen, bis er verstand.

Danach grinste er mich an, lachte glucksend und hob die Schultern. Wenn das so weiterging, konnten wir bald zu dieser vermaledeiten Insel schwimmen.

Zum Glück tauchte der Sohn des Fischers auf, ein drahtiger Bursche um die Zwanzig.

»Pedro macht alles«, rülpste der Alte.

Wir sprachen mit Pedro. Als ich den Namen der Insel erwähnte, verzog er das Gesicht.

»Ist was?« fragte ich.

»Gern fahre ich da nicht rüber.«

»Und warum nicht?«

»Die wollen keine Fremden.«

»Können Sie uns nicht an irgendeiner Stelle der Insel absetzen?«

»Das ginge. Ist aber nicht billig.«

»Daran soll's nicht liegen.«

20 Pfund wurde ich los. Eine ganze Menge Holz. Dafür stachen wir auch sofort in See.

Ein schnittiges Motorboot hatte der Knabe nicht. Hätte ich auch gar nicht erwartet, doch sein alter Holzkahn wäre bei uns in England im Museum gelandet.

»Und damit wollen wir über See?« fragte ich.

Pedro grinste und schlug mit der flachen Hand gegen die Bordwand. »Meine Santa Maria hat allen Stürmen getrotzt. Sie ist das beste Schiff überhaupt.«

»Wenn Sie das sagen.« Ich warf Suko einen skeptischen Blick zu, der hob nur die Schultern und grinste.

Über eine Planke stiegen wir an Bord. Es war heiß hier im Hafen, und es stank nach Tang, Öl und verfaultem Obst. Nichts war von der Frische der Karibik zu merken, wie sie uns Europäern die Werbung immer so gern verspricht.

Wir tuckerten aus dem Hafen.

Suko, Myxin und ich standen an Backbord, hatten die Hände auf die Reling gelegt und schauten hinaus aufs Meer. Wir fuhren aus der Bucht, erreichten das offene Meer und nahmen Kurs Nord, um zwischen den beiden Inseln Kuba und Haiti hindurchzufahren.

Diese Meerenge erreichten wir nach drei Stunden Fahrzeit. Im Westen sahen wir die Küste Kubas als grauen Streifen am Horizont. Pedro hatte uns grinsend erklärt, daß er sich lieber näher an Haiti hielt, er mochte die Kubaner nicht.

Das Meer war ruhig. Wir rollten auf einer langen Dünung, die den alten Kahn mal hochhob und dann sanft wieder in ein Wellental gleiten ließ.

Gerade dieses sanfte Schaukeln war es, das ich nicht vertrug. Zuerst wurde mir flau im Magen, dann weichten meine Knie auf, und schließlich fütterte ich die Fische.

Suko hatte da keine Schwierigkeiten. Er machte nur seine spöttischen Bemerkungen. »Stell dir mal vor, John, dich würden die Dämonen in der Haltung erwischen. Das wäre ein Spaß!«

»Vielleicht können die die Schaukelei auch nicht vertragen«, erwiderte ich.

»Du sollst nicht spaßen, John Sinclair« belehrte mich Myxin. »Dazu ist die Sache viel zu ernst.«

»Wenn du das meinst.«

»Ja, das meine ich.«

Ich ließ mich auf einer Bank nieder. Längst hatten wir uns
umgezogen. Ich trug eine dünne Leinenhose und ein T-Shirt,
hatte mir jedoch einen leichten Blouson übergestreift, Pedro
sollte meine Waffe nicht sehen.

Auch Suko war luftig angezogen, nur Myxin wollte sich
nicht von seinem Mantel trennen.

Der Nachmittag verging. Die Sonne schien heiß vom wolkenlosen Himmel und malte blitzende Reflexe auf die mir
unendlich erscheinende Wasserfläche.

Am Horizont tauchten oft Inseln auf. Dieses Meer hier war
reich an ihnen. Hin und wieder flogen Propellermaschinen
über unsere Köpfe. Sehnsüchtig schauten wir ihnen nach. Diese Flugzeuge flogen viele Inseln an, nur nicht Caligro Island.

Der Nachmittag verging, es wurde Abend, und die Hitze
ließ nach. Ein frischer Wind fächerte über das Wasser. Ich
hatte mich inzwischen an die Schaukelei gewöhnt und auch
an das Klatschen der Wellen gegen die Bordwand.

Ich ging zu Pedro. Er stand im Ruderhaus, hörte Musik aus
dem Kofferradio und qualmte eine dicke Zigarre.

»Wann laufen wir die Insel an? Noch vor dem Dunkelwerden?«

»Kann sein, Señor.«

Mehr sagte er nicht. Ich ging wieder.

Die Sonne wurde langsam zu einem blutroten Ball. Fern im
Westen näherte sie sich immer mehr dem Wasser, und es sah
so aus, als würde sie darin verlöschen.

Ein prächtiges Bild, das mich minutenlang gefangennahm,
denn auch die wenigen Abendwolken sahen aus, als wären
sie in blutrote Farbe getaucht worden.

Die Dämmerung schob sich heran. Erst dachte ich, daß es
Wolken wären dort in der Ferne, doch Pedro erklärte uns,
daß wir das Ziel fast erreicht hatten.

»Da sehen Sie die Insel, Señores.«

Wir starrten nach steuerbord und hatten das Gefühl, die Insel würde kaum näher rücken.

Nur allmählich schälten sich die Konturen hervor. Wir sahen wuchtige Felsen und darunter einen weißen Streifen – die Brandung.

Abenteuer-Geschichten von gestrandeten Seefahrern fielen mir ein. Oft waren deren Schiffe an den Klippen zerschellt, und auch hier wuchsen gefährlich aussehende Felsen aus dem Wasser. Es würde schwierig sein, an der Küste zu landen.

Ich sprach Pedro darauf an.

Er nickte. »Ja, Señor, es ist schwierig, wenn nicht sogar unmöglich.«

»Und wie setzen Sie uns dann auf der Insel ab?« fragte ich mißtrauisch.

»Das ist Ihr Problem.«

»Haben Sie kein Boot, das Sie uns geben könnten?«

»Mein Rettungsboot?«

»Zum Beispiel das.«

Er kratzte sich am Kopf, grinste und überlegte.

»Sie brauchen es ja nicht abzugeben. Sie könnten mit uns zur Insel rudern und dann wieder zurück. Sie sind doch Seemann, Pedro, und kennen die Inselwelt wie Ihre Zigarrenkiste.«

»Das war aber nicht im Preis vereinbart.«

Daher wehte also der Wind. Wir handelten, und ich wurde schließlich noch einmal fünf Pfund los.

15 Minuten später warfen wir Anker. Die Insel war schon nahe gerückt. Wir hörten das Tosen der Brandung, sahen die Wellen brechen, die haushoch in die Luft geschleudert wurden. Es war wirklich kein Vergnügen, durch diese Wasserhölle zu fahren.

Pedro und Suko ließen das Beiboot zu Wasser. Myxin starrte auf die Insel. Er stand unbewegt an Deck. In seinem Gesicht regte sich kein Muskel.

Ich trat neben ihn.

Myxin sah mich und sagte, ohne dabei den Kopf zu drehen: »Ich spüre das Unheil, John Sinclair. Diese Insel ist verdammt, ich merke es. Die Leute hatten recht.«

»Ja, das glaube ich auch.« Ich war weit davon entfernt, Myxins Aussage nicht zu beachten oder nicht ernst zu nehmen. Der kleine Magier wußte, wovon er sprach.

»Wir werden auf einen starken Gegner treffen, und ich weiß nicht, ob wir es schaffen können«, murmelte Myxin. »Caligro spielt mit dem gräßlichen Voodoo-Zauber. Er ist der Herr über die lebenden Leichen, wir werden es erleben.«

Myxin hatte mit leiser Stimme gesprochen, doch bei seinen Worten rann mir eine Gänsehaut über den Rücken.

»Seid ihr bereit?« hörte ich Sukos Stimme vom Heck des Schiffs.

»Ja.«

Suko und Pedro hatten das Beiboot bereits abgefiert. Wir kletterten hinein. Pedro wartete an Deck und stieg als letzter nach. Das Boot schwankte gefährlich, als der junge Fischer hineinsprang.

»Rudern, Señores, Sie müssen rudern!«

Das übernahmen Suko und er.

Die sinkende Sonne war nur noch als fingerbreiter Halbmond über dem Horizont zu sehen. Bald würde sie völlig verschwunden sein. Ihre letzten Strahlen fielen fast waagerecht über das Wasser und gaben ihm einen goldroten Schimmer.

Jetzt wurde es kriminell.

Wir gerieten in zurücklaufendes, gurgelndes Sogwasser der Brandung. Strudel bildeten sich, tückische Fallen, die das Boot um seine eigene Achse drehen wollten.

»Rudern!« brüllte Pedro. »Rudern!« Er und Suko strengten sich wirklich an, sie gaben ihr Bestes.

Immer wieder wurde das Boot von einer Welle gepackt und hoch auf den Kamm gehoben. In Schußfahrt ging es dann hinunter ins Tal. Ich klammerte mich an der Sitzbank fest, wieder leicht grün im Gesicht, und hoffte nur, daß wir es überstehen.

Rasend schnell schossen wir auf die aus dem Wasser wachsenden Felsen zu. Jeder von uns hatte Angst, daran zu zerschellen.

Doch ein Wunder geschah.

Ein Strudel riß uns an dem größten Felsen vorbei. Wir drehten uns zwar um die eigene Achse, doch nach dem Felsen gerieten wir in ruhigeres Wasser.

Das große Aufatmen begann. Wir alle waren vom Spritzwasser pudelnaß. Mich reuten die fünf Pfund wirklich nicht.

Die größeren Felsen lagen hinter uns. Doch dicht unter der schaumigen Wasseroberfläche sah ich die spitzen Kanten und Ecken weiterer Klippen.

Sie waren kein Problem für den erfahrenen Pedro. Als die Brandung uns schließlich ins flache Wasser schob, grinste er sogar.

»Alles klar, Señores.«

»Danke«, sagte ich.

»Wenn Sie zurückwollen, mieten Sie sich auf der Insel ein Boot. Es gibt davon einige. Auch bessere als meins, glaube ich.«

»Ihres war schon gut.«

Im letzten Licht der untergehenden Sonne betraten wir den Strand. Pedro warnte uns noch einmal vor der Insel, schlug ein paar Kreuzzeichen und ruderte wieder zurück. Geschickt umruderte er die Klippen, wir brauchten uns um ihn keine Sorgen zu machen.

Ich fühlte mich ein wenig wie Robinson, als ich auf dem sandigen Strand stand. Haushoch türmten sich die Felsen. Die Brandung donnerte so stark, daß wir unser eigenes Wort kaum verstehen konnten und schreien mußten.

Die ersten Schatten der Dämmerung legten sich bereits über das Eiland, als wir weiterwanderten.

Suko hatte eine kleine Bucht entdeckt, die an einen Hafen erinnerte.

Dort war unser Ziel.

Wir mußten klettern. Das Donnern der Brandung wurde leiser. Wir blieben stehen und beratschlagten.

Plötzlich horchten wir auf.

Dumpfe Geräusche waren an unsere Ohren gedrungen.

Trommeln!

»Voodoo«, flüsterte Myxin, »sie fangen bereits an. Jetzt wird es gefährlich.«

Ich sog scharf die Luft durch die Nase. Überraschend war es nicht, wir hatten damit rechnen müssen.

»Kannst du die Nachricht verstehen?« fragte ich Myxin.

»Nein.«

»Aber etwas Gutes kann es nicht bedeuten«, murmelte Suko.

Da hatte er recht.

Wir lauschten noch eine Weile. Es war schwer, eine Richtung zu bestimmen. Wir konnten kaum feststellen, woher der Trommelklang kam. Er schwebte über der gesamten Insel.

Leider besaßen wir keinen Lageplan. Deshalb mußten wir uns auf gut Glück durch das Gelände schlagen.

Und das bei Dunkelheit.

Andererseits schützte uns die Finsternis auch davor, schnell entdeckt zu werden.

Suko suchte nach einem Weg, der zwischen den Felsen hindurch ins Innere führte.

Er fand ihn nicht.

Ich deutete mit der Hand in die Höhe. Auf den scharfen Rändern lag noch ein letzter glutroter Schein. »Es geht kein Weg daran vorbei, wir müssen klettern.«

Suko und Myxin waren schon auf einen Spalt zugegangen, durch den das Wasser gurgelte. Gepäck hatten wir nicht mitgenommen, nur unsere Waffen. Den Koffer hatte ich im Schließfach des Flughafens gelassen.

An das monotone Rauschen der Brandung hatten wir uns bereits gewöhnt, und zwar so sehr, daß wir das Geräusch überhörten.

Es waren Schritte!

Erst als mich jemand ansprach, zuckte ich herum. Meine Hand glitt automatisch zur Waffe, doch ich ließ die Beretta stecken, als ich sah, wer dort vor mir stand.

Es war ein unbewaffneter junger Mann!

Caligro hatte eine erste Niederlage hinnehmen müssen. Evita Torres war die Flucht gelungen, und auch Juan, ihren Bruder, hatten die Schrumpfköpfe nicht aufstöbern können.

Eine Schmach, die schnell ausgebügelt werden mußte, denn wenn es sich herumsprach, sank das Ansehen des Magiers.

Bisher hatte Caligro es geschafft, die Inselbewohner unter seiner Knute zu halten. Er war der unumschränkte Herrscher auf dem Eiland. Ihm gehorchten alle, denn er allein beherrschte die Magie des Voodoo.

Der weiße Magier dachte daran zurück, als er noch ein Nichts war. Ein Artist, der von Land zu Land zog und mit Zauberkunststücken sein Publikum mehr oder weniger erfreute. Dann hatte er den alten Medizinmann getroffen. Und dieser hatte einen Narren an Caligro gefressen. Er weihte ihn in die Kunst des Voodoo-Zaubers ein, lehrte ihn die uralten Beschwörungen und berichtete von den Geheimnissen der Hölle und des Jenseits.

Er lockte die dunklen Kräfte, und er erklärte Caligro den unheimlichen Totenzauber.

Das war es, was der Magier gewollt hatte.

Den Totenzauber beherrschen!

Er kaufte die Insel, und der alte Medizinmann starb bald. Damit Caligro sicherging, daß die Leiche nicht wieder zum Leben erweckt wurde, verbrannte er den Toten und verstreute die Asche ins Meer.

Nun begab er sich daran, die Insel zu beherrschen. Die Eingeborenen waren leicht durch seine Magie zu beeinflussen. Caligro sorgte dafür, daß ein kleiner Ort entstand und daß ein Hafen gebaut wurde. Sogar Polizeibeamte setzte er ein, und er ließ auch einen Friedhof anlegen. Dort wurden die Toten begraben. Caligro war sicher, daß er sie eines Tages zurückholen würde, wenn der Totenzauber klappte. Bisher hatte er ihn noch nicht ausprobiert, sondern sich nur mit der Herstellung von Schrumpfköpfen beschäftigt; doch in der nächsten Nacht wollte er die ersten beiden Toten zum Leben erwecken.

Es eilte.

Mit diesem Vorsatz schritt er durch sein großes Haus. Nur an vereinzelten Stellen brannte Licht. Viele Winkel und Ecken lagen im Dunkeln. Eine unheimliche Atmosphäre herrschte hier. Bilder und Figuren an den Wänden zeigten die Totenmasken der Ermordeten, deren Schrumpfköpfe entlang des Gartenweges auf den Stangen hockten. Schwarze Magie hielt sie am Leben, und obwohl Caligro selbst ein Magier des Bösen war, nannte er sich der weiße Magier.

Das hatte seine Tradition.

Er trug nur weiße Kleidung. Dadurch allein hob er sich von den anderen Magiern ab. Sein weiter Umhang reichte bis zum Boden, und auch die Hälfte seines Gesichts hatte eine kalkige Farbe. Dafür wuchs ein wilder, rotbrauner Bart bis weit über sein Kinn, und die langen Haare berührten seine Schultern.

Um seinen Hals hing eine Kette aus purem Gold, ein Geschenk des verstorbenen Medizinmannes. Diese Kette bestand aus zahlreichen Plättchen, und an ihr hing eine goldene, rechteckige Platte, in die magische Zeichen graviert waren.

Sie entstammten dem Voodoo-Kult und zeigten die vier Elemente.

Feuer – Wasser – Erde – Luft!

Diese Elemente wollte Caligro sich untertan machen, er wollte sich zum Herrscher aufschwingen und sie unter seine Kontrolle bringen. Das war sein Fernziel.

Vor einer stabilen Tür blieb er einen Augenblick stehen, um zu lauschen.

Die Trommeln wurden geschlagen.

Das ewige Tam-Tam hallte selbst durch die Mauern des Hauses. Ein böses Lächeln umspielte die Lippen des Magiers. Die Eingeborenen regierten so, wie er es haben wollte.

Sie bereiteten alles vor.

In der Nacht sollten die Toten erwachen. Zuerst zwei, dann würden es mehr sein...

Caligro öffnete die Tür. Dahinter lag eine Treppe, die in den Keller führte. Er barg grausame Geheimnisse, war eine

Kammer des Schreckens, in der sich nur Menschen wie Caligro wohl fühlen konnten.

Langsam schritt er die Stufen hinab.

In die Wand waren Nischen gehauen worden. Diese wiederum wurden von brennenden Kerzen ausgeleuchtet.

Caligro ließ die Treppe hinter sich und schritt durch einen langen Gang, der in einem düsteren Gewölbe mündete.

Dort befand sich seine Folterkammer!

Sein eigentliches Reich...

Es war ein Gewölbe des Schreckens, ein unheimliches Laboratorium, in dem all das aufbewahrt wurde, was der weiße Magier benötigte.

Zangen, Sägen, Pinzetten, geheimnisvolle Tinkturen, rätselhafte Schriften, Tiegel und Töpfe.

All dies war in den Regalen und offenen Schränken verteilt. Sonst stand immer ein großer Tisch in der Mitte des Gewölbes, doch den hatten Diener zur Seite gerückt.

Es mußte Platz geschafft werden.

Platz für zwei Särge!

Sie standen dort und strahlten eine unheimliche Aura aus. Die oberen Hälften der Särge bestanden aus Glas, damit jeder hineinschauen konnte. Die unteren Teile waren aus Holz gefertigt wie bei einer normalen Totenkiste.

Auch die Griffe wichen nicht von den üblichen ab, doch die Innenausstattung der Särge war bereits wieder mit dem Wort Luxus zu umschreiben.

Da gab es Kissen aus rotem Samt für die Köpfe der Toten, und auch die Unterlage bestand aus Samt.

Die Leichen lagen weich. Zwei Frauen...

Mit ihnen wollte der Magier sein schauriges Experiment beginnen.

Vor den Kopfenden der Särge blieb Caligro stehen. Er wandte den Blick nach rechts, schaute durch das gläserne Oberteil und in das leichenblasse Gesicht einer langhaarigen blonden Frau. Sie trug ein weißes Kleid, ein Leichenhemd der allerbesten Qualität. Diese Frau war die Tochter eines Millionärs gewesen, der eine Kreuzfahrt durch die Westindischen Inseln unternommen hatte. Beim Landgang hatten Caligros Leute die Frau gekidnappt.

Getötet hatte der Magier sie dann selbst.

Caligro drehte den Kopf und blickte in den zweiten Sarg. Dort lag eine dunkelhäutige Schönheit mit schwarzem Kraushaar, die einmal Miss Karibik gewesen war. Der weiße Magier hatte sie gesehen und als Opfer auserkoren.

Sie zu kidnappen hatte seinen geschulten Leuten ebenfalls keine Schwierigkeiten bereitet.

Auch die Dunkelhäutige trug ein weißes Leichenhemd. Wie die andere Tote hatte auch sie beide Hände unter der Brust zusammengefaltet.

Ein wissendes Lächeln umspielte den Mund des Magiers. In den nächsten Stunden würde sich zeigen, ob er mit seinem Experiment Erfolg hatte. Dann nämlich, wenn die Frauen aufstanden und als lebende Tote weiterhin existierten.

Kerzen, die in hohen, dreieckigen Leuchtern steckten, gaben ein gespenstisches Licht ab. Sie zauberten Helligkeit und Schatten, gaben der Atmosphäre etwas noch Geheimnisvolleres.

Hier war kein Ort, an dem ein normaler Mensch gern verweilt hätte. Dieser Keller war ein Hort des Satans, und nur pervertierte Typen konnten sich dort wohlfühlen.

Typen wie Caligro...

Langsam drehte er sich um. Er hatte genug gesehen, jetzt wurde es Zeit, daß er etwas unternahm.

Dicht neben dem Ausgang hing das geflochtene Band einer Klingel. Caligro zog daran, und der Laut verwehte irgendwo im Haus. Er war aber vernommen worden, denn schon bald tappten nackte Füße die Treppenstufen herab.

Die Diener erschienen.

Ihre massigen Körper verdunkelten den Kerzenschein. Sie blieben vor ihrem Meister stehen und verbeugten sich.

Caligro schaute die vier Insulaner an. Sie hätten überall als Bodybuilder auftreten können, so kräftig waren sie gewachsen. Unter der dunklen Haut spielten gewaltige Muskeln, und die negroiden Gesichtszüge bewiesen, daß Caligro hier Einheimische vor sich hatte.

Nur die Augen blickten seltsam leer und stumpf. Ein Zeichen, daß die Männer unter einem Bann standen. Einem Bann, den der weiße Magier ausgelöst hatte.

Und nur er allein konnte sie davon befreien. Ja, er beherrschte die Kunst der Hypnose fast perfekt.

Die nackten Oberkörper der Männer glänzten ölig. Die Diener trugen nur Lendenschurze, die von breiten Gürteln gehalten wurden, damit sie ihre Kurzschwerter darin unterbringen konnten.

»Ihr wißt, weshalb ich euch gerufen habe?« fragte Caligro. Nicken.

»Dann nehmt die beiden Särge und tragt sie zum Festplatz des Teufels. Aber seid vorsichtig, es ist ein kostbares Gut, das ihr transportieren müßt.«

Die Insulaner nickten wieder, teilten sich, und jeweils zwei von ihnen traten an die Särge.

Sie bückten sich.

Kräftige Fäuste umspannten die Griffe. Die Särge waren sehr schwer, doch es bereitete den Männern keine Mühe, sie hochzuhieven. Wozu normalerweise vier benötigt wurden, das schafften hier zwei.

Caligro war zufrieden.

Hinter seinen Vasallen schritt er die Stufen der Steintreppe hoch. Sie verließen den Keller, durchquerten die große Diele, und Caligro ging an den Trägern vorbei, um die Tür zu öffnen.

Feuchte Luft schlug ihnen entgegen und der dumpfe Klang der Voodoo-Trommeln.

Den Vorgarten seines Hauses hatte Caligro in eine tropische Landschaft verwandelt, die von gepflegten Wegen durchschnitten wurde. Auf den Pfaden lag der Kies. Er schimmerte hell im Mondlicht.

Es war Vollmond, so daß nichts fehlte, um die Beschwörung in die Tat umzusetzen.

Die Träger erreichten die hohe weiße Mauer mit dem

schmiedeeisernen Tor, stießen es auf und erreichten einen Pfad, der in den Dschungel zum Festplatz führte.

Die Luft wurde noch stickiger und schwüler. Zahlreiche Vogelarten lärmten und kreischten in den Bäumen. Die Tiere spürten, daß ein wichtiges Ereignis dicht bevorstand, und hatten sich deshalb noch nicht zur Ruhe begeben.

Die Affen übertönten mit ihren fast menschlich klingenden Schreien alle anderen Geräusche. Sie turnten von Baum zu Baum, rissen an den Zweigen und veranstalteten einen Heidenlärm.

Der Festplatz lag nicht weit vom Friedhof entfernt. Die beiden Flecken befanden sich sogar dicht nebeneinander, und es konnte sein, daß auch die Toten auf dem Friedhof mit auferstanden. Dieser Erfolg wäre natürlich noch größer gewesen.

Caligro hoffte es.

Das Wummern der Trommeln begleitete sie auf ihren Weg. Der Rhythmus war für den weißen Magier die Musik der Hölle. Sie würde ihn unterstützen, wie auch die Tänzer, die mit ihren nackten Füßen auf den harten Lehmboden stampften.

Als sie die Lichtung erreichten, verstummten die Trommeln für einen Augenblick.

Zahlreiche Menschen hatten sich an dem Ort des Schreckens versammelt. Männer, Frauen und Kinder. Sie waren gekommen, um das Ereignis mitzuerleben und dem großen Magier zu huldigen.

Ein Feuer brannte in der Mitte.

Hoch loderten die Flammen zum Nachthimmel, breiteten ihren glutroten Schein aus und ließen die fratzenhaften, bemalten Gesichter der Männer noch dämonischer erscheinen.

Hinter dem Feuer standen zwei Pfähle. Ähnlich wie die Marterpfähle bei den Indianern des Nordens.

Und an diese Pfähle gebunden waren zwei Puppen.

Sie sahen täuschend echt aus. Man hätte meinen können, die Frauen im Sarg vor sich zu haben.

Ihre Gesichter waren ebenso starr und leblos, die Augen blickten wie tote Glasmurmeln – ohne Gefühl.

Ein schauriges Bild.

»Stellt die Särge ab!« befahl Caligro seinen vier Trägern.

Sie wußten, wie sie es zu machen hatten. Die Männer traten bis dicht vor die Puppen und ließen dort die Särge nieder.

Den mit der blonden Frau stellten sie vor die blondhaarige Puppe, den mit der schwarzen vor die andere.

»Öffnen!«

Die Stimme des Magiers hallte über die Lichtung.

Seine Diener bückten sich.

Gleichzeitig begann eine Trommel zu dröhnen. Leicht nur, aber unüberhörbar.

Dumm-dumm-dumm... klang es.

Die Totenmelodie.

Die Obergestelle wurden abgehoben und zur Seite gestellt. Dann traten die vier Diener zurück, und Caligro übernahm jetzt die Initiative.

Er stellte sich mit dem Rücken zum Feuer auf, so daß sich seine Gestalt vor den Flammen abhob.

Die Trommel dröhnte weiter, allerdings nicht so laut, als daß sie die Stimme des weißen Magiers übertönt hätte.

Zahlreiche Gesichter wandten sich Caligro zu. Die Menschen befanden sich in einem Taumel, sie hatten Alkohol getrunken und getanzt. Dieser wilde Rhythmus, der heiße Totentanz, der oft bis zur Erschöpfung durchgehalten wurde, verwandelte die Menschen in willenlose Sklaven in der Hand eines Verbrechers.

Caligro sah in die zahlreichen Augenpaare.

Hündische Ergebenheit strahlte ihm entgegen.

Ja, so wollte er es haben.

»Die Stunde der Bewährung ist angebrochen!« rief er. »Heute werde ich euch beweisen, daß selbst die Toten mir, nur mir allein gehorchen. Ich habe die Kraft, ich habe die Macht, und ich werde die Toten aus ihrem Zustand erwecken. Die Nacht der Zombies bricht an, Freunde! Ihr dürft dabei sein!«

Trommelwirbel!

Hart und schnell geschlagen.

Danach Stille – abwarten.

Der weiße Magier sprach weiter. »Wir haben auch Feinde, das wißt ihr. Verräter haben sich in eure Reihen geschlichen. Da war Jorge, der es versuchen wollte, jedoch in meine Falle lief. Auch Evita hat sich gegen mich gestellt und ebenfalls ihr Bruder Juan!«

»Tod! Tod ihnen!« riefen die Stimmen.

Der Magier lächelte. Er befand sich auf dem richtigen Weg. Sie würden ihm aus der Hand fressen. »Wir werden diese beiden Verräter vernichten müssen, sie dürfen uns nicht entkommen. Juan befindet sich noch auf der Insel, das weiß ich. Doch Evita ist aufs Meer geflohen. Dort ist sie nicht in Sicherheit. Wenn diese Beschwörung hier gelingt, erwecke ich auch all die Toten auf dem Meeresgrund, damit sie die Verräterin fassen und vernichten.«

Andächtig lauschten die Menschen den Worten ihres Anführers. Ihre Blicke hingen gläubig an Caligros Lippen, sie saugten jedes seiner Worte in sich auf wie Balsam. Dieser Mensch verstand es, die Massen zu mobilisieren und in seinen Bann zu ziehen, denn er besaß die Ausstrahlung des Bösen.

»Vorerst jedoch werde ich den Versuch bei diesen beiden Frauen unternehmen«, sagte der Magier mit lauter Stimme. »Der uralte Zauber soll wieder aufleben. Voodoo ist nicht ausrotten. Die Geheimnisse werden vererbt, und nur die Großen wissen sie zu nützen. Gebt mir die magischen Nadeln.«

Zwei Diener näherten sich ihm. Sie trugen eine Tasche aus Stoff, öffneten sie und hielten sie dem weißen Magier hin.

Der griff hinein.

Atemlose Stille lag über dem Platz. Nur weiter entfernt lärmten die Tiere des Dschungels, auch das Rufen und Locken der Trommeln war verstummt.

Caligro nahm die erste Nadel. Sie war so lang wie der Unterarm eines Mannes und pechschwarz. Nur die Spitze vorn war rot, als wäre sie in Blut getaucht worden.

Der Magier ging auf die Puppe mit der blonden Perücke zu. Einen Schritt davor blieb er stehen.

Er hob den rechten Arm.

Die Menschen hielten den Atem an.

Die Spitze der Nadel wies auf den rechten Arm der Puppe. Ungefähr dort, wo sich die Innenseite des Ellbogens befand.

Dann ruckte der Arm vor.

Hart stach der Magier die Nadel in den Puppenarm.

Die nächste Nadel.

Die hieb er in den linken Arm der blondhaarigen Puppe. Dann nahm er sich die Beine vor, die Hände, die Füße, den Hals...

Schließlich war die Puppe mit den geheimnisvollen Voodoo-Nadeln gespickt.

Doch Caligro war noch nicht fertig. Er wandte sich der nächsten Puppe zu.

Auch sie spickte er mit den Voodoo-Nadeln.

Schließlich trat er zurück. Er drehte sich um und schrie seinen Dienern zu: »Tanzt, tanzt den Totentanz, damit die Leichen das werden, was sie früher einmal waren!«

Wieder rumorten die Trommeln.

Hektisch und dumpf hallten die Schläge über die Lichtung. Die Menschen bewegten sich im Rhythmus der Trommeln, sie wiegten ihre Körper, mal nach vorn, dann nach hinten, schließlich zur Seite, einmal rechts, einmal links.

Es war ein Zucken und Zittern, ein Stampfen und Klatschen nackter Füße. Man faßte sich an den Händen, bildete einen Kreis, tanzte um das Feuer und die beiden Särge herum.

Die Geister der Toten wurden beschworen, während Caligro auf die Knie gesunken war und sein Kopf hin- und herpendelte. Schreckliche Laute stieß er aus, er rief die Kräfte des Jenseits.

Plötzlich verblaßte der Mond. Finsternis legte sich über die Lichtung, ein Windstoß fuhr vom Meer heran, griff wie mit Riesenfingern in das Feuer, teilte die Glut und warf die Funken weit über den Wald, wo sie als glühender Regen zwischen die Bäume fielen.

Und weiter hämmerten die Trommeln.

Eine schreckliche, makabre Melodie. Männer, Frauen und

Kinder wurden in den Bann des Grauens gezogen. Sie gerieten in Ekstase, ihnen wurde nicht bewußt, was um sie herum vorging.

Manche schrien gellend auf, brachten sich mit ihren eigenen Fingernägeln Wunden bei.

Blut tropfte daraus hervor, berührte den Boden und verdampfte zischend. Die Erde war dem Bösen geweiht. Die Hölle hatte davon Besitz ergriffen.

Und die beiden Toten spürten die Kraft der Nacht. Die Finsternis war ihr Verbündeter. Sie kroch wie eine Schlange in ihre Leiber, um ihnen das andere, schaurige Leben zu bringen. Die magische Sphäre der Voodoo-Nadeln ging auf sie über und holte sie aus dem Totenzustand zurück.

Sie bewegten sich.

Zuerst hob die blonde Frau den rechten Arm. Sie knickte ihn ein, krümmte die Finger und stützte sich auf.

Da verstummten die Trommeln.

Auf der Stelle blieben die Menschen stehen.

Schweißnasse Gesichter waren den beiden Särgen zugewandt, und jeder sah, daß die beiden Frauen aus ihren Totenkisten stiegen.

Die Beschwörung war erfolgreich verlaufen...

»Wer bist du?« fragte ich den jungen Mann.

»Ich heiße Juan.«

»Und wo kommst du her?«

»Ich habe mich versteckt.«

Suko und Myxin waren stehengeblieben. Ich winkte sie zu mir. Langsam schlenderten sie herbei.

Ich erklärte ihnen, was ich erfahren hatte, und Suko stellte die nächste Frage.

»Warum hast du dich versteckt?«

»Weil sie mich sonst töten würden.«

Wir warfen uns bedeutsame Blicke zu. Ich lächelte und reichte dem jungen Mann die Hand. »Mein Name ist John Sinclair«, sagte ich. »Laß uns Freunde sein.«

Zögernd schlug er ein. »Ihr seid fremd hier?«

»Ja.«

»Ich habe euch gesehen. Ihr hattet Glück, daß ihr nicht an den Klippen zerschellt seid. Aber was wollt ihr auf dieser Insel?«

»Einem Mann das Handwerk legen. Caligro!«

»Nein!« Juan wich zurück. Er schluckte und wischte sich über das mit Bartstoppeln bedeckte Gesicht. »Ihr wollt – ihr wollt...«

»Ja, wir sind wegen Caligro gekommen.«

»Seid ihr Magier?«

»Warum?«

»Nun, weil nur ein Magier den weißen Magier selbst besiegen kann. Caligro ist der absolute Herr der Insel. Was er sagt, das muß geschehen. Er ist es, der befiehlt. Er hat die Macht über die Toten, er ist die Hölle und der Satan in einer Person.«

»Ein Freund von ihm scheinst du nicht gerade zu sein«, bemerkte ich.

»Nein, ich bin sein Feind.«

»Dann hast du ja die richtigen Leute getroffen. Führe uns zu ihm, wenn du kannst.«

»Ja, ich kann. Aber...«

»Was ist mit aber?«

»Caligro ist gefährlich. Ihr dürft ihn nicht unterschätzen. Er hat bisher all seine Feinde besiegt, doch er ist noch niemals besiegt worden. Das müßt ihr wissen.«

»Wir haben keine Angst«, sagte Suko, und Myxin nickte bestätigend.

»Dann versucht es.«

»Du kennst dich doch hier aus?« wollte ich wissen.

»Sehr gut sogar. Ich bin auf dieser Insel geboren, und selbst die Schrumpfköpfe haben mich nicht gefunden.«

»Welche Köpfe?« fragten Suko und ich wie aus einem Mund.

»Wißt ihr denn nichts?« Der junge Mann tat erstaunt.

»Nein.«

»O Herr, ihr Ahnungslosen. In was stolpert ihr da nur rein.«

»Kläre uns mal auf«, verlangte ich. Juan erzählte. Was wir da zu hören bekamen, war nicht gerade dazu angetan, unseren Optimismus zu fördern, doch wir gingen nach dem alten Sprichwort vor: bangemachen gilt nicht. Wir würden diesen Magier schon zurechtstutzen. Außerdem ist eine erkannte Gefahr nur eine halbe Gefahr.

»Wollt ihr immer noch gehen?« fragte Juan zum Schluß.

»Ja.«

»Dann führe ich euch.«

Juan haßte den Magier. Das hatte er uns mehr als einmal zu verstehen gegeben. Und er dachte dabei auch an seine Schwester, die mutterseelenallein irgendwo auf dem Meer in ihrem Boot hockte.

Wir mußten in die Felsen.

Juan – barfüßig – kletterte wie eine Gemse. Für ihn waren die schwierigen Passagen kein Problem, er war hier zu Hause. Wir jedoch mußten achtgeben, daß wir nicht abstürzten, und auch die Dunkelheit machte uns zu schaffen.

Zum Glück war Juan ein ausgezeichneter Führer. Er schien im Dunkeln sehen zu können, und als wir nach einer halben Stunde ein flaches Plateau erreichten, atmeten wir auf.

»Das wäre geschafft«, sagte ich, wollte noch etwas hinzufügen, doch ein Geräusch riß mir die nächsten Worte von den Lippen.

Trommeln.

Ich schaute Juan an.

Er nickte. »Ja, John«, flüsterte er. »Das sind die Totentrommeln, die wir da hören.«

»Kannst du die Botschaft verstehen?« Ich wußte, daß die Trommeln oft Botschaften verkündeten.

Juan ging ein paar Schritte zur Seite, lauschte und nickte. Sein Gesicht war ernst. »Sie rufen die Geister der Hölle«, erklärte er uns. »Wie ich schon sagte, das sind die Totentrommeln. Wenn sie geschlagen werden, sind auch die Zombies nicht mehr weit.«

»Du meinst die lebenden Leichen?«

»Ja, John.«

Zombies – Voodoo, alles eine Verbindung. Wenn es wirklich stimmte, daß die Leichen aus ihren Gräbern stiegen, waren wir ja richtig.

Juan Torres fuhr fort: »Gegen die Leichen haben wir keine Chance. Sie sind unverwundbar.«

»Abwarten«, meinte Suko trocken und überprüfte das Magazin seiner Pistole.

Und auch ich nickte.

»Aber die lebenden Leichen sind...«

»Wir haben Silberkugeln«, erklärte ich gelassen und nahm unserem jungen Freund erst einmal die Anfangsangst.

Dann gingen wir weiter. Schon bald blieb die Küste mit ihren steilen Felsen zurück, und wir näherten uns den tropischen Regenwäldern, die einen anderen Teil der Insel bedeckten. Über den dunklen Kronen der Bäume schwebte der Trommelklang.

Dumpf, drohend...

Wir mußten zum Festplatz, hatte uns der junge Führer gesagt. Und den fanden wir dicht am Friedhof. Ja, sie würden die Beschwörung am Friedhof vornehmen. Klar, dann waren sie ja direkt vor Ort.

Der Boden unter unseren Füßen wurde weicher. Wir sahen die Konturen einiger Hütten. Zwei Köter kläfften, als wir in ihrer Nähe vorbeischlichen.

»Das Dorf ist leer«, bemerkte Juan. »Die Menschen sind bestimmt zum Festplatz gegangen.«

»Mit wie vielen Gegnern haben wir es dann zu tun?« wollte ich wissen.

»Das Dorf steht gegen uns.«

Keine berauschenden Aussichten. Da war es wirklich schwer, den Magier aus der Reserve zu locken.

Hoffentlich packten wir es.

»Ich kenne eine Abkürzung«, wisperte Juan. »Wir müssen uns aber durch den Dschungel schlagen.«

»Meinetwegen auch das«, erwiderte ich.

Juan Torres ging vor.

Er kannte sich hier wirklich aus. Der junge Mann erinnerte

mich an eine Schlange, so elegant wand er sich durch das manchmal wanddichte Unterholz.

Die Geräusche des Regenwaldes umgaben uns.

Da war ein Pfeifen, Kreischen und Schreien. Manchmal starrten glühende Augen zu uns herab und waren blitzschnell wieder verschwunden, wenn einer von uns sich zu hastig bewegte.

Der Schweiß brach mir aus allen Poren.

Am Strand hatte der Wind noch gekühlt, hier im Wald stand die Luft. Unzählige Insekten flogen gegen unsere Gesichter, stachen, und ich gab es schon ein paar Yards später auf, nach ihnen zu schlagen.

Es hatte einfach keinen Sinn.

Der Boden war weich und nachgiebig. Das Trommeln begleitete uns. Gedämpft drang es an unsere Ohren.

Juan drehte sich manchmal um und lachte mit blitzenden Zähnen. Er wollte uns Mut machen.

Myxin hielt sich tapfer. Ihm schien der Gang am wenigsten zuzusetzen. Den Himmel konnten wir überhaupt nicht sehen. Kein Stern blinkte, wir kamen uns vor wie in einem feuchtheißen Tunnel.

Aber auch er hatte ein Ende.

Wir verließen den Dschungel und erreichten einen schmalen Weg, der sich bald teilte.

Juan erklärte uns, daß es rechts zum Haus des weißen Magiers hochging, wir jedoch nahmen den linken Weg.

Der Festplatz mußte nicht mehr weit entfernt sein, denn das Dröhnen der Trommeln war lauter geworden.

Und noch etwas anderes vernahmen wir.

Stimmen!

Sie schrien und kreischten. Die Geräusche hörten sich an, als befänden sich Menschen in wilder Ekstase.

Ich sprach Juan darauf an.

Er nickte heftig. »Ja, sie tanzen«, erklärte er mir. »Das ist der Totentanz. Der Höhepunkt ist nicht mehr fern, dann werden die Zombies aus den Gräbern steigen.«

Das wollten wir verhindern.

Ich hatte schon des öfteren mit lebenden Leichen zu tun gehabt und wußte, wie grausam und gefährlich sie waren. Nein, ich hatte wirklich kein Verlangen danach, mich abermals mit den Höllengeschöpfen herumzuschlagen. Ich warf einen Blick zur Uhr und stellte fest, daß es nur noch zehn Minuten bis Mitternacht waren.

»Laßt uns schneller gehen!« forderte ich Juan auf.

Der Insulaner nickte. Er sagte gleichzeitig, daß wir einen Umweg gehen mußten, allein wegen der Gefahr der Entdeckung.

Ich war einverstanden.

Geduckt schlichen wir uns an den Festplatz heran. Wir mußten wieder durch den Dschungel, aber wir sahen bereits den flackernden Widerschein des Feuers durch die Büsche tanzen.

Es war nicht mehr weit.

Ich tastete nach meinen Waffen.

Kreuz, Pistole und Messer – alles war vorhanden. Meinen Bumerang hatte ich nicht mitgenommen, ich hoffte mich ohne ihn durchzuschlagen. Und für Zombies reichten Silberkugeln.

Zwei Reservemagazine steckten in meinen Taschen.

Auf dem Bauch robbten wir uns an den Festplatz heran. Allerdings kamen wir von der Rückseite und mußten deshalb über den kleinen Friedhof.

Eine niedrige Mauer zäunte ihn ein.

Neben der Mauer blieben wir liegen. Juan hob den Kopf und schaute zum Feuer hin.

Noch schlugen die Trommeln, noch kreischten die Menschen, doch plötzlich war es still.

Juan tauchte wieder in Deckung der Mauer.

Wir hörten die Stimme des weißen Magiers, verstanden jedoch nicht, was gesprochen wurde.

»Sie stehen dicht vor dem Ziel«, wisperte der Insulaner. »Wenn wir etwas erreichen wollen, müssen wir jetzt los.«

Ich nickte. Mein Blick traf Sukos Gesicht, und ich sah, daß auch er einverstanden war, ebenso wie Myxin.

Wir mußten über den Friedhof, um auf den Festplatz zu gelangen. Es war ein wilder, düsterer Totenacker. Man hatte die Kreuze und Steine aus dem Boden gerissen und kurzerhand umgekippt. Kein christliches Symbol war mehr zu sehen.

Viele Gräber waren eingefallen und ungepflegt. Hohes Gras hatte die meisten überwuchert. Es bewegte sich wie die Wellen des Meeres, als wir nach vorn schlichen.

Suko und ich liefen an Juan vorbei. Wir wollten die ersten am Festplatz des Schreckens sein.

Längst lagen die Pistolen in unseren Händen.

Dann sahen wir die beiden Pfähle. Obwohl wir uns von der Rückseite her näherten, war zu erkennen, daß an die Pfähle zwei Personen gefesselt waren.

Und der weiße Magier stand davor.

Sein helles Gewand wurde vom zuckenden Schein der Flammen übergossen. Caligro bewegte sich. Er beschäftigte sich mit den beiden Gefesselten.

Folterte er sie?

Der Gedanke daran trieb in mir die Galle hoch und spornte mich zu noch größerer Eile an.

Ich wollte schon auf den Festplatz laufen, als ich die beiden Särge sah.

Abrupt blieb ich stehen und sah die beiden Frauen, wie sie langsam aus den Särgen stiegen.

Die ersten Zombies...

Der Anblick faszinierte nicht nur mich, sondern auch meine Freunde. Aus den Augenwinkeln nahm ich wahr, daß Juan einige Kreuzzeichen hintereinander schlug.

Die beiden weiblichen Zombies unterschieden sich grundlegend. Die eine hatte blonde Haare, die andere dunkle. Auch war die Blondhaarige eine Weiße, während es sich bei der Dunkelhaarigen um einen Mischling handelte.

Ich hatte wie gesagt schon des öfteren Zombies beobachtet. Irgendwie verhielten sie sich alle gleich.

Da waren die eckigen, beinahe roboterhaften Bewegungen, mit denen die Frauen aus ihren prunkvollen Särgen stiegen. Da waren die bleichen Gesichter und der stumpfe Ausdruck in den Augen.

Es gab keinen Zweifel. Die beiden mußten einfach Zombies sein!

Sie näherten sich dem Feuer, wo der weiße Magier stand. Caligro erwartete sie mit ausgestreckten Armen, nahm die beiden an die Hand und führte sie zur Seite.

Er präsentierte sie dem faszinierten, ungläubig staunenden Publikum.

Niemand sprach.

Nur das Knistern der Flammen war zu hören. Der weiße Magier aber lachte. Lauthals hallte sein Gelächter über den Festplatz.

»Da seht ihr es!« rief er. »Ich habe es geschafft. Ich habe die Toten zum Leben erweckt. Das sind die ersten. Andere werden folgen, und sie werden nur mir allein gehorchen.«

Die Zuhörer senkten die Köpfe. Sie zitterten. Selbst der zuckende Flammenschein konnte die Angst auf ihren Gesichtern nicht verwischen.

Ich spürte eine Bewegung neben mir. Suko schob sich dicht neben mich. »Sollen wir eingreifen?« wisperte er.

Ich schüttelte den Kopf. »Nein, warte noch. Das können wir später tun. Ich will erst sehen, wie es weitergeht.«

»Okay.«

Es ging weiter.

Und wie.

Caligro ließ die Hände der Untoten los und drehte sich um. In der Bewegung hob er den Arm, winkte.

Sofort setzten sich seine vier Leibwächter in Bewegung. Die Diener mit den gräßlich bemalten Gesichtern blieben vor den lebenden Leichen stehen und zogen ihre Kreuzschwerter.

»Schlagt zu!« brüllte der weiße Magier.

Die Waffen pfiffen durch die Luft, hieben in die Körper der Untoten und wurden wieder herausgezogen.

Nichts geschah.

Die Frauen blieben stehen.

Caligro lachte. »Ist das der Beweis?!« schrie er. »Es sind lebende Tote, sie können nicht mehr sterben, und doch gehorchen sie mir.« Er deutete auf die beiden Pfähle. »Bindet die Puppen los!«

Diese Aufgabe übernahmen wiederum die Diener.

Puppen hingen also an den Pfählen. Natürlich, wie konnte es beim Voodoo-Zauber auch anders sein.

Ich preßte die Lippen zusammen. Die vier Kerle gerieten verdammt nah an uns heran. Wenn wir nicht achtgaben, würden sie uns sehen. Deshalb wollten wir ihnen zuvorkommen.

»Jetzt!« schrie ich meinen Freunden zu, startete und sprang als erster auf die Lichtung...

Ein Bombeneinschlag hätte keine größere Wirkung erzielen können. Die Anwesenden schienen plötzlich zu erstarren. Selbst der weiße Magier bewegte sich nicht.

Er starrte uns nur aus rotumränderten Augen an.

Wir hatten uns so hingestellt, daß wir die Menschen im Blickfeld hatten. Und natürlich Caligro, außerdem seine vier Diener mit den bemalten Fratzen.

Myxin hielt sich etwas zurück. Ebenso wie Juan, von dem ich hoffte, daß er in Deckung bleiben würde.

Alle Anwesenden standen wie festgeleimt. Keiner wagte ein Wort zu sagen. Ich hatte sogar das Gefühl, die Leute würden den Atem anhalten.

Selbst die beiden Zombies rührten sich nicht.

Caligro wußte, was er seiner Rolle schuldig war. Er fragte: »Wer sind Sie?«

Ich sah keinen Grund, ihm die Antwort zu verweigern, und erwiderte: »Mein Name ist John Sinclair.«

»Und?«

Der weiße Magier fühlte sich inmitten seiner Übermacht sicher. Dazu hatte er auch allen Grund, denn wir waren nur zu viert und leicht zu überrumpeln.

»Ich bin hier, um Ihrem verdammten Spuk ein Ende zu bereiten!«

»Sie?«

»Ja, ich!«

Caligro lachte. Er warf dabei den Kopf in den Nacken, und sein langer rotbrauner Bart zitterte. »Sie wollen mich vom Thron stürzen? Machen Sie sich nicht lächerlich. Ich bin der Herr über die Toten. Sie gehorchen mir.« Er zeigte auf die beiden lebenden Leichen. »Wissen Sie, daß diese Frauen tot sind und trotzdem leben?«

»Das weiß ich.«

Mit dieser Antwort hatte er wohl nicht gerechnet, denn er zuckte zusammen.

»Sie scheinen den Ernst der Lage noch nicht begriffen zu haben!« zischte er mich an.

»O doch«, erwiderte ich, »das habe ich. Aber Ihre untoten Gestalten können mir keine Angst einjagen!«

Ich sprach die Worte gelassen aus. Das Echo darauf war Gemurmel und Geraune.

Ich fing einen Blick von Suko auf. Er warnte mich mit den Augen, nicht zu übermütig zu werden.

Das hatte ich auch nicht vor, doch ich wollte eine Demonstration, wollte beweisen, daß hinter meinen Worten auch Taten steckten.

Nicht nur die beiden Untoten warteten auf den Befehl ihres Meisters, sondern auch die vier grell bemalten Krieger.

Sie standen sprungbereit. Ihre Hände lagen auf den Griffen der Kurzschwerter. Innerhalb von Sekundenbruchteilen würden sie die Waffen gezogen haben.

»Schlagt ihn nieder!« brüllte der weiße Magier plötzlich. »Zeigt ihm wer der Herr ist!« Während er die Worte ausspie, deutete er auf die beiden untoten Frauen.

Sie reagierten sofort.

Wie gut gelenkte Roboter setzten sie sich in Bewegung und staksten auf mich zu.

Zwei Schritte weit ließ ich sie gehen. Ich sah die toten Augen, die leichenblassen Gesichter und roch bereits den leichten Modergeruch, der von ihnen ausging.

Ich schoß.

Hier vernichtete ich kein Leben, sondern ein untotes Dasein. Den Zombies mußte Einhalt geboten werden.

Meine erste Kugel war gegen die Blonde gezielt. Das Silbergeschoß stoppte sie. Die Untote verdrehte die Augen und spreizte die Arme vom Körper – dann kippte sie einfach um.

Ich schwenkte die Waffe nach rechts. Die dunkelhäutige Untote war bereits einen Schritt näher bei mir, so daß ich gar nicht vorbeischießen konnte.

Der Schuß peitschte auf.

Wieder saß die Kugel genau.

Stumm fiel das lebende Monster zu Boden und **rühr**te sich nicht mehr.

Sofort wirbelte ich herum und legte auf den **Magier** an. Doch der war bereits gedeckt. Zwei seiner grell **bemalten** Diener hatten die Situation erkannt und sich schützend vor ihren Meister gestellt.

Sie schauten genau in das Loch der Pistolenmündung.

Die anderen beiden behielten Suko im Auge. Die Kerle standen auf dem Sprung, ein Wink ihres Meisters nur, und sie würden angreifen.

Schräg links von mir hielt sich Myxin auf. Ich ahnte ihn mehr, als daß ich ihn sah.

»Caligro«, sagte ich, »kommen Sie her!«

»Zum Henker mit Ihnen!« keuchte er. »Wie haben Sie es geschafft?«

»Geweihte Silberkugeln!«

Er schnaufte wild. »Sie kommen hier nicht weg. Sie können die Insel nicht verlassen. Der Voodoo wird Sie vernichten!«

»Aber nach Ihnen«, gab ich kalt zurück.

Im nächsten Augenblick wurde ich eines Besseren belehrt. Juan Torres schrie plötzlich auf.

»Die Toten!« brüllte er. »Die Toten steigen aus den Gräbern...«

Im Nu stand die Lage völlig auf der Kippe. Wenn ich jetzt noch etwas retten wollte, mußte ich höllisch schnell sein.

Ich sprang vor.

Mein Sprung fiel synchron in den Befehl des Meisters hinein. »Tötet ihn!«

Diesmal waren die beiden bemalten Kerle gemeint. Trotz der drohend auf sie gerichteten Waffe griffen sie mich an.

Ich tauchte zur Seite weg und steckte die Beretta ein. Dabei gelang mir ein Blick zurück.

Schattenhaft sah ich die gräßlichen Gestalten über den Friedhof wanken. Sie sahen schaurig aus. Einige von ihnen waren in fleckige Leichentücher gewickelt, andere waren völlig nackt. Durch ihre halb verwesten Körper schimmerten bleich die Knochen.

Zwei Zombies hielten Juan gepackt. Er wehrte sich verzweifelt, doch seine Schreie erstickten.

Ich sah nur noch, wie er unter den gräßlichen Leibern zusammenbrach.

Eine unbeschreibliche Wut erfüllte mich. Bevor die Kerle ihre Schwerter ziehen konnten, fuhr ich wie ein Irrwisch zwischen sie. Mit beiden Fäusten hieb ich zu.

Meine Schläge schleuderten sie zur Seite. Ich wollte an Caligro heran, der zurückgewichen war, den Arm ausgestreckt hatte und Befehle schrie.

Auch die Menschen zogen sich zurück. Der Anblick der Toten hatte sie maßlos erschreckt.

Ich stürzte auf den weißen Magier zu.

Da stellte mir einer der Krieger ein Bein.

Ich konnte mich nicht mehr fangen und fiel lang auf das Gesicht, zudem geriet ich in die Nähe des Feuers und spürte sofort die mörderische Hitze.

»Ja. Verbrennt ihn! Verbrennt diesen Hund!« keifte der weiße Magier wie von Sinnen.

Das war natürlich nicht im Sinne des Erfinders, und ich beschloß, augenblicklich etwas dagegen zu tun.

Über mir sah ich bereits den muskulösen Körper des Kriegers und schaute in die gräßlich bemalte Fratze, als meine Fäuste hochfuhren.

Es klatschte, und das Gesicht verschwand.

Ich schnellte auf die Beine.

Noch in der Bewegung vernahm ich den peitschenden Klang einer Beretta.

Suko hatte geschossen.

Ich fuhr herum.

Der Chinese verteidigte sich gegen drei Untote. Einen hatte er erledigt, zwei weitere Monster griffen ihn von der Seite her an. Es waren Alptraumgeschöpfe, halb verwest, stinkend, aber von einem unseligen Trieb besessen.

Suko schoß auch den zweiten nieder. Im Zeitlupentempo fiel dieser zu Boden und blieb liegen.

Ob mein Partner auch den dritten schaffte, sah ich nicht mehr. Etwas hieb wuchtig gegen meine Stirn. Ich hatte einen Augenblick lang nicht aufgepaßt, schon war es geschehen.

Plötzlich zerplatzte ein Weltall vor meinen Augen. Der Boden begann zu schwanken, und wie ein Turmspringer vom Sprungbrett, so fiel ich nach vorn.

Blackout total!

Der Himmel war eine einzige Pracht, die man kaum beschreiben konnte, weil es gar nicht die richtigen Worte gab.

Ein glitzerndes Sternenheer funkelte und gleißte. Dazwischen lugte der volle Mond als fahle Kugel. Und das alles sah aus, als wäre es auf eine dunkelblaue Samtleinwand projiziert worden.

Tropennacht.

So etwas inspirierte Dichter und Träumer, ließ das Blut eines Musikers schneller durch die Adern fließen und war der Traum eines jeden großstadtgeschädigten Urlaubers.

Eine hatte dafür keinen Blick.

Evita Torres.

Unendlich verlassen fühlte sie sich auf dem gewaltigen Meer. Sie befand sich nun schon die zweite Nacht auf dem

Wasser, und ihre Hoffnung als auch die ihres Bruders hatten sich nicht erfüllt. Das Boot war auf keine der zahlreichen Inseln zugetrieben worden. Im Gegenteil, die Strömung drückte es weiter auf das offene Meer hinaus. Auf ein Meer, in dem zahlreiche Gefahren lauerten, das bei Sonnenschein ruhig dalag, sich jedoch von einer Stunde auf die andere in eine tobende, gefräßige Hölle verwandeln konnte.

Wenn Sturm aufkam...

Der hatte Evita zum Glück verschont. Aber es wäre ihr jetzt auch gleichgültig gewesen. Das Mädchen glaubte nicht mehr so recht an eine Rettung. Das Segel hatte sie noch nicht gesetzt, weil sie nicht wußte, wohin der Wind sie treiben würde. Außerdem war das Schlauchboot ziemlich stumpf, es fehlte einfach das schnittige Styling, um schnell voranzukommen.

Tagsüber, wenn die Sonne gnadenlos auf die ozeanblaue Wasserfläche brannte, hatte sich Evita unter die Plane verkrochen, um wenigstens ein wenig vor den sengenden Strahlen geschützt zu sein. Hin und wieder hatte sie sich aufgestellt. Immer dann, wenn in der Nähe ein Schiff vorbeizog.

Doch was hieß denn Schiff?

Es waren Yachten, Luxuskreuzer, und auf den hohen Brücken hatte niemand das kleine Boot bemerkt.

Evita hatte geschrien, gebetet, geweint und gebettelt. Es nutzte nichts. Niemand sah sie.

Zum Glück hatte ihr Bruder an alles gedacht. Genug Trinkwasser war vorhanden. Ebenso verhielt es sich mit dem Proviant. Dosenfleisch und Obst. Letzteres hatte Evita bereits verspeist, sie verspürte auch keinen großen Hunger.

Schlimm war die Einsamkeit, und noch schlimmer waren seit dem Morgen ihre Begleiter.

- Haie.

Ja, Haie schwammen um das Boot. Mal in weiteren Kreisen, dann wiederum zogen sie engere Ringe. Wenn ihre dreieckigen Flossen aus dem Wasser schauten, war das jedesmal eine Warnung für das einsame Mädchen

Sie hatte Angst vor den Tieren. Auf der Insel erzählte man

sich die schlimmsten Geschichten von den Räubern der Meere. Und Evita hatte selbst gesehen, wie ein Halbwüchsiger beim Baden von zwei Haien angegriffen worden war.

Von ihm hatte man nie wieder etwas gesehen.

Die lange Dünung trieb das Boot voran. Sanft schaukelte es auf einen Wellenberg zu und glitt danach wieder in das Tal. Sie hatte sich an den ewigen Rhythmus gewöhnt. Am Anfang war ihr schlecht geworden, jetzt ging es.

Die Zeit schien stillzustehen. Evita sah nur das wogende Meer, spürte die Einsamkeit und wurde hin und wieder mit den dreieckigen Flossen konfrontiert.

Ihr Boot bestand nicht aus Holz oder Stahl, sondern aus dickem Gummi, das den Zähnen der Haie eigentlich kaum Widerstand leisten würde.

Noch hatten sie nicht angegriffen.

Oft dachte sie an Juan, ihren Bruder. Wie es ihm wohl ergangen war? Ob er es geschafft hatte? Oder war er den Häschern in die Arme gelaufen? Jedesmal schloß Evita ihren Bruder in die Gebete mit ein.

Wenn sie in Strömungen geriet, liefen die Wellen oft quer gegen das Boot. Dann spritzte Wasser über und näßte das junge Mädchen. Auf ihrem Gesicht und den nackten Armen hatte sich schon eine salzige Kruste gebildet.

Jedesmal wenn sie in der Ferne die Lichterkette eines Schiffes entdeckte, schreckte sie auf.

Niemand sah sie.

Einmal fuhr eine Yacht so nahe an ihr vorbei, daß sie die über das Wasser wehenden Musikfetzen hörte.

Danach umgaben sie wieder die Geräusche der See.

Am Anfang hatte sie Angst gehabt, in Kuba angetrieben zu werden. Das war ihr jetzt egal. Sie wollte nur an Land, endlich festen Boden unter den Füßen haben, denn die schäumende See ging ihr allmählich auf die Nerven.

Obwohl sie körperlich nichts tat, war sie doch erschöpft. Weit nach dem Dunkelwerden schlief sie ein. Es war ein bleierner Schlaf, geplagt von wilden, gräßlichen Träumen.

Jemand war hinter ihr her.

Evita sah sich wieder auf der Insel. Schreckliche Monster, hoch wie Häuser, verfolgten sie. Und sie rannte bis hin zum Meer, wo sie sich in die Fluten warf.

Es schäumte, schmatzte und gurgelte.

Plötzlich zuckte Evita hoch.

Nein, sie hatte nicht geträumt. Die Geräusche waren echt gewesen. Ganz in der Nähe...

Verwirrt schaute sich Evita um.

Da sah sie es.

Am Bug des Bootes wurde das Wasser aufgewirbelt, schäumte, wie von einem Quirl getrieben, hoch, warf Blasen und Wellen, die ihr Boot hin- und herschaukelten.

In ihrer grenzenlosen Angst übersah Evita das ganz in der Nähe liegende weiße Schiff.

Sie hatte nur Augen für das, was sich vor ihr abspielte.

Aus dem Wasser stieg ein Monster...

Suko hatte den ersten Untoten niedergeschossen und feuerte auf den zweiten.

Der fiel ebenfalls.

Einen dritten Schuß jedoch konnte der Chinese nicht mehr abgeben. Von hinten warf sich jemand gegen ihn, schleuderte ihn nach vorn auf den dritten Zombie zu, dessen Knochengesicht sich grinsend in Erwartung eines neuen Opfers verzogen hatte.

Die Arme hielt er bereits ausgestreckt, seine Hände waren zu Klauen gekrümmt.

Suko konnte sie nicht mehr zur Seite schlagen. Die kalten Totenklauen fanden seine Kehle und drückten erbarmungslos zu.

Der Chinese – ansonsten ein regelrechtes Kraftpaket – konnte den Griff nicht sprengen. Er konnte auch keine Judogriffe ansetzen oder Finger umbiegen, diese lebenden Toten verspürten keinen Schmerz. Man konnte sie nur mit weißmagischen Waffen töten.

Der Untote war ein bärenstarker Kerl. Schwer ließ er sich auf Suko fallen und drückte ihn zu Boden.

Der Chinese kriegte keine Luft mehr. Er zog zwar seine Beine an und stemmte die Füße in den Leib der lebenden Leiche, doch den Griff konnte er auf diese Art und Weise nicht lockern. Er blieb wie ein eiserner Reif um seinen Hals.

Der Untote schüttelte ihn hin und her. Aus kürzester Distanz sah Suko in die gräßliche Fratze. Es war ein widerlicher Anblick, der jedoch durch die Schleier gemildert wurde, die sich vor die Augen des Chinesen legten.

Die Bewußtlosigkeit nahte...

Suko sammelte alle Kräfte. Es gelang ihm, seine Hand zwischen die würgenden Finger zu schieben und den Ballen gegen das Kinn des Untoten zu drücken.

Der Kopf der lebenden Leiche wurde in den Nacken gedrückt, aber der Griff lockerte sich nicht.

Sollte dies das Ende sein? Sollte Suko, dieses Kraftpaket, auf einem entweihten Friedhof dieser Schreckensinsel sterben?

Alles in ihm bäumte sich gegen diese Vorstellung auf.

Er wollte raus aus dieser verdammten Umklammerung, aber sein mörderischer Gegner war zu stark für ihn.

Doch da war plötzlich ein Schatten.

Suko nahm ihn wahr, noch bevor ihn die Schleier der Bewußtlosigkeit erfaßten. Jemand tastete an seinem Gürtel herum, suchte und wurde auch fündig.

Ein Klatschen erklang.

Plötzlich war der Druck verschwunden.

Wieder klatschte es.

Suko saugte die Luft in die Lungen. Schwerfällig richtete er sich auf und sah eine kleine Gestalt, die mit einer großen Peitsche zuschlug.

Es war Myxin.

Er hatte sich das wiedergeholt, was ihm einmal von Suko und mir genommen worden war.

Die Dämonenpeitsche.

Und er räumte auf.

Die drei Riemen zerstörten den Körper des Zombies, schnitten in seine Haut, und giftgrüne Schwefelwolken dampften in den Himmel.

Suko fiel zur Seite. Er hatte Glück und fand unter seinem Arm die Beretta.

Hastig nahm der Chinese sie an sich.

»Kannst du aufstehen?« hörte er Myxins Stimme.

Suko wollte eine Antwort geben, doch kein Laut drang aus seiner Kehle. Er war noch zu mitgenommen.

Myxin reichte ihm die Hand.

Suko erfaßte sie und ließ sich hochziehen. Er grinste verzerrt, schaute sich um, sah jedoch keine Zombies mehr. Entweder waren sie verschwunden oder vernichtet.

An die letzte Möglichkeit mochte Suko nicht glauben.

Taumelnd ging er ein paar Schritte, räusperte sich und nickte. »Schätze, jetzt geht es«, krächzte er.

»Dann komm mit.«

»Und wohin?«

Myxin schaute sich um. »Auf jeden Fall müssen wir hier weg. Dieser weiße Magier hat seine Untoten um sich versammelt. Ich schätze, er wird uns suchen lassen.«

»Und John?«

Da senkte Myxin den Blick.

»Verdammt, wo ist er?«

»Ich weiß es nicht. Sie müssen ihn wohl überwältigt haben. Ich konnte ihm nicht zu Hilfe eilen. Die Zombies stürmten auf mich zu, und ich hatte Mühe, mich zu dir durchzuschlagen.«

»Sorry«, sagte Suko.

»Schon gut.«

»Hast du einen Plan?« fragte der Chinese.

»Auf jeden Fall müssen wir John so rasch wie möglich befreien. Wenn er in die Hände der Zombies gerät, ist es aus.«

Der Meinung war Suko auch. »Wo kann er nur stecken? Die Insel ist nicht groß...«

»Es gibt eigentlich nur eine Möglichkeit«, murmelte Myxin.

»In Caligros Haus!«

»Genau.«

»Dann nichts wie hin!«

Myxin warnte. »Denk daran, daß der weiße Magier damit rechnet. Er wird Wachen aufgestellt haben.«

»Ja, das stimmt.«

»Wir werden uns das Haus erst einmal ansehen. Aus der Distanz, meine ich.«

»Kannst du denn nicht deine Magie einsetzen?« fragte der Chinese.

Da lachte Myxin bitter auf. »Ich bin ein schwaches Wesen, das es nicht einmal verdient, zu leben. Mit meiner Magie ist es nicht mehr weit her.«

»Du mußt das nicht so pessimistisch sehen.«

»Früher wären die Zombies keine Gegner für mich gewesen«, sagte Myxin.

»Da siehst du, wie es uns geht. Auch wir müssen improvisieren. Wie jetzt. Welchen Weg nehmen wir?«

Myxin schaute sich ebenso um wie der Chinese. Am besten war es, wenn sie irgendwann auf die Straße trafen, die sie zum Haus des weißen Magiers brachte.

Das Feuer brannte langsam herunter. Krachend fielen die bröselig gewordenen Holzstäbe ineinander. Funken stoben auf. Die Hitze strahlte noch immer ab.

Suko und Myxin sprangen über die Friedhofsmauer und standen auf einem Ort des Schreckens.

Der Totenacker sah wirklich grauenhaft aus. Es gab überhaupt keine Gräber mehr. Wo die Toten aus der Erde gekrochen waren, sahen die beiden ungleichen Männer nur Löcher. Viele Grabsteine waren umgekippt und zum Teil in die Gruben gerutscht.

Es sah aus wie nach einem Bombenangriff.

Suko versuchte, anhand der Gräber zu zählen, mit wie vielen Zombies sie es zu tun hatten, doch es war unmöglich, sie zu zählen. Es gab keine Zwischenräume mehr, die einzelnen Gräber gingen ineinander über.

Myxin war vor den beiden Holzpfählen stehengeblieben. Dort hingen noch immer die Puppen. Die Haare bestanden aus künstlichem Flitter, auch die Gesichter waren nachmodelliert, die »Körper« waren in Lumpen gehüllt worden.

Suko schritt quer über den Friedhof. Er sorgte sich um Juan, den Insulaner. Bisher hatte er noch nichts von ihm gesehen, und da der Schein des Feuers nicht mehr so weit reichte, holte Suko die Taschenlampe hervor und leuchtete.

Plötzlich blieb er stehen.

Der Lampenstrahl war auf einen Arm gefallen, dessen Hand sich wie im Krampf zur Faust geballt hatte.

Juan?

Suko ließ den Strahl an der Gestalt hochwandern, und er hatte die schreckliche Gewißheit.

Es war Juan, der vor ihm lag.

Und er war tot.

Die Zombies hatten ihn umgebracht. Auf eine Art und Weise, wie man sie nicht beschreiben kann.

Suko spürte ein Würgen im Hals. Hart preßte er die Zähne aufeinander, daß sie knirschten.

»Junge«, flüsterte er, »das, Junge, hast du nicht verdient. Wir werden sie holen. Jeden Zombie schicken wir einzeln zur Hölle, das schwöre ich dir.«

Der Chinese spürte eine Hand auf seiner Schulter. Myxin war hinter ihn getreten.

»Ich habe es geahnt«, sagte der kleine Magier mit leiser Stimme. »Wir hätten besser achtgeben sollen.«

Suko hob nur die Schultern. Dann drehte er sich hastig um und schritt davon.

Myxin folgte ihm langsam...

Es gab sie, die absolute Finsternis! Tief im Wasser, wo kein Sonnenstrahl hindrang, konnte man sich schon fürchten. Da hatte man das Gefühl, in einem riesigen Tintenfaß zu stecken.

»Licht, bitte!«

Bill Conolly drehte den Schalter. Am Bug des Zwei-Mann-U-Bootes flammte ein starker Scheinwerfer auf und erhellte wenigstens die unmittelbare Umgebung des Bootes.

Die Dunkelheit wurde aufgerissen, zahlreiche Fische schwammen erschreckt davon, und eine bunte Unterwasserwelt präsentierte sich den beiden Männern.

»Okay.« Dr. Dorland lächelte.

Bill lehnte sich zurück. Gern hätte er jetzt eine Zigarette geraucht, doch die Erfüllung des Wunsches mußte er sich für später aufheben.

Bill dachte daran, wie alles begonnen hatte.

Sie waren glücklich in Nassau/Bahamas gelandet und hatten dort die schon reservierte Yacht gechartert.

Sie, das waren die Dorlands und die Conollys. Das andere Ehepaar hatte kurzfristig absagen müssen, weil die Mutter des Mannes im Sterben lag. So waren sie zu viert gefahren.

Der Kapitän hieß Romero Adams und war ein patenter Kerl, der die Gewässer ausgezeichnet kannte. Auch die übrigen Mitglieder der Besatzung sahen vertrauenswürdig aus. Vor allen Dingen verstanden sie etwas von ihrem Job.

Das war ja keine Vergnügungsreise, wenn auch Sheila und der kleine Johnny sie als solche empfinden sollten. Nein, Bill und Dr. Dennis Dorland waren mit ganz bestimmten Vorstellungen in die Karibik gefahren. Sie wollten nicht nur den Meeresgrund absuchen, sondern auch nach gesunkenen Schiffen forschen.

Das berühmte Bermuda-Dreieck ließ dem Reporter einfach keine Ruhe. Zuviel hatte er darüber gelesen, als daß er hätte ruhig schlafen können. Er wollte selbst herausfinden, ob es irgendwelche Kräfte gab, die für das Verschwinden zahlreicher Schiffe und Flugzeuge verantwortlich waren.

Deshalb ging es in die Tiefe. Die Männer wollten die Untersuchungen am Meeresgrund durchführen.

Dr. Dorland war ein Experte. Als Ozeanologe hatte er einen Namen von Weltruf.

Bisher hatte er dem Bermuda-Dreieck skeptisch gegenübergestanden, doch nach langem Zögern hatte er Bills Wünschen nachgegeben und war mitgefahren.

Außerdem mochten sich Ellen Dorland und Sheila sehr gut leiden.

Bill Conolly hatte mit dem guten Dorland schon auf der Schulbank zusammengehockt. Später jedoch hatten sie sich aus den Augen verloren, weil Dennis einem »normalen« Beruf nachging und Bill mehr der Abenteurer war, der alles erforschen wolle. Doch für den Trip in die Bermudas war Dr. Dorland genau der richtige Partner.

Er hockte hinter Bill, schaute über dessen Schulter und gleichzeitig auf die vor ihm liegende Karte.

Es war eine Spezialkarte aus dem Ozeanographischen Institut von New York. Der Meeresboden – zum größten Teil in diesem Gebiet erforscht – war auf dieser Karte topographisch gut erfaßt worden. Und man mußte schon ein Experte wie Dr. Dorland sein, um aus all den Linien und Strichen etwas zu erkennen.

Es war ruhig im Innern des Bootes. Ein E-Motor trieb es fast lautlos an. Ein Gebläse sorgte dafür, daß die Scheiben von innen nicht beschlugen.

»Fahr diesen Kurs weiter«, sagte Dr. Dorland.

Bill nickte.

Sie schwebten etwa drei Yards über dem Meeresgrund. Bill hatte den Scheinwerfer gedreht, so daß dessen Licht über den Grund geisterte. Er sah aus wie ein zerklüftetes Plateau mit seinen zahlreichen Spalten, Rissen und kleinen Erhebungen.

»Hier haben oft Seebeben stattgefunden«, erklärte Dennis Dorland. »Deshalb sieht der Grund so unwirklich aus.«

»Auch heute noch?«

»Die Erde hat sich etwas beruhigt. Seebeben sind seltener geworden, treten aber immer noch auf.«

»Dann steht uns ja was bevor.«

Dennis lachte. Er sah dabei aus wie ein großer Junge mit seinen strohblonden Haaren, die nie zu bändigen waren. Seine Augen waren grünblau, und der Mund zeigte immer ein Lächeln. Wahrscheinlich war eine Gesichtsfalte schief gewachsen.

Es war die zweite Expedition der beiden Männer. Die erste hatten sie tagsüber unternommen, als die Sonnenstrahlen das Wasser noch dicht unter der Oberfläche aufhellten.

Sheila war erst sauer gewesen. Denn Bill hatte ihr von seinem Vorhaben nichts gesagt. Doch Ellen Dorland kümmerte sich so sehr um Sheila, daß Bills Frau ihren Mann wirken ließ.

Und der Reporter war happy. Er hatte schon einen Vertrag mit einem weltbekannten Magazin abgeschlossen, das seinen Bericht exklusiv abdrucken wollte. Das Bermuda-Dreieck interessierte noch immer zahlreiche Leser.

Eine Viertelstunde verging.

Sie schwebten weiterhin auf gleichem Kurs. Bills Gedanken schweiften ab. Wenn er daran dachte, wie viele Tonnen Wasserdruck auf dem kleinen U-Boot lasteten, konnte es einem schon mulmig werden. Das Material jedoch war gut und hielt auch diesem Gewicht stand.

»Wir werden bald einen Wechsel der Unterwasserlandschaft erleben«, meldete sich Dr. Dorland. »Es wird ein wenig gebirgiger. Geh höher, Bill!«

»Aye, aye, Sir«, grinste der Reporter. Ihm gefiel dieser Ausflug in die Tiefe. Das war ein Urlaub, wie er ihn sich vorstellte. Nicht faul am Strand herumliegen, sondern voller Action.

Langsam stieg das Boot.

Obwohl der Unterwasserscheinwerfer ziemlich stark war, verlor sich sein Strahl jedoch in der trüben Brühe. Unzählige Mikro-Organismen durchschwammen die tiefe See. Dazwischen wirbelten bunte Fische. Ein Kugelfisch tauchte plötzlich vor der Scheibe auf, glotzte und verschwand wieder.

Dann geriet das Boot in eine Unterwasserströmung. Es wurde herumgedriftet, und Bill hatte ein wenig Mühe, es wieder auf den ursprünglichen Kurs zu bringen.

Auf einmal zuckte ein grauer Schatten zur Seite.

Ein Hai.

Dicht schwamm er an dem Boot vorbei. Die Männer konnten die tückischen Augen sehen.

»Mit dem möchte ich nicht gerade in den Clinch«, murmelte Bill.

»Das war ein Blauhai, ein ziemlich gefährlicher Bursche«, kommentierte Dr. Dorland. »Gib jetzt acht. Nach meiner Karte müßten wir bereits das Unterwassergebirge erreicht haben.«

Die Karte stimmte.

Wie aus dem Nichts erschien eine graue Wand vor ihnen. Als sie mit gedrosselter Geschwindigkeit näher heranglitten, sahen sie, daß die Wand gar nicht so grau war.

Farbige Korallen hatten sich, wie mit tausend Händen versehen, daran festgeklammert. Daß sie so farbig waren, ließ darauf schließen, daß sich die beiden Männer mehr der Oberfläche näherten.

Bill nahm einen neuen Kurs. Parallel der Felswand glitten sie dahin. Dieser Unterwasserberg wies große Spalten und Risse auf, er war zerklüftet, sogar die Eingänge finsterer Höhlen konnte Bill erkennen.

»Wir sind in einem Gebiet, wo zahlreiche Schiffe auf Grund liefen«, erklärte Dr. Dorland.

Bill betätigte den Drehmechanismus des Scheinwerfers. Der scharfe Strahl wanderte hin und her, leuchtete in Höhlen und Spalten und erschreckte die Fische.

Und dann sahen sie das Schiff.

Es klebte förmlich an der Wand, war mit dem Bug dagegengeprallt und herumgeworfen worden.

»Langsamer!« flüsterte der Wissenschaftler.

Bill Conolly drosselte die Geschwindigkeit. Fast auf der Stelle blieben sie stehen.

Die Schraube am Heck drehte sich und glich die Unterwasserströmung aus.

»Kannst du näher ran?« fragte Dennis Dorland.

Bill nickte. Der Reporter schwitzte. Das wurde nicht nur durch die Wärme im Boot verursacht, das lag auch an seiner Konzentration.

Behutsam brachte Bill das kleine U-Boot an das gesunkene Schiff heran. Es mußte schon länger hier liegen, denn das Deck war mit einer dicken Algen- und Muschelschicht überwuchert. Fische schwammen zwischen den Aufbauten herum und glotzten mit ihren großen Augen erstaunt in den hellen Scheinwerfer.

Bill Conolly kippte den Scheinwerfer, so daß der Strahl über Deck wandern konnte.

Da sahen sie das Grauen.

Aus irgendeinem unerfindlichen Grund hatte die Besatzung es nicht geschafft, das Schiff zu verlassen. Die Seeleute waren alle ertrunken. Einige befanden sich noch auf dem Deck. Sie hatten sich an der Reling festgebunden, und die dicken Seile hielten auch jetzt noch. Die aufgedunsenen Leichen schaukelten in der langen Unterwasserdünung.

»Mein Gott«, flüsterte Bill und ließ den Strahl über die Leichen wandern.

Die Toten trugen noch ihre Kleidung. Sogar das Entsetzen war auf den durch Algenwuchs verfärbten Gesichtern zu erkennen.

»Wir können damit rechnen, daß sich unter Deck noch mehr Leichen befinden«, sagte Dr. Dorland mit gepreßter Stimme.

»Ich versuche mal, näher heranzufahren«, murmelte Bill. »Vielleicht kann man den Namen des Schiffs erkennen.«

Der Reporter lenkte das U-Boot bis dicht an den zerstörten Schiffsrumpf. Doch der Leib war so stark mit Algen- und Pflanzenwuchs überwuchert, daß er wirklich keinen Namen lesen konnte.

Man sah auch keine Flagge.

»Lenk das U-Boot mal über das Deck«, sagte Dennis Dorland.

»Okay.«

Bill schaffte es tatsächlich, ihr Boot zwischen die Aufbauten gleiten zu lassen.

Nahe der Brücke entdeckten sie eine Luke. Der große, viereckige Deckel war von der Wucht der Kollision hochgeklappt worden. Bill drehte den Scheinwerfer so, daß er in den Schiffsbauch hineinleuchten konnte.

Die Entdeckung war schrecklich.

Weitere Tote lagen im Schiffsbauch, und beide Männer erkannten, daß einige von ihnen gefesselt waren.

»Verstehst du das?« fragte Dr. Dorland.

»O ja.« Bill nickte heftig. »Ich weiß jetzt, was wir hier für einen Kahn vor uns haben. Das ist ein Schmugglerschiff. Menschenschmuggel. Du kennst das doch. Es gibt Banden, die damit Geld verdienen, Menschen aus Lateinamerika in die USA zu schaffen. Viele erreichen die Staaten nicht, denn wenn Polizeiboote eine Razzia durchführen, dann öffnen die Gangster kurzerhand die Luken.«

»Das ist ja schrecklich.« Der Wissenschaftler schluckte. »Ob das hier auch der Fall war?«

»Nein, dieses Schiff ist gesunken.«

»Mit dem Bermuda-Dreieck hat das nichts zu tun«, meinte Dr. Dorland.

Bill schüttelte den Kopf. »Bestimmt nicht.«

»Und dabei wolltest du das Rätsel des Dreiecks lösen«, bemerkte Dennis Dorland nicht ohne Spott.

»Das habe ich nie behauptet. Ich wollte mir die Sache nur einmal anschauen. So vermessen, zu glauben, das Rätsel lösen zu können, bin ich nicht.«

»War ja nur ein Gedanke.« Dr. Dorland beugte sich zur Seite so gut es ging. »Es ist schon seltsam zu wissen, was hier tief im Meer herumschwimmt.«

Bill nickte. Er warf einen Blick auf die Instrumente. »Schätze, wir müssen auftauchen.«

»Okay, der zweite Ausflug hat sich gelohnt.«

»Das hat er in der Tat.« Vorsichtig lenkte der Reporter das U-Boot weg von der Felswand in freies Gewässer. Der Propeller wühlte das Wasser auf. Im schrägen Winkel glitten sie der Oberfläche entgegen.

Es wurde ein wenig heller. Sie schalteten den Scheinwerfer aus und tauchten Sekunden später auf.

Der Propeller durchwühlte das Wasser. Es schäumte und spritzte. Bill öffnete die kleine Ausstiegsluke.

Frische Luft drang in das Boot. Und mit der Luft ein gellender Schrei!

Der Reporter zuckte zusammen. Im ersten Augenblick glaubte er, jemand von Bord der »Seabird« habe geschrien. Das war nicht der Fall. Der Schrei klang in ihrer Nähe auf, und Bill erkannte ein Mädchen, das in einem Schlauchboot kniete und wild den Kopf schüttelte.

»Mann, wer ist das denn?« fragte Dr. Dorland.

»Das werden wir gleich haben«, erwiderte der Reporter und lenkte sein U-Boot dicht an die Backbordseite des Schlauchbootes. Wellen rollten heran, überspülten das kleine Boot und näßten die beiden Männer.

Als Evita Torres die beiden Männer erkannte, beruhigte sie sich. Es war also doch kein Monster, das aus der Tiefe des Meeres an die Oberfläche stieg, um sich dort Opfer zu holen.

Bill deutete auf die abseits dümpelnde Yacht. »Wir nehmen Sie mit an Bord, Señorita«, sprach er sie auf spanisch an.

»Danke, Señor.«

Bill gab die Kommandos. Dr. Dorland stieg um in das Schlauchboot, was gar nicht so einfach war, denn fast wäre er abgerutscht. Bill schoß eine grüne Signalrakete ab.

Die Patrone stieg in den Himmel, zerplatzte dort, und ein grüner Funkenregen rieselte dem Wasser entgegen.

Auf der »Seabird« hatte man verstanden. Starke Bordscheinwerfer leuchteten die Wasseroberfläche ab und erfaßten die beiden Boote. Die Lichtkegel ließen das Schlauchboot nicht mehr los.

Dennis Dorland und Evita ruderten bereits los.

Bill ließ den Motor an. In langsamer Fahrt steuerte er auf die Yacht zu.

Am Heck der »Seabird« war ein Hebekran befestigt, der das U-Boot in die Höhe hievte.

Die Besatzung stand bereits erwartungsvoll an der Reling. Bill befestigte die starken Eisenhaken in den dafür vorgesehenen Öffnungen an der Außenseite des U-Boots und ließ sich hochfieren.

An Bord atmete er erst einmal auf.

Auch Kapitän Romero Adams war zur Stelle. »Wer ist das Mädchen?« fragte er.

Bill hob die Schultern. »Wahrscheinlich eine Schiffbrüchige.«

»Nein, dann wäre sie nicht mit solch einem Boot unterwegs.«

Bill wagte nicht zu widersprechen. Der Kapitän hatte mehr Ahnung als er. Aber eine Zigarette zündete er sich an. Bill blies den blaugrauen Rauch in die laue Sommernacht und schaute dem Boot entgegen, das mit Hilfe der langen Dünung immer näher an die »Seabird« herangetragen wurde.

Drei Leute der Besatzung standen an der Reling und hielten Taue bereit. Geschickt warfen sie die Leinen dem herannahenden Boot entgegen. Dr. Dorland fing sie auf.

Der Rest war ein Kinderspiel. Über eine außenbords befestigte Leiter kletterte zuerst das Mädchen an Bord, wo es von dem Kapitän und Bill Conolly erwartet wurde.

»Danke«, flüsterte Evita, »danke, daß Sie mich aufgefischt haben.«

»War doch selbstverständlich«, lächelte Bill. »Jetzt sagen Sie mir aber erst einmal, wer Sie sind und woher Sie kommen.«

»Ich heiße Evita Torres und komme von Caligro Island.«

»Diese verdammte Insel?« fragte der Kapitän.

»Ja, sie ist wirklich verdammt.«

Bill Conolly horchte auf. Und auch Dr. Dorland, der inzwischen an Bord geklettert war, spitzte die Ohren.

Mit leiser, stockender Stimme berichtete Evita, was ihr widerfahren war. So hörte Bill Conolly von den Schrumpfköpfen und von einem Mann, den man nur den weißen Magier nannte.

»Mensch, wenn jetzt John hier wäre«, murmelte er.

»Sagten Sie etwas?« fragte der Kapitän.

»Nein, nein, schon gut. Ich habe nur ein wenig zu laut gedacht.« Er wandte sich wieder an das Mädchen. »Wir werden Sie erst einmal unter Deck bringen, meine Frau kann sich um Sie kümmern.«

»Danke sehr.«

Bevor sie jedoch gingen, hatte Bill noch eine Frage an Romero Adams. »Wissen Sie vielleicht mehr über diesen weißen Magier?«

»Nein.« Adams hob die Schultern. »Er ist der Eigentümer

der Insel. Caligro hat sie gekauft und dem Eiland seinen Namen gegeben. Das ist alles. Es sei denn, Sie rechnen die Haie hinzu, die immer sehr nahe um die Insel herumschwimmen.«

»Gibt es einen Grund?«

»O ja, den gibt es«, mischte sich Evita ein. »Wer Caligro unbequem geworden ist, den läßt er den Haien zum Fraß vorwerfen. Und sie sind oft satt.«

»Das sind schwere Anschuldigungen, die Sie da erheben«, sagte der Kapitän warnend.

Die dunkelhaarige Evita fuhr herum. »Die ich auch eines Tages beweisen werde.«

Bill hörte dem Gespräch zu, rieb sein Kinn und war mit den Gedanken woanders.

Dennis Dorland stieß den Reporter in die Seite. »Ich weiß, was du denkst.«

»Genau, Dennis. Ich überlege, ob wir den Kurs ändern und Caligro Island anlaufen sollen. Was ist denn deine Meinung?«

»Ich mache alles mit, frage mich jedoch, ob die Frauen damit einverstanden sind.«

»Das ist das Problem.«

Zwei Minuten später schritten sie den breiten, mit Teppich ausgelegten Kabinengang entlang und blieben vor der vorletzten Tür stehen.

Sheila öffnete, bevor sie anklopfen konnten. Ihre Augen wurden groß, als sie Evita sah.

»Wen bringst du denn da, Bill?«

Evita lächelte scheu, und Bill erwiderte: »Laß uns erst einmal reinkommen.« Er hatte über Sheilas Schulter hinweggeschaut und gesehen, daß sich auch Ellen Dorland in der Kabine befand.

Ellen Dorland war etwas älter als Sheila. Sie hatte braunes, kurzgeschnittenes Haar, ein apartes Gesicht mit hochstehenden Wangenknochen und einen etwas dunkleren Teint. Wie auch Sheila war sie lässig bekleidet. Beide Frauen trugen Hosen und T-Shirts.

Bill machte alle miteinander bekannt und berichtete in Stichworten von Evitas Erlebnis.

»Sie waren zwei Tage allein auf dem Meer?« fragte Ellen. »Mein Gott, was müssen Sie hinter sich haben. Ich wäre vor Angst fast gestorben.«

»Ja, die Angst war schlimm«, sagte das Mädchen leise. »Aber ich habe es überstanden.«

Sheila Conolly hatte praktisch gedacht und Kaffee bestellt. Der Steward brachte eine große Kanne und mehrere Tassen.

Nachdem sie die ersten Schlucke getrunken hatten, berichtete Evita.

Sheila zog die Augenbrauen zusammen, als sie die Geschichte von der Schreckensinsel hörte. Sie warf Bill einen scharfen Blick zu, und der Reporter grinste verlegen.

Danach fragte Sheila: »Willst du den Kurs ändern?«

»Eigentlich ja.«

Energisch schüttelte seine Gattin den Kopf. »Wenn wir allein wären, Bill, okay. Doch vergiß nicht, daß wir den Kleinen mithaben. Das kann ich einfach nicht verantworten, wenn wir in irgendeine Sache hineinschlittern, die lebensgefährlich für uns werden kann. Tut mir leid, Bill.«

»Klar.«

Sehr überzeugend klang das nicht. »Ich kann dich ja verstehen.« Sheila legte Bill ihre Hand auf die Schulter. »Wie wäre es denn, wenn wir John von dieser Sache informieren?«

»Die Idee ist gut.«

»Okay, dann laufen wir morgen den nächsten Hafen an und geben ein Telegramm auf.«

Bill Conolly lächelte. »Du hast doch immer die besten Ideen.«

»Wer ist dieser John?« wollte Evita wissen.

»Ein Freund«, wich Bill aus.

»Geisterjäger«, meinte Dr. Dorland. Er grinste dabei, denn er als Wissenschaftler hatte für all diese Dinge nichts übrig.

»Spotte nicht«, warnte Bill. »Ich könnte dir Sachen erzählen, da würden dir die Haare zu Berge stehen.«

»Klar, trotzdem bin ich müde.« Er warf Ellen einen fragenden Blick zu. »Kommst du mit?«

»Natürlich.«

Die beiden verabschiedeten sich. Zurück blieben Sheila, Evita und Bill. »Für Sie ist natürlich auch noch eine Kabine frei«, sagte der Reporter. »Ich rede mit dem Kapitän.«

»Danke sehr.«

Zehn Minuten später war alles geregelt. Evita erhielt die Kabine neben den Conollys. Das Ehepaar Dorland schlief gegenüber.

Als Bill zurückkehrte, schloß er die Tür und lehnte sich gegen das Holz. »Was sagst du dazu?«

Sheila hob die Schultern. »Gar nichts. Ich weiß nur, daß wir Unglücksraben sind.«

»Wieso?«

»Wir können nur selten einen ruhigen Urlaub verbringen. Irgend etwas kommt immer dazwischen.«

»Was regst du dich auf? Es ist alles geklärt. Du hast recht gehabt, und ich rufe morgen früh John Sinclair an. Soll er sich um diesen weißen Magier kümmern.«

Sheila lächelte und kniff ein Auge zu. »Du könntest ihn vielleicht dabei unterstützen.«

»Ist das dein Ernst?«

»Ja. Allerdings möchte ich, daß Johnny in Sicherheit ist. Und ich will auch nichts damit zu tun haben.«

Bill nahm seine Frau in die Arme, trug sie hoch und warf sie voller Übermut aufs Bett. »Du bist für mich die beste Frau der Welt, Sheila!« rief der Reporter und erstickte die Antwort seiner Frau mit einem langen Kuß.

Niemand der beiden ahnte jedoch, daß sich das Grauen bereits auf dem Weg zu ihnen befand...

Noch jetzt spürte ich die Schmerzen!

Kaum war ich wieder bei Bewußtsein, da hatten mich die vier Krieger eine steile Treppe hinuntergeworfen, waren mir gefolgt, hatten mich wieder gepackt und in ein Verlies gesteckt.

Was heißt Verlies.

Das war die reinste Folterkammer, obwohl kein einziges Instrument dieser Art herumstand.

Die Kammer war so niedrig, daß ich mich nur hinknien konnte. Nicht hinsetzen, geschweige denn stehen.

Eben nur knien.

Und das war die reinste Folter. Zudem hatte ich das Gefühl meine rechte Schädelhälfte wäre um das Doppelte angewachsen. Als ich nachfühlte, ertastete ich eine Beule.

Meine Zunge lag wie ein aufgerollter Lappen im Mund, weil mich der Durst quälte. Wie lange wollten sie mich hier festhalten? Sollte ich sterben?

Daran wollte ich allerdings nicht so recht glauben, denn das hätten sie einfacher haben können.

Wie man es auch drehte und wendete, ich mußte mich erst einmal mit meinem Schicksal abfinden – und mit den zahlreichen Käfern und Insekten, die über meinen Körper krabbelten.

Der Boden war feucht. Zudem stank er. An diesem Geruch erkannte ich, daß schon öfter Gefangene in diesem Verlies gelegen hatten.

Ich drehte meinen Arm und blickte auf die Uhr. Sie hatte den Kampf gut überstanden.

Eine Stunde nach Mitternacht! Also war ich nicht sehr lange bewußtlos gewesen.

Und die Zeit dehnte sich. Durch meine Lage erschien mir jede Minute doppelt so lang.

Bis ich Schritte hörte.

Vergessen waren die Schmerzen und auch die unbequeme Lage. Ich horchte auf.

Vor meinem Gefängnis verstummten die Schritte. Dann wurde eine Klappe hochgezogen.

Schwacher Lichtschein traf mein Gesicht. Da ich lange in absoluter Dunkelheit gelegen hatte, blendete er mich.

Ich hörte die Stimmen der vier Krieger. Die Männer redeten in einer mir unbekannten Sprache miteinander.

Zwei von ihnen bückten sich. Sie streckten ihre kräftigen Fäuste in mein schmales Gefängnis, packten mich an den Schultern und zogen mich heraus.

Ich wurde über den Boden geschleift und erst im Gang auf die Beine gestellt.

Das Blut schoß mir in den Kopf. Meine Beule begann zu tuckern, und leichter Schwindel erfaßte mich.

Ich atmete ein paarmal tief durch, dann ging es wieder besser.

An den Oberarmen hielten die Kerle mich fest. Sie zogen mich auf die Treppe zu, die ich vorhin hinuntergeworfen worden war. Zwischen meinen beiden Bewachern stieg ich nach oben.

Der Magier wartete in seinem Arbeitszimmer.

Die vier Kerle stießen mich in den Raum und stellten sich an der Tür als Wächter auf.

Caligro und ich fixierten uns. Sekundenlang sprach niemand ein Wort. Ich schaute an dem Magier vorbei. Die Wände des Zimmers waren mit Holz verkleidet. Kerzen rahmten das Sitzkissen ein, auf dem Caligro hockte.

Der Lichtschein reichte aus, um den Raum einigermaßen zu erhellen. Die Ecken jedoch blieben im Dunkeln.

Es gab auch Fenster.

Hinter den Scheiben sah ich schattenhafte Gestalten. Sie kratzten gegen das Glas und stießen oft jaulende Laute aus.

»Die Zombies«, erklärte mir Caligro, der meinen Blick bemerkt hatte. »Sie warten auf Opfer.«

Ich nickte nur.

Längst hatte ich festgestellt, daß meine Waffen fehlten. Der weiße Magier oder dessen Diener hatten mir alles genommen. Sogar mein Kreuz. Ich sah auch, wo es lag.

Eine Kante schaute unter der rechten Schuhsohle des Magiers hervor. Caligro trat darauf. Er wollte mir damit beweisen, wie wenig wert das geweihte Kruzifix war.

Ich preßte hart die Lippen zusammen.

Es war schlimm, dies mit ansehen zu müssen, und mir wurde endgültig klar, daß Caligro kein Dämon war, sondern ein Mensch. Ein Dämon hätte das Kreuz nicht einmal in seiner Nähe geduldet.

Damit sanken meine Chancen auf ein Minimum.

»Hast du keine Fragen?« sprach er mich an.

Ich nickte. »O doch, aber ich warte, bis du redest.«

»Höflich, nicht wahr?«

Ich hob die Schultern.

»Es ist so«, begann er. »Du hast ungerufen meine Insel betreten. Du mußt wissen, daß ich hier der Herr bin, und ich erlaube nur Gäste, die ich gerufen habe. Andere werden von mir vernichtet. Was hast du hier gewollt?«

»Es war ein Zufall!«

Der weiße Magier lachte meckernd. »Ich habe mir deine Waffe angesehen, du bist fast ein Magier. Aber nur fast, und du wirst mich in meinen Plänen nicht stören.«

»Was willst du?«

»Ich will der Herr über die Zombies werden. Der größte Voodoo-Zauberer, der jemals existiert hat. Und ich werde es schaffen, das kannst du mir glauben. Mir gehorchen die Untoten. Jeder, der sich mir in den Weg stellt, wird vernichtet. Niemand ist bisher von der Insel entkommen. Auch diese Evita werde ich wiederfinden und zurückholen. Durch eine Beschwörung ist es mir gelungen, ihren Aufenthaltsort ausfindig zu machen. Sie und alle anderen werden sich wundern, wenn die Untoten sie angreifen.«

Ich verstand nicht viel, sondern überlegte, wie ich den weißen Magier überlisten konnte. Sollte ich ihn angreifen? Das ging schlecht, denn die vier Wärter würden mich gnadenlos umbringen. Also abwarten.

Caligro fuhr fort: »Ich habe die Angewohnheit, von meinen Gegnern Schrumpfköpfe herzustellen. Deinen Kopf, John Sinclair, spare ich nicht aus. Wenn ich dich gleich in den Garten lasse, kannst du dich von der Existenz der Schrumpfköpfe überzeugen. Es ist wirklich ein interessantes Gebiet, denn ich habe ein Verfahren entwickelt, das die Herstellung von Schrumpfköpfen wesentlich verkürzt.« Er lachte bei den Worten, dann schnippte er mit den Fingern.

Die vier Diener erschienen.

Ich drehte mich um und schaute ihnen entgegen.

Sie kreisten mich ein. Dabei senkte ich den Kopf und tat, als würde ich mich ergeben. Doch plötzlich wirbelte ich herum, schlug mit den Fäusten aus und traf zwei Kerle so hart, daß sie zur Seite flogen.

Ich hatte freie Bahn.

Mit Riesensätzen jagte ich auf die Tür zu, wollte sie aufreißen, doch sie war verschlossen.

Verdammt.

Diese Sekunden reichten den Kerlen.

Plötzlich waren sie über mir und schlugen mich zu Boden. Ich wehrte mich erst gar nicht, denn meine Kräfte brauchte ich noch.

Caligro war aufgesprungen, »Weg!« kreischte er. »Weg mit ihm! Schafft ihn mir aus den Augen!«

Sie rissen mich hoch.

Quer durch die Diele ließ ich mich zum Ausgang schleifen. Einer riß die Tür auf und schleuderte mich in den Garten. Ich konnte mich nicht mehr fangen und fiel zu Boden.

Hinter mir wurde die Tür zugedroschen.

Mühsam rappelte ich mich hoch.

Feuchtschwüle Luft umgab mich. Ich schaute nach vorn und sah den dichten Wald.

Ich befand mich inmitten eines Dschungels.

Langsam ging ich vor. Meine Schritte waren zögernd, abwartend. Ich war immer darauf gefaßt, angegriffen zu werden.

Wo steckten die Zombies?

Noch sah ich keinen, aber ich hörte sie! Das hohe Heulen und Jaulen war mir wohlbekannt.

Eine Gänsehaut rieselte über meinen Rücken. Dann sah ich den schmalen Weg.

Er führte direkt in den Dschungel hinein. Es blieb mir keine andere Möglichkeit, ich mußte den Weg nehmen, denn das Unterholz war zu dicht. Schritt für Schritt drang ich tiefer in den Dschungel und nahm dabei den Pfad, den auch Jorge gegangen war und der ihn direkt in den Tod geführt hatte...

Auf der »Seabird« wurde es ruhig.

Nur noch die Notbeleuchtung brannte. Auf Deck patrouillierten zwei Wächter, die allerdings ebenfalls von der Müdigkeit erfaßt wurden und einnickten.

Deshalb merkten sie nicht, was sich in Höhe der Wasserlinie abspielte.

Gestalten tauchten plötzlich auf. Schreckliche Monster, die eine unselige Beschwörung aus ihrer Leichenstarre geweckt hatte. Es waren die Leichen von dem versunkenen Schmugglerschiff, die langsam an die Oberfläche getrieben wurden und sich auf die Außenbordleiter zubewegten, um das Schiff und die ahnungslosen Passagiere in ihre Gewalt zu bringen.

Das Unheil war unterwegs, und niemand war da, um es aufzuhalten...

ENDE

Zombies im Bermuda-Dreieck

»Die suchen uns«, flüsterte Myxin und blieb stehen.

Der Chinese nickte.

Das rote Licht der Fackeln war auf der gesamten Insel zu sehen. Überall bewegten sich die zuckenden, flammenden Augen – von Norden nach Süden, von Osten nach Westen.

Der weiße Magier hatte die Einwohner mobil gemacht. Und sie gehorchten, denn er war der unumschränkte Herr der Insel und hatte sie auf seinen Namen getauft.

Caligro Island!

Eine Schreckensinsel war daraus geworden. Ein Eiland des Grauens, mit lebenden Toten und mordenden Schrumpfköpfen. Für Caligros Feinde war es praktisch unmöglich, diesen Ort des Horrors zu verlassen.

Und doch stellten sich mutige Männer gegen den weißen Magier.

Dazu gehörten auch Myxin und Suko, die den Friedhof des Schreckens hinter sich gelassen hatten, nachdem durch eine finstere Beschwörung die Leichen aus den Gräbern gestiegen waren.

Es hatte einen mörderischen Kampf gegeben, die Untoten hatten zwar nicht gesiegt, doch Myxin und Suko war es ebenfalls nicht gelungen, die lebenden Leichen zu vernichten.

Meine Freunde hatten nicht verhindern können, daß ich, John Sinclair, in Gefangenschaft geriet.

Sie wollten mich befreien und gingen davon aus, daß Caligro mich in seinem Haus versteckt hielt.

Doch der Weg dorthin war nicht mit Dornen, sondern mit lebenden Leichen gepflastert. Und die würden keine Gnade kennen, wenn ihnen die beiden in die Hände liefen.

Deshalb mußten Suko und Myxin vorsichtig sein.

Zum Glück waren die beiden Männer bewaffnet. Myxin trug seine alte Dämonenpeitsche. Er hatte Suko damit das Leben gerettet und ließ sie nicht aus der Hand.

Suko verlangte sie auch nicht zurück.

Er verließ sich auf seine Beretta und die Gnostische Gemme. Und noch etwas hatte er aus dem Einsatzkoffer mitgenommen. Die Eichenbolzen verschießende Druckluftpistole.

Sie war zwar unhandlich zu tragen, doch im Endeffekt sehr wirkungsvoll, da sie fast lautlos schoß.

Die offizielle Straße wollten sie nicht nehmen. Dort lauerten sicherlich Caligros Diener. Den beiden Männern blieb nur die Möglichkeit, sich quer durch den tropischen Dschungel zu schlagen.

Es war sowieso eine seltsame Insel. Auf der Westseite dieser Regenwald, jedoch zum Osten hin Felsen und Steilküste, wo seit Urzeiten die Brandung gegendonnerte.

Manchmal hörten Suko und Myxin die Stimmen der Häscher. Sie verständigten sich durch Rufe, und Suko nahm an, daß sie einen Kreis zogen.

Gar nicht so ungeschickt, denn irgendwann würden sie auf die beiden treffen.

Myxin und Suko schlugen sich in das Unterholz. Es war nicht mit einem normalen Wald zu vergleichen, denn hier wuchs alles wild durcheinander. Das Unterholz bildete eine fast undurchdringliche Barriere.

Suko ging an der Spitze. Er hatte die meiste Kraft, räumte Lianen und widerspenstige Dornen zur Seite, schreckte die Tiere des Waldes auf und sah kleine Affen von einem Baum zum anderen springen.

Suko und Myxin waren darauf gefaßt, mit Untoten zusammenzustoßen. Sie mußten auch auf ihre Umgebung achtgeben, denn in diesen Regenwäldern lauerten Schlangen auf ihre Beute.

Ein Biß, und es war vorbei, wenn man kein Gegengift besaß.

Sie hatten die normale Straße hinter sich zurückgelassen. Suko hatte sich die Richtung gemerkt. Jeden Meter rang er dem Urwald buchstäblich ab. Insekten umschwirrten die Männer, setzten sich auf der Haut fest und stachen.

Suko hatte es längst aufgegeben, nach ihnen zu schlagen. Es waren zu viele.

Der Wald glich einem Tunnel. Die Luft war feucht und schwül, man konnte sie kaum atmen. Zudem war es Nacht, und selbst das Licht der Sterne drang nicht durch das Blätter-dach.

Plötzlich versanken Sukos Füße im Schlamm.

Sofort blieb der Chinese stehen.

Er senkte den Kopf, schaute nach vorn und sah etwas glän-zen. Es war ein Tümpel.

Suko drehte den Kopf. Über die Schulter gewandt sagte er zu Myxin: »Wir müssen den Tümpel umgehen, ich weiß nicht, welche Gefahren im Wasser lauern.«

Myxin nickte.

Das Umgehen erwies sich als schwierig, denn der Tümpel breitete sich an seinen Rändern zu einem regelrechten Sumpf aus. Die Männer liefen Gefahr, darin zu versinken.

Dann hatte Suko eine Idee.

Von einem hohen Baum hingen einige Lianen. Sie waren fest mit dem Zweigwerk verfilzt. Suko packte eine Liane, zog daran und nickte zufrieden.

Sie würde sein Gewicht halten.

»Wir machen es wie Tarzan«, meinte er grinsend.

Myxin fragte: »Wer ist das?«

»Ein Dschungelheld. Ich probiere es zuerst.« Der Chinese packte die Liane, umwickelte beide Hände, stieß sich ab, gab sich den nötigen Schwung und glitt mit angezogenen Beinen über den Tümpel hinweg. Auf der anderen Seite faßte er ei-nen tiefer hängenden, knorrigen Ast und hielt sich daran fest.

Dann schleuderte er die Liane zu Myxin hinüber.

Der Magier fing sie geschickt auf, gab sich ebenfalls Schwung und stieß sich ab.

Er befand sich noch in der Luft, als Suko das Geräusch hör-te. Zweige knackten und brachen. Einen Augenblick später erschienen zwei Gestalten am Rande des Tümpels.

Untote!

Die Zombies sahen den Magier und streckten ihre Arme aus, um Myxin zu packen. Sie hätten es nicht geschafft, wenn Myxin den nötigen Schwung gehabt hätte, doch sein Flug war zu kurz.

Er pendelte wieder zurück.

Den Untoten in die Arme.

Das alles sah Suko, und er reagierte sofort. Um sich durch einen Schuß nicht zu verraten, nahm er die Druckluftpistole und nicht die Beretta.

Myxin hatte sich mit beiden Händen an die Liane geklammert. Er konnte nicht an die Dämonenpeitsche heran und pendelte hilflos auf den ersten Untoten zu.

Das Licht war schlecht. Suko hoffte nur, daß er den Zombie auch traf.

Er schoß.

Ein schmatzendes Geräusch ertönte, als der Bolzen den Lauf des Revolvers verließ.

Der Zombie, der nach Myxins Schulter greifen wollte, erhielt einen mörderischen Schlag gegen die Stirn, taumelte zurück, und seine Hand verfehlte den hilflosen Magier.

Er fiel.

Es klatschte, als er in die Brühe schlug, während Myxin auf Suko zuschwang.

Der Chinese streckte den linken Arm aus, konnte den kleinen Magier packen und auf den Ast ziehen.

Zombie Nummer zwei stand am Rand des Tümpels und schüttelte den Kopf. Dann drehte er sich um. Mit staksigen Schritten verschwand er im Unterholz. Seinen Artgenossen ließ er im Stich.

Suko und Myxin atmeten auf.

Der Zombie war in den sumpfigen Tümpel gefallen. Es gelang ihm nicht mehr, sich zu befreien. Der Sumpf griff mit unzähligen Armen nach ihm und zog ihn in die Tiefe.

Das letzte, was beide Männer von der lebenden Leiche sahen, war eine gekrümmte Hand.

»Danke«, sagte Myxin.

Suko winkte ab. »Ich habe mich nur revanchiert.« Damit war für ihn das Thema erledigt.

»Wie soll es jetzt weitergehen?«

Myxin hatte die Frage gestellt, und Suko schaute sich um. Er deutete auf den Boden, der ihm nicht sehr begehbar aussah.

»Am besten bleiben wir in dieser Höhe.«

»Du meinst, wir sollen uns von Baum zu Baum hangeln?«

»Genau.«

Myxin zog ein zweifelndes Gesicht, sagte aber nichts.

»Zur Not kann ich dich ja tragen«, meinte Suko und faßte schon nach dem nächsten Ast.

Jetzt war es für sie von Vorteil, daß die Bäume so dicht beieinander standen. In dieser Höhe schreckten sie zahlreiche kleine Affen auf, die kreischend davonstoben.

»Der Lärm gefällt mir gar nicht«, meinte Suko. »So können unsere Gegner erfahren, wo wir stecken.«

»Du kannst die Affen ja nicht vertreiben.«

»Leider.«

Sie kamen ziemlich gut voran. Und auch Myxin hielt sich tapfer. Suko prüfte jedesmal genau die nächsten Schritte, bevor sie weitergingen. Manchmal hangelten sie sich auch an den Lianen voran.

Und sie sahen ihre Häscher.

Der Widerschein zahlreicher Fakeln schimmerte hin und wieder durch das verfilzte Buschwerk. Dann blieben Suko und Myxin jedesmal zurück und warteten, bis die Gefahr vorbei war.

Schließlich wurde der Wald lichter.

»Da müßte bald die Straße sein«, murmelte der Chinese.

»Und das Haus.«

»Genau.«

Suko blickte nach vorn. Auf die Straße konnten sie auf keinen Fall, denn die brennenden Fakeln verrieten ihnen, daß ihre Gegner diesen Weg abgeschnitten hatten.

Welche Möglichkeit blieb?

Nur durch den Dschungel.

Das ging so lange gut, bis sie anderes Gelände erreichten. Wie schon erwähnt, befand sich vor Caligros Haus ein gepflegter tropischer Garten. Hinter dem Gebäude jedoch schloß sich ein Stück Dschungel an, das man ohne weiteres als Horrorwelt bezeichnen konnte.

Das aber wußten weder Myxin noch Suko.

»Versuchen wir, von vorn in das Haus zu gelangen«, schlug Suko vor.

Myxin deutete zur Seite. Nahe dem Straßenrand standen zwei Männer. Sie hatten keine Fackeln und verschmolzen fast mit den Bäumen. Wenn sie auf Sukos Plan eingehen wollten, dann mußten sie die beiden Männer ausschalten.

Myxin teilte dem Chinesen dies leise mit.

»Das wird schon klappen«, sagte Suko. »Hör zu, ich habe einen Plan.« Er flüsterte ihn Myxin ins Ohr. Der Magier hörte zu und nickte begeistert.

Das war genau nach seinem Geschmack.

»Dann mach's gut«, wisperte Suko und gab Myxin einen Klaps auf die Schultern.

Der kleine Magier mit der grünlich schimmernden Haut ließ sich aus der luftigen Höhe fallen. Er landete dicht am Straßenrand. Obwohl es dunkel war, sahen die beiden Aufpasser die Bewegung sofort.

Myxin hatte sich kaum aufgerichtet, da stürzten die Kerle schon auf ihn zu. Und beide hielten Messer in den Händen.

Die Typen hatten nur Blicke für Myxin, nach oben schaute keiner.

Und von dort brach Suko wie ein rächender Götze über sie herein.

Wuchtig stieß er sich ab, klappte im Sprung seine Beine auseinander und schlug gerade im rechten Augenblick zu. Mit dem linken Fußballen traf er das Kinn eines Mannes. Dessen Kopf wurde zurückgeschleudert, und die Hand mit dem Messer fiel nach unten.

Der zweite hatte ein paar Atemzüge Zeit. Er drehte sich und stieß mit der Klinge zu.

Suko war soeben gelandet.

Wie ein leerer Ballon ließ er sich zusammenfallen, das Messer glitt über ihn hinweg, und der Mann lief auf.

Darauf hatte Suko gewartet.

Sein Uppercut traf genau ins Ziel.

Es war ein Sonntagsschlag. Der Kerl verdrehte die Augen und ging zu Boden.

Myxin rollte ihn sofort von der Straße.

Noch war der zweite da. Und dieser Kerl rappelte sich gerade auf. Er sah noch ziemlich angeschlagen aus.

Bevor er die Situation erfassen und einen Warnschrei ausstoßen konnte, war Suko bei ihm.

Die Handkante sichelte auf den Kerl zu. Der riß die Augen auf, wollte wegtauchen, schaffte es jedoch nicht mehr.

Er fiel hin und blieb bewußtlos liegen.

Suko rieb sich die Hände, grinste und nickte. Danach rollte er den Kerl von der Straße.

Den Dolch nahm er an sich. Myxin hatte die zweite Waffe genommen.

»Warum hast du sie nicht getötet?« fragte der kleine Magier.

Suko schaute Myxin ernst an. Die Zeit nahm er sich, obwohl die Gefahr groß war.

»Vielleicht bist du noch zu sehr Schwarzblüter, um das begreifen zu können«, sagte er, »aber die beiden sind Menschen, keine Dämonen. Und Menschen töte ich wirklich nur in Notwehr, wenn mein oder das Leben Unschuldiger bedroht ist.«

»Und damit habt ihr bisher überlebt?« fragte Myxin zweifelnd.

»Ja. Das menschliche Leben ist das höchste Gut. Wenn du mit uns zusammenarbeiten willst, mußt du dir das merken. Bei euch herrschen andere Gesetze. Dämonen kennen keine Rücksicht. Sie haben keine Wertvorstellungen, wissen nicht, was gut oder weniger gut ist. Sie wollen nur vernichten. Bei uns ist es umgekehrt.« Suko lächelte. »Ich glaube, die Worte mußten einmal sein.«

Nachdenklich schritt Myxin die nächsten Minuten neben dem Chinesen her.

Suko paßte auf wie ein Luchs. Er hatte seine Blicke überall, doch in unmittelbarer Nähe des Hauses hatte der weiße Magier keine Wachen postiert.

Er fühlte sich in seiner Burg wohl sicher.

Und den Zahn wollte Suko ihm ziehen.

Sie sahen durch das dunkle Grün der Büsche plötzlich etwas Helles schimmern. Nach drei weiteren Schritten erkannten sie eine weiße Steinmauer.

Das war ihr Ziel.

Suko lächelte. »Okay, dann wollen wir mal.« Er steckte den Griff des Messers zwischen seine kräftigen Zähne, so daß er wie ein Pirat aussah.

Eine Alarmanlage sah Suko nicht. Dicht vor der Mauer stieß er sich ab und sprang hoch.

Beide Handballen stemmte er auf die Krone, schwang sein rechtes Bein hoch, legte sich hin und reichte Myxin die Hand.

Der kleine Magier packte zu und ließ sich hochziehen. Bisher klappte alles wie am Schnürchen.

Sie sprangen und landeten auf weichem Rasen.

Die gepflegten Wege luden dazu ein, sie zu benutzen, doch Suko traute dem Braten nicht. Viel zu leicht konnten sie auf den kieselbestreuten Pfaden entdeckt werden.

Sie schlichen zwar auf das Haus zu, hielten sich dabei jedoch im Schatten zahlreicher tropischer Büsche, deren Blüten einen betäubenden Duft verbreiteten.

Die Fassade des Hauses schimmerte hell. Wahrscheinlich war das Gebäude aus weißen Steinen errichtet worden. Über dem Eingang leuchtete eine Kugellampe.

Suko hatte das Gefühl, daß er und Myxin sich nicht allein in diesem Park befanden. Bestimmt liefen Aufpasser herum, vielleicht auch lebende Leichen, deren Herr der weiße Magier schließlich war. Deshalb mußten sie noch vorsichtiger sein.

Nichts geschah. Sie hatten die Hälfte der Strecke bereits hinter sich, als sie einen kleinen Teich erreichten, auf dessen Oberfläche Seerosen schwammen.

Der Teich war von Zierpflanzen eingerahmt. Suko und Myxin mußten ihn umgehen.

Suko hatte Glück, Myxin nicht.

Der Magier fluchte plötzlich.

Suko blieb stehen.

Ein anderer hätte vor Schmerzen geschrien, nicht Myxin,

der Schwarzblüter. Er verspürte keine Schmerzen, obwohl er mit dem rechten Fuß in ein Fangeisen getreten war.

Myxin war eben ein Dämon.

Das Messer hatte er neben sich in den weichen Erdboden gesteckt. Mit beiden Händen versuchte er, das Fangeisen auseinanderzubiegen, doch seine Kraft reichte dazu nicht.

Suko mußte helfen.

Mit zwei Schritten war er da. Er hatte sich schon gebückt, als Myxin einen zischenden Warnlaut ausstieß.

»Die Zombies!«

Suko ruckte hoch.

Wo sie gelauert hatten, wußte er nicht. Auf jeden Fall waren sie plötzlich da.

Drei, vier, nein, fünf Untote wankten auf Suko und den im Fangeisen steckenden Myxin zu.

Dem Chinesen blieb keine Zeit mehr, Myxin aus der Falle zu befreien, denn der erste Untote brach durch ein Gebüsch und griff ihn direkt an...

Es war eine Bilderbuchnacht.

Ein Himmel voller Sterne und inmitten der Pracht der fahle, gelbblasse Mond.

Wenn jemand zur See fuhr, waren solche Nächte Höhepunkte, auch wenn man sie des öfteren erlebte.

Felix Conbarra gehörte zu den Menschen, die sich an einem Sternenhimmel nicht sattsehen konnten. Er saß am Heck der »Seabird« auf einem kleinen Klappstuhl und versuchte die Sterne zu zählen.

Das hatte er schon des öfteren probiert, es aber immer wieder aufgegeben. Heute wollte er es abermals versuchen.

Diese Beschäftigung reizte ihn. Er war so in seine Aufgabe vertieft, daß er nicht an eine Gefahr dachte.

Doch die rollte an.

Aus der Tiefe des Meeres wuchs das Grauen. Lebende Leichen schwammen der Oberfläche entgegen, um den Befehl ihres Meisters auszuführen. Sie sollten das Schiff kapern und die Besatzung töten!

Und genau das würden sie tun!

Die Toten hatten das versunkene Schiff verlassen. Zehn lebende Leichen hatten ihren neuen Kurs eingeschlagen.

Die »Seabird«!

Felix Conbarra ahnte nichts. Auch wenn er über die Reling geschaut hätte, wäre ihm kaum etwas aufgefallen. Das Wasser war dunkel, die Gestalten hoben sich kaum ab.

Aber sie näherten sich.

Die erste Hand klatschte gegen die Bordwand, tastete daran entlang und fand die Leiter.

Fünf aufgedunsene Finger klammerten sich fest.

Noch stieg der Zombie nicht hoch. Es schien, als müßte er Kraft sammeln.

Die lange Dünung rollte heran, trieb die Leiche hoch, und die Finger glitten ab.

Der untote Körper sank. Allerdings nicht tief, einen halben Yard etwa. Dann schwamm er wieder an die Oberfläche.

Das Spiel begann von vorn.

Der Zombie packte die Sprosse. Diesmal allerdings mit beiden Händen. Weitere Köpfe tauchten neben ihm auf. Schreckliche Gesichter. Grünlich schimmerte die Haut, zum Teil war sie mit Beulen bedeckt. Leere, stumpfe Augen lagen tief in den Höhlen und wirkten wie farblose Steine.

Die Zombies waren wie Tiere. Jeder wollte als erster an der Leiter sein und hochsteigen. Sie stießen sich gegenseitig an und zur Seite.

Bis der erste seinen schwammigen Fuß auf die Sprosse setzte und langsam nach oben kletterte.

Felix Conbarra, der Matrose, hockte noch immer auf Deck und schaute in den Sternenhimmel. Er genoß diese Stunde der Muße und dachte nicht mehr an seine Wache. Was sollte auch schon passieren? Sicher, es gab Banden, die Schiffe überfielen, doch ihr Terrain lag weiter östlich, wo die Inseln langsam verschwanden und das Meer sich zum unendlichen Atlantik hin öffnete.

418

Von der Brücke fiel ein schwacher grüner Schein auf das Deck der »Seabird«. Dort oben brannte nur die Notbeleuchtung und das Licht für die Instrumente.

Hinter Felix befand sich das Zwei-Mann-U-Boot. Es hing an starken Stahltrossen, die bei jeder Schiffsbewegung stöhnten und heulten, als würde ein altersschwacher Hund über Deck laufen.

Der Matrose hatte sich an das Geräusch gewöhnt. Es wirkte irgendwie einschläfernd.

Solch eine Charterfahrt gefiel ihm. Da brauchte man nicht viel zu tun, und auch die Passagiere waren diesmal angenehm. Sie behandelten die Mitglieder der Besatzung wie Menschen, waren freundlich und hatten für jeden ein Lächeln übrig.

Es gab allerdings auch andere Mieter. Spleenige, neureiche Millionäre, die glaubten, sich für ihr Geld alles kaufen zu können, und auch dementsprechend auftraten. Deshalb hatte es schon des öfteren Streit gegeben.

Felix' Gedanken schweiften ab zu dem geretteten Mädchen.

Die Kleine sah ja gut aus, ein Kind der Inseln.

Welches Schicksal hatte sie aufs Meer verschlagen? Fragen, auf die Conbarra gern eine Antwort gewußt hätte. Vielleicht konnte er mit der Süßen mal ein Gespräch anfangen, dann erfuhr er mehr.

Er überlegte gerade, ob er sich eine Zigarette anzünden sollte, als er das Geräusch hörte.

Das war kein Knarren der Stahltrossen, sondern ein dumpfes Klatschen von außen gegen die Bordwand.

Felix horchte.

Er spitzte regelrecht die Ohren, stand auf und blieb gebückt stehen. Das Geräusch wiederholte sich nicht. Vielleicht hatte er sich getäuscht. Trotzdem traute er sich nicht, wieder Platz zu nehmen. Wenn er schon auf der Wache halb schlief, so wollte er einer Unregelmäßigkeit wenigstens nachgehen. Wenn nämlich Kapitän Romero Adams davon erfuhr, konnte er sehr sauer werden und ihn feuern. Und das Risiko wollte

Conbarra auf keinen Fall eingehen. Arbeitsplätze waren knapp genug.

Auf leisen Sohlen bewegte er sich vor auf die Backbord-Reling zu, legte seine Hände darauf und beugte sich vor.

Im ersten Augenblick glaubte er zu träumen.

Direkt unter ihm, praktisch armnah, kletterte jemand aus dem Wasser hoch.

Eine Gestalt.

Aber was für eine!

Felix hatte bereits des öfteren Wasserleichen gesehen, und diese Gestalt sah aus, als hätte sie lange im Meer gelegen, das erkannte er trotz der Dunkelheit.

Ein Toter.

Nein, ein lebender Toter.

Ein Horror-Wesen.

Die Augen des Matrosen wurden groß. Er öffnete den Mund, um Alarm zu schlagen, doch er reagierte einen Moment zu spät. Das Wesen war da und packte zu.

Zielsicher umklammerten die eiskalten Finger die Kehle des Matrosen. Der Schrei erstickte bereits im Ansatz. Der Zombie ließ sein Opfer auch nicht los, als er sich über die Reling auf Deck schwang.

Felix krachte auf die Planken.

Der Untote blieb am Mann. Aus starren Augen glotzte er in das Gesicht des Matrosen, dessen Muskeln zuckten und dann schlaff wurden.

Der Zombie zog den Toten hoch, schleifte ihn bis an die Reling und warf ihn ins Meer.

Felix Conbarra versank wie ein Stein.

Der Weg für die restlichen Untoten aber war nun frei...

Der dichte Wald umgab mich wie die Mauern eines Gefängnisses. Die Luft drückte, das Atmen fiel mir schwer, und in meinem Schädel tuckerte und hämmerte es.

Ich war in Gefahr!

Überall konnten die heimtückischen Gegner lauern. Ich

wußte nicht, wer sie waren, was sie waren und wo sie sich befanden. Für mich war es ein nahezu tödliches Rätselraten.

Unter mir war der Boden weich und fedrig, rechts und links dichtes Unterholz, aus dem hin und wieder ein glühendes Augenpaar starrte.

Vorsichtig ging ich weiter. Unbewaffnet, denn mein Kreuz, die Beretta und den Dolch hatte der weiße Magier mir abgenommen. Das konnte er ohne weiteres, denn er war kein Dämon, sondern ein Mensch. Ihm machte es nichts aus, geweihtes Silber zu berühren.

Eine Hoffnung hatte ich.

Suko und Myxin mußte es während des Kampfgetümmels gelungen sein, zu fliehen. Wenigstens hatte ich nichts Gegenteiliges gehört, denn normalerweise hätte der Magier damit geprotzt, auch meine Freunde gefangengenommen zu haben.

Im Moment nützte mir das jedoch nichts.

Ich war völlig auf mich allein gestellt. Auch daß Caligro mich freigelassen hatte, bedeutet nichts. Dieser dschungelartige Garten war meiner Ansicht nach die reinste Todesfalle. Zudem liefen noch genug Zombies herum, die nur auf Opfer wie mich warteten.

Keine guten Zukunftsaussichten.

Ich blieb stehen und wischte mir den Schweiß von der Stirn. Wenn ich zurücksah, hatte ich das Gefühl, der Weg hinter mir wäre zugewachsen.

Wohin sollte ich gehen?

Ich hatte schon mit dem Gedanken gespielt, wieder in Caligros Haus zurückzukehren. Dort würde man mich am allerwenigsten vermuten, doch das Gebäude wurde bestimmt bewacht, so daß ich ungesehen kaum hineingelangen konnte.

Blieb nur die zweite Möglichkeit, mit der meine Gegner ja auch rechneten.

Der Weg nach vorn – ins Verderben!

Und so ging ich weiter. Schritt für Schritt tiefer in den kochenden, widerlichen Dschungel.

Der Weg war nicht gerade, sondern führte in kleinen Kurven und Kehren voran. An einigen Stellen wuchsen die Zweige der Bäume bis auf den Weg, und feuchtwarme Blätter streiften wie die Netze von Spinnen über meine Gesichtshaut.

Manchmal glaubte ich, in der Ferne Stimmen zu hören. Es war sicherlich keine Täuschung. Wenn Suko und Myxin tatsächlich geflohen waren, dann hatte Caligro seine Diener und auch die Einwohner der Insel losgeschickt, um sie zu suchen.

Die Chancen der beiden waren ebenfalls verdammt gering, es sei denn, ihnen würde die Flucht zum Hafen gelingen, wo sie ein Boot kapern und Hilfe holen konnten. Daran glaubte ich jedoch nicht so recht. Suko war kein Mensch, der einen Freund im Stich ließ. Solange mein Schicksal nicht aufgeklärt war, würde er nicht ruhen, mich wiederzufinden. Umgekehrt wäre es ebenso gewesen.

Vorerst mußte ich mich aber allein durchschlagen und zusehen, daß ich am Leben blieb.

Und plötzlich sah ich das Licht.

Es schimmerte rot, war etwas milchig, und ich mußte schon genauer hinsehen, um erkennen zu können, wo genau es aufleuchtete.

Das war auf der rechten Wegseite.

Außerdem schien es nicht inmitten des Dschungels zu stehen, denn dann hätte ich es nicht so klar erkennen können.

Selbstverständlich schritt ich auf die Lichtquelle zu. Wenn jemand so lange in der Dunkelheit herumirrte, war er froh, einen Lichtschein zu sehen.

Trotzdem übereilte ich nichts. Eine innere Stimme warnte mich. Dieser verdammte Dschungel steckte voller Gefahren. Ich war auch sicher, daß sich an der Lichtquelle ein Gefahrenherd befand, und ich stellte mich darauf ein.

Um mich herum wisperte, schmatzte und raunte es. Die Geräusche des Dschungels schienen noch intensiver zu werden. Ich glaubte mich von Geistern umgeben. Manchmal hatte ich auch das Gefühl, ausgelacht zu werden.

Das Licht wurde zu einem Ball. Er faserte an den Seiten

auseinander, aber es war nicht nur ein Ball, sondern mehrere. Hintereinander aufgereiht standen sie dort, auf langen Stangen, die aus dem Boden wuchsen.

Was hatte der weiße Magier erzählt? Er **stellte** auch Schrumpfköpfe her.

Caligro hatte nicht gelogen.

Vor mir sah ich das Produkt.

Auf den Stangen steckten die schrecklichen Schrumpfköpfe, und sie leuchteten von innen.

Die Schrumpfköpfe waren also die Lichtquelle, die ich entdeckt hatte.

Vor der ersten Stange blieb ich stehen, legte den Kopf in den Nacken und schaute zu dem Schrumpfschädel hoch.

Obwohl mich das Licht ein wenig blendete, konnte ich doch Einzelheiten erkennen.

Der Kopf sah schaurig aus.

Er hatte sein Maul weit aufgerissen, ich sah die angefeilten **Zähne** und die großen, haßerfüllten Augen. Die Haut erinnerte mich an brüchiges Leder, durchsetzt mit zahlreichen Falten und Kerben. Einzelne Haare hingen strähnig zu beiden Seiten des Schädels herab und berührten verknorpelte Ohren.

Nein, dieser Kopf bot wirklich keinen schönen Anblick. Er war abstoßend häßlich.

War das der Horror, von dem Caligro gesprochen hatte?

Ich glaubte nicht daran. Mochte der Anblick der Köpfe auch im ersten Moment schrecklich gewesen sein, lebensgefährlich waren diese Schädel nicht.

Bis jetzt vermißte ich meine Waffen noch nicht.

Ich ging weiter. Dabei peilte ich über die Schulter zurück, verdrehte die Augen und erkannte, daß sich der Kopf auf der Stange bewegte. Er verfolgte jede meiner Bewegungen.

Jetzt wurde mir doch etwas mulmig.

Nicht nur die Augen lebten, sondern der gesamte Schädel.

Ein klapperndes Geräusch ertönte. Unwillkürlich zuckte ich zusammen und sah, daß der erste Schädel sein Maul geschlossen hatte.

Längst stand ich vor dem zweiten Kopf. Er unterschied sich kaum von seinen Artgenossen, höchstens in der Haarfarbe. Die des ersten Schädels war grau gewesen, der zweite hatte schwarzes Haar.

Auch der starrte mich an.

Eine kalte, unsichtbare Hand berührte meinen Rücken. Die Gänsehaut lief bis in die Kniekehlen.

Da erlosch das Leuchten.

Von einem Moment zum anderen war es dunkel. Meine Augen mußten sich erst wieder an die Finsternis gewöhnen. Ich konnte in den ersten Augenblicken kaum etwas sehen, dafür hörte ich die dumpfen Laute vor und hinter mir.

Ich zuckte zusammen.

Die Bedeutung der Laute wurde mir schnell klar, denn ich sah, daß auf den Stangen kein einziger Kopf mehr steckte.

Sie hatten sich zu Boden fallen lassen.

Einen Horror-Garten hatte Caligro seinen Dschungel genannt. Und verdammt, er hatte nicht gelogen.

Dieser Dschungel war in der Tat ein Garten des Grauens.

Erinnerungen wurden wach. Schon einmal hatte ich ein grauenhaftes Abenteuer erlebt, in dem mordende Schädel eine große Rolle spielten. Damals hatte mich der Weg nach Schottland geführt, wo ich gegen die mordenden Köpfe kämpfte. Allerdings bewaffnet, meine Silberkugeln hatten sie zerstört.

Nun jedoch war ich waffenlos.

Und sieben Schädel warteten darauf, mich töten zu können. Wenn sie es schafften, würde mein Schädel bald der achte in der Reihe sein.

Ein Gedanke, der mir das Blut in den Kopf trieb.

Es war ein schauriges Bild, das sich meinen Augen bot. Die kleinen Schädel hockten auf dem Boden, sie hüpften um mich herum, hatten einen Kreis gebildet und zogen ihn immer enger. Wahrscheinlich suchten sie die beste Sprungdistanz aus.

Ich folgte den Bewegungen, doch wie ich es auch drehte

424

und wendete, immer befanden sich in meinem Rücken diese verdammten Köpfe. Eine Chance blieb mir noch.

Ich mußte den Kreis durchbrechen und dann fliehen.

Wie ein Weitspringer vom Brett, so stieß ich mich ab. Gleichzeitig jedoch sprang der erste Schädel auf mich zu...

Der Zombie ließ sich auf den Chinesen fallen. Er war ein schwerer Bursche und konnte erst vor kurzer Zeit gestorben sein, denn die Verwesung war noch nicht eingetreten. Suko sah nur die schimmernden Leichenflecken in seinem Gesicht.

Der Chinese ballte die Hand.

Ungeheuer wuchtig schlug er zu.

Es war ein Schlag, in den er all seine Wut und seinen Haß gegen die Geschöpfe der Hölle gelegt hatte, und er traf genau. Der feiste Zombie bekam die Faust ins Gesicht. Sein Angriff wurde gestoppt, er selbst trudelte zurück, riß die Arme hoch und fiel gegen zwei seiner anstürmenden Artgenossen.

Suko hatte ein paar Sekunden Luft. Er wandte sich Myxin zu, doch der kleine Magier schüttelte den Kopf. »Nein, laß mich. Kümmere du dich um die verdammten Bestien. Ich komme schon zurecht.«

Suko nickte. Für ihn war es noch immer unbegreiflich, daß Myxin keine Schmerzen spürte. Normalerweise hätte das Blut aus seinem Bein quellen müssen, bei Myxin tat sich nichts.

Er war eben ein Schwarzblüter, auch wenn er inzwischen auf der anderen Seite stand.

Natürlich hatte sich der Untote längst wieder aufgerappelt. Diesmal jedoch war Suko besser vorbereitet.

Er hielt seine Bolzenpistole in der Hand.

Suko senkte den Arm, zielte, drückte ab, und das Geschoß raste dem Untoten in den Schädel.

Der Zombie sackte zusammen, seine Finger zogen Furchen in den Boden, dann blieb er still liegen.

Diese Bolzen töteten, denn mit ihnen hatte es etwas Besonderes auf sich.

Sie waren nicht nur aus Eichenholz geschnitzt worden, sondern die Spitze bestand aus geweihtem Silber. Es hatte ungeheure Arbeit gekostet, sie herzustellen, doch Pater Ignatius hatte sich sehr viel Mühe gegeben und das Paket mit den Bolzen war erst vor einigen Tagen in London eingetroffen.

Nun zeigte sich, wie wertvoll die Arbeit des Mönchs gewesen war. Ein zweiter Untoter warf sich Suko entgegen. Dabei geriet er zu nahe an Myxin heran.

Obwohl der kleine Magier mit einem Bein in der Falle steckte, hatte er die Hände frei.

Er schlug mit der Dämonenpeitsche zu, die Riemen pfiffen von unten nach oben und klatschten unter das Kinn der lebenden Leiche.

Wie Säure schnitten sie in das Gesicht. Dicke Streifen hinterließen sie, aus denen giftgrüner Brodem quoll. Der Untote drehte sich im Kreis, fiel in ein Gebüsch, wurde von den Zweigen aufgefangen und blieb liegen.

Jetzt waren es nur noch drei.

»Die erledigen wir auch noch!« zischte der kleine Magier, und seine Augen leuchteten dabei.

Suko grinste nur.

Die Freude war verfrüht, denn die letzten Untoten waren durch das Schicksal ihrer Kumpane gewarnt worden und zogen sich zurück. Sie hielten sich dabei geschickt in Deckung der Büsche, so daß Suko kein Ziel fand.

»Hinterher!« rief Myxin wild und winkte dabei mit der linken Hand. »Pack dir die Bestien!«

Suko verzichtete auf eine Verfolgung. Nicht aus Feigheit, sondern aus Sicherheitsgründen. Er kannte das Gelände nicht. Bei einer Verfolgung mußte er schnell laufen, und wer sagte ihm, daß nicht noch mehr Fangeisen irgendwo versteckt aufgestellt waren? Nein, erst wollte er Myxin befreien.

Suko ging auf den Magier zu. Er schüttelte den Kopf, als er sah, wie tief die Zähne des Eisens in Myxins Bein gedrungen waren. Schmerzen verspürte der Magier jedoch nicht.

Zum Glück hatte Suko Kraft. Ihm gelang es, die beiden

Hälften des Fangeisens so weit auseinanderzubiegen, daß Myxin sein Bein herausziehen konnte.

Dann war er frei.

»Danke«, sagte er.

»Okay, schon gut. Bleiben wir dabei?«

»Warum nicht?«

»Weil dieser Caligro sicherlich weiß, daß wir auf sein Grundstück gedrungen sind, und entsprechende Vorbereitungen trifft.«

»Bleibt uns eine andere Möglichkeit, wenn wir John Sinclair befreien wollen?«

»Du hast recht.«

Bis zum Haus war es noch weit. Die Hälfte der Strecke hatten sie erst hinter sich.

Von den restlichen drei Zombies war nichts mehr zu sehen. Die zwei getöteten lagen auf dem Boden und vergingen. Noch immer kräuselte Rauch aus den Leichen.

»Wir müssen mit weiteren Fangeisen rechnen«, sagte Myxin, und Suko stimmte ihm zu.

Sie wurden noch vorsichtiger. Bevor sie einen Schritt weitergingen, suchten sie erst genau den Boden ab. Doch kein heimtückisches Instrument dieser Art lauerte mehr auf sie.

Alles lief glatt über die Bühne.

Auch von den Zombies sahen sie nichts mehr.

Im Haus blieb es dunkel. Suko warf hin und wieder einen Blick auf das vor ihnen liegende Gebäude. Der weiße Magier dachte nicht daran, sich in einen hellen Raum zu setzen.

Suko und Myxin begingen einen Fehler, der ihnen aber leicht zu verzeihen war.

Sie suchten nach Zombies und heimtückischen Fallen, dachten dabei nicht mehr an die normalen Diener des weißen Magiers.

Und ihnen liefen sie in die Falle.

Plötzlich vernahm Suko ein pfeifendes Geräusch. Bevor er der Ursache auf den Grund gehen konnte, war es schon geschehen.

Myxin zuckte zusammen, wurde nach vorn geschleudert,

fiel zu Boden, und Suko sah mit Schrecken den Pfeil, der durch seinen Hals gefahren war und mit der Spitze vorn am Kinn eine halbe Armlänge herausragte...

Der Weg für die lebenden Unterwasserleichen war frei!

Es war ihnen gelungen, den wachhabenden Matrosen zu töten und ins Meer zu werfen.

Jetzt konnten sie mit der eigentlichen Aufgabe beginnen.

Sie stiegen auf das Schiff.

Zehn mörderische Gestalten mit aufgedunsenen, teigigen Gesichtern, starren Augen und nur vom Tötungswillen beseelt.

Manche von ihnen trugen noch die vollständige Kleidung. Als zweiter stieg jemand mit einem blauweiß gestreiften Hemd und einem haarlosen Schädel an Deck.

Er schaute sich um und winkte den anderen.

Ruhig lag die Brücke vor ihnen. Hier in der Kommandozentrale befanden sich all die Instrumente, die für ein modernes Schiff unerläßlich waren.

Radar, Sonarmessung, Funk, mehrere Kompasse, und alle sicher eingebaut in Holzkonsolen.

Selbstverständlich war die Brücke besetzt. Der Funker hockte vor seinem kleinen Tisch, hatte ein Kreuzworträtsel vor sich liegen und den Kopfhörer übergestreift.

Um die Instrumente im Auge zu behalten, brauchte er nicht zu hören. Außerdem war die See ruhig, deshalb konnte er auch seiner Lieblingsbeschäftigung nachgehen, dem Lösen von Rätseln.

Er hörte nichts und sah nicht, daß die ersten Leichen bereits die Leiter erreicht hatten, die hoch zur Brücke führte.

Das Klettern hatten sie inzwischen gelernt. Es bereitete ihnen keine Schwierigkeiten, die Sprossen hochzusteigen. Diese lebenden Leichen waren früher Seeleute gewesen. Etwas von ihrer Erinnerung war noch zurückgeblieben, denn sie wußten genau, wo es langging und wo sich das Herz des Schiffes befand.

428

Drei Untote enterten hoch zur Brücke. Die übrigen sieben blieben auf dem Unterdeck und verteilten sich dort. Zwei von ihnen standen schon am Niedergang zu den Kabinen.

Die drei auf der Brücke sahen vor sich eine schmale Tür, die in der oberen Hälfte einen dicken Glaseinsatz hatte. Das Glas war zwar milchig, dennoch konnten sie den am Tisch hockenden Funker erkennen. Er wandte ihnen die linke Seite zu und merkte nichts.

Der Zombie mit dem gestreiften Hemd ließ seine Hand auf die metallene Klinke fallen. Langsam drückte er sie nach unten, dann stieß er die Tür mit einem Ruck auf.

Sie bewegte sich lautlos in den Angeln, deshalb merkte der Funker erst etwas, als zwei Untote schon auf der Brücke standen.

Danach lähmte ihn der Schreck.

Seine Augen wurden groß vor Erstaunen, dann spiegelten sich der Schrecken und das Entsetzen darin wider, und ehe er noch einen Warnschrei ausstoßen konnte, schmetterte ihn ein Schlag von seinem Stuhl. Mit dem Rücken krachte er gegen die Kompaßkonsole. Dabei rutschte ihm der Kopfhörer von den Ohren, seine Augen wurden glasig, und ein Nebelschleier verwischte die drei Eindringlinge.

Zwei Untote packten zu.

Sie hoben den Funker hoch, der kaum bemerkte, was überhaupt geschah. Sie schleppten den Mann nach draußen.

Auf dem Deck lauerten bereits die restlichen sieben Untoten. Der Funker wurde hochgehievt und kurzerhand nach unten geworfen.

Schwer schlug er auf.

Eine Sekunde später waren die anderen da. Jemand hatte eine Eisenstange gefunden.

Damit schlug er einmal zu.

Danach warfen die Untoten die Leiche des Funkers ins Meer. Wieder hatte ein Seemann ein nasses Grab gefunden, und noch immer merkte keiner der Passagiere und der übrigen Besatzungsmitglieder, welches Drama sich über ihnen abgespielt hatte.

Eine trügerische Ruhe lag über dem Schiff, das bereits von den Zombies in Besitz genommen war.

Die drei auf der Brücke waren noch nicht fertig. Wenn sie etwas taten, dann gründlich.

Sie zerstörten die Instrumente zwar nicht, machten sie jedoch unbrauchbar.

Danach trieb die »Seabird« steuerlos auf dem Meer.

Die lebenden Wasserleichen waren zufrieden. Sie verließen die Brücke und kletterten nach unten, wo die anderen Toten vom Bermuda-Dreieck warteten.

Sie konnten nie stillstehen. Es schien, als würde ein Automat sie in Bewegung halten, so schwankten sie hin und her, tappten manchmal mit ausgestreckten Armen über Deck, stießen sich gegenseitig an, fielen auch um oder prallten gegen die Aufbauten. Doch der Trieb, der sie zu den ahnungslosen Menschen führte, war nicht verloschen. Dafür hatte Caligros gräßlicher Voodoo-Zauber gesorgt, der auch auf große Entfernungen hin wirksam wurde.

Wieder führte der Zombie mit dem blaugestreiften Hemd die Rotte an, als sie den Niedergang hinunterwankten, der sie zu den Kabinen führte.

Eine Mahagonitür drückten sie gemeinsam auf.

Dann standen sie in einem Gang, von dem andere Gänge abzweigten. Die Untoten wußten im ersten Augenblick nicht, wohin sie sich wenden sollten.

Sie klammerten sich an den Handläufen fest, die an den Wänden angebracht waren, und schauten sich um.

Rechts ging es zum Salon, wo sich auch die Bar und die kleine Tanzfläche befand.

Dort war alles dunkel.

Niemand feierte ein Fest. Das sollte erst am anderen Tag stattfinden.

Unter sich vernahmen die Untoten ein leises Summen. Dort befand sich der Maschinenraum, der im Augenblick uninteressant für sie war.

Sie wollten die Menschen.

Der Anführer stieß sich ab und wankte den Gang entlang.

Sein Kopf pendelte nach rechts und links, die blicklosen Augen starrten auf die einzelnen Kabinentüren.

Dahinter schliefen sie...

Plötzlich blieb der Zombie stehen. Die anderen konnten nicht schnell genug stoppen und prallten gegen ihn. Sie schoben ihren Anführer zur Seite, der gegen die Tür fiel.

Es gab ein dumpfes Geräusch.

Hinter der Tür befand sich die Kapitänskabine. Romero Adams hatte einen leichten Schlaf.

Das Geräusch schreckte ihn auf.

Sofort saß er im Bett, machte Licht und lauschte. Eine trügerische Ruhe hatte sich ausgebreitet, instinktiv spürte der Mann die Gefahr, in der er sich befand.

Es war wie ein Hauch, der ihn streifte.

Adams, der mit nacktem Oberkörper schlief, zog die Schublade seines Nachttisches auf und holte eine Luger hervor. Sie war stets geladen und schußbereit.

Der Kapitän stand auf.

Sein Gesicht war angespannt, den rechten Arm hatte er leicht angewinkelt, die Finger hielten die Waffe umklammert. Auf nackten Sohlen näherte er sich der Tür.

Er zögerte einen Moment, bevor er sich traute, die Tür zu öffnen. Dann riß er sie mit einem Ruck auf.

Im selben Augenblick stürzten zwei Zombies vor, warfen sich gegen ihn und stießen ihn in die Kabine hinein.

Romero Adams war vor Grauen wie gelähmt. Er besaß dennoch die Geistesgegenwart, abzudrücken...

Als hätte man ihm die Beine weggezogen, so rasch ließ sich der Chinese fallen. Dadurch entging er dem zweiten Pfeil. Er hätte seine Kehle ebenso durchbohrt wie bei Myxin, doch Suko lag auf dem Boden, und der Pfeil zischte über ihn hinweg. Dafür blieb er in einem Baumstamm stecken.

Um Myxin konnte sich Suko nicht kümmern, denn die Angreifer waren bereits zu nah. Ein lanzenschwingender Kerl mit schrecklich bemaltem Gesicht stürmte auf Suko zu.

Der Chinese hatte sich schon wieder halb aufgerichtet. Der Krieger wollte ihm die Lanze in den Körper bohren, doch Suko stieß ihm den Kopf in den Leib.

Der Kerl schrie auf und kippte über den Chinesen weg. Er prallte zu Boden und blieb nach Atem ringend liegen.

Suko hechtete zur Seite.

Sein Glück, denn wo er eben noch gelegen hatte, hieb eine weitere Lanze in den Boden.

Der Schaft zitterte nach, als die Waffe steckenblieb.

Suko riß die Lanze hervor und schleuderte sie auf den dritten Angreifer. Geschickt wich dieser aus und warf seine Keule. Er war ein wahrer Meister im Umgang mit dieser Waffe. Suko brachte seinen Kopf nicht schnell genug aus der Gefahrenzone. Die Keule schien plötzlich auf das Doppelte anzuwachsen, dann spürte Suko einen ungeheuer starken Schlag an der Stirn und fiel nach hinten.

Er wurde nicht bewußtlos, aber er war paralysiert, konnte sich nicht mehr bewegen.

Sofort waren drei Krieger da. Der vierte hatte sich von Sukos Kopfstoß noch nicht erholt.

Die wüst bemalten Kerle in den Lendenschurzen umstellten den am Boden liegenden Chinesen und senkten ihre Lanzen so, daß die Spitzen auf Sukos ungedeckten Körper wiesen.

Eine Bewegung ihrerseits, und Suko war ein toter Mann. Es sah auch nicht so aus, als wollten die Krieger den Chinesen schonen, doch da stand plötzlich Caligro neben ihnen und hob die rechte Hand.

»Halt!« rief er. »Nicht töten!«

Die Kerle traten zurück.

Suko ging es langsam besser, auch konnte er wieder sehen, zwar unscharf, aber immerhin.

Er erkannte den weißen Magier. Sein Gewand wirkte wie ein helles Schemen.

»Was ist mit ihm?« Undeutlich vernahm Suko die Stimme des weißen Magiers.

Die Antwort verstand er nicht, denn sie wurden in einer Sprache gesprochen, die er nicht kannte.

»Dann schafft ihn ins Haus!«

Wehrlos mußte Suko zulassen, daß man ihn hochhob. Der Schlag mit der Keule hatte irgendein Nervenzentrum in seinem Kopf lahmgelegt.

Sie gingen noch nicht. Neben Myxin blieben sie stehen.

Caligro deutete mit der Hand auf den kleinen Magier. »Ihn lassen wir hier. Sollen sich die Zombies um ihn kümmern. Sie haben lange nichts mehr gehabt...«

Dann gingen sie weg.

Auf halber Strecke trafen der Schädel und ich zusammen.

Ich hatte meine rechte Hand zur Faust geballt und holte den Schlag aus der Schulter.

Es war ein Volltreffer. Mein Hieb klatschte gegen den gefährlichen Schrumpfkopf und schleuderte ihn meterweit weg. Er segelte quer über den Weg und blieb irgendwo im Unterholz liegen. Trotzdem war ich davon überzeugt, ihn nicht vernichtet zu haben, irgendwann würde er sich erholen. Immerhin hatte ich einen Gegner weniger.

Und für einen Moment freie Bahn.

Ich rannte los und ließ die verdammten Schädel hinter mir, denn mein Tempo konnten sie nicht mithalten.

Zehn Yards schaffte ich.

Dann stoppte mich das Seil.

Es war quer über den Weg gespannt und in seiner Farbe so dunkel, daß es sich nicht abhob. Ich spürte nur, wie etwas gegen meine Schienbeine stieß und mich aufhielt.

Fangen konnte ich mich nicht mehr, denn ich befand mich in vollem Lauf. Es gelang mir noch, die Arme vorzustrecken und dem Aufprall die volle Wucht zu nehmen.

Trotzdem schrammte ich mit dem rechten Ohr über den Boden, verwandelte den Sturz jedoch in eine Rolle vorwärts, so wie man es mir beigebracht hatte, und stand Sekundenbruchteile später auf den Füßen.

Das alles hatte Zeit gekostet.

Die Schädel hatten diese Spanne genutzt. Der erste flog bereits auf mich zu.

Ich sah ihn wie in Großaufnahme, das widerlich verzerrte Gesicht, den klaffenden Mund, die mörderischen Zähne und die strähnigen Haare. Eine ungeheure Wut durchströmte mich.

Früher hatte ich Fußball gespielt und noch nicht alles verlernt. Mein Tritt war länderspielreif. Als wäre der Schädel ein Ball, so traf ich ihn voll.

Irgend etwas knirschte in dem Kopf. Der Schädel wurde hoch in die Luft geschleudert und verschwand zwischen den Bäumen.

Das hatte ich geschafft.

Plötzlich war mein Kampfeswillen wieder da. Diese Schrumpfköpfe sollten sich wundern. So einfach würden sie es mit mir nicht haben. Auch wenn ich keine Waffen besaß.

Diesmal hatte ich einen Vorteil.

Sämtliche Schrumpfköpfe mußten mich von vorn angreifen, es befand sich keiner in meinem Rücken.

Die Köpfe zögerten. Sie schienen zu ahnen, daß sie mit mir nicht so leichtes Spiel haben würden, und warteten ab.

Das gab mir Gelegenheit, mich nach einer Waffe umzusehen.

Rechts und links des Weges wuchs das Unterholz dicht an dicht. Ich drehte mich, sprang hoch und hängte mich mit vollem Gewicht an einen Baumast. Dabei ruckte ich hin und her, hörte das Knirschen, und mir klang es wie Musik in den Ohren.

Der Ast brach.

Ich fiel zu Boden, fing mich und lief ein paar Schritte zurück. Schlagbereit hielt ich den Knüppel in der rechten Hand. Er war länger als ein Männerarm und von einer glitschigen Moosschicht bedeckt. Ich mußte achtgeben, daß er mir nicht aus der Hand rutschte.

Jetzt konnten sich die verdammten Schrumpfköpfe zeigen.

Ich fühlte mich fast wie ein Cricketspieler. Nur brauchte ich keinen Ball zu treffen, sondern die Schädel.

Und das war gar nicht so einfach, denn sie sprangen nicht der Reihe nach, sondern gemeinsam.

Breitbeinig hatte ich mich aufgestellt, war leicht in den Knien eingeknickt und hielt den Oberkörper vorgebeugt.

Der erste Schlag.

Ich zielte auf einen Schädel, der mich schräg von der Seite her ansprang. Mein Stock pfiff durch die Luft, ich spürte den Aufprall, als der Schädel gegen den Stock prallte, dann flog der Kopf davon. Wo er liegenblieb, sah ich nicht mehr, denn ein zweiter Schrumpfkopf fiel mich an.

Ich schlug noch zu, doch der Kopf war bereits so nah, daß der Stock ihn verfehlte.

Dann knallte er gegen mich.

Sofort hackten seine Zähne zu. Sie bissen sich in meiner Kleidung fest. Bevor dieser Kopf mich jedoch verletzen konnte, packte ich ihn an den Haaren, riß ihn von meinem Körper weg und schleuderte ihn wild zur Seite.

Ein dritter und ein vierter sprangen. Ich mußte zurück. So schnell konnte ich gar nicht schlagen, die verdammten Schädel waren mir plötzlich überlegen.

Auf einmal tauchte einer dicht vor meinem Gesicht auf. Gerade noch rechtzeitig ging ich in die Knie, brachte mich aus der Gefahrenzone und rollte dabei über den Boden.

Darauf hatten die anderen Schädel nur gewartet. Sie tauchten aus dem Dschungel auf, und es waren die, denen ich Stoff gegeben hatte. Die Köpfe waren zum Teil deformiert, aber sie lebten, denn mit einem Stock konnte ich sie nicht umbringen, dazu benötigte ich schon magische Waffen.

Ich ließ den Stock fallen, jetzt mußte ich mich mit bloßen Händen verteidigen.

Mit den Fäusten konnte ich zwei Schädel abwehren, ein dritter jedoch sprang auf meine Brust, näherte sich blitzschnell dem Hals und schaffte es, zuzuhacken.

Selten in meinem Leben habe ich so schnell reagiert. Ich

brachte den Arm hoch, winkelte ihn dabei noch an und haute dem Schädel meinen Ellbogen ins Maul.

Die Zähne bissen gegen meine Knochen.

Ein stechender Schmerz durchzuckte meinen Arm, dann hieb ich den verdammten Schädel zur Seite und sprang auf die Füße. Ein Kopf zielte nach meiner rechten Wade. Durch einen schnellen Schritt jedoch verfehlte er mich und hackte in den Schuh.

Eine Drehung, ein Tritt, und er war weg.

Wohin sollte ich? Es war klar, daß ich auf die Dauer den Kampf nicht gewinnen konnte. Dazu war die Übermacht zu groß. Ich mußte mich vor den Schädeln in Sicherheit bringen.

Blieb der Dschungel.

Mit einem Sprung war ich im Unterholz. Dabei hatte ich das Gefühl, gegen eine Gummiwand zu hechten. Ich schlug um mich, wie Arme schienen sich die Lianen und hohen Farne um mich zu schließen, und für einen winzigen Moment flackerte Panik in mir hoch.

Dieser verdammte Dschungel steckte voller Magie. Pflanzen, die dem Willen und den Befehlen des weißen Magiers gehorchten.

Wie sollte ich da eine Chance haben?

Ich erhielt sie, denn plötzlich warfen mich die Zweige wieder auf den Weg.

Damit hatte ich nun überhaupt nicht gerechnet, ich flog durch die Luft, prallte zu Boden und überschlug mich.

Die Schrumpfköpfe hatten gelauert.

Sofort hüpften sie auf mich zu.

Aus meiner Froschperspektive sahen sie noch schauriger und viel größer aus.

Ich durfte hier nicht auf dem Boden liegen bleiben. Diese Schädel würden mich töten.

Blitzschnell war ich wieder auf den Beinen. Mit einem Tritt wehrte ich den ersten anspringenden Schädel ab, ein Schlag traf den zweiten.

Längst lief mir der Schweiß in Strömen aus sämtlichen Poren. Es schien mir, als ob ich in einem Wasserfaß steckte, meine Kleidung dampfte. Und während ich kämpfte, hatte ich die Idee.

Urplötzlich war sie da, und ich setzte sie sofort in die Tat um.

Ich rannte den Schädeln davon.

Diesmal jedoch nicht tiefer in den Dschungel hinein, sondern wieder zurück. Ich lief dahin, wo das Haus des weißen Magiers stand. Wenn schon ein Kampf unausweichlich war, dann wollte ich wenigstens alles einsetzen.

Hüfthoch flogen die Schrumpfköpfe auf mich zu. Sie schienen zu ahnen, daß ich einen Entschluß gefaßt hatte, und wollten mich mit einem letzten geballten Angriff vernichten.

Ich nahm wieder den Stock, schlug um mich wie ein Berserker, traf und haute mir den Weg frei.

Dann schleuderte ich den Stock weg.

Ich rannte.

Der Kampf hatte mich Kraft gekostet, doch es steckten noch Energien in meinem Körper. Und die mobilisierte ich jetzt. Meine Füße trommelten auf den Boden, und die Schrumpfköpfe blieben zurück.

Mir war es egal, wo ich landete, Hauptsache, ich brauchte mich nicht gegen die verdammte Brut zu wehren.

Und ich wollte meine Waffen haben. Dafür setzte ich alles auf eine Karte.

Irgendwann, als von den Köpfen nichts mehr zu sehen war, lief ich langsamer. Ich ging jetzt im Schrittempo, schlenkerte die Arme und kontrollierte meinen Atem.

Ich brachte ihn unter Kontrolle, und auch das Zittern durch die ungeheure Anstrengung hörte auf.

Mir ging es wieder besser.

Ich blieb sogar stehen und schaute mich um.

Dunkel lag der Dschungel. Geheimnisvoll, grausam, makaber...

Die Heimat der mordenden Schrumpfköpfe.

Von ihnen jedoch sah ich nichts. Entweder hatten sie die Verfolgung aufgegeben, oder sie hatten sich wieder auf ihre

Stangen zurückgezogen. Letzteres wäre mir am liebsten gewesen.

Mit dem Handrücken wischte ich mir über das Gesicht. Tropfenweise konnte ich den Schweiß von meinen Fingern abschütteln. Dann untersuchte ich meine Blessuren.

Die Kleidung war ziemlich mitgenommen, das war nicht weiter schlimm. An der Hüfte hatten die kleinen Zähne meine Haut eingeritzt. Die Stellen brannten zwar, ansonsten jedoch konnte ich darüber hinwegsehen. Der Ellbogen sah ebenfalls nicht schlimm aus.

Mein Aufenthalt hatte mich vielleicht zwei Minuten gekostet. Jetzt mußte ich weiter.

Ich näherte mich dem Haus. Es brannte kein Licht hinter den Scheiben, der weiße Magier liebte die Dunkelheit, aber ich rechnete damit, daß Wachen um das Gebäude patrouillierten.

Wie ein Geist tauchte ich aus dem Dschungel auf und erreichte das Ende des geheimnisvollen Weges.

Vor mir sah ich die Hintertür, durch die man mich nach draußen geschafft hatte.

Diesen Weg wollte ich nicht nehmen. Es mußte mir gelingen, auf irgendeine andere Weise in das Haus zu gelangen. Am besten durch eines der Fenster oder über das Dach. Mir gereichte zum Vorteil, daß die Fassade nicht glatt in die Höhe gezogen war, sondern zahlreiche Kanten und Vorsprünge aufwies, über die ich nach oben klettern konnte.

Lautlos schlich ich durch den Garten.

Plötzlich blieb ich stehen.

Ich hatte Stimmen gehört.

Zwei rasche Schritte brachten mich in die Deckung der Hauswand.

Die Stimmen waren vor dem Haus aufgeklungen. Es mußten mehrere Männer sein, das konnte ich heraushören, doch ich verstand nicht, was sie sagten, denn sie redeten in einer Sprache, die mir unbekannt war.

Aber ich erkannte eine Stimme.

Sie gehörte dem weißen Magier.

Caligro war in der Nähe!

Heiß wie eine Feuerlohe fuhr es durch meinen Körper. Eine unheimliche Wut ergriff mich. Am liebsten hätte ich diesem Kerl, der mit lebenden Leichen experimentierte, den Hals umgedreht. Ich dachte an Juans Schicksal und an all die unglücklichen Menschen, die Caligro auf dem Gewissen hatte.

Die Wut verrauchte schnell und wich einer eiskalten Überlegung.

Eine Tür fiel ins Schloß.

Demnach hatten die Kerle das Haus betreten. Und zwar durch den Vordereingang, so daß für mich die Rückseite offen war.

Mein Plan stand fest. Ich wollte in das Haus eindringen und den Magier als Geisel nehmen. Er mußte mir Auskunft über das Schicksal meiner Freunde geben, denn noch immer hatte ich von Myxin und Suko nichts gehört.

Erstens kommt es anders und zweitens als man denkt. So heißt ein Sprichwort.

Es fing damit an, daß ich einen erstickt klingenden Schrei hörte.

Da war jemand in Gefahr.

Vielleicht sogar in Lebensgefahr.

Auf der Stelle änderte ich meinen Plan und lief, unbewaffnet wie ich war, los...

Myxin, der Magier, verhielt sich sehr geschickt.

Normalerweise wäre ein Mensch tot gewesen, doch Myxin war ein Schwarzblüter, ihn konnte auch ein Pfeil nicht töten, wenn er seinen Hals durchbohrte. Zudem war er bewußt so gefallen, daß er mit seinem Körper auf der Dämonenpeitsche lag.

Das sahen weder der weiße Magier noch die Krieger. Sie hielten Myxin für erledigt.

Zuerst hatte der kleine Magier mit dem Gedanken gespielt, in den Kampf mit einzugreifen, dann jedoch hatte er den Vorsatz aufgegeben. Wenn man ihn für erledigt hielt, konnte er viel wirksamer vorgehen.

Reglos blieb er liegen und beobachtete aus schmalen Augenschlitzen, wie der Chinese abtransportiert wurde. Sie gingen mit Suko zum Haus hinüber. So wußte Myxin, wo der Freund festgehalten wurde.

Er hatte aber auch gehört, daß sich die Zombies um ihn kümmern sollten.

Drei waren noch übrig. Verlassen konnte er sich allerdings nicht darauf, er wußte nicht genau, wie viele sich noch im Garten versteckt hielten.

Myxin richtete sich auf.

Er bot ein schauriges Bild mit seinem im Hals steckenden Pfeil. Myxin hob beide Hände, packte den Pfeil an Spitze und Schaft und brach ihn durch. Und dann noch einmal.

Er schob sich das letzte Stück vorn durch den Hals und schleuderte die übrigen Teile ins Gebüsch.

Eine Wunde war zwar zu sehen, doch sie schloß sich sehr schnell wieder.

Mit zwei Fingern rieb Myxin über die Stelle. Er war zufrieden. Der kleine Magier richtete sich auf.

Er war kaum größer als die blühenden Tropenbüsche und wurde durch sie gedeckt. Irgendwie war er lustig anzusehen, dieser kleine Kerl mit der grünlich schillernden Haut. Früher hatte er über immense Kräfte verfügt, doch heute war er nur noch ein Schwächling. Zu sehr hatte Asmodina ihn gedemütigt. Myxin mußte sich wie ein Lehrling hocharbeiten, bis er vielleicht wieder soweit war, daß ihn auch die Dämonen für voll nahmen.

Und dann wollte er sich rächen.

Myxin hatte nichts, aber auch gar nichts vergessen. Und er hoffte, daß seine Stunde irgendwann einmal schlagen würde, damit er Asmodina das heimzahlen konnte, was sie ihm angetan hatte. Er hatte viel vergessen. Sein magisches Wissen war verschüttet. Doch irgendwann, irgendwann einmal...

Myxins Gedankenkette zerbrach.

Er hatte Geräusche gehört.

Die lebenden Leichen stampften heran. Ihre Ankunft hatte der weiße Magier bereits angedroht.

Myxin lächelte kalt. Er würde den verfluchten Bestien schon den richtigen Empfang bereiten.

Das Beutemesser hatte er weggesteckt. Es nützte nichts gegen diese Gegner. Dafür jedoch hatte er eine viel bessere Waffe.

Die Dämonenpeitsche.

Ihr hatten die Untoten nichts entgegenzusetzen. Myxin würde sie dorthin schicken, wo sie hingehörten.

In die Hölle!

Die Untoten waren nicht vorsichtig. Ungestüm brachen sie durch die Büsche. Die Gier nach dem angeblich leichten Opfer ließ sie alles andere vergessen.

Myxin glitt ein wenig zur Seite, nachdem er herausgefunden hatte, wo die Untoten auftauchen würden.

Und schon sah er den ersten.

Er wankte zwischen zwei Bäumen hervor, trug ein zerschlissenes Leichenhemd und hielt die Arme ausgestreckt. Aus seinem Maul drangen schreckliche Laute.

Myxin wartete noch einen Moment.

Dann stürmte er vor.

Wie ein Blitz verließ der kleine Magier seine Deckung, schwang die Peitsche und schlug zu.

Die drei Riemen pfiffen durch die Luft, klatschten gegen den Körper der Bestie und rissen ihn auf.

Wieder quoll ätzender Dampf aus den Wunden, und die lebende Leiche fiel wie ein Brett zu Boden.

Der Gegner war erledigt.

Myxin wirbelte herum.

Leiche Nummer zwei rutschte auf ihn zu. Sie schlug nach Myxin, doch der kleine Magier war flink. Er steppte zur Seite und drosch aus der Drehung zu.

Die Dämonenpeitsche traf den Rücken der Leiche. Die Wucht schleuderte den Untoten nach vorn. Neben der heimtückischen Wolfsfalle blieb er liegen.

Wo war der nächste Untote?

Myxin sah ihn. Diesmal jedoch hatte er keine männliche Leiche vor sich, sondern eine Frau.

Sie sah gräßlich aus, und selbst der Magier erschrak ein wenig. Die untere Hälfte des Gesichts bestand aus schimmernden Knochen, der Mund war zu einem Grinsen verzogen.

»Komm nur her!« keuchte Myxin. »Komm nur!«

Die Untote fiel ihm entgegen.

Und Myxin machte kurzen Prozeß. Diesmal schlug er von oben nach unten. Er traf in der Körpermitte. Das Höllenwesen hatte keine Chance, zu überleben.

Es brach zusammen.

Myxin atmetet auf.

War das die letzte Leiche gewesen?

Nein, ein Schatten erschien. Blitzschnell war er da. Myxin kreiselte herum, hob die Peitsche zum Schlag und ließ sie im nächsten Augenblick wieder sinken.

»John«, sagte er nur. »John Sinclair.«

Ich stoppte meinen Lauf und grinste. »Ja, ich bin es.«

»Wie kommst du hierher?«

»Ich hörte einen Schrei.«

Der kleine Magier nickte. »Ja, das war ich nicht, sondern einer der Zombies.«

»Du hast sie erledigt?«

Myxin deutete in die Runde. »Alle drei, John. Es war einfach. Die Peitsche hat mir geholfen.«

»Aber wo ist Suko?«

Myxins Gesicht nahm einen traurigen Ausdruck an. »Caligro und seine vier Helfer haben ihn überwältigt und weggeschleppt. Mich haben sie liegen lassen, sie hielten mich für tot.«

»Wie ist das möglich?«

Myxin berichtete, was ihm und Suko widerfahren war.

»Unglaublich.« Ich schüttelte den Kopf.

»Was hast du hinter dir?«

»Erst einmal hat man mir die Waffen genommen. Sie liegen bei Caligro. Und die würde ich mir gern zurückholen.«

»Kann ich verstehen.« Myxin reichte mir seinen Beutedolch. »Nimm den, dann läufst du nicht völlig nackt herum.«

»Danke.« Ich steckte die Waffe ein. Danach berichtete ich, wie es mir ergangen war.

»Schrumpfköpfe«, murmelte Myxin. »Also müssen wir damit auch noch rechnen.«

»Genau. Und mit den Leuten, die uns suchen.«

Wie auf ein Stichwort hin hörten wir plötzlich Geräusche. Fackelschein erhellte den dunklen Himmel. Die Häscher näherten sich. Wir vernahmen aufgeregte Stimmen, und uns war klar, wen die Insulaner suchen wollten.

»Hier können wir nicht bleiben!« zischte Myxin.

»Genau.«

»Und wohin?«

Ich deutete zum Haus. »Das ist genau der richtige Platz. Dort vermutet uns keiner.«

Myxin war einverstanden. Als die ersten Häscher das Grundstück betraten, waren wir bereits verschwunden. Diesmal jedoch, und das schwor ich mir, würde ich mich nicht mehr in die Defensive drängen lassen.

Jetzt war ich am Zug...

Die Conollys hatten eine Dreierkabine. Sheila und Bill schliefen in einem Doppelbett, das tagsüber hochgeklappt wurde.

Der kleine Johnny lag in seinem Kinderbettchen. Er lutschte am Daumen und hielt seinen Teddy fest umklammert. Sheila und Bill bewegten sich nur auf Zehenspitzen, um Johnny nicht zu wecken. Wenn er einmal munter war, ging es rund. Er hatte eine Kondition wie ein Leistungssportler.

Sheila beugte sich zu dem kleinen Kerl hinunter und streichelte seine Wange. Sie war glücklich. Sheila und Bill hatten schon über ein zweites Kind nachgedacht. Vielleicht wurde Sheila noch einmal Mutter.

Beide wünschten sich ein Mädchen.

Bill hätte gern noch geduscht, doch das war leider nicht drin. Das Prasseln des Wassers hätte Johnny aufgeweckt.

Der Reporter hockte auf der Bettkante, hatte seine angewinkelten Arme auf die Oberschenkel gestützt und das Kinn auf beide Handballen gelegt. Zusätzlich warf seine Stirn noch Falten.

»Worüber denkst du nach?« fragte Sheila ihren Mann.

»Eigentlich über alles.«

»Und das wäre?«

»Nur so...«

Sheila ging zu ihm. Sie trug ein langes Nachthemd und den passenden dünnen Mantel darüber. Das Haar hatte sich gelöst. Weich fiel die blonde Flut auf die Schultern.

Der Reporter veränderte seine Haltung, streckte die Hand aus und zog Sheila neben sich.

Sie nahm Platz, beugte sich nach links und legte ihren Kopf gegen Bills Brust.

»Noch einmal, Bill. Worüber denkst du nach?«

»Ich erinnere mich an unsere Tauchfahrt.«

»Und?«

»Sie war faszinierend und makaber zugleich.«

Bei dem Wort makaber stutzte Sheila. »Du hast doch nicht wieder etwas entdeckt, Bill?«

»Ja und nein.«

»Was ist denn dann makaber?« forschte Sheila weiter.

»Wir tauchten und glitten lautlos über dieses gesunkene Schiff. Als wir es anstrahlten, sahen wir die Leichen.«

»Die der Besatzungsmitglieder?« flüsterte Sheila.

»Ja, die Leute hatten sich nicht mehr retten können. Das war verdammt schlimm.«

»Und verwest...?«

Bill schüttelte den Kopf. »Nein, Sheila, sie sind nicht verwest. Das Wasser hält sie irgendwie konserviert. Sie sind zwar aufgedunsen, und die Haut hat einen widerlichen Schimmer, aber sonst ist nichts festzustellen.«

Sheila schaute ihren Mann scharf an. »Du siehst doch nicht wieder Gespenster, Bill?«

»Nein, die Leichen waren echt. Aber ich dachte auch über diese Insel nach, von der Evita Torres gesprochen hat.«

444

»Die Leichen haben nichts mit Caligro Island zu tun«, widersprach Sheila.

»Das hoffe ich auch.«

»Wieso hoffst du es? Das ist eine Tatsache. Fang nur nicht wieder an, einen Fall zu suchen.«

»Den suche ich auch gar nicht.«

»Ich kenne dich besser. Warum hast du mir das mit den Leichen überhaupt erzählt? Morgen sagen wir John Sinclair Bescheid. Er kann sich die Insel ansehen, vorausgesetzt, die Kleine hat nicht gelogen.«

»Das glaube ich nicht.«

»Was?«

»Daß sie gelogen hat.«

»Hm«, machte Sheila und hob ihre sanft geschwungenen Augenbrauen. »Vergiß nicht, daß sie zwei Tage auf See zugebracht hat. Und das bei glühender Hitze. Da spinnt man sich schon so einiges zusammen.«

»Deine Vermutung ist falsch, Sheila. Du vergißt, daß sie einen Grund hatte, zu flüchten.« Bill stand auf. »Freiwillig begibt sich doch niemand aufs Meer.«

»Kann sein.«

»Sollen wir noch einen Schluck trinken?« fragte der Reporter.

Sheila lächelte. »Okay. Das ist ein Friedensangebot.«

»Wir haben uns doch gar nicht gestritten.«

»Eigentlich nicht.«

Bill bückte sich. »Na eben.« Er öffnete die Kühlschranktür. Seine Blicke huschten durch das Innere, und zielsicher fanden seine Finger die Flasche Champagner. Er hielt sie hoch. »Dom Perignon, eine gute Marke«, lobte er.

Gläser hatte Sheila schon geholt. Es waren langstielige Sektkelche.

Bill ließ den Korken nicht knallen, sondern zog ihn vorsichtig hoch. Dann schäumte der Sekt in den Gläsern.

Die beiden Conolly prosteten sich zu. »Auf unseren Urlaub«, sagte Sheila. »Und darauf, daß er durch nichts mehr gestört wird.«

»Der Meinung bin ich auch, Cheerio!«

Der Sekt war eiskalt. Er erfrischte, lief schäumend die Kehle hinunter.

»Das ist eine Wohltat«, stöhnte Bill. Er schenkte sich bereits nach. »Ich bin regelrecht ausgedörrt.«

»Nicht so laut, der Kleine«, warnte Sheila.

»Er schläft doch.«

»Ich will, daß es auch so bleibt.«

Bill Conolly lächelte. Johnny war der Liebling seiner Eltern, die alles für ihren Sohn taten. Sheila trank ihr Glas leer, erhob sich vom Bettrand und betrat die kleine Dusche. Sie wollte sich für die Nacht herrichten.

Bill rauchte noch eine Zigarette. Die Leichen gingen ihm ebensowenig aus dem Kopf wie die Aussage des Mädchens. Warum war sie von dieser verdammten Insel geflohen? Und was spielte sich dort überhaupt ab? Stand dieses Eiland tatsächlich unter einem magischen Bann?

Bill war wirklich neugierig. Am liebsten hätte er den Kapitän zu einem Kurswechsel veranlaßt, damit sie die Insel sofort ansteuerten.

Der Reporter trank noch ein Glas. Er beschloß, auch mit Dr. Dennis Dorland darüber zu sprechen.

Bill schritt langsam in der Kabine auf und ab. Nur die beiden Wandlampen brannten. Sie gaben einen anheimelnden Schein ab. Bill hatte die Vorhänge nicht vor die zwei kleinen, quadratischen Fenster gezogen. Er schaute durch die dicken Scheiben.

Dicht vor ihm wogte die dunkle Meeresdünung. Der Widerschein der gesetzten Positionslichter spiegelte sich auf der Wasserfläche. Am samtenen Himmel sah der Reporter das Myriadenheer der Sterne.

Ein prächtiges Bild.

Plötzlich stutzte er.

Bill hatte ein Geräusch vernommen. Und zwar draußen auf dem Gang. Der Reporter drückte seine Zigarette aus und schritt zur Tür. Sheila drehte im Bad den Kran ab. Das Rauschen des Wassers störte nun nicht mehr.

Bill lauschte.

Auf dem Gang war jemand. Deutlich hörte er die Schritte. Aber das war nicht nur eine Person, mehrere waren unterwegs. Bill blickte auf die Uhr.

Mitternacht war längst vorbei. Wer, zum Henker, hatte jetzt noch etwas im Kabinengang zu suchen?

Spielte die Mannschaft Verstecken?

Als Bill daran dachte, mußte er grinsen.

Sheila kam zurück. Sie hatte die Spangen aus dem Haar genommen und fuhr mit allen zehn Finger durch die blonde Pracht. Überrascht runzelte sie die Stirn.

»Du stehst da wie der Lauscher an der Wand.«

Bill drehte sich um. »Ich habe etwas gehört.«

»Und was, bitte?«

»Schritte.«

Sheila hob die Schultern. »Na und? Ist das etwa ungewöhnlich?«

Ohne seinen Standort zu verändern, erwiderte Bill Conolly: »Eigentlich nicht, aber in diesem Fall...«

»Rede dir doch nichts ein, Bill«, warnte Sheila. »Wir sind auf einem Schiff. Es können doch...«

»Vielleicht hast du recht.« Bill lächelte. Er wollte auf Sheila zugehen, stoppte jedoch nach dem ersten Schritt.

Ein dumpfes Geräusch war auf dem Gang ertönt. So als hätte jemand gegen eine Tür geschlagen.

Bill blieb stehen. »Da stimmt was nicht«, murmelte er.

Jetzt war auch Sheila aufmerksam geworden. »Ob vielleicht etwas mit dem Mädchen ist?«

»Kann sein.« Bill nickte entschlossen. »Auf jeden Fall sehe ich nach.« Er zögerte einen Moment.

»Ist noch was?« fragte Sheila.

»Nein, nichts. Ich hätte nur gern eine Waffe bei mir gehabt.«

Sheila atmete scharf durch die Nase. Ihre Blicke sprachen Bände.

Bill legte die Hand auf die Messingklinke und wollte sie nach unten drücken, als der Schuß aufpeitschte.

Der Reporter und Sheila zuckten zusammen, dann riß Bill Conolly mit einem Ruck die Tür auf und sprang in den Kabinengang...

Es brannte zwar nur die Notbeleuchtung, trotzdem konnte Bill Conolly alles erkennen.

Was er sah, war schaurig genug.

Mehrere Personen standen in der vorderen Hälfte des Gangs und drängten gleichzeitig in die Kapitänskabine. Die Menschen allein hätten Bill nicht so erschreckt. Das Grauen packte ihn, weil er keine normalen Menschen vor sich hatte.

Es waren Zombies – Untote...

Der Reporter wurde nicht zum erstenmal damit konfrontiert, und er wußte um die Gefährlichkeit der Geschöpfe. Er sah ihre ungelenken, tappenden Bewegungen, hörte die lallenden Laute, die sie ausstießen, und seine Nackenhaare stellten sich vor Entsetzen auf.

Noch hatten die Zombies ihn nicht entdeckt, und der Reporter zog sich sofort zurück.

Dem Kapitän konnte wahrscheinlich niemand mehr helfen.

Bill drückte die Tür ins Schloß, lehnte sich gegen das Holz und atmete tief durch.

»Was ist geschehen?« fragte Sheila. Sie sah es Bill an, daß er dem Grauen begegnet war.

»Zombies!« keuchte der Reporter. »Untote. Es sind – es sind die aus dem Meer, die Seeleute vom Schiff...«

»Nein!« Sheila preßte ihre Hände gegen die Wangen, die Augen weiteten sich vor Entsetzen. »Sag, daß es nicht wahr ist, Bill!«

»Es ist wahr!«

»O Gott!«

»Zieh dir was über!« sagte der Reporter. »Und nimm vor allen Dingen Johnny. Die Geschöpfe werden auch bei uns eindringen.«

»Was ist mit dir?«

»Ich werde die anderen warnen!«

Für einen Moment drohte die Panik Sheila zu übermannen, dann nickte sie. Sie durften jetzt nicht nur an sich denken, sondern auch an die anderen.

Bill besaß keine Waffe. Er hatte Urlaub machen wollen. Sein ganzes Vermögen hätte er jetzt für eine Pistole mit geweihten Silberkugeln gegeben.

Bill ging auf die Tür zu.

Bevor er sie aufziehen konnte, war Sheila bei ihm und umklammerte seinen Arm.

»Gib auf dich acht, Bill!« flüsterte sie. Tränen glitzerten in ihren Augen.

Der Reporter nickte. Sein Gesicht wirkte steinern. Er schluckte hart, doch der Kloß blieb im Hals.

»Mummy?«

Eine dünne Kinderstimme, noch schläfrig anzuhören, schwang durch das Zimmer

»Johnny, mein Gott.« Sheila war mit zwei großen Schritten neben dem Bett ihres Sohnes. Sie nahm den Kleinen heraus und drückte ihn fest an sich.

»Ich bin müde, Mami«, sagte das Kind und rieb sich die Augen.

»Du kannst weiterschlafen«, beruhigte Sheila ihren Sohn. »Gleich legen wir dich wieder hin.«

»Geht Daddy weg?«

Bill hatte sich halb umgedreht. Er wollte etwas sagen, doch seine Stimme erstickte. Grauen hielt ihn wie eine eiserne Klammer umfaßt.

Er öffnete die Tür.

Sofort schlüpfte Bill Conolly durch den Spalt und stand auf dem Gang. Er schaute nach links, wo sich die Untoten noch immer aufhielten. Zwei von ihnen schleppten soeben den Kapitän aus der Kabine. Romero Adams lebte nicht mehr...

Bill ballte die Hände zu Fäusten. Um in Evitas Kabine zu gelangen, mußte er vorgehen und sich dabei den Untoten nähern.

Noch nahmen sie keine Notiz von ihm.

Noch nicht...

Bill nutzte die Zeit, die ihm noch verblieb. Er rannte bis zur nächsten Tür, hinter der Evita Torres schlief.

Der Reporter hoffte, daß die Tür nicht verschlossen war. Er wollte sich gerade davon überzeugen, als geöffnet wurde.

Evita starrte Bill an. Sie trug nur einen Slip. Die übrige Kleidung hatte sie abgelegt.

Bill stieß das Girl ins Zimmer und fuhr es sofort hart an. »Schnell, ziehen Sie sich etwas über. Wir müssen hier weg!«

»Aber was ist denn los?«

Bill hatte die Kleidungsstücke auf dem Bett entdeckt. T-Shirt, Hose und Schuhe lagen dort. Er warf es Evita zu. Automatisch fing sie die Sachen auf.

»Ich will endlich wissen, was los ist!«

Bill war bereits auf dem Weg zur Tür, blieb jedoch stehen und funkelte Evita an. »Ich habe keine Zeit für Erklärungen. Sie sind in Lebensgefahr.«

Evita Torres folgte Bill und streifte sich dabei das T-Shirt über.

Vorsichtig öffnete der Reporter und peilte durch den Spalt in den Gang.

Ein Zombie tauchte direkt links neben der Tür auf, sah den Reporter und streckte seinen Arm aus.

Bill schlüpfte ins Freie, konnte die kalte Totenhand packen, schüttelte seinen Ekel ab und schleuderte die lebende Leiche mit einem Hüftwurf zu Boden.

Zum Glück war nur ein Untoter in der Nähe. Bill und das Girl gewannen Zeit.

»Los, raus. In unsere Kabine!«

Evita schlüpfte an ihm vorbei.

Dr. Dorland und dessen Frau schliefen gegenüber. Auch sie mußte Bill warnen.

Bei dem Ehepaar war die Tür abgeschlossen.

Dem Reporter entfuhr ein Fluch. Mit beiden Fäusten hämmerte er gegen die Tür.

Dumpf hallten die Schläge durch den Gang und alarmierten natürlich auch die Zombies.

Sie wandten sich Bill Conolly, ihrem neuen Gegner, zu. Gleich drei setzten sich in Bewegung.

Da wurde geöffnet.

Verschlafen schaute Dr. Dorland seinen Freund an. »Du?« fragte er erstaunt.

»Ja, ich.« Bevor Dennis Dorland sich versah, hatte Bill sein Handgelenk gepackt und schleuderte den Freund in den Gang. Dorland fiel hin. Er wollte protestieren, da sah er, was los war.

Und auch er hatte unter Wasser die Leichen gesehen. Sein Erinnerungsvermögen funktionierte ausgezeichnet. »Die Toten!« schrie er.

Bill ließ ihn. Er stand längst neben der verschlafenen Ellen Dorland und zog die Bettdecke weg.

»Raus, weg hier!« schreie er. Als Ellen nicht sofort gehorchte, warf Bill sie aus dem Bett. Die Frau wollte protestieren, doch ihr Mann griff schon ein. Er zog Ellen auf die Beine und schleifte sie zur Tür.

»In unsere Kabine!« rief Bill. Er folgte den Dorlands. Plötzlich schrie Ellen auf. Eine kalte Hand hatte sie berührt. Auch ihr Mann war vor Entsetzen wie gelähmt.

Bill stieß sich ab. Bevor der Zombie noch härter zugreifen konnte, hieb er ihm ihm beide Fäuste gegen den Körper. Der Untote fiel zurück in den Gang, prallte noch gegen einen Artgenossen und riß diesen ebenfalls zu Boden.

Dann schob Bill Conolly die beiden Dorlands nach links.

Danach war er an der Reihe.

Bill konnte nicht mehr weg. Eine Klaue packte ihn am Fußknöchel und riß ihn zu Boden.

Hart schlug Bill auf. Zum Glück dämpfte der Teppich seinen Fall, sonst hätte es übler ausgehen können.

Mit dem linken freien Fuß strampelte der Reporter zurück und traf etwas Weiches.

Der Griff löste sich. Bill schnellte auf die Beine. In der Bewegung sah er den nächsten Untoten. Er stürzte auf ihn zu.

Bills linker Aufwärtshaken traf voll. Obwohl die Kreatur

keine Schmerzen verspürte, wurde der Angriff gestoppt. Der Zombie kegelte zurück, Bill hatte freie Bahn.

Bevor er in seiner Kabine verschwand, warf er noch einen hastigen Blick zurück.

Sechs lebende Leichen zählte er.

Waren das alle? Und was war mit der Besatzung geschehen? Auf die Frage erhielt der Reporter im nächsten Augenblick eine Antwort.

Er hörte dumpfe Schüsse und vernahm auch Schreie. Das geschah unter ihm, wo die Besatzung schlief.

»Mein Gott«, flüsterte Bill. Er ahnte, daß dort ein erbarmungsloser Kampf tobte, bei dem es wahrscheinlich nur einen einzigen Sieger geben würde.

Die Zombies!

Dennis Dorland hatte die Tür schon geöffnet. »Komm!« schrie er Bill Conolly zu.

Der Reporter verschwand in der Kabine. Dorland hämmerte die Tür zu und schloß ab.

Bill keuchte und rang gleichzeitig nach Atem. Dann ließ er seinen Blick über das Häuflein der Geschlagenen schweifen.

Die drei Frauen saßen auf dem Bett. Sheila hielt den kleinen Johnny auf ihrem Arm und sprach beruhigend auf ihn ein, während die Angst in ihren Blicken nistete.

Neben ihr hockte Ellen Dorland. Nur mit einem leichten Nachthemd bekleidet. Sie zitterte vor Furcht.

Evita Torres betete. Sie hatte die Hände gefaltet, über ihre Lippen drangen flüsternde Worte. Bill verstand sie nicht.

Er wischte sich über die Stirn.

Zwei Männer, drei Frauen, ein Kind – eingesperrt in einer Kabine auf einem schwimmenden Schiff. Als Gefangene mordender Leichen.

Eine fast aussichtslose Lage.

»Ihr wißt alle, worum es geht?« fragte Bill.

Nicken. Stumm und verbissen.

»Okay.« Er schluckte, bevor er weitersprach. »Wir müssen den Tatsachen ins Auge sehen. Der Kapitän ist tot. Die Zombies haben ihn umgebracht. Der Besatzung wird es nicht anders ergangen sein. Wir sind die einzigen Überlebenden.«

»Was können wir tun?« rief Ellen Dorland verzweifelt.

»Das ist die Frage.«

»Wir müssen Hilfe holen!« sagte Dr. Dorland.

»Wo?«

»Auf der Brücke. Ein Schiff anfunken oder...«

Bill winkte ab. »Der Vorschlag ist gut, aber undurchführbar. Bis wir Hilfe erhalten, sind wir längst tot.«

»Dann gibt es also keine Chance«, flüsterte Ellen Dorland.

Bill hob die Schultern.

Sekundenlang schwiegen die Menschen. Bill schaute seine Frau an. Er sah in ihren Augen das stumme Flehen, die Bitte, etwas zu tun, doch Bill wußte, daß es kaum eine Möglichkeit gab.

Waffenlos wie sie waren...

Die Fenster waren ebenfalls zu klein. Da paßte höchstens Johnny hindurch.

Dr. Dorland räusperte sich. »Mit anderen Worten, wir müssen darauf gefaßt sein, zu sterben?«

»Nein, nicht sterben!« schrie seine Frau. »Ich will nicht sterben!« Sie sprang auf und klammerte sich an ihren Mann.

»Aber ich sehe keine Möglichkeit, Ellen. Wie kann man sie nur besiegen?«

»Mit geweihten Silberkugeln, zum Beispiel«, erklärte Bill. »Man kann ihnen auch den Kopf abschlagen.«

»Woher nehmen wir die Waffen?«

»Wir haben keine.«

»Draußen hängen Feuerlöscher und Äxte«, erklärte Sheila Conolly. »Aber da können wir nicht mehr dran.«

»Eigentlich müßte auch in der Kabine so etwas zu finden sein«, murmelte Bill, lief sofort zu einem der kleinen Fenster und riß den an der Seite angebrachten Vorhang weg.

Dort befand sich in der Tat eine kleine Axt.

Aber nur eine.

Bill hob sie aus der Halterung und wog sie in der Hand. »Wenig genug, aber besser als nichts«, kommentierte er.

»Wie viele sind es?« fragte Dr. Dorland.

Bill hob die Schultern. »Ich weiß es nicht.«

»Willst du es uns nicht sagen?«

»Ich habe nur sechs Untote gesehen, hörte jedoch aus dem Bauch des Schiffes Schüsse und die Schreie der Besatzungsmitglieder. Deshalb können wir davon ausgehen, daß wir es vielleicht mit zwölf Gegnern zu tun haben.«

»Das schaffen wir nie«, flüsterte Evita Torres.

Der kleine Johnny war eingeschlafen. Sheila hatte ihn hin und hergeschaukelt. Jetzt fragte sie ihren Mann: »Siehst du eine Möglichkeit, Bill?«

»Im Moment nicht.«

»Wir sind Ihnen also hilflos ausgeliefert«, stellte Dr. Dorland fest.

»Wie es aussieht, ja.«

»Nein, nicht ganz«, meldete sich Evita Torres.

Die anderen blickten das Mädchen überrascht an. Sie hatte bisher noch nicht gesprochen.

»Reden Sie«, bat Dr. Dorland. »Bitte.«

»Wir müssen an Deck«, sagte Evita Torres mit leiser Stimme. »Von dort können wir in das Schlauchboot springen.«

Die Eingeschlossenen schauten sich an. »Das ist es«, sagte der Wissenschaftler, »das ist die Idee.« Seine Augen funkelten »Verdammt, warum sind wir nicht schon längst darauf gekommen?«

»Dort ist auch noch unser U-Boot«, meinte Bill Conolly. Auch er war über den Vorschlag des Girls froh. Jetzt sahen sie einen schmalen, hellen Streifen am grauen Horizont der Hoffnungslosigkeit.

Doch gleich dämpfte Bill den Optimismus der anderen wieder. »Denkt daran, wir müssen erst an Deck sein.«

»Ob das zu schaffen ist?« erkundigte sich Ellen Dorland leise und zweifelnd.

»Riskieren müssen wir es«, erwiderte Bill.

Dr. Dorland legte beide Hände auf die Schultern seiner Frau. »Ellen«, sagte er, »verlier den Mut nicht. Wenn wir alle zusammenhalten, kann nichts schiefgehen. Wir werden mit dem Grauen fertig.«

Die Frau starrte ihren Mann an. »Aber das sind Tote, Dennis«, hauchte sie. »Lebende Tote. Die werden uns alle umbringen oder noch etwas Schlimmeres mit uns machen.«

»Was denn?« fragte Evita Torres.

»Moment«, mischte sich Bill Conolly ein. »Das reicht, glaube ich. Wir wollen nicht in die Details gehen. Laßt uns lieber überlegen, wie wir am besten an Deck kommen.«

»Auf jeden Fall gehen wir vor«, sagte Dr. Dorland.

Bill nickte. »Der Meinung bin ich auch.« Er wandte sich den Frauen zu. »Sheila, du und der Junge, ihr haltet euch dicht hinter uns. Dann folgen Ellen und Evita.«

Die Angesprochenen nickten. Sie waren mit dem Vorschlag einverstanden und hatten eingesehen, daß dies die einzige Möglichkeit war, die Zombies zu überlisten.

»Und was geschieht, wenn wir auf dem Meer sind?« erkundigte sich Evita Torres.

Bill Conolly winkte ab. »Darüber können wir später noch reden. Erst einmal müssen wir die erste Etappe hinter uns haben, dann geht es weiter.« Er wog das kleine Beil in der Hand und prüfte mit dem Daumen die Schneide. »Hoffentlich kann ich uns damit einige vom Leibe halten«, lächelte er hart.

Die anderen nickten nur.

Evita hatte wieder die Hände gefaltet. Sheila hielt den Kleinen fest an sich gepreßt. Ellen Dorland klammerte sich an ihren Mann, dessen Gesicht kalkbleich unter der Sonnenbräune war.

Auch Bill zeigte einen entschlossenen Ausdruck. Er wußte, auf was sie sich mit der Annahme des Vorschlags eingelassen hatten und welch eine Verantwortung auf seinen Schultern lastete.

Konnten sie es schaffen?

In diesem Augenblick geschah es. Schläge hallten gegen die Tür, die Klinke wurde hastig bewegt, und das Holz zitterte.

»O Gott, sie sind da«, sagte Ellen voller Angst.

Bill Conolly aber achtete nicht auf ihre Worte. Er ging zur Tür, faßte mit der linken Hand den Schlüssel, drehte ihn herum und riß die Tür wuchtig auf...

Ob wir ungesehen die Rückseite des Hauses erreicht hatten, konnte ich beim besten Willen nicht sagen. Ich hoffte es zumindest, und auch Myxin war meiner Meinung.

Er deutete auf seine Dämonenpeitsche. »Damit könnten wir die Schrumpfköpfe erledigen«, sagte er.

Ich nickte, erwiderte jedoch: »Später vielleicht. Erst einmal ist Suko wichtiger.«

»Sorry.«

Während mir Myxin den Rücken freihielt und die unmittelbare Umgebung beobachtete, schaute ich an der Fassade hoch. Ich suchte eine günstige Stelle, um mit der Kletterei zu beginnen.

Es gab mehrere kleine Vorsprünge, die in erreichbarer Nähe lagen. Ich hob meine Arme, klammerte die Hände um einen solchen Vorsprung und zog mich hoch.

Mit den Füßen stemmte ich mich von der Wand ab und gab mir gleichzeitig genügend Schwung.

»Es geht!« zischte ich Myxin zu.

Er nickte.

Schräg kletterte ich an der Hauswand hoch und erreichte das halbrunde Gitter eines Minibalkons, wo ich mich festhalten konnte. Ein Klimmzug, und ich stand auf der schmalen Brüstung.

Myxin folgte mir. Der kleine Magier kletterte sehr geschickt, er war schneller oben als ich.

Zwei bis zum Boden reichende Türhälften führten in den dahinter liegenden Raum. Leider war die Tür verschlossen, wie ich nach einem Versuch feststellte.

Myxin deutete auf die Scheibe. »Schlag sie ein«, sagte er knapp.

Erst schüttelte ich den Kopf, dann nickte ich.

»Was heißt das?«

456

»Es verursacht zuviel Lärm, die Scheibe zu zertrümmern. Wir zerschlagen sie zwar, doch anders.« Wir hatten uns nur flüsternd unterhalten. Ich holte mein Taschentuch hervor, faltete es dreifach und bedeckte damit meine rechte Handkante. Der Daumen hielt einen Zipfel fest.

»Raffiniert«, lobte Myxin.

»Ja, in meinem ersten Leben war ich der Einbrecherkönig von Paris.« Ich schlug zu.

Die Scheibe klirrte zwar, doch das Geräusch hielt sich in Grenzen. Ich hoffte wenigstens, daß man es im Haus nicht hörte.

Die Scheibe hatte nun ein Loch, doch ich konnte nicht hindurchfassen, ohne mich zu verletzen. Das besorgte Myxin für mich. Er streckte seinen Arm durch die Scheibe, ging leicht in die Knie und ...

Die Tür war offen.

Ich atmete auf.

Wir betraten einen Raum, in dem nicht nur die Hitze lastete, sondern es außerdem muffig roch. Hier mußte sich schon lange keiner mehr aufgehalten haben.

Ich sah ein paar Möbelstücke, über die man Tücher gehängt hatte. Auch die Umrisse einer Liegestatt wurden sichtbar. Und eine hohe Doppeltür, die fast bis zur Decke reichte.

Darauf ging ich zu.

Ein alter Holzfußboden bewegte sich unter meinem Gewicht. Dielen knarrten, und ich hielt unwillkürlich den Atem an, aus Angst, man könnte uns hören.

Wenig später standen wir in der ersten Etage.

Im Haus war es still. Wir hörten auch aus dem Erdgeschoß keine Stimmen, und in mir keimte der Verdacht, daß Suko irgendwo im Keller seinen Platz gefunden hatte.

Myxin teilte diese Vermutung.

Über eine Treppe schlichen wir nach unten. Nach wenigen Stufen blieb ich stehen, denn ich hatte die an der Wand hängenden Gegenstände gesehen.

Dort hingen nicht nur Masken oder Bilder mit finsteren Motiven, sondern auch Waffen.

Ein handlicher Krummsäbel stach mir ins Auge. Als ich ihn aus der Scheide zog, stellte ich fest, daß er aus Holz war.

Ich steckte ihn wieder weg. Er mochte zwar als Souvenir gut sein, taugte aber als Waffe nichts.

Da war mir der Beutedolch lieber.

Wie wir in den Keller gelangten, das wußte ich. Schließlich hatte ich selbst dort gelegen und mir genau den Weg gemerkt, als man mich zurückschaffte.

Jetzt ging es in die umgekehrte Richtung.

Wir erreichten das Erdgeschoß und standen in der weiträumigen Halle, wo sich auch die Tür zum vorderen Garten befand.

Durch die Fenster fiel der zuckende Fackelschein. Er malte gespenstisch anmutende Figuren auf die Wände, tanzte über den Boden und berührte die Möbel.

Zum Glück waren die Häscher nicht ins Haus eingedrungen, denn gegen die Übermacht hätten wir es verdammt schwer gehabt.

Ich mußte mich orientieren.

Links befand sich das Arbeitszimmer der weißen Magiers. Auf Zehenspitzen huschte ich zur Tür und legte mein Ohr gegen das Holz.

Nichts, keine Stimmen.

Ich drückte die Tür auf und warf einen Blick in den Raum. Er war leer.

Demnach befand sich Suko doch woanders. Der Aufenthaltsort Keller wurde immer wahrscheinlicher.

Ich lief zurück zu Myxin. Auf halbem Weg etwa geschah es.

Plötzlich flog die Tür mit einer solchen Wucht auf, als hätte sie ein gewaltiger Windstoß aufgesprengt. Sie knallte bis gegen die Wand und stieß wieder zurück.

Allerdings fiel sie nicht ins Schloß, und mir gelang es, einen Blick nach draußen zu werfen.

Dort standen unsere Häscher. Sie hielten die Fackeln noch

in den Fäusten und deren Widerschein leuchtete in das Haus. Er zeichnete zahlreiche Muster auf den Boden, hin und herwogende Schatten.

Und ich sah die Schrumpfköpfe.

Meine alten Bekannten hatten es sich nicht nehmen lassen, mir zu folgen.

Und die Häscher hatten ihnen die Tür geöffnet, um sie ins Haus zu lassen.

Ich war mit ein paar großen Schritten bei Myxin.

»Das sind sie«, erklärte ich hastig. »Die Schrumpfköpfe.«

Myxin nickte. »Die habe ich schon gesehen.« Er hob seine Dämonenpeitsche an. »Willst du?«

»Ja, mit denen habe ich noch eine Rechnung zu begleichen.« Myxin gab mir die Peitsche. Augenblicklich durchströmte mich ein sicheres Gefühl. Jetzt war ich nicht mehr waffenlos und brauchte mich nicht nur auf einen abgebrochenen Ast zu verlassen.

Die Tür flog wieder zu. Es wurde dunkler. Gefährlich dunkler, denn die Schrumpfköpfe waren kaum noch zu erkennen. »Geh du auf die Treppe«, flüsterte ich Myxin ins Ohr. »Ich werde mich um die Freunde kümmern.«

Der kleine Magier war einverstanden.

Er wollte die ersten Stufen hochhuschen, als sich von einer Kommode etwas löste, auf Myxin zuflog und in seinem Nacken landete...

Bill Conolly kam über die Untoten wie ein Gewitter. Kaum hatte er die Tür aufgerissen, als er mit der rechten Hand schon zuhieb. Die Klinge der kleinen Axt blitzte bei den Schlägen auf, und es gelang Bill, die lebenden Leichen zurückzutreiben. Töten konnte er mit dieser Waffe keinen Gegner, doch er hatte sich damit Respekt verschafft.

Einer wollte sich trotzdem an Bills Arm hängen.

Der Reporter fuhr herum und hieb die Axt in den Schädel des Untoten. Der kippte zurück und fiel gegen die Kabinenwand, wo er sich drehte und Bill den Rücken zuwandte.

Conolly konnte nicht widerstehen. Ein Tritt schleuderte die lebende Leiche vollends zu Boden.

Bill drehte den Kopf und schrie über die Schulter hinweg: »Los jetzt, verdammt!«

Dennis Dorland erschien als erster. Die Leichen hatten natürlich noch nicht aufgegeben. Sie mußten sich nur erst wieder fangen. Und da sie sich ziemlich ungelenk bewegten, blieb den Menschen Zeit, um sich durchzuschlagen.

Bill übernahm die Spitze. Auch Dennis Dorland wollte neben ihm mitmischen, doch der Reporter hatte eine andere Idee. »Bleib du zurück!« rief er dem Freund zu. »Deck unseren Rücken!«

Dorland verstand. Er ließ die angstgepeitschten Frauen vorbei und übernahm das Ende der kleinen Prozession.

Sofort wurde er von einer lebenden Leiche angegriffen. Sie hatte ein bleiches Gesicht, das große Flecken aufwies. Die Augen waren seltsam verdreht, die Pupillen schimmerten.

Die Leiche grapschte nach Dorland.

Der schloß die Augen und riß beide Fäuste hoch. Er traf das kalte Gesicht, Ekel erfaßte ihn, und die Leiche kippte zurück. Dr. Dorland schluckte.

Vor ihm ging Evita Torres, die alles aus weit aufgerissenen Augen mit angesehen hatte. Sie war stehengeblieben, und Dennis schob sie weiter.

»Los, gehen Sie!«

Sheila Conolly hielt sich dicht hinter Bill. Eng hatte sie ihren Sohn an sich gepreßt. Der kleine Johnny war längst wieder erwacht. Er weinte. Sheila versuchte auch nicht, ihn zu beruhigen.

Da geschah es!

Aus einer Kabine, deren Tür offenstand, fuhr eine gekrümmte Totenklaue. Sie fiel nach unten und faßte nach Johnnys Fuß.

Sheila sah die Hand und schrie gellend auf.

Ihr Schrei machte Bill mobil. Er wirbelte herum, sah, daß der Zombie den Kleinen aus Sheilas Armen reißen wollte, und drehte durch.

Diesmal war er es, der schrie.

Er konnte diesen Anblick einfach nicht ertragen. Ein Untoter, der nach seinem Kind faßte!

Die Hölle!

Bills Gesicht war eine Fratze, als er zuhieb. Die lebende Leiche nahm den Schlag voll. Sie kippte um und fiel in die Kabine zurück. Bill wäre ihr gern gefolgt, doch er sah ein, daß die anderen jetzt wichtiger waren.

Sheila war zurückgewichen.

Johnny schrie, und Bill fragte: »Ist alles okay?«

»Ja, uns ist nichts passiert.« Sheila gab sich Mühe, die Worte herauszubringen. Sie stand wie auch die anderen unter einem ungeheuren Streß.

Die Zombies hatten gemerkt, welchen Plan die Menschen verfolgten. Und dem wollten sie einen Riegel vorschieben.

Die Menschen sollten ihnen auf keinen Fall durch die Lappen gehen.

Die Zombies sammelten sich. Bis ans Ende des Kabinengangs zogen sich die meisten zurück und bildeten dort eine Mauer. Zwei Gestalten befanden sich noch im Rücken der Flüchtlinge.

Bill hatte sich an die Spitze des Trupps gesetzt. »Jetzt wird es ernst«, sagte er und blieb stehen.

Auch die anderen stoppten.

»Das schaffen wir nie!« flüsterte Ellen Dorland. »Wir können an denen nicht vorbei.«

»Abwarten.«

Vier Untote versperrten den Weg, grauenhafte Gestalten. Sie wankten von einer Seite zur anderen, stützten sich hin und wieder an den Wänden ab und glotzten ihre Opfer starr an.

Bill Conolly schluckte. Die kleine Axt in seiner Hand kam ihm fast lächerlich vor, dann aber hatte er eine Idee.

Im Gang hingen noch Feuerlöscher!

Damit konnte man schon etwas anfangen. Bill ärgerte sich, daß er nicht früher daran gedacht hatte. Auch zwei weitere Äxte hingen dort. Die Zombies hatten sie noch nicht entdeckt. Sie waren nach wie vor unbewaffnet.

Bill stieß Dennis Dorland an. »Die Löscher!« zischte er. »Damit können wir sie uns vom Leib halten!«

Der Wissenschaftler reagierte sofort. Die roten Feuerlöscher hingen in Nischen. Es waren zwei. Einer für Bill, der andere für Dennis. Auch die beiden Äxte nahmen sie.

»Geben Sie mir eine«, verlangte Evita.

Bill reichte ihr die Waffe rüber.

Und das Girl reagierte sofort. Es hatte gehört, daß sich die beiden Untoten in ihrem Rücken anschlichen. Wie eine Furie wirbelte die Kleine herum und hackte mit dem Beil zu.

Gleichzeitig löste Bill die Schutzklappe des Löschers. Eine weiße Schaumlanze schoß daraus hervor. Der Reporter mußte den Löscher mit beiden Händen halten, der Druck hätte ihm das Gerät sonst aus der Hand gewirbelt.

Die Untoten wurden von der Ladung getroffen. Bill fächerte den Löscher hin und her. Breite Ladungen klatschten gegen die Körper der lebenden Leichen, trieben sie zurück, weil der Druck doch ziemlich stark war.

Die Zombies krachten zu Boden. Sie fielen dabei übereinander, schlugen mit den Armen um sich und schafften es doch nicht, den Löschstrahlen zu entgehen.

Auch Dennis Dorland griff jetzt ein, während sich Ellen und Sheila eng an die Wand preßten.

Dorland sprühte die beiden Untoten hinter ihnen an. Evita war mit ihnen nicht fertig geworden.

Aus kürzester Distanz schoß der Löschschaum den lebenden Leichen in die Gesichter.

Sofort verklebte das Zeug Augen, Nase und Mund.

»Da habt ihr es, ihr Bestien!« brüllte Dennis. Er führte den Löscher von oben nach unten. All sein Zorn entlud sich. Und er trieb die Zombies tatsächlich zurück.

Auch die Untoten an der Treppe waren vorerst ausgeschaltet. Sie hatten genug mit sich selbst zu tun und mußten sich erst von dem Schaum befreien.

Bill schleuderte den Löscher weg. »Kommt!« schrie er. »Der Weg ist endlich frei!«

Das ließen sich die Mitglieder der Gruppe nicht zweimal

sagen. Bill hatte kaum ausgesprochen, als sie schon losrannten.

Trotzdem erreichte der Reporter die Untoten als erster. Er mußte sich noch den Weg freitreten, weil die Zombies die Nähe der Menschen spürten und nach ihnen greifen wollten.

Auch die Frauen kamen sicher vorbei.

Sie sprinteten die Treppe hoch. Dr. Dorland lief am Schluß. Er schaute sich immer wieder um, sah aber keine Verfolger.

Das große Aufatmen begann.

Bill stand als erster an Deck.

Es hatte sich abgekühlt. Ein leichter Wind fuhr über das Wasser, bewegte die Wellen und ließ die weißen Schaumkränze auf den Kämmen hell aufblitzen.

Die Menschen atmeten auf. Sie liefen sofort auf die Backbordseite zu, dann aber traf sie der Schock.

Die Gruppe hatte kaum die Hälfte der Strecke hinter sich gebracht, als die Zombies auftauchten.

Eine lebende Leiche fiel von der Brücke herab, drei andere schoben sich aus den Deckungen der Aufbauten. Voll schien das Mondlicht auf die schrecklichen Gestalten, und alle sahen, daß die von der Brücke gefallene Gestalt blutige Hände hatte.

Ellen Dorland erlitt einen regelrechten Schreikrampf und brach zusammen.

Verzweifelt stand ihr Mann daneben.

Nur Bill reagierte. Er sprang auf Ellen zu und schlug ihr heftig ins Gesicht.

Diese Methode half, das Schreien verstummte. Doch die Aktion hatte Zeit gekostet.

Die Untoten nutzten die kostbaren Sekunden. Sie marschierten los und versuchten das zu vollenden, was ihre Artgenossen unter Deck nicht geschafft hatten...

In Myxins Nacken hockte ein Schrumpfkopf!

Wie angewurzelt blieb der Magier stehen, er begriff die Gefahr im ersten Moment nicht.

Ich dafür um so besser.

Mit Riesenschritten überwand ich die Distanz zu ihm, packte zu und riß den Schädel weg.

Dann schmetterte ich ihn zu Boden.

Er rollte noch über den Teppich, war jedoch wieder sprungbereit, als ich zuschlug.

Die drei Riemen der Dämonenpeitsche klatschten gegen den Schädel, hoben ihn hoch – und zerstörten ihn.

Plötzlich platzte er auseinander. Die einzelnen Teile flogen wie kleine Geschosse umher, prallten wieder zu Boden und lösten sich auf.

Ich lächelte hart. Jetzt würde ich es den verdammten Schädeln zeigen.

Myxin drehte sich um. »Alles okay?«

»Ja und bei dir?«

Er rieb sich den Nacken. Dort hatten die Zähne zugebissen. Und diesmal blutete Myxin. Aber nicht wie ein Mensch, sein Blut war dicker und dunkler.

Dämonenblut!

Myxin war von einem dämonischen Gegner attackiert worden, der ihn verletzen, wenn nicht töten konnte.

»Halte dich in Deckung!« rief ich dem kleinen Magier zu und kümmerte mich um die restlichen sechs Schrumpfköpfe.

Natürlich hatten sie begriffen, was mit ihrem Artgenossen geschehen war, und sie verhielten sich dementsprechend vorsichtig. Sie versuchten, mich einzukreisen.

Ich ließ es nicht zu.

Als die ersten Schrumpfköpfe sich daran begaben, einen Halbkreis zu bilden, sprang ich vor.

Meine Peitsche trat in Aktion. Ich legte all meine Wut in den ersten Schlag, und er fegte gleich drei Schädel zur Seite. Zwei von ihnen waren tödlich getroffen. Der Dritte nur angeschlagen. Er mußte den Hauch der Magie gespürt haben, drehte sich um seine eigene Achse und wollte mich angreifen.

Mit einem weiteren Schlag zerstörte ich auch ihn.

Noch drei waren übrig.

Jetzt bekam ich etwas von der Schnelligkeit mit, die in den Köpfen steckte.

Sie hüpften über dem Boden, orientierten sich jedoch nicht in Richtung Ausgang, sondern auf die Kellertür zu. Wahrscheinlich wollten sie zu ihrem Meister.

Die Suppe würde ich ihnen versalzen.

Drei gewaltige Sprünge brachten mich quer durch den Raum. Noch in der Bewegung hob ich meinen Arm zum Schlag, hielt die Peitsche etwas flach, und dann fegten die Riemen über den Boden.

Die Schrumpfköpfe hatten gleichzeitig versucht, in den Keller zu gelangen. Wie sie die Tür öffnen wollten, war mir ein Rätsel. Nun hatten sie sich vor der Tür zusammengeballt. Das wurde ihnen zum Verhängnis.

Die Peitsche traf alle drei.

Die Magie der dämonischen Waffe machte ihnen so schwer zu schaffen, daß sie sich nicht mehr erholten.

Sie wurden zerstört und sprangen auseinander wie schon der erste Schädel.

Geschafft!

Der Weg war frei.

Ich wischte mir über die Stirn und winkte Myxin zu. Der kleine Magier hatte seinen Beobachtungsplatz an der Treppe verlassen und war an eines der Fenster getreten, wo er durch die Scheibe starrte.

»Was ist denn?« fragte ich.

»Die stehen immer noch vor dem Haus.«

»Auch noch die Leichen?«

»Ich sehe keine.«

Neben Myxin wartete ich. Mein Blick traf seinen Nacken. Die Blutung hatte aufgehört. »Bestimmt sind noch einige Zombies übrig. Wir haben nicht alle erledigt.«

Der Meinung war ich auch.

»Wenn ich nur wüßte, auf was oder wen die warten«, murmelte ich.

»Auf Caligro.«

»Möglich.« Sollte Myxin mit seiner Vermutung wirklich

465

recht haben, dann mußte ein Ereignis dicht bevorstehen, von dem wir noch keine Ahnung hatten, denn sonst wären die Insulaner wahrscheinlich ins Haus gegangen. Für uns war es jetzt wichtig, den weißen Magier zu stoppen.

»Los, in den Keller«, sagte ich.

»Halt.« Myxin hob den Arm. »Sieh mal!«

Ich verdrehte den Kopf und peilte durch die Scheibe nach links. Wie Schattenwesen tauchten die vier Leibwächter des Magiers auf. Der Fackelschein malte ihre Körper mit einer gelbroten Farbe an. Die vier waren nicht allein. Sie trugen eine Trage auf ihren Schultern. Und auf dieser Trage lag ein gefesselter Mann.

Suko!

»Verdammt!« entfuhr es mir, und auch Myxin war meiner Meinung. Hinter den vier Trägern sah ich den weißen Magier. Wie ein König, mit hocherhobenem Haupt, folgte er der Trage.

Wo wollten sie hin? Und vor allen Dingen, was hatten sie mit Suko vor?

Daß sie Suko nicht zu einem Picknick einladen würden, war mir klar. Wahrscheinlich ging es für den Chinesen um Leben oder Tod.

Das Volk jubelte, als es seinen Meister sah. Caligro hob beide Arme, blieb stehen und winkte.

Langsam drehte er sich im Kreis. Seine Blicke trafen dabei auch das Fenster, und ich glaubte, ein höhnisches Lächeln auf seinen vom dichten Bart umgebenen Lippen zu sehen.

Hatte er uns entdeckt?

Wohl kaum, denn er gab keinerlei Befehl an seine Leute, sondern schritt quer durch den Park.

Die Insulaner schlossen sich ihm an.

»Ob die wieder zum Friedhof gehen?« murmelte Myxin.

Ich hob die Schultern. »Auf jeden Fall müssen wir ihnen nach«, erklärte ich.

Da sprach ich ganz im Sinne des kleinen Magiers.

Wir warteten. Es war zu gefährlich, schon jetzt das Haus zu

verlassen. Vielleicht standen Wachen in der Nähe, die nur darauf warteten, uns in Empfang nehmen zu können.

Nach einigen Minuten – die Insulaner waren nicht mehr zu sehen – öffnete ich vorsichtig die große Eingangstür und peilte nach draußen.

Niemand lauerte in der Nähe, um uns einen heißen Empfang zu bereiten.

Alles blieb ruhig, eigentlich zu ruhig für meinen Geschmack. Den Weg der Menge konnten wir anhand des rötlichen Widerscheins am Himmel verfolgen.

Sie gingen durch den Garten, in dem auch wir mit den Zombies gekämpft hatten.

Diesmal nahmen wir die Wege. Auf diesen Pfaden konnten wir vor heimtückisch angelegten Wolfsfallen sicher sein.

Myxin hielt sich immer dicht hinter mir und schaute auch des öfteren zurück.

Niemand verfolgte uns.

Wir gelangten an das weit offenstehende Tor und verließen das Grundstück.

Dann erlebten wir die erste Überraschung.

Die Menge hatte nicht den Weg zum Friedhof eingeschlagen, sondern sich in die entgegengesetzte Richtung gewandt.

Meiner Schätzung nach mußte es dort zum Hafen und zu den Klippen gehen.

Ein schrecklicher Verdacht keimte in mir auf. Ich hatte gehört, daß die Haie einen Ring um die Insel gebildet hatten. Und wenn Caligro Suko nicht mehr benötigte, war es die einfachste Art, ihn aus dem Weg zu räumen, wenn er den Chinesen den Haien zum Fraß vorwarf. Eine Demonstration der Macht, denn nun konnten all seine Bewunderer zuschauen.

Ich teilte Myxin meine Vermutung mit.

Auch der kleine Magier erschrak heftig. »Dann müssen wir uns beeilen.«

Ich nickte. »Und wie.«

Trotzdem gingen wir sicher, verfolgten die Menge nicht auf dem direkten Weg, sondern schlugen uns immer wieder seitwärts in die Büsche.

Das ist zwar leicht hingesagt, aber in diesem Gelände war es gefährlich. Wir kannten die Gegend nicht. Unter unseren Füßen schmatzte sumpfiger Boden. Einmal verschwand ich bis zu den Schienbeinen im Wasser.

Wenig später wurde es besser. Hier hatten die Inselbewohner das Land bereits kultiviert.

Wir sahen große Felder, die das Mondlicht mit einem silbernen Schein belegte. Allerdings hatten wir keine Lust, uns durch das sperrige Zuckerrohr zu schlagen, deshalb führten wir die Verfolgung auf dem normalen Weg fort.

Wir holten sogar auf.

Die Menge war als dunkle, kompakte, sich vorwärtsbewegende Masse zu erkennen und wurde vom rötlichen Widerschein der flackernden Fackeln bestrahlt.

Die Luft kühlte ab. Der Dschungel lag hinter uns, und wir näherten uns bereits der Küste.

Auch wurde der Weg steiler und steiniger.

Dann schwenkte die Gruppe nach links ab.

Wir warteten, bis sie außer Sicht war, erreichten dann ebenfalls die Stelle, orientierten uns und gelangen zu dem Schluß, daß die Insulaner den Hafen als ihr Ziel ausgesucht hatten.

Er lag vor uns.

Das Mondlicht schien nicht nur auf das Meer, sondern bedeckte mit seinem fahlen Schein auch die ankernden Schiffe. Als malerische Gebilde ragten die Masten der Fischerboote in den Himmel. Wir konnten dies besonders gut sehen, da wir etwas erhöht standen.

In Serpentinen führte der Weg dem Hafen entgegen und verschwand bald zwischen den ersten Häusern.

»Die gehen tatsächlich zum Wasser«, sagte Myxin.

»Ja, die Haie werden schon Hunger haben.«

Wir liefen jetzt schneller. Myxin mußte laufen, er konnte meinem Tempo nicht folgen. Jetzt war es mir auch egal, ob man uns entdeckte, Hauptsache, wir konnten Suko irgendwie aus der Klemme helfen.

Die ersten Häuser.

Rechts und links des Weges wuchsen die Hütten. Manche aus Holz, andere aus Wellblech, die besseren aus Stein.

Streunende Köter rannten über die Straße, kläfften uns an und verzogen sich winselnd, als sie in die Nähe des kleinen Magiers gerieten. Ich mußte grinsen.

»Du vertreibst sogar die Hunde.«

»Sie mögen mich nicht.«

Ich suchte nach einer Abkürzung. Zwischen den Hütten war kaum Platz. Auch brannte nicht eine Laterne. Alles war dunkel. Und selbst hinter den Fenstern sahen wir kein Licht.

Schließlich überstiegen wir einen brüchigen Zaun. Er begrenzte ein Feld, auf dem ein mir unbekanntes Gemüse wuchs. Wir landeten in weicher Erde. Matschige Ringe legten sich um unsere Füße.

Zwischen einem Gewirr von Hütten und Buden näherten wir uns dem kleinen Hafen.

Schließlich stießen wir auf eine Straße. Sie lag etwas tiefer, und wir mußten einen drei Yards langen Hang überwinden. Die Straße war natürlich nicht asphaltiert, der Belag bestand aus festgestampftem Lehm.

Ich schaute mich um.

Die Insulaner hatten die Richtung gewechselt. Sie waren nach rechts eingeschwenkt – nach Osten.

Dort mußten wir auch hin.

Schon hörten wir die Brandung. Sie rauschte gegen die Felsen. Fontänenartig wurden Wasserschleier in die Nachtluft geschleudert. Glitzernde Kaskaden, die schnell wieder in sich zusammenfielen. Von erhöhter Stelle aus erspähten wir den Strand. Wuchtige Felsen wuchsen dort in die Höhe.

Die Menge bewegte sich auf die Felsen zu. Dort sollte sich Sukos Schicksal entscheiden.

Ich stieß Myxin an. »Los, wir müssen schneller sein!« zischte ich ihm zu.

Einen Herzschlag später waren wir bereits auf dem Weg.

Bill Conolly schaute sich um.

Das Zwei-Mann-U-Boot hing noch dort, wo der Hebekran stand. Niemand hatte sich daran zu schaffen gemacht. Doch das Schlauchboot – war es auch noch da?

»Zur Reling!« rief Bill. »Wir müssen zur Reling.«

Er stürmte los. Dennis Dorland folgte ihm.

Die Zombies merkten natürlich, was die Männer vorhatten, und schnitten ihnen den Weg ab.

Sheila hatte trotz ihrer Angst die Nerven noch unter Kontrolle. Obwohl sie auf ihren Sohn achtete, kümmerte sie sich um die anderen Frauen.

Heftig zerrte sie an Ellens Arm. Ein Windstoß fuhr über Deck und ließ Sheilas Haare flattern.

»Komm mit, Ellen, komm...«

Verständnislos schaute Ellen Dorland die Freundin an. Sheila sah einen Ausdruck in ihren Augen, der sie zutiefst erschreckte. Etwas Ähnliches wie Wahnsinn...

»An die Reling, Ellen!«

Da reagierte Evita Torres. Sie stieß die Frau heftig in den Rücken, und Ellen taumelte nach vorn. Der Schmerz brachte sie wieder zu Besinnung, sie konnte zuhören und verstand. Willig ließ sie sich von dem Girl mitziehen.

Bill und Dr. Dorland kämpften.

Die Untoten hatten ihnen so raffiniert den Weg abgeschnitten, daß sie gar nicht anders konnten. Der Reporter hieb immer wieder mit der Axt zu, brachte den Zombies auch Wunden bei, doch sie spürten nichts. Man konnte sie zwar zurückdrängen, danach stießen sie immer wieder hart vor.

Zu allem Unglück hatten sich auch noch die lebenden Leichen aus dem Kabinengang erholt. Die wankten die Treppe hoch. Das meiste Zeug klebte noch an ihren Körpern. Überall waren die Schaumreste verteilt. Die Untoten hatten sie nicht entfernen können, doch die Gesichter lagen frei.

Bill und Dennis Dorland sahen sie gar nicht.

Bis Sheila einen Warnschrei ausstieß.

Ihr Mann kreiselte herum. Ein Zombie im blauweiß ge-

470

streiften Hemd hatte seinen Arm schon ausgestreckt. Fünf Finger zielten nach den Augen des Reporters.

Bill tauchte weg.

Von unten hieb er zu.

Der Zombie kippte zurück. Lang fiel er auf die Planken und traf sofort wieder Anstalten, sich zu erheben. Einen zweiten packte Bill an der Schulter und schleuderte ihn auf die Treppe zu, wo sich der Untote nicht fangen konnte und die Stufen wieder hinunterpurzelte.

Dann vernahm Bill einen würgenden Laut.

Mit Schrecken sah er einen Herzschlag später, was geschehen war.

Dennis Dorland hing im Würgegriff eines Untoten. Der Wissenschaftler hatte keine Chance. Gegen die Kraft der lebenden Leiche war er machtlos.

Dennis wurde über Deck gezerrt. Der Untote ging mit ihm rückwärts, die Absätze des Mannes schleiften über die sauberen Planken und hinterließen dort schwarze Striche auf dem edlen Holz. Dennis schlug mit den Armen um sich. Sein Beil hatte er verloren, aber auch mit den Fäusten traf er nicht.

Bill startete.

Gleichzeitig bewegten sich vier anderen Leichen auf die drei Frauen und das Kind zu.

Ihre ausdruckslosen Gesichter wirkten wie helle Flecken in der Dunkelheit, die Schuhe, falls sie noch an den Füßen hingen, schlurften über Deck.

Ellen begann wieder hysterisch zu schreien, doch Sheila und auch das junge Mädchen reagierten.

Während Sheila Johnny für einen Moment absetzte, packten sie und Evita zu. Blitzschnell hoben sie Ellen Dorland hoch und warfen sie über Bord.

Diese Sekunden hatte Johnny ausgenutzt.

Der kleine Junge wußte nicht, um was es ging. Er sah in den lebenden Leichen keine Bestien, sondern Menschen.

Und er ging auf sie zu.

Sheila sah es mit Entsetzen.

Für einen winzigen Moment wurden ihre Augen riesengroß, dann holte sie Luft und schrie den Namen ihres Mannes.

Im selben Augenblick faßte ein Zombie den kleinen Johnny an der Hand...

Sie hatten Suko nicht den Hauch einer Chance gelassen. Sie schleppten den Bewußtlosen in den Keller und warteten, bis er erwachte. Dann banden sie ihn auf die Trage.

Sie hätten dies schon vorher erledigen können, doch der weiße Magier wollte, daß Suko alles bei vollem Bewußtsein erlebte.

Caligro kostete seinen Triumph voll aus. »Du hast die magische Zeremonie des Voodoo-Zaubers gestört, und dafür gibt es nur eine Bestrafung – den Tod!«

Er schleuderte Suko die Worte ins Gesicht. Der Chinese vernahm sie, zuckte jedoch mit keiner Wimper.

»Nun?« höhnte Caligro. »Willst du nicht wissen, wie du sterben sollst?«

»Nein.«

Die Antwort irritierte den weißen Magier. Dann sagte er gefährlich leise: »Du wirst den Haien zum Fraß vorgeworfen, Chinese. Sie werden dich zerfleischen, und wir schauen zu.«

»Noch lebe ich!«

»Hoffst du noch?«

»Natürlich, denn es ist dir nicht gelungen, John Sinclair zu finden.«

»Das nicht«, gab der weiße Magier zu. »Und doch habe ich einen großen Vorteil. In meinem Besitz befindet sich etwas, das für Sinclair ungeheuer wertvoll ist. Ein Kreuz, eine Pistole, ein Dolch.« Caligro griff in die Falten seines Gewandes und holte einen Beutel hervor. Er war aus Leinen. Caligro hob ihn hoch und ließ ihn dicht vor Sukos Augen pendeln.

»Für diese Waffen riskiert Sinclair alles«, zischte er. »Er wird mir vor die Füße laufen, dann brauche ich ihn nur noch zu töten. Damit seid ihr alle erledigt, so daß ich meinen Traum wahrmachen kann. Ich werde Herr über die lebenden

Toten sein, der Meister des Voodoo. Denn mir gehört diese Insel. Niemand kann sie verlassen, wenn ich es nicht will. Wer es trotzdem versucht, wie diese Evita Torres, den hole ich mir auch noch, denn meine Magie ist sehr stark. Ich stehe mit zahlreichen Toten in Verbindung. Du hast doch genug vom Bermuda-Dreieck gehört. Die Leichen, die dort auf dem Meeresgrund liegen, sind meine Diener. Ich kann sie erwecken, wenn ich will. Und ich habe sie erweckt. Sie werden dort auftauchen, wo sich das Boot dieser Torres befindet, und dann schlagen sie zu. Nein, kein Gegner hat jemals eine Chance gegen mich gehabt.«

Die vier bemalten Diener hatten sich um die Trage herum aufgebaut. Stumm hörten sie zu, was der Meister zu sagen hatte. Bis Caligro den Arm hob.

»Schafft ihn weg!«

Erst jetzt bewegten sich die vier. Sie bückten sich und hoben die Trage an.

»Nicht durch den Eingang!« rief Caligro, so daß auch Suko ihn verstehen konnte. »Nehmt die Seitentür!«

Die Diener gehorchten.

Suko war natürlich nicht untätig. Er hatte versucht, die Stricke zu lockern, doch stellte sich schnell als unmöglich heraus. Diejenigen, die ihn gefesselt hatten, verstanden ihr Handwerk. Die Stricke schnürten so eng um Sukos Körper, daß er kaum Luft holen, geschweige sich bewegen konnte.

Er mußte alles über sich ergehen lassen.

Trotzdem gab der Chinese nicht auf. Denn noch befanden sich die Freunde in Freiheit, und sie würden alles daransetzen, ihn aus der Misere zu befreien.

Über eine Steintreppe verließen die vier Träger mit ihrer »Beute« den Keller. Sie gelangten in einen Flur und an die Tür, die nach draußen führte.

Dort warteten schon die anderen.

Caligro war seinen Dienern gefolgt. Er wußte jetzt noch nicht, daß es ein Fehler gewesen war, diesen Weg zu nehmen, denn so hatte er die Schrumpfköpfe verpaßt. Und die hätten ihm gern etwas mitgeteilt, was nicht für jedermanns Ohren bestimmt war. Diese Köpfe hätten zugeben müssen, daß ihnen John Sinclair entwischt war. Bestimmt hätte Caligro umdisponiert. So jedoch blieb es dabei. Er ließ sich von der Menge feiern und schlug mit ihr zusammen den Weg zum Hafen ein.

Die Träger legten die Stangen der Trage auf ihre muskulösen Schultern. So war es für sie bequemer. Daß die Träger unterschiedlich groß waren, merkte Suko daran, wie er mit dem Kopf in der Schräge lag. Das Blut stieg ihm in den Schädel. Zudem schaukelten die Männer hin und her, aber Suko war durch die Seefahrerei inzwischen einiges gewöhnt, so daß ihm dieses Tragen nicht allzu sehr zusetzte.

Immer wieder schaute der Chinese hoch zum Himmel, wo er den Widerschein der Fackeln sah. Je weiter sie gingen und die Dschungelregionen hinter sich ließen, um so frischer wurde die Luft.

Unablässig arbeitete Suko an seinen Fesseln. Dabei mußte er achtgeben, daß seine Feinde nichts bemerkten, denn er wollte sich nicht noch einmal bewußtlos schlagen lassen.

Es half nichts, die Stricke saßen zu stramm.

Ein frischer Wind fuhr über Sukos schweißnasses Gesicht und kühlte es etwas ab. Der Chinese glaubte auch, das Rauschen der Brandung zu hören, der Boden war felsiger geworden, und die Schatten der Klippen verdeckten manchmal den Schein des Feuers.

Langsam wurde Suko unruhig. Sie näherten sich unaufhörlich dem Ziel, und ihm war es nicht gelungen, irgend etwas zu seiner Befreiung zu unternehmen.

Dann trugen sie ihn einen schmalen Pfad hoch, der zur Spitze eines Felsens führte.

Suko konnte den Kopf bewegen.

Unten sah er die Brandung gegen die Felsen schäumen. Die Gischt bildete einen pulsierenden weißen Streifen, eine tosende Hölle aus Wasser.

Wer von diesem Felsen in die Tiefe stürzte, der hatte kaum eine Chance, zu überleben.

474

Und wenn er es wider Erwarten schaffte, dann würden die Haie für seinen endgültigen Tod sorgen.

Eine makabre Vorstellung.

Nicht alle Menschen fanden auf der Felsspitze Platz. Sie bildete ein kleines Plateau, Wind und Regen hatten das Gestein glatt geschliffen und gewaschen.

»Legt ihn ab!« hörte Suko den Befehl.

Die Träger gehorchten und stellten die Trage auf den Boden. Suko spürte noch durch den Leinenstoff die Wärme der Felsen. Sie gaben jetzt erst die gespeicherte Hitze ab.

Würden Sie ihn mitsamt der Trage ins Meer werfen? Eigentlich war es egal, Suko hatte sowieso keine Chance, denn die schwerbewaffneten Männer sorgten dafür, daß ihm jeder Fluchtweg versperrt blieb.

»Löst die Fesseln!«

Die Diener gehorchten.

Suko konnte sich wieder bewegen. Der lange Blutstau wurde abrupt unterbrochen. Jetzt, wo der Kreislauf wieder arbeiten konnte, strömte das Blut mit Macht durch die Adern. Suko fühlte das Prickeln überall im Körper.

Außer Caligro und seinen vier Leibwächtern hatten noch drei weitere Fackelträger auf dem kleinen Plateau Platz gefunden. Sie standen wie Denkmäler, die Arme halb erhoben, die Fäuste um die Griffe der Fackeln gekrallt.

Caligro lachte. »Springst du freiwillig?« fragte er. »Oder sollen wir dich runterstoßen?«

Suko erhob sich langsam. Er schaute den weißen Magier an. Die Diener hatten ihre Schwerter gezogen. Vier Spitzen wiesen auf den waffenlosen Chinesen.

»Ich springe freiwillig«, erwiderte er.

»Das ist gut.«

Die Diener traten zurück und machten den Platz zum Rand frei. Langsam ging Suko darauf zu.

Nach dem ersten Schritt ließ der Weiße Magier die rechte Hand nach unten fallen.

Ein Zeichen.

Zwei Leibwächter hoben ihre Schwerter. Sie wollten kein

Risiko eingehen und Suko die Waffen in den Rücken schlagen, bevor er in die Tiefe stürzte...

Bill Conolly rannte wie ein Wiesel um die beiden Kämpfenden herum und packte den Untoten am Hals. Er nahm ihn in einen ähnlichen Griff wie der Zombie sein Opfer.

Bill fühlte unter seinen Fingern die Haut. Sie war teigig und kalt – widerlich.

Von der rechten Seite näherten sich zwei weitere Geschöpfe. Sie wollten Bill in die Flanke fallen und ihrem Kumpan zu Hilfe eilen. Den ersten schaffte sich der Reporter mit einem Tritt vom Leib, den zweiten verfehlte er.

Dafür gelang es Bill jedoch, die Umklammerung an Dorlands Hals zu brechen. Der Reporter riß die würgenden Hände zur Seite. Dennis Dorland bekam wieder Luft, war aber so schwach, daß er in den Knien einsackte und schwer zu Boden fiel.

Jetzt hatte Bill drei Gegner vor sich, denn der Zombie, der Dennis gewürgt hatte, attackierte ihn ebenfalls.

Die Fäuste des Reporters waren wie Schmiedehämmer. Seine Schläge warfen die Zombies zurück. Doch sie standen immer wieder auf.

Jetzt quollen auch noch die restlichen lebenden Leichen an Deck. Sie hatten den Kabinengang hinter sich gelassen, dort gab es nichts mehr für sie zu holen, die Menschen befanden sich woanders.

Bill hatte für eine Sekunde Luft. Die Zeit nutzte er aus, um Dennis Dorland anzuschreien.

»Hau ab, Dennis! Über Bord!«

Dr. Dorland war noch immer benommen. Sprachlos starrte er umher. Da warf sich ein Körper auf ihn.

Auch Bill hatte daran nichts ändern können, weil er um sein eigenes Leben kämpfte.

Dr. Dorland fiel auf den Rücken. Er wollte sich unter dem Untoten wegrollen, doch das Gewicht war zu schwer. Es nagelte ihn förmlich auf Deck fest.

Bill warf einen Zombie mit elegantem Schulterwurf zu Boden und wollte dann seinen Freund unterstützen, als er Sheilas gellenden Schrei vernahm.

»Biilll...!«

Der Reporter drehte sich um seine eigene Achse. Er glaubte, sein Herzschlag würde aussetzen.

Einer der widerlichen Zombies hatte Johnny gepackt.

Seinen Sohn!

Bill drehte durch. Aus seinem Mund drang ein kaum noch menschlicher Schrei. Dann rannte der Reporter los, stieß zwei lebende Leichen, die sich ihm in den Weg stellten, zur Seite. Und er holte zu einem ungeheuren Schlag aus.

Der Zombie hielt den kleinen Johnny am Arm gepackt. Er zog ihn soeben zu sich heran, als Bills Faust genau auf ihn zufuhr.

Es war ein Hammer.

Der Reporter hatte all seine Wut und seinen Haß hineingelegt. Wie vom Katapult geschleudert, segelte die lebende Leiche zurück, krachte auf die Planken, überschlug sich dort und rollte fast bis an die Reling.

Bill riß den Kleinen an sich.

»Dad«, lachte Johnny, »warum hast du den Mann gehauen?«

Für Erklärungen hatte der Reporter jetzt keine Zeit. Er nahm Johnny hoch und drückte ihn Sheila in die Arme.

Bills Frau machte einen völlig erschöpften Eindruck. Die Angst um Johnny hatte sie fast um den Verstand gebracht. Sie zitterte wie das berühmte Espenlaub.

»Bill, Bill – was sollen wir tun?«

»Ich weiß es nicht, verdammt!«

»Ins Schlauchboot?« fragte Evita, die neben Sheila stand.

»Möglich, aber warte noch. Ich...«

Plötzlich hörte Bill einen erstickten Laut. Siedendheiß fiel ihm sein Freund Dr. Dorland ein.

Bill Conolly kreiselte auf dem Absatz herum und wurde mit dem Grauen konfrontiert.

Die Zeit, die Bill benötigt hatte, um seinen Sohn zu retten, hatten die Zombies genutzt.

Zu fürft waren sie über Dennis Dorland hergefallen, und sie hatten ihm keine Chance gelassen.

Dr. Dorland war tot.

Bill hatte soeben noch gesehen, wie sich sein Freund ein letztes Mal aufbäumte, dann war es vorbei.

Der Reporter schüttelte den Kopf. Er schluchzte auf. Nahm dieser Wahnsinn denn gar kein Ende?

Auch Sheila hatte Dr. Dorlands Todeskampf beobachtet. Sie hielt die Hände gegen ihren Mund gepreßt, die Augen schwammen in Tränen. Jetzt sahen sie, wie die lebenden Leichen Dennis Dorland zur Reling schleppten. Im Moment waren sie abgelenkt.

»Was sollen wir tun?« Sheilas Stimme klang schrill. »Gib Antwort, Bill, schnell!«

Der Reporter wußte auch keinen Rat. Evita Torres konnte ebenfalls nicht sprechen. Das Grauen hatte ihre Kehle zugeschnürt.

Die Leiche wurde über die Reling geworfen. Genau an der Seite, wo das Schlauchboot lag.

Bill zuckte zusammen. »Verdammt, Ellen«, flüsterte er rauh.

Da hörten sie auch schon den Schrei. Vom Wasser her klang er auf, und er barg all die Verzweiflung in sich, zu der ein Mensch überhaupt fähig ist.

Bill schloß für einen Moment die Augen und ballte seine Hände zu Fäusten.

Es wurde unerträglich. Dennis Dorland war nicht mehr zu retten. Jetzt ging es allein um die Frauen.

Da sprangen zwei lebende Tote über Bord. Sie hatten den Schrei ebenfalls vernommen und wußten, daß sich dort unten ein Mensch befand. Ein Opfer...

»Nein!« flüsterte Evita.

Und Bill befand sich in einer Zwickmühle. Was sollte er tun? Er konnte nicht von Bord, denn hier mußte er sich um Evita und seine Familie kümmern.

Aber brachte er es wirklich fertig, Ellen Dorland ihrem Schicksal zu überlassen?

Nein, unmöglich!

Vielleicht hatte sie noch eine Chance, wenn sie floh. Das Boot hatte einen Außenborder. Damit mußte sie es schaffen, sich von der »Seabird« zu entfernen.

»Ist noch genügend Benzin da?« fragte Bill.

Evita verstand nicht.

Bill wiederholte die Frage.

»Ja – ich glaube«, stotterte das Mädchen.

Evita hatte kaum ausgesprochen, da stand der Reporter schon an der Reling. Seinen Augen bot sich ein Bild des Schreckens.

Die Leiche war nicht versunken. Deutlich erkannte Bill, daß der Tote auf dem Wasser schwamm. Das Mondlicht gab eine makabre Beleuchtung. Ellen, die Frau des Toten, kniete im Boot, hatte die Hände halb erhoben und starrte auf die Wasserfläche. Bill konnte ihr Gesicht nicht sehen, da sie ihm die Seite zuwandte, aber was die Frau in diesen Sekunden durchlebte, mußte die Hölle sein.

Und jemand schwamm im Wasser.

Zwei Zombies!

Sie gingen ebenfalls nicht unter. Mit ungelenken Bewegungen hielten sie sich an der Oberfläche, paddelten manchmal wie junge Hunde, ließen sich von den Wellen tragen und trieben auf das Schlauchboot zu.

Ellen mußte sie einfach sehen, doch sie reagierte nicht. Der Anblick hatte sie geschockt.

Bill war verzweifelt. Er wäre gern ins Wasser gehechtet, um Ellen zu helfen, doch er konnte seine Familie nicht im Stich lassen.

»Kapp das Tau!« brüllte er mit sich überschlagender Stimme.

Ellen hörte nicht.

Sie hatte nur Augen für ihren toten Mann, der von der Dünung auf und ab bewegt wurde und langsam davontrieb.

Da nahm Bill die Axt. Um an das Tau zu gelangen, mußte

er über die Reling klettern. Drei Stufen stieg er die Leiter hinunter, streckte seine Körper, hielt sich mit der linken Hand fest und holte mit der rechten weit aus.

Die Schneide hieb gegen das straff gespannte Seil. Fetzen flogen, aber das Tau hielt.

Noch zweimal schlug Bill zu.

Er kappte das Tau. Es fiel nach unten und klatschte ins Wasser. Mehr konnte Bill nicht tun. Er hoffte nur, daß Ellen jetzt die Nerven behielt.

Eine Weile trieb das Schlauchboot nach vorn und gegen die Bordwand. Ellen verlor das Gleichgewicht. Für den Bruchteil einer Sekunde hatte Bill Angst, die Frau würde ins Wasser fallen, doch sie kippte nach hinten, ins Boot hinein.

»Den Motor!« schrie Bill. »Himmel, laß den Motor an!«

Ellen erhob sich. Auf Händen und Knien blieb sie hocken und starrte zu Bill hoch.

»Laß den Motor an!«

Sie schüttelte den Kopf, verstand nicht oder wollte nicht verstehen. Bill Conolly war verzweifelt. Ewig konnte er hier nicht hockenbleiben, denn auf dem Deck hatten die Zombies inzwischen freie Bahn.

Er kletterte schweren Herzens zurück.

Die beiden Frauen hielten sich nicht mehr an der Reling auf, sondern waren zum Heck der Yacht gelaufen, wo die Liegestühle standen.

Drei Untote verfolgten sie.

Ein weiterer tauchte dort auf, wo Bill gerade an Bord kletterte. Der Reporter war in Fahrt. Bevor die lebende Leiche reagieren konnte, packte Bill mit einer Hand das Haar der Bestie, riß daran und schleuderte sie über seinen Kopf.

Der Zombie fiel ins Wasser.

Jetzt befanden sich noch sieben auf dem Deck. Bill war allerdings sicher, daß die übrigen drei wieder hochklettern würden.

Ein höllisches Spiel.

Er schaute zu den Frauen hin.

Da Sheila auf Johnny achtgeben mußte, hatte es Evita übernommen, sich und die beiden anderen zu verteidigen.

Sie hatte einen zusammengeklappten Liegestuhl gepackt und schwang ihn kreisförmig über ihren Kopf. Damit hielt sie die gräßlichen Monster auf Distanz.

Bill Conolly eilte den beiden Frauen zu Hilfe.

Mit einem Rundschlag räumte er den ersten aus dem Weg. Die Bestie fiel zwischen die anderen Liegestühle und riß sie mit um. Dem zweiten jagte er einen Tritt in die Kniekehlen. Der Untote fiel, dann war Bill bei den Frauen.

Und da hatte er die Idee.

»Ins U-Boot, schnell!« schrie er.

»Aber du?«

»Ich komme schon zurecht.« Bill bückte sich und schnappte einen Liegestuhl.

Eine Sekunde später lag der nächste Zombie am Boden, stand jedoch sofort wieder auf.

Evita war zum Boot gelaufen. Es hing noch immer an der Winde und schwebte außenbords. Um einsteigen zu können, mußte man die auf Deck liegende Leiter nehmen.

Evita hob sie schon an und stellte sie gegen die Bordwand des Kleinbootes.

Es wurde kritisch, den ab jetzt zählte jede Sekunde.

Evita Torres kletterte bereits die Leiter hoch. Das Mädchen war sehr nervös, zweimal rutschte es aus, fiel jedoch nicht zurück, sondern fing sich wieder.

Sie erreichte die Einstiegsluke.

Die war verschlossen.

Evita Torres suchte verzweifelt nach einer Möglichkeit, die Luke zu öffnen. Bill, der einen raschen Blick auf das U-Boot riskierte, sah die Bemühungen des Mädchens.

»Die beiden Hebel, Evita!« rief er. »Du mußt die beiden Hebel umlegen!«

Das Mädchen begriff nicht.

»An den Seiten der Luke!«

Da endlich hatte Evita die beiden Stellen gefunden, und sie klappte die Hebel hoch.

Jetzt konnte sie die Luke nach oben heben.

Freier Einstieg.

Die Untoten hatten sich genähert. Vielleicht noch zehn Schritte trennten sie von Sheila, Bill und Johnny. Sheila hatte ihren Sohn wieder auf den Arm genommen.

Beschwörend schaute sie Bill an. »Fahr mit uns! Bleib nicht auf dem Schiff, bitte...«

Der Reporter schüttelte den Kopf. »Es geht nicht. Ich muß Hilfe herbeiholen!«

»Aber wie?«

»Auf der Brücke ist bestimmt die Funkanlage noch okay. Damit kann ich es schaffen. Steig du in das Boot und halte dich in der Nähe der verdammten Yacht auf. Du wirst es auch bedienen können. Alles ist beschriftet. Und jetzt geh!«

Als Sheila nicht gehorchte, umfaßte Bill ihre Hüften und drückte seine Frau auf die Leiter zu. Evita Torres war bereits im Innern des Kleinbootes verschwunden.

»Gib auf den Jungen acht«, sagte Bill mit schwerer Stimme zum Abschied. Er hatte nicht einmal Zeit, seiner Frau einen Kuß zu geben, denn die ersten Untoten waren schon heran.

Bill griff einen Liegestuhl.

Wie ein Berserker schlug er zu. Er drosch die Untoten zur Seite, daß sie das Gefühl haben mußten, ein Wirbelsturm wäre zwischen sie gefahren.

Der Reporter verschaffte sich und vor allen Dingen seiner Frau Sheila Luft.

Sheila wankte die Leiter hoch. Als sie die zweitoberste Sprosse erreicht hatte, tauchte Evita auf. Sie streckte die Arme aus und nahm den Jungen an sich.

Mit ihm verschwand sie wieder im Boot.

Sheila warf noch einen Blick zurück. Sie sah einen Bill, der heldenhaft gegen die verdammte Übermacht der Zombies kämpfte. Der Reporter setzte alles ein, er war nicht unterzukriegen. Jeden Schlag begleitete er mit einem Schrei und verschaffte sich dadurch Luft. Bill stand so geschickt, daß es kein Untoter schaffte, in seinen Rücken zu gelangen.

Sheila betete, ihre Lippen zitterten. »Bitte, lieber Gott, laß ihn den Kampf gewinnen. Gib uns eine Chance!«

»Steig ein!« schrie Bill.

Sheila gehorchte. Evita half ihr dabei, und schon bald verschwand Sheila in der Luke.

Dann wurde sie zugeklappt.

Bill sah dies aus den Augenwinkeln. Und er wuchs jetzt über sich hinaus. Er startete einen gewagten Ausfall, drosch die Zombies wieder zu Boden, feuerte den Liegestuhl dann weg und rannte zurück zur Winde.

Sie arbeitete per Knopfdruck.

Es quietschte, als sich das U-Boot langsam dem Meeresspiegel entgegensenkte. Die beiden Frauen glitten an Bill vorbei. Der Reporter sah durch das Sichtfenster ihre schreckenstarren Gesichter.

Dann mußte er sich wieder um die Untoten kümmern. Diesmal wehrte er sie mit den Fäusten ab, sprang zur Seite und schaute über die Reling.

Das U-Boot hatte die Oberfläche fast erreicht. Hoffentlich reagierte Sheila jetzt richtig. Denn die beiden Halteseile ließen sich auch automatisch lösen. Die Vorrichtung dafür befand sich im Innern des Bootes.

Ja, die Seile fielen.

Bill war beruhigt.

Die Frauen hatte er aus der Gefahrenzone geschafft. Doch was war mit Ellen Dorland geschehen?

Er mußte es wissen.

Wie ein Sprinter startete der Reporter, rannte an der Backbordseite entlang und warf einen Blick über die Reling.

Jäh erstarrte er.

Seinen Augen bot sich ein schreckliches Bild.

Im Boot saß ein Zombie.

Die übrigen zwei befanden sich im Wasser und hielten eine weibliche Person umklammert.

Ellen Dorland.

Sie war tot...

Das Klettern wurde zu einer wahren Schinderei. Und nicht nur die gefährlichen Steine machten uns zu schaffen, sondern auch die verdammte Dunkelheit. Schließlich hatten wir unbekanntes Terrain betreten, wir kannten uns nicht aus und konnten jeden Augenblick abrutschen.

Myxin blieb immer dicht hinter mir. Einmal mußten wir blitzschnell in Deckung gehen, weil dicht unter uns die Menge marschierte. Beide warfen wir uns zu Boden und preßten uns eng gegen die noch warmen Steine.

Die Menge hatte einen Weg eingeschlagen, der kaum breiter war als zwei nebeneinander liegende Handtücher. Alle bewegten sich auf ein Plateau zu, das die höchste Stelle an diesem Teil des Strandes bildete.

Dort sollte Suko sterben.

Ich ließ die Leute vorbei und schaute mich um. Das Plateau war nicht nur über den Weg zu erreichen, sondern auch von der anderen Seite. Und die mußten wir gehen.

»Komm mit!«

Geduckt bewegten wir uns weiter. Ich hob meine Füße höher als normal, denn überall lagen Steine herum. Wenn wir gegen sie stießen und sie hinunterfielen, waren die anderen gewarnt. Das konnten wir auf keinen Fall brauchen.

Bis jetzt kamen wir noch einigermaßen gut voran, dann jedoch wurde der Weg steiler. Wir mußten klettern, allerdings auf Händen und Füßen.

Eine Art Rinne führte in die Höhe. Dort lief wahrscheinlich der Regen ab. Wasser und Wind hatten Löcher in den Felsen gerissen, so daß wir an diesen Stellen einen relativ guten Halt fanden.

Myxin blieb jetzt zurück.

Ich wollte auch nicht auf ihn warten, denn Sukos Leben stand auf des Messers Schneide.

Inzwischen hatten die Insulaner, der weiße Magier und der gefesselte Suko das Plateau erreicht.

Ich sah sie über mir.

Einige Einwohner waren am hinteren Rand stehengeblieben und leuchteten mit ihren Fackeln. Leider verdeckten sie mir die Sicht auf den weißen Magier und Suko.

Ich versuchte, so leise wie möglich zu sein, und näherte mich dem Plateau immer mehr.

Schon spürte ich den Geruch der Fackeln. Sie waren an der oberen Hälfte mit Pech bedeckt, das einen dunklen Qualm verbreitete. Ich war den Kerlen nahe.

Die übrigen Insulaner hatten das Plateau nicht betreten können, dafür war es zu klein.

Das empfand ich als Glück.

Bevor ich die letzten Yards hochkletterte, warf ich noch einen Blick zurück.

Myxin war dicht hinter mir. Er winkte mir zu. Sein grünliches Gesicht schimmerte etwas bleich, und ich sah das Grinsen um seine schmalen Lippen.

Die Fackelträger standen wie eine Wand. Der weiße Magier sprach mit Suko. Was sie sagten, konnte ich nicht verstehen, denn das Rauschen der Brandung übertönte jedes andere Geräusch.

Jetzt wurde es kritisch.

Ich lag bereits so dicht hinter den drei Wächtern, daß ich sie mit der Hand hätte greifen können.

Die Versuchung war zwar groß, doch ich hielt mich zurück. Statt dessen zog ich mich eine Idee höher, bis ich über den Plateaurand schauen konnte.

Ich blickte zwischen den Beinen der Fackelträger hindurch.

Und ich sah Suko.

Ungefesselt...

Langsam schritt er auf den gegenüberliegenden Rand des Plateaus zu. Links von ihm stand der weiße Magier. Er ließ soeben seinen Arm nach unten sinken.

Und rechts?

Dort sah ich die vier Leibwächter. Sie waren bewaffnet. Zwei von ihnen hoben ihre Schwerter, um sie den Chinesen in den ungedeckten Rücken zu schleudern...

Bill Conolly atmete auf.

Die Frauen waren außer Gefahr.

Vorerst. .

Aber nun sollte es ihm an den Kragen gehen, denn die Untoten hatten keineswegs aufgegeben. Sie wollten sein Leben. Zu lange schon hatten sie sich mit ihm herumgeschlagen.

Der Reporter drehte sich von der Reling weg. Er konnte Ellen Dorland und ihren Mann nicht mehr sehen. Zudem waren beide Körper von den Zombies unter Wasser gezogen worden. Was dort mit ihnen geschah, daran durfte Bill gar nicht denken.

Er würde vor allen Dingen dafür sorgen, daß den anderen Frauen und seinem Sohn nichts geschah. Das allein zählte für Bill Conolly. Natürlich wollte auch er den Untoten nicht in die Klauen fallen, es würde allerdings schwer sein, da eine Lösung zu finden.

Der Reporter warf einen Blick auf die Brücke. Er sah die grüne Beleuchtung hinter der Scheibe. Licht brannte also noch. Hoffentlich waren auch die Instrumente okay.

Die Zombies hatten eingesehen, daß die Frauen ihnen entkommen waren. Nun wollten sie sich an Bill schadlos halten. Ihn suchten sie als ihr Ziel aus.

Die Zombies gingen im Halbkreis.

Bill wartete ab.

Jetzt, da er wußte, daß sich Sheila, Johnny und Evita in relativer Sicherheit befanden, spürte er plötzlich eine innere Kälte und er wurde ruhiger.

Sie tappten näher.

Es kostete Bill Conolly Überwindung, stehenzubleiben, doch er mußte seinen Plan einhalten. Wenn er jetzt losstürmte, hatten es die Zombies näher zur Brücke.

Das wollte Bill auf jeden Fall vermeiden. Ihm ging es um Sekunden.

Ein Untoter stolperte über den im Weg liegenden Liegestuhl. Er fiel hin, erhob sich jedoch sofort wieder und torkelte weiter.

Noch wartete Bill ab.

Dann aber, als die Untoten nur noch drei Schritte von ihm entfernt waren, jagte er los.

Wie ein Rammbock zerstörte er den Halbkreis. Beide Fäuste gebrauchte er, die seelenlosen Geschöpfe segelten rechts und links zur Seite, prallten auf die Planken, überschlugen sich und waren aus dem Rhythmus gebracht.

Nichts anderes hatte Bill gewollt.

Und der Weg zur Brücke war frei!

Selten in seinem Leben war der Reporter so schnell gelaufen. Seine Füße schienen das Deck kaum zu berühren. Er jagte an dem Niedergang zu den Kabinen vorbei, passierte auch ein Rettungsboot, das sie erst gar nicht benutzt hatten, weil sie es noch abfieren mußten und das zuviel Zeit gekostet hätte, und erreichte den Aufgang zur Brücke. Diese Treppe war ziemlich breit. Sie hatte rechts und links einen Handlauf.

Bill hetzte die Leiter hoch.

Die Tür zur Brücke stand offen.

Der Reporter jagte hinein und drosch die Tür sofort hinter sich zu. Seine Blicke flogen durch den Raum.

Zahlreiche mahagoniverkleidete Konsolen, ein Kreiselkompaß, Tiefenmesser, Radarkonsolen – und die Funkanlage.

Bill atmete auf.

Ein Kopfhörerpaar hing von der Konsole und baumelte dicht über dem Boden.

Davor stand ein Drehstuhl. Und Bill sah noch mehr. Ein Schränkchen, das nicht fest im Boden verankert war, aber ziemlich stabil aussah.

Der Reporter öffnete die Tür.

Es war ein Kühlschrank, mit Holz verkleidet und vollgefüllt mit nicht alkoholischen Getränken.

Der Kühlschrank brachte Bill auf eine Idee. Die Zeit wollte er sich nehmen.

Er packte den Schrank, strengte sich ungeheuer an und schob ihn auf die Tür zu. Dicht davor stellte er ihn ab. Wer jetzt auf die Brücke wollte, mußte erst den Kühlschrank zur

Seite schieben, das würde Mühe genug kosten und Bill Zeit geben, über Funk Hilfe herbeizuholen.

Bevor Bill Conolly sich den Kopfhörer überstreifte, warf er einen Blick über Deck.

Längst waren die Zombies aufgestanden. Sie wußten, wo Bill steckte, denn sieben Untote orientierten sich in Richtung Brücke.

Sollten sie...

Bill setzte sich an den Tisch und streifte den Kopfhörer über. Vor ihm stand der große graue Kasten. Zahlreiche Hebel und Knöpfe stachen dem Reporter ins Auge. Er mußte sich kurz orientieren. Funken konnte Bill zwar, doch es reichte nur für den Hausgebrauch. Auf jeden Fall wußte er, wie er die Anlage einzuschalten hatte.

Augenblicklich drangen Geräusche aus dem Kopfhörer. Schwach vernahm er Stimmen.

Bill atmete auf.

Doch wie sollte er sich melden? Er suchte nach einer Beschreibung, sah rechts eine in den Tisch eingelassene Schublade und zog sie auf.

Seine Augen wurden groß, als er die Null-Acht entdeckte, die in der Lade lag.

Bill holte sie hervor und schaute nach, ob sie geladen war.

Das Magazin war voll.

Er atmete auf, steckte die Pistole in den Hosenbund und probierte weiter.

Bills Blicke huschten über die Knöpfe und Hebel. Er sah ein kleines Ampére- und ein Voltmeter. Beide schlugen aus.

Da probierte Bill einige Hebel durch.

Und immer wieder rief er durch das kleine Mikrophon vor seinen Lippen ein Wort.

»Mayday... Mayday... Mayday...«

Bill wiederholte es monoton. Er hoffte, daß man ihn irgendwo empfing und daß Hilfe geschickt wurde.

Erst einmal mußte er sich selbst helfen, denn die Untoten waren auf dem Weg. Als Bill einen Blick über die Schulter warf, da sah er sie durch die große Scheibe.

Sie kletterten die Treppe hoch.

Der Reporter erschrak. Plötzlich griff wieder die Angst nach ihm. Er hatte seinen Hilferuf in den Äther gejagt, aber noch keine Antwort erhalten.

Und der Tod saß ihm dicht im Nacken.

Jetzt waren sie an der Tür, drückten dagegen, doch sie schafften es nicht, sie zu öffnen. Der abgestellte Kühlschrank war zu schwer.

Bill gewann etwas Zeit. Und doch hatte er Angst, daß die Zombies schneller waren. Sie drängten sich draußen vor der Tür, eine seelenlose, wilde Horde, die nur töten wollte.

Grauenhaft...

Der Reporter schluckte. Immer wieder rief er seinen Notruf in den Äther.

»Mayday, Mayday...«

Dann ein mörderischer Schlag, ein Krachen, ein Klirren und Bersten. Bill fuhr herum.

Zwei Zombies hatten auf einer Seite der Brücke die große Scheibe eingeschlagen.

Die Scherben lagen im Innern, und die Öffnung war so groß, daß die lebenden Leichen bequem hindurchsteigen konnten. Es störte sie kein bißchen, daß sie sich dabei an den langen Splittern verletzten. Besonders makaber sah der vorderste Zombie aus, in dessen Schulter ein langes Stück Glas steckte.

Ein anderer hatte sein Gesicht zerschnitten, doch nicht ein Tropfen Blut drang aus der Wunde.

Bill Conolly sprang auf. Noch immer schrie er seinen Notruf. Verdammt, hörte ihn denn keiner? Es mußten doch Schiffe in der Nähe sein, das hier war doch kein leeres Meer. Hier herrschte Betrieb, hier fuhren Dampfer...

»Mayday... Mayday...«

Und dann erhielt Bill Antwort.

Er vernahm plötzlich eine quäkende Stimme. Zuerst achtete er gar nicht darauf, dann zuckte er wie elektrisiert hoch.

»Hallo, Mayday, geben Sie Ihren Standort durch! Hallo,

hören Sie mich. Geben Sie Ihren Standort und den Namen des Schiffes durch. Hallo...«

Selten in seinem Leben war der Reporter so aufgeregt gewesen wie in diesen Augenblicken.

»Seabird!« rief er. »Wir befinden uns in Gefahr. Werden von Untoten angegriffen. Brauchen Hilfe, schnell, schnell...«

Danach hatte Bill Conolly keine Zeit mehr, weiterzusprechen, denn der vorderste Zombie faßte bereits nach ihm. Bill zuckte zurück, fiel wieder auf den Stuhl und merkte plötzlich den Druck an seinem Magen.

Dort steckte die Null-Acht.

Der Reporter riß sich den Kopfhörer herunter und zog seine Waffe. Dann schoß er.

Bill jagte drei Kugeln aus dem Magazin, und jeden Schuß begleitete er mit einem wilden Schrei...

Evita Torres schloß hastig die Luke. Im letzten Augenblick, denn das U-Boot sackte in die Tiefe.

Das Insel-Mädchen hatte sich den hinteren Platz ausgesucht. Sheila saß vor ihr, mit Johnny auf dem Schoß. Der Kleine lachte und fragte: »Warum kommt Daddy denn nicht mit?«

»Bitte, sei ruhig«, erwiderte Sheila mit zitternder Stimme.

Das U-Boot tauchte. Es kippte nach vorn ab. Gehetzt flogen Sheilas Blicke über die Anzeigen der Instrumente. Es war zwar alles beschriftet, doch die Buchstaben verschwammen vor Sheila Conollys Augen.

Dann hatte sie den richtigen Kontakt gefunden. Der Motor lief plötzlich.

Das U-Boot glitt nach vorn.

Sheila wurde ruhiger. Auch Johnny sagte nichts mehr. Nur die Luft war schrecklich. Man konnte sie kaum atmen. So schwül und feucht. Sheila fiel ein, daß das Boot mit Sauerstofftanks ausgerüstet war. Sie schaltete sie ein.

Sofort wurde es besser.

»Wir dürfen nicht zu weit vom Schiff weg«, sagte Evita.

Bills Frau nickte. Sie schaute auf den Tiefenmesser.

20 Yards unter dem Meeresspiegel. Das war zu tief. Sheila gelang es, das U-Boot in die Waagrechte zu bringen und sogar steigen zu lassen.

Langsam glitt es höher.

Die beiden Frauen schauten aus dem Sichtfenster. Eine schwarzgrüne Umgebung hüllte sie ein. Zu sehen war so gut wie nichts. Da dachte Sheila an den Scheinwerfer. Sie schaltete ihn ein.

Sofort zerschnitt der helle, breite Strahl die grünschwarze Wasserwand. Einige Fische zuckten erschreckt zur Seite und verschwanden wieder im Dunkel der See.

Noch immer stieg das Boot.

Und dann glaubte Sheila, verrückt zu werden.

Plötzlich schwammen drei Zombies auf die Bugspitze des U-Boots zu. Ihre starren Augen glotzten in das Sichtfenster, Arme und Beine bewegten sich wie im Zeitlupentempo.

Doch nicht nur die drei Untoten waren zu sehen, sondern auch noch zwei weitere Leichen.

Die Dorlands...

Sie trieben an dem Boot vorbei. Sheila hatte den Eindruck, als würden Ellen und Dennis sie anklagend anschauen.

Sie wandte den Kopf.

Auch Evita Torres zitterte. Sheila vernahm ihre leise gesprochenen Gebete.

Die Leichen trieben vorbei. Von der Unterwasserströmung wurden sie bewegt wie Spielzeuge. Die Zombies hatten die im Boot hockenden Frauen gesehen.

Zwei Opfer!

Der kleine Johnny versuchte ebenfalls durch das Sichtfenster zu schauen, doch Sheila drückte seinen Kopf nach unten. Er sollte von dem Grauen verschont bleiben.

Ein Zombie hob die rechte Hand. Er schlug sie gegen das Sichtfenster, die Faust rutschte nach unten ab. Es fehlte ihm die Kraft, das Fenster einzuschlagen. Zudem bremste das Wasser seine Schläge. So erreichten die Untoten nichts.

Einer kreuzte den Lichtschein. Sein aufgedunsenes Gesicht

zeigte einen höhnischen Ausdruck. Wenigstens glaubte Sheila dies, und sie erhöhte die Geschwindigkeit.

Der Zombie konnte nicht schnell genug ausweichen. Der Bug des U-Boots prallte gegen seinen Körper. Er wurde zur Seite gedrückt und ruderte mit beiden Armen.

Mehr geschah nicht.

Sheila drehte den Kopf. »Sollen wir fliehen?« fragte sie.

»Wohin?«

»Stimmt auch wieder. Außerdem ist Bill noch oben auf der Yacht.« Bei dem Gedanken an ihren Mann begann Sheila wieder zu weinen. Sie hatte ihn in einer wahren Hölle zurückgelassen, und es war unklar, ob er es schaffte, mit der Meute fertig zu werden.

Aber irgendwann würde sie auftauchen. Sie hielt diese Ungewißheit nicht mehr aus.

Sheila glaubte sich in einer grünschwarzen Hölle gefangen. Zudem reichte der Sauerstoff nicht ewig. Einmal mußten sie an die Oberfläche.

Was würden sie vorfinden?

Zombies und...

»Nur keinen Toten«, flüsterte Sheila Conolly und dachte dabei an ihren Mann Bill...

Ich durfte keine Sekunde zögern. Wenn ich es dennoch tat, war Suko verloren.

Plötzlich wußte der eine Fackelträger nicht mehr, wie ihm geschah. Er wurde hochgehoben und fiel nach vorn. Die Fackel rutschte ihm aus der Hand und rollte über das Plateau.

Dann war ich voll da.

Wie ein Krebs die Scheren, so breitete ich meine Arme aus und hieb beide Fäuste in die Rücken der Kerle, die ihre Waffen auf Suko schleudern wollten.

Die Wucht trieb sie zur Seite.

Einer rollte bis dicht an den Rand des Plateaus, konnte sich nicht mehr halten und fiel nach unten, wo er von der wartenden Menge aufgefangen wurde.

Der zweite Kerl lag noch benommen auf dem Fels.

Ich war gedankenschnell bei ihm und hieb dem völlig Überraschten das Kurzschwert aus der Hand.

»Suko!« gellte mein Schrei.

Der Chinese flirrte herum.

Das war auch nötig, denn die beiden anderen bemalten Gestalten griffen zu ihren Waffen, während die Fackelträger der Auseinandersetzung bisher tatenlos zusahen.

Suko griff die Leibwächter an.

In dem Chinesen hatte sich in der letzten Zeit eine ungeheure Wut angestaut, und die ließ er jetzt an den Kerlen aus.

Es brach über sie herein wie das berühmte Donnerwetter.

Den ersten Kerl rammte Suko mit der Schulter. Er stieß ihn kurzerhand zu Boden, so daß er nicht mehr daran dachte, seine Waffe zu ziehen.

Der zweite jedoch reagierte schnell. Geschickt wich er einem Faustschlag aus. Er schaffte es zwar nicht mehr ganz, doch der Schlag streifte ihn an der Schulter, und der Bemalte wurde herumgerissen.

Dann säbelte Suko mit der Handkante zu.

Ächzend ging der Bursche in die Knie.

Das geschah genau in dem Moment, als Myxin die Plattform betrat. Er sah das, was Suko nicht erkennen konnte.

Einer der niedergeschlagenen Leibwächter hatte sein Kurzschwert gezogen.

Myxin sprang ihn an.

Der Mann, in kniender Haltung, wurde nach vorn geworfen und fiel aufs Gesicht.

Suko bemerkte die Aktion aus den Augenwinkeln. Er kreiselte herum, grinste, sagte »Danke« und riß das Schwert aus der Hand des auf dem Boden liegenden Mannes.

Jetzt war auch der Chinese bewaffnet.

Ebenso wie ich.

Ich hatte meine Chance optimal genützt. Bevor die anderen begriffen, was eigentlich Sache war, hatte ich den weißen

Magier im Griff. Er konnte gar nicht so schnell reagieren, da hing ich ihm schon an der Figur. Mein Griff riß ihn zurück, ich hob den rechten Arm, und plötzlich funkelte die Klinge vor seinen Augen.

»Alles klar?« keuchte ich. »Eine Bewegung nur, und du bist tot, Caligro.«

Der weiße Magier stand stocksteif. Er wagte sich nicht zu rühren, hatte den Kopf halb verdreht, und ich konnte ihm von der Seite her ins Gesicht schauen.

Es war bleich geworden.

Selbstverständlich hatten die übrigen Insulaner bemerkt, was auf dem Plateau geschehen war. Nur hatten sie keinen Führer der sie zu einem geschlossenen Angriff antrieb. Sie standen nach wie vor auf dem Weg und wußten nicht, was sie unternehmen sollten. Als sich trotzdem einige auf das Plateau zubewegten, schrie ich: »Bleibt stehen, oder Caligro ist ein toter Mann!«

Sie gehorchten.

Ich atmete auf und schaute mich erst einmal um. Es sah für uns gar nicht so schlecht aus.

Suko hatte schwer aufgeräumt. Von den vier Leibwächtern lagen drei auf dem Plateau und wagten nicht, sich zu rühren. Ihre Blicke waren starr auf den weißen Magier gerichtet. Suko hatte sich bewaffnet. Myxin trug die Dämonenpeitsche. Hier allerdings brauchte er sie nicht einzusetzen, wir hatten es ausnahmsweise mit normalen Gegnern zu tun. Zombies sah ich nicht.

Hatten wir schon gewonnen?

Nein, höchstens einen Teilsieg errungen, denn jetzt mußten wir Caligro von der Insel schaffen. Er sollte vor ein Gericht gestellt und abgeurteilt werden. Unzählige Morde gingen auf sein Konto. Ich dachte dabei an die Unglücklichen, die den Haien vorgeworfen worden waren.

Etwas fehlte noch.

Meine Waffen.

Und danach fragte ich Caligro.

»Ich habe sie nicht«, behauptete er frech, und mir war klar, daß er log.

»Willst du hier sterben?« zischte ich.

Er schwieg.

Da mischte sich Suko ein. »Sieh mal unter seinem Gewand nach«, forderte er mich auf.

Das war eine Idee. Ich hörte, wie Caligro scharf die Luft ausstieß. Wahrscheinlich hatte Suko mit seiner Vermutung recht gehabt. Die Waffen mußte er dort verborgen haben.

Ich senkte meinen linken Arm. Den rechten hielt ich weiterhin so, daß die Klinge des Schwerts dicht vor seiner Kehle zitterte.

Die Spannung wuchs.

Niemand wagte sich zu rühren, aber jeder stand auf dem Sprung. Beging ich irgendeinen Fehler, war es vorbei.

Caligro krümmte sich etwas zusammen, als meine Finger über seinen Brustkorb glitten.

»Bleib ruhig!« zischte ich.

Er hielt inne.

Im nächsten Moment verschwand meine Hand in einer Falte seines Umhangs.

Und da fühlte ich den Beutel! Mit den Waffen natürlich. Er hing an irgendeinem Haken. Blitzschnell riß ich ihn los und zog meine Hand wieder zurück. Die Finger glitten dabei über den Stoff. Ich spürte unter den tastenden Kuppen die Umrisse des Kreuzes, meinen Dolch und auch die Beretta.

Aber noch eine zweite Waffe.

Das mußte die Druckluftpistole sein, die man Suko abgenommen hatte. Plötzlich ging es mir besser, und ich konnte mir ein leichtes Lächeln nicht verkneifen.

Noch immer sprach niemand ein Wort. Nur von den Felsen her war das Donnern der Brandung zu hören. Gespenstisch zuckte das Licht der Fackeln über das Plateau, malte Schatten auf unsere Gesichter und ließ sie zu dämonischen Masken werden.

Und einer der Fackelträger reagierte.

Es war unser Fehler, daß wir mehr auf Caligro und seine

drei Leibwächter geachtet hatten und weniger auf die Fackelträger. Wie auch die anderen Insulaner waren sie ihrem Meister treu ergeben.

Der erste warf seine Fackel.

Er schleuderte sie buchstäblich aus dem Handgelenk:

Bevor mir eine Abwehrbewegung überhaupt möglich war,
raste etwas Rotes, Glühendes auf mich zu.

Es war ein riskantes Unternehmen, und ich hätte auch die
Chance gehabt, Caligro zu töten, doch das brachte ich einfach
nicht fertig. Statt dessen warf ich mich zur Seite.

Die Fackel traf mich nur an der Schulter, wurde abgelenkt
und prallte Caligro gegen die Brust. Dann fiel sie zu Boden.

Einen Herzschlag später gellte Caligros Stimme auf. »Tötet
sie! Werft sie den Haien zum Fraß vor!«

Vor der Mündung der Null-Acht blitzte es auf.

Bill Conolly jagte die Geschosse aus dem Lauf. Und alle
drei Kugeln trafen den Zombie aus kürzester Distanz.

Sie hieben in die Brust des seelenlosen Leibes, doch sie töteten ihn nicht. Nur die Wucht der Einschläge warf die lebende Leiche zurück. Sie fiel gegen die nachrückenden Artgenossen und riß zwei von ihnen zu Boden.

Mit einem satten Klirren brach die Scherbe ab. Nur noch
ein Fragment blieb im aufgedunsenen Fleisch des Zombies
stecken.

Bill sprang auf.

Seine Blicke irrten durch den Kontrollraum der Brücke. Wo
sollte er hin?

Höchstens noch Sekunden, dann hatten sie ihn, denn alle
sieben Zombies drängten sich jetzt in den Raum.

Bill lief über die Konsolen. Zwei Leichen schnitten ihm den
Weg ab und wollten nach seinen Füßen greifen.

Der Reporter trat zweimal zu, und die Wesen kippten
zurück.

Er sah das Fenster.

Seine einzige Chance.

Mit einem gewaltigen Satz sprang der Reporter auf eine Radarkonsole und stieß sich ab.

Noch steckten Scherben in der Fassung. Bill riß sie mit heraus, als er durch das Fenster auf Deck sprang. In der Luft kugelte er sich etwas zusammen, prallte hart auf und rollte sich sofort nach vorn und damit über die Schulter ab.

Dann stand er wieder.

Die Zombies bewegten sich noch auf der Treppe. Deutlich hoben sich die gräßlichen Gestalten vom grünen Licht der Beleuchtung ab. Sie mußten sich erst orientieren, denn Bill hatte ihnen durch seine schnelle Flucht ein Schnippchen geschlagen.

Der Reporter lief rückwärts auf die Reling zu. Kurz davor drehte er sich um und schaute über Bord.

Er suchte das U-Boot.

Im ersten Augenblick sah er es nicht, dafür jedoch etwas anderes. Ein Zombie kletterte die Leiter hoch.

Plötzlich verspürte Bill einen ungeheuren Haß auf diese verdammten Bestien.

Drei Kugeln steckten noch im Magazin.

Eine reichte.

Bill senkte den Arm, ließ den Zombie noch zwei Tritte höher klettern und drückte ab.

Er traf den Schädel.

Der Untote konnte sich nicht mehr halten, verlor das Gleichgewicht und kippte ins Meer.

Der Reporter wußte, daß er nicht tot war. Diese Bestien konnte man nur töten, indem man ihnen den Kopf abschlug oder sie mit geweihten Silberkugeln traktierte. Nicht so, wie Bill es getan hatte.

Dann sah er das U-Boot. Das heißt den Scheinwerfer. Unter Wasser leuchtete ein heller Fleck und faserte an seinen Rändern auseinander. Er bewegte sich auch weiter, Bill konnte die Fahrt des U-Bootes gut verfolgen.

Also hatte Sheila es geschafft.

Wenigstens etwas.

Ein Körper klatschte aufs Deck. Einer der Zombies hatte

sich kurzerhand aus dem Fenster und damit von der Brücke fallen lassen. Ein zweiter folgte.

Beide richteten sich sofort auf, um den an der Reling lauernden Reporter in die Zange zu nehmen.

Bill überlegte blitzschnell. Für ihn gab es zwei Alternativen.

Entweder blieb er auf Deck und kämpfte, oder er sprang ins Wasser und enterte das Schlauchboot.

Die zweite Möglichkeit war besser, und Bill entschied sich auch dafür.

Er warf einen Blick über die Reling.

Das Schlauchboot war nicht mehr mit einem Tau an der Yacht befestigt, die Dünung hatte es ein ganzes Stück weitergetragen. Bill konnte soeben noch die Umrisse erkennen. Für einen guten Schwimmer jedoch war das keine Entfernung. Außerdem konnten die Zombies nicht so schnell schwimmen wie ein normaler Mensch.

Der Reporter zögerte nicht länger, zudem ihm schon die ersten Untoten ziemlich dicht auf die Pelle gerückt waren. Sie streckten bereits die Arme aus und wollten nach ihm greifen.

Bill kletterte auf die Reling, drehte sich dort und stieß sich dann ab.

In einem eleganten Bogen sprang der Reporter der Meeresoberfläche zu.

Die Zombies prallten gegen die Reling und stierten ihm nach.

Bill Conolly tauchte ein.

Glatt und sicher ging das. Er stieß unter Wasser, hatte noch sehr viel Schwung, nützte ihn geschickt aus und tauchte auf.

Eine Welle trug ihn hoch. Bill Conolly schüttelte sich das nasse Haar aus dem Gesicht und schaute sich um.

Ganz in der Nähe schwamm der Zombie, dem er die Kugel gegeben hatte. Er sah schrecklich aus. Der Schädel war zur Hälfte zerstört. Trotzdem »lebte« der Untote noch. Und er griff Bill an. Er paddelte auf den Reporter zu.

Der hatte keine Lust, sich auf einen Kampf einzulassen,

tauchte elegant unter und glitt an dem Zombie vorbei. Mit langen Stößen schwamm er auf das Schlauchboot zu.

Es ist gar nicht so einfach, im offenen Meer zu schwimmen. Auch wenn kaum Wind herrschte, waren die Wellen doch schwerer zu durchpflügen als die in einem Pool.

Bill Conolly wurde oft überspült und auch hin und wieder zurückgeworfen. Er schluckte Wasser, hustete, spie und keuchte, behielt aber die Richtung bei.

Hoch und nieder trugen ihn die Wellen.

Bill konnte das Schlauchboot besser sehen, schon erschien der wulstige Rand dicht vor seinen Augen. Noch ein letzter Kraulstoß, und der Reporter packte zu.

Er zog sich an das Schlauchboot heran und kletterte hinein. Erschöpft ließ er sich zu Boden sinken.

Er hatte bestimmt 200 Yards zurückgelegt, wenn nicht noch mehr.

Bills Blicke kreisten über die Wasserfläche. Noch immer sah er den hellen Fleck des Scheinwerfers. Und das U-Boot mit den Frauen und dem kleinen Johnny bewegte sich jetzt wieder näher auf die Yacht zu.

Aber auch die Zombies sahen Bill.

Sie hatten ihn verfolgt.

Die drei wollten ihr Opfer nicht entkommen lassen. Der Mordinstinkt trieb sie dazu.

Bill bewegte sich zum Bootsheck, zog an der Kurbel und ließ den Außenborder an.

Das heißt, er wollte es, doch das Ding stotterte nur. Ein zweiter Versuch.

Wieder nichts.

»Hoffentlich ist der nicht abgesoffen«, murmelte der Reporter und schielte über Bord, denn die verdammten Leichen hielten direkt auf ihn zu, und sie waren schon verflixt nahe.

Wieder zog Bill.

Nur das Stottern.

Da klatschte die erste Leiche ihre Hand auf den Bootsrand. Bill hörte das Geräusch, wirbelte herum und zog noch einmal.

Diesmal sprang der Motor an.

Als sich der Zombie gerade ins Boot schwingen wollte, schoß es vorwärts. Der Bug stieg hoch. Am Heck quirlte das Wasser zu schaumigen Streifen auf. Die Hand des Monsters rutschte ab. Der Körper klatschte zurück ins Wasser.

Bill hatte freie Fahrt. Er atmete auf und wischte sich den Schweiß von der Stirn.

Geschafft!

Er hätte plötzlich jubeln können, denn nun konnten die lebenden Leichen anstellen, was sie wollten. So schnell wie das Boot lief, schwammen sie nicht.

Dann sah Bill plötzlich weit im Norden ein Licht aufblitzen. Gespannt wartete er ab.

Aus dem Licht wurde ein Scheinwerfer, der über die Wasserfläche strich. Das Rettungsboot nahte.

Bill hörte die Megaphonstimme, sprang auf und winkte wie besessen. Er winkte noch und schrie, als der Scheinwerfer ihn bereits blendete und sein Schlauchboot von der Bugwelle des Polizeikreuzers hochgedrückt wurde...

Suko, der Chinese, wurde zum Tiger.

Außer den Fackelträgern hatte er noch drei Gegner vor sich. Suko nahm den Kampf auf.

Den ersten schleuderte er in die Menge, dem zweiten jagte er seine Handkante gegen den Kiefer, und nur der dritte riß plötzlich seine Waffe hervor.

Er stach nach Suko.

Der Chinese hatte ebenfalls ein Schwert erbeutet. Die Klingen klirrten gegeneinander, und dieses klirrende Geräusch vernahm auch ich.

Ich kämpfte gegen Caligro.

Der weiße Magier war wie von Sinnen. Er sprang mich an und wollte mir seine zehn Finger durchs Gesicht ziehen. Ich ließ meine Waffen fallen und riß die Hände hoch.

Caligros Finger klatschten dagegen.

Dann konterte ich mit einem Faustschlag

Der weiße Magier gurgelte auf und taumelte zurück. Sein Gesicht verzerrte sich, wurde zu einer Fratze, aus der mir Haß und Wut entgegenstrahlten.

Dieser Mann wollte meinen Tod.

Noch immer...

Jetzt standen wir uns wieder gegenüber, starrten uns an, doch ich wurde abgelenkt, als ein brauner Körper mit grell bemaltem Gesicht an mir vorbeiflog und über dem Rand der Klippen verschwand.

Dafür hatte Suko gesorgt.

Der Chinese war in seinem Element.

Er kämpfte verbissen und setzte all seine Routine ein.

Die Fackelträger griffen in den Kampf ein.

Sie warfen sich von zwei Seiten auf den Chinesen zu. Über ihre Lippen drangen unartikulierte Laute, als sie mit den brennenden Fackeln zuhieben.

Suko sprang zurück, ließ die rechte Hand niedersausen und führte einen Schwertstreich von unten nach oben.

Er traf.

Plötzlich hielten die beiden Kerle nur noch die Hälfte der Fackelstiele in den Händen. Die brennenden Oberteile lagen am Boden.

Myxin griff an.

Der kleine Magier sprang den einen Kerl an und stieß ihn auf die Rückseite der Felswand zu, wo wir hochgeklettert waren.

Der Bursche verschwand.

Suko kümmerte sich inzwischen um den anderen. Mit einem gezielten Tritt beförderte er ihn zu Boden.

Jetzt wurden auch die Schwertkämpfer vorsichtig. Doch Suko ließ ihnen keine Zeit, lange zu überlegen.

Er griff an.

Das Schwert hielt er in der Rechten. Er bewegte es blitzschnell, trieb die Kerle vor sich her und mußte erst zurück, als sie einen tollkühnen Gegenangriff starteten.

Ich kämpfte inzwischen mit Caligro.

Ich hatte die Zähigkeit des weißen Magiers unterschätzt.

Der Haß war für ihn eine ungeheure Triebfeder, denn er gab nicht auf.

Ein Faustschlag hatte ihn zurückgeschleudert, sofort sprang er wieder hoch, warf sich gegen mich und klammerte sich an mir fest.

»Die Haie!« keuchte er. »Ich werde dich den Haien zum Fraß vorwerfen! Du sollst verrecken!«

Der Kerl war nicht mehr zurechnungsfähig, und er schaffte es in der Tat, mich nach hinten zu drücken, auf den Rand des Plateaus zu.

Von den Insulanern griff niemand an. Gespannt beobachteten sie den Kampf zwischen den beiden gegnerischen Parteien, und vielleicht merkten sie jetzt, daß sie bisher zu dem Falschen gehalten hatten. Caligro war ein Scharlatan, ein Killer, ein Magier – aber kein Mensch, der andere regieren konnte.

Caligro gab nicht auf.

Ich ließ meine Handkanten auf seine Schultern sausen. Er zuckte zusammen und schrie, ließ aber nicht los, sondern schob mich näher an den Abgrund.

Verdammt auch...

Ich versuchte es mit einem Hüftwurf. Dafür trat der Magier gegen mein Schienbein.

Wieder glitt ich zurück, diesmal mit Schmerzen. Und dann hob ich ihn hoch, es war ein blitzschneller Ausfall, auf den er nicht vorbereitet war.

Gleichzeitig ließ ich den weißen Magier los.

Caligro stürzte zu Boden.

Er rollte sich noch einmal um die eigene Achse, war sofort wieder auf den Beinen und glitt zur Seite weg, um meinem nächsten Schlag auszuweichen.

Von mir aus gesehen tauchte er nach links.

Und dort befand sich der Rand des Plateaus.

Plötzlich schwebte sein Fuß in der Luft. Unwillkürlich schrie Caligro auf, wollte sich noch herumwerfen, doch an dem glatten Fels rutschte er ab.

Ich stürmte vor, warf mich der Länge nach hin und griff nach Caligros Kutte.

Meine Finger gruben sich in den Stoff, während der weiße Magier schon über dem Abgrund zappelte.

Tief unter mir gurgelte und schäumte das Wasser. Lang lag ich auf dem Boden, konnte gegen das Meer schauen, das vom Mondlicht beschienen wurde.

Dann stockte mir der Atem.

Deutlich sah ich die dreieckigen Flossen, die die Wellen noch vor der auslaufenden Brandung zerschnitten.

Die Haie waren da!

Das erste Opfer hatte sie angelockt. Und vielleicht hatten wir deshalb auch keinen Schrei gehört. Der Mann war ins Wasser gefallen, von den Strudeln in die Tiefe gezerrt worden, und dann waren die Haie da.

Eine grausame Art zu sterben.

Und es sah ganz so aus, als stünde Caligro das gleiche Schicksal bevor, falls ich ihn nicht rettete.

Er machte es mir verflucht schwer. Er schrie und zappelte, versuchte sich mit den Beinen irgendwo an den Felsen abzustützen, was ihm nicht gelang, denn die Wand war zu weit von ihm entfernt.

Plötzlich riß der Stoff.

Ich hörte es nicht, merkte nur, daß der Magier ein Stück tiefer rutschte.

Hart biß ich die Zähne zusammen.

Mit der anderen Hand wollte ich auch noch zugreifen, doch es blieb beim Vorsatz. Die Kutte hielt das Gewicht des Menschen nicht aus. Der Stoff war dafür nicht geschaffen.

Ich beugte mich weiter vor, wollte eine Hand oder die Haare des Magiers fassen, es war zu spät.

Die Kutte riß.

Ein Schrei – gellend und markerschütternd, dann raste der Körper in die Tiefe.

Er fiel senkrecht, aber da waren die zahlreichen Felsvorsprünge und Klippennasen, wo er immer wieder aufschlug.

Caligro war sicherlich schon tot, bevor er zwischen den Klippen unten in der Brandung zerschellte.

Ich hatte ihm nicht mehr helfen können.

Auf einmal waren die Haie da. Vier, fünf Flossen stachen durch das Wasser, wühlten es auf, und die ewige Brandung verschluckte alle anderen Geräusche.

Der Herr von Caligro Island war tot.

Ich stand auf.

Suko winkte mir zu. Er hatte seine Gegner tatsächlich geschafft. Ich lächelte und wandte mich dann an die gaffende Menge. »Geht nach Hause«, rief ich auf spanisch. »Verschwindet. Es ist besser so!«

Sie zögerten, trollten sich nach und nach doch.

Für uns war der Job noch nicht beendet. Es konnte sein, daß sich einige Zombies auf der Insel aufhielten. Jetzt, da ich meine Waffen wieder zur Verfügung hatte, fühlte ich mich sicherer.

Wir fanden noch welche.

Vier lebende Leichen irrten am Rande des Dschungels umher. Um Munition zu sparen, erledigte Suko sie mit der Dämonenpeitsche, die er dann lächelnd einsteckte, sehr zum Ärger Myxins, der jedoch keinen Ton sagte.

Anschließend begaben wir uns zum Hafen. Wir wollten, wenn es Tag geworden war, endlich von dieser verdammten Insel runter.

Es war ein schauriges Bild.

Starke Scheinwerfer leuchteten ein Stahlnetz an, das, vom Hebekran des Polizeibootes gehalten, über dem Wasser schwebte. Innerhalb des Netzes bewegten sich die lebenden Leichen. In einem heldenhaften Einsatz war es den Polizisten gelungen, die Untoten einzufangen.

Bill stand allein an Deck. Sheila, Johnny und auch Evita waren im Schiffsbauch verschwunden. Sie sollten die Szene nicht mit ansehen.

Benzindunst zog über das Wasser.

Der Captain gab das Zeichen.

Dann schossen seine Männer kleine brennende Pfeile durch die Stahlmaschen des Netzes.

Die benzingetränkten Zombies fingen sofort Feuer. Plötzlich stand eine lodernde Fackel über dem Meer.

Bill Conolly wandte sich ab.

Er hörte unmenschliche Laute, die selbst ihn das Grauen lehrten. Und er konnte begreifen, warum die Polizisten sich bekreuzigten. Sie waren zum Stillschweigen verurteilt worden. Dieses Gelübde würden sie wohl nie brechen.

Sheila warf sich ihrem Mann an die Brust, als er die Kabine betrat. Bill streichelte sie, und seine Blicke glitten ins Leere, während er bereits an das neue Ziel dachte, das sie am Morgen anlaufen würden.

Caligro Island!

War das eine Überraschung, als die Conollys plötzlich mit der Yacht auftauchten. Ein Polizeikreuzer hatte sie in Schlepp genommen.

Natürlich gab es eine ungeheure Menge zu berichten. Wir erfuhren von den Unterwasserleichen und von der Magie des Caligro, die auch noch auf eine große Entfernung hin gewirkt hatte.

Die Besatzung der Yacht und auch die Dorlands wurden unter der Erde der fremden Insel zur letzten Ruhe gebettet.

Wir standen am Grab und sprachen ein letztes Gebet.

Nur Myxin hielt sich zurück. Vor der Abfahrt fragte ich ihn: »Willst du mit uns?«

»Nein.«

»Warum nicht?«

Er lächelte. »Weil ich immer das Gefühl haben werde, für euch nur eine Belastung zu sein.«

Bill, Suko und ich protestierten gemeinsam, doch Myxin ließ sich von seinem Entschluß nicht abbringen.

»Ihr werdet schon wieder von mir hören. Irgendwann,

denn ich muß meine Kräfte zurückhaben. Vielleicht ist es gut, wenn ich nicht bei euch bin, so sehe und lerne ich mehr.«

Dann drehte er sich um und ging, während wir den Polizeikreuzer bestiegen.

Langsam legte das Schiff ab.

Wir standen an der Reling und winkten. Bill hatte seinen kleinen Sohn auf dem Arm. Evita Torres stand zwischen den Conollys. Sie wollte weg von der Insel und woanders von vorn anfangen.

Auch Myxin winkte.

Er sah irgendwie verloren aus. Schließlich wurde seine Gestalt kleiner, dann war sie ganz verschwunden.

Ich dachte bereits an London und fragte mich, welches Abenteuer mir wohl als nächstes bevorstand.

Was es auch war, einfach würde es nicht sein.

Nein, das war es nie.

Mit diesen Gedanken legte ich mich in die Koje und war sofort eingeschlafen...

ENDE

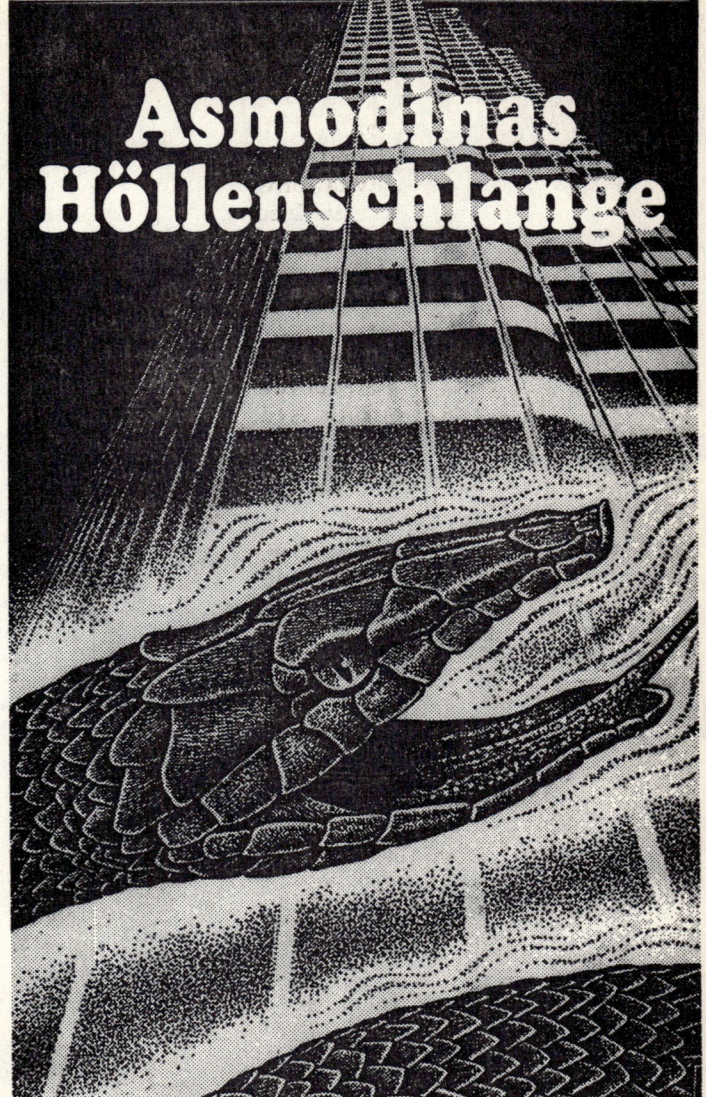

Asmodinas
Höllenschlange

Der schwarzhaarige Mario stieß seinen Kollegen in die Seite. »Mensch, Eddy, sieh dir mal die Puppe an!«

Eddy, dünn, einen Kopf größer als Mario und Brillenträger, ließ vor Schreck fast seinen Werkzeugkasten fallen.

Staunend öffnete er den Mund.

»Mann, das ist ja irre.«

»Sag ich doch.« Mario grinste.

»Gar nichts hast du gesagt.« Eddy leckte sich die Lippen, und hinter den Gläsern der Brille funkelten seine Augen.

Dann schwiegen die Männer und starrten nur auf die Frau, die das Haus betreten hatte und an den beiden vorbei zum Fahrstuhl ging.

Sie war die perfekte Sexbombe. Dieses Weib hatte Dynamit in der Figur. Rotes Haar, das bis auf die Schultern fiel, eine Gesichtshaut glatt wie Glas; volle Lippen, etwas blaß geschminkt, grüne Augen.

Vorsicht bei den Augen, wollte Mario, der Frauenkenner, sagen, doch er brachte kein Wort hervor. Ein Hauch Parfüm streifte ihn und seinen Kollegen, als die Rothaarige vor dem Fahrstuhl stehenblieb.

Eddy schluckte. Sein Adamsapfel hüpfte auf und ab. Der Monteur grinste die Frau etwas dümmlich an.

Die wandte sich an Mario. »Fahren Sie auch nach unten in den Keller?«

»Ja... ja...«

»Nehmen Sie mich mit?«

Mario saugte die Luft ein, während Eddy schon per Knopfdruck den Fahrstuhl holte.

»Natürlich nehmen wir Sie mit, Madam. Ist doch Ehrensache. Und in solch einer Begleitung fährt es sich doch ganz anders. Da macht sogar das Liftfahren Spaß.«

»Ach ja?« Die Rothaarige bestieg als erste den Lift, als die Türhälften auseinanderfuhren.

Mario zwinkerte seinem Kumpan zu und machte eine international verständliche Geste.

Eddy nickte.

Die Puppe war genau die richtige Kragenweite für sie.

Und sie wollte noch in den Keller. Außerdem schien sie zu den Girls zu gehören, denen es Spaß bereitete.

Die Tür schloß sich.

Drei Personen befanden sich in dem Lift.

Zwei waren scharf auf die Frau. Doch sie ahnten nicht, wer da bei ihnen stand.

Es war Asmodina, die Tochter des Teufels!

Die Strecke bis in den großen Keller des Hauses war nur kurz. Trotzdem versuchte es Eddy. Er wollte endlich mal schneller sein als Mario, der ihm immer die Schau stahl.

Eddy bewegte sich auf die Rothaarige zu, bis er mit seinem Ellenbogen gegen ihren Körper stieß.

Die Frau lächelte.

Eddy blieb die Luft weg. Himmel, sie hatte ihn angelächelt. Ihn, Eddy, den sie aus Spott manchmal auch Django nannten.

Mario grinste nur. Er war überzeugt, daß er sich die Puppe schon an Land ziehen würde.

Der Lift hielt.

Die Türen glitten automatisch auf, und die beiden Männer ließen der Frau den Vortritt. Dann aber hatte Mario sie schnell eingeholt. »Sagen Sie, was wollen Sie eigentlich hier im Keller?«

Die Rothaarige blieb stehen. »Jemand besuchen!«

»Wie bitte?«

»Ja, ich besuche einen Freund.«

»Aber hier wohnt keiner!«

Asmodina warf dem Mann einen spöttischen Blick zu. »Sind Sie sicher, Mister?«

Mario kratzte sich am Kopf. Entweder war er verrückt oder die Frau. Man brauchte sich doch nur umzuschauen, dann wußte man Bescheid. Zahlreiche Gänge und Kellerräume waren hier. Dazu die technischen Anlagen wie Heizung und Müllschlucker. Weiter links befanden sich die großen Tiefgaragen, also hier wohnte wirklich niemand.

»Ist doch egal«, sagte Eddy und legte der Frau einen Arm um die Hüfte. »Hauptsache, wir sind hier.«

»Du hast recht«, sagte Asmodina und streichelte Eddys Wange. Der merkte nicht, wie kalt ihre Finger waren.

Nur Mario wurde mißtrauisch. Ihm war das alles nicht geheuer. Da fuhr doch keine Frau in den Keller, um mit zwei Monteuren anzubändeln. So etwas gab es nicht mal in einem schlechten Film. Nein, hier lief etwas anderes.

»Vorsicht, Eddy«, warnte Mario seinen Kollegen.

»Wieso?« fragte Asmodina. Sie drängte sich noch enger an Eddy heran.

Eddy war schon Feuer und Flamme. Er schwelgte bereits in heißen Träumen. »Du kannst ja wegschauen«, meinte er mit kratziger Stimme.

»Eben.« Asmodina lächelte. »Gibt es hier denn keine einsame Stelle?« fragte sie.

»Doch.«

»Dann laß uns gehen.« Sie zog Eddy herum.

Mario schaute den beiden skeptisch nach. Das gefiel ihm überhaupt nicht, was hier lief. Nein, so nicht.

Die beiden schritten durch den breiten Kellergang und wandten sich dann nach links, wo es zu dem großen Heizungsraum ging. Eine breite Stahltür sicherte den Raum, dessen Betreten verboten war.

Eddy war der Fachmann. Er und Mario hatten sich um die Heizung zu kümmern. Sie besaßen auch die Schlüssel.

Mit zitternden Fingern schloß Eddy auf. Er hatte sich dabei gebückt und sah nicht das triumphierende Lächeln der rothaarigen Frau. Sie mußte Eddy und den anderen aus dem Weg haben. Pech für die beiden Männer, daß sie gerade im unrechten Augenblick aufgetaucht waren.

Eddy öffnete. Als Kavalier ließ er Asmodina den Vortritt. Sie betraten einen Keller, der die Ausmaße einer Halle hatte. Eddy wollte das Licht anknipsen, doch Asmodina legte ihm ihre Hand auf den Arm.

»Laß es sein. Im Dunkeln ist es romantischer.«

Eddy nickte hastig. »Finde ich auch.«

Er war nervös. Teufel, solch ein Abenteuer hatte er noch nie erlebt. Das hätte er sich nie träumen lassen. Wenn er eine Frau haben wollte, ging er immer ins Bordell.

Und jetzt dies.

Unglaublich.

Die rothaarige Frau streckte den rechten Arm aus. »Laß uns dorthin gehen«, sagte sie.

Eddy nickte nur.

Asmodina ging vor. Bewußt legte sie es bei ihrem Gang darauf an, den Mechaniker zu reizen. Sie wiegte sich in den Hüften, und die schwarze Karottenjeans spannte sich noch mehr um ihr Hinterteil. Sie trug auch eine dunkle Bluse, sie fiel locker bis auf die Hüften und wurde von einem schmalen Gürtel geteilt.

Vorn hatte die Bluse zahlreiche Knöpfe.

Asmodina drehte sich um. In der Bewegung winkelte sie den Arm an, und die Finger griffen nach den Knöpfen. Sie öffnete die obersten beiden, dann den dritten.

Eddy war stehengeblieben. Er schluckte.

»Willst du nicht näher kommen?« fragte Asmodina.

»Ich... also ich...«

»Komm doch«, lockte sie.

Da ging Eddy vor. Und er warf sich gegen die rothaarige Frau, vergrub sein Gesicht in ihre Schulter und merkte nicht, wie kalt die Haut war.

Asmodina aber veränderte sich. Plötzlich spielte sie ihre Kräfte aus, Schwarze Magie wurde wirksam. Ihre Arme, die über Eddys Rücken fuhren, nahmen plötzlich eine grünliche Färbung an. Die Finger verschwanden, sie ballten sich zusammen, bis aus fünf Fingern ein einziger geworden war. Ein grüner, schuppiger.

Ein Schlangenarm...

Und auch die zweite Hand hatte diese Verwandlung durchgemacht. Asmodina hatte plötzlich zwei Schlangenarme.

Eddy merkte nichts davon. Er stöhnte und zitterte. Seine

Hände faßten nach Asmodinas Gesicht. Er wollte ihren Kopf zurückdrücken, um sie küssen zu können.

Da spürte er etwas Kaltes, leicht Glitschiges auf seinem Rücken. Es kroch unter sein Hemd, streifte die nackte Haut, und Eddy durchfuhr ein Schauer.

Von einem Augenblick zum anderen war der Zauber verflogen. Eddy sprang zurück, sah die Frau an und starrte wie hypnotisiert auf die beiden Schlangenarme...

Eddy wollte schreien. Er öffnete schon den Mund, um seinen Freund zu warnen, da griff Asmodina ihn an.

Ihre beiden Arme schnellten vor und legten sich gedankenschnell um Eddys Hals.

Eisern drückten sie zu.

Asmodina aber lachte. »Da hattest du gedacht, ein Abenteuer zu erleben, wie? Du widerlicher Menschenwurm. Wie konntest du nur mit so etwas rechnen! Es war dein Pech, daß du mir in den Weg gelaufen bist. Ich wollte in den Keller, mehr nicht.«

Eddy würgte. Er kriegte keine Luft mehr, und sein Gesicht lief bereits blau an, und die Arme gaben um keinen Deut nach. Sie hatten in der Tat die Kraft einer Schlange, sogar einer Riesenschlange, denn Eddy gelang es nicht, die Umklammerung zu lösen. Er versuchte, seine Hand zwischen den Schlangenkörper und seinen Hals zu bringen, vergeblich.

Seine Knie wurden weich, gaben nach, und die Wogen der Bewußtlosigkeit überschwemmten ihn.

Eddy fiel nach vorn. Er sah den harten Boden auf sich zurasen, dann explodierte etwas in seinem Schädel, und aus den Wogen der Bewußtlosigkeit wurden die langen Schatten des Todes.

Als Leiche blieb er liegen.

Asmodina löste den Griff. Mit den Füßen schob sie den Toten neben die Verkleidung eines großen Heizkessels. Einen hatte sie geschafft. Jetzt fehlte noch der zweite. Die Notbeleuchtung reichte aus, um sich umsehen zu können.

Mario war wesentlich mißtrauischer und nicht mit in den Keller gegangen. Mit ihm würde Asmodina nicht so leichtes Spiel haben.

Lautlos bewegte sie sich auf die Tür zu und stellte sich an die Wand in den toten Winkel.

Dort lauerte sie.

Asmodina hatte Zeit. Ihr kam es auf ein paar Minuten mehr oder weniger nicht an. Irgendwann würde dieser schwarzhaarige Mario schon erscheinen, und dann...

Sie lächelte kalt.

Ihre grünen Augen versprühten plötzlich ein unheiliges Feuer. Es waren kalte Blitze, die durch den Keller zuckten und wieder verschwanden. Und es war der Triumph, denn sie hatte einen vor langem ausgeheckten Plan verwirklichen können.

Sie war in das Haus eingedrungen, in dem ihr Erzfeind, John Sinclair, lebte.

Sie wollte es in eine Hölle verwandeln. Wie viele Menschen dabei draufgingen, das war ihr egal. Nur sollte Sinclair das Grauen erleben. Er war noch nicht lange wieder zurück in London.

Bei seinem letzten Einsatz hatte er Caligro, den Weißen Magier, vernichtet. Von ihm hatte Asmodina wirklich mehr erwartet, aber er war letzten Endes doch zu schwach gewesen.

Nach wie vor hoffte sie auf eine Erstarkung des Mannes, der John Sinclair bis aufs Blut haßte.

Solo Morasso, alias Dr. Tod.

Er war dabei, die Mordliga zu gründen. Ein Mitglied hatte er bereits gefunden.

Tokoata, den Samurai des Satans. Doch das war zu wenig, die Mordliga mußte wachsen. Asmodina überlegte schon, ob sie Dr. Tod nicht Destero, den Dämonenhenker, zur Seite stellen sollte. Dann allerdings gäbe es Schwierigkeiten mit James Maddox, dem Dämonenrichter, und dem Spuk. Das alles waren Probleme, die man erst einmal durchdenken und analysieren mußte.

514

Abrupt wurde Asmodinas Gedankenkette unterbrochen, als sich der hochstehende Türhebel bewegte.

Mario näherte sich.

Endlich...

Der Mechaniker drückte die Tür einen Spalt auf, traute sich jedoch nicht weiter. Auf der Schwelle blieb er stehen.

Asmodina hörte ihn atmen. Sie lächelte grausam und schaute dabei auf ihre Schlangenarme.

»Eddy!« Der Ruf, noch zaghaft, erreichte kaum die hinteren Winkel des hallenartigen Raumes.

Aber Eddy gab keine Antwort. Er konnte keine geben.

Mario lachte irgendwie dümmlich. »Der ist wohl so bei der Arbeit, daß er keinen hört.« Dieser ausgesprochene Gedanke machte ihm Mut. Er ging vor.

Asmodina ließ ihn genau drei Schritte weit gehen, dann löste sie sich von der Wand und stieß die Tür zu.

Mario hörte das Geräusch und kreiselte herum.

Er und Asmodina starrten sich an. Und er sah die Schlangen anstelle der Arme. Seine Augen weiteten sich, er öffnete den Mund zu einem Schrei, doch auf einmal war seine Kehle wie zugeschnürt. Er brachte keinen Laut hervor. Der Anblick dieser Schlangenfrau war zu schlimm.

Obwohl er seinen Freund und Kollegen nicht sah, ahnte er, was mit ihm geschehen war. Dieses Wissen ließ ihn seinen Schreck überwinden. Er warf sich auf dem Absatz herum.

Asmodina hatte im Gefühl ihres sicheren Sieges zu lange gezögert. Deshalb gewann Mario einen kleinen Vorsprung.

Dann startete die Teufelstochter.

Und sie war schnell, verdammt schnell. Bevor Mario noch einen Haken schlagen konnte, züngelte der Schlangenarm vor und klatschte in den Nacken des Mannes.

Jetzt schrie Mario auf.

Sein Schrei hallte durch die unterirdische Halle und wurde von den Wänden als schrilles Echo zurückgeworfen. Zweimal wand sich der unheimliche Schlangenarm um seine Kehle, und Asmodina zog ihn mit einem heftigen Ruck zu sich heran.

Mario fiel zu Boden.

Weit riß er die Augen auf, sah über sich das Gesicht, aus dessen Stirn plötzlich zwei Hörner wuchsen.

Teufelshörner...

Das Satansweib hat dich! schrie es in ihm. Diese Frau ist der Satan. Lieber Gott, ich...

Das waren seine letzten Gedanken. Mario starb wie auch sein Kollege Eddy.

Asmodina richtete sich auf. Die beiden schrecklichen Morde berührten sie nicht. Gefühle wie Mitleid oder Erbarmen waren ihr völlig fremd. Sie tötete, wenn es sein mußte, und sie ließ die Leute am Leben, die sie brauchte.

Wie diesen Mann, dem ihr Besuch galt.

Er hieß Jerry Falmer und war vor kurzem aus Asien zurückgekehrt, wo er einige Jahre in Pakistan verbracht hatte. Wegen politischer Unruhen hatte er das Land verlassen und war nach London gefahren. Allerdings hatte er etwas mitgebracht.

Schlangen!

Terrarien voller Schlangen.

Angefangen von einer kleinen, aber hochgiftigen Wasserschlange über die Königskobra bis hin zur mörderischen Anakonda war alles vorhanden.

Jerry Falmer liebte Schlangen. Aber nicht nur das. Er hatte sich auch mit den Kulturen der asiatischen und südameikanischen Völker beschäftigt, und da gab es Menschen, die Schlangen verehrten.

Sie waren das Symbol des Teufels.

Demnach war Asmodina hier nicht verkehrt. Sie hatte bereits mit dem Mann Kontakt aufgenommen, er erwartete ihren Besuch.

Die Teufelstochter ließ die beiden Leichen liegen und setzte ihren Weg fort.

Sie verließ den Heizungskeller, erreichte wieder den kahlen Betongang und schritt ihn entlang, als wäre nichts geschehen.

Zielsicher bog sie dann in einen Quergang ein, der vor einer grauen Mauer endete.

Dort blieb sie stehen.

In diesem Gang befanden sich die Keller der Mieter. Und einer war besonders groß, der letzte in der Reihe. Ihn wollte keiner so recht haben, weil durch die Querwand dicke Heizungsrohre liefen und der Keller deshalb immer warm war.

Für Jerry Falmer jedoch war er bestens geeignet. Seine Schlangen brauchten die Wärme.

Bei seinem Einzug vor drei Wochen hatte er auch die Kellertür auswechseln lassen. Sie bestand jetzt aus dickem, metallverstärktem Holz und war so gut wie einbruchssicher, denn niemand sollte etwas von dem Geheimnis des Jerry Falmer erfahren.

Asmodina klopfte.

Dreimal...

Dann wurde geöffnet.

Die Teufelstochter hatte sich Jerry Falmer schon einmal gezeigt, deshalb war der Mann von ihrem Auftauchen nicht überrascht.

»Komm rein«, sagte er.

Asmodina betrat eine feuchte, stickige Höhle, in der sofort das künstliche Licht auffiel, das die zahlreichen Terrarien bestrahlte.

In den Gefäßen wimmelte es von Schlangen. Sie krochen übereinander, bildeten Knäuel und Knoten, glitten an den Wänden hoch, rutschten wieder ab oder lagen nur einfach träge da und lauerten auf Beute. Am Boden standen zahlreiche Kartons. Ihre Deckel waren mit Luftlöchern versehen. Die Kartons selbst bewegten sich hin und her, als würden unsichtbare Hände sie schieben. Und man hörte aus ihnen Fiepen, Quietschen und trippelnde Schritte.

In den Kartons wurden die Opfer aufbewahrt. Mäuse und Ratten.

Schweigend schaute sich Asmodina um. Dann nickte sie. »Du hast es dir hier gut eingerichtet, Jerry Falmer«, lobte sie, und der Kopf des Schlangen-Fans lief vor Aufregung hochrot an. Er war stolz über dieses Lob, er war überhaupt stolz, daß sich die Teufelstochter mit ihm, einem unbedeutenden Mann, abgab.

Er war wirklich unscheinbar. Die heiße Sonne Pakistans hatte seine Haut nicht gebräunt, sondern gerötet. Sein blondes Haar war noch fahler geworden, und mit den eingefallenen Wangen und den tief in den Höhlen liegenden Augen sah er aus wie ein kranker Mann. Vielleicht war er auch krank, auf jeden Fall erlitt er regelmäßig seine Malaria-Anfälle. Doch er war auch besessen. Besessen von einer Idee.

Er wollte die Höllenschlange haben!

Dieses sagenhafte Tier, das durch die Legenden der Völker geisterte und nicht auszurotten war.

Die Höllenschlange!

Es mußte sie geben. Asmodina hatte ihm versprochen, ihn auf den richtigen Weg zu bringen.

Die Teufelstochter schritt durch den Keller. Sie passierte die Terrarien, warf mal hier einen Blick hinein, dann in das nächste und hob von einem dritten einen Teil des Deckels.

Augenblicklich richteten sich vier Schlangen aus dem warmen Sand auf. Es waren Klapperschlangen. Am Rasseln deutlich zu erkennen.

»Vorsicht, nicht!« krächzte Jerry Falmer, dann jedoch fiel ihm ein, wer da stand, und er sagte nichts.

Asmodina senkte ihre Hand in das Terrarium.

Zwei Schlangen stießen blitzschnell zu, hackten ihre Zähne in die wieder normal gewordene Hand, und Asmodina zog sie lachend zurück. Ihr war nichts geschehen.

Falmer atmete auf.

»Du siehst, sie tun mir nichts«, sagte die Teufelstochter. »Auch wenn sie mich beißen, was soll es?« Sie hob die runden Schultern und blickte sich wieder um.

»Hat jemand was gemerkt?«

»Nein, niemandem ist etwas aufgefallen.«

Asmodina nickte. »Das ist ausgezeichnet. Du hast gute Arbeit geleistet, Jerry Falmer.«

»Aber nur mit deiner Hilfe.«

»Das spielt keine Rolle. Hauptsache ist, daß dir deine Tierchen gehorchen. Das tun sie doch – oder?«

»Natürlich.«

»Und Sinclair ist da?«

»Ich glaube. Heute habe ich nur den Chinesen gesehen. Er kam mit Blumen und einem Geschenk.«

»Dann werden sie was feiern. Du weißt nicht, was?«

»Nein.«

»Trotzdem gut.« Asmodina lächelte. »Wenn sie feiern, trinken sie auch. Höchstwahrscheinlich Alkohol. Und dieses Zeug lähmt die Reaktionsfähigkeit. Die Schlangen werden leichtes Spiel haben.«

»Das glaube ich auch.«

»Wie läßt du sie raus?«

»Durch die Luftschächte der Klimaanlagen. Ich werde sie aber auch in den Gang legen.«

»Das ist gut.«

»Und wann kann ich die Höllenschlange sehen?« erkundigte sich Jerry Falmer mit hechelnder Stimme.

»Hast du sie überhaupt schon mal gesehen?« fragte Asmodina spöttisch.

»Nur auf alten Bildern. Sie ist groß, nicht wahr?«

»Riesig, mein Freund. Unheimlich groß sogar. Sie erreicht die Höhe dieses Hauses.«

»Und diese Schlange wird kommen?«

»Nein.«

Enttäuschung malte sich auf dem Gesicht des Mannes ab, doch Asmodina war noch nicht fertig.

»Die Schlange wird nicht nur kommen, sie ist bereits hier.«

Jerry Falmer schluckte. »Sie ist...«

»Ja.« Die Teufelstochter nickte. »Sie ist bereits hier. Genauer gesagt, sie steht vor dir. Denn ich, nur ich allein, bin die Höllenschlange!«

Jerry Falmer war wie vor den Kopf geschlagen. »Du... du bist Apep, die Höllenschlange?«

»Ja.«

»Aber das ist doch kaum möglich.« Er fuhr über die Stirn und spürte den Schweiß auf seinen Händen. »Das kann es doch nicht geben. Nein, das glaube ich nicht.«

»Erinnere dich daran, was du alles über Apep gelesen hast!«

Er nickte. »Ja, natürlich. Apep kann der Teufel sein. Er tritt ja in verschiedenen Gestalten auf. Je nachdem, welch einer Mythologie die Völker nachhängen. Und im alten Ägypten war der Teufel eine Schlange, der große Gegenspieler von Re.«

»Genau.«

»Meine Güte, daß ich so etwas noch erleben kann.« Er drehte sich im Kreis, schaute auf seine Lieblinge in den Terrarien und schrie: »Habt ihr es gehört? Apep ist da! Sie ist gekommen. Zu mir gekommen, dem Herrn der Schlangen.« Er lachte irr.

Asmodina ließ ihn. Dieser Jerry Falmer war ihr eine ungeheure Hilfe. Und sie würde ihm zur Seite stehen.

Falmer beruhigte sich wieder. Er war in die Knie gesunken und preßte sein Gesicht gegen die Scheibe eines Terrariums. »Ich bin glücklich«, hechelte er. »Auch ihr sollt glücklich sein. Ich werde euch eine Ration geben, so außer der Reihe.« Er beugte sich zur Seite und riß den Deckel eines Kartons auf.

Mäuse, schwarze, braune, weiße – es wimmelte nur so von ihnen. Mit der rechten Hand griff Jerry Falmer in den Karton hinein. Seine Finger gruben sich in das Fell zahlreicher Tiere. Er hob sie hoch, öffnete den Deckel und schleuderte die Mäuse in das Terrarium.

Plötzlich kam Bewegung in die Schlangen. Blitzschnell ringelten sie sich auseinander, stießen sich ab, rissen ihre Mäuler auf und schlangen die Tiere gierig hinunter. Ihre Leiber wurden größer, man konnte sehen, wie die Mäuse mit Haut und Haaren gefressen wurden und weiterwanderten.

Asmodina lachte böse. »So und nicht anders soll es auch mit John Sinclair geschehen!« zischte sie haßerfüllt.

»Er hat keine Chance, keine!« gab ihr Jerry Falmer recht.

Asmodina nickte. »Da ist noch etwas«, sagte sie. »Ich mußte auf dem Weg hierher zwei Männer umbringen. Sie liegen im Heizungsraum.«

Falmer winkte ab. »Das spielt keine Rolle, wenn sie die Toten finden. Wir haben hier bald die Hölle. Wen stören da schon zwei tote Kerle?«

»Ja, wen stört das schon«, erwiderte Asmodina und lachte.

Glenda Perkins schaute mich überrascht an, als ich eine Stunde früher als normal das Büro verließ. Sie hob ihre Hände von der Tastatur der Schreibmaschine und schüttelte den Kopf.

»Ist was?« fragte ich.

»Ja, ich wundere mich.«

»Und warum?« ich stellte mich ahnungslos.

»Anzug, dezente Krawatte, ein neues Hemd, alles nach der Mode des Jahres. Was ist in Sie gefahren, John?«

»Und ich kaufe noch einen Blumenstrauß.«

»Wie dieses?«

»Wenn jemand Geburtstag hat, soll man ja anständig dort erscheinen«, erwiderte ich.

»Und wer ist die Dame? Jane Collins?« Den Namen sprach Glenda etwas schärfer aus, denn sie und Jane waren zwar nicht wie Hund und Katze, doch auch keine Freundinnen. Sie gingen sich am liebsten aus dem Weg.

»Die ist es nicht.«

Damit hatte ich Glenda erst einmal beruhigt, aber gleichzeitig wurde sie neugierig. Sie senkte zwar den Blick, konnte aber nicht vermeiden, daß sie etwas rot wurde.

Ich stand direkt neben ihr. Nach moderner Art trug Glenda die obersten Knöpfe ihrer Bluse offen. Zwangsläufig hatte ich einen guten Einblick, und was da von einem BH kaum abgestützt wurde, war schon sehenswert.

»Sie können ja raten«, schlug ich vor.

»Sheila Conolly?«

»Nein«, lächelte ich.

Glenda krauste die Stirn. »Woher soll ich wissen, welche

Freundinnen Sie haben?« Sie lehnte sich zurück, wobei die Bluse etwas spannte und mir der Einblick nicht mehr gewährt wurde. Schade. Glenda Perkins kam auch nicht mehr dazu, weiterzuraten, denn jemand drückte hastig die Bürotür auf.

Sir James Powell, mein Chef.

Jetzt wurde es Zeit für mich. Der Superintendent brachte es fertig und drehte mir noch im letzten Augenblick, kurz vor Toresschluß, einen Job an.

»Ich bin schon auf dem Weg, Sir«, sagte ich schnell. »Quasi gar nicht mehr hier.«

Er fixierte mich hinter seinen dicken Brillengläsern strafend. »Dann gehen Sie auch, bevor ich mich ärgere.«

Ich lächelte wie sonntags, wenn die Sonne schien. »Aber nicht über mich, Sir.«

»Wenn Sie Ihre Reisekostenspesen verantwortlich unterzeichnen müßten, würden Sie weinen, Sinclair. Sie haben bei Ihrem letzten Fall einen Posten angegeben, den Sie nicht belegen können. Diese viel zu hohe Leihgebühr für das Boot.«

»Sir, der Mann hätte uns sonst nicht nach Caligro Island rübergeschafft. Leider war die Strecke zu weit, um sie schwimmend zurückzulegen. Ich kaufe mir beim nächstenmal Schwimmflossen.«

Glenda Perkins konnte ein Grinsen nicht unterdrücken. Als Sir James sie ansah, wurde ihr Gesicht schlagartig ernst.

»Machen Sie die Spesen fertig«, sagte der Superintendent. »Das schaffen Sie ja noch bis zum Feierabend.«

»Natürlich, Sir.«

Der Superintendent ging, ich folgte ihm in seinem Kielwasser. An der Tür hielt mich Glendas Frage auf.

»Wer hat denn nun Geburtstag?«

Ich drehte mich um. »Ein bezauberndes Mädchen. Schwarzhaarig wie Sie, Glenda. Dazu langbeinig, exotisch und erotisch. Eine Mischung, sage ich Ihnen, nahezu unheimlich. Eine geballte Ladung an Leidenschaft und Sex. Sie ist...«

Glenda lachte, und auch ich mußte losprusten.

»Dann bestellen Sie Shao einen schönen Gruß«, sagte meine Sekretärin. »Ich wünsche ihr alles Gute.«

»Danke. Werd's ausrichten.«

Mit diesen Worten verabschiedete ich mich und trabte zum Lift. Meine Laune stand hoch oben an der obersten Stelle des Gemütspegels. Suko hatte verraten, daß Shao ein chinesisches Essen zaubern wollte, und darauf freute nicht nur ich mich, sondern auch Jane Collins. Sie war ebenfalls eingeladen. Die beiden Conollys wären auch gekommen, doch die hatten noch ein paar Tage an ihren mißglückten Urlaub gehängt und waren auf die Bahamas geflogen. Eine Woche wollten sie ausspannen. Ich gönnte es ihnen. Sheila, Johnny und Bill hatten wirklich eine wahre Hölle hinter sich.

Mein Wagen glänzte wie frisch poliert. Ich hatte ihn am vergangenen Tag waschen lassen. Der Tankwart hatte auch noch die Zündkerzen nachgestellt und überall einen Blick hingeworfen. Er war mit dem Bentley zufrieden.

Wie auch ich.

Als ich die Yard-Garage verließ, fielen die ersten Tropfen. Und das auf den frisch gewaschenen Wagen. Ein Wetter war das – nee, da konnte man griesgrämig werden. Kaum Sonne, nur Regen. Widerlich. Das war kein Sommer, sondern ein verlängerter Winter.

Ich schaltete die Wischer ein. Sie kratzten etwas. Der Verkehr war wieder enorm, trotz der Ferienzeit. Für die verreisten Einheimischen waren Touristen gekommen.

Vor einem Blumenladen hielt ich und freute mich riesig, einen freien Parkplatz gefunden zu haben. Als ich mit dem großen Blumenstrauß im Arm zu meinem Wagen zurückhastete, erhielt meine Freude einen Dämpfer.

Der lange Bobby stand wie ein Zinnsoldat neben dem linken Kotflügel und hatte schon einen Block gezückt. Mit dem Daumen deutete er auf das Schild.

Halteverbot.

Ich legte die Blumen auf den Beifahrersitz und zahlte. Einige Passanten blieben stehen und grinsten schadenfroh.

Wäre ich im Dienst gewesen, hätte ich parken dürfen, so

aber mußte ich zahlen. Auch ein Yard-Mensch hat nicht nur Privilegien. Ich fuhr endgültig in Richtung Heimat. Suko und vor allen Dingen das Geburtstagskind Shao freuten sich riesig auf die Party. Sie fand zwar nur im kleinen Kreis statt, doch das chinesische Essen reichte sicherlich für doppelt so viele Personen. Shao gab sich da immer große Mühe.

Ich wühlte mich weiter durch den Londoner Verkehr, hörte dabei leise Musik und war guter Stimmung. Am Ende der Fahrt nahm mich wieder eine Tiefgarage auf.

Ich stellte den Bentley auf seinem Platz ab und schaute mich skeptisch um.

Seit dem Rattenabenteuer war ich vorsichtig geworden.

Doch niemand wollte mir Böses, außerdem war ich nicht der einzige, der die Lifts ansteuerte.

Hausbewohner, die früher Feierabend hatten als ich, gingen mit mir. Wir nickten uns zu. Man wußte zwar, daß man zusammen im Haus wohnte, doch Namen kannte keiner. An sich nicht schön, doch für meinen Job war es nahezu ideal. Ich mußte im Anonymen arbeiten, wollte nicht unbeteiligte Personen in den oft tödlichen Kreislauf mit hineinziehen.

Natürlich wurde der Blumenstrauß angestarrt. Mit einem freundlichen Gruß verließ ich den Lift, während andere noch höher fuhren.

Ein Haus wie jedes andere, mit Bewohnern, wie sie überall lebten, doch niemand von uns ahnte die Gefahr, die sich bereits über unseren Häuptern zusammenbraute.

Ich betrat zuerst meine Wohnung und legte dort die Dienstwaffe ab. Mit der Knarre wollte ich nicht unbedingt auf einer Geburtstagsfeier herumlaufen.

Die Zeitung hatte ich aus dem Büro mitgenommen, warf sie auf den Tisch, und im Wegdrehen las ich noch, daß an diesem Tag eine Sonnenfinsternis zu beobachten wäre.

Meinetwegen.

Suko und Shao wohnten nebenan. Da die Wände nicht besonders dick waren, hörte ich Stimmen. Aber nicht nur die meiner Freunde, sondern auch andere.

Wen hatten die denn noch alles eingeladen? Sie wollten doch nur im kleinen Kreis feiern.

Ich erfuhr es fünf Minuten später, als auf mein Klingeln geöffnet wurde.

Shao war selbst an der Tür.

»John!« rief sie. »Ich freue mich!«

Ich gab ihr den Blumenstrauß und natürlich einen dicken Geburtstagskuß. Dann sang ich mit meiner leicht angerosteten Stimme das berühmte »Happy Birthday«, und Shaos Augen begannen vor Freude zu glänzen.

»Wen hast du denn noch alles eingeladen?« erkundigte ich mich, als ich die Tür schloß.

»Es sind noch einige Vettern von Suko da.«

»Oh.« Mehr sagte ich nicht, denn ich kannte zwar Sukos Vettern nicht persönlich, aber ich hatte von ihnen schon gehört.

London hat eine gewaltige chinesische Kolonie. Und irgendwie ist jeder mit jedem verwandt.

Vom Äußeren konnte ich Sukos Verwandte nicht auseinanderhalten und von den Namen her erst recht nicht.

Jane war noch nicht da. Dafür begrüßte mich Suko.

Er hatte sich, wie auch Shao, schwer in Schale geschmissen. Shao trug ein langes, grünrot schillerndes Seidenkleid, das an der rechten Seite bis zum Oberschenkel geschlitzt war. Die hochhackigen Schuhe ließen ihre Fesseln noch schlanker erscheinen, und das lange schwarze Haar fiel duftig und weich fast bis zur Taille.

Suko sah im Anzug immer etwas komisch aus. Er fühlte sich auch nicht wohl, sein Lächeln war mehr gequält.

Dann wurde ich vorgestellt.

Ich hatte gar nicht gewußt, daß die kleine Wohnung so viele Menschen faßte. Ich hörte die Namen und vergaß sie wieder. Suko drückte mir eine Schale mit Reiswein in die Hand. Ich war ja nicht im Dienst und konnte mir einen Schluck erlauben.

Ich trank auf Shaos Wohl.

Das chinesische Buffet war in der Küche aufgebaut. Ich

wollte einen Blick riskieren, wurde aber enttäuscht, da die Speisen noch abgedeckt waren.

Suko trat zu mir. »Jane fehlt noch«, sagte er.

»Ist sie denn die letzte?«

Mein Partner hob die Schultern. »Ich weiß ja nicht, wen Shao noch alles eingeladen hat. Das heißt, es ist so: Die Vettern bringen oft ihrerseits wieder Vettern mit, und da...«

Ich lachte. »Hör auf, Suko, sonst können wir die nächsten Etagen noch hinzumieten.«

Es schellte.

Ich stellte mein Glas weg und schaute auf die Uhr. »Das wird Jane sein.«

Shao öffnete bereits. Ich drehte den Kopf und schielte in die Diele. Es war tatsächlich die Privatdetektivin. Ich sah ihr blondes Haar. Jane drückte dem Geburtstagskind ein Riesenpaket in die Hand, und Shaos Augen strahlten.

Ich gönnte ihr diese Feier.

Allerdings dachte ich auch an einen Geburtstag, den wir bei mir gefeiert hatten. Diese Feier damals war durch einen grausamen Dämon brutal gestört worden.

Ich hoffte nur, daß so etwas hier nicht geschah.

Das jedoch war ein Irrtum, was ich allerdings zu diesem Zeitpunkt noch nicht ahnte...

Jerry Falmer öffnete den Deckel eines Terrariums. »Das sind sie«, wisperte er, »das sind deine kleinen Freunde.«

Asmodina nickte. Sie schaute in das Gefäß hinein und sah Hunderte von Schlangen.

Sie waren klein, erinnerten an große Würmer, hatten eine grüne Haut und konnten nicht still liegen.

Falmer warf der Teufelstochter einen schrägen Blick zu. »Sind es die richtigen, Apep?« Er sprach sie fast nur noch mit Apep an.

»Ja.«

»Da bin ich froh.« Falmer rieb sich die Hände. »Sie stammen aus Ägypten. Ich habe sie an den Quellen des Nils gefunden und mitgebracht. Sie lebten dort in den Uferregionen im Schlick und Schlamm. Aber es sind die dämonischen Schlangen, die schon die alten Götter angegriffen haben. Jetzt sind sie noch ruhig, aber mit der Sonnenfinsternis ist ihre Chance da.«

Jerry Falmer lachte und griff in das Terrarium. Seine Hände wühlten in den kleinen Schlangenleibern. Er ließ die Tiere über seine Finger wandern, fühlte die trockenen Körper und auch die Kälte, die sie ausstrahlten.

Seine Augen leuchteten. »Sie werden dir, Apep, den Weg vorbereiten«, versprach er mit flüsternder Stimme. »Diese kleinen Schlangen werden die Menschen zu Dienern machen. Zu Schlangendienern. Sie wissen es nur noch nicht.« Er lachte schallend. Seine Hand zog er wieder zurück und schloß den Deckel.

»Wie lange dauert es noch?« fragte Asmodina.

»Um Punkt 21 Uhr lasse ich die Schlangen frei. Dann wird die Sonnenfinsternis stattfinden.«

Asmodina nickte. »Zwei Stunden haben wir Zeit, um das Haus und die Menschen in unsere Gewalt zu bringen. Zwei Stunden...«

»Du hättest mich ja auch abholen können«, begrüßte mich Jane Collins und hauchte mir erst dann einen Kuß auf die Lippen.

Ich hob die Schultern. »Wieso? Funktioniert dein Wagen nicht?«

»Schuft, ich möchte ja schließlich etwas trinken.«

»Kannst du auch.« Ich deutete mit dem Daumen nach rechts. »Da liegt meine Wohnung. Ein Plätzchen zum Übernachten wird sich dort schon finden.«

»Darauf hast du wohl spekuliert.«

»Wenn ich ehrlich sein soll...«

Shao brachte den Reiswein. Sie drückte Jane Collins die Schale in die Hand. Ich erhielt auch eine. Wir stießen an und tranken.

Auch die Detektivin hatte sich in Schale geworfen, allerdings die Sommergarderobe im Schrank gelassen. Die lindgrüne Bluse hatte lange Ärmel. Die beiden Hälften waren dicht unter dem Hals mit Bändern zu einer kunstvollen Schleife verknotet. In dem bunten Rock wiederholte sich das Grün der Bluse.

Nun, Reiswein löscht keinen Durst. Ich ging in die Küche, suchte und fand es.

Suko hatte ein kleines Fäßchen mit Bier besorgt. Es war sogar deutsches Bier. Gläser standen daneben.

Ich zapfte mir ein kühles Helles.

»Wußte doch, daß ich dich hier finden kann«, sagte der Chinese. Er hatte sein Jackett ausgezogen und auch die Krawatte abgenommen. Jetzt fühlte er sich wohl.

Ich trank, wischte mir den frischen Schaum von den Lippen und zog meine Jacke ebenfalls aus. Da die Garderobe überfüllt war, legte ich das Kleidungsstück im Schlafzimmer über den Betten ab. Mein Blick fiel auf das Fenster.

Und wieder dachte ich an die Sonnenfinsternis. Ich trat dicht an die Scheibe und schaute hinaus.

Noch war nichts zu sehen.

Außerdem regnete es. Die tiefhängenden Wolken verdeckten sowieso die Sonne. Ich verdrehte den Kopf und suchte nach einem Stück blauen Himmel.

Vergebens.

Da würde die Sonnenfinsternis wohl ins Wasser fallen. Wenigstens konnte man nichts davon sehen.

Mir war es egal. Obwohl es einige Sagen und Legenden gab, die sich gerade auf die Sonnenfinsternis beriefen. Wenn die Sonne hinter den Schatten verschwand, war dies ein Zeichen des Bösen. Dann hatte die Welt keinen Schutz mehr, und die Mächte der Finsternis konnten mit ihren tausend Armen nach den Menschen greifen.

Das waren Märchen, und ich beschloß, an diesem Abend nicht mehr an meinen Job zu denken.

Jane fing mich in der Diele ab. »Da bist du ja. Hast du dich verdrückt?«

»Nur die Jacke ausgezogen.«

»Ist dir heiß?« fragte sie und legte mir eine Hand auf den Arm.

»Und wie!«

»Wie kommt das denn?« lächelte sie.

»Das macht deine Nähe.«

»Schmeichler. Das sagst du jetzt. In den letzten beiden Wochen hast du sicherlich kaum an mich gedacht.«

»Dazu hatte ich auch keine Zeit.«

»Ja, die Bahamas-Geschichte.«

Jane und ich hatten am Telefon kurz darüber gesprochen. Sie war ja nicht mitgefahren, weil sie einen lukrativen Auftrag gehabt hatte.

Jane Collins fragte nach Sheila und Bill.

»Sie sind noch auf den Bahamas. Die beiden wollten mit ihrem Sohn ja eigentlich Urlaub machen, dann passierte aber die Sache mit den Zombies.«

»Ja«, flüsterte Jane und schüttelte sich. »Das muß grausam gewesen sein. Besonders für Sheila.«

Ich nickte. »Die Conollys haben sich heldenhaft geschlagen. Vor allen Dingen Bill. Hätte er nicht die Übersicht behalten – na ja, du weißt schon.«

»Laß uns von etwas anderem reden«, forderte Jane.

Dafür war ich auch.

»Und wovon?«

»Vom Essen. Das gibt es nämlich bald. Die ersten gehen schon in Richtung Küche.«

Da hatte Jane Collins recht. Es bewegten sich tatsächlich einige Gäste auf die Küche zu. Die freuten sich schon riesig auf das Buffet.

Jane und ich stellten uns an.

Ich war größer als die anderen und konnte über die Köpfe der Chinesen hinwegblicken. Als ich das Bild sah, mußte ich unwillkürlich lachen.

Suko verteilte Suppe.

Shao hatte ihm eine Schürze umgebunden, er stand neben dem großen Topf, hielt die Kelle in der Hand und verteilte Suppe in die Tassen, die man ihm hinhielt.

Ein Bild für die Götter.

Neben mir stand eine, die verzweifelt versuchte, ein Foto zu schießen. »Darf ich mal?«

Sie schaute mich an. »O bitte, Sir, Sie sind größer.«

Ich nahm ihr die Kamera aus der Hand und schoß zwei Aufnahmen. Suko merkte es und warf mir einen wilden Blick zu.

Ich lachte nur.

Es dauerte, bis Jane und ich an der Reihe waren. Wir nahmen unsere Tassen und hielten sie Suko hin.

»Was hast du mit den Bildern vor?« fragte mich der Chinese, während er Suppe eingoß.

»Die schicke ich an unsere Freunde, die Dämonen. Sie sollen sehen, wie du deine Freizeit verbringst.«

»Untersteh dich, John. Wenn du das tust, drehe ich dich durch den Fleischwolf.«

Wir lachten beide.

Die Suppe – Jane und ich hatten uns in den Living-room zurückgezogen – schmeckte ausgezeichnet. Ich wußte zwar nicht, was alles darin war, aber sie mundete vorzüglich. Vor allen Dingen bekam man Durst.

Ich griff zum Bier und leerte das Glas zur Hälfte.

»Himmel, hast du einen Zug«, sagte Jane.

»Man tut, was man kann. Am liebsten würde ich mir noch Nachschlag holen.«

»Verfressen bist du auch noch!«

Ich schluckte den letzten Rest und sah Jane schief an. »Das möchte ich überhört haben.«

»Stimmt doch.«

Zu einer Gegenantwort kam ich nicht, denn es schellte.

»Schon wieder neue Gäste«, stöhnte Jane. »Bin gespannt, wo Shao die noch alle unterbringen will.«

»Nicht mein Problem.«

Shao öffnete. Ich saß so, daß mein Blick durch die Diele auf die Eingangstür fiel.

Nein, das waren keine Gäste. Es sei denn, Shao hätte auch Polizisten eingeladen. Ich erkannte sie an den Uniformen.

Plötzlich war mir gar nicht mehr so wohl zumute.

Shao sprach mit den beiden Männern, nickte, wandte den Kopf, schaute in meine Richtung und winkte mir zu.

»Nein«, sagte Jane, die ebenfalls etwas bemerkt hatte. »Nicht schon wieder.«

»Vielleicht ist es harmlos«, sagte ich, stellte die Suppentasse ab und stand auf.

Shao kam mir entgegen. »Man will dich sprechen, John«, flüsterte sie mir zu.

»Weißt du, worum es geht?«

»Keine Ahnung.«

»Gentlemen?« fragte ich und schaute die Polizisten dabei an.

Die Beamten grüßten. »Entschuldigen Sie die Störung, Sir. Normalerweise hätten wir Sie nicht belästigt, aber da Sie nun einmal hier wohnen...«

»Schon gut. Worum geht es?«

»Der Hausmeister hat zwei Tote gefunden, Sir. Sie liegen im Heizungskeller Ihres Hauses...«

Das war ein Hammer!

Im ersten Augenblick wußte ich nicht, was ich sagen sollte. Etwas verlegen strich ich über mein Gesicht.

Jane Collins trat auf mich zu. »Was ist denn los, John?«

Ich erklärte es ihr.

Jane wurde blaß. Dann reagierte sie und sagte: »Ich hole dir dein Jackett.«

»Danke.«

Sie hatte nicht nur mein Jackett geholt, sondern auch Suko Bescheid gegeben. Er wollte natürlich mit, doch ich war dagegen. »Nein, bleib du bei deinen Gästen. Sie sollen nichts merken. So ein Leichenfund ist ja nicht gerade eine Geburtstagsüberraschung.«

»Wie du meinst. Aber wenn du mich brauchst...«

»Klar.« Ich nickte den beiden Polizisten zu. »Okay, wir können, Gentlemen.«

Mit dem Lift fuhren wir nach unten. »Ist die Mordkommission schon da?« fragte ich.

»Sie ist unterwegs, Sir.«

»Und der Hausmeister hat die beiden entdeckt?«

»Ja.«

Der Hausmeister wußte natürlich, welchem Job ich nachging. Er hatte genau das Richtige getan.

Wir erreichten den Keller.

Ein Mann lehnte mit leichenblassem Gesicht an der Wand. Es war Theo Hancock, der Hausmeister.

»Mr. Sinclair«, stotterte er. »Ich... ich wußte mir keinen anderen Rat, Sir, als Sie zu...«

»Ist schon gut, Theo. Wo sind die Toten?«

Hancock deutete mit zitternden Fingern auf die Eisentür. »Dort, Sir. Dahinter liegen sie.«

Ich öffnete die Tür und schaltete das Licht ein.

Die beiden Polizisten folgten mir, Hancock blieb draußen.

Vorsichtig ging ich einen Kreis um die beiden Leichen und schaute sie mir an.

Sie waren erwürgt worden. Die Toten trugen noch ihre Monteursanzüge. Zu den Bewohnern gehörten sie demnach nicht. Ich wollte jedoch Gewißheit haben, verließ den Tatort und fragte den Hausmeister.

»Ja, Sir, das waren zwei Monteure, die sich um die Heizung kümmern sollten.«

»Sie haben nichts gesehen?«

»Nein, Sir.«

Rätselhaft das Ganze, sehr rätselhaft. Ich wußte auch nicht, was ich dazu sagen sollte. An den Druckstellen am Hals hatte ich erkannte, daß sie erwürgt worden waren. Aber wie sie genau ums Leben gekommen waren, ob man sie mit einem Seil oder den Händen erdrosselt hatte, würde erst die genauere Untersuchung ergeben.

Ich war gespannt, wer die Mordkommission leitete. Für diesen Bezirk war eigentlich nur mein alter Spezi, Chiefinspektor Tanner, zuständig.

Ich hatte mich nicht getäuscht. Man sah ihn nicht, man hörte ihn, wie er und seine Mannschaft antrabten.

»Wohnt in diesem Haus nicht dieser Sinclair?« polterte er schon von weitem los.

»Richtig geraten«, erwiderte ich laut und trat vor.

Tanner blieb stehen. Dabei verzog er sein Gesicht, als hätte er Essig getrunken. »Nein«, jammerte er. »Sinclair ist schon da. Mir bleibt aber auch nichts erspart.«

Seine Leute bewegten sich bereits auf den Tatort zu, während Tanner bei mir stehenblieb.

Er sah aus wie immer. Trug seinen alten Mantel und den noch älteren Filz. Sein Gesicht war in ständiger Bewegung. »Wenn Sie mal auswandern, Sinclair, ist das für mich der schönste Tag meines Lebens.«

Ich grinste. Tanner war zwar ein alter Polterkopf, aber wir verstanden uns trotzdem.

Er wurde sachlich. »Wissen Sie schon mehr?«

»Nein, nur daß es zwei Leichen sind.«

»Ein Doppelmord, noch schlimmer.« Tanner wies auf Theo Hancock. »Wer ist das?«

»Der Hausmeister. Er hat die Toten entdeckt.«

Tanner winkte ihn zu sich.

Theo Hancock schlurfte mit eingezogenem Kopf heran. Wer Tanner nicht genau kannte, der fürchtete sich vor ihm.

Chiefinspektor Tanner hob den Daumen und drückte ihn gegen den Rand von seinem Filz. »Name?«

»Theo Hancock, Sir.«

»Beruf?«

»Hausmeister.«

»Dann erzählen Sie mal.«

»Was, Sir?«

Tanner lief rosa an. Das war die erste Stufe.

Ich mischte mich ein. »Wie Sie alles entdeckt haben, Theo.«

Hancock nickte mir dankbar zu. »Also, ich wollte nachsehen, weil die beiden Monteure noch nicht zurück waren. Sie müssen sich nämlich bei mir abmelden, damit ich sie aus der Liste streichen kann. Ich ging also in den Keller, wollte ihnen

Bescheid sagen, rief sie auch, aber niemand meldete sich.« Er schluckte, bevor er weitersprach. »Und dann... dann fand ich sie.«

»Mehr nicht?« fragte Tanner.

»Wieso? Meinen Sie noch eine dritte Leiche?«

Ich mußte mir das Grinsen verbeißen. »Der Chiefinspektor meinte, ob Sie vielleicht den oder die Mörder gesehen haben.«

Theo Hancock schüttelte den Kopf. »Nein, da habe ich nichts gesehen.«

»Sind Ihnen vielleicht Fremde aufgefallen?« wollte ich wissen.

»Eine Menge Chinesen.«

»Was?« schnappte Tanner.

»Moment.« Ich hob die Hand. »Die Chinesen sind zu einer Geburtstagsfeier gekommen, von der man mich gerade geholt hat. Da spielt sich nichts ab.«

»Ach so.«

Die Spurensicherung war fertig. »Sie können sich die Leichen ansehen, Chiefinspektor«, wurde uns gemeldet.

Tanner und ich gingen. Der Arzt erwartete uns. »Erwürgt«, stellte er fest, »die beiden sind erwürgt worden.«

»Können Sie etwas über die Tatwaffe sagen?« erkundigte ich mich. »Ich meine, ob mit einer Schlinge oder mit den Händen.«

»Keines von beiden.«

Ich war überrascht.

»Womit dann?« fragte Tanner.

»Kann ich Ihnen auch nicht sagen. Mit einem dicken Gegenstand, wie mir scheint. Das ist von den Abdrücken deutlich abzulesen. Ich konnte in der kurzen Zeit die Leichen nicht genauer untersuchen. Später kann ich mehr sagen.«

»Weitere Spuren?«

»Nein.« Die Antwort gab Tanners Assistent. »Nicht einmal Fußabdrücke. Hier scheint ein Geist gekillt zu haben«, bemerkte er mit einem Seitenblick auf mich.

Tanner verstand. »Dann ist das vielleicht Ihr Fall, Sinclair.«

Ich schüttelte den Kopf. »Ich habe zwar Interesse daran, weil der Mord in meinem Wohnhaus geschehen ist, aber an Geister oder Dämonen möchte selbst ich nicht glauben.«

»Dann bleibt alles an mir hängen«, brummte Chiefinspektor Tanner.

Ich grinste. »Sieht so aus.«

Zwei Träger kamen. Sie brachten die Wannen mit, in denen die Leichen abtransportiert wurden. Die Männer in den blaugrauen Kitteln mußte zweimal gehen.

Tanner und seine Mannschaft verzogen sich.

Ich hielt den Arzt noch einmal zurück. Er war ein alter Stratege und hatte seine Erfahrungen hinter sich.

»Sagen Sie ehrlich, Doc, haben Sie keine Vermutung, wie die beiden ums Leben gekommen sind?«

Er schaute mich prüfend an. »Ihnen kann ich's ja sagen«, meinte er. »Mit Tanner hätte es wieder Zirkus gegeben. Ich war jahrelang in Asien, damals gehörte Indien noch zum United Kingdom. Und da habe ich Tote gesehen, die ebenso aussahen wie diese beiden hier. Wissen Sie, wie die umgekommen sind?«

»Nein.«

»Erwürgt. Und zwar durch Schlangen!«

»Schlangen?« Ich lächelte ungläubig. »Wie sollten Schlangen hierherkommen?«

Der Doc tippte mir gegen die Brust. »Das herauszufinden, Sinclair, ist Ihre Sache. Schönen Abend noch.« Er ging.

Ich schaute ihm nach. Schlangen, das gab's doch nicht. Aber wenn der Doc es sagte...

Gedankenversunken fuhr ich wieder nach oben. Der Lärm war schon im Flur zu hören. Man amüsierte sich prächtig. Wahrscheinlich hatten Suko und Jane nichts gesagt.

Ein anderer Bewohner streckte seinen Kopf aus der Tür. »Mr. Sinclair«, sprach er mich an. »Was ist denn los?«

Ich kannte den Mann flüchtig. Er war Junggeselle und brachte abends immer allerhand auf die Beine.

»Wieso sollte etwas los sein?«

»Ich sah die Polizei vor dem Haus.«

»Nur eine reine Routineuntersuchung«, wich ich aus. Ich wollte die beiden Toten nicht erwähnen, davon würden die Hausbewohner sowieso früh genug erfahren.

»Wenn Sie das sagen...« Der Mann glaubte mir nicht so recht und schlug wütend die Tür zu.

Ich ging weiter.

Nach genau vier Schritten blieb ich wie angewurzelt stehen. Vor mir auf dem Boden hatte sich etwas bewegt. Etwas Grünes, Längliches – eine Schlange...

Tatsächlich!

Ich schaute noch immer auf das Tier, und meine Gedanken beschäftigten sich mit dem Woher, als die Schlange schon vorglitt. Es ging so schnell, daß ich es nicht schaffte, auszuweichen. Plötzlich wischte sie über meinen Fuß und verschwand im Hosenbein, wo sie sofort an der Innenseite meines Beins den Körper hochkroch.

So etwas war mir noch nie passiert. Sie glauben gar nicht, was das für ein Gefühl ist, wenn eine Schlange an der nackten Haut entlangkriecht.

Ich schlug mit der Hand gegen meinen Oberschenkel, fiel gegen die Wand, vollführte die tollsten Verrenkungen, doch die Schlange wurde ich nicht los.

Sie glitt weiter.

Blitzschnell...

Unterhalb des Hosenbundes kroch sie auf der nackten Haut. Ich hatte eine höllische Angst davor, daß sie giftig war, und öffnete fieberhaft die Knöpfe meines Hemdes, um die Schlange endlich packen zu können.

Das war nicht mehr nötig.

Etwas anderes trat ein.

Die Schlange, auf ihrem Weg zu meinem Kopf nicht mehr aufzuhalten, berührte das Kreuz.

Und das war ihr Verderben. Plötzlich zischte es auf, ich roch einen beißenden, ekelhaften Geruch, und schon krochen die giftgrünen Dämpfe aus meinen Ärmeln.

Dann war alles vorbei.

Als ich nach der Schlange fühlte, spürte ich den Staub zwischen meinen Fingern.

Aufgelöst...

Die Schlange existierte nicht mehr. Mein Gott! Ich schaute dem Staub nach, wie er zu Boden rieselte. Ein graugrüner Schnee. Ich wußte, was das zu bedeuten hatte. Die Schlange war ein dämonisches Wesen, sonst wäre nach der Berührung mit dem Kreuz nicht diese Reaktion eingetreten.

Plötzlich war es kein normaler Kriminalfall mehr, sondern ein Fall für mich. Und der Doc hatte recht gehabt. Es gab tatsächlich Schlangen in unserem Haus. Nur – konnten diese kleinen Tiere erwachsene Männer erwürgen?

Das war die große Frage. Ich glaubte nicht daran und ging zwangsläufig von einer anderen Folge aus. Falls es in diesem Haus mehr als nur diese eine Schlange gab, die ich getötet hatte, dann mußten auch noch größere Reptilien existieren.

Dieser Gedanke war schrecklich.

Ich wußte nicht, wie viele Menschen hier wohnten, aber wenn meine Befürchtungen stimmten, dann schwebten sämtliche Bewohner in einer schrecklichen Gefahr.

Mir brach plötzlich der Schweiß aus.

Was war zu tun? Sollte ich jeden warnen? Es würde eine Panik geben, das konnte man nicht riskieren. Es machte alles nur noch schlimmer.

Was dann?

Es gab eigentlich nur eine Möglichkeit. Ich mußte mit Unterstützung meiner Freunde den Ursachen dieser dämonischen Schlangenpest auf den Grund gehen und die Tiere vernichten.

Etwas anderes kam nicht in Frage.

Ich ging wieder zu den anderen. Sie feierten noch, hatten inzwischen einiges getrunken, und ich wurde mit großem Hallo begrüßt. Mein Lächeln fiel gequält aus, und als mir jemand ein Glas in die Hand drückte, nahm ich nur aus reiner Höflichkeit einen winzigen Schluck.

Jane Collins bahnte sich einen Weg zu mir. In ihren Augen las ich eine Frage.

Ich nickte ihr zu und deutete mit dem Kopf in eine andere Richtung. Jane Collins verstand. Wir trafen uns in der Küche. Von Suko sah ich nichts.

»Was ist geschehen?« fragte die Detektivin.

Ich schaute auf das Buffet, das zum größten Teil schon geplündert war. Hunger verspürte ich keinen mehr, trotz der noch vorhandenen Köstlichkeiten.

»Es hat wirklich zwei Tote gegeben«, erklärte ich. »Zwei Monteure sind erwürgt worden.«

»O Gott!«

Dann berichtete ich Jane Collins von den Vermutungen des Docs und von meiner Begegnung mit der Schlange.

»Eine Schlange?« hauchte die Detektivin.

»Ja, und sie starb nach der Berührung mit meinem Kreuz.«

»Das heißt, hier sind dämonische Kräfte am Werk.«

»Höchstwahrscheinlich.«

Jane senkte den Blick. »Und was willst du tun?«

»Erst einmal mit Suko darüber reden. Wo ist er eigentlich?«

»Im Bad, Getränke holen. Mit Shao.«

Schon bald kehrten Suko und Shao zurück. Sie trugen Weinflaschen unter den Armen. Shao machte einen glücklichen, gelösten Eindruck. Suko schien ihr nichts erzählt zu haben.

»Ich hole ihn«, sagte Jane.

Die Detektivin blieb dann bei Shao, als sie Suko weggelotst hatte. Mein Partner war noch stocknüchtern. Er hatte sich wieder eisern gezeigt.

»Und?« fragte er.

Ich erzählte ihm das, was ich auch Jane berichtet hatte.

Selbst Suko wurde blaß. Er dachte auch sofort an die Folgen und sagte es mir.

Ich war seiner Meinung.

»Sollen wir die Leute warnen?« erkundigte er sich.

Ich schüttelte den Kopf. »Nein, wir sehen uns erst einmal im Keller um.«

»Einverstanden.«

Ich wollte in den Keller, denn ich hatte das unbestimmte

Gefühl, etwas übersehen zu haben. Zuvor mußte ich noch eine Tür weiter. Dort lag meine Wohnung. Und da befanden sich die Waffen, denn ich konnte mich sicherlich auf einige Überraschungen gefaßt machen...

Mary und Cliff Davies kamen aus Leicester. In London wohnten sie erst drei Monate, und Cliff war froh gewesen, daß ihm sein neuer Arbeitgeber, eine große Bankgesellschaft, auch bei der Wohnungssuche behilflich gewesen war.

Sie hatten eine Drei-Zimmer-Wohnung gefunden. Zwar in einem Hochhaus, aber besser als gar nichts. Nach Marys Meinung hatten sie sich verschlechtert, weil ihr der Kontakt zur Natur fehlte. Sie brauchte den Garten hinter dem Haus, den weiten Blick und auch den Kontakt zu den Nachbarn.

Das alles fehlte hier in London.

Dafür stimmte das Gehalt.

Cliff verdiente fast doppelt soviel wie in Leicester, und deshalb hielt sich Mary auch zurück. Allerdings hatte sie eine Bedingung gestellt.

Sie wollte abends raus.

Cliff war einverstanden, und so fuhren sie nach Feierabend dorthin, wo man noch an der Themse spazieren gehen konnte. Über grüne Uferwiesen, wo die Abgase der Industrie sie nicht erreichten. Auch von dem Dreck der Fabriken war hier nichts zu merken.

Dann dachte die 30jährige Mary stets an Leicester, wo die Welt noch in Ordnung war.

Und ihr Mann sagte immer das gleiche. »Eines Tages, Darling, ziehen wir wieder dorthin. Dann ist mir der Durchbruch gelungen. Darauf kannst du Gift nehmen.«

Mary glaubte ihrem Mann. Zudem wollte sie sich nicht ihre Illusionen rauben lassen.

Als sie an diesem Abend zurückkehrten, war es ziemlich spät geworden. Schon 22 Uhr. Sie hatten noch eine Kleinigkeit gegessen und auch etwas getrunken. Cliff war nur froh, daß ihn keine Streife angehalten hatte.

Cliff hatte den Arm um die Schultern seiner Frau gelegt, als sie das Haus betraten. Sie waren von der Tiefgarage aus noch einmal nach draußen gegangen, um etwas frische Luft zu schnappen. Zudem hatte es aufgehört zu regnen, doch auch das Weinen des Himmels störte die beiden nicht sehr. Sie trugen wetterfeste Kleidung.

In der Halle trafen sie einen Bekannten vom dritten Stock. Der blieb neben ihnen stehen.

»Haben Sie schon gehört?«

Das Ehepaar schüttelte gemeinsam den Kopf. »Was denn?« fragte Cliff Davies.

»Die Polizei war im Haus.«

Marys dunkle Augen wurden groß. »Ach, was Sie nicht sagen. Welchen Grund hat es denn gegeben?«

Der Mann hob die Schultern. »Keine Ahnung. Darüber schweigt man sich aus.«

Cliff Davies fuhr mit der Hand durch seinen Kinnbart. »Vielleicht ein Verbrechen. In solchen Hochhäusern geschieht ja viel.«

Der Mann nickte. »Da sagen Sie was.« Er schaute auf seine Uhr. »Ich muß mich beeilen, will noch ein paar Zigaretten holen. Gute Nacht wünsche ich Ihnen.«

»Danke.«

Die Davies' gingen auf den Lift zu. Mary schüttelte sich.

»Was hast du?«

»Wenn ich das so höre, Polizei im Haus, dann drängt es mich immer mehr, wieder auszuziehen.«

Cliff schaute seine dunkelhaarige Frau an. »Nun warte erst einmal ab, vielleicht ist alles nur harmlos.«

Sie lächelte. »Okay.«

Der Lift stoppte. Die Tür glitt auf, und Cliff ließ seiner Frau den Vortritt.

Mary schaute zur Decke hoch.

Sanft fuhr der Lift an.

Die Frau runzelte die Stirn.

»Was ist?« fragte ihr Mann.

»Nichts. Ich habe nur so ein komisches Gefühl.«

Cliff winkte ab. »Du mit deinen Gefühlen. Komm, wir sind da.«

Die beiden stiegen aus. Die Wohnung lag schräg gegenüber. Cliff hielt bereits den Schlüssel in der Hand. Er schloß auf, machte Licht und sperrte direkt wieder ab.

Seine Frau hatte den Mantel schon ausgezogen und war bereits im Living-room. »Ich habe noch Durst, Cliff.«

Der Mann nickte. Er holte für sie und sich ein Glas Orangensaft. Sie tranken.

»Müde?« fragte Cliff.

»Ja.«

»Okay, dann laß uns schlafen gehen. Willst du zuerst ins Bad?«

Mary nickte. Sie drehte sich schon um und schleuderte ihre Schuhe von den Füßen.

Cliff griff zur Fernbedienung und drückte die Taste für das erste Programm. Auf der Mattscheibe erschienen mehrere Männer, die um einen halbrunden Tisch saßen und diskutierten.

Wieder einmal ging es um die wirtschaftliche Lage der Insel. Cliff schüttelte den Kopf.

Da hörte er den Schrei!

Für einen winzigen Augenblick stand Cliff Davies stocksteif. Der Schrei war in der Wohnung aufgeklungen.

Mary!

Cliff warf sich herum und rannte zum Bad. Hart riß er die Tür auf, stolperte über die Schwelle und prallte gegen seine Frau, so abrupt blieb er stehen.

Ihn packte das nackte Entsetzen.

In seinem Badezimmer wimmelte es von Schlangen!

Sie waren überall. Sie ringelten sich über den Boden, über den zugeklappten Deckel der Toilette und schlängelten auch in der blauen Badewanne.

Eine grüne, widerliche, sich hin und herbewegende Flut. Sie waren nicht groß, etwa so lang wie ein Männerarm und dabei kaum dicker als ein Finger. Cliff Davies hatte das Gefühl, auf eine Menge riesiger Würmer zu schauen.

»Cliff!« schrie seine Frau. »Cliff!« Sie klammerte sich an ihrem Mann fest, er spürte die spitzen Nägel durch den Stoff des Hemdes in seinem Fleisch und war unfähig, etwas gegen die Schlangenflut zu unternehmen.

Er starrte auf die Masse.

Und sie näherte sich ihnen.

Die Schlangen richteten sich auf, fixierten aus ihren kleinen Augen die beiden Menschen, denn plötzlich hatten sie ein Ziel.

Sie wurden schnell.

Als die erste Schlange über die glatten Fliesen züngelte und plötzlich an den Beinen der Frau hochglitt, erlitt Mary einen Schreikrampf. Weit riß sie den Mund auf. Aus ihrer Kehle drangen Laute, die sich an den kahlen Wänden des Bades brachen und als kreischendes Echo durch die Wohnung schwangen.

Cliff hatte sich wieder gefangen. Er bückte sich, griff nach dem am Bein seiner Frau hochgleitenden Schlangenleib und wollte ihn wegreißen.

Das war sein Fehler.

Auf einmal waren die anderen Tiere wie grüne Blitze über ihm. Cliff Davies spürte sie plötzlich in seinem Nacken. Sie glitten hinter dem Kragen vorbei, rutschten über seinen Rücken, und er hatte das Gefühl, in Eiswasser zu stehen.

Es war grauenhaft.

Cliff ließ die Schlange am Bein seiner Frau los, schlug mit den Armen um sich, wobei er die Tiere packen wollte, die über seinen Körper ringelten, doch die Schlangen rutschten ihm immer wieder durch seine Finger.

In die unten offenen Hosenbeine glitten sie hinein, schlängelten an seinen Beinen hoch, und Cliff Davies wurde von Angst und Ekel geschüttelt.

Seiner Frau erging es ähnlich.

Sie war zurückgewichen und dabei gegen die Wand geprallt. Gleichzeitig trat sie auf den Leib einer Schlange.

Mary Davies rutschte aus.

Das war ihr Verhängnis. Cliff konnte ihr nicht zu Hilfe eilen, er hatte mit sich selbst genug zu tun. Mary wurde nach vorn geworfen.

Sie fiel auf die Wanne zu.

Plötzlich sah sie den blauen Rand dicht vor ihren Augen. Dann stieß sie mit der Stirn dagegen, und etwas explodierte vor ihren Augen. Schwer rollte sie zur Seite.

Mary wurde nicht bewußtlos, doch die Schmerzen kamen in Intervallen und drohten, ihren Schädel auseinanderzureißen. Nur schwach hörte sie die Stimme ihres Mannes.

»Mary... Ma... ahhhgggrrrr...«

Cliff gurgelte auf. Sein Oberkörper war mit zuckenden, windenden Schlangenleibern bedeckt. Gleich mehrere hatten sich um seinen Hals gewunden, schnürten ihm die Luft ab, töteten ihn aber nicht.

Der Mann krachte zu Boden. Haarscharf nur verfehlte sein Kopf die Kante des Waschbeckens.

Auf der Seite blieb er liegen.

Und die Schlangen waren überall. Sogar an seinem Mund. Die erste schob sich hinein, ringelte sich weiter – und war verschwunden.

Das sah Mary nicht. Aber auch sie spürte etwas Glattes auf ihrem Gesicht, öffnete unbewußt den Mund und gab ebenfalls einer Schlange Gelegenheit, zwischen ihre Lippen zu kriechen.

Sie verschwand im Leib der Frau.

Plötzlich war es still.

Eine nahezu tödliche Ruhe breitete sich in dem kleinen Badezimmer aus.

Asmodinas Horrorschlangen hatten ihren ersten Sieg errungen.

Von Hektik war nichts mehr zu merken. Die Tiere zogen sich von den beiden leblosen Menschen zurück. Sie glitten in eine Ecke des Badezimmers und warteten ab.

Mary Davies bewegte sich als erste.

Verwirrt richtete sie sich auf, schaute sich um und lächelte plötzlich, als sie auf das Gewimmel blickte.

Die Anwesenheit der Schlangen jagte ihr keine Angst **mehr** ein. Im Gegenteil, sie freute sich sogar darüber.

Ihr Blick fiel auf Cliff.

Er lag noch am Boden. Für einen Moment wurden die Augen der Frau starr, dann bewegte sie sich auf den Mann **zu** und stieß ihn an.

Auch Cliff öffnete die Augen.

Mary lächelte.

Sie wollte etwas sagen, doch Worte drangen nicht **aus** ihrem Mund. Es war das Zischen einer Schlange...

Ihren Mann störte dies nicht. Auch er antwortete in der gleichen Art und Weise. Zischend, als wäre er selbst ein Reptil und kein Mensch.

Die beiden erhoben sich und verließen das Badezimmer. Die Tür versperrten sie nicht.

Es kümmerte sie überhaupt nicht, daß die Schlangen ihnen aus dem Bad in den übrigen Teil der Wohnung folgten. Sollten sie doch, sie waren ihre Freunde.

Beide lachten sogar, als sich die zahlreichen grünen Leiber aus dem Bad wälzten, doch das Lachen verging ihnen, **denn** plötzlich schlug die Türklingel an...

Der Stimmungswechsel war abrupt gekommen. Eben **noch** die Euphorie der Feier, dann der Schock mit der kleinen, **aber** gefährlichen Schlange.

Ich war mal wieder im Dienst. Und diesmal nicht **irgend**wo in der Welt, sondern im eigenen Haus. Meine Gegner **hat**ten wie der berühmte Blitz aus heiterem Himmel zugeschlagen.

Im Lift sagte Suko: »Jetzt ist bald Sonnenfinsternis. Die Gäste werden sie beobachten wollen.«

»Sie können nicht viel sehen.«

»Trotzdem, der Reiz bleibt«, meinte mein Partner. Er runzelte die Stirn. »Ob die Sonnenfinsternis etwas mit den Vorgängen hier im Haus zu tun hat?«

»Wie kommst du darauf?«

Der Lift stoppte, und Suko gab die Antwort, als wir die Kabine verließen. »Nun, es gibt Sagen und Legenden, in denen gewisse Vorgänge ursächlich auf die Verdunkelung der Sonne zurückzuführen sind«, erklärte er.

»Aber nicht mit Schlangen«, widersprach ich.

»Kennst du die Geheimnisse genau? Denk an die alten Ägypter.« Suko hatte recht, und ich hörte inzwischen auf seine Meinung. Der Chinese las sehr viel, vor allen Dingen beschäftigte er sich mit den Mythologien fremder Völker.

»Was ist mit den Ägyptern?« hakte ich nach.

»Dort heißt es, daß die Stunden der Sonnenfinsternis auch die Zeit des Bösen ist. Wenn der Sonnengott Re einmal nicht über die Menschen wacht, werden finstere Götter versuchen, die Macht an sich zu reißen. Hier könnte es ebenfalls so sein.«

Ich wurde nachdenklich. »Weißt du da etwas Genaueres?«

»Ja und nein. Aber mehr ja«, lächelte Suko. »Da gibt es zum Beispiel Apep.«

»Wer ist das schon wieder?«

»Die Höllenschlange und Gegenspielin von Re.«

Ich schlug meinem Freund auf die Schulter. »Suko, du bist eine Schau. Hast du das erraten?«

»Nein, ich las vor kurzem zufällig über diese gefährliche Schlange namens Apep. Sie ist die Feindin Res.«

»Re hat viele Gegner.«

»Sicher, doch Apep gehört dazu.«

Ich war sehr nachdenklich geworden und meinte nach einer kurzen Pause: »Apep ist bestimmt nicht so klein, wie ich sie erlebt und gesehen habe.«

»Nein, das ist eine Riesenschlange.«

»Wie groß?«

»So wie dieses Haus.«

Ich schaute Suko an. Er hob nur die Schultern. »Außerdem hat Apep zahlreiche Diener, eben diese kleineren Schlangen. So sieht es aus, John.«

»Aber diese Schlange wird nicht von allein aktiv«, sagte ich. »Jemand muß sie leiten. Wer?«

Suko hob die Schultern.

»Höllenschlange, sagtest du?«

»Ja.«

»Dann könnte Asmodina dahinterstecken.«

Suko atmete tief ein. »Das befürchte ich auch, John.«

Noch waren es alles Theorien und Hypothesen. Die Sache konnte auch ganz anders aussehen. Mal abwarten.

Wir schritten durch den Keller und blieben vor der großen Tür zum Heizungsraum stehen. Die Mordkommission hatte ihr Siegel dagegengeklebt. Ich war berechtigt, es zu öffnen.

Wir betraten den Raum.

Ich war von den gewaltigen technischen Anlagen beeindruckt. Hier befand sich die Energie-Zentrale des Hochhauses. Vieles wurde automatisch gesteuert, und der Hausmeister, der seine Runde drehte und dabei den Keller nicht auslassen durfte, hatte nur überwachende Funktionen.

Im Licht der Leuchtstoffröhren suchten wir den Boden ab. Vielleicht hatte die Mordkommission etwas übersehen, doch diese Hoffnung erwies sich als trügerisch.

Die Beamten – alte Routiniers – hatten gründlich gearbeitet. Wir fanden keinerlei Spuren, die auf eine Existenz der Schlangen hindeuteten.

Schließlich näherten wir uns wieder dem Ausgang. »Was also tun?« fragte Suko.

»Wir haben ja erst einen kleinen Teil des Kellers durchsucht«, erklärte ich.

»Du denkst an die Einzelkeller.«

»Genau.«

Plötzlich lächelte Suko.

»Was hast du?«

»Erinnerst du dich noch an das Hochhaus der Dämonen, John?«

Und ob ich mich daran erinnerte. Damals war es wirklich hoch hergegangen, ich hatte auf dem Dach des Hochhauses um mein Leben kämpfen müssen, und Suko war im letzten Moment mit einem Hubschrauber aufgetaucht und hatte mich gerettet.

»So ähnlich könnte der Fall auch hier liegen«, meinte der Chinese.

Ich hob die Schultern. »Nur hatten wir es damals nicht mit Schlangen zu tun. Wenn ich daran denke, daß sich Hunderte dieser kleinen Schlangen in unserem Haus befinden, wird mir ganz anders.«

»Dann müssen wir die Leute evakuieren«, sagte Suko.

Ich gab ihm recht.

Der Keller des Hochhauses war ein unterirdisches Labyrinth. Zahlreiche Gänge durchkreuzten es. Glatter, kalter Beton, mit Leuchtstoffröhren an den Decken.

Dann die einzelnen Keller, die den Mietern gehörten. Verschläge, mehr nicht, nur durch Lattentüren gesichert.

Suko hatte eine starke Taschenlampe mitgenommen, denn das Licht erhellte zwar die Gänge, aber nicht die einzelnen Keller. In jeden wollten wir hineinleuchten.

Es war eine zeitraubende Arbeit. Zudem mußten wir immer darauf gefaßt sein, daß uns plötzlich eine Schlange angriff.

Himmel, was die Leute in ihren Kellern so alles verstauten! Das fing bei einem Schnapslager an, ging weiter über Bierkästen bis hin zu gestapelten Zeitungen.

Es war wirklich sagenhaft.

Nur Schlangen fanden wir nicht. Das war keineswegs beruhigend für uns, denn ich wollte unbedingt das Nest dieser Tiere finden.

»Nichts«, kommentierte Suko, und wir nahmen uns den nächsten Gang vor. Welchem Mieter der Keller gehörte, konnten wir an den Namensschildern ablesen, die an der Tür angebracht worden waren.

Auch in unsere Kellerräume leuchteten wir hinein.

Meiner war leer.

Bei Suko jedoch stand allerlei Krempel herum.

Der Chinese schimpfte. »Da siehst du, was geschieht, wenn man mit einer Frau zusammenlebt.«

Ich mußte lachen. Shao hatte wirklich zahlreiche Kartons im Keller gestapelt.

Wir gingen weiter.

Eine halbe Stunde verstrich, in der wir keinen Erfolg erzielt hatten. Einmal begegnete uns ein Mieter. Mißtrauisch wurden wir beäugt, und der Mann bekam es sogar mit der Angst zu tun. Er war erst beruhigt, als ich ihm meinen Ausweis präsentierte.

Dann wurde er neugierig und fragte, was passiert wäre.

Ich gab keine Antwort. Beleidigt schritt der Mann davon.

Der nächste Keller.

Wieder leer.

Dann der letzte in der langen Reihe. Dieser Keller war doppelt so groß wie die anderen.

Suko las den Namen halblaut vor. »Jerry Falmer. Kennst du den, John?«

»Nein.«

Mein Partner ging an mir vorbei und wollte in den Keller hineinleuchten.

Das war nicht möglich, da eine Stahltür den Eingang verschloß.

Suko schaute mich an. »Nachtigall, ich hör dir trapsen«, sagte er. »Das hat doch was zu bedeuten...«

Der Meinung war ich auch. Jeder Mieter hatte die normale Lattentür vor seinem Keller, nur dieser Jerry Falmer nicht. Verbarg er was? Die Chancen standen 50 zu 50. Das Anbringen der anderen Tür konnte einen ganz harmlosen Grund haben, aber so recht wollte ich daran nicht glauben.

»Öffnen wir?« fragte Suko.

Ich runzelte die Stirn. So ganz war das nicht nach meinem Geschmack. Ich schreckte immer davor zurück, in fremde Wohnungen gewaltsam einzudringen, aber in diesem Fall durfte ich wohl nicht zögern, denn hier ging es um das Leben zahlreicher Menschen, wenn sie auch noch nicht unmittelbar bedroht waren.

»Okay.«

Suko sah sich das Schloß an. Es war nicht einmal ein Spezialschloß. Man konnte es leicht knacken.

Einen verfeinerten Dietrich trug ich immer an meinem

Schlüsselbund. Ich holte ihn hervor und werkelte an dem Schloß herum. Das Gerät hakte ein paarmal, wollte nicht fassen, und ich wurde langsam sauer. Bei einem zweiten Versuch klappte es.

Die Tür war offen.

»Wenn sie dich mal feuern, kannst du ja Einbrecher werden«, bemerkte Suko.

»Könnte mir etwas besseres vorstellen«, erwiderte ich und zog die Tür auf.

Im Keller war es dunkel.

Ich hob die Hand und suchte den Lichtschalter. Den fand ich an der linken Seite, kippte ihn herum, und sofort flammte das Licht an der Decke auf.

Überrascht blieben wir stehen.

Nach all unseren Enttäuschungen hatten wir in diesem Keller ebenfalls nichts Besonderes erwartet, doch was wir jetzt sahen, war ein Hammer.

Der Raum war mit Terrarien vollgestellt.

Und ich sah die Schlangen.

Sie ringelten sich in den Terrarien, deren Deckel offenstanden. Eine Riesenschlange, zum Beispiel, in einem anderen Gefäß mehrere Klapperschlangen, die sich gestört fühlten und mit ihrem gräßlichen Rasseln unsere Aufmerksamkeit auf sich zogen.

Vipern, Baumschlangen, Kobras – dieser Keller war ein wahres Schlangenparadies.

»Das ist es«, flüsterte Suko. »Jerry Falmer ist unser Mann.«

Ich nickte und schritt langsam vor.

Auch Suko ging mit.

Keiner von uns achtete dabei auf die Tür. Und das war unser Fehler. Irgendwo mußte dieser Jerry Falmer oder ein Komplize von ihm gelauert haben, denn plötzlich hörten wir ein dumpfes Geräusch, und als wir herumfederten, war die Tür zu.

Wir hörten noch, wie der Schlüssel herumgedreht wurde, aus...

Schritte, die sich entfernten, dazwischen ein höhnisches

Lachen. Das konnte sich der Unbekannte auch erlauben, denn wir waren inmitten der verdammten Biester eingesperrt und sahen keine Chance, den Keller schnell wieder zu verlassen. Bevor wir die Tür aufgeschlossen hatten, waren die Schlangen längst über uns...

Mary und Cliff Davies schauten sich an.

»Öffnest du?« zischte Cliff. Obwohl er kaum Worte hervorbrachte, verstand seine Frau ihn.

Sie nickte und ging zur Tür.

Ein Mann stand draußen – Jerry Falmer.

Er lächelte, schaute an Mary vorbei, sah ihren Mann und auch die zahlreichen Schlangen. »Nun?« fragte er. »Habt ihr euch schon mit meinen Freunden bekannt gemacht?«

Mary nickte.

»Das ist gut, das ist sehr gut. Darf ich eintreten?«

Mary gab den Weg frei.

Jerry Falmer ging in die Wohnung. Er begrüßte Cliff mit Handschlag.

»Wie fühlst du dich?«

»Gut.«

»Spürst du die Kraft der Schlange?«

»Ja.«

»Bist du auch bereit, für die Schlangen alles zu tun? Wirst du ihnen gehorchen?«

Mary und Cliff nickten.

Jerry Falmer rieb sich die Hände. Einen Sieg hatte er bereits errungen. Wenn das so weiterging, konnte Asmodina zufrieden sein. Er ließ das Ehepaar stehen und ging auf seine Freunde zu.

Die Schlangen waren überall.

Sie krochen über die Möbel, über die Sessel, die Couch und versuchten sogar, an den Wänden hochzugleiten. Da war ein unheimliches Gewimmel von Schlangenkörpern, und inmitten dieser Tiere standen drei Menschen.

Waren es überhaupt noch Menschen?

Bei zwei von ihnen bestanden zumindest starkte Zweifel. Die Haut des Ehepaars hatte sich bereits verfärbt. Sie hatte einen grünen Schimmer angenommen, erinnerte irgendwie an die Farbe der Schlangenkörper. Zudem bildeten sich winzige Schuppen. Sie klebten auf der Haut und rieselten zu Boden, wenn Cliff oder Mary mit der Hand darüberstrichen.

Die in ihren Körpern befindlichen Schlangen waren dabei, völlig von den Menschen Besitz zu ergreifen.

Sie verwandelten sich zu Schlangen...

Falmer sah dies mit großer Befriedigung. Er fragte: »Seid ihr bereit, für die Höllenschlange alle Opfer zu bringen?«

»Ja«, tönte es wie aus einem Mund.

»Werdet ihr auch dafür sorgen, daß andere Menschen von den Schlangen beherrscht werden?«

Nicken.

»Dann folgt mir.« Jerry Falmer drehte sich auf dem Absatz herum und schritt zur Tür.

Er öffnete und ging nach draußen.

Leer lag der Gang vor ihnen. Falmer drehte sich um und sagte: »Zum Fahrstuhl, wir werden in den Keller müssen.«

Die beiden waren einverstanden. Cliff Davies wollte noch die Tür zudrücken, doch Jerry schüttelte den Kopf.

»Nein, laß die Tür offen. Schließlich wollen unsere Freunde noch andere Menschen beglücken.«

Die drei gingen, und sie ließen die Wohnungstür offen.

Wir hockten in der Falle, daran gab es keinen Zweifel. Zeit, um das Schloß zu knacken und zu fliehen, hatten wir nicht, ebensowenig gelang es uns, schnell genug die Deckel der einzelnen Terrarien zu schließen.

Wir mußten uns unserer Haut wehren.

Blitzschnell entwickelte ich einen Plan. Ich warf Suko meinen Dietrich zu. »Versuche, die Tür aufzukriegen«, sagte ich ihm. »Ich kümmere mich um die Schlangen.«

Sukos Gesicht war abzulesen, daß er gar nicht damit einverstanden war, er fügte sich aber.

Selbst die schläfrige Anakonda war erwacht. Sie hielt ich besonders im Auge.

Sie war dick wie ein Männerarm und sah gar nicht mal so groß aus, als sie zusammengeringelt in ihrem Terrarium lag. Doch das täuschte. Als sie über den Rand glitt, wurde mir schon komisch zumute, denn die Schlange aus Südamerika war ein gefährliches Biest. Mit einer unheimlichen Lautlosigkeit bewegte sie sich vor. Ihre Zunge zuckte aus dem Mund, und die kleinen Augen fixierten mich.

Ich schüttelte meine Beklemmung ab und zog die Beretta. Auch Suko hatte seine Waffen mitgebracht, selbst die Dämonenpeitsche steckte in seinem Gürtel.

Die Anakonda fiel dem Boden entgegen. Sie berührte ihn, doch kein Laut entstand, so leicht glitt der schwere Körper vor. Unwillkürlich trat ich einen Schritt zurück.

Daß ich mich nur auf die Riesenschlange konzentriert hatte, merkte ich, als es fast zu spät war.

Direkt vor mir vernahm ich plötzlich das Rasseln und sah die beiden hochaufgerichteten Klapperschlangen.

Ihre Köpfe pendelten hin und her, die Zungen schnellten vor, und die beiden Schlangen befanden sich in der höchsten Reizstufe. Jeden Moment konnten sie vorschnellen.

Sie taten es.

Blitzschnell stießen ihre Köpfe vor, die Leiber schnellten auf mich zu, ich sprang zur Seite, und die Schlangen verfehlten mich um Haaresbreite.

Sie klatschten zu Boden.

Ich aber schoß.

Das erste Silbergeschoß zertrümmerte den Schädel der Klapperschlange. Der Leib zuckte noch einmal, dann lag er still. Aber er löste sich nicht auf.

Diese Erkenntnis durchzuckte mich im Bruchteil einer Sekunde. Demnach hatte ich es hier nicht mit dämonischen Schlangen zu tun, sondern mit ganz normalen.

Und ich hatte eine Silberkugel vergeudet.

Sollte ich auch eine zweite riskieren?

Nein, ich entschied mich für eine andere Möglichkeit. Bevor die zweite Klapperschlange angreifen konnte, glitt ich zur Seite weg, steckte die Pistole ein und zog meinen Dolch.

Im Laufe der Zeit hatte ich gelernt, mit dieser Waffe umzugehen. Ich war kein Anfänger mehr.

Eiskalt ließ ich die Schlange angreifen und hatte sogar noch Zeit, einen Blick auf Suko zu werfen, der verzweifelt an dem Türschloß herumwerkelte. Auf ihn hatten es die Schlangen zum Glück noch nicht abgesehen, so daß er die Zeit fand, die nötig war, um unsere Befreiung voranzutreiben.

Die Klapperschlange griff an. Wieder rasselte sie, doch bevor sie sprang, stieß ich mit dem Messer zu.

Ich mußte treffen, für einen zweiten Stich würde mir keine Zeit bleiben.

Ich traf.

Der Dolch bohrte sich durch den flachen Schädel der Klapperschlange und auch durch den Rachen.

Er tötete sie.

Das Biest verendete zuckend.

Ich richtete mich auf. Schweißnaß war ich, der Kampf hatte verdammt viel Nerven gekostet.

Im selben Augenblick klatschte etwas auf meine linke Schulter. Ich schielte nach links und sah den dicken Schlangenleib auf meinem Körper.

Die Anakonda!

Zum Schrei blieb mir keine Zeit mehr, denn rasend schnell drehte sich der Schlangenleib um meinen Körper, um mir mit mörderischer Kraft die Knochen zu brechen...

Sie nahmen das Treppenhaus.

Jerry Falmer ging vor, die beiden anderen folgten ihm. Das Treppenhaus, für Notfälle gedacht, war gut ausgeleuchtet. Es hatte breite Stufen. Die Architekten des Gebäudes hatten sämtliche Sicherheitsauflagen erfüllt.

Sie gingen in den Keller.

Es machte ihnen nichts aus, so viele Stufen hinabzusteigen, denn am Ziel sollten sie belohnt werden.

Mary und Cliff waren gespannt.

Und sie hatten sich stärker verändert. Das Jucken auf ihrer

Haut störte sie nicht mehr, denn sie wußten, daß der Keim der Schlange in ihnen steckte und sie bald so eine Schuppenhaut tragen würden wie die Tiere selbst.

Schon waren ihre Bewegungen geschmeidiger als die der Menschen. Sie glitten mehr über die Stufen, als daß sie liefen.

Grünliche Schuppen wuchsen bereits auf ihren Gesichtern. Nase und Mund waren wesentlich flacher geworden, die Metamorphose setzte sich unaufhaltsam fort.

Noch zwei Stockwerke, dann hatten sie den Keller erreicht. Jerry Falmer warf hin und wieder einen Blick zurück. Wenn er die beiden anschaute, nickte er zufrieden, der dämonische Keim pflanzte sich schnell fort.

»Bald könnt ihr Apep sehen«, versprach er. »Bald ist es soweit. Nur noch ein wenig Geduld...«

Sie gingen weiter. Nahmen Stufe für Stufe und standen schließlich im Keller.

Brandrote Pfeile wiesen auf den Notausgang hin. Außerdem zweigte ein Gang zur Tiefgarage ab, damit man bei einem Feuer auch dahin fliehen konnte.

Es gab mehrere Türen. Sie alle bestanden aus feuersicherem Material, und hinter den Türen lagerten die Löschgeräte für eventuelle Brandkatastrophen.

Falmer ging auf die nächstliegende Tür zu, öffnete sie und winkte.

Cliff und Mary Davies folgten.

In dem Raum brannte nur die Notbeleuchtung, doch auch die reichte aus, um ein Wesen zu erkennen, das eine Mischung zwischen Weib und Schlange darstellte.

Es war eine Frau.

Schön das Gesicht, aber von einer ungeheuren Kälte beseelt, dazu die bösen Augen und die rote Haarflut. Bis zum Hals war sie Mensch. Darunter begann der Schlangenkörper.

Er war dicker als die meisten, doch in der Art unterschied er sich nicht. Er bewegte sich hin und her, richtete sich auf, zuckte, pendelte vor und wieder zurück.

»Apep«, flüsterte Jerry Falmer und wandte sich um. »Das

ist Apep, die Höllenschlange«, erklärte er den beiden. »Seht sie euch gut an. Apep ist eure Herrin.«

Cliff und Mary Davies standen da und staunten. Dann aber glitt ein Lächeln über ihre Gesichter, und die Augen begannen zu glänzen.

»Wir sind deine Diener!« zischten sie.

Die Schlangenfrau lachte. »Wollt ihr, daß Apep dieses Haus und seine Bewohner vernichtet?«

»Ja.«

»Und ihr würdet euch selbst dafür einsetzen?«

Wieder bejahten die beiden.

»Dann kommt zu mir und empfangt den Schlangenkuß, damit ihr für immer meine Diener bleibt.«

Cliff und Mary traten näher.

In der Höhe ihrer Gesichter sahen sie den Kopf der Frau, den halb offenen Mund...

»Du zuerst, Cliff!« flüsterte Asmodina.

Cliff Davies neigte seinen Kopf vor.

Im selben Augenblick stieß die Zunge hervor und bohrte sich in seinen Mund.

Cliff zuckte zurück. Im ersten Moment verzerrte sich sein Gesicht, dann aber nahm es einen glücklichen Ausdruck an, denn er hatte den Schlangenkuß empfangen.

Sein Blut begann durch die Adern zu tosen, obwohl man sagt, daß Schlangen kaltes Blut hätten, hier jedoch war es genau umgekehrt. Und Cliff verwandelte sich in eine Schlange.

Sein Körper wurde schmaler.

Gleichzeitig veränderte sich auch sein Gesicht. Nase, Mund und Kinn traten zurück, sie verflachten, der Kopf zog sich in die Länge wie ein riesiges Ei.

Ein Schlangenkopf entstand.

Gleichzeitig wuchsen die Beine zusammen, und die Zunge wurde gespalten.

Aus Cliff Davies war eine Schlange geworden, mit grüner, schuppiger Haut.

Das gleiche geschah mit Mary, seiner Frau. Auch sie verwandelte sich in eine Schlange.

Asmodina und Jerry Falmer schauten zufrieden zu. Vor allen Dingen Asmodina, denn ihre Magie ging nun auf.

Sie jedoch verwandelte sich wieder zurück. Der Schlangenleib verschwand und machte dem wohlproportionierten Körper einer Frau Platz.

»Geschafft«, sagte Asmodina und lachte kehlig, während sie auf die sich am Boden ringelnden Schlangen schaute.

Niemand sah ihnen mehr an, daß sie einmal Menschen gewesen waren.

Teil zwei des großen Planes konnte beginnen.

Jerry Falmer zog sich zurück. Er hatte noch andere Aufgaben zu erledigen, denn er wollte die Leichen der beiden eingeschlossenen Männer wegschaffen...

Die Leichen waren munter.

Noch...

Doch mittlerweile sah es böse aus. Die Schlange drückte mir immer mehr die Luft ab.

Ich wollte um Hilfe schreien, brachte aber nur ein dumpfes Röcheln hervor.

Trotzdem hörte Suko es, schnellte hoch und wirbelte herum.

Seine Augen wurden groß.

Wir hatten allerdings nicht mit der Raffinesse der anderen Schlangen gerechnet. Während mich die Anakonda umklammert hielt, hatten sich andere, hochgiftige Schlangen zwischen mich und Suko gestellt und dem Chinesen den Weg zu mir abgeschnitten.

Wenn Suko mich erreichen wollte, mußte er erst die drei Kobras und zwei andere mir unbekannte Schlangen aus dem Weg räumen. Bis dahin konnte mich die Anakonda längst erwürgt und mir sämtliche Knochen gebrochen haben.

Aber noch hatte ich den Dolch. An die Beretta kam ich nicht heran, mein Arm war zu sehr eingeklemmt, doch das Messer hielt ich frei in der rechten Hand.

Ich sah, wie sich die verdammten Schlangen auf den Chinesen stürzten, dann jedoch wurde mir die Sicht genommen, weil der dicke Schlangenkörper vor meinen Augen erschien.

Blindlings stach ich zu.

Mit dem geweihten silbernen Dolch attackierte ich die Schlange, und die Klinge drang tief in das Fleisch dieses Riesentieres ein.

Die Schlange zuckte.

Ihr Schwanzende peitschte. Es wischte vor meinen Augen entlang, während ich weiter zustach.

In wilder Panik hieb ich immer wieder mit dem Dolch in den Leib. Hart, wie besessen.

Es war ein gnadenloser Kampf. Ich gegen die Bestie, die mich erdrücken wollte.

Etwas krachte auf den Boden, ging splitternd zu Bruch. Ich sah nicht, was es war, denn vor meinen Augen wallten bereits die ersten Schleier.

Eine Bewußtlosigkeit war nicht mehr fern.

Und trotzdem kämpfte ich weiter. Es war der reine Überlebenswille, der mich so handeln ließ. Wie durch Watte gedämpft, hörte ich Schüsse. Und plötzlich hatte ich einen lichten Augenblick, sah den Kopf der Anakonda dicht vor meinen Augen und erfaßte instinktiv die große Chance.

Ich stach zu.

Die Klinge drang in das Maul, schlitzte die obere Hälfte auf. Blut drang aus der Wunde, bespritzte mich, aber plötzlich ließ der ungeheure Druck nach.

Die schwere Anakonda fiel zu Boden.

Damit jedoch war sie längst nicht erledigt. In ihren letzten Zuckungen wurde sie brandgefährlich. Sie schlug mit ihrem kräftigen Leib um sich.

Ich wurde von einem mörderischen Hieb gegen meine Knie getroffen, der mich von den Beinen riß.

Der Boden raste auf mich zu, und es gelang mir soeben noch, mich mit einer Hand abzustützen. Dann fiel ich auf die Seite.

Wieder traf mich ein Hieb.

Diesmal hatte ich Glück im Unglück, denn der Schlag traf

gleichzeitig auch zwei kleinere Schlangen und räumte sie aus dem Weg.

Die Tiere flogen quer durch den Raum und klatschten dicht neben Suko gegen die Wand.

Ich hatte wieder Luft.

Irgendwie schaffte ich es, auf die Beine zu gelangen. Dabei schwankte ich wie ein Strohhalm im Wind, hustete, keuchte und rang verzweifelt nach Luft.

Wieder peitschte ein Schuß.

Suko hatte ausgezeichnet gezielt. Dicht an meinem Kopf vorbei wischte die Kugel und zerschmetterte einen Schlangenkopf. Das Biest hatte ich gar nicht gesehen.

Der Weg zu Suko war frei.

Ich taumelte hin.

Zwei, nein, mit der letzten Schlange waren es drei, die Suko erschossen hatte. Zwei andere hatte er zertreten. Von den Köpfen war nichts mehr zu sehen.

Ein Terrarium hatte die Anakonda in ihrem Todeskampf zerstört. Nur noch Splitter und das Stahlgerippe waren übrig.

»Mann«, stöhnte ich, »das war knapp«. Ich warf einen Blick auf den toten Schlangenkörper. Diese Anakonda hätte mich fast geschafft, jetzt war es zum Glück vorbei.

Allerdings waren noch zahlreiche Schlangen übrig. Sie griffen jedoch nicht an, sondern hatten sich in die Winkel des Kellerraumes verkrochen.

Noch immer rang ich nach Luft. Mein Brustkasten schmerzte ebenso wie die Rippen. Beides tastete ich vorsichtig ab. Gebrochen war nichts, das gab mir wieder Mut.

Ich wandte mich an Suko. »Ist die Tür auf?«

»Noch nicht.«

»Okay, beeil dich.«

Der Chinese bückte sich und setzte seine Bemühungen fort. Meine Hände zitterten nach der durchlittenen Anstrengung zu sehr. Den Anzug konnte ich wegwerfen und den Betrag auf die Spesenrechnung setzen. Sir James Powell würde sich freuen. Aber das Schlangenblut würde auch durch eine Reinigung nicht herausgehen.

»Fertig«, meldete Suko.

Ich warf noch einen letzten Blick auf die zahlreichen Schlangen, die sich langsam wieder vortrauten.

»Lassen wir sie hier?« fragte der Chinese.

»Klar, in diesem Keller sind sie bestens aufgehoben.«

»Falls sie nicht einer freiläßt.«

»Das Risiko müssen wir eingehen.«

Ich drängte an Suko vorbei und öffnete die Tür.

Rasch warf ich einen Blick in den Gang. Er war leer.

Klar, von dem heimtückischen Typ, der abgeschlossen hatte, war bestimmt nichts zu sehen.

Auch Suko verließ den Keller, betrat den Gang und knallte die Tür wieder zu.

Da sah ich ihn.

Ein Mann tauchte aus einem Quergang auf. Er wandte sich in unsere Richtung und hatte es sehr eilig, das bewiesen seine hastigen Schritte.

»Sieh mal an«, sagte Suko und machte sich sprungbereit.

Der Mann blieb stehen.

Jetzt hatte er uns erkannt. Und dann reagierte er wie ein Automat. Blitzschnell warf er sich auf dem Absatz herum. Bevor wir eingreifen konnten, war er schon in dem Gang verschwunden, aus dem er gekommen war.

Suko und ich starteten gleichzeitig. Wir erreichten die Einmündung, wischten um die Ecke, da fiel der Schuß.

Zum Glück war der Kerl kein guter Schütze, er hatte viel zu hoch gehalten, die Kugel hieb in die Decke und surrte als Querschläger davon.

Wir lagen flach.

Der Mann, von dem wir annahmen, daß er Jerry Falmer war, rannte weiter. Seine Schritte hämmerten auf dem Betonboden, sein Vorsprung wurde größer, wir hatten das Nachsehen.

Meine Beretta ließ ich stecken, und auch Suko zog die Waffe nicht. Wir wollten den Kerl lebend.

»Verdammt, wo kann der hin sein?« fragte Suko, als wir am Ende des Ganges stehengeblieben waren.

Ich hob die Schultern.

»Kennst du dich hier nicht aus?« fragte mich Suko.

»So wenig wie du.«

Der Chinese lachte leise. »Und dabei wohnst du viel länger hier.«

»Richtig. Aber wann komme ich schon mal in den Keller.« Meine Blicke waren überall.

Für den Mann gab es zwei Möglichkeiten. Links ging es zu den Tiefgaragen. Wenn er dort seinen Wagen geparkt hatte, war er längst über alle Berge.

Und rechts? Dort führte der Weg zum Treppenhaus, wie ich an einem Pfeiler ablesen konnte.

Ich entschied mich dafür, nach rechts zu laufen, denn ich glaubte nicht daran, daß dieser Jerry Falmer die Flucht ergreifen würde. Er gehörte hier ins Haus, hier hatte er seine Aufgabe zu erledigen, und er hatte hier seine Helfer.

Die Schlangen!

Ich startete, und Suko fragte oder sagte nichts, er blieb an meiner Seite.

Eine feuersichere Tür hielt uns auf. Sie führte zum Treppenhaus. Sie war nicht verschlossen.

Allerdings begingen wir nicht den Fehler, sie hastig aufzureißen, sondern lugten erst durch einen Spalt.

Wir konnten zwar nur einen kleinen Ausschnitt erkennen, der allerdings war frei.

Ich nickte Suko zu. »Wagen wir es?« raunte ich.

Blitzschnell drückte ich mich durch den Spalt, drehte nach links weg und hielt die Beretta im Anschlag.

Suko tat es mir gleich. Nur nahm er sich dabei die rechte Seite vor.

Keine Gefahr drohte.

Niemand lauerte auf uns.

Die Notbeleuchtung brannte, und in ihrem Schein erkannten wir die breiten Stufen der nach oben führenden Nottreppe. Wahrscheinlich war unser Mann dort entlang geflüchtet.

Ich gab Suko ein Zeichen.

Gemeinsam liefen wir los – und blieben beim ersten Absatz abrupt stehen.

Da sahen wir ihn. Er stand einen Absatz über uns, hielt eine Waffe in der Hand, aber auf die konnte er getrost verzichten, denn was sich von ihm aus die Stufen herab bewegte, waren mindestens 20 Schlangen...

Shaos Geburtstagsfeier lief auf Hochtouren.

Irgendeiner hatte etwas von der Sonnenfinsternis gehört, und obwohl es draußen fast dunkel war, drängte sich alles ans Fenster.

Natürlich war nichts zu sehen.

Die meisten waren enttäuscht und hatten wieder einen Grund, einen guten Schluck zu trinken.

Zu denen, die sich taktvoll zurückhielten, gehörten Jane Collins und Shao.

Die beiden machten sich Sorgen. Als Shao ein paar Minuten Zeit hatte, ging sie zu Jane.

»Wo die beiden wohl bleiben?« flüsterte sie.

Die Detektivin hob die Schultern. »Keine Ahnung. Es scheint aber schwerwiegender zu sein, als es ausgesehen hat.«

»Diese Schlangen, nicht?«

»Moment.« Jane hob die Hand. »Bisher hat John nur von einer Schlange gesprochen, denn noch haben wir keinen Beweis, daß es mehrere sind.«

»Ich glaube trotzdem daran.«

Jane nickte. »Ich auch.«

»Und was machen wir?« fragte Shao. »Soll ich die Feier auflösen?«

Jane Collins lächelte schmal. »Das wird dir kaum vor Mitternacht gelingen. Außerdem – welchen Grund willst du eigentlich angeben?«

Shao nickte. »Stimmt auch wieder. Die Wahrheit kann ich unmöglich sagen.«

»Da hast du recht.«

»Was tun wir also?« fragte die Chinesin.

»Abwarten.«

»Das fällt mir schwer«, erklärte Shao.

Jane lächelte. »Glaub ich dir gern.«

»He, Shao, was machst du für ein Gesicht?«, wurde die Chinesin angesprochen. »Du hast doch heute Geburtstag. Komm, sing und lach mit uns.« Zwei Landsleute traten auf Shao zu und zogen sie hoch.

»Geh nur«, lächelte Jane, als sie den verzweifelten Blick sah, den Shao ihr zuwarf. Sie wollte nicht so recht, aber sie hatte auch Pflichten als Gastgeberin, denen sie nachkommen mußte.

Jane fühlte sich ein wenig fremd zwischen all den fernöstlichen Besuchern. Sie ließ man auch in Ruhe, so daß die Detektivin Zeit fand, sich umzuschauen.

Sie stand auf, schlenderte durch die Wohnung in die Diele, drückte sich dort an lachenden Menschen vorbei und blieb an der Wohnungstür stehen. Als keiner hinsah, zog sie die Tür auf.

Jane trat einen Schritt in den Flur, blieb jedoch so stehen und klemmte ihren anderen Fuß zwischen die Tür.

Sie blickte nach rechts und links. John hatte von einer Schlange erzählt.

Der Flur war leer.

Sie hob die Schultern und ging wieder in die Wohnung zurück. Einige wollten noch Suppe essen und beschwerten sich auch, daß Suko nicht mehr bei ihnen weilte.

»Ja, wo ist er eigentlich?« wurde Shao direkt angesprochen.

Die Chinesin wußte im ersten Augenblick nicht, was sie sagen sollte, und warf Jane Collins einen hilfesuchenden Blick zu. Die Privatdetektivin schaltete schnell.

»Suko fühlt sich nicht wohl.«

»Dem ist wohl vom eigenen Essen schlecht geworden«, kicherte ein zierliches Persönchen und schlug sich sofort gegen den Mund, aus Angst, zuviel gesagt zu haben.

»Nein, das nicht. Muß eben in der Luft liegen.«

»Kein Wunder, bei diesem Wetter«, meinte jemand.

»Aber im Schlafzimmer liegt er nicht«, meldete sich ein Mann.

»Nein, da hat er auch keine Ruhe«, sagte Shao. »Er hat sich woanders hingelegt.«

»Wo denn?« riefen zwei Gäste gleichzeitig.

Diesmal antwortete Jane Collins. »Das sagen wir nicht, Freunde. Suko will nicht gestört werden.«

»Der ist wie eine Diva.«

»Noch schlimmer.«

Wenn ihr wüßtet, dachte Jane, aber sie sagte nichts, sondern lächelte Shao nur zu.

Die Chinesin bemühte sich um ihre Gäste. Sie reichte Getränke herum, lächelte und hatte für jeden ein freundliches Wort übrig.

Jane aber hielt sich weiterhin abseits.

Ihre Sorgen wurden von Minute zu Minute größer. Immer wieder schaute sie auf die Uhr. Die Zeit verging, und von John als auch Suko war nichts zu sehen.

Jane kramte in der Tasche und holte eine Zigarette hervor. Hastig zündete sie sich das Stäbchen an, rauchte ein paar Züge und trank Orangensaft.

Dann hielt sie es nicht mehr aus. Mit der brennenden Zigarette zwischen Zeige- und Mittelfinger nahm sie das Telefon und wählte die Nummer des Nachtportiers.

Der meldete sich sofort.

»Hier Collins«, sagte Jane.

»Ah, Miss Collins.« Der Portier kannte Jane. »Was verschafft mir die Ehre Ihres Anrufes?«

»Ich wollte fragen, ob Sie Mr. Sinclair gesehen haben?«

»Heute?«

»Ja.«

»Sorry, Miss Collins. Ich habe ihn leider nicht gesehen.«

»Er hat also nicht das Haus verlassen?« hakte die Detektivin nach.

»Nein, es sei denn durch die Tiefgarage.«

»Okay, danke.«

»Soll ich ihm denn etwas bestellen, wenn ich ihn sehe?«

»Das ist nicht nötig.« Jane hängte ein und drückte die Zigarette aus.

Shao hatte Jane beobachtet. Sie setzte sich neben sie. »Und? Hast du etwas erreicht?«

Jane Collins schüttelte den Kopf. »Leider nicht. Auch der Portier hat John nicht gesehen.«

»Dann befinden sich er und Suko noch im Haus.«

Die Detektivin nickte. »Und mit den Schlangen.«

Shaos Augen wurden groß. »Um Himmels willen. Mal den Teufel nicht an die Wand.«

Jane lächelte beruhigend. »Keine Angst, Shao, die beiden sind schon mit ganz anderen Dingen fertig geworden.«

Die Chinesin ging nicht auf Janes Bemerkung ein. »Ob wir sie vielleicht suchen sollen?«

»Wie?«

»Wir könnten das Haus durchsuchen.«

»Nein, dann werden die anderen nur mißtrauisch.« Jane beugte sich vor. »Tu mir einen Gefallen und kümmere dich um deine Gäste, Shao, das ist besser.«

»Wenn du meinst...«

»Wirklich.«

Jane ließ Shao sitzen. Sie stand auf und wanderte durch die Wohnung. Jemand forderte sie zum Tanzen auf. Jane sagte nicht nein. Doch sie war mit ihren Gedanken woanders und konnte sich nicht auf den Rhythmus konzentrieren.

Der Tänzer merkte das, und Jane entschuldigte sich. »Wissen Sie, ich bin keine gute Tänzerin.«

»Das macht nichts, ich...«

Der Mann sprach nicht weiter. Und auch Jane Collins sagte nichts. Aber ihr rieselte eine Gänsehaut über den Rücken.

Beide hatten sie den gellenden Schrei vernommen. Er war von einer Frau ausgestoßen worden, die sich ebenfalls im Living-room befand.

Plötzlich spritzten die Tänzer und Gäste auseinander, so

daß sich in der Mitte des Raumes ein freier Platz bildete. Gläser fielen zu Boden und zerklirrten.

Alle sahen es.

Neben dem Tisch, mitten auf dem Teppich, bewegte sich eine Python-Schlange...

Jane Collins wunderte sich, wie sehr sich die Gäste der Party in der Gewalt hatten. Außer dem einen, ersten Schrei drang kein Laut über ihre Lippen, doch das Entsetzen stand auf den Gesichtern der Menschen wie eingemeißelt.

Eine Schlange in der Wohnung.

Wo kam sie her?

Die Python hatte sich aufgerichtet. Obwohl sie zu der kleinsten Art in ihrer Familie gehörte, wies sie noch immer eine Länge von gut vier Metern auf.

Ein schreckliches Biest...

Jane schluckte. Sie starrte auf den Kopf dieser ›kleinen‹ Riesenschlange, der sich hin und her bewegte. Dabei hatte sie das Gefühl, als würde die Python Maß nehmen und aussuchen, wen sie als ersten angreifen wollte.

Sie hielt sich zurück. Plötzlich senkte sich ihr Körper, der Kopf lag flach auf dem Boden, und mit kaum zu erkennenden Bewegungen schlängelte sie davon.

Das ging so schnell, daß es einige Gäste nicht schafften, zur Seite zu springen, zudem war es in der Wohnung eng. Als die Python über die Füße einer Frau kroch, schrie diese gellend auf.

Vielleicht wäre alles gut gegangen, doch dieser Schrei schien die Python irgendwie geärgert zu haben. Der Schlangenleib drehte sich und kletterte plötzlich an der wie zur Salzsäure erstarrten Frau hoch. Jetzt erst bemerkten die übrigen Gäste, wie groß diese kleinste der Pythons war.

Plötzlich befand sich der Schlangenkopf dicht vor dem Gesicht der entsetzten Frau.

Keiner der Gäste wagte einzugreifen, sie alle waren selbst viel zu entsetzt.

Nur Jane Collins sprang vor.

Sie hatte Mühe, ihren Ekel zu überwinden, und es war mehr ein Reflex als ein vom Gehirn gesteuerter Befehl, der sie so handeln ließ. Sie sah einfach das Leben einer anderen Person in Gefahr und war darauf gedrillt worden, andere zu retten.

Todesmutig sprang sie auf die Frau zu, die bereits von der Schlange umschlungen war und unter Atemnot zu leiden hatte. Das Gesicht hatte eine rote Farbe angenommen, die Adern traten dick hervor, aus ihrem Mund drang ein tiefes Stöhnen.

Jane Collins hob beide Arme und packte voll zu. Im Zirkus hatte sie gesehen, wie Artisten mit Schlangen umgingen, sie versuchte das ohne Übung und Training zu wiederholen.

Dicht unterhalb des Kopfes umschlossen ihre Hände den Schlangenkörper. Die Python spürte den Druck, und sie merkte, daß sie einen neuen Gegner hatte.

Ihr Leib löste sich von der Frau, die zusammenklappte und eben noch aufgefangen werden konnte.

Jetzt wandte sich die Schlange der blondhaarigen Detektivin zu. Ihre gespaltene Zunge schnellte aus dem Maul. Jane sah die kleinen Augen und hatte plötzlich Angst vor ihrer eigenen Courage. Sie wollte die Schlange von sich schleudern, zögerte jedoch eine Sekunde zu lang, und der geschmeidige Körper wand sich um ihre Beine.

Jane wurde zu Boden gerissen.

Im nächsten Moment war die Python über ihr.

Plötzlich brach eine Panik unter den Gästen aus. Niemand eilte Jane zu Hilfe, alle wollten so rasch wie möglich das Zimmer verlassen und rannten zur Tür.

Bis auf eine.

Shao!

Sie konnte nicht mit ansehen, was die Schlange mit Jane Collins anstellte, und griff ein.

Todesmutig warf sie sich der Schlange entgegen, die Jane Collins ein paarmal umringelt hatte und zudrückte.

Jane kämpfte verzweifelt. Sie hatte es geschafft, ihre Hände abermals dicht unter dem Kopf der Python festzuklammern, doch ihr Druck war nicht stark genug, um den anderen zu sprengen.

Jane verlor.

Dann war Shao da.

Sie packte ebenfalls die Schlange, wollte sie zurückreißen, doch der Körper glitt ihr durch die Hände. Wild bewegte die Python ihren Schwanz, er peitschte auf den Boden, und Shao erhielt einen harten Schlag gegen das rechte Bein.

»Ein Messer!« schrie sie. »Schnell, ein Messer.«

Einer der Gäste reagierte. Es war ein kräftiger Mann, der seine Angst über Bord warf, in die Küche rannte und mit einem langen, feststehenden Messer zurückkehrte.

Er übergab Shao die Waffe jedoch nicht, sondern stach selbst zu. Zweimal hieb er die Klinge in den Leib.

Die Python wurde rasend. Sie spürte den Schmerz, ringelte sich zusammen, ließ Jane Collins los und wandte sich ihrem neuen Gegner zu.

Der stürzte sich auf sie. Dabei stieß der Chinese einen wilden Schrei aus und hatte unverschämtes Glück.

Die Klinge traf die Python tödlich. Dicht hinter dem flachen Kopf drang sie ihr in den Hals.

Es war der Todesstoß.

Die Schlange verendete.

Der Mann starrte auf die Klinge, sah das Blut, röchelte und kippte einfach um.

Es war zuviel für ihn gewesen.

Jane Collins erhob sich stöhnend. Sie spürte jeden einzelnen Knochen in ihrem Körper, es gab einfach keine Stelle, die nicht schmerzte. Vor allen Dingen beim Atmen.

Angeekelt warf sie einen Blick auf den großen, toten Schlangenkörper. Der Kadaver widerte sie an.

Shao trat zu ihr. Tränen schimmerten in den Augen der schönen Chinesin. »Wie fühlst du dich, Jane?«

Die Detektivin lächelte gequält. »Wenn ich gut sage, dann habe ich gelogen. Aber ich bin noch am Leben, und das habe ich nur dir zu verdanken.«

Shao winkte ab. »Nein, der Mann, der hat dir und mir das Leben gerettet. Wäre er nicht so mutig gewesen...«

»Er auch«, sagte Jane. Dann drehte sie sich um. »Hat denn keiner einen Schluck Wasser?« fragte sie die anderen Gäste.

Zwei Frauen liefen in die Küche.

»Was geschieht jetzt mit der Schlange?« Shao blickte Jane an.

»Wir werfen sie in den Müllschlucker.«

Dazu erklärten sich gleich mehrere Männer bereit. Zu viert wurde die Riesenschlange hochgehoben.

Die Frauen brachten das Wasser. Zusätzlich noch eine Flasche Whisky.

Als der Bewußtlose den scharfen Alkohol roch, wurde er wieder munter. Er schlug die Augen auf und wollte sich aufsetzen. Shao stützte ihn.

Langsam wurde der Blick des Mannes klar.

»Die... die Schlange«, flüsterte er. »Wo ist sie?«

»Wir haben sie weggeschafft«, antwortete Shao.

»Dann war es doch kein Traum?«

»Nein, Tao Shen. Wir verdanken dir unser Leben. Wenn wir irgend etwas für dich tun können...«

»Ich habe getan, was getan werden mußte«, erwiderte der Chinese. »Es war selbstverständlich.« Er stand auf. Shao half ihm dabei. Tao Shen lächelte. »Plötzlich bin ich ohnmächtig geworden. So etwas. Das war wohl die Angst vor der eigenen Courage.«

»Kann sein.«

Einer der anderen Gäste meinte: »Ihr seid uns doch nicht böse, wenn wir es vorziehen, nach Hause zu gehen?«

Shao schaute ihre Landsleute an. Aus dem lustigen Völkchen waren ängstliche Menschen geworden. Wer konnte es ihnen auch verdenken?

»Nein, Freunde, das kann ich verstehen. Ich danke euch trotzdem.«

»Sollten wir nicht die Polizei holen?« fragte Tao Shen.

Dagegen war Jane Collins. »Die Schlange ist tot, und damit

568

haben wir die Gefahr gebannt.« Hoffentlich, fügte sie in Gedanken hinzu.

Der Abschied fiel bedrückt aus. Shao lächelte zwar, doch auch das Lächeln konnte die Angst nicht verbergen, die hinter ihren Gesichtszügen lauerte.

Die ersten waren schon an der Tür, zogen sie auf – und fuhren schreiend zurück.

Wuchtig wurde die Tür wieder zugeknallt. Eine Frau lehnte sich schweratmend mit dem Rücken dagegen und sackte doch in den Knie zusammen.

»Was ist denn geschehen?« fragte jemand.

»Die Schlangen!« keuchte die Frau. »Himmel, die Schlangen. Sie sind – sie sind überall im Flur...«

Zum erstenmal sah ich diesen Jerry Falmer aus der Nähe. Obwohl er mit Suko und mir in einem Haus wohnte, waren wir uns bisher noch nicht begegnet.

Seine Haut erinnerte in der Farbe an die eines gekochten Krebses, so rot war sie. Er hatte fahles Haar und tief in den Höhlen liegende Augen, die einen gewissen Fanatismus ausstrahlten. Seine Finger konnte er nicht ruhig halten, er bewegte sie hin und her, als wären sie selbst kleine Schlangen.

Nur die Hand, die den Revolver hielt, war ruhig. Der Arm schien am Körper festgewachsen zu sein.

Wir hielten unsere Waffen nach wie vor in den Händen, allerdings wiesen die Mündungen nach unten, dem Boden zu. Falmer würde immer schneller schießen als wir.

Er lachte. »Nun?« höhnte er.

Ich verkniff mir eine Antwort, sondern starrte auf die Schlangen. Welche Arten es waren, die uns da entgegenringelten, konnte ich nicht sagen. Ich bin kein Experte für diese Tiere. Ich wußte auch nicht, ob giftige darunter waren oder weniger giftige, für mich zählte allein der geballte Angriff.

Und sie würden angreifen, das stand fest.

Falmer war noch nicht fertig. »Hattet ihr im Ernst gedacht, mich aufhalten zu können. Mich und Apep?«

Ich horchte auf. »Wer ist Apep?«

»Du kennst sie nicht?«

»Nein.«

Suko wollte etwas erklären, doch ich winkte ab. Falmer sollte mir selbst die Wahrheiten ins Gesicht sagen.

»Apep ist die Höllenschlange, sie ist das Böse, und es gibt jemand, der sich in Apep verwandelt hat. Asmodina!«

Jetzt war es heraus, und ich muß ehrlich sagen, daß ich nicht gerade begeistert war. Wir hatten es also mit Asmodina zu tun. Sie hatte sich, wenn ich Falmer richtig verstanden hatte, in eine Schlange verwandelt.

In Apep, die Höllenschlange.

Befand sie sich in der Nähe?

Ich warf wieder einen Blick auf die Schlangen. Sie bewegten sich nicht mehr weiter, hatten innegehalten und lagen auf den Stufen, wo sie sich auszuruhen schienen. Das schien wirklich nur so. In Wahrheit behielten sie uns im Auge.

»Wo finde ich Apep?« wollte ich von Jerry Falmer wissen. »Ist sie hier irgendwo?«

»Ja.«

»Dann führe uns zu ihr.« Ich wollte Asmodina Auge in Auge gegenüberstehen, vielleicht hatte ich dann die Chance, sie zu vernichten. Denn ich besaß mein Kreuz, den Dolch und die Beretta.

Nur mein Bumerang lag noch im Koffer. Es wäre zu unhandlich gewesen, ihn mitzunehmen.

Aber Falmer tat mir den Gefallen nicht. »Du wirst Apep noch früh genug sehen, aber dann in voller Größe. Falls du es überlebst, denn ihre Diener haben von mir und ihr den Auftrag erhalten, euch zu töten. Sie werden das gesamte Haus einnehmen, es wird ihre Burg, und du stirbst darin. Alle werden sterben, denn die Schlangen sind schon überall. Ich habe dafür gesorgt. Die Tiere in meinem Keller sind nur ein winziger Teil meiner Sammlung.« Er lachte irr.

Mir lief ein Schauer über den Rücken. Ich wußte, daß Falmer nicht bluffte und daß hinter ihm eine Macht stand, die so gut wie unbesiegbar war.

Asmodina!

»Paß auf, John!« zischte Suko.

Seine Warnung kam nicht zu spät. Die ersten Schlangen griffen bereits an.

Gleichzeitig sprang Jerry Falmer zurück. Und in der Bewegung feuerte er.

Es war mehr ein Reflex, der mich zurückschießen ließ. Auch Sukos Waffe krachte.

Falmer schrie plötzlich auf. Die Wucht der Kugeleinschläge warf ihn gegen die Wand. Er riß die Arme hoch, versuchte sich noch irgendwo festzuhalten, doch seine Knie gaben nach.

Er sackte zusammen.

Falmer konnte sich nicht mehr halten. Mit der Hüfte war er gegen eine Stufenkante gestoßen, verlor das Gleichgewicht und rollte die Treppe hinunter.

Er fiel zwischen die Schlangen, deren Angriff dadurch ins Wanken geriet. Dicht vor unseren Füßen blieb Jerry Falmer liegen.

Ihm konnte niemand mehr helfen, denn er stand bereits vor einem höheren Richter.

Seine Saat aber hatte er gelegt. Sie war aufgegangen, das Haus war durch die Schlangen verseucht.

Ich hatte Falmer nicht töten wollen, durch seinen plötzlichen Angriff waren wir gezwungen worden, zurückzuschießen. Ändern ließ sich nichts mehr, wir mußten nur aufpassen, daß uns die Schlangen nicht zu nahe kamen.

Eine fiel mir besonders auf. Es war eine über einen Meter lange, hellgrüne Schlange, kaum dicker als zwei nebeneinanderliegende Finger. Ich glaubte auch, den Namen zu wissen.

Peitschenschlange.

Sie war ungeheuer schnell und auch giftig. Plötzlich befand sie sich zwischen meinen Beinen, und ich mußte mich mit einem Satz zurück retten.

Die Schlange stieß daneben.

Dann war Suko da. Er schlug mit der Peitsche zu, doch die

drei Riemen taten der Schlange erstens nichts, und zweitens wickelten sie sich um den Schlangenkörper fest.

Damit hatten wir nicht gerechnet. Zudem war die Schlange kein Machwerk des Teufels, sondern echt. Sie löste sich demnach nicht auf, als die Riemen der Dämonenpeitsche sie berührten.

Blitzschnell ringelte sie sich sogar am Peitschenstil hoch und kam dabei Sukos Gesicht sehr nahe.

Gefährlich nah...

Da griff ich ein.

Mit zwei Schritten überwand ich die Distanz zu meinem Freund, zog meinen Dolch und hieb damit zu, als hätte ich ein Schwert in der Hand.

Ein Schnitt reichte. Er trennte den Kopf der Schlange ab. Der flache Kopf der Schlange rollte zu Boden, während Blut aus der Wunde quoll. Angewidert warf Suko den Schlangenkörper von sich, nachdem er ihn von der Peitsche gelöst hatte.

Das sah ich nicht, denn ich stellte mich bereits den nächsten Schlangen.

Es waren Ottern und dünne Vipern. Welche giftig waren, wußte ich nicht, aber eins hatten sie gemeinsam. Sie stießen immer wieder nach meinen Beinen, hatten ihre Köpfe aufgerichtet und ließen die gespaltenen Zungen aus den Mäulern schnellen.

Ich sprang wie ein Tänzer.

Suko tat es mir nach. Er trat mit beiden Füßen zu. Da er Karate perfekt beherrschte, bereitete es ihm keine Schwierigkeiten, die Köpfe der Tiere zu treffen.

Manche zertrat er auch kurzerhand.

Ich erledigte drei weitere Schlangen mit dem Dolch. Trotz dieser Erfolge war es für uns so gut wie unmöglich, alle Schlangen aus dem Weg zu schaffen. Irgendwann würde es einer von ihnen gelingen, Suko oder mich zu beißen. Das Risiko war einfach zu groß für uns, außerdem wartete noch eine andere Aufgabe auf uns.

Der Name Asmodina war gefallen.

Meine Todfeindin.

Und wenn es stimmte, daß sie sich in Apep, der Höllen-schlange, manifestierte, standen uns noch verdammt bange Sekunden bevor.

Wieder flog ein Schlangenleib, von Sukos Tritt getroffen, durch die Luft, klatschte gegen die unterste Treppenstufe und blieb dort liegen. Der Chinese hatte für ein paar Sekun-den Pause.

Ich winkte ihm zu.

»Was ist, John?«

»Wir müssen nach oben. Los, beeil dich!«

»Und die Schlangen?«

»Laß sie.«

Suko nickte, konnte es jedoch nicht verkneifen, mit einem letzten Fußtritt eine weitere Schlange zu zertreten.

Ich sprang über den Toten hinweg und ließ die Schlangen rasch hinter mir.

Suko folgte.

Ich wartete auf ihn. »Alles klar?«

Der Chinese nickte. »Mich hat keines dieser verfluchten Biester gebissen.«

»Ein Glück.«

»Du rechnest mit Asmodina?« fragte er.

»Genau.«

»Dann los.«

Keiner von uns gab zu, daß es höllisch gefährlich werden würde, wenn wir Asmodina gegenüberstanden.

Das mußte man sich einmal vorstellen. Die Teufelstochter in dem Haus, in dem ich lebte! Sagenhaft. Sie ließ sich wirk-lich keine Chance entgehen.

Gemeinsam erreichten wir den nächsten Absatz und blie-ben abrupt stehen.

Unsere Augen wurden groß. Der Verstand konnte einfach nicht fassen, was wir sahen.

Es war unglaublich – unmöglich...

Vor uns befand sich das Ende einer riesigen Schlange, die in der Größe die halbe Höhe des Treppenhauses einnahm...

Es war ein widerlicher, schuppiger Leib, unter dessen dünner Haut es zuckte und pulsierte. Wir sahen Adern und Venen, durch die dunkles Blut floß.

Dämonenblut...

Ich schaute Suko an, der Chinese blickte mir ins Gesicht. Und beide waren wir wohl blaß geworden...

»Das kann es doch nicht geben«, flüsterte Suko.

»Apep ist kein Traum«, sagte ich.

Nein, sie war es nicht. Und meine Gedanken beschäftigten sich bereits mit den Folgen dieser grauenhaften Entdeckung. Wenn ich die Größe der Schlange so betrachtete, konnte ich davon auf die Länge schließen. Es war sicherlich nicht übertrieben, zu behaupten, daß die Länge bis unter das Dach reichte.

Jawohl!

Falls es stimmte, dann nahm die Schlange die gesamte Höhe des Hauses ein und – was noch schlimmer war –, dieses Monsterreptil konnte durchaus das Haus zerstören und damit auch die Menschen, die darin lebten.

Die bittersten Vorwürfe machte ich mir. Hätte ich doch das Gebäude evakuieren lassen – jetzt war es zu spät. Die Schlange existierte, wir mußten uns damit abfinden und versuchen zu retten, was überhaupt noch zu retten war.

»Sie wird alles verschlingen«, murmelte Suko und umkrampfte mit der rechten Hand so hart den Stiel der Dämonenpeitsche, daß seine Knöchel weiß und spitz hervortraten. Er hob die Peitsche an, wollte zuschlagen, doch ich legte ihm die Hand auf den Arm.

»Nicht, Suko.«

Er schaute mich an. »Warum nicht?«

»Vielleicht hat uns die Schlange noch nicht gesehen. Sie liegt ruhig. Wenn du sie jetzt reizt, kann es sein, daß sie durchdreht, dann sind wir alle verloren.«

Da gab Suko mir recht.

Ich hatte einen anderen Vorschlag. »Es nutzt alles nichts, wir müssen hoch, bis zum Kopf der Schlange.«

»Womit wir auf dem Dach wären«, gab Suko zu bedenken.

»Genau.«

»Dann los«, sagte mein Partner...

Eine Chinesin, die das lange Haar zu einem Pferdeschwanz gebunden trug, schrie gellend auf. »Jetzt sind wir verloren. Jetzt sind wir verloren...!«

Jane Collins reagierte schnell. Sie mußte dies tun, bevor die Hysterie dieser Frau die anderen ansteckte.

Jane schlug ihr ins Gesicht.

Die Frau verstummte.

Jane Collins nickte. »So«, sagte sie. »Ich glaube, das war nötig. Wir müssen eins tun. Nur die Nerven bewahren. Das ist am wichtigsten. Alles andere zählt nicht. Habt ihr mich verstanden?«

Nicken.

»Okay«, sprach die Detektivin weiter. »Wie viele Schlangen befinden sich ungefähr auf dem Flur?«

»Nicht zu schätzen«, erwiderte die Frau, die das Tier entdeckt hatte, mit zitternder Stimme.

»Dann werde ich selbst nachsehen.«

»Sei vorsichtig, Jane«, warnte Shao.

»Keine Angst.«

Die Detektivin drehte sich um, und an der Tür trat man respektvoll zur Seite.

Jane legte eine Hand auf die Klinke, drückte sie nach unten und zog die Tür auf.

Nichts zu sehen.

Sie vergrößerte den Spalt.

Und da sah sie die Schlangen.

Jane Collins erschrak. Die Biester nahmen die gesamte Breite des Ganges ein, man konnte wirklich nicht schätzen, wie viele Tiere dort herumkrochen.

Hastig schlug Jane die Tür wieder zu und spürte Widerstand. Von ihr ungesehen, hatte sich eine Schlange auf sie zubewegt, sie wollte nun durch den Spalt in die Wohnung gleiten.

Jetzt war Jane eingeklemmt.

In einem Anfall von Wut trat Jane mit dem Absatz zu und zerstörte den Schlangenkopf. Dann schob sie mit der Schuhspitze die Reste des Tieres wieder auf den Flur.

Hastig schloß sie die Tür.

Die übrigen Gäste schauten Jane Collins gespannt an. »Wie sieht es aus?« fragte Tao Shen.

Jane schüttelte den Kopf. Hoffnungslos wollte sie nicht sagen, obwohl es besser gepaßt hätte. »Da ist vorläufig nichts zu machen. Es sind zu viele.«

»Wenn man nur wüßte, wie diese Schlangen in das Haus gekommen sind«, sagte ein anderer Gast.

Das hätte Jane auch gern gewußt.

»Wo ist eigentlich dein Freund, Shao?« fragte Tao Shen. »Wir vermissen ihn schon eine ganze Weile.«

Shao druckste herum. »Ihr wißt doch, daß er krank geworden ist. Er fühlte sich nicht so recht wohl. Deshalb hat er sich zurückgezogen und...«

Tao Shen ließ Shao nicht ausreden. »Nein, das kannst du uns nicht erzählen. Ich kenne Suko doch. Ausgerechnet jetzt wird er krank, wo er eine Bärennatur hat. Da stimmt was nicht.«

Shao senkte den Blick.

Der Chinese ging zu ihr und faßte sie an den Schultern. »Shao, sag die Wahrheit. Wo steckt Suko? Außerdem ist sein Freund, dieser Sinclair, auch nicht da.«

Jetzt mischte sich Jane Collins ein. »Darf ich einmal etwas sagen?«

Tao Shen ließ die Chinesin los und wandte sich um. »Bitte, Miss Collins.«

»Suko und John Sinclair haben vor uns allen von der Gefahr gewußt. Sie haben aus diesem Grunde die Party verlassen.«

»Aus Angst, wie!« sagte jemand.

Jane warf dem Sprecher einen scharfen Blick zu. »Das glaube ich kaum, Mister.«

»Sorry.«

576

Die Detektivin redete weiter. »Wir können nur hoffen, daß John Sinclair und Suko es schaffen.«

»Aber was wollen zwei Männer gegen die verdammte Schlangenbrut ausrichten?« rief Tao Shen, und die anderen nickten bestätigend.

»Das müssen wir schon ihnen überlassen«, erwiderte die Detektivin. »Wir dürfen auf keinen Fall aufgeben. Drückt die Daumen, haltet fest zusammen. Dann klappt es.«

Die Gäste nickten.

»Und bitte keine Panik«, sagte Shao. »Wir können uns auf John Sinclair und Suko verlassen.«

»Ob die Schlangen nur auf unserer Etage sind?« fragte eine Frau.

»Ich werde nachforschen.« Jane Collins drehte sich um und ging zum Telefon.

Sie rief den Nachtportier an.

»Ah, Miss Collins. Feiern Sie noch immer?« Die Stimme hörte sich völlig normal an, und Jane atmete innerlich auf.

»Ja, die Party ist noch im vollen Gang. Nur vermissen wir John Sinclair, haben Sie ihn nicht gesehen?«

»Nein, Miss.« Der Portier lachte plötzlich.

»Was ist?«

»Ich muß nur daran denken, daß Mr. Sinclair sich vielleicht hingelegt hat. Sie wissen, wieso, Miss. Jeder trinkt mal gern einen über den Durst, auch Mr. Sinclair.«

»Sicher«, erwiderte Jane, »sicher. Entschuldigen Sie die Störung.«

»Das macht nichts.«

»Ach, eine Frage noch. Wissen Sie, ob der Hausmeister zu erreichen ist?«

»Müßte eigentlich.«

»Okay, dann rufe ich ihn mal an.« Jane legte auf. Die Nummer des Hausmeisters kannte sie. Nicht er meldete sich, sondern seine Frau. Ihre Stimme klang verschlafen.

»Könnte ich Ihren Mann wohl einmal sprechen?« fragte Jane höflich, nachdem sie sich für die späte Störung entschuldigt hatte.

»Ja.«

Auch bei Theo Hancock erhielt die Detektivin eine negative Antwort. Er hatte John und Suko auch nicht gesehen.

»Nun?« fragte Shao.

Jane Collins berichtete. Die anderen machten betretene Gesichter, und auch der Detektivin war nicht gerade wohl zumute. Sie alle wußten um die Gefährlichkeit der Schlangen. John und Suko waren ebenfalls nicht unsterblich.

»Auf jeden Fall müssen wir etwas tun!« forderte Shao, die sich einen innerlichen Ruck gegeben hatte.

»Und was?« wurde sie gefragt.

»Wir, das heißt ihr müßt hier raus.«

»Sollen wir klettern?«

»Vielleicht könnte man die Feuerwehr anrufen«, sinnierte Shao und schaute Jane dabei an.

Der Gedanke daran war gar nicht schlecht. Die Feuerwehr war ja für alles zuständig. Sie holte Wespennester aus Rolladenkästen, warum sollte sie nicht auch die Schlangen einfangen?

»Was meint ihr?« wandte sich Shao an ihre Gäste.

»Wenn es hilft, warum nicht?« wurde ihr gesagt.

Auch Jane war einverstanden. Allerdings mit einer Einschränkung. Sie wollte noch eine halbe Stunde warten.

»Warum das denn?« fragte Tao Shen.

»Dann könnten John und Suko es geschafft haben.«

»Was macht dich so sicher?«

»Nichts. Vielleicht die Erfahrung. Auf jeden Fall vertraue ich ihnen voll und ganz.«

»Hoffen wir es.« Shao breitete die Arme aus und wandte sich an ihre Gäste. »Geht zurück in den Living-room, bitte. Dort gibt es noch etwas zu trinken. Hier in der Wohnung sind wir sicher. Die Schlangen können nicht herein.«

»Und wieso ist die Python hereingekommen?« fragte jemand.

Plötzlich wurde es still.

Niemand wußte darauf eine Antwort.

»Vielleicht stand die Tür offen«, vermutete Jane und versuchte zu lächeln.

Dieser Vorschlag wurde gern aufgenommen. »Ja, so kann es gewesen sein, nicht?« wandte sich Tao Shen an seine Freunde.

Die nickten, doch keiner war recht überzeugt.

Jane blieb in der Diele zurück. Sie ärgerte sich, daß sie keine Waffen hatte. Und auch Shao besaß keine. Sie hatte bereits nachgesehen, doch Suko war mit der Beretta losgezogen.

Es war zum Heulen.

Jane zerbrach sich den Kopf darüber, wie die Schlange in die Wohnung gelangt war. Sie war groß, man hätte sie sehen müssen. Da fiel ihr das Abenteuer mit den Ratten ein.

Deutlich sah sie ihr Hotelzimmer vor sich und auch die Ratten, die es besetzt hatten. Diese Tiere waren aus der Kanalisation gekrochen. Verhielt es sich bei den Schlangen ähnlich?

Das wollte Jane Collins genau wissen. In den letzten Minuten war niemand im Bad gewesen, deshalb wollte die Detektivin jetzt dort nachsehen.

Shao ging vom Living-room in die Küche. Auf halbem Weg blieb sie stehen und schaute Jane an. »Was hast du vor?« fragte sie.

»Ich werde im Bad nachsehen.«

»Du meinst...«

»Kann sein.« Jane ging schon auf die Tür zu, und Shao blieb dicht hinter ihr.

Behutsam zog die Detektivin die Tür zum Bad auf.

»Siehst du etwas?« wisperte Shao.

»Nein.« Jane Collins öffnete die Tür weiter. Sie konnte jetzt auf die Wanne schauen – und zuckte zurück. So heftig, daß sie gegen die hinter ihr stehende Chinesin stieß.

»Was ist?« fragte Shao.

»Schlangen!« flüsterte Jane Collins. »In der Wanne sind Schlangen. Und auch auf dem Boden.«

Shao machte ein verzweifeltes Gesicht. »Aber wo kommen die denn her?«

»Ich weiß es nicht. Vielleicht aus der Toilette oder aus dem Luftschacht. Das scheint mir sogar noch eher zu stimmen. Verflixt auch. Was tun wir denn jetzt?« Jane Collins war wirklich ratlos.

»Doch die Feuerwehr?«

»Wird wohl das beste sein.«

Die beiden Frauen schritten zurück in den Livingroom. Jane bat Shao, nichts zu erwähnen.

»Was ist denn?« wurde sie empfangen.

Jane gelang ein Lächeln. »Wir haben es uns überlegt«, sagte sie. »Die Feuerwehr muß doch her.«

»Endlich«, stöhnte jemand.

Jane schritt bereits auf das Telefon zu. Sie nahm die Hörer und wollte die Nummer der Feuerwehr wählen.

Die erste Zahl hatte sie bereits eingetippt, als es geschah. Blitzschnell und ohne Übergang.

Urplötzlich verlöschte das Licht!

Und auch das Telefon gab keinen Laut von sich. Die Gäste standen in absoluter Dunkelheit...

Ich hatte in meiner Laufbahn schon viel erlebt, doch das war mir noch nicht begegnet.

Eine Riesenschlange, deren Ausmaße die eines Hochhauses übertrafen oder zumindest gleichkamen.

Sagenhaft...

Und diese Schlange war mein Gegner. Wie sollte ich sie besiegen? Wie konnten wir es schaffen?

Ungeheuer klein und winzig fühlten wir uns, als wir die Stufen hochstiegen. Manchmal nahm der Schlangenleib fast die gesamte Breite des Treppenhauses ein, so daß wir uns zwischen ihm und der Wand hindurchquetschen mußten. Dabei berührten wir zwangsläufig die Haut des Schlangenmonsters. Sie fühlte sich kalt und widerlich an.

Hin und wieder ging ein Zucken oder Beben durch den gewaltigen Leib, so als würde die Schlange erst noch aus einem tiefen, dämonischen Schlaf erwachen.

Sollte sie tatsächlich noch nicht voll aktiv sein, konnten wir nur von Glück reden.

Flüsternd teilte ich Suko meine Vermutung mit.

Der Chinese drückte die Daumen. »Hoffentlich hast du recht, John«, sagte er nur.

Immer höher ging es.

Die einzelnen Etagen waren angezeigt. Ich las die Zahlen ab. Sechste, siebte Etage.

Weiter...

Mittlerweile merkte ich die Anstrengung. Treppensteigen ist nicht jedermanns Sache. Ich regulierte meine Atemtechnik und kam so besser voran.

Wie viele Stockwerke hatte das Haus eigentlich? Es mußten mindestens 20 sein. Erst die Hälfte davon hatten wir hinter uns.

Der Schlangenleib hatte sich manchmal wie ein gewaltiges Fragezeichen um die einzelnen Absätze gewunden.

Im Innern pumpte es weiter. Dunkles Blut, das durch die dicken Adern transportiert wurde.

»Die Hälfte haben wir hinter uns«, sagte Suko, der Optimist.

»Mehr auch nicht«, keuchte ich.

Er ging höher.

Und der verdammte Schlangenleib hörte und hörte nicht auf. Er wurde auch nicht dünner, behielt seine Dicke bei, nur zuckte er jetzt stärker.

Erste Anzeichen eines Angriffs?

Ich wollte es nicht hoffen. Mein Herz schlug schneller. Nicht nur wegen der Anstrengung, sondern auch wegen der nervlichen Anspannung, die mich gepackt hielt.

Ich dachte darüber nach, wie es oben aussah. Am Ende des Treppenschachtes führte eine Öffnung direkt auf das gewaltige Dach des Hochhauses. Ich war einmal oben gewesen, das lag zwar schon einige Zeit zurück, aber so ungefähr wußte ich noch, wie es dort aussah.

Natürlich hatten wir dort nicht nur gegen die Schlangen zu kämpfen, sondern auch gegen den verdammten Wind. Das hatte ich im Hochhaus der Dämonen schon einmal erlebt. Dort hätte mich der Wind fast wie ein loses Blatt vom Dach geschleudert.

Plötzlich war der Weg versperrt. Die Schlange lag so ungünstig, daß wir über ihren Leib klettern mußten, wenn wir weiterkommen wollten.

»Packen wir's?« fragte Suko.

Ich nickte.

Der Chinese kletterte als erster. Er schwang sich auf den Leib der Schlange.

Das Geschöpf schien die Berührung zu spüren, denn es schüttelte sich.

Suko bekam dies zu spüren. Er wurde auf der anderen Seite heruntergeschleudert und fiel auf die Stufen. Das war eine Warnung für mich. Als ich es meinem Partner nachtat, ging alles glatt, denn ich war auf eine Landung vorbereitet.

Wir liefen jetzt – von unten aus gesehen – an der linken Seite des Treppenhauses weiter.

Noch drei Etagen, dann hatten wir es geschafft. Aber wo fanden wir Asmodina?

Eine Frage, auf die ich vielleicht auf dem Dach eine Antwort fand.

Die letzte Etage.

Rote Hinweisschilder deuteten auf den höher liegenden Notausgang hin. Wir mußten noch einen Treppenabatz hinter uns bringen.

Eine Sache von Sekunden.

Dann standen wir unter dem Notausstieg und staunten.

Die gewaltige Klappe war offen und die Aluminiumleiter nicht ausgefahren. Durch die Öffnung hatte die Schlange ihren Schädel gesteckt, von dem wir noch nichts sahen.

Doch wie kamen wir aufs Dach?

»Es muß doch noch einen zweiten Eingang geben«, sagte Suko.

»Den gibt es auch. Komm mit.«

Das Treppenhaus mündete in einen Flur. Rechts lag eine Tür, die auf den riesigen Speicher führte, wo die Schächte und die Mechanik der Aufzugsanlagen begannen. Von dort aus konnten wir ebenfalls auf das Dach gelangen.

Wir schalteten das Licht ein.

Leer lag der große Speicher vor uns. Das heißt, es gab keine Schlangen oder andere mordgierige Monster, die auf uns lauerten.

Wir hatten freie Bahn.

Die große Eisenklappe befand sich unter der Decke. An ihr war ein Haken befestigt. Suko holte bereits die lange Metallstange mit der Krümmung am Ende. Er balancierte sie hoch und steckte die Krümmung in den Haken.

Ein kräftiger Zug, die Klappe fiel, und gleichzeitig löste sich die Leiter.

Wir zogen sie auseinander und kletterten hoch.

Auf halber Strecke – ich ging vor – passierte es dann. Plötzlich verlöschte das Licht!

Es wurde stockfinster.

»Shit!« fluchte ich. »Was ist denn jetzt schon wieder los?«

Suko kletterte wieder zurück und probierte den Lichtschalter. Nichts.

»Die Stromversorgung ist ausgefallen«, meldete er.

Ich war nicht so beunruhigt. »Dieses Hochhaus hat ein Notstromaggregat, das die wichtigsten Funktionen erfüllt. Keine Bange. Wenn der Hausmeister auf Zack ist, brennt bald ein Teil des Lichts wieder, auch die Fahrstühle werden dann funktionieren.«

Wir kletterten weiter.

Dann packte mich der Wind, fuhr mit seinen unsichtbaren Fingern durch meine Haare und wirbelte sie auseinander. Allerdings war er noch zu ertragen, ich hatte es mir schlimmer vorgestellt.

Ich kletterte aufs Dach.

Wenn man auf der Straße steht, glaubt man kaum, wie groß das Dach eines solches Hauses sein kann. Da kann man Fußball drauf spielen. Nur ist es schlecht, wenn einer den Ball ins Aus schießt.

Ich ging ein paar Schritte zur Seite und sah mich um. Der

Abstieg zum Treppenhaus lag weiter links. Ich drehte den Kopf, schaute hin und hatte das Gefühl, in einen Abgrund zu versinken.

Hinter mir stieß Suko einen leisen Pfiff aus.

Wir beide starrten genau in das weit aufgerissene Maul der Höllenschlange...

Der Nachtportier hatte es sich gemütlich gemacht. Erstens mit einem Kreuzworträtsel und zweitens mit einem Western, den er nach Mitternacht las, wenn kaum noch Betrieb herrschte.

Seine erste Runde hatte er hinter sich und nichts festgestellt. Eine normale Nacht, wenn man mal von den beiden Toten absah. Ansonsten tat sich nichts.

Dachte er...

Noch zwei Minuten bis Mitternacht.

Der Portier nahm einen Schluck Kaffee. Seine Frau hatte ihn viel zu stark gekocht, wie immer. Er verdünnte ihn mit schottischem Whisky. Jetzt konnte man ihn nicht nur trinken, sondern auch genießen.

Nachdem der gute Mann einen kräftigen Schluck genommen hatte, stieß er einmal satt auf und lehnte sich in seinem Stuhl zurück. Das Leben gefiel ihm. Nachtportier zu sein war gar nicht so langweilig, wie die meisten immer dachten. Da erlebte man ganz schön was. Und manchmal tauchten in dem Haus Frauen auf – sagenhaft. Auch diese Jane Collins und die Chinesin Shao waren zwei Perlen, die er gern mit in seine Sammlung genommen hätte, doch die beiden waren vergeben und dachten nicht daran, mit ihm anzubändeln.

Dann wurde er jäh aus seinem schönsten Traum gerissen. Ohne Übergang verlöschte das Licht.

Dunkelheit.

Wie eine Rakete schoß der Nachtportier von seinem Stuhl hoch. Dieser Mist hatte ihm gerade noch gefehlt. Er verließ seinen Glaskasten, ging drei Schritte weiter, stemmte die Arme in die Hüften und blickte sich wütend um, obwohl er in der Dunkelheit überhaupt nichts sehen konnte.

Soeben war der Aufzug nach unten gefahren. Als das Licht verlosch, hatte sich seine Tür geöffnet. Sie blieb auch offen, doch der Portier glaubte, trotz der Dunkelheit einen Schatten innerhalb der Aufzugskabine gesehen zu haben.

Allerdings kein Mensch, sondern ein Ding, das wesentlich kleiner war. Ein Tier?

Der Portier wollte es genau wissen. Auf Zehenspitzen schlich er durch die Halle.

Als er die Blumenkübel passierte, sah er den Schatten. Es war nicht völlig dunkel in der Halle. Umrisse konnte er noch immer gut erkennen.

Die Augen traten dem guten Mann aus den Höhlen, denn was sich da auf dem Boden ringelte, war eine Schlange.

Und zwar eine verdammt große.

Plötzlich war die Schlange da. Im selben Augenblick sah der Portier auch die zweite, hörte das gefährliche Rasseln und wußte Bescheid.

Das waren giftige Klapperschlangen!

Die erste stieß vor. Es war ein Reflex, der den Nachtportier vor dem Biß rettete.

Er zuckte zur Seite, sprang wie ein Känguruh hoch und entging somit auch dem zweiten Schlangenbiß.

Dann aber rannte er.

Er wetzte wie noch nie in seinem Leben, spurtete auf den Ausgang zu, der noch nicht verschlossen war. Die Türen öffneten sich normalerweise auf Fußkontakt, doch der Strom war ja ausgefallen. Fast wäre der Nachtportier mit der Stirn gegen die Glasscheibe geknallt. Entsetzt warf er sich herum. Eine der Schlangen glitt auf ihn zu.

Die Tür, die in die Tiefgarage führt! durchzuckte es ihn. Mit einem Sprung zur Seite wich er der angreifenden Schlange aus und rannte voller Panik auf die Tür zum Treppenhaus zu, durch die er in die Tiefgarage und nach draußen flüchten konnte...

Das Maul der Schlange war groß wie ein Scheunentor. Wir konnten nur staunen – und schaudern.

Denn die Schlange hatte im Gegensatz zu ihren normalen Artgenossen nicht nur zwei Giftzähne, sondern ein gesamtes Gebiß von vorn zugespitzten Zähnen.

Dazwischen lag die Zunge, gespalten und an zwei dicke Gummischläuche erinnernd.

Das also war Apep!

Die Höllenschlange, die Reinkarnation des Bösen, die Teufelstochter in einer schrecklichen Gestalt, denn für mich gab es keinen Zweifel, daß ich Asmodina vor mir hatte.

Nur eben verwandelt.

Plötzlich verspürte ich Furcht. Trotz meines Silberkreuzes fühlte ich mich nicht stark genug, die Schlange zu vernichten. Dieses riesige, wilde Untier, in dessen finsteren Schlund ich schaute, lehrte mich das Fürchten.

Dieser Schlange traute ich durchaus zu, daß sie in der Lage war, das Haus zu zerstören.

Und sie nahm dabei keine Rücksicht.

Ich atmete tief durch.

Neben mir stand Suko. Ich brauchte nur in sein Gesicht zu schauen, um zu wissen, daß er ähnlich dachte wie ich. Auch er suchte fieberhaft nach einer Lösung.

»Silberkugeln?« fragte er raunend.

Ich hob die Schultern.

»Die Dämonenpeitsche scheint auch nicht zu wirken«, bemerkte der Chinese.

»Noch ist sie ruhig. Und wir werden einen Teufel tun und sie wecken«, sagte ich.

Suko kratzte sich am Kopf. »Wir müssen uns darüber klar werden, was wir unternehmen, wenn sie erwacht.«

»Tja...« Mehr brachte ich nicht hervor. Selten in meinem Leben hatte ich mich so hilflos gefühlt. Da lag das Monster fast unbeweglich vor mir, und ich traute mich nicht, es anzugreifen.

Ich starrte in den Rachen.

Wie der Höllenschlund sah er aus. Fehlten nur noch die Flammen, die uns entgegenschlugen.

Es war nicht völlig dunkel auf dem Dach. Zwar zeigte sich der Himmel bedeckt, doch der Widerschein zahlreicher Leuchtreklamen geisterte als farbiger Spuk über den Himmel.

Wir gingen näher an die Schlange heran. Ich hob dabei meinen Blick und sah auch die Augen.

Für einen Moment spielte ich mit dem Gedanken, Silberkugeln in die Augen zu schießen, doch dann verwarf ich den Vorsatz wieder. Es war besser, wenn ich davon Abstand nahm. Unter Umständen erwachte die Schlange und wurde rasend.

Vielleicht würde sie dann in ihrer Wut das gesamte Haus zerstören.

An die Opfer durfte ich gar nicht denken.

Auf meinem Körper lag der kalte Schweiß. Ich hatte regelrecht Angst vor dem Monster und vor den Folgen seiner Erweckung.

Da bewegte es die Augen.

Suko und ich sahen es zur selben Zeit und blieben jäh stehen. Gebannt starrten wir die Höllenschlange an.

Die Augen bewegten sich schneller. Sie waren hell, fast weiß und drehten sich wie Kugeln.

Unheimlich...

In diesem Augenblick drang ein gefährliches Knurren aus dem Riesenmaul der Schlange. Sie begann zu sprechen.

Ich kannte die Stimme – verdammt gut sogar.

Sie gehörte Asmodina, der Teufelstochter!

Sekundenlang sprach niemand der Geburtstagsgäste ein Wort. Nur heftiges Atmen war zu hören. Dann aber redeten alle durcheinander. Einige rannten in ihrer Furcht kurzerhand zur Tür, wo Shao und Jane Mühe hatten, die Leute aufzuhalten.

»Ruhe!« schrie die Detektivin. »Seid doch mal ruhig und vernünftig! Mein Gott!«

Jane hatte tatsächlich Erfolg. Es wurde still. Die Detektivin wartete ab, bis sie sprach.

Völlig dunkel war es nicht. Von draußen fiel noch genügend Licht in die Wohnung, so daß die Konturen der Möbel zu sehen waren und keiner den anderen umstieß.

»Dieser Stromausfall kann eine ganz natürliche Ursache haben«, sagte Jane. »Deshalb besteht kein Grund zur Besorgnis. Ich möchte meinen, daß wir...«

»Er kann, aber er muß nicht«, rief jemand. »Das ist Hexenspuk, Zauberei!«

»Nein, das ist es nicht!«

»Ja, verdammt! Die Schlangen sind schuld. Freunde, denkt an die Schlange. Sie ist die Falschheit in Person und bringt das Grauen. Wir werden alle sterben, alle...«

Jane Collins ahnte, was durch diese Sprüche zerstört werden konnte. Deshalb griff sie zum radikalen Mittel. Sie bahnte sich einen Weg zu dem Sprecher, packte ihn am Arm und schleuderte ihn herum.

Der Mann war sprachlos.

Jane Collins schaute ihn an. In der Dunkelheit leuchtete sein Gesicht blaß.

»Jetzt hören Sie mir mal zu. Wenn Sie hier noch weiter schreien und die Leute verrückt machen, werfe ich Sie aus der Wohnung.«

Diese hart gesprochenen Worte bewirkten tatsächlich etwas. Der Mann zog den Kopf ein und schwieg.

»Nun zu uns«, fuhr Jane Collins fort. »Ich schätze, daß Shao irgendwo Kerzen in der Wohnung hat. Sei doch bitte so gut und hole uns welche.«

»Natürlich.« Shao verschwand in der Küche. Den Weg in die Diele und damit auch zum Bad gab sie frei.

Auch Jane Collins konnte nicht alle Menschen im Auge behalten. Schon gar nicht bei den herrschenden Lichtverhältnissen. Sie merkte nicht, daß eine Frau den Living-room verließ, durch die Diele ging und die Tür zum Bad öffnete.

Das war ihr Fehler.

Sie betrat das Bad.

Erst ihr markerschütternder Schrei ließ Jane Collins und die anderen aufmerksam werden.

Die Detektivin fuhr herum. Shao tauchte mit einigen Kerzen in der Hand auf der Türschwelle auf. Sie wußte im Augenblick nicht, was geschehen war.

Dafür Jane Collins. Sie sprintete in die Diele, aber es war bereits zu spät.

Die Schlangen hatten schon den Weg in den anderen Raum gefunden. Sie mußten an der Tür gelauert haben, sonst wären sie nicht so schnell gewesen.

Und nicht nur in den Raum.

Sie waren auch bei der Frau, die geöffnet hatte.

Jane Collins warf einen Blick in das Bad. Sie sah nur Schatten, das war schon schlimm genug.

Drei Schlangen hatten die Frau attackiert. Jane Collins entdeckte ein zuckendes Bündel, das mit den Armen um sich schlug und zusammenbrach.

Die Frau fiel zur Seite und schlug mit dem Kopf gegen den Wannenrand.

Jane Collins zitterte.

Wenige Sekunden nur hatte sie sich ablenken lassen. Eine Zeitspanne, die gleich zwei Schlangen nutzten, um auch sie anzugreifen. An den Beinen wollten sie hochklettern. Wütend trat Jane Collins mit den Absätzen danach.

Bei einer hatte sie Glück. Da zermalmte sie den Schädel. Die zweite jedoch entwischte ihr.

Wie auch fünf andere Schlangen.

Alle sechs schlängelten auf den Living-room zu, wo sich die anderen Menschen aufhielten.

Das Grauen war unterwegs.

»Weg!« schrie Jane in ihrer Furcht, behielt aber noch soviel Übersicht, daß sie die Tür zum Bad zuschlug.

Die Schlangen waren inzwischen entdeckt worden.

Innerhalb von Sekunden breitete sich die Panik aus. Plötzlich war niemand mehr zu halten. Die Schreie putschten auch die Schlangen auf, sie suchten nach Opfern.

Männer und Frauen sprangen auf die Tische, wurden wieder hinuntergeworfen und fielen zu Boden.

Eine Stimme, die sich überschlug. »Sie hat mich gebissen! Herr im Himmel, sie hat mich gebissen!«

Jane Collins hetzte auf die Küche zu und stieß Shao kurzerhand zur Seite.

Die Detektivin wußte, wo die Messer lagen. »Los, nimm dir auch eins, Shao!«

Sukos Freundin ließ die Kerzen kurzerhand zu Boden fallen und bewaffnete sich.

Aus dem Wohnraum drangen weiterhin die Angstschreie. Gläser waren zu Boden gefallen und zersprungen. In dem Raum sah es aus, als hätten die Vandalen gehaust.

»Wir dürfen nicht aufgeben!« zischte Jane der Chinesin zu. Shao nickte nur.

Gemeinsam sürzten die beiden Frauen in den Wohnraum. Die Messer hielten sie in der rechten Hand.

Auf einmal hörte Jane das Rasseln. Irgendwo war auch eine Klapperschlange. Nur – sie hielt sich versteckt.

Janes brennende Blicke tasteten durch die Finsternis. Das Rasseln ertönte jetzt ganz in ihrer Nähe. Zum Glück weiter von den anderen weg, die jetzt auf der Couch und auf den Tischen sowie den Sesseln standen, mit irren Augen zu Boden schauten und nach den gefährlichen Tieren suchten.

Da – wieder das Rasseln. Jetzt noch näher. Jane Collins ging leicht in die Knie. Sie drehte sich etwas nach rechts, und da sah sie die Schlange.

Sie kroch hinter einem Sitzkissen hervor, hatte die obere Hälfte des Körpers aufgerichtet und den Schädel gebläht.

Das Zeichen zum Angriff.

Janes Arm schnellte vor. Das Messer blitzte. Im selben Moment zuckte auch die Schlange nach vorn.

Und sie biß zu.

Eine Idee später kappte ihr Jane mit der scharfen Klinge den Kopf, doch sie war noch gebissen worden.

Die Detektivin taumelte zurück. Sie ließ das Messer fallen

und preßte ihre Hand auf die beiden Bißstellen. Weit waren ihre Augen aufgerissen.

Der Biß eine Klapperschlange!

Tödlich für Menschen.

Jane wankte. Sie bemerkte nicht einmal, daß Shao auf sie zuschnellte, sie packte und mit in die Küche riß. Dort warf sie Jane auf einen Stuhl.

Die Detektivin zitterte. Angstschweiß lag ihr dick auf der Stirn, ihr Blick flackerte.

Dicht vor sich sah sie Shao. Die Augen der Chinesin blitzten entschlossen.

»Den Arm her!«

Plötzlich lag nichts Liebenswürdiges mehr in Shaos Stimme. Sie wußte, daß nun jede Sekunde lebenswichtig war, und handelte entsprechend.

Da Jane Collins den Arm nicht rasch genug ausstreckte, packte Shao sie an der Hand und riß den Arm an sich. Sie führte ihn dicht vor ihre Augen und sah die beiden Punkte.

In der rechten Hand hielt Shao das Messer. Was sie jetzt tat, war brutal und schmerzhaft, aber die einzig wirksame Methode.

Ein rascher Schnitt ins Fleisch.

Jane Collins schrie auf. Blut schoß aus der Wunde. Blitzschnell beugte sich Shao über den Arm und saugte das herausströmende Blut.

Immer wieder spie sie es auf den Boden, saugte und spie. Jane war ohnmächtig geworden. Sie hing zurückgelehnt auf dem Stuhl, und Shao gab nicht auf. Sie wuchs in diesen Sekunden wirklich über sich selbst hinaus.

Dann hielt sie inne.

Ihr Gesicht war blutig, doch das beachtete sie nicht. Man konnte es abwaschen, wenn nur Jane gerettet wurde.

Shao holte ein Tuch und band die Wunde ab. Trotz ihrer ersten Hilfe mußte die Detektivin so rasch wie möglich in ein Krankenhaus geschafft werden.

Aber das Telefon funktionierte nicht. Und von Suko oder

John war auch nichts zu sehen. Shao zitterte, jetzt kam die Nachwirkung.

Was konnte sie noch tun?

Nichts – nur warten und hoffen...

»John Sinclair!« tönte es mir aus dem gewaltigen Schlangenmaul entgegen. »Ich wußte, daß du kommst, um zu sterben.«

»Das habe ich nicht vor«, erwiderte ich kühl.

Die Höllenschlange lachte. »Was willst du denn dagegen unternehmen? Du hast zwar dein Kreuz, es wird dir nichts nutzen, und auch deine Pistole schafft es nicht. Versuche es. Schieß deine Silberkugeln gegen mich ab, und du wirst sehen, daß sie nicht einmal meine Haut ritzen.«

Asmodina sagte dies mit solch einer Sicherheit, daß ich gar nicht erst versuchte, die Kugel abzufeuern. So sparte ich Munition.

»Was hast du vor?« wollte ich wissen. Ich mußte laut rufen, um den lauten Wind zu übertönen.

»Ich werde dich töten und den Chinesen auch. Ich verschlinge euch wie zwei Mäuse. Und danach wird dieses Haus in einen Trümmerhaufen verwandelt.« Die Schlange bewegte sich. Es sah unheimlich aus, als hätte man einen Berg in Bewegung gesetzt. Es knirschte und schabte, als sie sich weiter aus der Öffnung schob und sich der Leib uns immer mehr näherte.

Wir mußten zurück.

Das Maul klappte zu. Dicht vor uns fuhren die Zähne aufeinander. Dann öffnete die Höllenschlange ihr Maul wieder, und abermals dröhnte uns das Lachen entgegen.

»Ich bin entstanden, weil die Magie der Schlangen die Menschen überrundet hat. Als sich zwei Schlangen in die Münder eines Ehepaares bohrten, war der Weg geebnet. Denn in den alten Geschichten steht, daß Apep nur dann erscheinen kann, wenn sich Menschen bereit finden, zu Schlangen zu werden. Das ist jetzt geschehen.«

»Und wo sind die Schlangen jetzt?« fragte ich.

»Sie stecken in meinem Körper. Apep und die beiden Menschen sind ein- und dieselbe Person.«

»Und Asmodina?«

»Auch.«

Da wußte ich Bescheid. Aber ich wollte noch mehr wissen. »Was hast du mit deinem Helfer, Jerry Falmer, gemacht?«

Die Schlange lachte. »Er hat alles ins Rollen gebracht, denn durch ihn, den Schlangenbeschwörer, hatte ich die Idee, Apep entstehen zu lassen. Er hat mich unterstützt. Er und seine vielen mitgebrachten Schlangen.«

»Sind alle magisch aufgeladen?« fragte ich.

»Nein, die meisten nicht. Nur einige, aber das sind niedere Geschöpfe. Man kann sie leicht töten.«

Das hatte ich gemerkt.

Mit Apep würde ich es nicht so leicht haben. Wenn überhaupt. Ich glaubte nicht daran, daß ich es schaffte. Es war ein Gefühl, das mich urplötzlich erfaßte.

Nein, gegen Apep hatten wir keine Chance. Wir konnten es versuchen, mehr auch nicht.

Ich warf Suko einen raschen Blick zu. Sein Gesicht wirkte wie aus Stein gehauen. Nichts deutete darauf hin, welche Gefühle in seinem Innern tobten, denn Suko mußte ähnlich denken wie ich.

»Hast du noch Fragen?« vernahm ich Asmodinas Stimme.

»Ja. Warum sind die zahlreichen Schlangen aufgetaucht? Welchen Zweck erfüllen sie?«

»Sie sollen Panik und Angst verbreiten. Die Menschen hier sollen endlich lernen, sich vor der Hölle zu fürchten. Denn die Schlange war schon immer da. Sie hat bereits im Paradies das Böse manifestiert, und heute ist es nicht anders. Durch die Schlange wirst auch du sterben, John Sinclair!«

Nach diesen Worten bewegte sich der riesige Leib. So eingeklemmt er im Treppenhaus auch war, so geschmeidig glitt er jetzt voran. Da war nichts Eckiges zu sehen. Der riesige Schlangenkörper bewegte sich, als wäre er um das Hundertfache geschrumpft.

Es war unwahrscheinlich.

Wir mußten zurück.

Ich warf einen Blick über die Schulter. Weit konnten wir nicht mehr gehen, dann hatten wir den Dachrand erreicht, und es war aus.

Was tun?

»Wir kämpfen«, sagte Suko in diesem Augenblick.

Ich nickte.

Ja, das mußte sein, denn ich wollte nicht kampflos untergehen, mich nicht von dieser verdammten Schlange fressen lassen.

In diesem Augenblick dachte ich zurück. An meinen Kampf gegen den Schwarzen Tod oder gegen Sinistro und Caligro. All die Gegner hatte ich letzten Endes doch besiegt, bis auf Dr. Tod, der noch immer frei herumlief und seinem grausamen Trieb weiterhin frönen konnte.

Und hier sollte das Ende sein?

Auf dem Dach des Hauses, in dem ich wohnte?

Verdammt, nein!

Ich zog meine Beretta.

Lächerlich und winzig fühlte ich mich mit dieser Waffe. Asmodina hatte recht, die Kugeln würden bestimmt nichts ausrichten. Nicht gegen die riesenhafte Schlange.

Auch Suko hielt seine Waffe in der Hand. Zusätzlich trug er die Dämonenpeitsche. Er entfernte sich etwas von mir, ging nach links, die Distanz zwischen uns wurde größer.

Der monsterhafte Leib ringelte weiter aus der großen Luke. Ein Schlag nur, und das Dach würde einbrechen.

Daran durfte ich gar nicht denken, denn all die Menschen, die sich im Haus befanden, durften einfach nicht sterben.

Da schnellte die Zunge vor.

Das ging so blitzartig, daß wir, obwohl wir damit gerechnet hatten, kaum ausweichen konnten.

Ich sprang zwar noch zur Seite, aber nicht weit genug. Plötzlich spürte ich einen harten Schlag an meinem Bein, dann wickelte sich etwas mit rasender Geschwindigkeit um mein Knie, riß und zerrte mich zu Boden.

Ich schlug hart auf.

Auch Suko hatte es erwischt. Sogar noch schlimmer als mich. Die linke Hälfte der Zunge hatte sich um seine Hüfte geschlungen. Suko wurde sogar hochgehoben und zurückgeschmettert.

Er prallte auf das Dach. Das Geräusch ging mir durch Mark und Bein. Es war gleichzeitig das Startsignal, mich nicht kampflos zu ergeben.

Ich rollte mich auf die Seite, brachte den Arm in die exakte Richtung und schoß.

Vor der Mündung leuchtete eine kleine Feuerblume auf. Der mörderische Rachen war überhaupt nicht zu verfehlen, die Kugel verschwand auch darin – nur zeigte sie keine Wirkung.

Die Höllenschlange schluckte das Geschoß, als wäre es nur eine kleine Pille.

So also nicht.

Ich sparte die Munition und steckte die Beretta weg. Noch immer war die Zunge um mein Knie gewickelt, und jetzt spürte ich die Kraft der Schlange.

Sie wollte mich in ihr Maul ziehen.

Obwohl ich damit gerechnet hatte, erschrak ich ungeheuer. Angst packte mich.

Ja, richtige Angst, denn wenn ich einmal in dem Schlangenmaul verschwunden war, gab es keine Rettung mehr.

Suko ging es noch schlechter. Die zweite Zungenhälfte hatte seinen Körper so umwickelt, daß er nur noch den linken Arm bewegen konnte. Mein Partner wurde über den Boden geschleift und angehoben, dann krachte er wieder zurück, und ich sah, daß er am Kopf blutete.

In mir kochte es.

Die heiße Wut vertrieb plötzlich die Furcht. Ich griff zu und packte meinen Dolch.

Jetzt wollte ich alles auf eine Karte setzen. Hart umklammerten meine Finger den Griff, dann ließ ich die Klinge herabsausen, um die Zunge zu treffen, als ich mit einem plötzlichen Ruck wieder vorgezogen wurde.

Die Klinge verfehlte die Zunge und hackte gegen den Beton des Daches.

Ich warf mich vor, das heißt, ich streckte meinen Körper so, daß ich mit der linken Hand den einen Zungenschenkel umklammern konnte. Er fühlte sich klebrig an wie ein alter Fliegenfänger, der von der Decke hängt.

Eisern hielt ich fest.

Abermals nahm ich den geweihten Dolch.

Diesmal jedoch stieß ich nicht zu, sondern schnitt in die Zunge hinein.

Sie war wie zähes Leder, setzte mir Widerstand entgegen, doch ich gab nicht nach.

Eisern blieb ich dabei, während die verdammte Zunge plötzlich zuckte und mich herumschleuderte.

Ich gab nicht auf. Mit der rechten Wange schrammte ich über den Boden, spürte einen ziehenden Schmerz und hatte es plötzlich geschafft. Die scharfe Schneide des Dolches hatte die verdammte Zungenhälfte durchgetrennt.

Plötzlich war ich frei. Einmal überschlug ich mich, war jedoch sofort wieder auf den Beinen und blieb in der Hocke.

Dicht vor mir befand sich das Schlangenmaul. Der Höllenschlund gähnte mir entgegen.

Ich wich etwas zurück, weil ich das Gefühl hatte, das Maul würde mich verschlingen.

Siedendheiß fiel mir Suko ein.

Ich drehte den Kopf und sah ihn noch in der klebrigen Zunge hängend auf dem Dach liegen. Er wehrte sich noch schwach. Zwei Sprünge brachten mich zu ihm.

Wie ein Wilder hackte ich mich dem Messer zu, um Suko zu befreien. Die Schlange mußte etwas spüren, denn sie stieß ein gräßliches Fauchen aus. Der heiße Atem der Hölle streifte mich, ich warf mich zu Boden – und Suko war auf einmal frei.

»Danke!« keuchte der Chinese. Am Kopf hatte er eine Wunde, aus der Blut quoll.

Ich reichte Suko die Hand und zog ihn hoch.

Taumelnd lief der Chinese mit mir an den hinteren Rand des Hochhausdaches.

Die Schlange aber wühlte sich weiter hervor. Sie war auf dem Dach gewachsen. Wie eine gewaltige Drohung pendelte ihr Kopf mit dem aufgerissenen Maul über uns.

Aus dem Maul hingen die Fragmente der Zunge, und ich dachte daran, daß man die Schlange doch auch von unten sehen mußte.

Erhielten wir dann Hilfe?

Das war die große Frage, doch glauben konnte ich nicht so recht daran.

In wilder Verzweiflung riß ich mein Kreuz hervor. Hielt es hoch in der Hand, während ich geduckt dastand und auf den riesigen Schädel mit dem aufgeklappten Maul schaute.

Langsam senkte er sich tiefer.

Die Zähne würden uns zermalmen, es sei denn, wir zogen den Freitod vor und sprangen vom Dach.

In höchster Not schrie ich die Namen der vier Erzengel, die ihre Zeichen in den Enden des Kreuzes hinterlassen hatten. Ich aktivierte die magische Waffe und hoffte, daß mein Kreuz es doch noch schaffte.

Diesmal nicht.

Es erwärmte sich zwar, doch die für Schwarzblüter tödlichen Strahlen der Weißen Magie blieben aus.

Aus...

Keine Chance. Die verdammte Höllenschlange hatte gewonnen!

Theo Hancock fluchte, als plötzlich das Licht verlöschte. Er hatte in der Küche gesessen und einen Krimi gelesen.

Jetzt war es dunkel.

Stromausfall.

Hancock sprang auf, stieß sich im Dunkeln noch die Hüfte an und rannte zum Sicherungskasten.

Da waren die kleinen Hebel nach oben geklappt. Er drückte sie wieder herunter, glaubte, daß es hell würde, doch die Finsternis blieb.

Sofort wußte Theo, was geschehen war. Und eine unsichtbare kalte Hand streifte seinen Rücken.

Stromausfall total.

Er arbeitete schon einige Zeit als Hausmeister, doch so etwas war noch nie passiert. Davor hatte er immer eine Heidenangst gehabt. Das kam schon einer mittelschweren Katastrophe gleich.

Jetzt mußte der Notplan in Kraft treten. Hoffentlich arbeiteten die Aggregate einwandfrei.

»Theo!« drang die Stimme seiner besseren Hälfte aus dem gemeinsamen Schlafzimmer. »Theo, melde dich!«

»Was ist denn, verdammt?«

»Warum gibt es kein Licht?«

Hancock verdrehte die Augen. Ausgerechnet jetzt muß die Alte wach werden, dachte er. »Wir haben einen Stromausfall!« schrie er zurück. »Und jetzt schlaf weiter!«

»Nein, Theo, ich habe Angst. Wenn die Mörder nun zurückkehren?«

»Wenn die dich im Dunkeln mitnehmen, dann lassen sie dich im Hellen wieder laufen!« erwiderte er.

»Du bist ein Ekel!«

Theo Hancock winkte ab und verließ die kleine Wohnung. Sie lag im Parterre, der Hausmeister brauchte nur wenige Schritte zu laufen, dann stand er in der Halle.

Auch hier war es dunkel. Kein Fahrstuhl fuhr, alles war still. Er hatte zum Glück eine Taschenlampe mitgenommen, ließ den Strahl wandern und riß die großen Augen auf, als er sah, daß die Portierskabine nicht besetzt war.

Wo steckte der Kerl?

Der Strahl glitt weiter, zeichnete ein Muster auf den Boden und erfaßte die erste Schlange.

Starr vor Schreck blieb Hancock stehen.

Plötzlich zitterte seine Hand, die die Lampe hielt. Er schwenkte sie zur Seite und sah gleichzeitig die zweite Schlange.

Die erste hatte sich aufgerichtet, die andere jedoch ringelte über den Boden auf Theo Hancock zu.

Und sie rasselte...

Eine Klapperschlange! fuhr es Hancock durch den Kopf. Eine verdammte Klapperschlange, und ich habe keine Waffe.

Er schwitzte plötzlich. Die schwere Lampe in seiner Hand zitterte noch mehr.

Er wollte um Hilfe schreien, sagte sich jedoch, daß ihm niemand helfen konnte. Seine Frau wollte er nicht in Gefahr bringen.

Da stieß die Schlange auf ihn zu.

Theo sah es genau, und er tat instinktiv genau das Richtige. Die Hand mit der schweren Lampe sauste nach unten.

Es gab ein klatschendes Geräusch, als er den Schlangenschädel traf. Und zwar tödlich traf. Das Vieh wurde zu Boden geschleudert, zuckte dort ein paarmal und verging. Hancock faßte sich ein Herz und trat noch einmal mit dem Fuß nach.

Wo war die andere?

Dann sah er sie.

Sie bewegte sich auf die Kabine des Nachtportiers zu. Wahrscheinlich wollte sie sich dort verstecken.

Hancock nahm die Verfolgung auf. Bevor die Schlange die Kabine erreichte, hatte er sie.

Hancock drosch zweimal zu.

Das Reptil zuckte, sein Schwanz peitschte noch gegen Theos Beine, dann lag es still.

Der Hausmeister atmete auf. Zwei Schlangen erledigt. Plötzlich fühlte er sich wie ein kleiner Held.

Da fiel ihm der Portier ein. Vielleicht war er von den Schlangen gebissen worden und lag in seiner Kabine am Boden, nur hatte Theo ihn noch nicht gesehen.

Mit der Fußspitze schleuderte er den im Weg liegenden Schlangenrest zur Seite und zog die Tür weiter auf.

Die Kabine war leer.

Dafür schlug jemand gegen die Eingangstür. Es war der Nachtportier. Da der Strom ausgefallen war, öffnete sich auch nicht die Tür. Hancock hob beide Arme und winkte beruhigend mit den Händen. Dann rannte er los.

Er gehörte zu den wenigen, die den Schlüssel zu der schmalen Tür besaßen, hinter der die Anlagen für das Notstromaggregat lagen. Mit zitternden Fingern schloß er auf.

Die einfache Gebrauchsanweisung hing an der Wand. Theo leuchtete sie mit der Taschenlampe ab und betätigte wenig später die für eine Notstromversorgung vorgesehenen Handgriffe.

Es klappte.

Trübes Licht glühte in der Eingangshalle auf.

Auch die Tür ließ sich wieder öffnen. Sofort stürmte der Portier herein.

»Weißt du, was hier los ist?« schrie er.

»Sicher.«

»Gar nichts weißt du, Theo, ich habe...«

Was er hatte, brauchte er gar nicht mehr zu sagen, das war deutlich genug zu hören.

Sirenen!

Ein geisterhaftes Jaulen. Polizei und Feuerwehr rückten gleichzeitig an.

»Jetzt geht es rund«, flüsterte der Nachtportier andächtig. Doch keiner der Männer ahnte, was wirklich auf dem Dach des Hochhauses vor sich ging...

Dort kämpften wir um unser Leben!

Das Kreuz hatte nichts genutzt gegen die vorchristliche, uralte Magie, mit der uns die Höllenschlange konfrontiert hatte.

Welche Waffe dann?

Die Dämonenpeitsche? Suko versuchte es. Er schlug gegen den heraushängenden Teil der Zunge. Die drei Riemen trafen auch, ich hörte das Klatschen und nahm den beißenden Geruch wahr, den uns der Wind gegen die Gesichter wehte.

Es half jedoch nichts.

Diese Waffe war winzig und lächerlich im Vergleich zu den Ausmaßen der Höllenschlange.

Nein, es gab keine Chance mehr. Wenn wir überleben wollten, mußte schon ein Wunder geschehen...

Plötzlich brannten wieder die Lampen. Leider sehr trübe.

»Hell, es wird wieder hell!« rief Tao Shen vor Freude.

Sofort war Shao am Telefon. Sie hatte bisher neben der leichenblassen Jane Collins gesessen.

Der Apparat war tot.

Shao schluchzte auf. Sie vergrub ihr Gesicht in beiden Händen. Langsam war auch sie mit ihren Nerven am Ende.

Da jedoch hörten sie von der Straße her das Geräusch.

Polizeisirenen!

»Sie kommen!« jubelten die Menschen. »Sie kommen!« Sie vergaßen selbst die Schlangen, die noch immer in der Wohnung lauerten...

Das Wunder geschah.

Urplötzlich war ein gewaltiges Brausen über uns in der Luft. Ein Geräusch, wie ich es noch nie gehört hatte.

Dann folgte der immense Schatten.

Er verdunkelte den ohnehin schon grauen Himmel zu einer finsteren Schwärze.

Auch die Schlange merkte, daß etwas nicht stimmte. Plötzlich schwebte der Kopf nicht mehr über uns. Sie hatte ihn gedreht und schaute hoch zum Himmel.

Suko und ich nutzten die Chance. Wir rannten, was unsere Beine hergaben, und blieben erst stehen, als wir die Einstiegsluke erreicht hatten, durch die wir auf das Dach geklettert waren.

Von dort aus sahen wir dann das Schauspiel. Und jetzt, im Nachhinein, muß ich zugeben, daß mich selten etwas so fasziniert hat wie der folgende Kampf.

Wir sahen, was der Schatten war.

601

Ein ungeheuer großes Paar Flügel, dessen Spannweite größer als das gesamte Hochhaus war.

Es gehörte zu einem Vogel.

Aber was für einem.

Noch nie hatte ich solch ein Tier gesehen, und ich konnte sein Auftauchen auch nicht begreifen.

Der Vogel glich einem Adler, so wie ich ihn aus dem Gebirge kannte. Nur sein Gesicht war irgendwie anders. Eine Mischung zwischen Mensch und Vogel...

Unheimlich anzusehen.

Wir sahen zwei riesige Augen, die weit aus den Höhlen vorquollen und golden schimmerten. Dicht darunter wuchs der Ansatz einer Nase, der jedoch sofort in einen gewaltigen Schnabel überging, der wie ein Speer wirkte und den Mund mit einschloß. Unter den Flügeln sah ich goldenes Gefieder und dazwischen Arme, wie Menschen sie haben. Denn die Flügel wuchsen zusätzlich aus den Schulterblättern.

Das war kein Vogel, sondern ein Vogelmensch.

Und er attackierte die Höllenschlange. Er stieß wuchtig auf sie nieder, seine ausgebreiteten Flügel dienten ihm dabei als Stopper, und dann hackte er mit dem Schnabel zu.

Die Schlange fauchte. Sie konnte dem ersten Angriff nicht entgehen, ein gewaltiges Stück Fleisch wurde ihr aus dem Körper gerissen. Mit einer fast wütenden Bewegung schleuderte der adlerähnliche Vogel das Fleisch weg.

Es fiel nicht nach unten, sondern löste sich kurzerhand auf.

Die Schlange wollte sich zurückziehen, doch das ließ der riesige Vogel nicht zu.

Er landete unterhalb ihres Kopfes, hakte sich mit seinen Krallen fest und hackte in den Schädel.

Wir starrten und staunten. Mehr blieb uns nicht zu tun. Wer war dieser geheimnisvolle Vogel, der uns da buchstäblich im letzten Augenblick das Leben gerettet hatte?

Ich fragte Suko danach.

»Kann sein, daß ich es weiß«, erwiderte mein Partner.

»Und?«

»Hast du schon mal etwas von Garuda, dem Fürst der Vögel und dem Todfeind aller Schlangen gehört?«

»Ja, habe ich. Das könnte Garuda sein. Er diente doch irgendeinem Gott als Reittier.«

»Wischnu.«

Es war unglaublich. Bisher hatte ich nicht geglaubt, daß diese Gestalten existierten, doch wir wurden eines Besseren belehrt. Garuda war gekommen, um uns zu helfen. Denn wo die Höllenschlange war, da war auch Garuda.

Noch blieb der Kampf ausgeglichen.

Die Schlange kämpfte. Sie schleuderte ihren Körper herum. Garuda fiel hart zurück, so daß das gesamte Dach bebte und wir Angst hatten, es würde doch noch einstürzen.

Es hielt, und der riesige Vogelmensch setzte seinen Angriff fort.

Wieder riß der Adler einen gewaltigen Fetzen aus dem Leib der Schlange, schleuderte ihn weg, und das Fleisch löste sich ebenso auf wie auch die anderen beiden Stücke.

Ganz schwach glaubte ich das Heulen von Polizei- und Feuerwehrsirenen zu hören, aber ich kümmerte mich nicht darum. Gebannt schauten wir dem einmaligen Kampf zu.

Die Höllenschlange verlor. Schwarzes Blut quoll aus den tiefen Wunden, breitete sich als kochender See auf dem Dach des Hauses aus, so daß wir hastig zurück mußten, um nicht von dem Zeug berührt zu werden. Dabei wäre ich fast noch in die Luke gefallen.

Dann schnappte das Gebiß der Höllenschlange zu.

Doch der Adler war viel zu flink. Blitzschnell stieg er in die Höhe und entging somit den mörderischen Zähnen. Die Höllenschlange aber lag zuckend auf dem Dach.

War das ihr Ende? Und war das auch Asmodinas Ende?

Ich hoffte es.

Es kam anders, ganz anders.

Asmodina, die Teufelstochter, war so leicht nicht zu besiegen. Sie war ein Kind der Schwarzen Magie und spielte sie auch eiskalt aus.

Plötzlich fand der Adler kein Ziel mehr. Garuda stieß ins

Leere. Er flatterte noch mit den Flügeln, und der dabei entstehende Windstoß warf uns fast um. Sekundenlang sah ich die goldfarbenen Augen auf mich gerichtet, dann drehte sich der Adler um.

Jetzt sahen wir, was aus der Riesenschlange geworden war.

Für einen Moment erkannte ich die Gestalt der Teufelstochter, dann wurde sie durchsichtig und verschwand.

Doch sie ließ etwas zurück.

Zwei Schlangen – mit Menschenköpfen!

Der Schock durchfuhr mich wie ein Stromstoß. Ich sah zum erstenmal solche Wesen und wußte, daß es dieses Ehepaar war, das der Höllenschlange die Rückkehr überhaupt ermöglicht hatte.

Ein Frauen- und ein Männerkopf. Zwei Gesichter – verzerrt in Todesangst.

Ein leiser Schrei wehte uns entgegen, ein Hilferuf...

Ich rannte vor, wollte den Schlangenmenschen helfen, doch der Adler war schneller.

Erbarmungslos packten seine Krallen zu. Er riß die beiden Geschöpfe hoch und flog davon.

»Nein! Nicht...«

Mein Schrei war vergebens. Garuda hörte mich nicht, er wollte mich nicht hören.

Zwei Atemzüge später war er nicht mehr zu sehen, der Nachthimmel hatte ihn verschluckt.

Die Höllenschlange existierte nicht mehr.

Wir verließen unseren luftigen Platz. Keiner von uns sprach ein Wort. Beide wußte wir, daß wir verdammt knapp dem Tode entronnen waren. Ich dachte über die letzten Ereignisse nach. Ein anderer hatte uns das Leben gerettet. Eine Gestalt aus einer Sage. Woher kam sie? Wo lebte sie? In welch einem Reich war sie zu Hause? Auf jeden Fall mußte sie uns beobachtet haben. Ich konnte davon ausgehen, daß unsere Welt unter der Aufsicht anderer Wesen stand.

Wirklich ein Gedanke, der einem Unbehagen bereiten konnte. Diesmal hatte das Wesen uns gerettet. Wie würde es wohl beim nächstenmal aussehen?

Der Fahrstuhl funktionierte wieder.

In unserer Etage trafen wir auf Polizisten. Und auf Schlangen.

Die Beamten waren mit einem Gas bewaffnet, damit rückten sie den Tieren zuleibe.

Sie wurden nicht getötet, nur betäubt.

Weinend lief uns Shao entgegen. Sie warf sich Suko in die Arme, und ihre Worte alarmierten mich.

»Jane ist von einer Klapperschlange gebissen worden!«

Für einen Moment stand mein Herz still.

»Wo ist sie?« schrie ich.

»Schon im Krankenhaus.«

Ein halber Stein fiel mir bereits vom Herzen. »Und? Kann man sie retten?«

»Ich hoffe es!«

Jetzt erst sah ich Shao genauer an und bemerkte die Blutreste in ihrem Gesicht. »Du hast...?«

»Ja, ich habe die Wunde ausgesaugt. Es war wirklich nötig gewesen.«

Aus dem halben Stein wurde ein ganzer. Dann fiel ein dicker Wermutstropfen in meine Freude.

Aus Sukos Wohnung wurde eine Tote getragen. Sie war an dem Schlangenbiß und auch durch den Aufprall am Wannenrand gestorben, wie wir hinterher erfuhren.

Und noch ein Toter wurde später aus dem Haus transportiert. Jerry Falmer.

Er hatte sein Bündnis mit Asmodina, der Teufelstochter, mit dem Leben bezahlt. Wie schon so viele vor ihm. Anscheinend starben die Dummen nie aus, denn die Dämonen fanden noch immer genügend Helfer.

Von den Vorfällen auf dem Dach hatte niemand etwas bemerkt, was mich ungemein beruhigte. Die Aufregungen waren schon groß genug. Es dauerte noch Stunden, bis alle Schlangen gefunden waren.

Da saß ich bereits im Krankenhaus an Janes Bett. Sie war zwar etwas blaß um die Nase, doch als sie den Blumenstrauß sah, den ich mitgebracht hatte, strahlte sie wieder.

»Der Teufel wollte mich noch nicht haben«, sagte sie.

Ich nickte. »Das hast du in erster Linie Shao zu verdanken.«

»Ja, John. Ich werde ihr das nie vergessen. Deshalb feiern wir bald noch einen Geburtstag. Nämlich meinen...«

Ich war einverstanden.

Gefeiert haben wir ihn. Diesmal störte uns niemand. Auch keine Schlangen. Selbst auf Luftschlangen hatten wir verzichtet, denn nichts sollte uns mehr an das Abenteuer erinnern...

ENDE

Der Knochen-
thron

Fünf teuflische Augenpaare schillerten hinter den Schlitzen der schwarzen Kapuzen.

Fünf Männer – fünf Mörder!

Zu einem magischen Fünfeck hatten sie sich aufgestellt, ein sechster Mann stand innerhalb des Pentagramms.

Er war ein Verräter.

Und er sollte sterben!

Die Nacht war dunkel. Von irgendwoher drang das schaurige Heulen eines Coyoten. Der Wind trieb den Staub und auch Sand hoch. Beides wehte er als lange Fahnen durch den verlassenen Ort.

»Du weißt, was du getan hast, Barry?« drang es dumpf unter einer Maske hervor.

Barry war der Mann im Pentagramm. Er hob den Kopf. Bleich schimmerte sein Gesicht. Es war schweißüberströmt, die Angst hielt den Mann wie mit unsichtbaren Krallen fest.

»Ich habe nichts Unrechtes getan!« flüsterte er rauh.

»O doch. Du hast uns verraten und mit einem anderen über den Dämon gesprochen. Der Herrscher auf dem Knochenthron verlangt Genugtuung. Er will deine Seele haben, Barry!«

»Nein!« keuchte Barry. »Nein, nicht!« Er hob die Arme und legte flehend die Hände gegeneinander.

Die Männer lachten nur. Für sie war Barrys Tod eine beschlossene Sache.

Obwohl sie einmal seine Freunde gewesen waren, kannten sie jetzt keine Gnade. Barry hatte die Gesetze des magischen Zirkels mißachtet. Der Spuk wollte seinen Tod.

»Das Lasso!« befahl der Anführer.

Man sah die Bewegung kaum. Plötzlich wirbelte die Schlinge durch die Luft und senkte sich mit tödlicher Genauigkeit über den bedauernswerten Barry.

Der wollte noch ausweichen, doch er schaffte es nicht. Das Lasso fiel über ihn und wurde straff gezogen, als es sich in Höhe seiner Ellenbogen befand.

Barry stöhnte auf, ein Zug am Lasso, und er lag auf dem Boden.

»Komm hoch!«

Barry weigerte sich.

»Okay, Junge, dann nicht. Sterben wirst du so oder so!« Einer der Kerle schnippte mit den Fingern.

Das Zeichen!

Barry spürte den harten Ruck in den Armen, dann wurde er von zwei Leuten über den Boden geschleift.

Das war kein Vergnügen. Denn die kalifornische Muttererde war steinig und von zahlreichen Furchen durchzogen sowie mit dürrem, widerstandsfähigem Gras bewachsen, dessen Kanten so scharf waren, daß sie die Haut ritzten wie Messer.

Staub wölkte auf, als die Männer den Gefesselten über den Boden zerrten. Sie passierten die alten, verfallenen Gebäude der Geisterstadt, ließen die Kirche links liegen, gingen am Stiefelhügel vorbei und erreichten den Abhang, der hinunter zum Ufer des Flusses führte.

Dort hielten sie an.

Zehn Augen starrten auf Barry Calw.

»Hast du noch etwas zu sagen?« wurde er gefragt.

Barry hob den Kopf. Selbst bei diesen Lichtverhältnissen war zu sehen, welch ein zerschundenes Gesicht er hatte. Die Tortur war verdammt schmerzhaft gewesen.

»Ich...«, keuchte Barry, »ich möchte noch etwas sagen!«

»Und was?«

»Fahrt zur Hölle, ihr verdammten Hundesöhne. Der Teufel soll euch schmoren, und die Rache der Finsternis soll euch treffen wie ein alles vernichtender Schwerthieb!«

Jetzt lachten die anderen. »Damit wirst du wohl kein Glück haben, Barry. Die Rache der Finsternis trifft nämlich dich allein! Los, packt ihn!«

Zwei Gestalten beugten sich vor. Ein anderer löste das Lasso.

Noch einmal sammelte Barry sämtliche Kräfte. Er versuchte sich zu wehren, doch gegen die Kraft dieser Männer war er machtlos.

610

Sie stellten ihn auf die Füße und drehten ihn herum, so daß er auf den schäumenden Fluß schauen konnte.

Das Wasser sah wild und irgendwie romantisch aus. Die Strömung peitschte es über kleine Felsen und Klippen, Gischt sprühte bis an beide Uferseiten, winzige Tropfen glitzerten, und auf den Wellen ritten helle Schaumkämme.

Dieser Fluß war bei Wildwasserfahrern beliebt, aber nur ein Teilstück von ihm, der andere war die Hölle.

Nicht nur das Wasser, sondern auch die beiden Ufer.

Hier lauerte der tückische Treibsand, dem bereits manche Männer zum Opfer gefallen waren.

Und auch Barry sollte hier sterben.

Man ließ ihn los, dafür traten die Männer jetzt hinter ihn. Alle fünf nahmen Aufstellung.

»Weg mit ihm!« peitschte die Stimme des Anführers.

Barry erhielt einen harten Stoß ins Kreuz. Er wurde nach vorn katapultiert, riß die Arme hoch, um sein Gleichgewicht zu halten, doch der Hieb war zu hart.

Barry rutschte ab.

In einer Wolke von Staub glitt er den Hang hinunter, versuchte sich noch an kargen Büschen festzuklammern, aber diese Vegetation fand im Boden keinen richtigen Halt. Barry rutschte weiter, während die fünf Maskierten ihn vom Rand der Böschung beobachteten.

Dem Mann gelang es noch, sich zu drehen, so daß er nicht mit dem Kopf zuerst in den Treibsand stieß, sondern mit den Füßen.

Sofort sackte er bis über die Knie ein.

Der Sand war eine tödliche Falle. Nie hatte er ein Opfer wieder hergegeben. Mit unzähligen Fingern und Armen zerrte er an dem Körper des Bedauernswerten.

Barry rutschte weiter.

Er hatte den Mund aufgerissen, doch ein Schrei drang nicht über seine Lippen.

Das Wissen um den nahen Tod ließ ihn verstummen. Es gab keine Rettung mehr.

Am schlimmsten war diese gespenstische Stille. Ein Sumpf

oder Moor schmatzte und gurgelte – der Treibsand saugte lautlos. Und er zog Barry immer tiefer.

Schon reichte ihm der tückische Sand bis zu den Hüften. Die Sehperspektive veränderte sich. Der gurgelnde, schäumende Fluß befand sich etwa in Augenhöhe des bedauernswerten Mannes. Wasserspritzer trafen sein Gesicht.

Dann geschah etwas, was die Todesangst des Mannes noch steigerte. Barry glaubte, seinen Verstand zu verlieren.

Er war nicht mehr allein im Treibsand.

Vor ihm und rechts neben ihm geriet der Sand in Bewegung. Plötzlich tauchten Hände auf. Gekrümmte Finger. Sie bildeten Klauen, über die sich die Haut wie altes, brüchiges Papier spannte.

Die Hände wanderten.

Vier, nein, fünf zählte er, die sich ihm immer mehr näherten, sich bewegten und ihn packen wollten.

Die Toten kamen zurück...

Das Grauen, das Barry empfand, war so stark, daß es alle anderen Gefühle hinwegschwemmte.

Er konnte nicht schreien, nur ein dumpfes Gurgeln drang aus seiner Kehle.

Barry wich zurück. Eine hastige Bewegung, die ihn nur noch tiefer in den mörderischen Sand trieb.

Da packte die erste Klaue zu. Sie griff nach seiner rechten Hand und hielt eisern fest.

Barry schrie.

Sein Schrei übertönte sogar noch das Tosen des Wassers und verlor sich am anderen Ufer.

Eine zweite Hand klatschte auf seine Schulter, drückte ihn tiefer in den Treibsand hinein, der plötzlich sein Kinn berührte.

Eine Sekunde später drang er in seinen Mund, dann in die Nase, in die Augen.

Fünf Hände zerrten an ihm, und sie drückten Barry in die unheimliche Tiefe.

Der Sand schloß sich über ihm.

Die Hände verschwanden ebenfalls.

Nichts, aber auch gar nichts zeigte mehr an, welch ein Drama sich am Ufer des Flusses abgespielt hatte.

Die fünf Maskierten am Rand der Böschung wandten sich ab. Ihr Aufgabe war erfüllt...

»Ich bleibe so lange in San Francisco, bis ich die Golden Gate Bridge mal nicht im Nebel gesehen habe«, hatte Sheila Conolly gesagt und dabei mit der kleinen Faust auf den Tisch geschlagen.

»Okay, Darling, einverstanden«, lautete Bills Erwiderung, und so hielten sich die Conollys schon den achten Tag in dieser Stadt am Pazifik auf.

Einen kleinen Urlaub hatten sie auch noch nötig. Eine Woche waren sie auf den Bahamas geblieben. Dort hatten sie das mörderische Abenteuer mit den Toten vom Bermuda-Dreieck vergessen. Ein Fall, der ihnen das letzte abgefordert hatte.

Sie sprachen noch oft über die Dorlands, ein Ehepaar, das mit ihnen gefahren war und den Tod gefunden hatte. Einen grausamen Tod, denn lebende Leichen kannten kein Erbarmen.

Ihnen gefiel Frisco. Ihr Hotel lag nicht weit vom Strand entfernt, und sie hatten einen herrlichen Blick über das blaugrüne Meer.

Die drei – auch Johnny Conolly gehörte dazu – hatten viel unternommen. Eine Hafenrundfahrt, zwei Fahrten mit der Cable-Car, der Attraktion Friscos. Sie waren in den Parks gewesen, hatten sich kulturhistorische Stätten angeschaut und waren auch durch die großen Kaufhäuser geschlendert.

Doch Bill wurde es langweilig. Er war eines Abends nach Chinatown gegangen und hatte dort einen Lokalbummel gemacht.

Und in einer lasterhaften Opiumhöhle hatte Bill von der geheimnisvollen Sekte erfahren.

Ein Betrunkener berichtete ihm davon. Trotz seiner Trunkenheit noch so exakt, daß Bill Conolly ihm glaubte.

Und er sprach auch mit Sheila darüber. »Ob du es glaubst oder nicht, dieser Typ hat von einer Statue geredet, die ebenso aussah wie der Spuk.«

Sheila runzelte die Augenbrauen. »Das bildest du dir ein!«

»Glaube ich nicht.«

Sheila griff nach ihrem Glas mit Mineralwasser. Der kleine Johnny lag auf dem Boden und spielte mit Bauklötzen. Draußen war es drückend heiß. Selbst vom Pazifik her wehte kaum Wind, und auch von den Bergen kam keine Kühlung.

»Du hast doch irgend etwas vor?« lächelte sie ihren Mann an.

Bill nickte.

»Willst du dir diese Statue anschauen?«

»Genau.«

»Und wo ist das?« fragte Sheila.

»Etwa 80 Meilen von hier in den Bergen. Da gibt es eine alte Geisterstadt namens Tulsa. Dort befindet sich der Stollen, in dem die Figur stehen soll.«

»Und wenn es stimmt?«

Bill hob die Schultern. »Dann müßte ich unter Umständen John Sinclair Bescheid sagen.«

»Wie bei den Zombies, nicht?« meinte Sheila spöttisch.

»Daß John da nicht gekommen ist, hatte doch einen ganz anderen Grund. Solchen Spuren wie hier muß man nachgehen. Du weißt selbst, was los ist. Unsere Gegner sind überall. Sie stellen eine gewaltige Gefahr dar und schlagen eiskalt zu.«

»Ja, ja, das stimmt.«

»Du bist also dafür?« lächelte Bill.

»Dafür nicht.«

»Aber auch nicht dagegen?«

Jetzt lächelte Sheila. »Wenn du fahren willst, dann fahr. Ich bleibe hier.«

Bill stand auf und drückte Sheila einen Kuß auf die Lippen. »Du bist doch die Beste.«

Die blondhaarige Frau trank ihr Glas leer. Wegen der Hitze hatte Sheila die Frisur hochgesteckt. Sie trug eine enge weiße

Leinenhose und ein locker fallendes Hemd, das ihr bis an die Hüften reichte. Auf einen BH hatte sie verzichtet.

»Fährt Daddy weg?« fragte der kleine Johnny.

Sheila ging zu ihm und nahm ihren Sohn auf den Arm. »Ja, Daddy fährt weg.«

»Darf ich mit?«

»Nein, mein Schatz, wir beide bleiben hier. Daddy kommt auch schnell zurück.«

»Und wie«, sagte Bill. »Ich sage dir sogar noch Gute Nacht.«

Johnnys Augen strahlten. Mit seinen kleinen Händen faßte er nach Bills Gesicht. »Bringst du mir auch was mit?«

»Mal sehen.«

»Einen großen Kran möchte ich haben.«

»Jetzt haben die Geschäfte zu.«

Johnny zog eine Schnute und drehte sich von Sheilas Gesicht weg. Ein Zeichen, daß er vom Arm wollte.

Sheila stellte ihn auf den Boden. Bill gab seiner Frau einen zweiten Kuß. Von Johnny verabschiedete er sich auf die gleiche Weise.

»Bitte, Bill, sei vorsichtig. Denk daran, du hast keine Waffe. Ich habe Angst.«

»Brauchst du nicht, Mädchen. Ich schaue mir nur diesen Stollen an und sehe nach, ob die Statue tatsächlich existiert. Wenn ja, komme ich sofort zurück und rufe John an.«

»Das will ich auch hoffen.«

Die Conollys hatten sich einen Wagen geliehen. Einen kleinen, aber spritzigen Golf. Er stand in der Hotelgarage.

Bill holte ihn hervor und brauste ab. In Richtung Nordosten, den Bergen zu.

Bill Conolly mußte über die Golden Gate Bridge, um nach Sausalito zu gelangen. Ein Teil der Brücke lag tatsächlich noch im Nebel, doch aus dem Dunst schälten sich langsam die gewaltigen Stahlträger, die Auskunft darüber gaben, welch eine Dimension dieses fantastische Bauwerk hatte.

Der Verkehr rollte ruhig auf den breiten Spuren. Bill gab acht, daß er hinter der Brücke die Ausfahrt nicht verpaßte. Er mußte nach Rafael.

Noch einmal warf er einen Blick auf das Wasser der San Francisco Bay. Am anderen Ufer war der Nebel lichter, dann sah Bill Conolly schon die Umrisse der St. Helena Range nördlich im Dunst der Sonnenglut.

Die Berge waren sein Ziel. Er hoffte, sie noch vor dem Dunkelwerden zu erreichen.

Bill fuhr etwas schneller. Er überholte zwei Trucks und befand sich dann auf der Straße nach Rafael.

Der Betrunkene aus der Kneipe hatte ihm sogar eine kleine Skizze aufgezeichnet. Bill hatte den Zettel vor sich auf dem Armaturenbrett liegen. Deutlich las er dort Rafael.

Wie viele Europäer, so freute sich auch Bill über die breiten Straßen. Hier machte das Autofahren wirklich noch Spaß. Schon 20 Minuten später hatte Bill sein erstes Etappenziel erreicht.

Eine Tankstelle war besonders dick aufgezeichnet worden. Dort hielt Bill an und schaute auf die Skizze.

Die zweite Straße rechts, da mußte er hinein.

Der Reporter fuhr in den Ort. Weiße Holzhäuser, Vorgärten, breite Straßen. Eine amerikanische Idylle. Zahlreiche Menschen arbeiteten in den Gärten oder saßen vor ihren Häusern und genossen die letzten Sonnenstrahlen des Tages.

Im Westen, weit über dem Meer, wo Wasser und Himmel zusammenschmolzen, explodierte die Sonne zu grellen Lichtkaskaden. Sie warf einen goldenen Teppich über die Wellen, und es schien, als würde sie langsam aber sicher im Meer versinken.

Ein grandioses Schauspiel, denn vom Osten rückte langsam eine dunkle Wand heran.

Die Dämmerung.

Bill fuhr weiter.

Die zweite rechts. Er lenkte den Golf hinein, erreichte eine Neubaugegend, durchfuhr sie und befand sich bereits am Ende der kleinen Stadt.

Mehrere Wege zweigten ab. Bill schaute wieder auf die Skizze, rollte in einen Kreisverkehr hinein und dann wieder raus.

Jetzt führte ihn der Weg direkt auf die Ausläufer der Berge zu. Noch war die Gegend fruchtbar und grün. Bill sah erste Weinhänge, sorgfältig gepflegte Felder, Obstgärten. Doch als die kultivierte Landschaft verschwand, erschien die Wüste ohne Übergang. Plötzlich war das Land zu beiden Seiten der Straße beigebraun. Kaum noch Gras wuchs hier. Schroffe Felsen lagen am Ende der ansteigenden Berge. Die Straße führte hoch zu einem Plateau, von dem aus Bill in zahlreiche Canyons schauen konnte.

In der Ferne glitzerte ein Flußlauf. Das war irgendein Nebenarm des Sacramento River.

Bill suchte auch einen Fluß, aber dazu mußte er von der Straße weg in den Canyon hinein.

Es gab einen Weg.

Bill freute sich jetzt, daß der kleine Wagen eine Klimaanlage hatte. Sie war auch nötig, denn die Hitze in den Canyons konnte einen Menschen glatt umbringen.

Der Reporter fuhr den ersten Schatten entgegen, die auf dem Grund des Canyons lagen. Die Dunkelheit kam hier viel schneller als oben in den Bergen.

Die Räder des Golf wirbelten hohe Sand- und Staubwolken auf, als Bill im Zehn-Meilen-Tempo weiterfuhr. Mehr wollte der Reporter dem Leihwagen bei dieser Wegstrecke nicht zumuten.

Oft genug mußte er menschengroßen Felsbrocken ausweichen oder Schlaglöcher umfahren.

Es war schon eine verdammte Schinderei.

Aber Bill blieb am Ball. Er wollte dem Rätsel dieser geheimnisvollen Mine auf den Grund gehen.

Gab es wirklich ein Abbild des Spuks? Wenn ja, wie kam es dorthin?

Das waren Fragen, auf die der Reporter gern eine Antwort gewußt hätte.

Es wurde so dunkel, daß Bill die Scheinwerfer einschalten

mußte. Manchmal wurde er durchgeschüttelt wie ein Rodeo-Reiter. Bill schimpfte sich selbst aus. Er hätte doch lieber einen Range Rover oder einen ähnlichen Geländewagen nehmen sollen.

Sein Blick fiel hoch zur Canyonwand. Dort wurde das Gestein im letzten Sonnenlicht gebadet. Bill sah alle Farben des Spektrums, wie sie ineinanderliefen und wieder neue fantastische Farbkombinationen bildeten.

Faszinierend, dieses Schauspiel.

200 Yards weiter standen die Felswände näher zusammen. Der Canyon wurde enger. Er führte in eine Kurve, die Bill ebenfalls auf der Skizze fand.

Dahinter öffnete sich das Gelände zu einem Tal.

Und dort lag Tulsa!

Bill bremste und stieg aus. Er war am Ziel. Ein Lächeln kerbte seine Mundwinkel, doch das verging sofort, als die Hitze ihn regelrecht überfiel.

Sofort war er schweißgebadet. Mit dem Tuch wischte Bill über seine Stirn, bevor er weiterging.

Er hörte auch das Rauschen des Flusses, von dem der Mann in der Kneipe gesprochen hatte.

Das Gewässer lag tiefer. Eine Böschung führte zu den beiden Ufern. Bill trat bis an die Böschung heran. Er sah das Wasser über Felsen und Steine schäumen, und das Grau-weiße an den Rändern mußte der von dem Mann erwähnte gefährliche Treibsand sein.

Trotz der Hitze lief dem Reporter ein Schauer über den Rücken. Im Treibsand zu versinken mußte ein schlimmer Tod sein, den er selbst seinen ärgsten Feinden nicht gönnte.

Im allerletzten Licht sah er die verfallenen Gebäude der Geisterstadt. Bill ging darauf zu. Bis auf das Rauschen des Flusses war es still. Der Reporter befand sich als einziger Mensch in dieser verfallenen Stadt.

Neben einem verblichenen Schild blieb er stehen. Nur mit Mühe konnte er den Namen Tulsa entziffern.

Hinter dem Schild stand ein Pfahl.

Überrascht verharrte Bill mitten in der Bewegung. Auf dem Pfahl steckte ein Totenschädel.

Bill schaute den Schädel an, der Wind und Wetter getrotzt hatte und hell glänzte.

Bill ging weiter.

Spärliches, hartes Gras wuchs aus dem karstigen Boden. Rötlicher Staub wurde von Bills Schuhen aufgewirbelt und begleitete ihn als kleine Wolken.

Er erreichte die Main Street der Geisterstadt.

Die meisten Gebäude waren verfallen, doch ein paar Vorderfronten standen noch.

Der Salon mit seinen Schwingtüren, die sich leicht bewegten, als würden unsichtbare Hände gegen sie stoßen. Die Kirche, das Post Office und ein Steinbau.

Hier hatte der Sheriff residiert.

Die Tür hing schief in den Angeln und knarrte zum Steinerweichen. Bill war neugierig. Er betrat das Office.

Muffiger Geruch drang ihm in die Nase. Überall hingen Spinnweben. Holzwürmer hatten den alten Schreibtisch angenagt, und der Staub lag fingerdick.

Ein schmaler Gang führte zum Zellentrakt.

Die Eisenstäbe hatten Rost angesetzt. Türen waren überhaupt nicht mehr vorhanden, ein Teil der Rückwand fehlte, und Bill konnte nach draußen blicken.

Plötzlich zuckte er zusammen.

Ein Schatten, ja, er hatte einen Schatten gesehen. Bill sprang zwei Schritte vor, damit er einen besseren Blickwinkel hatte, doch von dem Schatten war nichts mehr zu sehen.

Die Dunkelheit hatte ihn verschluckt.

Eine Täuschung?

Bill glaubte nicht so recht daran, denn seinen Augen konnte er trauen. Vielleicht auch nur ein Tier, dem die Anwesenheit des Menschen nicht behagte.

Mit diesem Gedanken tröstete sich der Reporter, als er weiterging. Nur, wo fand er die Mine?

Bill schaute sich um. Der Alte in der Kneipe hatte nichts davon aufgezeichnet, sondern nur auf die Geisterstadt hingewiesen. Beim achten Tequila hatte er gesagt: »Die Mine, die mußt du schon selbst finden, Amigo.« Und dann hatte er auf Bills Tod getrunken. »Da kommt keiner mehr lebend raus.«

Die Worte hatte Bill Conolly natürlich nicht vergessen, sie aber auch Sheila nicht gesagt.

An einer Kreuzung blieb der Reporter stehen.

Und da stand es.

Tulsa Mine

Kaum zu erkennen waren die Buchstaben. Die Hälfte fehlte auch, doch es gab keinen Zweifel. Bill Conolly befand sich an der richtigen Stelle. Er mußte nach rechts, weg vom Fluß, wo die Felswand als dunkler, drohender Schatten hochwuchs.

Ein schmaler Weg führte bergan. Rechts und links lagen die Überreste ehemaliger Goldgräberhütten. Ausgebleichte Holzstücke, vermodert und verfault.

Vor der Mine endete der Weg.

Bill Conolly blieb stehen, als er die rostigen Schienen sah, die aus der Mine führten. Sogar eine umgekippte Lore lag quer im Weg, und der Reporter mußte darüber steigen.

Seiner Meinung nach war die alte Mine seit dem letzten Jahrhundert nicht mehr verändert worden.

Bill nahm seine Taschenlampe vom Gürtelhaken und schaltete sie ein. Der Strahl durchbohrte die Dunkelheit und stach in den abgestützten Eingang der alten Mine. Schon nach wenigen Yards zeichnete er einen hellen Kreis auf die Felswand.

Dort mußte eine Kurve folgen, glaubte Bill. Normalerweise hätte er eigentlich umkehren müssen, aber Bill wollte sich Gewißheit verschaffen. Auch ohne Rückendeckung betrat er den finsteren Stollen. Verlaufen konnte er sich nicht, denn er wollte immer den Schienen nachgehen, die in die Tiefe des Berges führten.

Nach zehn Schritten stieß Bill auf die Wand, wo er den Lichtkegel gesehen hatte. Er mußte nach links, um weiter in die Mine einzudringen.

Er konnte aufrecht gehen, so hoch war der Stollen zum

Glück. Überall knisterte und bröckelte es. Staub fiel von der Decke, legte sich auf Bills Kleidung und das Gesicht, wo er am Schweiß wie Puder festklebte.

Je tiefer Bill Conolly vordrang, um so schlechter wurde die Luft. Der Stollen war jetzt nicht mehr durch Holzbalken abgestützt, die Männer hatten ihn damals kurzerhand ohne Sicherheitsmaßnahmen tiefer in den Berg gehauen.

Da war Zeit Geld – oder besser gesagt: Gold gewesen.

Als der Scheinwerferstrahl auf Geröll traf, blieb der Reporter stehen. Es ging nicht mehr weiter. Der Gang war verschüttet.

Ärgerlich.

Trotzdem schritt Bill Conolly vor, bis er die Gesteinsmassen erreicht hatte.

Da sah er, daß es doch weiterging.

Die herabgestürzten Brocken reichten nicht ganz bis zur Wand. An der linken Seite war ein schmaler Pfad freigeblieben.

Nein, nicht freigeblieben, irgend jemand hatte ihn freigeschaufelt, damit man vorbeikonnte.

Bills Verdacht erhärtete sich. Er spürte, daß er dicht vor der Lösung des Rätsels stand, und quetschte sich an der Felswand vorbei. Mit dem Rücken schabte er über kantiges Gestein. Es störte ihn nicht.

Er leuchtete in die Dunkelheit und blieb wie vom Donner gerührt stehen.

Vor sich sah er die Statue.

Es war in der Tat eine Nachbildung des Spuks!

Fünf Sekunden lang wagte Bill Conolly nicht einmal mehr zu atmen. Zu sehr fesselte ihn das Bild.

Ein wahrer Künstler mußte hier am Werk gewesen sein, denn was Bill im Schein der Lampe sah, wirkte so natürlich, daß man sich fragte, ob es nicht vielleicht doch echt war.

Der Spuk war gestaltlos. Ein amorphes Wesen, das über die Schatten herrschte, die nichts weiteres waren als die Seelen der gefallenen Dämonen. Er selbst hatte irgendwann einmal eine Reptiliengestalt gehabt, doch die zeigte er kaum noch. Normalerweise trug er einen langen, dunklen Umhang mit einer Kapuze, unter der die absolute Schwärze zu sehen war.

Mehr nicht!

Und doch existierte dort jemand. Ein Wesen, ein Geist des Bösen, ein schauriges Gespenst. Denn der Umhang lebte, er warf Falten, wenn der Spuk ging, und wenn er sprach, tönten die schrecklichen Laute dumpf unter der Kapuze hervor.

Hier saß der Spuk wie auch in seinem Reich auf einem Thron aus Menschenknochen. Dieser Thron hatte eine hohe Lehne. Rechts und links auf den senkrechten Knochen steckten zwei grinsende Totenschädel.

Auch sie schienen aus Stein zu sein, aber Bill wollte es genauer wissen.

Er ging vor und tastete mit den Fingern darüber.

Ja, die Schädel waren aus Stein, ebenso wie die Figur des Spuks. Aber beides war von einem begnadeten Künstler geschaffen worden, da gab es nichts zu diskutieren.

Der Alte in der Kneipe hatte recht gehabt. Es existierte in Frisco oder Umgebung eine Sekte, die dem Spuk diente.

Denn hier stand sein aus Stein gefertigtes Ebenbild. Aber warum? Weshalb in diesem verlassenen Stollen? Was hatte das alles zu bedeuten?

Der Spuk war Herrscher im Reich der Schatten und hatte auf dieser normalen Welt eigentlich nichts zu suchen. Bill suchte schon nach Antworten, doch die fand er jetzt und hier nicht. Er mußte abwarten. Und vor allen Dingen mußte John Sinclair Bescheid wissen, denn das interessierte ihn natürlich sehr.

Eine Figur des Spuks.

Bill überprüfte noch einmal, ob sie nicht doch lebte. Der Stein blieb kalt. Kein dämonisches Blut pulste in ihm. Doch wie verhielt es sich, wenn er beschworen wurde? Erwachte er dann?

Fragen, die durch Bills Kopf schwirrten und auf die der jetzt keine Antwort fand.

Er mußte zurück. Aber er würde die Mine noch einmal aufsuchen. Allerdings nicht allein, sondern mit John Sinclair. Dann sah die ganze Sache schon anders aus. Außerdem wollte er mit John noch einmal in diese Opiumkneipe in Chinatown. Vielleicht konnte er mit dem Alten reden.

Bill schlich zurück. Da er den Weg kannte, löschte er die Lampe. Immer wieder drehte er sich um. Hinter ihm blieb es ruhig. Die Figur erwachte nicht zu einem gespenstischen Leben, obwohl Bill ihre Ruhe gestört hatte.

Er glaubte, daß diese Geisterstadt noch zahlreiche Geheimnisse barg, denen man auf den Grund gehen mußte.

Noch drei Schritte bis zum Ausgang.

Bill ging schneller.

Da passierte es.

Wie aus dem Nichts tauchte plötzlich der Maskierte auf und stieß Bill den Lauf eines Revolvers in den Magen...

Bill Conolly fühlte die Schmerzwelle in seinem Körper hochschießen, er sackte zusammen, blieb jedoch auf den Beinen.

Der Reporter keuchte schwer.

Der Maskierte lachte dumpf auf. Er konnte seinen Hohn und den Triumph nicht verbergen. Als Bill Conolly den Kopf hob, sah er die Seidenkapuze, die der Kerl über seinen Schädel gezogen hatte. Sie ließ nur die Schlitze für die Augen frei.

Der Mann stand wie ein Baum. Ein Hindernis, an dem es kein Vorbei gab.

War dieser Kerl vielleicht der Schatten, den er gesehen hatte? Und war er allein, oder lauerten seine Komplizen noch irgendwo im Hintergrund?

Sollte letzteres zutreffen, sah es für den Reporter böse aus. Doch aufgeben wollte Bill auch nicht. Wenn er überwältigt war, würde er die Geisterstadt nicht lebend verlassen.

Der Maskierte war sich seiner Überlegenheit sehr sicher. Deshalb hielt er auch die Waffe etwas zu lässig in der Hand.

Das sah Bill, und er nutzte seine Chance. Bisher hatte er sich angeschlagener gegeben, als er in Wirklichkeit war. Plötzlich ging er zum Konterangriff über.

Mit seiner Lampe schlug er von unten nach oben zu. Die Metallumrandung hieb gegen den Lauf des Revolvers. Die Waffe wurde nach oben geschleudert, und bevor sich der Maskierte wieder gefangen hatte, schlug Bill Conolly zum zweitenmal zu.

Diesmal von oben nach unten.

Die Lampe traf den Maskierten am Kopf. Ein undefinierbares Geräusch drang unter der Maske hervor. Der Kerl hatte plötzlich Gleichgewichtsstörungen, er wankte zurück.

Augenblicklich setzte Bill Conolly eine Gerade nach. Sie traf den Maskierten voll. Er stolperte über die Schienen und krachte gegen die am Boden liegende Lore.

Bill überwand die Distanz mit einem gewaltigen Sprung. Ein blitzschneller Griff, und er hatte dem Maskierten den Revolver aus der Hand gewunden.

Jetzt fühlte sich der Reporter wohler.

Er schaute sich um.

Wo steckten die anderen Halunken, wenn der Typ hier nicht allein herumgeschlichen war?

Tulsa, die Geisterstadt, lag in der Dunkelheit. Kein Mensch war zu sehen, kein Schatten, kein Laut. Nur das Rauschen des Flusses.

Geduckt bewegte sich Bill Conolly voran. Doch nach zwei Schritten hielt er inne. Ihm war etwas eingefallen. Er lief noch einmal zu dem Maskierten zurück und zog ihm die Maske vom Gesicht.

Der Mann hatte schwarzes, bläulich schimmerndes Haar und trug einen dünnen Oberlippenbart. Bill hatte das Gesicht noch nie gesehen, aber er prägte sich die Züge gut ein.

Dann lief er endgültig los.

Er ging den Berg hinab. Bill nahm Steine und Geröll mit, so hastig rannte er fort. Dann stand er zwischen den zerfallenen Hütten der Geisterstadt.

Bill hütete sich, deckungslos auf die Main Street zu laufen.

Er preßte sich mit dem Rücken gegen eine noch stabil aussehende Schuppenwand und wartete ab.

Es tat sich nichts.

Alles blieb ruhig.

Zu ruhig für seinen Geschmack...

Vorsichtig bewegte sich der Reporter einige Yards nach vorn. Er glaubte einfach nicht daran, daß der Maskierte allein war. Irgendwo lauerte bestimmt einer seiner Kumpane, das sagte Bills sechster Sinn.

Plötzlich ertönte ein Pfiff.

Der Reporter zuckte unwillkürlich zusammen, als er ihn vernahm. Und er glaubte, daß dieser Pfiff von der linken Seite an seine Ohren gedrungen war. Also dort, wo sich der Saloon und das ehemalige Office des Sheriffs befanden.

Lauerte dort der zweite?

Bill Conolly machte auf dem Absatz kehrt. Parallel zur ehemaligen Main Street lief er lautlos an den zerfallenen Rückseiten der Gebäude entlang, damit er den Unbekannten anders packen konnte.

Am Sheriff's Office blieb Bill Conolly stehen. Er atmete durch den Mund, um sich nicht zu verraten.

Da ertönte der zweite Pfiff.

Diesmal ganz in der Nähe. Der Typ mußte sogar vor dem Office lauern.

Bill grinste hart. Der würde sich wundern. Über die zerbrochenen Bretter der Rückseite kletterte der Reporter hinweg und gelangte in das Innere des zerfallenen Gebäudes. Den 38er Smith & Wesson Special hielt er schußbereit in der rechten Hand. Der Reporter kannte sich mit dieser Waffe aus. Damit schoß er ebensogut wie mit einer Beretta.

Der Typ schien zu merken, daß etwas nicht stimmte. Bill hörte ihn fluchen.

Er ist also kein Geist, dachte der Reporter grimmig und schlich weiter. Er trat immer erst mit den Zehenspitzen auf, bevor er sein Gewicht verlagerte. Dann glaubte er, vor sich die Gitter der alten Zellen zu sehen.

Bill wurde noch vorsichtiger.

Da geschah es. Er übersah eine am Boden liegende Latte, stieß erst mit den Zehenspitzen dagegen und trat im nächsten Moment ganz darauf. Das Knirschen war nicht zu überhören.

Und sein Gegner vernahm es.

Einen Herzschlag lang stand Bill Conolly starr auf dem Fleck. Dann duckte er sich und sprang in Deckung, wobei er jetzt nicht mehr auf die Geräusche achtete.

Es war sein Glück.

Der Reporter sah plötzlich einen Schatten, etwas blitzte auf, und im nächsten Moment hatte Bill das Gefühl, sein Trommelfell würde zerrissen.

Der Kerl hatte mit einer Schrotflinte geschossen. Bill hörte den Abschußknall, hatte sich zur Seite geworfen und vernahm das Prasseln, als die gehackte Ladung hinter ihm in die Bretter fegte und sie noch mehr zerhieb.

Wenn er etwas von dem Zeug abgekriegt hätte, wäre es ihm schlecht ergangen.

Oft haben diese Schrotflinten zwei Läufe. Daran mußte Bill Conolly denken, als er zurückfeuerte.

Er hatte ungefähr dort hingehalten, wo das fußlange Mündungsfeuer aufgeblitzt war. Dumpf krachte der Revolver, doch die Kugel traf nicht den heimtückischen Schützen, sondern schlug gegen irgendeinen verrosteten Gitterstab, von dem sie als Querschläger abprallte.

Bill sprang auf die Beine. Er war mit dem rechten Fuß in einem Karton gelandet und schleuderte ihn von sich.

Da hörte er Schritte.

Der heimtückische Killer gab Fersengeld. Bill hörte ihn auf der Main Street rennen und dann seine gellende Stimme.

»Gomez! Gomez, wo bist du?«

Gomez gab keine Antwort. Wahrscheinlich konnte er noch keine geben, denn Bill hatte ihn bewußtlos geschlagen.

Für den Reporter wurde es Zeit. Wenn er seinen Wagen erreichen wollte, dann jetzt. Bill Conolly verließ das Office und trat mit schußbereiter Waffe auf die Main Street.

Irgendwie fühlte er sich wie ein Westernheld, und er mußte grinsen, als er daran dachte.

Von seinen Gegnern war nichts zu sehen. Auch die Mine lag in völliger Dunkelheit.

Bill machte sich auf den Rückweg. Noch immer war es heiß in diesem Talkessel. Die Steine strahlten die Hitze des vergangenen Tages zurück. Feiner Staub lag in der Luft. Bill schmeckte ihn auf der Zunge.

Immer wieder schaute er sich sichernd nach allen Seiten um, doch von irgendwelchen Gegnern war nichts zu sehen. Die Hoffnung, daß sich nur zwei dieser Kerle in der Geisterstadt aufhielten, steigerte sich.

Rechts rauschte der Fluß. Am liebsten hätte Bill Conolly einen Hechtsprung in die Fluten getan, doch er hielt sich zurück.

Der Himmel war eine einzige dunkle Fläche. Nur schwach sah Bill das Glitzern der Sterne, der Mond war überhaupt nicht zu erkennen, und so fiel auch kein Licht in den einsamen Talkessel.

Bill konzentrierte sich auf die Geräusche, die ihn umgaben. An den Fluß hatte er sich gewöhnt, doch etwas anderes drang in seine Ohren.

Schritte!

Ja, das waren Schritte.

Bill blieb stehen. Er lauschte und konzentrierte sich. Die Schritte waren nicht gleichmäßig, sondern schwankend, torkelnd, als würde ein Mensch dahergehen, der zuviel getankt hatte.

Wer konnte das sein?

Ein dritter Mann?

Bill Conolly huschte zur Seite. Er hatte einen klobigen Felsbrocken ausgemacht, der ihm als Deckung dienen konnte.

Dort wartete der Reporter.

Hart und heftig schlug sein Herz gegen die Rippen. Bill ahnte, daß die Gefahr noch nicht vorbei war. Vielleicht fing sie auch erst an in dieser verdammten Geisterstadt, wo Dämonen wie der Spuk regierten.

Es blieb ruhig.

Zehn Sekunden lang geschah nichts. Bill glaubte schon, sich getäuscht zu haben, als er das Fauchen hörte.

Hinter sich.

Der Reporter warf sich zur Seite und kreiselte gleichzeitig herum. Er riß dabei seinen Beuterevolver hoch, war aber unfähig, auf die Gestalt zu feuern, die plötzlich vor ihm stand...

Es war ein Horrorwesen!

Fast zwei Meter groß, in zerlumpter Western-Kleidung, einem alten Coltgurt und löchrigen Stiefeln. Das Gesicht war kaum mehr als solches zu erkennen, es zeigte starke Spuren von Verwesung. An manchen Stellen schimmerten bleich die Knochen durch.

Doch etwas war nicht verwest.

Der Stern auf der linken Brusthälfte des Monsters. Er blinkte hell und war an der ärmellosen Weste befestigt.

Dieser Kerl war der Sheriff von Tulsa!

Aber ein untoter Sheriff!

Wo kam er her? Wieso war er aufgetaucht? War er der einzige Untote? Fragen, die Bill Conolly durch den Kopf schwirrten.

Er blickte sich um.

Hatte diese Gestalt Verstärkung erhalten? Bill suchte danach, doch dann mußte er sich auf den Unhold konzentrieren, denn die lebende Leiche streckte beide Hände aus, um nach Bill Conolly zu greifen.

Der Reporter schoß. Er hielte den schweren Revolver mit beiden Händen fest. Dreimal blitzte es vor der Mündung auf, und das Blei jagte in die Horror-Gestalt.

Einmal traf Bill den Stern, die anderen Kugeln jagte er rechts davon in die Brust.

Nichts passierte.

Der Unheimliche blieb stehen. Er schüttelte nur den Schädel, röhrte, fauchte und ging weiter.

Für Bill wurde es Zeit.

Er hechtete zur Seite, überschlug sich und gelangte wieder auf die Beine. Dann rannte er.

20 Yards legte er zurück, bevor er sich umschaute.

Der untote Sheriff folgte ihm.

Er ging schwankend mit ausgebreiteten Armen und Riesenschritten, und Bill mußte sich beeilen.

Parallel zum Fluß rannte er. Die Strecke zurück zu seinem Leihwagen erschien ihm plötzlich doppelt so lang.

Endlich schälten sich die Konturen des Golfs aus der Dunkelheit. Aber Bill sah noch mehr.

Einen zweiten Wagen, der einige Yards entfernt parkte. Es war ein Range Rover, damit mußten die Maskierten hergefahren sein.

Bill hätte gern die Reifen an dem Wagen zerstochen, doch dazu reichte die Zeit nicht mehr.

Er mußte weg.

Seine Finger zitterten, als er die Tür aufschloß. Er warf sich hinter das Lenkrad und startete.

Da war auch schon der unheimliche Sheriff heran. Er mußte geflogen sein, so schnell hatte er den Wagen erreicht.

Bill fuhr an.

Er hielt genau auf den Sheriff zu, der jedoch nicht zur Seite wich, sondern seinen rechten Arm nach unten schlug. Mit der Faust donnerte er auf die Kühlerhaube, wo der Schlag eine Beule hinterließ. Dann wurde er von dem Wagen erfaßt.

Bill gab noch einmal Gas.

Der Aufprall schüttelte den kleinen Golf durch. Der Sheriff wurde hochgehoben und zur Seite geschleudert. Er krachte hart auf den Boden. Der Golf geriet in ein Schlagloch, und Bill hatte Angst um die Achse des Wagens. Zum Glück hielt sie.

Dritter Gang.

Der Reporter achtete jetzt nicht mehr auf die Wegstrecke. Hauptsache, er brachte diese verdammte Falle hinter sich.

Das Horror-Wesen blieb zurück. Erst jetzt schaltete Bill die Scheinwerfer ein. In den langen Lichtbahnen tanzten unzählige Staubkörnchen. Es waren regelrechte Wolken, die das Licht brachen und reflektierten wie Diamanten.

Erst als Bill Conolly unbeschadet die Straße nach Rafael erreicht hatte, atmete er auf.

Dieses Abenteuer wäre überstanden, es hätte auch leicht ins Auge gehen können.

Bill fuhr zurück nach Frisco. Sicherlich würde sich Sheila schon sorgen. Und das war auch berechtigt, wie der Reporter fand, denn es gab in dieser Geisterstadt ein gefährliches Geheimnis, das er unbedingt lüften mußte.

Aber nicht allein, sondern mit seinem Freund John Sinclair.

»Der wird sich freuen«, murmelte Bill Conolly. »Ganz sicher sogar...«

Wir hatten die Handwerker im Haus.

Sie arbeiteten im Treppenschacht des Gebäudes. Dort sollten Spuren beseitigt werden. Spuren, die Apep, die Höllenschlange, hinterlassen hatte.

Und auch das Dach hatte einiges abgekriegt, wie die Handwerker nach einer ersten Untersuchung feststellten. Auch dort mußte repariert werden.

Den wahren Übeltäter kannte außer einigen Eingeweihten niemand. Und das war auch gut so, denn wer hätte uns schon geglaubt, daß die Schäden von einer gewaltigen Schlange stammten?

Keiner.

Suko und ich hatten lange über diesen Fall diskutiert. Vor allen Dingen über unsere wundersame Rettung durch Garuda, den Fürsten der Vögel und Todfeind aller Schlangen. Die Sagengestalt aus der orientalischen Mythologie war wie ein Blitz aus heiterem Himmel erschienen und hatte die Höllenschlange getötet, dieses gewaltige, monströse Biest, das bereit gewesen war, unser Haus samt Bewohnern zu zerquetschen. Wenn ich im Nachhinein daran dachte, lief mir noch immer eine Gänsehaut über den Rücken

Durch Garudas Auftauchen war mir bewußt geworden,

daß hinter den Kulissen Kämpfe tobten. Daß sich in anderen Dimensionen und auf anderen Welten Dinge abspielten, die wir überhaupt nicht erfaßten. Denn es gab keine normale Verbindung mit der Welt der Götter und Fabelwesen. Es sei denn, irgendwo entstand ein Riß, so daß die Bewohner der einen Welt auf die andere gelangen konnten.

Doch die jenseitige hielt die normale immer unter Kontrolle, denn wäre Garuda sonst so rasch erschienen, kaum daß die Höllenschlange aufgetaucht war?

Ich wußte keine andere Erklärung.

Auch Suko nicht, mit dem ich immer wieder über diesen Fall sprach. Er hob nur die Schultern und meinte: »Wir müssen es halt hinnehmen, daß wir unter Beobachtung stehen. Wir können nur hoffen, da sich die anderen Kräfte nicht mal gegen uns wenden.«

»Ja, das stimmt.«

Es gab wirklich im Augenblick Probleme genug für uns. Denn mit dem Ausscheiden des Schwarzen Todes hatten sie erst richtig angefangen. Da war Asmodina, die Teufelstochter, der wiedererweckte Dr. Tod, der irgendwo im verborgenen seine teuflischen Pläne schmiedete, und auch Myxin war unser Problem.

Der kleine Magier hatte sich auf unsere Seite gestellt, doch Asmodina hatte sich dafür gerächt und ihm fast all seine Kräfte genommen. Zweimal hatten wir ihn bisher getroffen. Und Myxin war immer wieder verschwunden. Er wollte uns nicht zur Last fallen, sondern versuchen, seine Kräfte zurückzugewinnen.

Doch das war sehr schwer zu realisieren.

Die Conollys waren auch noch nicht zurück. Bill hatte aus Frisco mal angerufen und erzählt, daß sie dort noch einige Tage verbringen wollten.

Ich gönnte ihnen den Urlaub, denn was sie hinter sich hatten, war verdammt hart gewesen.

Was tat ich? Ich hockte in meinem Büro und wartete auf die Bögen. Bögen – das sind diese langen grünweißen Computerstreifen, die der Apparat ausspuckt und aus denen man angeblich alles herauslesen kann. Ich war gespannt, ob das stimmte.

Zum Spaß beschäftigte ich mich allerdings nicht damit. Mir ging es um internationale Aktivitäten, um Vorfälle, die an verschiedenen Teilen der Welt passierten und scheinbar nichts miteinander zu tun hatten, aber dennoch die Handschrift eines Mannes zeigten.

Die Handschrift Solo Morassos, auch Dr. Tod genannt.

Die Computertechnik ermöglichte es seit einigen Jahren, daß man, vorausgesetzt, es stimmten gewisse Punkte, Verbrechen schon im voraus erkennen konnte. Diese Methode wollte ich anwenden, um die Spur Solo Morassos wieder aufzunehmen.

Bisher hatte ich keinen Erfolg damit gehabt, aber es standen noch einige Auswertungen aus.

Im Laufe des Tages sollten sie mir ins Büro gebracht werden. Die anderen hatte ich schon durchgesehen. Sie stapelten sich neben meinem Schreibtisch auf dem Fußboden.

Draußen hatte es einen Wetterumschwung gegeben. Es war heiß geworden. Für viele Menschen war die stehende schwüle Luft, vermischt mit den Abgasen, unerträglich.

Schreibtischarbeit, die Hitze draußen – meine Laune war mittelprächtig bis schlecht, als Glenda Perkins mir ihren yardbekannten Kaffee brachte.

»Ah, endlich ein Lichtblick«, stöhnte ich.

»Meinen Sie mich oder den Kaffee, John?«

»Beide.«

Glenda setzte das kleine Tablett ab. »Danke für das Kompliment.«

»Ist der Alte eigentlich da?« fragte ich sie.

»Nein, Sir Powell befindet sich in einer Konferenz.«

»Gut, dann trinken wir ein Täßchen zusammen.«

Glenda lächelte. »Wüßte nichts, was dagegen spricht.«

Und ich auch nicht. Glenda war eine patente Person, ein Girl zum Anbeißen. Über ihre Figur habe ich ja schon oft genug geschrieben, aber auch ihr Wesen war okay. Wir verstanden uns wirklich gut, und so manches Mal hatte ich sie schon aus gefährlichen Situationen gerettet, in denen es um ihr Leben ging.

Auch an diesem Tag war Glenda, wie viele andere Girls, sommerlich gekleidet. Ihr zweiteiliges weißes Kleid hatte einen hellroten Kordelgürtel, und diese Farbe wiederholte sich am Saum des Rocks. Sie trug die passenden roten Riemchenschuhe dazu und hatte die schwarze Haarflut in zwei Hälften geteilt. Rote Spangen hielten die Frisur.

Glenda setzte sich neben meinen Schreibtisch, hob ihre Tasse und ich die meine.

Das Getränk schmeckte wie immer vorzüglich. »Ich weiß gar nicht, wie Sie das schaffen, solch einen Kaffee zu kochen«, sagte ich, und das war meine ehrliche Meinung. »Wenn ich an meinen Frühstückskaffee denke, dann wird mir immer schlecht.«

Glenda schaute mich an. »Sie müßten jemanden haben, John, der Ihnen auch morgens den Kaffee kocht.«

Ich runzelte die Stirn. »Das stimmt. Aber wen sollte ich nehmen?«

»Mich, zum Beispiel!«

Auf diese Antwort hatte ich hinausgewollt. »Dann müßten Sie aber früh aufstehen, wenn Sie immer bei mir vorbeifahren wollen, Glenda.«

»Es gibt auch noch eine andere Möglichkeit, John«, sagte sie leise.

»Und welche?«

Genau da klingelte das Telefon. Verdammt auch. Ich hätte den Apparat vor Wut in die Ecke schleudern können, aber er war Yard-Eigentum, und so ließ ich es bleiben.

Ich hob ab.

Rauschen, dann eine ferne Stimme.

»John, habe ich dich?«

Bill aus San Francisco. »Welcher Hund hat dich denn gebissen, daß du anrufst?«

»Kein Hund, sondern der Spuk.«

Ich war elektrisiert: Vergessen waren der Flirt und Glenda

und auch der Kaffee. Bill rief nicht an, um guten Tag zu sagen, er hatte einen handfesten Grund.

Ich setzte mich anders hin und stützte den rechten Ellbogen auf die Schreibtischplatte. »Du machst keine Scherze, Bill?«

»Nein.«

In den nächsten zehn Minuten hörte ich, was Bill Conolly widerfahren war. Und bereits nach der Hälfte der Zeit stand für mich fest, daß ich nach Frisco jetten würde.

Bill atmete auf, als er das hörte. Er gab mir noch das Hotel durch, in dem er wohnte, und auch dessen Telefonnummer. Dann legte er auf.

»Es geht wieder los«, stellte Glenda fest.

»Ja. Bill hat berichtet, daß der Spuk aufgetaucht ist. Ich befürchte Schlimmes.«

»Soll ich ein Flugticket bestellen, oder nehmen Sie Suko mit?«

»Nein, der soll hier die Stellung halten. Aber das sage ich ihm noch.«

»Und Sir James Powell?«

»Dem Alten lege ich einen Zettel hin.« Ich war bereits aufgestanden und griff nach meinem Jackett. »Wir sehen uns in einigen Tagen wieder, Glenda.«

»Hoffentlich, John...«

»Sicher.« Ich lächelte ihr zu und hauchte ihr zum Abschied einen Kuß auf die Wange. Dabei nahm ich noch einen Hauch ihres Parfüms wahr. Wenig später war der Zauber verflogen, da steckte ich wieder mitten in einem Fall als Geisterjäger John Sinclair...

Es war ein verdammt langer Flug. Der Jumbo flog die Polroute, und trotz der beiden Filme, die ich mir anschaute, wurde es doch langweilig.

Besonders laut führten sich die USA-Touristen auf. Sie plünderten die Bar, wo sie von zwei hübschen Girls bedient wurden. Ein Bier gönnte ich mir auch, danach viel Schlaf.

Als Grönland hinter uns lag und wir über Kanada flogen, schlief ich ein.

Es war ein traumloser, herrlicher und erquickender Schlaf. Als ich wach wurde, fühlte ich mich wie neugeboren.

Im Waschraum erfrischte ich mich ein wenig, und mein Sitznachbar, ein Geschäftsmann aus Paris, fragte mich, ob ich jetzt bereit wäre, mich in heiße Abenteuer zu stürzen.

»Und wie.«

»Da soll Frisco ja einiges zu bieten haben. Ich war zwar selbst auch noch nicht dort, aber ein Freund hat mir tolle Adressen gegeben. Da gibt es Girls, alle Rassen, und die...«

»Schon gut, Mister«, winkte ich. »Aber Frisco interessiert mich geschäftlich.«

»Und mich geschlechtlich.« Er lachte über seinen dummen Witz. Aus Höflichkeit verzog ich einmal die Lippen. Als er mir dann noch Pornomagazine zeigen wollte, stand ich auf, ging an die Bar und trank ein Glas Mineralwasser.

Eine Stunde später mußten wir uns anschnallen. Der Jumbo setzte zur Landung an.

Ich erhaschte einen Blick aus dem Fenster und sah dreierlei. Das weite Meer im Westen, im Osten, Norden und Süden Berge und unter uns ein Häusermeer.

San Francisco.

Und ich sah die Golden Gate ohne Nebel. Fantastisch.

Das Stahlgerüst glitzerte wie die Wellen der Bay und wirkte aus dieser Höhe gesehen wie dünner Draht.

20 Minuten später war der Jumbo auf der Piste ausgerollt, und wir fuhren zum Terminal. Die Gepäckkontrolle lief schnell über die Bühne.

Es herrschte viel Betrieb, trotzdem sah ich Bill sofort. Er winkte mit beiden Händen.

Wenig später begrüßten wir uns. Bill lachte über sein ganzes, braungebranntes Gesicht, während wir uns auf die Schultern klopften, doch in seinen Augen lag ein ernster Ausdruck.

Als wir im Taxi saßen, fragte ich: »Hast du schon wieder etwas unternommen?«

»Nein.«

»Das ist gut.«

Bill wechselte das Thema. »Johnny freut sich übrigens wahnsinnig, daß sein Patenonkel uns besuchen kommt.«

»Dabei habe ich nichts mitgebracht.«

»Macht nichts.«

Unser Gespräch versickerte. Ich schaute aus dem Fenster. Frisco ist eine faszinierende Stadt. Irgendwie europäisch. Die Straßen waren nicht so breit wie in Los Angeles, auch nicht so eben. Es ging rauf und runter. Viele Wagen parkten schräg, damit sie nicht die Straßen hinunterrollten, sollte sich einmal die Handbremse lösen.

Das Hotel war ein hoher Kasten mit einer riesigen Halle und gläsernen Fahrstühlen.

Mein Zimmer lag eine Etage tiefer als die Räume der Conollys. Ich begrüßte Sheila und Johnny, zog mich dann zurück und nahm eine Dusche. Danach ging es mir besser.

Mit den Conollys traf ich im Restaurant zusammen. Es war früher Nachmittag, alle hatten wir Hunger und bestellten ein scharfes mexikanisches Gericht, das uns ausgezeichnet mundete. Sheila trug ein blaues Sommerkleid mit großen gelben Punkten. Sie trank kalifornischen Wein zum Essen, während ich mich an Mineralwasser hielt und Bill Orangensaft nahm. Den trank auch Johnny. Er spielte mit den im Glas schwimmenden Eiswürfeln.

»Hast du schon einen Plan?« fragte ich Bill nach dem Essen, als die Verdauungszigaretten brannten.

Er nickte heftig. »Ja, John. Ich wäre dafür, dieser Kneipe einen zweiten Besuch abzustatten.«

»Du findest sie wieder?«

»Natürlich. Die liegt im Chinesenviertel, ziemlich nahe am Hafen.«

Sheila sagte nichts.

»Du bist so ernst, Mädchen«, lächelte ich.

Sie hob die Schultern. »Das Leben mit euch ist ziemlich anstrengend, John.«

»Das stimmt.«

»Ich wundere mich immer, daß bisher noch nichts passiert ist. Daß wir immer gesund und munter zusammen sein können.«

»Wir haben eben einen guten Schutzengel«, sagte ich.

»Hoffentlich fliegt der nicht davon.«

»Da hast du recht.«

»Und wie war's in London?« fragte sie.

Erst hatte ich ja nichts erzählen wollen, aber dann berichtete ich doch von dem Angriff der Höllenschlange.

»Mein Gott«, flüsterte Sheila und wurde blaß. »Stimmt das wirklich?«

»Leider.«

»Da können wir ja von Glück sagen, daß wir nicht da waren«, meinte Sheila.

»Ihr hättet ja sowieso nichts damit zu tun gehabt. Nur – es hat sich mal wieder gezeigt, wie gefährlich das Leben ist. Unsere Gegner schrecken vor nichts zurück.«

»Ja, das stimmt.« Bill Conolly nickte gedankenverloren und leerte sein Glas.

»Deshalb bitte ich euch, vorsichtig zu sein«, sagte Sheila und legte ihrem Mann die Hand auf den Arm. »Ich brauche dich nämlich noch, Bill.«

»Natürlich.«

»Trinken wir noch was?« fragte ich.

»Nein, für mich nicht«, Sheila schüttelte den Kopf. Johnny, wollte noch Eis, doch Sheila sagte nein, weil er schon eins gegessen hatte.

Bill schaute auf die Uhr. »Wann ziehen wir los?«

»In einer Stunde?«

»Okay.«

Wir gingen in unsere Zimmer. Dort öffnete ich den Einsatzkoffer und betrachtete gedankenverloren die Waffen.

Welche nahm ich mit?

Das Kreuz trug ich immer bei mir. Den Bumerang vielleicht? Ich nahm ihn in die Hand. Er war ziemlich schwer, ich konnte ihn schlecht in den Gürtel stecken, deshalb ließ ich ihn, wo er war.

Die Dämonenpeitsche hatte ich nicht mitgenommen. Suko wollte sie behalten, er sollte in London schließlich nicht unbewaffnet herumlaufen. Deshalb entschied ich mich für die Standardausrüstung. Kreuz, Beretta, Dolch.

Die Ersatz-Pistole und die Gnostische Gemme wollte ich Bill Conolly überlassen.

Ich hatte noch ein paar Minuten Zeit und legte mich aufs Bett. Schlafen konnte ich nicht, dafür war die Ungewißheit viel zu groß. Auf diese Geisterstadt war ich wirklich mehr als gespannt...

Wir nahmen den Leihgolf. Bill hatte ihn aufgetankt.

»Finden wir in Frisco überhaupt einen Parkplatz?« fragte ich meinen Freund.

»Klar, am Hafen immer.« Er war Optimist.

Bill fuhr wie ein Alter; es schien so, als würde er schon monatelang in der Stadt leben. Nach einer Viertelstunde hatte ich den Trick raus. Da es in Frisco sehr viele Einbahnstraßen gibt, konnte man sich kaum verfahren.

Wir landeten schließlich auf der breiten Uferstraße, die dicht an den Piers entlangläuft und den schönen Namen The Embarcadero führt. Der Hafen war schon faszinierend. Es herrschte ein ungewöhnliches Leben und Treiben. Da wurde be- und entladen. Da liefen Schiffe ein und wieder aus. Signalhörner dröhnten ebenso wie Hupen und Sirenen. Das Geschäft blühte.

Wir bogen schließlich ab in die 200th Avenue. Und sofort befanden wir uns in einer anderen Welt.

Chinatown.

»Und der Parkplatz?« fragte ich.

»Moment«, sagte Bill, stoppte, drehte und fuhr rückwärts in eine schmale Hauseinfahrt.

Ein uralter Chinese kam uns entgegen. Dienernd und lächelnd blieb er neben dem Wagen stehen.

Bill hatte den Golf in einen Hof gefahren. Dort standen noch mehrere Wagen. Der alte Chinese, dem das Gelände gehörte, vermietete es als Parkplatz. Auch eine Idee, um reicher zu werden.

»Wie lange, Sir, wollen Sie parken?« erkundigte er sich.

Bill schaute mich an. »Was meinst du, John?«

»Keine Ahnung. Du bist doch der Fachmann.«

Bill und der Chinese einigten sich schließlich auf fünf Dollar. Dafür konnte der Reporter die ganze Nacht den Wagen abstellen. Zu Fuß ging es weiter.

Ich erlebte eine fremde Welt. Auch bei uns in London gibt es ein Chinesenviertel, mit diesem jedoch war es überhaupt nicht zu vergleichen. Man hatte wirklich das Gefühl, in Hongkong zu sein. Da waren ungeheuer viele Geschäfte auf engstem Raum zusammengepfercht. Die Händler boten über gebratene Ratten bis hin zu Seidenstoffen alles an. Viele hatten ihre Stände auf den sowieso schon schmalen Bürgersteigen aufgebaut, sprachen die vorbeischlendernden Touristen an und wollten ihren Kram loswerden.

Und dann die zahlreichen Lokale. Aus jedem duftete es anders. Manchmal konnte man das Wort Duft auch durch den Begriff Gestank ersetzen. Hunger verspürte ich keinen, wenn ich das roch.

Es gab auch Garküchen auf der Straße. Hier standen die weniger begüterten Chinesen und aßen.

Bill grinste. »Wäre das nicht was für dich, mal eine gebratene Ratte zu probieren?«

»Danke, von Ratten habe ich die Nase voll.« Damit spielte ich auf ein Abenteuer an, das noch gar nicht weit zurücklag.

»Die Soßen sind besonders gut.«

»Dann iß du doch zuerst.«

»Ich habe schon die Ratten probiert. Lecker, ausgezeichnet«, lobte Bill.

»Als ich nicht da war, wie?«

»Genau.«

So hatte ich mir das gedacht. Ein breitschultriger Mulatte stieß mich an und zischte: »Stoff, Sir? Ich habe reinen Schnee!«

»Dann paß auf, daß er dir nicht taut!« gab ich zurück und ging weiter.

»Wollte der dir Rauschgift verhökern?« fragte Bill.

»Ja, Heroin.«

»Das findet man hier oft. Leider. Aber auch Opium. Du wirst es sehen.«

Nicht nur Chinesen bevölkerten die Straßen und Gehsteige. Hier waren sämtliche Nationalitäten vertreten. Mulatten, Neger, Weiße und Menschen indianischer Abstammung.

Über die Straßen schoben sich die Wagen. Sie konnten nur im Schrittempo fahren.

An einer Kreuzung blieben wir stehen. Rechts lag ein großer Vergnügungspalast. Man konnte dort alles haben, von der Peep Show bis zum exzellenten Essen.

Bill schaute sich um.

»Haben wir uns verlaufen?« fragte ich.

Mein Freund rieb sich das Kinn. »Nein, aber wir müssen nach rechts.«

Wir gingen in die Richtung und tauchten 50 Yards weiter in eine schmale Gasse ein.

Hier war eine ganz andere Welt. Von dem Touristengewimmel war nichts mehr zu spüren, denn hier gingen meist nur Einheimische einkaufen.

»In dieser Straße ist die verdammte Rattenhöhle«, sagte Bill Conolly.

Ich schüttelte den Kopf. »Wie bist du überhaupt hier gelandet?«

»Zufall, John.«

Lokale gab es genug. Vom Restaurant über die einfache Pinte bis hin zur Bar war alles vertreten. Gefährliche Typen lungerten vor den Bars herum, denen man ihren Job schon von weitem ansah. Auch uns musterten sie nicht gerade freundlich, sagten aber nichts und griffen uns auch nicht an.

Wir überquerten die Straße und steuerten auf ein schmalbrüstiges Haus zu, das in der unteren Hälfte aus Stein bestand und oben mit Holz weitergebaut worden war. Mir fielen die zahlreichen Fenster auf. Sie waren ziemlich klein, kaum bessere Luken.

»Ist das auch ein Hotel?«

»Ja, das Ding hat viele Zimmer«, erwiderte Bill. »Opiumhöhlen, wenn du mich fragst.«

»Na denn«, sagte ich nur.

Über der Tür entdeckte ich chinesische Schriftzeichen. Wir mußten zwei Stufen hochgehen. Bill schritt vor und drückte die Tür auf.

Die Wolke schlug uns entgegen wie eine Wand. Eine Mischung aus Tabakqualm, exotischen Gewürzen, Männerschweiß und dem leicht süßlichen Geruch von Opium.

Draußen war es hell gewesen, hier brannten nur wenige Lampen. Sie hingen an den Wänden, hatten hutartige Seidenschirme und gaben nur wenig Licht ab.

Ich sah viereckige, kleine Tische, schmale Stühle aus Bambus und auch die Bar. Sie befand sich links vom Eingang, wo auch eine enge Treppe in die nächste Etage führte.

Die Bar steuerten wir an.

Bei unserem Eintritt waren die Gespräche zwar nicht verstummt, aber doch merklich leiser geworden. Einer der Keeper, ein Halbchinese, zuckte zusammen, als er Bill erkannte. Der andere war ein Typ, der Suko irgendwie ähnelte, aber noch breiter in den Schultern war.

Die Bar war gut besetzt. Links in der Ecke fanden wir zwei nebeneinanderstehende freie Hocker, auf denen wir Platz nehmen konnten. Sie waren ziemlich schmal, die Sitzfläche reichte kaum aus.

»Wie heißt eigentlich dein Informant?« fragte ich Bill.

»Keine Ahnung. Ich weiß nur, daß ich ihn hier immer finden kann. Hat er gesagt.«

»Und ist er da?«

»Nein, bis jetzt nicht.«

»Was wollen Sie trinken?« fragte uns der dicke Chinese.

»Reiswein, zweimal«, sagte Bill.

Das Zeug wurde uns in Schalen serviert. Ich probierte. Es

schmeckte mittelprächtig. Bill nahm von mir eine Zigarette, und wir blickten uns um.

Die Stimmen um uns herum waren wieder lauter geworden. Man hatte sich an unsere Anwesenheit gewöhnt. Hinter uns lag die Treppe. Von dort oben fuhr permanent ein Luftzug über meinen Nacken und streichelte auch die über der Bar hängende Lampe, so daß sie hin und her pendelte.

Die oberen Räume interessierten mich natürlich besonders. Dort wurde Opium geraucht, und vielleicht fanden wir da eine Spur dieser Maskenbande.

Plötzlich stieß mich Bill Conolly an. »Da ist er«, sagte er.

Eine Tür hatte sich geöffnet. Es war die zu den Toiletten. Der Weiße, der dort über die Schwelle torkelte, hätte aus einem Roman von Jack London stammen können. Typ: versoffener Abenteurer. Er trug einen fleckigen, ehemals weißen Anzug, hatte eine von der Sonne verbrannte und vom Alkohol aufgedunsene Haut. Mit schwerfälligem Gang steuerte er die Bar an.

Drei Plätze von uns entfernt nahm er Platz.

Bill rutschte von seinem Hocker. Rechts von mir nahm er Aufstellung. »Hallo, Partner«, sagte er nur.

Der Weiße drehte den Kopf. Seine Augenbrauen zogen sich zusammen. Man konnte förmlich sehen, wie es hinter seiner Stirn arbeitete. Aus seiner Jackentasche holte er eine zerknautschte Zigarettenpackung und zupfte ein Stäbchen hervor.

»Kennen wir uns?« fragte er.

Bill gab ihm Feuer. »Klar, du erinnerst dich bestimmt. Du hast mir doch von Tulsa erzählt.«

Der Knabe behielt die Zigarette im Mund. »Ja, jetzt weiß ich. Verdammt, du hast es geschafft?«

»Klar.«

»Dann haben die Geister dich nicht fertiggemacht?«

»Wäre ich sonst hier?«

»Stimmt auch. Mann, du bist der erste, weißt du das? Alle anderen sind spurlos verschwunden.« Er lachte plötzlich, griff nach seinem Glas und trank es leer. »Wie mein Bruder«, murmelte er. »Barry haben die Schweine auch fertiggemacht.«

Der dicke Keeper schob sich heran. »Quincy, du solltest nicht so viel reden!« zischte er. »Das ist manchmal verdammt ungesund.«

»Ich weiß, Fettwanst. Barry hat auch zuviel geredet. Da haben sie ihn einfach allegemacht.«

»Das ist nicht bewiesen.«

»Trotzdem...«

»Geben Sie ihm noch was zu trinken«, sagte Bill.

Ein messerscharfer Blick aus den Augen des Chinesen traf meinen Freund. »Nein, er hat genug.«

»Okay, Fettwanst.« Quincy hatte die Worte aufgefangen und rutschte vom Hocker. »Ich gehe jetzt.«

»Das ist auch am besten.«

Quincy würdigte uns keines Blickes mehr. Er ging tatsächlich, jedoch nicht auf den Ausgang zu, sondern hinter unserem Rücken vorbei steuerte er die Treppe an.

Er wollte nach oben.

»Das ist die Chance!« flüsterte Bill.

Mein Freund wollte schon gehen, doch ich legte ihm eine Hand auf die Schulter. »Nicht so auffällig, Bill, die beiden Keeper haben uns im Auge. Und nicht nur die.«

Das stimmte. Auch die anderen Gäste bekundeten für uns reges Interesse. Hier schienen alle zusammenzuhalten, für einen Fremden ist es immer gefährlich, in solch eine Phalanx einzubrechen.

Und wir waren Fremde. Außerdem hatten wir noch Fragen gestellt, was keinem gefiel.

Hinter uns hörten wir Quincys Schritte. Sie wurden leiser und verstummten völlig.

Ich trank noch einen Schluck Reiswein.

Vier neue Gäste betraten das Lokal.

Bill dachte mit. Er warf dem Keeper einen Schein zu und winkte ab, als der das Wechselgeld herausgeben wollte. Dann kümmerten sich die beiden um die neuen Gäste.

Wir rutschten von den Hockern und stiegen die Treppe

hoch. Es waren Holzstufen, sie knarrten erbärmlich, doch die Laute gingen in der Geräuschkulisse unter.

Nach dem ersten Absatz führten die Stufen in einen kleinen Flur.

Er war noch mieser beleuchtet als der Gastraum in der Kneipe.

»Was machen wir?« wisperte Bill.

»Weitergehen.«

Ich hatte mein Jackett geöffnet. Wenn es erforderlich war, konnte ich blitzschnell die Beretta ziehen.

Der Opiumgeruch wurde stärker. Ich blieb stehen und peilte um die Ecke nach links.

Mein Blick fiel in einem langen, schmalen Gang. An seiner Seite zweigten Türen ab. Das erinnerte mich an das Umkleidehaus in einem Freibad.

Links, wo die Wand verlief, sahen wir nur Bilder. Sie zeigten erotische Motive aus der chinesischen Geschichte. Eindeutige Zeichnungen, aber gut gemacht.

Eine Tür klappte auf.

Das fast nackte Girl war bestimmt nicht älter als 16. Es hielt die Tür auf und ließ einen Mann heraus, der dreimal so alt war wie die Kleine. Es war ein Weißer. Er drückte ihr die lange Opiumpfeife in die zierliche Hand und ging. Der Mann schwankte an uns vorbei, ohne uns überhaupt wahrzunehmen.

In mir kochte es.

Ich gehöre zu den Leuten, die alle Rauschgiftarten hassen. Ob Hasch, Heroin, Kokain oder Marihuana – alles ist lebensgefährlich. Sollten wir den Fall heil hinter uns bringen, würde ich dem FBI oder der Narcotic Squad einen Tip geben.

Das Mädchen hatte uns gesehen. Fragend schaute es uns an.

Bill schüttelte den Kopf und meinte: »Später.«

Das Mädchen lächelte, nickte, schloß die Tür und ging. Es verschwand hinter einem dunkelroten Vorhang am Ende des Ganges.

Mich wunderte nur, daß man uns so einfach hatte gehen

lassen. Das gefiel mir überhaupt nicht. Irgendwann würde das dicke Ende folgen.

Das teilte ich auch Bill mit.

Der Reporter war der gleichen Meinung. »Aber wir sind zu zweit«, meinte er, »leicht werden sie es mit uns nicht haben.«

»Du hast Humor.«

Nach dem Auftauchen des älteren Mannes war niemand mehr erschienen. Im Gang blieb es ruhig. Es war eine eigenartige Atmosphäre. Eine brisante Mischung aus Angst und in der Luft liegender Gewalt.

Zudem war es heiß. Der Schweiß lief mir in Strömen über Gesicht und Nacken. Er rann auch den Rücken hinab.

Bill brachte seine Lippen dicht an mein Ohr. »Sehen wir uns die einzelnen Kabinen einmal an.«

»Okay.«

Die Türen waren nicht verschlossen. Man hatte hier wohl großes Vertrauen in seine Gäste gesetzt.

Wir öffneten die erste.

Die Kammer dahinter war klein und länglich gebaut. Auf der der Tür gegenüberliegenden Seite gab es ein schmales Fenster, das sehr einer Luke glich. Darunter stand eine Liege, auf der ausgestreckt ein dunkelhaariger Mann lag. Die Opiumpfeife hielt er in der linken Hand. Der Schein einer winzigen Lampe fiel auf sein Gesicht, das einen entrückten Ausdruck zeigte.

Dieser Knabe war high.

Hinter den nächsten Türen das gleiche Spiel. Auch hier lagen die Raucher auf pritschenähnlichen Liegen und schwebten im siebten Himmel. Wenn danach der große Katzenjammer folgte, war es die Hölle.

Wieder eine Tür weiter fanden wir dann ein Mädchen, das dem Raucher Gesellschaft leistete. Die Kleine war ebenfalls noch jung. Wir schlossen die Tür rasch.

Die letzte Kammer war leer.

Bill hob die Schultern. »Nichts«, sagte er. »Keine Spur von unserem Freund. Der Erdboden scheint ihn verschluckt zu haben.«

»Nicht der Erdboden, sondern er.« Ich deutete auf den dunkelroten Vorhang.

Bill nickte. Seine rechte Hand verschwand unter der Jacke. Dort steckte sein Beuterevolver. Er zog ihn und ich die Beretta.

Ich krallte meine Finger um eine Vorhangfalte, holte noch einmal tief Luft und zog den Stoff mit einem gewaltigen Ruck auseinander.

Wir sahen Quincy.

Er lag ausgestreckt auf einem roten Diwan, seine gebrochenen Augen starrten uns anklagend an. Seine Mörder hatten ihm die Kehle durchgeschnitten...

Es war ein schrecklicher Anblick. Bill und ich waren gleichermaßen geschockt.

Dieses Ende hatte Quincy nicht verdient.

Der Raum, in dem wir standen, war anders als die normalen Opiumhöhlen. Nicht so primitiv eingerichtet, sondern prunkvoller. Da lagen wertvolle Teppiche, und an den Wänden sahen wir Tapeten aus chinesischer Seide.

Es gab Sitzkissen, kleine Tische und allerlei Kunstgegenstände, die von der Mythologie des alten China zeugten.

Ein wahres Paradies für Sammler.

Aber wir suchten einen anderen.

Quincys Mörder!

Wo steckte er? Quincy war noch nicht lange tot, und wir hatten auch niemanden auf dem Gang gesehen. Folglich mußte dieser Raum hier noch einen anderen Ausgang haben.

Bill ging nach rechts, während ich mich zur anderen Seite wandte. Wir untersuchten die Wände, tasteten sie ab, doch wir brauchten erst gar nicht anzufangen, denn plötzlich geschah etwas, womit niemand von uns gerechnet hatte.

Der Raum drehte sich.

Das ging so schnell, daß wir Mühe hatten, unser Gleichgewicht zu bewahren. Ich wurde gegen die Wand geworfen, stützte mich ab und kreiselte sofort herum.

Bill Conolly hatte ebenfalls mit dem Gleichgewicht zu kämpfen. Er wollte wie ich zurück, doch da war kein Ausgang mehr in unserem Rücken.

Nur dieses eine Zimmer.

Dafür sahen wir vor uns etwas.

Fünf Männer!

Und jeder von ihnen trug eine schwarze Maske vor dem Gesicht!

Trotz unserer Waffen hatten wir nicht die Spur einer Chance, denn die Kerle hielten ihre Revolver in den Händen, und die Mündungen wiesen unmißverständlich auf mich und Bill Conolly.

»Fallen lassen!« lautete der Befehl.

Unsere Schießeisen polterten zu Boden.

Die Maskierten nickten zufrieden. Mir aber kroch eine Gänsehaut über den Rücken, denn ich brauchte nur an Quincy zu denken, um zu wissen, welches Schicksal uns unter Umständen bevorstand.

Wir befanden uns in einem Raum, in dem zwar Licht brannte, aber trotzdem wenig zu erkennen war. Nur im Hintergrund erkannten wir einige runde, helle Bälle, deren Ausläufer die Maskierten streiften. Da sich der Raum mit uns gedreht hatte, befand sich der Diwan mit dem Toten noch immer hinter uns. Nur waren die Lichter erloschen.

Aus der Mitte trat einer der Maskierten einen Schritt vor.

»Wer seid ihr?« fragte er.

»Harmlose Touristen«, erwiderte Bill. »Wir wollten uns nur die Stadt anschauen und...«

»Halts Maul, du Lügner! Seit wann laufen Touristen mit Waffen durch die Gegend?«

»Die Zeiten sind unruhig«, erwiderte ich an Bills Stelle. »Amerika ist kein sicheres Land mehr.«

»Ihr seid Engländer?«

»Ja.«

»Und euer Beruf?«

Jetzt antwortete Bill. »Wir sind Reporter einer bekannten Wochenzeitschrift.«

»Der Name?«

»Weekend Mirror!«

Bill hatte den Namen einer Zeitung genannt, die es tatsächlich gab. Hin und wieder hatte er für dieses Blatt einen Bericht geschrieben.

»Okay«, sagte der Maskierte und wies auf mich. »Was ist mit Ihnen?«

»Ich bin ein Kollege.«

»Der auch hier herumschnüffelt.«

»So können Sie das nicht nennen«, erwiderte ich. »Wir schreiben eine Serie über die bekanntesten Städte der Welt. Und San Francisco gehört nun einmal dazu.«

Der Kerl lachte. »Über die bekanntesten Städte. Wollen Sie mich für dumm verkaufen? Ist Tulsa eigentlich auch eine so bekannte Weltstadt, daß Sie darüber schreiben wollen?«

Die letzte Frage stellte er voller Hohn und Spott. Damit bewies er gleichzeitig, daß er Bescheid wußte. Es war ja auch klar, denn sie hatten Bill bei seiner Exkursion in diese Geisterstadt erwischt.

Verdammt auch, unser Lügengebäude brach langsam aber sicher in sich zusammen.

»Nein!« zischte der Maskierte. »Ihr könnt uns nicht für dumm verkaufen. Ihr seid miese und dreckige Schnüffler, mehr nicht. Und es gibt nur eins für uns. Ihr werdet sterben. Jetzt und hier!«

Das waren harte Worte. Mein Magen zog sich zusammen. In fünf Revolvermündungen starrten wir. Wir hatten keine Chance. Wie gnadenlos die Kerle vorgingen, hatten wir bereits gesehen, denn mir war klar, daß diese Maskierten Quincy umgebracht hatten.

Deshalb würden sie auch nicht zögern, uns zu erschießen.

»Wollt ihr jetzt mit der Wahrheit herausrücken?« erkundigte sich der Anführer.

»Es ist die Wahrheit!«

Der Maskierte schoß. Zwischen Bills und meinem Kopf fuhr die Kugel hindurch und hieb hinter uns in die Wand.

»Überlegen Sie sich die nächste Antwort genau. Was hatten Sie in der Geisterstadt zu suchen?«

Die Frage war an Bill gerichtet. Der Reporter suchte eine Ausrede. Was er auch sagen würde, es war schwer, den Kerlen eine Lüge unterzuschieben.

»Ich warte nicht mehr lange!« drohte der Maskierte.

»Man hat mir zufällig von dieser Stadt erzählt«, sagte Bill. »Da ich von Berufs wegen neugierig bin, fuhr ich hin.«

»Und was haben Sie gesehen?«

Bill grinste schief. »Das müßten Sie doch eigentlich wissen. Schließlich haben Sie mich überrascht.«

»Ich will es von Ihnen hören. Waren Sie im Stollen?«

»Ja.«

»Und?«

»Ich sah eine Statue. Gut gemacht, das muß ich schon sagen. Eine fantastische Arbeit.«

Der Maskierte lachte. »Das ist der Spuk!«

»Spuk?« wiederholte Bill. »Nie etwas davon gehört. Ehrlich.«

»Er ist ein Dämon und hat schon vor langer Zeit dort regiert. Denn bei Tulsa lag ein Dämonenfriedhof, wo die Überreste derer verscharrt wurden, deren Seelen in das Reich des Spuks eingegangen sind.«

»Ich verstehe kein Wort«, sagte Bill. »Außerdem glaube ich nicht so recht an Dämonen und Geister. Das ist doch alles Quatsch.«

»Schade, daß wir Ihnen das Gegenteil nicht mehr beweisen können.«

»Was haben Sie denn mit dem Dämon zu tun?« wollte Bill Conolly wissen.

»Wir sind seine Diener.«

»Mehr nicht?«

»Nein, aber auch nicht weniger. Wir werden dem Spuk wieder die Ehre zuteil werden lassen, die ihm gebührt.«

Für mich und wahrscheinlich auch für Bill klangen diese

Erklärungen noch etwas verworren. Allerdings stellte sich die Frage, ob wir jemals die Wahrheit herausfinden würden. Im Augenblick jedenfalls sah es nicht so aus.

Die Maskierten hatten in ihrer Aufmerksamkeit um keinen Deut nachgelassen. Noch immer glotzten uns die Mündungen der sechs Revolver an.

Natürlich zermarterte ich mein Gehirn und suchte nach einem Ausweg, aber es gab keinen. Ich sah keine Chance, den mörderischen Kugeln zu entgehen.

»Und nun zu euch«, sprach der Maskierte weiter. »Wir werden euch erschießen und danach in die Bay werfen. Sie ist groß und hat viel Platz für Ratten wie euch.«

Ich versuchte es ein letztes Mal. »Überlegen Sie es sich gut«, warnte ich ihn. »Die Polizei weiß, wo wir sind.«

»Die weiß gar nichts!« zischte mir der Kerl zu. »Sonst hätten wir längst etwas gemerkt.« Er nickte seinen Kumpanen zu. »Macht Platz, damit die beiden zu ihrem Platz gehen können.«

Die anderen vier Männer traten zur Seite. Sie trugen allesamt Straßenanzüge. Masken verdeckten ihre Gesichter.

Wir mußten vorgehen und schritten dabei über einen Holzboden. Er bestand aus dicken Bohlen. Es klang dumpf, als unsere Füße den Boden berührten.

Die Waffen waren immer auf uns gerichtet, als wir in die Tiefe des Raumes gingen. Ich erkannte jetzt, daß es sich bei den Lichtquellen um Petroleumfunzeln handelte.

Nach etwa drei Yards mußten wir stehenbleiben. Einer der Kerle ging an uns vorbei, bückte sich und zog eine Klappe hoch.

Wir standen direkt am Rand einer Luke und konnten in die Tiefe schauen.

Dort gurgelte schwarzes Wasser. Irgendein unterirdischer Strom, ein Abwasserkanal, der in die Bay mündete.

Der Mann vor uns verschwand und stellte sich in unserem Rücken auf. Sie würden uns die Kugeln ins Kreuz jagen und unsere Leichen in den Abwasserkanal kippen.

Ich drehte etwas den Kopf, und es gelang mir, dabei über die Schulter zu schielen.

Die Kerle paßten höllisch auf. Immer zeigten die Mündungen der Revolver auf unsere Rücken.

Die Sekunden vertropften.

Ich warf Bill einen Blick zu.

Der Schweiß rann über das Gesicht meines Freundes. Die Wangenmuskeln zuckten.

Auch ich hatte Angst. Es war eine schlimme Situation. Und ich sah einfach keinen Ausweg mehr, wie wir unser Leben noch retten konnten. Aus eigener Kraft nicht.

Die fünf Killer hinter uns rührten sich nicht. Sie warteten eiskalt ab, wollten unsere Qual nur noch verzögern.

Bill hatte die Hände ineinander verkrampft, seine Lippen bewegten sich, doch kein Ton drang aus seinem Mund. Es war ein verzweifeltes, stummes Flehen.

Dann der Befehl.

Der Anführer sprach: »Okay, Jungs, knallt sie ab!«

Wir warteten auf das Krachen der Waffen, auf die Einschläge der Kugeln in unsere Rücken, doch das geschah nicht.

Etwas anderes passierte.

Ein Wunder, wenigstens kam es mir wie ein Wunder vor. Der Anführer hatte die Worte kaum ausgesprochen, als plötzlich Sirenen aufheulten und ein schauriges Geheul durch den Raum jagte.

Ein lauter Fluch.

»Shit, die Bullen!«

Und da erkannte ich unsere winzige Chance. Für einen Moment waren die fünf Maskierten abgelenkt. Für uns gab es nur eine Alternative.

Alles oder nichts!

Wir riskierten alles.

Ich schlug Bill noch in die Seite, als ich kurzerhand sprang. Zum Glück war die Luke breit genug, so daß wir beide hindurchpaßten und uns nicht gegenseitig behinderten.

Dann krachten die Schüsse.

Das heiße Blei fegte über unsere Köpfe hinweg, ich glaubte noch, einen Luftzug zu spüren, doch das konnte auch Einbildung sein.

Wir fielen in die Tiefe, dem Wasser entgegen.

Noch auf dem Weg hörte ich eine harte Megaphonstimme, dann klatschte ich in das Wasser, und die Brühe schlug über mir zusammen. Ich ruderte mit den Armen, schlug gegen Bill Conolly, der neben mir gelandet war und zur selben Zeit wieder auftauchte.

Wir schleuderten uns die Haare aus der Stirn und schauten nach oben. Deutlich zeichnete sich das Lukenrechteck ab. Schüsse krachten, ein Schrei ertönte, wir sahen einen Schatten am Rand der Luke, und dann flammte plötzlich ein roter Schein auf.

Feuer!

Wieder wurde geschossen.

Im nächsten Augenblick packte uns ein Sog. Ich hatte schon Grund unter den Füßen gespürt, aber der Sog war stärker und riß uns kurzerhand fort.

Die Beine wurden mir unter dem Körper weggezogen. Ich hörte Bill Conolly fluchen, Wasser überspülte uns. Dreckiges Abwasser, das widerlich stank und auch in unsere Mundhöhlen drang.

Ich spie und keuchte, während mich der Strudel in Richtung Wasserfall weitertrug.

Schon vorher vernahm ich das Rauschen.

Ich sah Bill, wie er sich verzweifelt nach vorn warf und irgendwo Halt finden wollte, doch seine Finger rutschten an dem glatten Gestein immer wieder ab.

Mir erging es ähnlich. Auch ich konnte mich nicht halten. Das unterirdische Flußbett wurde enger, die Strömung stärker. Ich wirbelte um die eigene Achse, blickte noch zur Decke und sah das milchige Licht einsam leuchtender Lampen.

Dann erreichten wir den Wasserfall.

Eine Sturzfahrt begann.

Mir gelang es nicht mehr, mich zu drehen, und so rutschte

ich kopfüber und auf dem Bauch liegend den Wasserfall hinab. Das schmutzige Wasser strömte durch eine Rinne. Das Gestein war glatt und völlig ausgewaschen. Nichts stoppte meine nasse Reise.

Ich wurde immer schneller.

Und dann tauchte ich ein.

Für einen Moment hatte ich die Befürchtung, mit dem Kopf auf den Grund zu schlagen, doch der sich an den Wasserfall anschließende kleine See war tief genug.

Mit einem Schwimmzug schaffte ich mir freie Bahn und tauchte wieder auf.

Die stinkende Luft saugte ich in die Lungen, als wäre sie der reinste Balsam. Neben mir hüpfte Bills Kopf aus dem Wasser. Er schüttelte sich die Nässe aus dem Haar und grinste.

»Geschafft, John!«

Ja wir hatten es hinter uns. Wir waren den Kugeln der Killer entgangen, auch der Wasserfall hatte uns nicht umbringen können. Wieder einmal Glück gehabt.

Bis zur Schulter reichte uns die Brühe. Noch im Wasser stehend tastete ich nach meinen Waffen.

Bis auf die Beretta war noch alles vorhanden. Kreuz und Dolch. Sie hatten die unfreiwillige Reise gut überstanden. Bill Conolly bewegte sich schon auf die Tunnelwand zu. Dort lief ein schmaler Pfad parallel zum Unterwasserkanal. Er war gerade breit genug, daß wir Platz finden konnten.

Wir kletterten hinauf. Ich fühlte mich wie eine nasse Katze und schüttelte erst einmal das Wasser aus meiner Kleidung. Die Tropfen sprangen durch die Gegend.

Bill tat es mir nach.

»Und jetzt?« fragte er.

»Suchen wir den Ausgang.«

Das war leichter gesagt als getan. Erst einmal fanden wir dicke, fette Wasserratten. Als sie uns ebenfalls sahen, wuchteten sie ihre Körper in die Fluten.

Den gleichen Weg zurück konnten wir nicht, da der unterirdische Wasserfall ihn versperrte.

Also nach vorn.

Ich ging vor. Obwohl es über der Erde heiß war, herrschten hier unten Temperaturen, die wir als kalt empfanden. Hinzu kam noch unsere nasse Kleidung. Eine Erkältung war uns sicher.

Zum Glück brannten an der Decke einige Lampen. Ihr Licht zuckte als unruhiger Widerschein über die sich bewegende Wasserfläche. Der Gestank wurde immer unerträglicher. Daran konnte sich meine Nase nicht gewöhnen. Ich dachte gar nicht darüber nach, wieviel Wasser ich vielleicht geschluckt haben könnte, dann wäre es mir im nachhinein noch schlecht geworden.

Wir schritten durch einen Hauptkanal. Das war an der Breite deutlich zu sehen. Zudem strömten von links als auch rechts kleinere Wasserstrudel in den Kanal ein.

Dann tat sich links von uns eine Nische im nassen Mauerwerk auf. Ich schaute hinein und war angenehm überrascht.

Nicht nur eine Nische sah ich, sondern auch eine Leiter, die in die Höhe führte.

»Wer sagt's denn«, grinste Bill und rieb sich die Hände.

Ich hatte bereits die erste Sprosse umklammert, zog daran, und Rost rieselte mir entgegen.

Trotzdem mußte ich es wagen.

Bill wollte noch warten. Er war nicht sicher, ob die Leiter die Belastung von zwei Personen aushielt.

Ich ging also vor, Stufe für Stufe kletterte ich hoch. Schließlich schimmerte Licht über mir durch ein paar Löcher.

Das mußte der Gully sein.

Noch drei Sprossen höher, dann hatte ich es geschafft. »Bin oben«, rief ich Bill zu.

»Schaffst du den Gully allein?« fragte er.

»Ich hoffe es!«

Den Kopf zog ich ein und machte einen Buckel. Mit den Schulterblättern stemmte ich mich gegen die Innenseite des Decke, setzte all meine Kraft ein und drückte.

Der verdammte Gullydeckel war wohl jahrelang nicht mehr bewegt worden, er löste sich kaum aus der Fassung. Es knirschte und rieb, Staub rieselte mir in den Nacken, aber ich schaffte es.

Der Deckel glitt höher.

Dann kippte er um.

Stein prallte auf Stein, ich roch den aufgewirbelten Staub und schraubte mich an die Oberfläche.

Ich war zum Glück nicht auf einer befahrenen Straße gelandet, sondern in einer schmalen Einfahrt. Einige Kinder mit schrägen Mandelaugen hockten an der Mauer und starrten mich an. Als ich lachte, sprangen sie auf und rannten davon.

Wahrscheinlich sah ich wie ein Geist aus, der in irgendeine Kloake gefallen war.

Eine Minute später stand Bill neben mir. Wir atmeten erst ein paarmal tief durch.

Die Luft tat gut und jetzt auch die Sonne. Gemeinsam schafften wir den Gullydeckel wieder auf die Öffnung und verließen die Einfahrt.

Sie mündete auf eine befahrene Straße.

Bill schaute sich um. Dann deutete er aufgeregt nach links. »Da hinten ist ja die Kneipe.«

Mein Freund hatte recht. Zudem war das Lokal nicht zu übersehen, denn zwei Mannschaftswagen der Polizei standen schräg davor.

Wir hatten es entsprechend eilig, hinzukommen. Bill und ich sahen gerade noch, wie einige »Gäste« in die Wagen verladen wurden.

Die meisten hatten wir in den Opiumzimmern gesehen. Aus den Fenstern quollen noch Rauchwolken, doch der Brand war bereits gelöscht. Er hatte sich nicht weiter ausgebreitet.

Ich wandte mich an einen kleiderschrankbreiten Cop. »Entschuldigen Sie, Sir, wer ist denn hier der Chef?«

Der Mann musterte Bill und mich erst einmal von oben bis unten. Dann rümpfte er die Nase. »Wo kommt ihr denn her?«

»Aus der Unterwelt.« Ich grinste.

Der Polizist war ziemlich humorlos, denn er lief bereits rot an. Bevor er etwas sagen konnte, sah ich einen älteren, hochgewachsenen Mann aus dem Lokal kommen. Er trug einen braunen Anzug und wurde von zwei Reportern belagert.

»Captain, ein Wort nur.«

»Seien Sie mal Mensch, Sir.«

Der Captain blieb stehen und hob beide Arme. »Nein und abermals nein«, sagte er. »Ihr erfahrt nichts.«

»Haben Sie einen Tip bekommen?«

»Vielleicht.«

Bill und ich schlenderten auf den Captain zu. Ich sprach ihn an. »Sir, haben Sie einen Moment Zeit?«

Der Capitain strich durch sein blondes Haar. Er wollte schon absagen, doch als er in mein Gesicht sah und den ersten Ausdruck erkannte, nickte er.

»Okay, was gibt es?«

Wir stellten uns erst einmal vor.

»Conolly?« sagte der Beamte plötzlich. »Vielleicht Bill Conolly?«

»Ja.« Mein Freund nickte.

»Haben Sie zufällig eine Frau, die mit Vornamen Sheila heißt?«

»Auch das, Sir!«

»Dann darf ich Sie zu dieser Frau beglückwünschen, Mr. Conolly.«

Wir schauten uns an, hoben die Schultern, zogen dumme Gesichter und verstanden gar nichts mehr.

Der Captain grinste. Wir erfuhren auch seinen Namen. Er hieß Patterson. Und dann berichtete er von Sheilas Anruf. Sie hatte sich Sorgen gemacht, weil wir nicht zurückgekommen waren. Zum Glück wußte Sheila, wo wir uns aufhielten.

Der Polizei war das Lokal bekannt. Und zwar als Rauschgifthöhle. Jetzt hatten sie endlich einen Grund, einzugreifen. Wie die Feuerwehr waren sie gefahren.

»Und wir haben alle festgenommen«, erklärte Captain Patterson voller Stolz.

»Auch die Kerle mit den Masken?« fragte ich.

»Wen?«

Ich wiederholte meine Frage.

Der Captain schüttelte den Kopf. »Nein«, sagte er. »Wir sind wohl beschossen worden, aber in diesem Bau gibt es so viele Schlupfwinkel, daß wir machtlos sind. Ich bin froh, daß die Opiumtypen schon hinter Gittern sitzen. Aber wieso Masken? Und was hatten Sie eigentlich in dieser Höhle zu suchen?«

Wir blieben bei der Reporter-Ausrede. Der Captain nahm sie uns ab.

»Mann«, sagte er, »da haben Sie aber verdammt Schwein gehabt. Das hätte auch anders ausgehen können. Einem wurde die Kehle aufgeschlitzt. Scheußlich.«

Ich nickte. »Sie sagen es, Captain.«

Patterson blickte auf seine Uhr. »Normalerweise müßte ich Sie mitnehmen, aber kommen Sie morgen in mein Büro. Wegen des Protokolls.«

»Da ist noch etwas«, sagte ich.

»Und?«

»Wir haben oben unsere Waffen verloren. Sind sie vielleicht gefunden worden. Eine Beretta und ein 38er.«

»Ja, die haben wir.«

»Können Sie uns die zurückgeben?«

Patterson überlegte. »Meinetwegen. Wenn Sie einen Waffenschein besitzen?«

Den konnten wir ihm vorzeigen, und Patterson war zufrieden. Eine Viertelstunde später saßen wir wieder im Golf. Unsere Kleidung stank noch immer, und der Geruch breitete sich jetzt auch innerhalb des Wagens aus.

»Da haben wir Sheila praktisch unser Leben zu verdanken«, bemerkte Bill Conolly.

»In der Tat.«

»Und jetzt?«

»Erst mal zum Hotel. Dort ziehen wir uns um. Anschließend statten wir der Geisterstadt einen Besuch ab. Ich bin sicher, daß wir die Maskierten dort wiederfinden.«

Bill nickte. »Darauf kannst du Gift nehmen.« Er startete. »Du hast der Polizei bewußt nichts gesagt?«

»Genau. Den Fall möchte ich nämlich selbst aufklären. Nichts gegen Captain Patterson, aber er würde unter Umständen nur die Pferde scheu machen.«

»Das stimmt.«

Im Hotel wurden wir von allen möglichen Personen angestarrt. Am liebsten hätte man uns an die frische Luft gesetzt. Wir machten »cheese« und fuhren hoch zu den Zimmern.

Dann stand ich dumm daneben, als Sheila ihren Mann in die Arme schloß. Er bedankte sich für die Rettung, und ich zog mich erst einmal unter die Dusche zurück.

Danach ging ich wieder zu den Conollys.

Diesmal stand Bill unter den Wasserstrahlen. Ich unterhielt mich währenddessen mit Sheila.

»Und ihr wollt wirklich noch einmal los?« fragte sie.

Ich nickte. »Ja, die Hauptverbrecher laufen noch frei herum. Ein Mörder ist auch dabei. Und dann will ich endlich wissen, was es mit diesem Dämonenfriedhof auf sich hat, und nebenbei noch das Rätsel der Geisterstadt lösen.«

Sheila hob die Schultern. »Das muß bei euch wohl so sein. Hindern kann man euch doch nicht.«

»Du sagst es«, lächelte Bill, der pudelnackt aus der Duschkabine trat. »Solange es diese verdammte Dämonenbrut gibt, werden wir niemals Ruhe haben.«

Da sprach mir mein Freund aus der Seele.

Vergessen lag die Geisterstadt im langsam verschwindenden Licht der Sonne. Kein Windhauch strich über die zerfallenen Gebäude oder wirbelte Staub auf. Die heiße Luft stand wie eine gewaltige Wand. Auch der Fluß brachte kaum Kühlung. Nur in Ufernähe war die Backofenhitze nicht mehr so stark.

Die hohen Felsen rahmten dieses Tal wie gewaltige Arme ein, als wollten sie es vor einer Entdeckung schützen.

Es gab viele dieser Täler im amerikanischen Westen, doch keines war wie dieses. Hier war alles anders als normal. Man konnte es nicht beschreiben, man mußte es einfach fühlen.

Es lag in der Luft.

Wie eine Gefahr...

Eine lauernde, dämonische Gefahr, die derjenige genau spürte, der das richtige feeling besaß.

Vielleicht trugen auch die Geier dazu bei, die hoch oben am azurblauen, wolkenlosen Himmel kreisten und mit scharfen Augen in das Tal hinabstarrten.

Manchmal flogen sie tiefer, ließen sich von den Luftströmungen in das Tal hineintragen, doch plötzlich schossen sie wieder hoch und verschwanden fast fluchtartig.

Etwas störte sie.

Es war nicht der leichte Verwesungsgeruch, der über dem Kessel schwebte, der zog sie eher an, es war vielleicht mehr die Gefahr, die sie mit ihren tierischen Sinnen besser wahrnahmen als die Menschen.

Es war wirklich interessant, das Spiel der Geier zu beobachten.

Und es gab jemanden, der die Vögel nicht aus den Augen ließ. Das war Josh Shamrock, ein Heimatforscher und von Beruf Geologe. Er befaßte sich vor allen Dingen mit der Erdbebenforschung, lebte oft wochenlang in der Natur und hatte während dieser Zeit ihren Kreislauf kennengelernt, die Tiere beobachtet und das biologische Gleichgewicht verstanden.

Wenn Geier kreisen, liegt irgendwo Aas.

So lautete die Regel, die immer stimmte.

Shamrock setzte das Fernglas ab und wischte sich über die Augen. Er hatte eine Hügelkuppe erklommen, sein Geländewagen stand unten auf der staubigen Platte.

»Hol's der Teufel«, murmelte er, »da stimmt doch etwas nicht.« Er schob sich einen Kaugummi zwischen die kräftigen Zähne und blickte noch einmal zum Himmel.

Genau acht Vögel zählte er. Und sie kreisten weiter, trauten sich nicht zu landen.

Da gab es für Shamrock nur einen Grund.

Das Opfer lebte noch!

Denn wenn noch Leben in der Beute steckte, hatten die Geier eine natürliche Scheu davor, es anzugehen.

Für Shamrock war alles klar, und sein Entschluß stand längst fest.

Er würde fahren. Vielleicht konnte er noch helfen. Josh Shamrock erhob sich und lief rasch den Hügel hinab. Zahlreiche kleine Steine und eine Wolke von Staub begleiteten ihn, aber das störte Josh nicht. Mit seinem festen Schuhwerk fand er überall Halt.

Endlich erreichte er den Range Rover.

Der Wagen entsprach den Erfordernissen des Geländes. Er hatte verstärkte Stoßdämpfer, und die Scheinwerfer wurden durch ein stabiles Gitter geschützt.

Josh stieg ein.

Er drückte seinen breitrandigen Stetson in die Stirn und startete den Wagen.

Die Räder faßten. Eine gewaltige Staubwolke hinter sich herziehend, fuhr der Geologe über den pistenähnlichen Weg. Er kannte die Gegend ziemlich gut und wußte ungefähr, wie er den Ort erreichen konnte, ohne sich groß zu verfahren.

Dabei mußte er einen kleinen Umweg in Kauf nehmen.

Josh fuhr von der Piste ab. Seine kräftigen Hände umklammerten das Lenkrad. Auf seiner schon tropenfesten Kleidung lag der rötliche Staub der Wüste. Josh kam aus Nevada und hatte dort einige Bodenproben entnommen. Die Steine lagen auf der Ladefläche des Wagens.

Der Geologe prügelte den Range Rover einen Hang hoch. Er fuhr ihn schräg an, damit er der Abrutschgefahr aus dem Wege ging.

Der Wagen schaffte es. Bisher hatte er ihn noch nie im Stich gelassen.

Parallel zum Kamm des Hangs fuhr er auf einer Geröllstrecke weiter und vergaß auch nie, durch die Frontscheibe schräg nach Nordwesten zu peilen, wo er die schwarzen Punkte am Himmel sah.

Sie waren größer geworden.

Josh Shamrock näherte sich seinem Ziel.

Das kantige Gesicht zeigte einen harten, etwas verkniffenen Ausdruck. Josh war ein Mann, den das Land geformt hatte. Er war ebenso hart und wußte, wie man überlebte.

Shamrock fuhr wieder in ein Tal hinein. Die Sonnenstrahlen stachen jetzt schräg in den Wagen, und der Geologe mußte seine dunkle Brille aufsetzen.

Er stammte aus Frisco, und er kannte sich in der näheren Umgebung sehr gut aus.

Als er wieder einen Blick zu den Geiern hochwarf, stieß er ein unwilliges Knurren aus. Jetzt, wo er näher an den Ort herangefahren war, da wußte er, wo die Geier kreisten.

Über Tulsa, der Geisterstadt!

Verdammt auch, dachte er. Hätten die sich keinen anderen Platz aussuchen können? Es gab viele Täler im Westen, aber das, wo die Geisterstadt Tulsa lag, war wohl das unwegsamste von allen.

Ein ganz mieses Gelände.

Und ausgerechnet dort kreisten die Vögel.

»Wer, zum Henker, verirrt sich dahin?« knurrte er.

Er war zwar noch nicht selbst in Tulsa gewesen, doch er wußte um die Geschichten, die man sich erzählte.

In dieser Geisterstadt sollte es spuken. Die Seelen der im Treibsand versunkenen Männer sollten nachts durch die Stadt geistern und dort heulen und wehklagen. Manchmal heulte es dort bestimmt. Das war aber dann der Wind, der um die Felsen strich und diese klagenden Laute verursachte.

Jetzt mußte Shamrock doch bremsen, weil er erst die Karte zu Hilfe nahm.

Ob er nun wollte oder nicht, der Talkessel mußte, weil er von Osten kam, erst umfahren werden.

Das paßte ihm nicht, doch sein Verantwortungsgefühl siegte. Wenn dort Menschen in Not waren, konnte er sie nicht im Stich lassen.

Es dauerte noch 20 Minuten, bis er in den Talkessel hineinfahren konnte.

Die Sonne war inzwischen so weit gesunken, daß bereits die ersten Schatten der Dämmerung in das Tal fielen. Aber noch war alles gut zu sehen.

Josh Shamrock parkte seinen Wagen am Eingang des Tals und stieg aus. Er vergaß nicht, sein Gewehr mitzunehmen. Nach alter Westmannart klemmte er den Schaft in seine rechte Armbeuge.

Mit dem Daumen stieß er seinen Stetson etwas weiter in den Nacken und schritt steifbeinig los.

Die Geier kreisten noch immer. Sie trauten sich nicht, in der verlassenen Stadt zu landen.

Josh erreichte den Pfahl, auf dem der Totenschädel steckte. Da die Sonne schon tief stand, warf der Pfahl einen langen Schatten, der auch über Shamrocks Gestalt wanderte und den Totenschädel auf seinem Gesicht nachzeichnete.

Plötzlich zuckte der Geologe zusammen.

Fremde Gedanken strömten in sein Hirn.

Der Spuk wartet auf dich. Komm zum Friedhof. Komm zu den Toten...

Shamrock ging einen Schritt zur Seite. Der Schatten des Pfahls fiel neben ihm zu Boden. Sofort waren die Gedanken aus seinem Hirn verschwunden.

Komisch, dachte Josh.

Er ging weiter.

Die ersten verfallenen Buden tauchten auf. Es waren die Wohnhäuser der alten Goldgräberstadt. Das Holz war ausgebleicht und völlig morsch.

Josh Shamrock blieb stehen. Seine Blicke wanderten durch die verfallene Stadt. Er suchte nach dem Aas, das auch die Geier gewittert hatten.

Da war nichts.

Aber warum kreisten hier die Leichenfresser? Sehr seltsam.

Wie gesagt, Josh war ein Kind der Natur, seine Sinne waren anders geschärft als die eines Großstadtmenschen, und er spürte, daß etwas nicht stimmte.

Nein, diese Stadt war nicht mit den anderen Geisterstädten zu vergleichen, die er kennengelernt hatte.

Hier lauerte wirklich etwas Fremdes, Böses, was er aber nicht näher erklären konnte. Es war einfach da.

Wie unter einem Peitschenhieb zuckte er plötzlich zusammen. Seine Nasenflügel blähten sich, als würde er Witterung aufnehmen. In der Tat hatte er etwas gerochen.

Verwesungsgeruch...

Also doch Aas.

Die Geier hatten recht. Nur – warum kreisten sie dann dort oben und stießen nicht herunter?

Das wollte Josh Shamrock unbedingt herausfinden. Er packte sein Gewehr fester, blieb stehen und konzentrierte sich.

Ja, dieser Leichengeruch kam von links. Dort, wo der Fluß durch das steinige Bett schäumte. Da also mußte sich das geheimnisvolle tote Lebewesen, das er noch nicht sah, befinden.

Josh Shamrock wandte sich in diese Richtung. Er ging nicht schnell, sondern setzte behutsam einen Fuß vor den anderen. Dabei schielte er immer wieder zur Geisterstadt hinüber, als würde er aus dieser Richtung eine große Gefahr erwarten.

Dann stand er am Fluß.

Vor ihm fiel die Böschung ziemlich steil ab. Die Strecke war allerdings nicht lang, mündete jedoch im Treibsand.

Aus diesem Sand strömte auch der Verwesungsgeruch.

Josh sah den Grund.

Seine Augen wurden groß. Plötzlich zitterte das Gewehr in seiner Hand. Die Lippen bebten, ein krächzender Laut drang aus seinem Mund. Was er sah, war so unwahrscheinlich, daß es ihm niemand glauben würde, dem er es erzählte...

Ich hatte mich für meinen Bumerang entschieden. Auch wenn er ziemlich schwer war, wollte ich ihn doch bei mir haben. So gab ich Bill den silbernen Dolch, damit auch er eine Waffe mehr hatte.

Im Hotel legten wir einen Schlachtplan fest. Sheila saß schweigend neben uns, der kleine Johnny hockte auf dem Boden und spielte mit Bauklötzen.

»Ich bin die Strecke ja schon gefahren«, sagte der Reporter. »In die Stadt kommen wir mit dem Wagen gut. Aber es wäre nicht ratsam, sich so weit mit einem Fahrzeug vorzuwagen.«

Da hatte Bill recht. Zudem waren da noch die fünf Maskierten. Sicherlich würden sie mit unserem Erscheinen rechnen, und da mußten wir mehr als vorsichtig sein.

Ich überließ Bill das Problem. »Was schlägst du also vor?« fragte ich.

»Wir nehmen schon den Wagen, fahren allerdings nicht bis dicht an die Geisterstadt heran, sondern parken ihn irgendwo zwischen den Felsen. Dann gehen wir zu Fuß weiter.«

Dieser Vorschlag traf auch bei mir auf Zustimmung. »Ist das Gelände sehr unwegsam?«

Bill nickte heftig. »Und wie. Im Straßenanzug können wir da nicht hin.«

Ich schaute an mir hinab. Nun ja, ich trug leichte Kleidung, einen Blouson wollte ich noch überziehen, damit er die Waffen verdeckte.

Dafür stimmte auch Bill Conolly.

»Wollt ihr nicht doch der Polizei Bescheid sagen?« erkundigte sich die besorgte Sheila.

Wir blickten uns an.

Ich schüttelte als erster den Kopf.

»Aber du hast doch gesehen, daß die Gegner zu stark sind«, drängte Sheila. »Wären die Polizisten nicht gewesen, man hätte euch umgebracht.«

Da hatte sie zweifelsohne recht.

Was also tun?

Ich entschied mich für einen Kompromiß. »Du wirst die Polizei wieder alarmieren. Und zwar um Mitternacht. Falls wir bis dahin nicht zurück sind. Einverstanden?«

Sheila zögerte einen Moment. Dann nickte sie.

Wir atmeten auf. Jetzt stand einer Fahrt in die Geisterstadt nichts mehr im Wege...

Josh Sharmrock war ein wirklich abgebrühter Mann. Er hatte schon verdammt viel in seinem Leben gesehen, doch was sich jetzt seinen Augen darbot, das war unheimlich, grauenhaft und unmöglich.

Aus dem Treibsand ragten Hände.

Zehn insgesamt.

Sie waren gedreht, so daß die Handteller nach oben wiesen. Auf ihren Händen balancierten die Gestalten, die im Sand stecken mußten, eine Leiche.

Deshalb der Verwesungsgeruch.

Sie mußten die Leiche aus dem tiefen Treibsand geholt haben, und der Tote wanderte der Uferböschung zu. Stück für Stück wurde er weitergeschoben, man hievte ihn von Hand zu Hand, bis er die Böschung erreicht hatte.

Dort ließen die Hände ihn fallen.

Schwer schlug der Leichnam auf. Er rollte noch einmal um seine eigene Achse, rutschte jedoch nicht wieder zurück in den Sand, weil die Hände ihn aufhielten.

Josh Shamrock stand starr vor Entsetzen. Er konnte sich nicht rühren, starrte immerzu auf die Hände, die sich jetzt weiter aus dem gierigen Sand streckten.

Arme wurden sichtbar.

Dünne Haut, die sich hart über die Knochen spannte. Grauenhaft anzusehen.

Finger bewegten sich, als würden sie nach irgend etwas greifen. Dann wanderten die Arme weiter.

Schultern erschienen, Köpfe...

Die Toten kamen.

Grausame Gestalten stiegen aus dem Treibsand. Sogar zwei Frauen waren dabei. Ihre Haut schimmerte grünlich, war aufgedunsen, und die Haare hingen strähnig an beiden Seiten der Schädel herab.

Josh Shamrock sah auch ein gewaltiges Horror-Wesen, das zerlumpte Westernkleidung trug und einen Coltgurt aus brüchigem Leder um die fast skelettierten Hüften gebunden hatte. An einigen Stellen des Gesichts schimmerten bleich die Knochen durch, aber eins hatten alle fünf Wesen gemeinsam.

Die weißen, verdrehten Augäpfel.

Das waren Geschöpfe, die bereits 100 Jahre und mehr im Treibsand gelegen haben mußten.

Die Geister von Tulsa...

Lebende Tote.

Zombies!

Es gibt sie also doch. Sie existieren. Die Gedanken schrien in Shamrocks Gehirn. Obwohl er das Gewehr noch immer in seiner Hand hielt, fühlte er sich völlig hilflos dem Grauen ausgeliefert.

Die Toten beachteten ihn nicht.

Sie bildeten eine Reihe und schritten hintereinander die Böschung hoch, die beiden Frauen in die Mitte. Auch die weiblichen Gestalten waren nicht nackt. Sie trugen die zerfetzte Kleidung des vorigen Jahrhunderts – Röcke, die über den Boden schleiften.

Es war ein schlimmes, alptraumhaftes Bild.

John hob sein Gewehr. Er traute sich nicht zu schießen. Wahrscheinlich konnte er mit Kugeln gegen diese Monster nichts ausrichten. Die waren so bestimmt nicht umzubringen.

Wie dann?

Er verscheuchte die Gedanken und beobachtete weiter. Als wäre er gar nicht vorhanden, so schritten die fünf Gestalten die Böschung entlang, erreichten deren Rand und nahmen Kurs auf die verfallenen Gebäude der Geisterstadt.

Shamrock drehte sich langsam um.

Es war in den letzten Minuten dunkler geworden. Das hatte Josh Shamrock gar nicht bemerkt, zu sehr war er in den Anblick der lebenden Leichen vertieft gewesen.

Sie verschwanden zwischen den zerfallenen Bauten wie ein Spuk in der Nacht.

Der Geologe wischte sich über die Stirn. Hatte er das alles nur geträumt? War ihm die Hitze nicht bekommen? Er drehte sich wieder und schaute die Böschung hinab.

Dort gurgelte der Fluß, bildete Strudel und jagte gischtend

und schmatzend über die zahlreichen Steine. Ein wildes Gewässer, das im Treibsand auslief.

Treibsand! Ja, das war es. Dort waren die Toten herausgestiegen, und dort lag auch der Beweis, daß sie tatsächlich existierten.

Die Leiche eines Mannes, die sie auf ihren erhobenen Händen weitergeführt hatten.

Josh Shamrock blickte sich um. Von den Leichen sah er nur noch die Umrisse. Die Zombies hatten die Geisterstadt verlassen und wanderten über einen schmalen Weg auf eine Höhle zu, um darin zu verschwinden.

Josh hatte ein paar Minuten Zeit.

Er überwand seine eigene Angst und rutschte die Böschung hinab. Dabei gab er höllisch acht, daß er nicht zu schnell war und eventuell noch in den Treibsand rutschte.

Er sah sich die Leiche an.

Nein, diesen Mann kannte er nicht. Er hatte ihn noch nie im Leben gesehen.

Ein Fremder...

Der Geologe band sich ein Taschentuch vor den Mund, und er verscheuchte auch die Geier, die sich plötzlich auf die Beute stürzten, da sie sahen, daß der Tote freilag.

Shamrock überlegte. Sollte er den Toten wieder in den Treibsand werfen oder ihn den Aasfressern überlassen?

Eine Entscheidung wurde ihm abgenommen.

Plötzlich bewegte der »Tote« die Hand.

Deutlich nahm Shamrock wahr, wie er die Finger krümmte, und der großgewachsene Mann fuhr mit einem Schrei auf den Lippen zurück.

»Nein!« keuchte er und schüttelte den Kopf. »Nein, das – das gibt es doch nicht...«

Er hatte vorhin zwar die Zombies gesehen, doch als er jetzt aus der Nähe mit den unvorstellbaren Dingen konfrontiert wurde, durchfuhr es ihn wie ein Schlag.

Die Leiche öffnete die Augen!

Josh Shamrock fuhr zurück. Mit dem Rücken prallte er gegen die Böschung und fiel nach hinten, wo das schräg verlaufende Erdreich ihn auffing.

Der »Tote« stand auf.

Er tat dies mit abgehackten Bewegungen, stützte zuerst den rechten Arm auf, dann den linken und stemmte sich so in die Höhe.

Er starrte Shamrock an!

Der Geologe schaute in die weißen, verdrehten Augen und in den offenen Mund. Dann war es mit seiner Beherrschung vorbei. Er warf sich auf dem Absatz herum und rannte die Böschung hoch.

Nach zwei Yards glitt er ab. Auf dem Bauch rutschte er den Weg wieder hinunter und blieb dicht vor den Füßen der lebenden Leiche liegen.

Die trat zu.

Shamrock spürte den wuchtigen Fuß auf seiner Brust. Er riß sich zusammen, packte das Bein und hebelte es herum.

Schwer fiel die »Leiche« auf den Rücken.

Sofort war Shamrock wieder auf den Beinen. Er griff nach seinem Gewehr, drückte den Kolben in die Hüfte, legte auf den Wiedergänger an und schoß.

Der Schuß übertönte sogar noch das Rauschen des Flusses. Die Kugel sauste in die Brust der lebenden Leiche und stieß sie zurück. Aber sie tötete sie nicht.

Der Untote stand wieder auf. Mit einem faustgroßen Loch in der Brust, auf das der Geologe wie hypnotisiert starrte.

Er begriff nichts, das war alles zu hoch für ihn.

Er hatte noch nie von Schwarzer Magie gehört und wußte auch nichts von diesen unheimlichen Dingen, deshalb stand er dem Phänomen so hilflos gegenüber.

Einen zweiten Schuß konnte Josh nicht mehr abgeben. Der lebende Leichnam drosch den Gewehrlauf zur Seite und packte hart zu.

Im letzten Augenblick gelang es dem Geologen, zur Seite zu springen. Die Hand des Monsters fuhr ins Leere. Josh drehte sich, und faßte erst jetzt den ersten klaren Gedanken.

Flucht!

Er mußte hier weg.

Abermals ging er den Hang an. Diesmal jedoch nicht so direkt, sondern im schrägen Winkel.

Der Untote verfolgte ihn, doch Josh Shamrock war schneller als der Zombie.

Er entwischte ihm.

Sein Gewehr rutschte ihm aus der Hand. Es spielte keine Rolle. Mit der Waffe konnte er doch nichts gegen dieses Monster ausrichten. Wichtig war nur, daß er seinen Wagen erreichte und floh.

Josh Shamrock kletterte über den Rand der Böschung, richtete sich auf und hetzte weiter.

Den Range Rover konnte er kaum erkennen, er sah nur die Umrisse, so dunkel war es inzwischen geworden. Mehr stolpernd als laufend näherte er sich dem Fahrzeug.

Sein Atem ging schwer, die Lungen pumpten. Die heiße Luft in diesem Tal setzte ihm zu.

Endlich war er am Ziel. Noch zwei lange, torkelnde Schritte, dann fiel er gegen die Motorhaube. Keuchend warf er sich herum, ging auf die Fahrertür zu und blieb, wie vor eine Wand gelaufen, stehen.

Fünf Gestalten lösten sich aus der Deckung des Range Rovers. Und alle fünf hatten Kapuzen über ihre Köpfe gezogen.

Josh Shamrock war vom Regen in die Traufe geraten!

Es ist eine Wohltat, auf amerikanischen Highways zu fahren, doch genau das Gegenteil trat ein, als wir die gut ausgebaute Straße verließen.

Da wurde die Fahrt zur Tortur.

Auf pistenähnlichen Wegen lenkte Bill Conolly den kleinen Golf dem Gebirge entgegen. Es war stickig heiß im Wagen. Das Fenster konnten wir nicht öffnen, der Staub hätte das Innere sofort ausgefüllt. Die Klimaanlage war aus irgendeinem Grunde defekt, und Zeit, den Fehler zu suchen, hatten wir beileibe nicht.

Die Geisterstadt wartete.

Tulsa!

Welches Geheimnis barg diese Stadt? Und was verband sie mit dem Spuk?

Dieses Rätsel wollten wir lösen, und es mußte mit dem Teufel zugehen, wenn wir es nicht schafften.

Aber wir durften auch unsere Gegner nicht unterschätzen. Sie waren gefährlich und zu allem entschlossen. Das hatten wir in dieser Opiumhöhle zur Genüge erlebt. Ich fragte mich nur, welch eine Verbindung zwischen den Kapuzenträgern und dem Spuk bestand.

Bill Conolly schimpfte wie ein Rohrspatz. Jedes Schlagloch regte ihn auf. Hart hielten seine Hände das Lenkrad umklammert, sein Gesicht zeigte einen verbissenen Ausdruck.

Ich war nicht zum erstenmal im Westen. Vor ungefähr drei Jahren hatten ich gegen Maringo, den Höllenreiter, gekämpft. Damals hatte noch der Schwarze Tod seine Hand mit im schmutzigen Spiel gehabt, und wir waren nur durch den Gott Manitou gerettet worden. Jetzt existierte der Schwarze Tod nicht mehr, doch die Gegner waren nicht weniger geworden.

Leider.

Die Sonne war fast verschwunden. Nur noch die Berggrate und die oberen Ränder der Canyons glühten im letzten Rot der versinkenden Scheibe.

»Wie weit noch?« fragte ich Bill.

»Vielleicht zehn Minuten.«

»Wäre es nicht Zeit, den Wagen hier abzustellen?« schlug ich vor.

Bill nickte. »Das könnten wir machen.« Der Reporter schaute bereits nach einem geeigneten Fleck.

Ich deutete nach links. »Da hinten sind ein paar Felsen, die geben genügend Deckung.«

Bill drehte das Lenkrad. Wir fuhren jetzt noch mehr querfeldein, und der Wagen wurde stärker durchgeschüttelt. Manchmal stieß ich mit dem Kopf gegen das Dach, wenn ich nicht aufpaßte.

Schließlich hatten wir den Platz erreicht. Bill stellte den

Golf so hin, daß er von der Piste aus nicht gesehen werden konnte. Wir stiegen aus, mein Freund schloß ab.

Im Wagen war es heiß gewesen, doch auch draußen gab es keine Kühlung. Die Luft regte sich nicht. Kein Wind fuhr in den Canyon, dessen Felswände die aufgespeicherte Hitze des Tages abstrahlten.

»Mann, das ist eine Quälerei«, schimpfte ich und schaute mich erst einmal um.

Wir schienen die einzigen Menschen weit und breit zu sein. Wenigstens sahen wir von den Kapuzenträgern keinen Zipfel.

»Ob die schon da sind?« überlegte Bill.

»Kann sein.«

Bill Conolly blieb nicht stehen, sondern ging vor. Trotz der Dämmerung fand er den Weg sofort wieder. Hatte ich auf der Fahrt über die hohen herumliegenden Steine geflucht, so kamen sie uns jetzt zugute. Wir konnten sie als Deckung benützen. Und so bewegten wir uns voran. Zudem nahm die Dämmerung immer stärker zu. Lange Schatten fielen in die enge Schlucht, bald würde es dunkel sein.

Plötzlich blieb Bill stehen und faßte mich am Arm.

»Was ist?«

Bill deutete nach vorn. »Lichter!«

Jetzt sah ich sie auch. Irgendwo vor uns mußten Fackeln und Petroleumleuchten angezündet worden sein, denn ich erkannte dies an der Art des Lichtes.

»Da sind sie!« Der Reporter senkte unwillkürlich seine Stimme.

Wir wurden noch vorsichtiger. Ich kam mir fast wie ein Trapper vor, als ich geduckt weiterschlich. Bald jeden Stein räumten wir weg, bevor wir einen größeren Schritt wagten.

Schon vernahmen wir das Rauschen des Flusses. Und dann öffnete sich das Gelände tatsächlich zu einem weiten Tal.

»Wir sind da.« Bill atmete sichtlich auf.

Ich aber hatte längst etwas anderes entdeckt. Zwei abgestellte Fahrzeuge. Einen Range Rover und wahrscheinlich einen Cadillac. Genau war das in der Dunkelheit nicht zu erkennen.

»Ob die tatsächlich mit zwei Wagen gekommen sind?« flüsterte Bill Conolly.

»Möglich.« Ich lief schon los.

»He, was ist denn?« zischte Bill.

Ich winkte ihm, mir zu folgen. Er lief hinter mir her. Neben dem Range Rover gingen wir beide in Deckung.

»Den Dolch, Bill.«

Er gab ihn mir.

Mit dem geweihten Silberdolch zerstach ich die beiden Hinterreifen des Rovers.

Bill grinste. »Raffiniert.«

Ich war bereits unterwegs zum zweiten Wagen. Dort zerstörte ich ebenfalls die beiden Hinterräder.

»So, die werden sich wundern.« Ich gab meinem Freund den geweihten Dolch zurück.

»Und jetzt?«

»Sehen wir uns mal die Geisterstadt aus der Nähe an«, erwiderte ich.

»Wüßte nicht, was ich lieber täte«, brummte der Reporter und folgte mir.

Josh Shamrock schloß die Augen. Seine Hand fuhr hoch zur Kehle, als könnte er dort Hilfe finden. Ein trockenes Schluchzen drang aus seinem Mund.

Aus, sie hatten ihn.

Nicht nur die Untoten geisterten hier herum, sondern auch diese Kapuzenmänner.

Josh dachte an den Ku-Klux-Klan, doch die trugen andere Gewänder. Schneeweiße. Nein, das hier mußten andere Kerle sein, die sicherlich auch irgendeiner Sekte angehörten.

Davon gab es genug in Kalifornien seit dem leibhaftigen Teufel Charles Manson.

»Was... was wollt ihr?« keuchte er.

»Dich!« lautete die harte Antwort.

Josh Shamrock versuchte zu lächeln, doch es wurde nur eine verzerrte Grimasse. »Kinder, macht doch keinen Unsinn. Das ist kein Scherz, Leute.« Er hob den Arm, spreizte den Daumen ab und deutete über seine Schulter hinweg. »Da hinten, da sind Leichen, lebende Leichen. Ihr seid doch normal, nicht...?« Er lachte unkontrolliert.

»Wir wissen, daß dort Leichen sind.«

»Dann müssen wir fliehen. Und zwar schnell. Rasch, bevor es zu spät ist. Los!«

Die fünf Männer schüttelten die Köpfe. »Wir werden nicht fliehen«, sagte der Anführer. »Im Gegenteil, wir werden bleiben. Hast du verstanden?«

»Ja... aber... nein!« schrie Josh. »Hier bleibe ich nicht. Ich haue ab. Ich...«

Bevor sich die fünf Maskierten versahen, stürzte sich Josh auf sie. Seine Fäuste schlugen gegen die Kapuzen, und er vernahm einen hellen Schrei.

So schreit nur eine Frau! dachte er. Da waren sie schon über ihm!

Der erste Hieb krachte gegen seine Schulter und schleuderte ihn zurück. Er ruderte mit den Armen, sein Gesicht lag deckungsfrei, und plötzlich sah er eine Faust riesengroß vor seinen Augen.

Er wollte noch den Kopf zur Seite nehmen – zu spät. Der Hieb explodierte an seiner Kinnspitze und riß ihn in die Bewußtlosigkeit hinein.

Josh Shamrock merkte nicht, daß er schwer zu Boden stürzte, er kam erst wieder zu sich, als er harte Hände an seinem Körper spürte. Sie stemmten ihn hoch.

Der Geologe schwankte. Hätte man ihn nicht gehalten, so wäre er gefallen. Seine Augen hatten noch einen glasigen Ausdruck, die Maskierten konnte er nicht einzeln auseinanderhalten, sie wirkten wie eine hin- und herschwankende Wand.

»Reiß dich zusammen!« hörte er wieder die scharfe Stimme. Jemand schlug ihm ins Gesicht, sein Kopf wurde einmal nach links, dann wieder nach rechts geworfen.

Explosionsartig zuckten vom Kinn her die Schmerzen bis hoch unter seinen Haaransatz, er riß den Mund auf und atmete keuchend.

»Abführen!«

Josh Shamrock erhielt einen Stoß in den Rücken. Er taumelte voran, seine Füße schleiften über den Boden, zogen Staubfahnen nach, und der Mann wurde von seinem Wagen weggeführt.

Er war ein harter Typ, und er verdaute die erhaltenen Schläge schnell. Es ging ihm wieder besser.

Der Geologe hatte schon manchen Sturm überstanden, körperlich war er fit. Nur war sein seelisches Gleichgewicht gehörig angeknackst. Kein Wunder bei dem, was er gesehen hatte.

Er taumelte weiter.

Jeweils rechts und links schritten die beiden, die seine Ellenbogen umklammert hielten. Vor ihm ging der Anführer. Zwei weitere Kapuzenmänner bildeten den Schluß.

Männer?

Waren es wirklich nur Männer? Josh wollte nicht so recht daran glauben, denn der Schrei, den er vernommen hatte, klang sehr nach dem einer Frau.

Sollten sich unter den Kapuzen auch weibliche Personen verbergen? Das wollte Josh herausfinden.

Er drehte den Kopf nach links, schielte auf die Finger, die seinen Arm hielten.

Nein, das waren keine Frauenhände, und an der rechten Seite verhielt es sich ebenso.

Und doch mußten unter diesen Kapuzen weibliche Gesichter verborgen sein.

Sie führten ihn direkt auf die Geisterstadt zu. Die Menschen, die ihn verschleppten, sahen fast so schaurig aus wie die lebenden Leichen. Sie hatten nicht nur ihre Kapuzen über die Köpfe gestülpt, sondern trugen noch lange, dunkle Mäntel, die bis zum Boden reichten.

Dann sahen sie die lebende Leiche.

Sofort verspürte Josh wieder Angst, besonders als die Männer den Zombie ansteuerten.

Er blieb stehen und starrte ihnen entgegen.

Der Anführer ging schneller. Dicht vor dem Untoten blieb er stehen und sagte etwas in einer Sprache, die Josh noch nie gehört hatte. Der Zombie nickte und schritt torkelnd davon. Er beachtete Josh gar nicht, als er ihn passierte.

»Der wird Wache halten!« hörte Shamrock die Stimme des Anführers.

Sie gingen weiter.

Die Männer hinter Shamrock überholten ihn und verschwanden zwischen den zerfallenen Bauten. Schon bald waren sie wieder da. Diesmal hielten sie Fackeln in den Händen. Zwei von ihnen brannten, andere wurden an den brennenden angezündet und in die Ritzen zwischen den morschen Bohlen geklemmt.

Ein unheimliches, geisterhaftes Licht zuckte durch die Straßen der verfallenen Stadt. Es schuf eine unwirkliche Atmosphäre und erweckte die alten Gebäude zu einem geheimnisvollen Leben. Der Staub sah aus wie mit Blut übergossen.

Ein gespenstisches Bild.

Shamrock schauderte. Was hatten die Kerle noch alles mit ihm vor? Er sollte es bald erfahren.

Ungefähr im Zentrum der Geisterstadt hielten sie an. Die beiden Bewacher ließen Shamrock los. Dies kam so überraschend für ihn, daß er fast gefallen wäre. Doch er brauchte sich keinen Illusionen hinzugeben. Man hielt ihn weiterhin unter Beobachtung. Die Maskierten achteten auf jede seiner Bewegungen. Und Josh dachte auch gar nicht daran, sich irgendwie mißverständlich zu verhalten, die erste Warnung hatte ihm vollauf gereicht.

Die fünf Personen schienen auf etwas zu warten. Des öfteren schauten sie dorthin, wo der Weg begann, der zur Höhle führte, wo die Untoten aus dem Treibsand gestiegen waren.

Sollten sie vielleicht die Personen sein, auf die die Maskierten warteten?

Bestimmt.

Aber was hatten sie miteinander zu tun? Trotz seiner miesen Lage zerbrach sich Josh den Kopf darüber.

Plötzlich zuckten alle zusammen. Nicht nur Josh, sondern auch die Maskierten.

Eine Glocke läutete.

Die Totenglocke...

Dünn und geisterhaft hörte sich das Bimmeln an. Der Klang schwang als hohles Geräusch weit über die alte Geisterstadt Tulsa und verwehte.

Bim... bim...

Dieses Geräusch jagte Josh Shamrock eine Gänsehaut über den Rücken. Es erinnerte ihn an seine Heimatstadt. Wenn dort jemand beerdigt wurde, läutete auch immer die Glocke.

Auch in Tulsa hatte sie die Funktion eines Startzeichens. Denn das Anschlagen der Glocke war Beweis für die Maskierten, daß die Zombies kommen würden.

Da verließen sie auch schon die Höhle.

Fünf lebende Leichen.

Drei Männer und zwei Frauen.

Und auf ihren Schultern trugen sie eine Gestalt.

Den Spuk!

Wie die Indianer pirschten wir uns näher. Als Junge hatte ich so etwas immer gern gespielt, da war es Spaß gewesen. Im Gegensatz zu jetzt. Hier war es bitterster Ernst.

Wir gingen manchmal auf Hände und Füße nieder, um uns nicht zu verraten. Trotzdem wölkte feiner Staub hoch, als wir uns voranbewegten.

Er reizte zum Niesen, und ich hatte Mühe, diesen Drang zu unterdrücken.

Auf einmal sahen wir einen Schatten vor uns in die Höhe ragen. Ich hob meinen Blick und erkannte den Pfahl, von dem Bill Conolly berichtet hatte. Auf ihm steckte der Totenschädel.

»Das Wahrzeichen!« flüsterte der Reporter.

Ich nickte.

Wir krochen weiter.

Viel konnten wir nicht sehen. Im flackernden Fackelschein sahen die zerstörten Gebäude aus, als würden sie sich bewegen. Überhaupt schien in dieser Geisterstadt nichts still zu sein. Schatten tanzten und geisterten, das Licht berührte mal dunkle Ecken und Winkel, leuchtete sie für einen winzigen Moment aus und verschwand wieder.

Ein geheimnisvolles Wechselspiel zwischen rötlicher Helligkeit und dem Dunkel der Nacht.

»Weiter vor!« raunte Bill.

Und ob. Schließlich wollte ich meinen Gegnern an den Kragen. Und ich entdeckte sie auch.

Ich hielt an, hob die Hand.

»Da sind sie!« flüsterte ich meinem Freund zu.

Bill Conolly nickte nur.

»Sie haben es alle geschafft«, sagte ich leise. »Fünf Kapuzenmänner. Dann können wir ihnen die Rechnung präsentieren.« Darauf freute ich mich besonders. Ich wollte die Kerle hinter Gittern sehen, diese feigen, hinterhältigen Mörder.

Wir passierten den Schädel. Noch ein paar Yards, dann begann eine freie Fläche. Zu unserem Glück war die Dunkelheit so weit fortgeschritten, daß die anderen uns nicht sofort bemerkten. Ein wichtiges Plus.

Zuvor mußten wir noch ein paar größere Felsbrocken umgehen.

Und dort lauerte der Wächter.

Wir sahen den Untoten nicht. Mich ließ er vorbei. Bill jedoch griff er an.

Der Reporter ahnte nichts Böses. Blitzschnell ließ sich die Gestalt vom Felsen aus auf ihn fallen.

Nie hatte Bill damit gerechnet. Der Angriff erfolgte völlig überraschend für ihn. Die Wucht des Aufpralls drückte ihn zu Boden. Bill schlug mit dem Gesicht auf einen Stein und begann aus der Nase zu bluten.

Ich vernahm nur einen erstickten Laut.

Augenblicklich wirbelte ich herum.

Schattenhaft nur sah ich die Gestalt auf meinem Freund hocken. Der Zombie wandte mir sein Gesicht zu, ich erkannte die weißen, verdrehten Augäpfel und wußte sofort Bescheid.

Da hockte ein Untoter!

Meine erste Reaktion war der Griff zur Beretta, doch ein Schuß hätte all unsere Bemühungen zerstört.

Nein, ich mußte die Bestie lautlos vernichten.

Leider hatte Bill Conolly den Dolch.

Mir blieben das Kreuz und der Bumerang.

Noch im Sitzen holte ich den Bumerang hervor, während die Klauen des Untoten nach Bills Kehle faßten.

»Bleib ruhig!« zischte ich meinem Freund zu, schwang den rechten Arm zurück, holte aus und ließ die silberne Banane, wie ich sie getauft hatte, fliegen.

Der Bumerang fand mit tödlicher Präzision sein Ziel. Der Zombie hatte überhaupt keine Chance. Sauber wurde ihm der Kopf vom Rumpf getrennt. Der Schädel fiel zu Boden und rollte davon.

Während ich den Bumerang wieder auffing, kippte der Rumpf des Zombies zur Seite.

Bill richtete sich ächzend auf und massierte seinen Hals. »Ein sauberer Wurf«, sagte er krächzend und grinste dabei.

Ich hob die Schultern und schaute mir den Torso an. Er verging nicht, ein Zeichen dafür, daß die lebende Leiche noch nicht sehr alt gewesen war. Sie trug auch noch die normale Kleidung.

Ich steckte meine rechte Hand in die Innentasche des Jacketts und fand einen Ausweis.

Er lag in einer Brieftasche. »Sieh dir das an«, sagte ich leise zu Bill und reichte ihm die Karte.

»Barry Calw«, flüsterte Bill. »Und der Mann, dem sie die Kehle durchgeschnitten haben, heißt Quincy Calw.«

»Der Bruder.«

»Genau, John.«

Ich strich über mein schweißnasses Gesicht. »Wenn ich nur wüßte, wie das alles zusammenhängt.«

»Das weiß ich auch nicht«, meinte Bill.

»Aber wir werden es erfahren, Bill. Komm. Und halte die Augen offen. Ich will nicht noch mehr lebenden Leichen begegnen, ohne sie als erster entdeckt zu haben.«

»Kann ich mir vorstellen.«

Wir schlichen weiter. Schon erreichten wir die ersten Ausläufer der Geisterstadt. Wir standen in einem grünstigen Winkel und konnten auf die Main Street schauen. Dort sahen wir auch die Kapuzenträger und einen normal gekleideten Mann mit blonden Haaren.

Was hatte der dort zu suchen? War er vielleicht ein Gefangener?

Die Frage wurde jetzt noch nicht beantwortet, denn etwas anderes lenkte uns ab.

Die Totenglocke läutete.

»Schätze, jetzt geht es zur Sache«, murmelte Bill und traf mit diesen Worten genau meine Meinung.

Ich blickte mich rasch um. Rechts von uns sah ich einen halb zerfallenen Schuppen, der uns einigermaßen Deckung bot.

Wir suchten dahinter Schutz. Von dieser Stelle aus konnten wir auch einen kleinen Weg einsehen, der hoch zu einer Höhle führte, die sich in der Felswand befand.

Deutlich zeichnete sich der Eingang als dunkler Schatten ab. Dann glaubten wir unseren Augen nicht zu trauen.

Aus dem Eingang der Höhle löste sich eine schaurige Prozession. Die fünf Gestalten trugen eine Statue auf ihren Schultern, die auf einem Thron aus Knochen hockte.

»Das ist er!« zischte Bill. »Das ist der Spuk!«

Die Maskierten zeigten sich plötzlich aufgeregt. Für Josh hatte man kaum noch Interesse.

»Sie kommen«, sagte eine helle Frauenstimme.

»Ja«, unterstützte sie ein Mann, »unsere Vorfahren sind da!«

Shamrock hörte die Worte. »Vorfahren?« flüsterte er und

schüttelte den Kopf. Was hatte das zu bedeuten? Sollten die lebenden Leichen die Vorfahren dieser Maskierten sein?

Ja, es gab keine andere Möglichkeit. So und nicht anders mußte es sein.

Shamrock hatte sich wieder gefangen. Er suchte noch immer seine Fluchtchance. Wenn die Kapuzenleute abgelenkt waren, wollte er versuchen zu fliehen.

Er bewegte sich einen Schritt zur Seite. Rechts von ihm befand sich zwischen zwei Schuppen eine schmale Gasse, in die er unter Umständen hineinschlüpfen konnte. Dann wollte er rennen, denn irgendwie mußte es in diesem unwegsamen Gelände doch eine Stelle geben, wo er sich verstecken konnte und ihn die Leute nicht finden würden.

Josh duckte sich.

Da hörte er die Stimme des Anführers. »Bleib nur stehen, Freund!«

Shamrock zuckte zusammen. Vorbei die Fluchtchance. Sie hatten ihn in Sicherheit gewiegt, doch in Wirklichkeit paßten sie höllisch gut auf. Wenn er jetzt wenigstens ein Gewehr gehabt hätte. Dann wäre er kämpfend untergegangen, so aber...

Er hörte bereits die Schritte der lebenden Leichen. Die Totenglocke war verstummt, sie hatte ihre Aufgabe erfüllt. Jetzt kam es auf die Zombies an.

Die Untoten betraten die Stadt.

Sie bahnten sich ihren Weg zwischen den verfallenen Häusern hindurch, erreichten die Main Street und blieben stehen.

Zum erstenmal sah Josh sie so direkt aus der Nähe.

Grünlich schillerten die Leichengesichter. In den Augen lag kein Gefühl mehr. Sie blickten völlig stumpf und teilnahmslos. Die Zombies bewegten sich wie Roboter, und sie blieben stehen, als der Anführer der Kapuzenmänner seine rechte Hand hob.

Stille senkte sich über die Geisterstadt.

Josh Shamrock saugte wie ein trockener Schwamm das Wasser jede Einzelheit der Szenerie in sich auf. Bei den Zombies befanden sich ebenfalls Frauen, und sie scheuten sich keineswegs, die Lasten zu tragen. Sie schleppten ebenso den Knochenthron wie die Männer.

Und die Gestalt auf dem Thron?

Wenn sie tatsächlich aus Stein war, und es sah ganz so aus, dann mußte sie ungeheuer schwer sein, das allein zeugte davon, welche Kräfte in den Zombies steckten. Menschen hätten die Steinfigur niemals anheben können. Wenigstens keine fünf.

Die Figur zeigte einen Kapuzenmann. Ein wallendes, schwarzes Mönchsgewand war aus Stein nachgebildet worden, und der Künstler hatte es sogar geschafft, die Falten hineinzuschlagen. Eine großartige Leistung, das mußte auch Shamrock zugeben.

Nur – was wollten die Zombies mit dieser Figur? Auf jeden Fall muße sie für die fünf Kapuzenträger eine symbolhafte Bedeutung haben.

»Setzt sie ab!« rief der Anführer.

Die Zombies gehorchten.

Sie beugten sich vorsichtig zur Seite und ließen die Figur auf dem Knochenthron zu Boden gleiten.

Josh Shamrock schauderte, als er die beiden auf den Lehnen steckenden Totenschädel so dicht vor seinen Augen sah. Sie grinsten ihn an.

Dann stand der Thron auf dem Boden.

Die fünf Kapuzenmenschen hoben ihre Arme, winkelten sie an. Finger griffen in den Stoff, und gleichzeitig zogen die Maskierten die Kapuzen von den Schädeln.

Zum erstenmal sah Shamrock die Gesichter.

Drei von ihnen gehörten zu Männern, aber die anderen beiden waren Frauen.

»Das ist ein Ding!« murmelte Shamrock und vergaß zum erstenmal seine Angst, denn was er sah, war wirklich mehr als unheimlich.

Die fünf normalen Menschen glichen den Untoten. Shamrock hatte das Gefühl, als wären sie Geschwister...

Noch immer läutete die Glocke.

Unsere Blicke flogen hoch zu dem halb verfallenen Kirchturm. Von dort ertönte das Läuten.

»Verstehst du das?« fragte Bill.

Ich schüttelte den Kopf.

»Das ist vielleicht die Begleitmusik für den Spuk und seine Zombies«, vermutete der Reporter.

»Möglich.« Ich wandte meine Blicke wieder dem Eingang und damit auch dem von der Höhle in die Geisterstadt führenden Weg zu.

Dort trugen die Zombies die Statue in Richtung Stadt.

Bill Conolly war plötzlich aufgeregt. »Jetzt bin ich gespannt, was die vorhaben«, raunte er.

»Sie werden unter Umständen den blonden Gefangenen opfern wollen.«

»Das können sie sich abschminken«, erwiderte Bill und umklammerte seine Pistole.

Sicher, wir hätten jetzt schon eingreifen können, doch damit wäre nichts gewonnen. Ich wollte abwarten, denn noch stand nicht fest, was hier eigentlich gespielt wurde.

Es drohte keine unmittelbare Gefahr, die Maskierten fühlten sich sehr sicher.

Sollten sie...

Um so überraschender würden wir auftauchen.

»Wir müssen näher ran«, flüsterte Bill. Er hatte die Worte kaum ausgesprochen, als die Totenglocke verstummte.

Es wurde still.

Wir zögerten noch. Ich suchte nach einem günstigen Platz, von dem aus wir die Szenerie gut überblicken konnten.

Der Saloon stach mir ins Auge.

Ich deutete auf das Gebäude. Bill Conolly verstand sofort. Er schlich vor und schlug gleichzeitig einen Bogen, um an die Rückseite des Hauses zu gelangen.

Der Reporter kannte sich hier besser aus als ich. Er war bereits in der Stadt gewesen, ich vertraute mich seiner Führung an. Wir schlichen auf Zehenspitzen, versuchten jedes Geräusch zu vermeiden und näherten uns dem Saloon.

Bill hob die Hand.

Wir blieben stehen und schauten uns um. Unsere Augen hatten sich an die Lichtverhältnisse gewöhnt. Deutlich konnten wir das Loch in der Rückwand erkennen. Es war so groß, daß wir bequem hindurchsteigen konnten.

Wieder übernahm der Reporter die Führung. Wir umgingen auf dem Boden liegende Bretter und erreichten die Rückwand, wo wir erst einmal stehenblieben.

Von hier aus konnten wir durch den Saloon und sogar bis auf die Main Street blicken.

Auch die anderen konnten uns sehen. Sie allerdings waren beschäftigt und kümmerten sich nicht darum, was in ihrem Rücken geschah.

Wir betraten den Saloon.

Geduckt schlichen wir hinein und suchten sofort hinter dem staubbedeckten Tresen Deckung.

Er war noch ziemlich gut erhalten. Sogar die Spuren einiger Schießereien entdeckten wir. Löcher, die von schweren Kugeln in das Holz hineingerissen worden waren.

Wir bewegten uns dorthin, wo früher einmal das Spülbecken gewesen war. Das existierte jetzt nicht mehr. Man hatte die Wanne herausgehoben, aber die Öffnung war noch vorhanden. Sie lag etwas tiefer als der übrige Tresen, wir konnten bequem darüber hinwegschauen.

Die fünf Zombies hatten mit der Figur des Spuks die Main Street inzwischen erreicht. Sie waren stehengeblieben, und die Kapuzentypen hatten einen Kreis gebildet.

Auch der blondhaarige Mann gehörte dazu. Man ließ ihn nicht aus den Augen.

Ich merkte Bill Conolly an, daß er ein wenig nervös war. Wahrscheinlich wollte er schon eingreifen, doch ich schüttelte den Kopf und legte gleichzeitig einen Finger auf die Lippen.

Bill verstand.

Wir beobachteten weiter. Ich wollte endlich herausfinden, was hier gespielt wurde.

Lange brauchten wir nicht zu warten.

Die Kapuzen fielen. Einer nach dem anderen zog sich den Stoff über den Kopf.

Wir erlebten die erste Überraschung.

Von den fünf Maskierten waren zwei Frauen.

Ein echter Hammer!

»Verstehst du das?« flüsterte Bill.

»Noch nicht. Aber sieh dir mal die weiblichen Zombies an«, gab ich raunend zurück.

»Ja, du hast recht«, sagte der Reporter nach einer Weile. »Die... die haben sogar Ähnlichkeit mit den Maskierten.«

»Genau.«

»Das ist ein Ding.«

Danach schwieg mein Freund, und ich sagte ebenfalls nichts mehr, denn die Ereignisse auf der Main Street nahmen uns regelrecht gefangen. Wir waren Zeugen, wie das Rätsel der Geisterstadt gelöst wurde...

Zuerst geschah nichts.

Die Zombies und die Menschen starrten sich nur an. Jeder versuchte, im Gesicht des anderen zu forschen, darin zu lesen.

Dann trat eine blonde Frau vor. Sie ging auf ihr untotes Ebenbild zu und lächelte dabei.

Einen Schritt davor blieb sie stehen.

»Linda?«

Die Untote nickte.

»Bist du wirklich Linda La Roche?«

»Ja, ich bin es.«

»Wie bist du gestorben?«

Die Untote schüttelte den Kopf. Sie wollte wohl nicht gern an dieses Thema erinnert werden.

»Sag es mir!«

Der weibliche Zombie nickte. »Ja, du sollst Auskunft erhalten. Es war eine gute Zeit damals. Wir fanden Gold, alles Gold, was wir haben wollten. Wir wurden reich, sehr reich sogar. Wir gruben Stollen in die Felsen und wuschen das

684

Gold aus dem Fluß. Doch dann merkten wir, daß es etwas Besonderes damit auf sich hatte. Diese Gegend gehörte nicht uns, sie gehörte dem Spuk. Es begann mit der Warnung des Indianers. Er tauchte plötzlich auf und wies uns an, den Ort zu verlassen, denn hier geisterten die Seelen der Verfluchten herum. Wir lachten ihn aus und schickten ihn weg. Doch er kam wieder. Da packten wir ihn und hängten ihn auf. Eine Schmach für jede Rothaut. Seine Leiche haben wir danach verbrannt. Dann suchten wir weiter, fanden Gold und wurden immer reicher. Doch der Tod des Indianers geisterte über uns wie ein drohender Schatten. Die ersten wurden plötzlich krank. Sie waren wie wahnsinnig. Liefen in der Stadt herum, schossen sich gegenseitig nieder oder zündeten die Häuser des Nachbarn an. Das war die Zeit, in der sich die ersten von uns zur Flucht entschlossen. Sie packten ihre Habe, ließen das Gold liegen und flohen.«

»Wie viele blieben zurück?« fragte die Frau.

»Fünf.«

»Ihr fünf?«

»Jawohl. Wir ließen uns nicht verscheuchen, sondern hielten zusammen, egal, was kam. Wir bildeten eine Gemeinschaft, und wir wählten einen Anführer. Es war Norman Ray. Er war von nun an der Boß unserer Gruppe.«

»Blieb die Krankheit?«

»Natürlich blieb sie. Aber sie wurde nicht mehr stärker. Sie teilte sich sogar. Tagsüber merkten wir nichts, doch nachts kamen die Träume. Dann raubte man uns den Schlaf, dann irrten wir durch die Stadt, gingen zum Fluß, und dort erschien uns der Spuk eines Tages. Er machte uns klar, daß er uns ausgesucht hatte. Uns fünf nur. Er fragte uns, ob wir bereit wären, ihm zu dienen. Was blieb uns anderes übrig, wenn wir nicht alles verlieren wollten. Wir stimmten zu. Er überließ uns das Gold und heilte uns von dieser Krankheit, denn die Macht besaß er. Dafür jedoch mußten wir ihm versprechen, am Tage unseres Todes zurückzukehren. Wir verließen die Stadt. Unsere Familien waren reich. Wir lebten in Freuden, und auch unsere Kinder zehrten von dem Geld.

Doch die Stunde des Todes nahte. Alle fünf spürten wir den Drang, und obwohl wir meilenweit voneinander entfernt wohnten, zog es uns am Tage des Todes in die Geisterstadt Tulsa. Sie war inzwischen verfallen, kein Mensch lebte hier. Der Spuk erwartete uns. Er gab uns den Auftrag, ein Andenken zu schaffen. Wir schufen sein Ebenbild, das wir in der Höhle aufstellten. Dann bereiteten wir uns auf den Tod vor. Das allerdings wurde hinausgezögert, denn der Spuk erklärte uns, daß in diesem Tal tatsächlich die Geister der Verfluchten umherirrten, so hatte der alte Indianer recht gehabt. Hier erlebten die Seelen das schreckliche Elend, bevor sie in das Reich des Spuks eingehen konnten. Uns aber forderte der Spuk auf, in den Fluß zu gehen, zuvor allerdings versprach er uns, daß wir wiederkehren würden. Wann, das war ungewiß, aber wir würden die Zeichen der Zeit erkennen, denn unsere Nachkommen würden dafür sorgen, daß alles klappte. Auch sie würden irgendwann den Lockruf der Schwarzen Magie erhalten und nach Tulsa kommen. Wie ihr seht, hat sich diese Voraussage erfüllt. Ihr seid da.«

»Ja«, sagte die Frau. »Wir sind da. Wir haben den Ruf des Dämons gehört. Wir werden ihm folgen.«

»Wißt ihr, was euch bevorsteht?« fragte der Untote.

»Nein.«

Der weibliche Zombie lachte. »Macht euch darauf gefaßt, daß ihr uns ablösen werdet. Ihr seid die zweiten im Kreislauf des Bösen. Hundert Jahre weiter werden sich eure Nachkommen an diesem Ort treffen und euch begegnen, um abermals das Schicksal zu erleiden, das euch nun bevorsteht.«

Die Menschen hörten die Worte und nahmen sie schweigend hin. Sie hatten sich innerlich mit ihrem Schicksal abgefunden und waren bereit, ein untotes Dasein über 100 Jahre zu führen. Dafür hatten sie zuvor all den blendenden Reichtum genossen.

Ein wahrhaft höllischer Tausch.

Ein hochgewachsener Mann trat vor. Er hatte entfernte Ähnlichkeit mit dem halb skelettierten Cowboy.

Das mußte Norman Ray sein.

»Wir sind bereit, für das zu sterben, was wir erhalten haben«, sagte er mit fester Stimme. Dabei schaute er nicht den weiblichen Zombie an, sondern die Steinfigur.

Mit der geschah etwas Seltsames. Der Stein verwandelte sich. Er war plötzlich nicht mehr fest, sondern bestand aus fließendem Stoff, der hin und her wogte.

Die Diener standen wie erstarrt.

Ein Arm fuhr in die Höhe. Ein leerer Ärmel, aber dennoch steckte in ihm ein Teil der höllischen Gestalt.

Der Spuk war erwacht. Und er setzte sich auf, schaute auf seine Diener.

Ein greuliches Lachen drang unter der Kapuze hervor.

»Ja!« dröhnte seine Stimme. »Das Reich der Finsternis hat seine Diener gerufen, und sie sind gekommen. So und nicht anders soll es sein. Ich stehe hier auf schwarzmagischem Boden, wo seit Urzeiten die Seelen der Verfluchten gefangen sind. Sie gehören mir, mir ganz allein. So wie auch eure Seelen bald nur mir gehören werden. Zurück aber bleiben eure Körper, seelenlose Hüllen, die in 100 Jahren wieder in den tödlichen Kreislauf mit einbezogen werden. Geht jetzt hinunter zum Fluß, wo eure Vorfahren das Gold gewaschen haben. Dort werdet ihr im Treibsand versinken und den Tod finden. Geht!«

Die fünf Personen nickten. Sie wandten sich ab, doch der Spuk hatte noch einen Zusatzbefehl.

»Und ihn nehmt mit!« sagte er und deutete dabei auf den blonden Josh Shamrock...

Atemlos lauschten wir dem Zwiegespräch. Sie sprachen so laut, daß wir jedes Wort hören konnten.

Unwahrscheinlich, was sich da entwickelt hatte.

Das war Horror pur.

»Man könnte meinen, wir steckten in einem Film!« flüsterte Bill, und er sprach mir damit aus dem Herzen.

Der Spuk hatte hier also seine Kreise gezogen. Das bewies wieder einmal, wie klein unsere Welt für die Dämonen ist. Sie tauchten überall auf, für sie existierten keine Grenzen, Länder oder Erdteile. Sie waren überall zu Hause, um ihre schreckliche Saat zu säen.

»Und die werden sich opfern«, meinte Bill Conolly leise. »Darauf kannst du Gift nehmen.«

Ich nickte. Dabei beobachtete ich weiter. Wie auch mein Freund bemerkte ich die Verwandlung der Statue.

Plötzlich sahen wir den Spuk leibhaftig vor uns.

In mir stieg es heiß hoch. Ich haßte diesen Dämon, der auf der Seite Asmodinas kämpfte. Er war der absolute Herrscher im Reich der gefangenen Dämonenseelen, und er war auch mit schuldig daran, daß Dr. Tod wieder auferstehen konnte.

Ich knirschte mit den Zähnen.

Ja, ich haßte ihn.

Zuviel Leid hatte er bereits über die Menschen gebracht, und wenn ich seine Worte hörte, dann war er wieder dabei, eines seiner grausamen Verbrechen zu begehen.

Doch diesmal waren wir in der Nähe.

Vielleicht konnte ich auch diesen verdammten Dämon vernichten. Für immer und alle Zeiten. Von Natur aus war der Spuk feige. Er ergötzte sich an der Qual anderer, griff selten persönlich ein und hielt sich lieber im Hintergrund, um sein Reich ungestört verteidigen zu können. Denn dort ließ er sich von keinem hereinreden.

Meine rechte Hand umklammerte den silbernen Bumerang so hart, daß mir schon fast die Knöchel schmerzten. Aber mir wurde bewußt, daß ich nicht waffenlos war.

Der Spuk hatte seine Rede beendet.

»Sollen wir?« fragte Bill. Auch er hielt eine Waffe in der rechten Hand. Es war die mit geweihten Silberkugeln geladene Beretta.

Ich wollte schon nicken, als der Spuk noch einmal anfing zu reden. Diesmal verlangte er, daß der blonde Mann mitgenommen wurde.

Nein, das konnten wir nicht zulassen.

Ich stand auf.

Ging nach links, um den Tresen herum. Mit einer Hand

holte ich das Kreuz unter dem Hemd hervor und ließ es offen vor meiner Brust baumeln.

Diesmal sollte sich der Spuk geirrt haben.

Auf Zehenspitzen näherten wir uns der Tür. Ungehindert konnten wir über die Schwingtüren hinwegschauen.

Draußen auf der Main Street wehrte sich Josh Shamrock verbissen. Seine Fäuste glichen Schmiedehämmern, doch gegen die fünf Gestalten war er machtlos. Als auch noch die Zombies eingriffen, da war er verloren. Er wurde unter einer Woge von Körpern begraben.

Sie zogen ihn hoch.

Wie eine Puppe hing er in ihrem Griff. Ich konnte es genau sehen, da ich dicht vor der Tür stand.

Der Spuk machte eine wilde Bewegung.

Das Zeichen.

Aber auch für mich.

Mit der linken Hand wuchtete ich die beiden Hälften der Schwingtür auf, hatte Platz, sprang nach draußen und hob meinen rechten Arm zum Wurf.

»Sieh her, Dämon!« brüllte ich und schleuderte den Bumerang auf den Spuk zu...

Plötzlich schien alles viel langsamer abzulaufen. Ich hatte den Satz kaum geschrien, als der Spuk herumfuhr.

Die Waffe war schon auf der Reise.

Da bewies der Dämon, wie mächtig er war und wie gut und perfekt er das Spiel der Schwarzen Magie beherrschte.

Plötzlich war er wieder aus Stein.

Ich merkte es in dem Augenblick, als der Bumerang gegen seinen steinernen Hals klirrte und von dort zu Boden trudelte, wo er liegenblieb.

Verloren!

Ich hatte nicht mit der ungeheuren Raffinesse dieses mächtigen Dämons gerechnet.

Und einer Steinfigur konnte man mit einem Bumerang nicht zuleibe rücken.

Erst jetzt erwachten die anderen aus ihrer Erstarrung. Zuerst die Zombies.

Sie wandten sich mir zu, sahen in mir den neuen Gegner und staksten auf mich zu.

Aus den Augenwinkeln nahm ich die normalen Menschen wahr, die sich schon abgewendet hatten, nun aber herumfuhren, mich sahen und die Untoten unterstützten.

Zehn gegen einen.

Das war kein Verhältnis.

Da griff Bill Conolly ein. Der Reporter hatte aufgepaßt, und auf ihn konnte ich mich verlassen.

Bill feuerte aus dem Saloon.

Er setzte die Silberkugeln dicht an meinen Kopf vorbei und traf auch. Der erste Zombie kippte zur Seite. Das geweihte Geschoß hatte ihn dicht unter dem Hals in die Brust getroffen. Schwer fiel er zu Boden und blieb auf dem Gesicht liegen.

Die zweite Kugel traf eine Frau. Diesmal hatte Bill nicht so zielen können. Die weibliche Untote wurde ins Bein getroffen, fiel hin, geiferte wie eine Furie.

Ich zerstörte ihr unseliges Leben mit einem dritten Schuß.

Dann mußte ich weg. Denn die Diener des Spuks hatten sich gefangen und ihre Waffen gezogen.

Die ersten Schüsse krachten.

Hautnah jaulte ein Geschoß an meinem Ohr vorbei. Ich ließ mich auf die Knie fallen und warf mich zurück. Dabei krachte ich gegen die Hälfte der Tür und fiel in den Saloon. Sofort rollte ich mich herum, als draußen abermals Schüsse aufpeitschten. Das Blei fegte in den Raum und hieb in die Wände.

Bill hatte sich bereits hinter die Bar zurückgezogen.

Ich folgte ihm geduckt und im Zickzack laufend.

Mein Freund wischte sich über das Gesicht. »Da haben wir noch mal Schwein gehabt.«

Ich nickte. »Ja, aber der Spuk ist entkommen. Das heißt, er hat sich blitzschnell verwandelt.«

»Und der Blonde? Weißt du, was mit ihm ist?«

»Nein. Hoffentlich hat er's überstanden.« Ich räusperte mich. »Zwei Untote haben wir erledigt, bleiben noch drei.«

»Und die fünf anderen«, ergänzte Bill.

»Leider.«

Draußen war es jetzt ruhig. Ich versuchte mich in die Lage der Gegner zu versetzen.

Ich an ihrer Stelle wäre ausgeschwärmt und hätte das Gebäude umzingelt. Wahrscheinlich taten sie genau das.

Ich gab Bill einen Wink. »Halte du den Hinterausgang im Auge. Ich möchte nicht, daß sie uns überraschen.«

Der Reporter grinste. »Ich auch nicht.«

Bill Conolly rückte von mir ab und glitt auf die Stelle zu, durch die wir den Saloon betreten hatten. Rechts neben dem Loch, im toten Winkel, blieb er hocken.

Von draußen hörten wir nichts. Ich peilte über die Theke und durch die zerbrochenen Scheiben auf die Straße.

Nichts zu sehen. Nur der Widerschein des Feuers zuckte durch die Geisterstadt.

Feuer!

Das war ein Stichwort. Wenn die Kerle uns auszuräuchern versuchten, sahen wir blamiert aus. Dieses Gebäude würde brennen wie Zunder. Und wenn die Flammen einmal hochschlugen, dann mußten wir raus.

Vielleicht war es besser, schon vorher einen Ausbruch zu wagen. Ich kroch um den Tresen herum und robbte langsam der Tür entgegen.

Bill sah mich. »Wo willst du hin?«

»Mal was versuchen.« Behutsam bewegte ich mich weiter, näherte mich der Tür, glitt dann rechts von ihr auf die Wand zu und packte einen auf dem Boden liegenden Balken. Den hob ich hoch und stieß damit die Tür an.

Sie geriet sofort in schwingende Bewegungen, und die Belagerer reagierten.

Schüsse krachten.

Ich hörte das dumpfe Wummern schwerer Revolver, sah, wie die Einschläge in die Tür fetzten, und duckte mich, so tief es ging.

So abrupt wie das Schießen aufgeklungen war, brach es auch wieder ab. Nur die Echos schwangen noch nach.

Dann die Stimme. »Hört zu, ihr Ratten! Lebend kommt ihr hier nicht mehr raus!«

Das hätte er wohl gern.

»Deshalb mein Vorschlag!« schrie der Anführer. »Verlaßt den Saloon freiwillig, dann können wir miteinander reden. Wenn nicht, machen wir euch fertig. Aber restlos!«

Ich verkniff mir eine Antwort und kroch zurück. Diesmal hatten wir es nicht nur mit Dämonen oder finsteren Mächten zu tun, sondern auch mit normalen Menschen, die allerdings Verbrecher waren und denen ein Menschenleben nichts wert war.

Besonders unser Leben nicht.

Es war auch bezeichnend, daß sich dies alles in der Geisterstadt Tulsa abspielte, in einer richtigen Westernkulisse also. Wir hatten uns in einem Saloon verschanzt und waren von Feinden umzingelt. Bald kam ich mir vor wie der selige John Wayne. Nur hatte der meines Wissens nicht gegen Zombies gekämpft.

Bill fragte: »Willst du einen Ausbruch wagen?«

»Nein.«

»Vielleicht könnten wir es jetzt noch schaffen. In ein paar Minuten haben sie sich besser postiert.«

Das Argument hatte etwas für sich, und ich wurde in meiner Meinung schwankend.

Da klang wieder Norman Rays Stimme auf.

»Was ist? Habt ihr Dreck in den Ohren? Kommt ihr nun raus oder nicht?«

Ich schüttelte den Kopf. Eine Antwort wollte ich ihm nicht geben. Ich hätte zu leicht meinen Standort innerhalb des Saloons verraten. Und so einfach sollten es die Kerle nicht mit uns haben.

Wir blieben still und konzentrierten uns auf die um den Saloon entstehenden Geräusche.

Schritte waren zu hören. Sie liefen an der Westseite entlang. Wahrscheinlich wollten der oder die Person irgendwie in den Saloon eindringen.

Da stieß mich Bill an. Grinsend deutete er nach oben.

Erst jetzt sah ich das Loch in der Decke.

»Da können wir ihnen ein Schnippchen schlagen«, flüsterte der Reporter.

Der Ansicht war ich auch.

Gleichzeitig erhoben wir uns und stiegen auf die lange Bartheke. Während einer von uns, in diesem Fall ich, die Tür im Auge behielt, kreuzte ich die Hände, um Bill Conolly eine Tritthilfe zu bieten. Er drückte seinen Fuß hinein. Ich schob ihn hoch, und Bill konnte den Rand des Loches mit beiden Händen umklammern.

Er prüfte die Festigkeit.

»Hält es?« fragte ich.

»Hoffentlich.«

Ermutigend klang die Antwort nicht. Über der Decke befand sich noch ein alter Speicher, dann erst folgte das Dach, das allerdings zahlreiche Löcher aufwies, so daß wir den Nachthimmel sehen konnten.

Bill zog sich mit einem Klimmzug hoch, strampelte ein wenig mit den Beinen und war verschwunden.

»Alles klar!« rief er.

Jetzt war ich an der Reihe. Hoffentlich blieb es noch länger ruhig, denn wenn die Burschen jetzt einen Angriff versuchten, war ich geliefert.

Bill legte sich lang hin. Kopf und Schultern ragten über die Öffnung hinaus.

Mein Freund streckte seinen Arm aus, damit ich seine Hand fassen konnte. Es klappte, wenn ich mich auf die Zehenspitzen stellte.

»Alles klar!« Bill zog. Er mußte sich anstrengen, denn ich hatte mein Gewicht. Der Reporter nahm auch noch seine andere Hand zu Hilfe, so zog er mich langsam hoch.

Genau bis zur Hälfte, da passierte es.

Plötzlich war an der Tür eine Bewegung. Ich sah sie nicht, sondern Bill Conolly.

»John!« brüllte er. »An der Tür!«

Sie wurde bereits aufgestoßen. Zwei Frauen – nicht die Untoten – standen mit schußbereiten Revolvern an der Pendeltür, und ein dritter Mann schleuderte soeben eine brennende Fackel in den Saloon...

Die Weiber schossen sofort.

Da waren sie gnadenlos.

Aber auch ich reagierte. Meine Reflexe waren hundertprozentig in Ordnung, ebenso funktionierte mein Denkapparat.

Blitzschnell ließ ich mich fallen.

Vor den Mündungen blitzte es auf, das heiße Blei jagte aus den Waffen, doch es hieb an mir vorbei, als ich auf die Platte der langen Bar prallte und mich sofort vom Tresen herunterrollen ließ.

Kaum hatte ich den Boden berührt, da war ich schon wieder auf den Beinen und hechtete quer durch den Saloon auf die Überreste des alten Klaviers zu, das mir eine notdürftige Deckung bot.

Wieder wurde geschossen.

Diesmal aus einer anderen Waffe.

Bill benutzte seinen Beuterevolver.

Eine der Frauen schrie auf und brach zusammen. Die Kugel war in ihren Oberschenkel gedrungen. Stöhnend wälzte sie sich am Boden, während sich die andere duckte und auf meinen Freund zielte. Sie jagte das Blei schräg in die Höhe, traf aber nicht, denn Bill hatte gedankenschnell den Kopf eingezogen.

Da flog die zweite Fackel in den Raum. Sie war verdammt gut gezielt, denn sie trudelte genau in meine Richtung. Ich hatte meine Waffe gezogen und wollte in den Kampf eingreifen, doch jetzt mußte ich diesem brennenden Stück Holz ausweichen.

Ich warf mich zur Seite.

Dicht neben mir prallte die Fackel gegen die Überreste des

Klaviers und setzte es in Brand, während sich das Feuer der ersten Fackeln bereits in die Bohlen des Fußbodens fraß.

Das alte Holz fing sofort an zu brennen, und ich mußte mich schleunigst in Sicherheit bringen, wollte ich von den Flammen nicht erfaßt werden.

Bill schoß wieder.

Anscheinend waren die Frauen doch nicht so abgebrüht, sie feuerten jedenfalls nicht zurück, sondern verzogen sich. Die Verletzte rollte sich dabei unter der Tür hindurch ins Freie.

Ich mußte sehen, daß ich von hier verschwand. Mein Freund Bill hatte es dort oben besser, er konnte dort aufs Dach klettern und zu Boden springen. Mir aber schnitten die verdammten Flammen den Weg ab. Sie bildeten eine lodernde Wand zwischen Bar und Tür.

Ich hörte das Prasseln und Knistern und dazwischen die Stimme des Anführers. »Jetzt räuchern wir sie aus!«

So leicht ging das nicht. Ich verschwand hinter der Bar, warf einen Blick nach oben, doch von Bill sah ich nichts.

Als einzige Möglichkeit, das brennende Gebäude zu verlassen, erschien mir noch das große Loch in der Rückseite.

Dort hatten sich die Flammen noch nicht hingefressen.

Ich lief darauf zu, duckte mich und war draußen.

Natürlich hatte ich mit einer Falle gerechnet, doch nicht mit dieser linken Tour. Von der Seite her flog plötzlich eine weitere Fackel auf mich zu.

Ich wollte noch weg, doch ich schaffte es nicht. Die Fackel traf meinen Arm und blieb daran kleben.

Und in Windeseile fraß sich das Feuer hoch...

Bill Conolly zog sich zurück.

Er hatte geschossen und auch einmal getroffen. Der Reporter war froh, daß er die Frau nicht getötet hatte. Sie war nur kampfunfähig.

Mich konnte er nicht mehr sehen, weil ich mich im toten

Winkel befand. Aber Bill wollte auch nicht auf dem Speicher hocken bleiben, sondern mir zu Hilfe eilen.

Und zwar von draußen.

Der Speicher hatte die Zeiten nur mit vielen Macken überstanden. An zahlreichen Stellen war der Boden aufgerissen. Mannsgroße Löcher klafften dort, ebenso wie im Dach. Und auch an den kaum ein Yard hohen Wänden, die die Schräge abschlossen.

Das war wohl der beste Weg. Bill entschloß sich, ihn zu nehmen. Dabei wandte er zwangsläufig den anderen Ein- und Ausstiegsstellen seinen Rücken zu.

Ein Fehler.

Denn die drei übriggebliebenen Zombies waren auf das Dach des Saloons geklettert.

Zwei Männer und eine Frau.

Zusätzlich hatten sie sich bewaffnet. Das war einfach. Sie brauchten nur die am Boden liegenden Bretter hochzuheben. Mit diesen Instrumenten konnten sie einen Mann totschlagen.

Auf leisen Sohlen näherten sie sich dem ahnungslosen Reporter. Die Frau ging vor.

Einen Schritt hinter ihr folgten das riesenhafte Halbskelett und ein weiterer Untoter in zerfetzter blauer Westernkleidung.

Bill wollte schon hinausklettern, als er sich ein letztes Mal umdrehte.

Da war die Frau nur noch zwei Yards entfernt. Und das Brett hatte sie zum Schlag erhoben.

Sofort drosch sie zu.

Bill sah die Gefahr, warf sich zur Seite, und so wurde er nicht am Kopf getroffen, sondern an der linken Schulter. Trotzdem war der Hieb schmerzhaft genug.

Bill biß die Zähne zusammen. Er verzog das Gesicht, brachte seine rechte Hand hoch und schoß.

Es war die normale Waffe, die Kugel traf zwar, erledigte die Untote aber nicht.

Sie wurde nur zurückgestoßen.

Zeit, die Beretta zu ziehen, hatte der Reporter nicht mehr, denn jetzt waren die beiden anderen Untoten heran und warfen sich auf ihn, wobei sie gleichzeitig mit ihren Brettern zuschlugen.

In seiner Verzweiflung zog Bill die Beine an, stieß beide Füße in die Leiber der Zombies und verschaffte sich durch diese Aktion etwas Luft.

Doch da war diese Frau.

Sie schlug wieder zu.

Bill rollte zur Seite. Das Holz verfehlte ihn und krachte auf den Boden. Durch die Löcher in der Decke konnte er hinunter in den Saloon blicken, wo die Flammen geisterhaft hin- und herzuckten. Nicht mehr lange, dann würden sie auch den oberen Teil des Baus erfaßt haben.

Bill Conolly stellte sich breitbeinig hin. Beide Hände legte er gegeneinander und bildete so eine Faust. Mit einem Rundschlag verschaffte er sich Spielraum.

Zwei Zombies kippten nach hinten, der größte Untote, der dritte, wollte Bill an den Kragen.

Der Reporter mußte zurück. Es war ihm bisher nicht möglich gewesen, seine von mir überlassene Beretta zu ziehen. Die Untoten hatten ihm keine Zeit gelassen. Den Revolver hatte Bill weggesteckt, damit konnte er nicht viel anfangen.

Aber mit dem Dolch.

Als dieses Halbskelett nach Bill schlug, ließ er sich extra treffen, nahm den Schlag jedoch durch Zurückziehen des Kopfes den größten Teil der Wirkung.

Bill ließ sich fallen und zog, kaum daß er auf dem Boden gelandet war, den silbernen Dolch.

Nicht das Halbskelett stürzte auf ihn, sondern die Frau.

Während er auf dem Rücken lag, schleuderte Bill Conolly den geweihten Silberdolch.

Und er traf genau. Plötzlich steckte er bis zum Heft in der Brust der Untoten, die von der Wucht des Schlages zurückgetrieben wurde, verzweifelt die Hände hob und den Rückwärtsgang doch nicht aufhalten konnte.

Sie krachte gegen die Wand. Vielleicht war diese schon

vorher sehr in Mitleidenschaft gezogen worden oder aber das Feuer hatte sie angesengt, auf jeden Fall hielt sie der Belastung nicht stand und brach dort, wo die Untote aufgeprallt war.

Auf einmal sah man von ihr nichts mehr. Zusammen mit einigen Brettern segelte sie in die Tiefe und schlug an der Rückseite des Saloons auf.

Ein Gegner weniger.

Das Feuer hatte immer mehr Nahrung gefunden und sich ausgeweitet.

Der Widerschein der von unten hochlodernden Flammen leuchtete Bill und seine Gegner an.

Für den Reporter ging es jetzt ums Ganze. Wenn er die Untoten schaffte, war er aus dem Schneider, wenn nicht...

Er dachte nicht daran, sondern stellte sich zum Kampf. Diesmal mit schußbereiter Silberkugel-Beretta.

Dann schlug das Schicksal zu, das heißt, das Schicksal in Form der Zombies.

Während sich Bill auf den rechten von ihm stehenden Untoten konzentrierte, schlich der Skelettcowboy in seinen Rücken und hämmerte mit der Latte gegen einen der die Decke tragenden Stützpfosten. Der war sowieso schon morsch und bekam nun den Rest.

Er brach.

Das verkraftete die Decke nicht. Bill hörte noch das Poltern und Knirschen, wollte zur Seite springen, aber der Gefahrenherd war zu groß, Bill konnte nicht mehr ausweichen.

Die Balken krachten auf ihn.

Irgendwie schaffte er es noch, schützend die Arme über den Kopf zu reißen, dann traf ihn das Holz. Es schmetterte ihn zu Boden. Bill spürte die Schmerzen am Kopf, an den Armen, den Schultern, am gesamten Körper.

Haut platzte an seiner Stirn auf, und Blut sickerte die Wange hinab.

Für Sekunden wurde er bewußtlos. Er riß den Mund auf, schnappte nach Luft und war wieder da.

Die Zombies räumten die Trümmer weg, während von unten ein Hitzeschleier hochfegte und wie ein Gluthauch aus der Hölle ihre Gesichter streifte.

Sie packten Bill.

Er versuchte sich zu wehren, doch seine Kräfte reichten momentan nicht aus.

Die Zombies hoben ihn aus den Trümmern. Der halbskelettierte Cowboy hatte ihn an der Schulter gepackt, der andere Untote umfaßte seine Beine.

Torkelnd gingen sie ein paar Schritte nach rechts.

Bill Conolly wurde mit Schrecken klar, was die Untote mit ihm vorhatten.

Sie wollten ihn von hier oben in die Flammen schleudern...

Wenn es mir nicht gelang, die Flammen zu löschen, würde ich bei lebendigem Leib verbrennen!

Dieses Wissen zuckte wie ein Blitzstrahl durch mein Gehirn und ließ mich handeln.

Die verdammte Fackel klebte an meinem Körper. Ich sprang nach vorn, riß die Hand hoch, spürte den Griff zwischen den Fingern und zog die Fackel von meinem Körper weg. Weit schleuderte ich sie ins Gelände, während ich mit beiden Händen gegen meinen Körper schlug und versuchte, die Flammen zu ersticken.

Das schaffte ich auch.

Man ließ mich sogar gewähren, wartete eiskalt ab, und dann, als ich fertig war und erschöpft und mit keuchendem Atem dastand, ließ man mich in die Mündungen von vier Revolvern blicken.

Ich hob die Hände.

Es war eine verzweifelte , müde Geste, etwas anderes blieb mir nicht übrig.

Norman Ray trat einen Schritt vor. Sein Schlag war ansatzlos. Ich sah ihn gar nicht, spürte nur die huftrittartige Wirkung und kippte zurück. Mit dem Rücken schlug ich auf. In meinem Kopf hatte ich ein taubes Gefühl, als wäre er mit Watte gefüllt.

Ich winkelte die Arme an, stemmte mich auf die Ellenbogen und sah wieder die vier Mündungen. Darüber die drei Männergesichter und das der Frau.

Sie zeigten einen gnadenlosen Ausdruck. Diese Menschen kannten kein Erbarmen.

Das Feuer aus dem Saloon warf seinen Widerschein bis auf die Gesichter der Spuk-Diener. Es verwandelte sie in dämonische Fratzen, in denen nur die Augen leuchteten.

Ray fragte mit knirschender Stimme: »Was hindert uns daran, dich zu erschießen?«

Ich mußte mir erst die Kehle freiräuspern, bevor ich eine Antwort geben konnte. »Nichts, gar nichts.«

»Das meine ich auch!« Er schaute nach rechts. »Los, Freunde, geben wir ihm die Kugel!«

Sie wollten feuern. Mein Gott, sie wollten mich tatsächlich exekutieren!

Plötzlich hatte ich Angst. Denn diesmal würde mich nicht die Polizei heraushauen wie in der Rauschgifthöhle.

Ich war verloren.

Da jedoch mischte sich die Frau ein. Sie sagte: »Warum sollen wir ihn erschießen? Dieser Tod wäre zu gnädig für den Bastard!«

Norman Ray blickte seine Komplizin an. »Was hast du für eine Idee? Soll er verbrennen?«

»Nein, das Gegenteil. Wir schaffen ihn zum Fluß!«

Plötzlich begann Norman Ray zu lachen. »Genau!« prustete er. »Die Idee ist gut, die ist sogar ausgezeichnet! Wir schaffen ihn zum Fluß. Da wird ihn der Treibsand fressen!«

Treibsand!

Es durchzuckte mich wie ein Stromstoß. Ja, zum Henker, Bill hatte mir davon erzählt, und ich wußte, wie gefährlich er war.

Da gab es keine Chance.

Aber was war mit Bill? Ich drehte den Kopf und hielt nach meinem Freund Ausschau.

Ich sah ihn nicht. Nur weiter zurück lag ein Körper auf dem Boden. Ein Zombie.

Mir war es egal. Sollten die Flammen Bill verschlungen haben? Dieser Gedanke ließ die Panik in mir hochschießen.

Ein brutaler Tritt in die Hüfte brachte mich wieder zurück in die Wirklichkeit.

»Steh auf, Bastard!« vernahm ich Rays Stimme.

Ich erhob mich, gelangte auf die Füße und blieb schwankend stehen.

»Geh los!« Jemand stieß mich mit der Waffe an. »Ich werde dir den Weg zu deinem Grab zeigen!«

Bill Conolly machte sich schwer. Er stieß die Luft aus den Lungen und ließ sich zusammensacken. Mit dem Rücken hing er durch. Die Untoten hatten damit nicht gerechnet und mußten nachfassen. Der Kerl, der Bills Beine hielt, ließ für den Bruchteil einer Sekunde seine Knöchel los.

Da explodierte der Reporter.

Er hatte in den letzten Augenblicken all seine Kräfte gesammelt. Gedankenschnell zog er die Beine an, glitt aus dem Griff des Zombies und schleuderte seine Füße wuchtig vor.

Er traf den Untoten hart.

Der konnte den Stoß nicht ausbalancieren und fiel zurück. Es gelang ihm auch nicht, sein Gleichgewicht zu halten. Wie ein Mehlsack plumpste er zu Boden.

Bill Conolly drückte seine Füße auf den Boden und wuchtete den Oberkörper in die Senkrechte.

Damit sprengte er den Griff des Halbskeletts. Bill rutschte ihm buchstäblich aus den Knochenfingern, fiel hin, rollte sich sofort zur Seite und sprang auf.

Er zog die Beretta.

Zombie Nummer eins marschierte bereits auf ihn zu.

Bill feuerte zweimal.

Beide Kugeln hieben in den seelenlosen Körper, stießen die lebende Leiche bis an den Rand des Lochs zurück, und wie im Zeitlupentempo kippte er nach hinten.

Der Zombie fiel in die Flammenhölle, die er eigentlich Bill Conolly zugedacht hatte.

Lautlos verschwand er.

Da hieb der Anführer zu.

Der Reporter kassierte einen Schlag in den Nacken, der ihn dicht am Rand des Loches auf die Knie warf. Unter sich hörte er das Knistern der Flammen, spürte den heißen Atem und schüttelte den Kopf, um die Benommenheit loszuwerden.

In diesem Augenblick war Bill wehrlos.

Und das wußte auch der Untote.

Er wuchtete seine Arme nach unten, die Hände krallten sich in Bills Schultern fest, und mit einem gewaltigen Kraftakt wollte er den Reporter in die hochlodernden Flammen schleudern.

Bill warf sich zurück, doch die Kraft des Zombies war zu groß. Der Reporter konnte sich nicht aus dem Griff des Untoten befreien.

Ein verzweifeltes Ringen begann.

Der Zombie war stärker als Bill. Es war an den Fingern einer Hand abzuzählen, wann er Bill geschafft hatte.

Immer näher geriet der Reporter dem gefährlichen Loch im Boden. Unter ihm knisterte, sprühte und explodierte es. Die Flammen standen dort wie eine Wand. Rauch trieb nach oben. Dicke Schwaden krochen Bill entgegen, wölkten in sein Gesicht und raubten ihm den Atem.

Doch der Reporter gab nicht auf. Wenn der Zombie ihn hinabstürzte, war er verloren.

Er griff zu einem letzten verzweifelten Trick. Bill riß seine Arme hoch und umkrallte mit beiden Händen den Nacken des Zombies. Bills Finger berührten dabei die kalten Knochen, er schauderte zusammen, doch was er anfaßte, daran dachte er im Moment nicht. Er mußte sein Leben retten.

Dann beugte er sich nach vorn, ging das Risiko ein, gab dem Druck nach, aber er drehte sich gleichzeitig etwas zur linken Seite und schleuderte den schweren Zombie mit Hilfe der Hebelwirkung über seine Schulter hinweg.

Der Untote vollführte einen Überschlag in der Luft – und er verschwand in den Flammen.

Sofort warf sich Bill Conolly nach hinten, denn vor ihm brach das Holz weg, und die Feuersbrunst stürmte hoch.

Die Flammen waren so heiß, daß Bill das Gefühl hatte, seine Haut würde vom Gesicht rasiert. Er rollte weg, sprang dann auf und lief dorthin, wo der weibliche Zombie vom Dach gefallen war.

Bill sprang.

Er befand sich gerade in der Luft, als das Gebäude endgültig zusammenkrachte.

Ein wirbelnder Funkenregen schoß in die Höhe, noch einmal loderte das Feuer auf, und Bill spürte den sengenden Hauch, bevor glühende Teile und ein dicker Ascheregen auf ihn niedergingen.

Hart prallte er zu Boden. Er spürte einen ziehenden Schmerz im rechten Knöchel, überschlug sich, schrammte irgendwo gegen, rappelte sich wieder hoch und schleppte sich weiter.

Dabei biß er die Zähne zusammen, weil jeder Schritt schmerzte. Humpelnd brachte er sich aus der unmittelbaren Gefahrenzone.

Dann fiel er vor Erschöpfung hin.

Die Flammen züngelten noch weiter. Rauch stieg in den dunklen Nachthimmel. Er legte sich wie ein dicker Schleier über das Tal.

Bill hielt es nicht lange. Der Gedanke an mich trieb ihn hoch.

Er rief meinen Namen.

Keine Antwort.

Und auch die fünf Diener des Spuks waren verschwunden. Bill humpelte zur Seite und sah den silbernen Dolch auf dem Boden liegen. Daneben erkannte er die Überreste des weiblichen Zombies.

Ein paar Gebeine – mehr nicht...

Bill hob den Dolch auf. Er wollte ihn gerade wegstecken, als eine Frau in den Lichtkreis des Feuers geriet. Sie konnte sich kaum auf den Beinen halten. Es war die Person, die der Reporter angeschossen hatte.

Als sie Bill sah, blieb sie stehen. Haß verzerrte ihr Gesicht. Sie wollte zur Waffe greifen, doch Bill hielt die Beretta bereits in der Hand.

»Wo ist John Sinclair?« fragte er.

Sie lachte plötzlich irr. »In der Hölle, du Bastard. Er ist in der Hölle!«

Vier Revolvermündungen wiesen auf meinen Rücken.

Keine Chance!

Und doch dachte ich an Flucht. Sie hatten mir eine Galgenfrist gegeben, ein paar Minuten, bis wir den Fluß erreichten, wo der Treibsand begann.

In dieser Zeit mußte ich es schaffen.

Aber es ging nicht. Sie ließen mich keine Sekunde aus den Augen. Obwohl ich sie nicht sehen konnte, wußte ich es genau. Das waren Profis, die ließen sich nicht überrumpeln, und sie hatten auch nichts zu verlieren.

Ich hielt die Hände halb erhoben, so wie man es mir befohlen hatte, und stolperte durch das Gelände.

Zurück ließ ich eine brennende Stadt. Der Widerschein der Flammen zuckte geisterhaft über den mit Steinen und Geröll bedeckten Boden.

Welches Drama sich in Tulsa abspielte, wußte ich nicht, ich hoffte nur, daß Bill Conolly überlebte.

Bei mir war es mehr als fraglich...

Schon vernahm ich das Rauschen des Flusses. Es übertönte die knisternden und knatternden Geräusche, die ich zuvor vernommen hatte.

Das Wasser schimmerte. Hell blitzten Schaumkronen auf, wenn das Wasser über die Steine des engen Flußbetts schoß.

Und vor dem Ufer lauerte der Treibsand. Diese tückische Mordfalle, der schon zahlreichen Menschen zum Opfer gefallen waren.

Mir taten die Arme weh. Es ist eine große Belastung, mit halb erhobenen Händen zu gehen. Irgendwann wollen sie dann einfach herunterfallen.

Die letzten zehn Yards.

Wie ein Schlafwandler legte ich sie zurück. Mir war noch immer kein Ausweg eingefallen. Hätte ich Dämonen im Rücken, wäre mir unter Umständen mit Bannsprüchen geholfen, doch bei normalen Menschen fruchtete so etwas nicht.

Noch fünf Yards.

Ich ging langsamer.

Dann noch drei.

Und schließlich der Befehl. »Stehenbleiben!«

Ich gehorchte.

Einen Schritt vor dem Rand der Böschung hielt ich an. Hinter mir hörte ich Geräusche.

Jemand trat auf mich zu.

Es war Norman Ray. Ich erkannte ihn schon am säuerlichen Schweißgeruch.

Dann zuckte ich zusammen, als er mir die kalte Mündung der Waffe in den Nacken drückte. Eine Gänsehaut rieselte über meinen Rücken.

»Angst?« höhnte er.

»Ja.«

Er lachte. »Trotzdem wirst du sterben. Springst du freiwillig, oder soll ich nachhelfen?«

Ich schaute nach vorn, über die Böschung hinweg. Das Wasser rauschte, gurgelte und schmatzte. Doch davor lag tückisch der verdammte Treibsand, der mir zum Grab werden sollte. Er begann direkt unterhalb der Böschung, so daß mein erster Plan, parallel zum Hang und in dessen Deckung weiterzulaufen, zerstört wurde.

Der Druck verschwand.

»Los, du Bastard! Spring!«

Ich stieß mich ab.

Und da peitschte ein Schuß!

Ich hatte nicht viel Schwung in meinen Sprung gelegt, so daß ich nicht im Treibsand versackte, sondern noch auf die schräge Böschung prallte. Da allerdings rutschte ich ab.

Es gelang mir, mich auf die Seite zu drehen, so daß ich den Hang hochpeilen konnte.

Weiterhin krachten Schüsse. Ich sah das Mündungsfeuer, wie es mit seinem Licht die Nacht erhellte.

Nicht nur die drei Spukdiener feuerten, sondern rechts von mir wurde auch geschossen.

Schreie!

Dann eine schattenhafte Gestalt auf dem Rand der Böschung. Sie taumelte, hielt die Hände gegen den Leib gepreßt, trat ins Leere und fiel.

Es war Norman Ray.

Er rutschte mir entgegen. Ich konnte nicht ausweichen und hatte Angst, daß er mich, wenn er gegen mich stieß, in den Treibsand schleudern würde.

Verzweifelt wühlte ich meine Hände in das Erdreich der Böschung, klammerte mich fest.

Ray rollte über mich.

Ich verlor den Halt. Meine linke Hand rutschte ab, doch es gelang mir, nachzufassen. Ich glitt nur ein Stück tiefer und blieb dann liegen

Dafür hörte ich einen Schrei. Danach ein Klatschen.

Vorsichtig drehte ich den Kopf.

Norman Ray war in den Treibsand gefallen. Ihn hatte das Schicksal ereilt, was eigentlich mir zugedacht worden war. Ray hatte sich nicht mehr fangen können und war in dem Treibsand gelandet.

Bis zu den Schultern steckte er in der tückischen Falle. Und der Treibsand bewegte sich, zog ihn immer weiter fort und gleichzeitig in die Tiefe.

Die Schüsse waren verstummt.

Ich hörte nur noch die Schreie des Mannes. Helfen konnte ich ihm nicht.

Er brüllte wie am Spieß. Sein Gesicht war verzerrt. Weit hatte er den Mund aufgerissen. Jetzt sackte er nach links weg, ein Arm verschwand, und nur noch der rechte ragte aus dem Sand.

Aber auch der ging unter.

»Aahhhggggrrr...!« Sein letzter, fürchterlicher Todesschrei hallte mir entgegen und verstummte, als der Sand über dem Kopf des Mannes zusammenschlug.

Es wurde still.

Dort, wo Norman Ray verschwunden war, sah man nichts mehr. Der Sand hatte wieder ein Opfer.

Ich kroch auf allen vieren die Böschung hoch, erreichte den Rand und schaute mich um.

Da sah ich meinen Retter.

Es war der Blonde.

Er lag auf dem Boden, das Gewehr hielt er umklammert. Vorsichtig drehte ich ihn auf den Rücken.

Zwei Kugeln hatten ihn getroffen.

Aber er lebte.

Er schlug sogar die Augen auf und sah mich.

»Danke, Mister«, flüsterte ich mit rauher Stimme. »Danke für alles. Sie werden es überstehen. Sie...«

»Nein!« keuchte er. »Ich...« Ein letzter tiefer Atemzug, dann war der Mann tot.

Ich schämte mich meiner Tränen nicht, als ich ihm die Augen zudrückte.

Dann sah ich nach den anderen.

Mein Lebensretter hatte sie alle erwischt. Doch keiner war tödlich getroffen. Um diese Menschen würde sich die Polizei kümmern.

Schwach hörte ich einen Ruf.

»John! John!«

Das war Bill. Da sah ich ihn auch schon. Vor dem Hintergrund der brennenden Stadt hob er sich ab. Bill humpelte, aber er trieb eine Gestalt vor sich her.

Die letzte der Spukdienerinnen.

»Du lebst, John?«

»Ja, so gerade noch. Der Teufel wollte mich nicht. Aber das habe ich einem Toten zu verdanken.«

Bill Conolly nickte, obwohl er nicht verstand. Das war auch nicht wichtig.

Eine halbe Stunde später landeten zwei Hubschrauber. Polizisten stürmten die Geisterstadt. Sie waren von Sheila alarmiert worden. Und ich sah Captain Patterson, wie er aus dem Hubschrauber stieg.

Ich ging ihm entgegen.

»Was ist geschehen?« rief der Captain.

»Das ist eine lange Geschichte. Schätze, die erzähle ich Ihnen morgen oder übermorgen.«

»Später aber nicht«, meinte Bill Conolly, »denn dann wollen wir wieder nach London, hier ist uns das Klima zu bleihaltig.«

Mit diesen Worten hatte mir mein alter Freund Bill Conolly voll aus dem Herzen gesprochen...

ENDE

Dr.Tod
Monster-
höhle

In dem kalten Schuppen sah man kaum die Hand vor Augen. Und auch die Gestalten der beiden Personen waren nur in den Umrissen zu erkennen.

Ein Mann und eine Frau!

Der Mann war nervöser. Er hockte auf dem alten Ölfaß und scharrte ungeduldig mit den Füßen. Seine Sohlen kratzten dabei über den rauhen Beton.

»Hör doch auf«, sagte die Frau.

»Ach, du hast gut reden.« Der Mann stand auf und schritt auf das Fenster zu, das sich als graues Rechteck in der Wand abzeichnete. Davor blieb er stehen und hakte die Hände in seinen breiten Gürtel. »Pam, ich glaube, der Hundesohn hat uns draufgesetzt.«

»Nein, Dr. Tod wird kommen!« erwiderte Pamela Scott.

Der Mann lachte. »Dr. Tod! Was ist das schon für ein Name? Unter diesem Namen kann man doch nicht arbeiten.«

»Wieso, Rudy? Ich heiße doch auch Lady X.«

»Ja, den Namen haben dir die Zeitungsschmierer gegeben.«

»Ich bin stolz drauf«, lächelte Pamela Scott und dachte zurück an die Anfänge.

Vor vier Jahren hatte sie sich dazu entschlossen, der Gesellschaft den Rücken zu kehren. Das heißt, sie wollte sich nicht in die Zwänge pressen lassen und dafür sorgen, daß es auch andere nicht taten. Sie gründete eine Bande. Fünf Leute waren sie, die den Umsturz planten. Sie raubten Banken aus, plünderten Geldzüge, nahmen Geiseln und schossen, wenn es sein mußte, wie die Teufel um sich.

Drei aus ihrer Bande blieben auf der Strecke.

Doch Lady X, den Namen hatten ihr tatsächlich die Reporter gegeben, faßte man nicht.

Rudy war der einzige, dem sie noch tauen konnte. Er und die Lady X hatten überlebt. Die anderen vermoderten längst sechs Fuß tief unter der Erde. Rudy und sie waren schon ein eiskaltes Gespann. Gefühle kannten sie nicht mehr. Wenigstens anderen gegenüber nicht.

Dann hatte vor drei Tagen dieser Dr. Tod angerufen. Eigentlich hieß er Solo Morasso, und dieser Name war Lady X wiederum ein Begriff. Sie kannte ihn als Gangsterfürsten sizilianischer Prägung. Damals hatten die großen Zeitungen über sein plötzliches Ableben berichtet, und nun hatte er sich gemeldet.

War es tatsächlich dieser Solo Morasso? Wenn ja, dann war sein Tod eine gewaltige Täuschung gewesen. Letzteres erforderte wirklich Bewunderung, denn so etwas hätte selbst eine Frau wie Lady X nicht fertiggebracht.

Deshalb war sie auch auf Dr. Tods Plan eingegangen und hatte zugestimmt, sich mit ihm zu treffen.

Rudy, ihr Komplize, war anderer Meinung. Er traute keinem und gab sich wie ein gehetztes Wild. Rudy war immer auf der Flucht, und diese Flucht hatte Spuren bei ihm hinterlassen. Er war nervös geworden, unruhig, sein Blick zeigte einen gehetzten Ausdruck. Auf Rudy war kein Verlaß mehr. Er schoß auch zu schnell.

Nicht daß Pamela Scott etwas dagegen gehabt hätte – sie hatte kein Gewissen –, aber es gab doch Situationen, da überlegte man lieber erst, bevor man zur Waffe griff.

Auch jetzt konnte er sich kaum zügeln. Er wandte sich vom Fenster ab und schritt wieder zurück. Über seiner rechten Schulter hing eine Maschinenpistole, ein tschechisches Fabrikat, während sich Lady X lieber auf eine israelische Uzi verließ. Zudem trug sie im Gürtel noch eine Luger.

Mit beiden Waffen konnte sie ausgezeichnet umgehen.

»Hat er denn wenigstens gesagt, wann er kommt?« fragte Rudy.

»Gegen Mitternacht.«

»Shit.«

»Keine Angst, er wird schon noch erscheinen.«

Rudy zündete sich eine Zigarette an. Aus alter Gewohnheit rauchte er die in der hohlen Hand.

Sie saßen jetzt dicht nebeneinander. Rudy hielt den Kopf gesenkt und schaute zu Boden, Lady X blickte gegen die Wand.

Sie war eine hübsche und mit 30 Jahren voll erblühte Frau,

die alle Chancen im Leben gehabt hätte und auch vorwärts gekommen wäre, denn sie war auch intelligent.

Nur hatte sie den falschen Weg eingeschlagen, das war ihr Pech. Ein Zurück gab es nicht mehr.

Eher das Gegenteil.

Allerdings erst seit dem Anruf. Dieser Dr. Tod hatte verdammt viel versprochen. Alle Reichtümer der Welt sollten die bekommen, die sich auf seine Seite stellten. Aber es ging nicht nur um Geld, sondern auch um die Vernichtung.

Solo Morasso war ein Menschenhasser, und Pamela Scott ebenfalls.

Sie paßten zusammen.

Rudy stand auf. »Ich halte es nicht mehr aus«, sagte er. »Wenn er nicht bald kommt, verschwinde ich. Das riecht mir alles viel zu sehr nach einer Falle.« Er schaute Lady X an. Was er sah, ließ sein Blut schneller kreisen.

Trotz des schwachen Lichts konnte er die Schönheit der Frau erkennen. Er sah ihr langes lackschwarzes Haar, das bis auf die Schultern reichte und von einem Band vor der Stirn zusammengehalten wurde. Ihr Gesicht war vielleicht eine Spur zu breit, aber das machte nichts. Die vollen Lippen und die dunklen Augen verliehen der Frau ein leicht anrüchiges Aussehen. Die Flügel ihrer schmalen Nase bebten fast immer, und so hatte der Betrachter den Eindruck, als würde Lady X laufend unter Strom stehen.

»Wo willst du hin?« fragte sie.

»Ich sehe nach.«

»Das ist gefährlich.«

Rudy schüttelte den Kopf. »Ob ich hier warte oder mich draußen mal umsehe...«

»Meinetwegen«, gab Pamela Scott schließlich ihre Zustimmung. »Aber gib acht, daß dich niemand sieht.«

»Klar, doch.« Er nahm die Maschinenpistole von der Schulter und ging zur Tür.

Als er sie öffnete, drang für einen Moment die schwüle feuchte Nachtluft in den Schuppen. Dann war er verschwunden.

Lady X dachte nach.

Rudy gefiel ihr nicht mehr. Er war zu einem Sicherheitsrisiko geworden. Obwohl sie schon oft mit ihm geschlafen hatte, war es doch gefährlich, weiter mit ihm zusammenzusein.

Sie mußten sich trennen.

Eine Kugel würde reichen.

Von diesen Gedanken ahnte Rudy natürlich nichts, als er den Schuppen verließ und das rohe Pflaster des Hafenkais betrat. Er drückte die Tür vorsichtig ins Schloß und schnupperte wie ein Raubtier.

Rudy hatte in all den Jahren einen Riecher für Gefahren entwickelt, doch diesmal sprangen seine Sinne nicht an. Alles war und blieb ruhig. Bis auf die Geräusche des Hafens, die zwar in der Nacht nicht so laut waren, aber doch gedämpft an seine Ohren drangen. Auch bei Dunkelheit wurde Fracht gelöscht, viele Schiffe hatten es eilig. Die hohen Liegegebühren überstiegen das Nachtschichtgeld der Hafenarbeiter.

Von der Themse her wehte grauer Dunst über den stillgelegten Pier. Kniehoch kroch er über das Pflaster. Der Himmel war bedeckt. Kein Mond oder Stern warf sein Licht auf die Erde.

Zwei Piers weiter leuchteten drei einsame Laternen. Sie sahen aus wie in der Luft schwebende Lampions.

Rudy rauchte die letzten Züge. Dann trat er die Zigarette aus. Trotz der Kühle schwitzte er. Das kam von der inneren Nervosität. Er strich sein langes Haar aus der Stirn und sehnte sich nach einer Dusche. Vielleicht wurde bald alles anders.

Einmal ging er um den Schuppen herum. Seine Südseite lag am Wasser. Die Wellen klatschten gegen den Pier. Auf dem Fluß, der wie ein dunkler Arm mit hellen Punkten wirkte, rauschte ein Polizeiboot in Richtung Westen. Rudy erkannte es an den Lichtern.

Er verfolgte das Boot, bis es in der Schwärze der Nacht verschwand. Dann ging er wieder zurück.

Kaum hatte er die Tür geschlossen, als sich eine schmale Gestalt hinter einem verrotteten Gabelstapler aufrichtete.

Es war ein Mann. Schon älter, aber mit wieselflinken Augen, die alles sahen.

Und sie hatten Rudy gesehen.

Sogar erkannt, denn schließlich war auf seinen Kopf eine hohe Belohnung ausgesetzt.

10 000 Pfund.

Die wollte sich der Streuner verdienen. Lautlos verließ er den Pier und rieb sich die Hände. Die Münzen für ein Telefongespräch würden sich tausendfach bezahlt machen...

Urlaubszeit!

Man kennt das ja. Keiner ist da, und die, die anwesend sind, haben keine Lust.

Mir ging es nicht anders.

Ich hatte keinen Urlaub, die Familienväter waren weg, und es fehlten Beamte für die Nachtschicht.

Man griff auf Leute zurück, die gerade nicht im Einsatz waren. Ich kam aus Frisco, und Sir James Powell, mein Chef, hatte mich gleich zu sich rufen lassen.

»Damit es keine Unstimmigkeiten gibt, ich habe etwas für Sie, John.«

Begeistert war ich nicht. Wer freut sich schon, wenn ihm Arbeit aufgehalst wird.

Sir James machte es dann auch spannend. »Wir haben jetzt elf Uhr morgens. Bis um 20 Uhr können Sie schlafen. Dann beginnt Ihr Dienst.«

»Nachtschicht?«

»Ja. Vertretung. Es sind keine Leute da. Tagsüber ist die Besetzung garantiert, aber nachts gibt es immer Lücken. Sie können ja alte Akten während der Bereitschaft aufarbeiten.«

Tja, so hockte ich nun gegen Mitternacht in meinem Büro herum und kämpfte mit dem Schlaf. Tagsüber hatte ich kaum ein Auge zubekommen, und um Berichte zu schreiben, fehlte mir einfach die Energie. Die Tür zum Vorzimmer stand offen. Es hing noch ein Hauch von Glendas Parfüm in der Luft.

Leider hatte man sie nicht ebenfalls zur Nachtschicht eingesetzt. Mit ihr zusammen hätte ich die Zeit schon auf angenehme Art und Weise totgeschlagen.

So aber hockte ich allein.

Die Conollys waren auch wieder zu Hause. Nach all den Strapazen wollten sie sich jetzt in ihrem Bungalow erholen. Das war bestimmt besser, als auf den Bahamas Zombies zu jagen.

Ich zündete mir eine Zigarette an und trat ans Fenster. Der Verkehr war abgeflaut, aber in Richtung Piccadilly Circus war der Himmel durch Reklamelichter so erhellt, als würde es keine Energiekrise mehr geben.

Kaffee hatte ich. Allerdings nicht von Glenda gekocht, sondern aus der Kantine. Er schmeckte wie Laternenpfahl ganz unten. Nee, war das eine Brühe. Trotzdem schlürfte ich den Becher leer.

Und dann schrillte das Telefon.

In der Stille hörte es sich überlaut an, ich zuckte regelrecht zusammen. Meine Gedanken signalisierten mir Ärger.

Ich hob ab.

Es war der Einsatzleiter für diese Nacht, Chiefinspektor Dennis Hartley. »Großalarm, John. Wir haben einen Anruf erhalten. Rudy, der Terrorist, ist gesehen worden und mit ihm zusammen Lady X! Wir starten in 20 Sekunden. Hängen Sie sich an.«

Er legte auf.

Ich spritzte von meinem Stuhl hoch, warf das Jackett über und raste zur Tür.

Auf dem Weg nach unten rekapitulierte ich, was ich über Lady X wußte. Sie war kein Gegner für mich, da sie nicht mit den Mächten der Finsternis paktierte. Lady X konnte man als Terroristin bezeichnen. Zahlreiche Verbrechen gingen auf das Konto der Bande, der sie vorstand. Sie hatten Banken überfallen und Geiseln genommen. Lady X gehörte zu den meistgesuchten Verbrechern Europas.

Nie war es der Polizei und den Sonderkommandos gelungen, ihren Aufenthaltsort festzustellen. Jetzt schien man sie endlich zu haben.

Ich sprintete auf den Hof, wo mein Bentley stand. An der Tür drückte mir ein Uniformierter eine Maschinenpistole in die Hand. Die ersten Wagen jagten bereits dem Ausgang entgegen. Schwere Limousinen, besetzt mit bewaffneten Männern.

Ich hechtete in den Bentley und warf die MPi auf den Nebensitz. Zwei Sekunden später raste ich bereits los.

Einem neuen Abenteuer mit Dr. Tod entgegen. Doch das wußte ich zu dem Zeitpunkt noch nicht.

Im Scheitelpunkt des großen Themseknicks fuhren wir über die Waterloo Bridge auf die andere Seite des Flusses. Über Funk hatte ich mit angehört, daß die River Police eingeschaltet war und den entsprechenden Pier von der Flußseite her abdeckte.

Es war die Falle.

Und ich hoffte, daß Lady X und ihr Begleiter auch hineintappen würden. Ich kämpfte zwar fast ausschließlich gegen Dämonen und finstere Mächte, aber ich war Polizeibeamter, und dieser Job hielt mich nicht davon ab, auch gegen normale Verbrecher vorzugehen.

Außerdem verachtete ich Terroristen und ihre zerstörerische Ideologie. Sie nahmen auf nichts Rücksicht, weder auf Männer, Frauen oder Kinder. Sie kannten nur ihre eigenen brutalen Ziele. Ob es nun rechts- oder linksradikale Banden waren.

Sie waren beide gleich schlimm.

Mein Bentley hielt ausgezeichnet mit. Ich fuhr zwar als letzter, blieb aber an der Stoßstange des vor mir fahrenden Rovers.

Hinter der Brücke beginnt die Waterloo Road, eine breite Straße, die tief in den Londoner Süden hineinstößt und am St. Georges Circus erst endet.

Wir brauchten die Straße nur ein Stück zu fahren, dann bogen wir nach links zu den Piers ab.

Längst jaulten keine Sirenen mehr. Fast lautlos näherten sich die Wagen ihrem Ziel.

Wir rollten durch eine andere Welt.

Hier war der Hafen. Ein Teil der Stadt, der nach anderen Gesetzen lebte.

Gewaltige Kräne stachen gegen den Himmel. Schwere Frachter wurden Tag und Nacht entladen. Wer hier arbeitete, der wußte, was er nach acht Stunden getan hatte. Gleißende Scheinwerfer erhellten die Piers. Die lauten Kommandos der Vorarbeiter durchbrachen die Geräuschkulisse der quietschenden Ladekräne und Hebebühnen.

Ein Kran hob einen gewaltigen Container hoch. Massig schwebte er über dem Pier. Die Ketten waren in der Dunkelheit kaum zu sehen. Man hätte meinen können, der Container schwebte über dem Wasser.

Bremsleuchten glühten auf. Mir kamen sie vor wie viereckige rote Augen. Wir fuhren jetzt direkt in die Pieranlagen hinein. Der glatte Straßenbelag endete, Kopfsteinpflaster rubbelte unter den Bentleyreifen. Die Stoßdämpfer fingen alles sehr gut ab. Rechts wuchsen Lagerhallen in die Höhe. Manche zählten drei Stockwerke. Auf den flachen Dächern standen drehbare Scheinwerfer, die ihre breiten, gleißenden Strahlen auf die Plätze warfen, wo gearbeitet wurde. Durch die hellen Bahnen trieben träge Nebelschwaden.

Über ein Bahngleis fuhren wir zum Wasser hin. Wie ich über Sprechfunk erfahren hatte, sollte sich der Schuppen, in dem sich die Terroristen verbargen, direkt an der Themse befinden.

Bis dahin fuhren wir allerdings nicht. Neben einer alten Telefonzelle stoppten wir.

Chiefinspektor Hartley stieg aus. Die übrigen Beamten und ich folgten seinem Beispiel.

Ich nahm die Maschinenpistole mit.

Eine ungewohnte Waffe für mich, obwohl ich damit umgehen konnte, das hatte man mir beigebracht. Aber wenn ich schoß, dann zumeist mit der Beretta.

Hartley hatte seine Leute um sich versammelt. Er war der

Einsatzleiter, ich ordnete mich unter, obwohl mein Sonderausweis mir ganz andere Möglichkeiten bot. Doch dies war nicht mein Fall.

Hartleys Gesicht zeigte Schweißspuren, die grauen Augen blickten starr.

Erst jetzt sah ich den Knaben, der hinter ihm stand. Ein kleiner Kerl in einem viel zu weiten Mantel. Im ersten Augenblick erinnerte er mich an Myxin, den Magier.

Das mußte der Mann sein, der angerufen hatte. Streuner schliefen oft unter Zeitungen, sicherlich hatte er in einer der Gazetten die Bilder der Terroristen gesehen.

Chiefinspektor Hartley teilte seine Leute ein. Sie sollten einen Ring um den Schuppen bilden.

Auch ich wurde angesprochen.

»John, Sie nähern sich von der linken Seite dem Schuppen. Ich gebe Ihnen noch Sergeant Fairy mit.«

Fairy war ein junger Mann mit strohblonden Haaren. Er nickte mir knapp zu.

Dann zogen wir los.

Möglichst leise bewegten wir uns voran. Die Maschinenpistole hielt ich mit beiden Händen umfaßt. Der Kolben berührte meine Hüfte.

Der Pier war nicht leer. Man hatte ihn als Abfallgrube benutzt. Überall lagen leere Kartons und Blechbüchsen herum. Wir mußten höllisch aufpassen, damit wir nicht irgendwo gegentraten.

Geduckt gingen wir unser Ziel an.

Auf den letzten Yards gab es keine Deckung, nur einen alten Gabelstapler, der vor sich hinrostete. Das gefiel mir überhaupt nicht. Mich hatte eine Erregung gepackt wie bei einer Jagd auf einen Dämon. Irgendwie glich es sich ja auch.

Wie ein Klotz hob sich der Schuppen vom Boden ab. Jetzt konnte ich bereits das Wasser sehen. Schaumkronen glitzerten auf den Wellen. Sie sahen aus wie lange Perlenschnüre.

Ich wischte mir mit dem Handrücken über das Gesicht. Schweißfeucht war die Haut.

Hartleys Plan sah vor, daß er die beiden Terroristen erst anrufen würde, bevor es zu einer Verhaftung kam.

Etwa 20 Yards vor dem Schuppen ging ich in die Knie. Sergeant Fairy befand sich links von mir und tat es mir nach. Er grinste. »Mein erster Einsatz«, flüsterte er mir zu.

»Ich drücke Ihnen beide Daumen.«

»Danke.«

Sein Wort wurde durch die harte Megaphonstimme übertönt. Wie die Posaunen des Jüngsten Gerichts schallte sie plötzlich über den verlassenen Pier.

»Hier spricht die Polizei!« hörten wir Chiefinspektor Hartleys Stimme. »Pamela Scott und Rudy Campell, Sie sind umstellt. Kommen Sie einzeln und unbewaffnet raus. Jeder Widerstand ist zwecklos und wird sofort gebrochen!«

Es tat sich nichts.

Das wunderte mich. Normalerweise hätten die Terroristen anders reagiert. Man war es gewöhnt, daß sie kämpfend untergingen, doch in diesem Fall rührte sich niemand.

Oder sollten sie nicht mehr in dem Schuppen sein? Das war allerdings auch möglich.

Fairy hatte den gleichen Gedanken wie ich. »Die sind bestimmt abgehauen«, flüsterte er.

Ich hob die Schultern. Und blickte dabei an dem Schuppen vorbei aufs Wasser.

Dort lagen zwei Schiffe.

Polizeiboote, die im selben Augenblick ihre Scheinwerfer einschalteten.

Vier Lichtstrahlen durchbrachen die Dunkelheit, stachen im spitzen Winkel auf den Schuppen zu und vereinigten sich dort zu einem gleißenden, bläulich schimmernden Kreis. Ein Rest des Lichts glitt über den Schuppen hinweg und erhellte den Platz vor dem Gebäude.

Wenn jetzt jemand herauskam, war er geliefert, dann konnte er sich nicht mehr verstecken.

Noch einmal wiederholte Hartley seine Aufforderung.

Und da flackerte plötzlich Maschinenpistolenfeuer auf. Allerdings schossen die Terroristen nicht auf uns, sie nahmen die Polizeiboote unter Feuer.

Plötzlich verlöschten zwei Strahler.

Es wurde merklich dunkler.

Auch von den Schiffen wurde geschossen.

Im nächsten Moment sah ich die Schatten der Kollegen. Sie stürmten auf den Bau zu, hielten jedoch ihr Feuer zurück. Auch Sergeant Fairy startete.

Ich stieß mich ebenfalls ab und sah aus den Augenwinkeln, wie die Schuppentür aufgestoßen wurde.

Rotgelb blitzte es dort auf. Die Maschinenpistole sang ihre tödliche Melodie.

Jetzt erst schossen die Beamten zurück. Kugelgarben hackten in das Holz und durchbrachen es, während aus der Hütte noch immer gefeuert wurde, die Bleihummeln über das Pflaster jagten und dort Funkenketten hochschleuderten.

Ein Schrei ertönte. Einer der Polizisten wand sich am Boden, ließ seine Waffe fallen und hielt sich beide Beine. Ein Kollege versuchte ihn aus der Gefahrenzone zu ziehen, wurde auch getroffen und fiel.

Ich wollte ebenfalls in den Kampf eingreifen, doch dann hielt mich ein Ereignis davon ab, das ich allein sah, weil ich mich ganz außen befand.

Jemand stieg aus dem Wasser!

Hinter dem Schuppen erhob sich seine riesige Gestalt. Ein wahres Monster, allerdings mit menschlichen Formen. Für den Bruchteil einer Sekunde durchquerte es die faserigen Ausläufer der Bootsscheinwerfer, und ich konnte es erkennen.

Mir stockte der Atem.

Ich sah nicht, wie der Terrorist Rudy aus dem Schuppen stürmte und unter einem Kugelhagel zusammenbrach, ich hatte nur Augen für die schreckliche Gestalt.

Ich kannte sie, obwohl ich ihr noch nie direkt gegenübergestanden hatte.

Es war Tokata, der Samurai des Satans!

Plötzlich war dieser normale Kriminalfall zu meinem geworden. Wo Tokata auftauchte, da war auch Dr. Tod nicht weit, denn der Samurai und er gehörten zusammen.

Für mich ein Schlag ins Gesicht.

Das gab es doch nicht!

Und Tokata war bewaffnet. Er hielt in seiner rechten Hand das gefährliche Samuraischwert, dessen Klinge im Höllenfeuer geschmiedet war und Wände wie Butter durchschnitt.

Der Samurai bewegte sich auf die Hinterseite zu. Was er dort tat, konnte ich nicht sehen, es mir aber denken. Er würde Lady X herausholen, falls sie nicht schon tot war.

Ich stürmte los. In diesen Augenblicken dachte ich nicht an meine Sicherheit, sondern an Dr. Tod, der bestimmt in der Nähe lauerte. Jemand schrie meinen Namen, ich kümmerte mich nicht darum, rannte mit schußbereiter Maschinenpistole um den Schuppen herum und sah, wie sich der Samurai mit blitzschnellen Schwerthieben seinen Weg bahnte. Die Klinge zerhackte das Holz.

Dann trat er zu.

Mit dem rechten Fuß hieb er ein weiteres Loch in die Wand, und mit der linken Faust verbreiterte er es.

Dann war er im Schuppen.

Mich hatte er nicht gesehen, und deshalb baute ich mich neben dem Ausgang auf.

Ich sah zu, daß ich im Dunkeln blieb. Vor dem Schuppen hörte ich die Stimmen der Beamten. Den Rufen nach zu urteilen, wollten sie in den Schuppen dringen.

Hoffentlich taten sie das nicht, denn sie würden Tokata in die Arme laufen.

Da kam er schon zurück.

Wie eine Puppe hielt er Lady X auf den Armen. Er ging dicht an mir vorbei, und ich mußte zu ihm hochschauen.

»Bleib stehen!« brüllte ich ihn an.

In diesem Augenblick geschah zweierlei.

Der Samurai drehte sich um und schleuderte noch in der Bewegung Lady X ins Meer.

Gleichzeitig eröffneten die Polizisten auf den Schiffen das

Feuer. Die MPis knatterten, Geschosse heulten heran, und auch ich befand mich in höchster Lebensgefahr.

Über der Terroristin schlugen die Wellen zusammen, der Samurai aber stand noch.

Und er fing die Kugeln auf.

Sie hieben in seinen Körper, zogen eine regelrechte Naht, aber sie fällten ihn nicht.

Mit einem zirkusreifen Hechtsprung brachte ich mich seitlich in Sicherheit und feuerte im Liegen.

Auch meine Garbe traf, doch sie warf den Samurai nicht um. Tokata stand wie eine Eins.

Er riß nur seinen Mund auf und stieß ein drohendes Knurren aus, das mich an das Grollen eines Unwetters erinnerte.

Alles war so schnell gegangen, daß ich ihn kaum richtig ansehen konnte. Vielleicht hätte er mich auch angegriffen, aber er hatte wohl andere Aufgaben zu erfüllen, machte plötzlich kehrt, lief zwei Schritte und warf sich ins Wasser.

Auch ich konnte nicht mehr dort bleiben, wo ich lag. Zu nahe lagen die nächsten Garben.

Die Maschinenpistole war mir hinderlich. Ich schleuderte sie kurzerhand weg, nahm einen kurzen, aber schnellen Anlauf und stieß mich ab.

Ich hechtete über den Pierrand, streckte meinen Körper und tauchte in die Fluten.

Mit dieser Attacke setzte ich alles auf eine Karte. Und ich war mir der Gefahr bewußt, in die ich mich begeben hatte, aber für mich gab es keine andere Möglichkeit.

Ich mußte Tokata unbedingt auf den Fersen bleiben – und damit meinem Erzfeind Dr. Tod!

Die Themse ist zwar sauber geworden, doch ich rate keinem, im Hafenwasser zu baden.

Als meine Fingerspitzen die Oberfläche berührten, schloß ich sofort den Mund.

In der trüben Brühe konnte ich nichts sehen, obwohl ich weit die Augen aufriß. Ein paar Holzstücke schwammen vor meiner Stirn herum, und ein mit Wasser vollgesaugter leerer Karton trieb vorbei.

Von Tokata und Lady X sah ich nichts.

Ich tauchte auf.

Zwei Scheinwerfer waren noch heil geblieben. Ihr Licht streute an mir vorbei und traf den Pier sowie den zum Teil zerstörten Schuppen.

Dicht am Wasser liefen die Kollegen aufgeregt hin und her. Ich hörte das Wimmern einer Krankenwagensirene und hoffte, daß es keinen Toten gegeben hatte.

Vom Schiff her schallte eine Megaphonstimme herüber. »Da sind noch welche im Wasser! Wir suchen es ab!«

»Okay!« wurde geantwortet.

Die Scheinwerfer schwenkten. Sie glitten auseinander. Einer fuhr nach links, der andere nach rechts.

Letzterer kam mir gefährlich nahe, und ich tauchte weg.

Abermals befand ich mich in dieser dunklen, stinkenden Brühe. Ich schwamm auf die Flußmitte zu. Irgendwann muße ich den Samurai doch treffen. Solch einen großen Vorsprung hatte er schließlich nicht.

Da ich nicht sehr tief schwamm, konnte ich genau verfolgen, von wo der Strahl kam. Auf den Wellen und noch etwas von mir entfernt bewegte sich ein heller Teppich. Der zweite war wesentlich weiter weg. Beide wanderten, und ich gelangte zu dem Schluß, daß der Samurai und die Terroristin noch nicht gefunden worden waren.

Es war sowieso mehr als fraglich, ob die Polizisten es schafften, den Samurai zu stoppen. Ich glaubte nicht so recht daran, denn Tokata war kein menschliches Wesen, sondern eine Ausgeburt der Hölle und nur mit Spezialwaffen zu bekämpfen, die ich zwar besaß, aber nicht bei mir trug. Außerdem wußte ich nicht, ob mein Kreuz es schaffte. Es entstammte einem ganz anderen Kulturkreis.

Ich mußte wieder hoch.

Als ich mit dem Kopf die Wasseroberfläche durchstieß, sah ich nicht weit entfernt den Bug eines Polizeibootes. Riesig erschien er mir, so wie er in die Höhe ragte. Einige Beamte hatten sich über die Reling gebeugt und leuchteten zusätzlich mit Handscheinwerfern die Wasseroberfläche ab.

Mich traf auch ein Strahl.

Bevor es irgendwelche Mißverständnisse geben konnte, hob ich die Hand und winkte.

Jemand schleuderte mir einen Reifen zu.

Ich packte ihn und ließ mich an Bord ziehen. Tropfnaß kletterte ich über eine Außenleiter. Auf dem Schiff schüttelte ich mir das Wasser aus den Haaren.

Ein Lieutenant baute sich vor mir auf.

»Ich bin Oberinspektor Sinclair«, erklärte ich ein wenig atemlos und verlieh durch das Vorzeigen des Ausweises meinen Worten mehr Gewicht.

»Freut mich, Sir, Sie kennenzulernen. Dann waren Sie das da an dem Schuppen.«

»Ja, die Kugeln Ihrer Leute hätten mich fast in ein Sieb verwandelt.«

»Das war nicht beabsichtigt, Sir.«

Ich grinste. »Kann ich mir denken.«

Mit der rechten Hand wischte ich mir die nassen Haare aus der Stirn. »Haben Sie diese Gestalt gesehen, die an Land geklettert ist?«

»Ja, Sir.«

»Sie hat die Terroristin entführt.«

»Das bekamen wir noch mit. Eigentlich hätten wir sie längst finden müssen. So schnell kann eigentlich kein Mensch schwimmen.«

Es ist auch kein Mensch. Das allerdings sagte ich nicht, sondern dachte es nur.

»Wir suchen aber weiter, Sir«, sagte der Lieutenant.

Der Steuermann erhielt Anweisungen, noch mehr auf die Flußmitte zuzuhalten.

Sie gaben mir eine Decke, Alkohol lehnte ich jedoch ab. Dafür hängte ich mir die Decke über beide Schultern und wanderte zum Bug.

Wie ein Messer zerschnitt er die Wellen. Gischtregen

sprühte an mir vorbei, und schaumige Streifen liefen an den Seiten des Schiffes entlang.

Noch immer kreiste der Scheinwerfer über der Themse. Er zuckte sogar am gegenüberliegenden Ufer entlang, wo ebenfalls Piers und Schiffsdocks lagen.

Dann sah ich das Boot.

Es schoß aus der Uferdeckung hervor und trug keinerlei Positionsleuchten. Ich hatte das Gefühl, ein Schatten flöge über das Wasser.

»Das sind sie!« rief ich zum Steuermann hoch.

Der gab meine Mitteilung sofort weiter. Die Crew arbeitete gut zusammen. Der noch intakte Scheinwerfer wurde gedreht, fuhr einen Kreis über das Wasser und erfaßte das fremde, unbeleuchtete Boot.

Es hatte die Geschwindigkeit gedrosselt, bewegte sich kaum mehr von der Stelle.

»Die nehmen jemand auf!« Der Lieutenant war neben mich getreten.

»Hin!« Plötzlich packte mich das Jagdfieber. Wenn ich Dr. Tod an den Kragen konnte, war mir alles recht.

»Volle Kraft voraus!«

Die Maschinen begannen zu singen. Ich hatte das Gefühl, der Bug würde sich aus dem Wasser heben, und klammerte mich an der Reling fest, um von dem plötzlichen Schub nicht umgeworfen zu werden.

Die Wellen klatschten stärker gegen die Bordwände, gischteten über und besprühten mich mit einem feinen Nebel.

Ich ließ das fremde Boot nicht aus den Augen. Die sich dort an Deck befindlichen Männer schien es nicht zu stören, daß wir auf sie zuhielten. Und dann sah ich die Gestalt des Samurais deutlich im Scheinwerferlicht.

Der Unheimliche stieg an Deck. Wie eine Puppe trug er Lady X unter seinen Arm geklemmt, legte sie auf die Planken und drehte sich dann.

Er trug eine lederne Rüstung mit Brustpanzer und einen Schutz vor dem Gesicht. Irgendwie erinnerte er mich an eine

Fechtermaske. So konnte ich die Gesichtszüge dahinter leider nicht erkennen.

Aber ich sah sein Schwert.

Hoch hielt er den rechten Arm und schwang diese im Höllenfeuer geschmiedete Waffe.

Mir lief bei diesem Anblick ein Schauder über den Rücken, und den Polizisten erging es ebenso.

»Was – was ist das denn für ein Untier?« flüsterte der Lieutenant. Ich verstand seine Worte nur deshalb, weil er so dicht neben mir stand.

»Keine Ahnung«, log ich. Die Wahrheit konnte ich ihm nicht erzählen, er hätte mir nicht geglaubt.

»Aber den haben wir doch getroffen«, knirschte er. »Der müßte längst tot sein.«

Ich schwieg lieber.

Das zweite Polizeiboot hatte ebenfalls Kurs auf das fremde Schiff genommen. Die Besatzung dort war über Funk alarmiert worden. Mit schäumender Bugwelle rauschte es heran.

Wir jedoch waren näher.

Da startete das fremde Boot.

30 Yards trennten uns.

»Mehr Stoff!« schrie ich unwillkürlich, als ich sah, wie schnell das andere Boot war.

Der Steuermann war eine Klasse für sich. Er drehte so hart steuerbord, daß unser Kahn fast kenterte.

Parallel zum Fluchtboot fuhren wir dahin.

Zwischen den beiden Bordwänden befand sich kaum ein Yard Platz. Und in diesem Augenblick hatte ich eine Wahnsinnsidee.

»He, was machen Sie da?« schrie der Lieutenant, als ich plötzlich auf die Reling kletterte.

Ich gab keine Antwort, konzentrierte mich voll auf mein Manöver, atmete noch einmal tief durch und stieß mich wie ein Sprinter von den Startblöcken ab...

Nicht einmal eine Sekunde schwebte ich in der Luft. Und doch kam mir die Zeitspanne so verdammt lang vor.

Ich sah unter mir die beiden dahinrasenden Boote, dazwischen den Wasserstreifen und hatte plötzlich Angst, daß der Fahrer des fremden Bootes seinen Kahn wegziehen würde.

Das geschah nicht.

Und auch der Samurai schlug mit seinem Schwert nicht zu. Wahrscheinlich war er selbst von meiner Attacke zu sehr überrascht worden.

Wuchtig knallte ich auf die Planken. Ich hatte mich nicht mehr abrollen können, prallte mit der Schulter auf und wurde ein paarmal um die eigene Achse geschleudert. Instinktiv riß ich die Arme hoch, um meinen Kopf zu schützen. Zwar stoppte mich ein harter Gegenstand, doch mit dem Schädel prallte ich nicht dagegen.

Selten war ich so schnell auf die Beine gekommen.

Bis gegen das Ruderhaus war ich gerollt, drehte mich jetzt und sah den Samurai auf dem Dach des Ruderhauses stehen und sein gefährliches Schwert schwingen.

Er hieb sofort zu.

Gleichzeitig hämmerte eine MPi-Salve. Die Kugeln klatschten voll gegen den breiten Körper des unheimlichen Kämpfers. Geschossen wurde vom Polizeiboot aus, das jedoch jetzt den kürzeren zog und das Tempo nicht mehr mithalten konnte.

Dr. Tods Boot fuhr ihm davon.

Ich hatte mich sofort nach hinten geworfen. Über das halbe Deck flog ich, fast bis zum Heck.

Und dort hockte Lady X.

Für einen Moment sah ich das schöne Gesicht mit den lackschwarzen Haaren, die jetzt naß waren und wie angeleimt an ihrem Kopf klebten. Haß und Wut blitzten in ihren Augen. Sie sah in mir einen Feind, womit sie auch recht hatte.

Lady X warf sich zur Seite und packte einen auf Deck liegenden Gegenstand. Es war das letzte Stück eines Drahtkabels. Das wollte sie mir um die Ohren schlagen.

Mit einem Karateschlag hieb ich ihre Hände zur Seite.

Gleichzeitig stieß meine linke Hand vor, und dann riß der Steuermann das Boot in eine Kurve.

Keiner von uns konnte sich halten.

Lady X und ich purzelten über das Deck, aber auch der riesenhafte Samurai hatte Mühe, die Balance zu halten. Er wurde gegen die Reling gedrückt und wäre fast über Bord gegangen, konnte sich im letzten Augenblick noch festklammern.

Dadurch war der Weg zum Ruderhaus frei.

Ich sprang auf die Füße. Auf die Polizisten konnte ich nicht mehr hoffen. Dieses Boot war wesentlich schneller als ihre beiden Kreuzer. Die Hälfte der Strecke schaffte ich.

Dann stoppte mich der Samurai.

Links von mir blitzte sein Schwert auf, ich sprang aus vollem Lauf nach rechts, und nur dadurch verfehlte mich die verdammte Klinge.

Wuchtig prallte ich gegen die Steuerbord-Reling. Diesmal hatte ich zuviel Schwung. Bevor ich mich versah, kippte ich über Bord.

Die Oberfläche wirkte auf einmal wie Beton. Mein Körper hatte noch die Geschwindigkeit des Bootes, ich klatschte auf und hatte das Gefühl, mein Magen würde in mehrere Teile zerrissen. Plötzlich kriegte ich keine Luft mehr, riß den Mund auf, und das war verkehrt.

Wasser drang in meinen Rachen, ein Wirbel zog mich nach unten, dadurch verfehlte mich zum Glück die Heckschraube, aber ich mußte unbedingt hoch und Luft schnappen.

Nicht nur die Wellen des Wassers drangen auf mich ein, sondern auch die Wogen der Bewußtlosigkeit.

Verdammt, ich mußte an die Oberfläche. Rein instinktiv vollführte ich die Schwimmbewegungen, trat Wasser und keuchte mir fast die Lungen aus dem Leib.

Vor mir bewegten sich die Wellen, hoben mich hoch, überschwemmten meinen Kopf und drückten mich wieder nieder.

Ich schwamm, schrie und hustete.

Irgendwann hörte ich Stimmen, dann klatschte etwas gegen meine Schläfe, jemand griff unter meine Achselhöhlen, und danach wußte ich plötzlich nichts mehr...

Die Großfahndung lief sofort an. Zu Lande, zu Wasser und in der Luft waren die Polizeieinheiten unterwegs, doch einen Erfolg hatten sie nicht zu verzeichnen.

Das Boot war wie vom Erdboden verschluckt.

Ich hörte die Meldungen in der River Police Station, wo ich in eine Decke eingewickelt saß und heißen Tee trank. Meine Kleidung hing irgendwo zum Trocknen.

Der Lieutenant vom Polizeiboot kam zu mir und überbrachte die erfolglose Meldung.

Ich starrte auf die trübe Kugellampe an der Decke. Dann begann die ganze Jagd also wieder von vorn. Kein erhebendes Gefühl, fürwahr nicht.

Ich trank den Tee in kleinen Schlucken. Der Dampf waberte vor meiner Nase. »Was war das eigentlich für ein Kerl?« fragte mich der Lieutenant.

»Ein Mordroboter.«

»Wirklich ein Roboter?«

»So ähnlich.«

»Der hatte ein Schwert, nicht?«

Ich nickte. »Ja, ein Samuraischwert, von dem man sagt, es wäre im Höllenfeuer geschmiedet worden.«

Jetzt schaute mich der Lieutenant an und lächelte ungläubig. »Das sind doch nur Legenden. So etwas gibt es in Wirklichkeit nicht.«

»Sie haben recht«, erwiderte ich, weil ich das Thema nicht weiter auswalzen wollte. »Wo haben Sie eigentlich suchen lassen, Lieutenant?«

»Wir haben die gesamten Pieranlagen abgesucht. Nur gefunden haben wir nichts.«

»Sie haben nicht in die Schuppen und Hallen hineingeschaut?«

»Nein, Sir. Dazu fehlte uns einfach die Zeit. Wir bräuchten Tage, um das alles zu schaffen.«

Das verstand ich.

»Wie ist die Verhaftung auf dem Pier ausgegangen?« wollte ich wissen.

»Es hat zwei Tote gegeben.« Das Gesicht des Lieutenants verdunkelte sich. »Der Terrorist Rudy und ein Polizist. Kopfschuß, er hat nicht mehr lange gelitten. Der Mann hinterläßt eine Frau und ein Kind.«

Ich nickte und preßte die Lippen zusammen. »Haben Sie eine Zigarette, Lieutenant?«

»Natürlich.«

Er gab mir ein Stäbchen, und ich rauchte es langsam. Ebensogut hätte es mich erwischen können anstelle des Polizisten. Unser Leben war verdammt nicht einfach, und immer, wenn ich mit dem Tod eines anderen konfrontiert wurde, hatte ich solch trübe Gedanken. Ein Konstabler kam. Er hatte meine Kleidungsstücke über dem Arm hängen. »Sir, die Sachen sind trocken.«

»Danke.«

Ich zog mich um. Nun ja, trocken waren sie, aber der Stoff fühlte sich an wie Papier. Tragen konnte man den Anzug kaum noch. Ich würde ihn auf die Spesenrechnung setzen.

Der Lieutenant grinste, als er mich so sah. Aber es war Nacht, und spazierenzugehen brauchte ich mit den Klamotten nicht. Ich verabschiedete mich von den Kollegen der River Police.

»Soll ich Sie noch zu Ihrem Wagen bringen lassen?« fragte der Lieutenant.

»Nein, ich nehme ein Taxi. Sie haben wichtigere Aufgaben zu erfüllen.«

»Danke, Sir.«

Als ich nach draußen trat, fror ich. Irgendwie steckte mir das Bad doch noch in den Knochen. Ich mußte niesen und hustete ein paarmal durch. Da bahnte sich eine Erkältung an.

Telefonisch hatte ich mich beim Yard abgemeldet. Der nächtliche Bereitschaftsdienst war vorbei. Jetzt hatte ich wieder meinen eigenen Fall, der würde mich voll und ganz in Anspruch nehmen.

Um Sir James Powell Bescheid zu geben, war am Morgen noch Zeit genug. Ich wollte mir erst eine Mütze voll Schlaf gönnen, die hatte ich redlich verdient.

Lady X konnte nichts sehen. Der Schein einer Lampe traf voll ihr Gesicht und blendete sie.

Sie wußte nur, daß der Lebensretter ihr gegenübersaß und sie sich in einem alten Bootshaus an der Themse befanden, in das der riesige Samurai sie hineingetragen hatte, als wäre sie ein Stück Holz.

Jetzt stand der Kerl hinter ihr. Lady X konnte nicht gerade behaupten, daß ihr die Anwesenheit Freude bereitete. Sie war überhaupt ziemlich durcheinander. Sie hatte gesehen, daß der hünenhafte Kerl von einer Maschinenpistolengarbe getroffen worden war. Jeder normale Mensch wäre umgefallen – der nicht.

War er kein Mensch? Vielleicht ein Roboter? Heutzutage war ja alles möglich.

»Du bist Pamela Scott, die man auch Lady X nennt«, sagte Dr. Tod nach einer Weile.

»Ja. Aber können Sie nicht die verdammte Lampe wegnehmen? Sie blendet mich!«

Dr. Tod lachte blechern. »Warte die Zeit ab. Erst will ich wissen, ob du bereit bist, für meine Ziele mitzukämpfen.«

»Du bist mein Lebensretter. Bleibt mir etwas anderes übrig, als mich auf deine Seite zu stellen?«

»So solltest du nicht denken. Ich will dich von meinen Absichten überzeugen, denn ich habe vor, die Welt in ein Chaos zu stürzen, und suche Mitarbeiter.«

Lady X lachte. »Das haben mir schon viele prophezeit.«

»Aber nicht gehalten.«

»Genau.«

»Bei mir ist das anders, Pamela Scott. Ich habe dich aus gutem Grund aus der Misere herausgeholt und nicht aus reiner Menschenliebe, das kannst du mir glauben.«

»Ich habe auch nichts anderes erwartet.«

»Dann sind wir uns ja einig.«

»Wie willst du das denn anstellen, wenn ich mal fragen darf?« erkundigte sich die Frau.

»Mein Plan hört sich zwar großspurig an, aber er ist es nicht, wenn du merkst, wer alles hinter mir steht. Ich habe einflußreiche Freunde, die man mit einem Wort umschreiben kann. Dämonen!«

Nach dieser Erklärung sagte Lady X erst mal gar nichts. Ihre Lippen zuckten, sie hatte Mühe, ernst zu bleiben. Von Dämonen hatte sie gehört. In einschlägigen Filmen und Büchern las man genug darüber. Aber die gab es doch nicht in Wirklichkeit.

»Du glaubst mir nicht?« fragte Dr. Tod nach einer Weile.

»Nein.«

»Das kann ich sogar verstehen, aber ich werde dir das Gegenteil beweisen. Es gibt Dämonen oder Geschöpfe der Finsternis. Du hast eines schon kennengelernt, dreh dich nur um.«

Pamela Scott schluckte. Also doch kein Roboter, der hinter ihr stand, sondern ein Dämon?

»Ist – ist es ein...?«

»Nein und ja. Er ist natürlich ein Dämon, aber gleichzeitig auch ein Zombie.«

»Eine lebende Leiche?«

»So ungefähr. Ich habe Tokata aus Japan geholt. Dort war er jahrhundertelang in einem Vulkan begraben gewesen. Doch meine Beschwörung hatte ihn wieder zum Leben erweckt. Soviel wollte ich dir nur erklären. Bist du überzeugt?«

»Kaum.«

»Dann steh auf.«

Lady X erhob sich. Ihre Kleidung war noch immer feucht. Auch klebte ihr Haar naß am Kopf. Sie sehnte sich nach einem heißen Bad, aber das würde man ihr wohl nicht erlauben.

Die Terroristin stellte sich so auf, daß sie die Gestalt anschauen konnte. Um ihr ins Gesicht zu sehen, mußte sie den

Kopf in den Nacken legen. Der Samurai selbst stieß mit seinem Schädel fast an die Decke des Schuppens.

Grausam sah er aus in seiner schwarzen ledernen Kleidung und dem dicken Brustpanzer. Vor dem Gesicht trug er einen Schutz, und dahinter schimmerte es weißlich gelb.

»Nimm die Maske ab!« befahl Dr. Tod.

Der Samurai gehorchte. Seine Arme fuhren hoch. Mit beiden Händen faßte er die Maske und streifte sie vom Gesicht.

Lady X war viel gewohnt. Sie hatte ein verdammt hartes Leben geführt und Tote zurückgelassen. Was sie jetzt sah, entlockte ihr doch einen Schrei.

Der Samurai hatte ein völlig verwestes Gesicht. Da war zwar noch Haut, aber sie hing nur mehr in Fetzen über den schimmernden, bleichen Knochen.

»Laß es«, sagte Pamela und senkte den Blick.

»Setz die Maske wieder auf!« befahl Dr. Tod, und der Samurai gehorchte. Er hatte Dr. Tod als seinen Herrn anerkannt. Er würde für ihn sogar sterben.

Lady X schluckte. Sie hatte eine Hand gegen ihren Hals gelegt, das Gesicht war bleich.

»Setz dich wieder«, forderte Dr. Tod sie auf.

Pamela nahm Platz.

»Glaubst du mir nun?«

Lady X wußte nicht, was sie sagen sollte. Eine dicker Kloß saß plötzlich in ihrer Kehle. »Ich – ich brauche eine Zigarette.«

»Kannst du haben.« Aus dem Lichtkreis schob sich eine fleischige Hand, deren Finger ein Zigarettenpäckchen hielten. Streichhölzer lagen auf dem Paket.

Pamela riß das Päckchen auf und steckte sich einen Glimmstengel zwischen die Lippen. Sie rauchte hastig, um ihre Nervosität zu verbergen.

Dr. Tod ließ ihr Zeit. »Nun?« fragte er nach einer Weile, als die erste Asche von der Zigarette auf den Boden fiel.

»Die – die Maske ist wirklich gut«, antwortete Lady X.

»Es ist keine Maske!« zischte Dr. Tod. »Es ist echt. Dieser Samurai ist ein Zombie, ich sagte es dir.«

»Ja, natürlich.«

»Stellst du dich auf meine Seite?« fragte Solo Morasso, alias Dr. Tod.

»Und wenn nicht?«

»Wird dich die Polizei sehr schnell haben.«

Das war deutlich genug. Lady X brauchte auch nicht sehr lange, um sich zu entscheiden. Sie nickte. »Habe ich eine andere Wahl?«

»Nein, eigentlich nicht.«

»Aber ich darf doch mehr über die Ziele wissen?«

»Natürlich. Wie ich dir schon sagte, habe ich vor, mit Hilfe meiner Freunde die Welt in das absolute Chaos zu stürzen. Die Herrschaft der Dämonen soll und muß endlich angetreten werden. Ich bereite für sie alles vor.«

»Für den Teufel?«

»Im Endeffekt ja. Aber besonders dankbar bin ich Asmodina, der Tochter des Teufels, denn sie hat mich erweckt. Das heißt, sie hat dafür gesorgt, daß meine Seele aus dem Reich des Spuks freigelassen wurde und in einen anderen Körper gelangen konnte. In den des toten Mafioso Solo Morasso!«

»Von seinem Tod habe ich gelesen. Dann bist du Solo Morasso mit der Seele eines anderen?«

»Ja.« Zum Beweis seiner Antwort drehte Dr. Tod die Lampe und ließ den Strahl in sein Gesicht fallen.

Zum erstenmal sah Pamela Scott ihren neuen Freund deutlich vor sich. Auf dem Schiff hatte sie nur seinen Rücken gesehen. Das Gesicht kam ihr bekannt vor. Das war Solo Morasso. Sie hatte sein Foto des öfteren in den Zeitungen gesehen.

»Überzeugt?«

Lady X nickte.

»Gut, dann hätten wir diese Schwierigkeit aus dem Weg geschafft.« Dr. Tod hob die Hand, legte sie auf die Lampe und drückte den Schirm nach unten, so daß weder er selbst noch Lady X geblendet wurden.

»Wie ich schon sagte, will ich überall auf der Welt meine Stützpunkte errichten, und ich brauche Helfer. Einen habe ich schon – Tokata. Ein zweiter Helfer wirst du sein, einen dritten und vierten suche ich noch. Aber das ist Zukunftsmusik. Erst einmal müssen wir uns einig sein. Ich will etwas Bestimmtes von dir.«

Lady X griff zur zweiten Zigarette. Mit dem Stäbchen zwischen den Lippen fragte sie: »Da bin ich mal gespannt.«

»Das kannst du auch. Außerdem werde ich dir beweisen, wie gut ich über dich Bescheid weiß. Mir ist bekannt, daß ihr einen Anschlag vorhabt, und die Waffen dazu sind vorhanden. Sie lagern schon seit Jahren an einem bestimmten Ort, den ich allerdings nicht kenne und zu dem du mich hinführen sollst. Haben wir uns soweit verstanden?«

Lady X stieß den Rauch durch beide Nasenlöcher aus, der sich in Höhe des Kinns zu einer Wolke verbreitete. »Worauf willst du hinaus?«

»Es geht mir um den Lagerplatz.«

»Welchen?«

»Stell dich nicht dumm.« Morassos Stimme klang ärgerlich. »Vor Jahren haben englische Wissenschaftler ein gefährliches Gas entwickelt, das auf Menschen und Tiere gleichermaßen grausam wirkt. Es verändert sie, macht aus ihnen ganz andere Geschöpfe. Aus kleinen Tieren werden Monster und aus Menschen ebenfalls mißgebildete Gestalten. Soweit alles klar?«

»Natürlich.« Die Stimme der Frau zitterte ein wenig. Woher kannte Dr. Tod ihr bestgehütetes Geheimnis?

Morasso schien ihre Gedanken zu erraten. Er lachte. »Vergiß nicht, daß ich ein mächtiger Mafiacapo war, der überall auf der Welt seine Beziehungen hatte. Ich wußte, daß ihr dieses Gas gestohlen habt. Nur den Lagerplatz kenne ich nicht.«

»Es waren ja nur zwei kleine Kanister.«

»Die jedoch ausreichen, um London in eine Hölle zu verwandeln«, sagte Dr. Tod.

»Das stimmt allerdings.«

»Warum habt ihr es bisher nicht eingesetzt?«

»Vielleicht hatten wir letzte Skrupel.«

»Die sind jetzt ausradiert worden, merk dir das. Von nun

an gilt mein Wort. Wir werden das Gas holen, und wir werden es auch einsetzen. Hast du verstanden?«

»Ja.«

»Dann gib den Lagerplatz preis!«

»Es ist eine kleine Insel vor der Ostküste. Und ob du es glaubst oder nicht, sie ist gar nicht einsam, denn es gibt ein Unternehmen, das dort mit staatlichem Einverständnis seinen Müll ablädt. Gefährlichen Industriemüll.«

»Wie heißt die Insel?«

»Sie heißt Abbey's Island.«

»Was hat das mit einem Kloster zu tun?«

»Dort haben vor Hunderten von Jahren mal Mönche gelebt. Und in den Kellern dieser Klosterruinen habe ich das Zeug versteckt. Das ist des Rätsels Lösung.«

Dr. Tod lachte. »Gut, meine Liebe. Besser hätte ich es auch nicht planen können. Wir fahren in der nächsten Nacht hin.«

»Allerdings hätte ich noch ein paar Fragen.«

»Bitte.«

»Die Polizei – man kann ja über sie denken, wie man will –, aber sie schläft auch nicht. Ist sie dir noch nicht auf die Spur gekommen, Solo?«

Morasso lachte. Dann jedoch stieß er ein drohendes Knurren aus. »Ja, man ist mir auf den Fersen, und besonders ein Mann hat allen Ehrgeiz darangesetzt, um mich zu fangen: John Sinclair. Du hast ihn sogar gesehen, er war auf dem Boot. Fast hätte ihn Tokata getötet, aber die äußeren Verhältnisse sprachen gegen uns.«

»Wieso ist dieser Sinclair so schnell zur Stelle gewesen?«

»Das kann ich dir auch nicht sagen. Vielleicht ein dummer Zufall, mehr nicht.«

»Und du hast es noch nicht geschafft, ihn aus dem Weg zu räumen?« fragte Lady X.

»Nein.«

»Das ist schwach.«

Dr. Tod sprang auf. Die Scott hatte einen wunden Punkt berührt. Da war er verdammt empfindlich. Morassos Arm stieß vor. Sein Zeigefinger deutete auf Lady X. »Unterschätze diesen Mann nicht«, sagte er. »Sinclair ist mit allen Wassern gewaschen. Er hat viele mächtige Gegner geschafft, mit deren Niederlage keiner gerechnet hatte. Und Sinclair hat den gesamten Polizeiapparat des Yard hinter sich.«

Die Terroristin winkte ab. »Der hat uns bisher auch noch nicht fangen können.«

»Auf jeden Fall ist Vorsicht geboten«, sagte Dr. Tod.

»Wenn doch die Mächte der Finsternis hinter dir stehen, warum hast du sie nicht eingesetzt?«

Morasso schüttelte den Kopf. »Du verstehst nichts, du verstehst gar nichts. Weißt du eigentlich, daß John Sinclair mich vor Jahren getötet hat?«

»Was?«

»Ja, er hat mich umgebracht. Ich stand damals auf der Schwelle zum Dämon. Das heißt, aus mir sollte ein Dämon werden, doch Sinclair erwischte mich. Er schlug mir einen geweihten silbernen Nagel in die Stirn, und ich starb. Meine Seele ging ein in das Reich des Spuks, während mein Körper vermoderte. Das ist die Geschichte. Jahrelang irrte meine Seele in den Dimensionen des Grauens und der Finsternis umher, bis Asmodina und der Spuk einen Pakt schlossen, um mich zu befreien.«

Überzeugt war Lady X noch immer nicht. Das sah ihr Dr. Tod an. Sie konnte nicht begreifen, daß ein Mann wie dieser Sinclair Schwierigkeiten machte, allein der Samurai hätte ihn längst vernichten müssen.

Sie konnte nicht begreifen, daß dieser Mann es bisher nicht geschafft hatte. Er war nicht sehr groß, strahlte jedoch eine ungeheure Brutalität aus. Die Form seines Kopfes konnte man als eckig bezeichnen. Er hatte eine wuchtige Nase, ein Granitkinn und staubgraue Haare. Die Augen wirkten wie zwei kleine schwarze Knöpfe in seinem Gesicht.

Ein Mann wie ein Eisblock, ohne Gefühl.

Der richtige Partner für sie?

Vielleicht, nein, ganz bestimmt sogar. Plötzlich lächelte Lady X und streckte Dr. Tod die Hand hin.

»Okay, Partner«, sagte sie. »Heben wir diese verdammte Welt aus den Angeln.«

Dr. Tod schlug ein!

Der Westwind schaufelte die Wellen hoch und drückte sie gegen den graugestrichenen Bug des mittelstarken Motorbootes. Von einer Stunde zur anderen war das Wetter schlechter geworden. Wie mit einer riesigen Hand waren dünne, graue Wolken vor die Sonne geschoben worden, die ihr das Licht nahmen und gleichzeitig die Wärme zurückdrängten.

Es wurde kühler. Der Wind frischte auf, und die noch ziemlich kleinen Wellen wirkten wie gläserne Spielzeuge, die zerbrachen, wenn sie mit dem Boot in Berührung kamen.

Herby Holl und Derek Summer befanden sich allein auf dem Boot. Sie hatten es sich praktisch vom Munde abgespart, denn ihre Leidenschaft war das Meer.

Sie hatten ihr Studium inzwischen beendet und beide einen Job angenommen. Herby Holl arbeitete in einer Werbefirma. Derek Summer beschäftigte sich mit Problemen der Physik in einem staatlichen Institut. So verschieden die Männer in ihren Berufen waren, so eng hielten sie zusammen, wenn es um das Hobby ging.

Es war nun mal der Wassersport.

Sie segelten gern und fuhren in einem Motorboot oft die Küste entlang. An sich wären sie auch an der Küste entlanggesegelt, aber diese Routine hatten sie nicht, sie wollten sich erst einmal auf einem ungefährlicheren Weg das Meer anschauen. Denn auf hoher See zu segeln war eine ganz besondere Kunst.

Mißtrauisch beobachtete Herby Holl das Wetter. Er stand am Ruder und machte kein begeistertes Gesicht. Der schwarzhaarige junge Mann, der immer flotte Sprüche auf den Lippen hatte, legte seine Stirn in mißmutige Falten.

Derek Summer saß vor dem kleinen festgeschraubten Tisch und hatte den Kopf über die Karten gebeugt. Ein Zirkel und ein Winkelmesser lagen neben ihm. Derek wollte den neuen Kurs abstecken, nachdem sie übereingekommen waren, die Küste anzusteuern.

»Es ist besser«, hatte Herby Holl gesagt.

Der nächstgrößere Hafen war Skegness, ihn mußten sie anlaufen.

Summer nickte zufrieden. Mit den Fingern der linken Hand kraulte er seinen blonden Kinnbart, das tat er immer, wenn er über ein Problem nachgedacht hatte und zufrieden war.

»Meiner Ansicht nach müßten wir uns 30 Meilen vor der Küste befinden.«

»Das ist ein ganz schönes Stück.«

Summer grinste. »Was unsere ›Lizzy‹ immer schafft.« »Lizzy« hatten sie ihr Boot getauft.

Herby Holl drehte sich um. Sein Grinsen war nicht lustig. »Normalerweise würde sie das schaffen, aber meine Lauscher haben etwas gehört, das mir gar nicht paßt.«

»Was?«

»Mit dem Motor stimmt was nicht.«

Derek erhob sich. »Mach keine Scherze«, sagte er.

»Da habe ich jetzt keinen Nerv zu. Ehrlich, Derek, die Kiste läuft unruhig.«

Derek horchte. Er mußte sich breitbeinig hinstellen, da das Schiff von den anlaufenden Wellen gebeutelt wurde. Nach einer Weile nickte er.

»Habe ich recht?« fragte Herby.

»Ja, tatsächlich. Mit dem Motor stimmt was nicht.«

»Die Frage ist, ob wir mit ihm noch bis zur Küste kommen«, sprach Holl das aus, was auch sein Freund dachte.

»Vielleicht.«

Derek Summer ging an Deck. Kaum hatte er die Tür des kleinen Ruderstandes geöffnet, gischtete ihm bereits das Wasser entgegen. Lange Schleier, die der Wind über das Deck wehte. Sie näßten den jungen Mann sofort durch, aber sein Ölzeug zu holen, dafür hatte er jetzt keinen Nerv.

Derek bewegte sich auf den Bug des Schiffes zu und blieb

an der Reling stehen. Er schaute nach vorn in die wirbelnde Wetterbank. Was er sah, war nicht ermutigend.

Die Wolken hingen ziemlich tief. Manchmal hatte er das Gefühl, sie würden mit ihren Rändern die Spitzen der Wellen berühren. Von der Sonne war nichts mehr zu sehen. Die Natur war ein einziges Graugemisch.

Zum Glück war es nicht so windig, daß man von einem Sturm sprechen konnte. Die lange Dünung hatte zugenommen. Sie rollte gegen das Boot an, hob es hoch und drückte es dann wieder in ein Wellental, so daß Derek Summer das Gefühl hatte, auf gläsernen Bergen zu balancieren.

Summer verließ das Deck wieder und ging zu seinem Freund in das Ruderhaus.

»Wie sieht es aus?« empfing ihn Herby Holl.

»Nicht sehr gut. Alles eine Soße.«

Holl nickte. »Hatte ich mir direkt gedacht. Mit dem Motor ist es auch nicht besser geworden. Eher schlechter.«

»Wieso?«

»Er läuft immer unruhiger«, erklärte Herby und hob die Schultern. »Bis zur Küste schaffen wir es nicht.«

Derek Summer kraulte wieder seinen Bart. »Welche Möglichkeiten gibt es dann?«

»Wir sollten vielleicht eine Insel ansteuern. Hier gibt es mehrere.«

»Kennst du dich aus?«

»Nein«, gestand Herby und grinste. »Aber wir haben doch die Karte. Sieh sie dir mal an und steck den Kurs ab. Lange macht es unsere ›Lizzy‹ nicht mehr.«

»Okay.« Derek Summer nahm Platz. Sie hatten sich vor ihrer Reise mit gutem Kartenmaterial eingedeckt, das kam ihnen jetzt zugute. Summer schaute auf die Seekarte und ließ sich noch von seinem Freund einige Angaben hinsichtlich des Kurses geben. Er trug sie ein, rechnete nach, verglich und nickte.

»Hast du was?« fragte Herby.

»Ja.« Summer lachte. »Aber es ist nicht gerade erhebend. In meiner Karte ist eine Insel eingezeichnet: Abbey's Island.«

»Im Kloster sind wir richtig!« rief Herby Holl. »Hoffentlich ist es ein Nonnenkloster.«

»Ja, dafür bin ich auch«, erwiderte sein Freund sehr ernst. »Die Nonnen könnten dir endlich Respekt beibringen.«

»Den du nötig hast«, lachte Herby.

Die beiden waren plötzlich wieder aufgekratzt. Sie hatten ein Ziel vor Augen, und Derek Summer gab den neuen Kurs an, den Herby sofort einschlug.

Beide lauschten dem Motor. Er lief immer unruhiger. So kratzig und unregelmäßig, als hätte jemand Sand zwischen die Kolben geschüttet.

Herby verzog das Gesicht. »Der Motor des Schiffes muß wie eine Frau sein. Gepflegt und ruhig. Läuft er unruhig, ist es Mist.«

Summer nickte nur. Zusammen mit seinem Freund starrte er durch die große Scheibe, wo die breiten Wischer Spritzwasser zur Seite schaufelten.

Die See gischtete über, das Boot stampfte durch die Wellen. Die Wolken wurden zu kreisenden Gebilden zusammengetrieben, dem Meer entgegengedrückt, wo sie sich dicht über dem Wasser als Nebelstreifen ausbreiteten.

»Eine verdammte Suppe!« schimpfte Herby Holl. »Wenn das so weitergeht, finden wir die Insel gar nicht.«

»Mal den Teufel nicht an die Wand«, murmelte sein Freund.

Danach schwiegen sie und konzentrierten sich beide auf die Fahrt. In dieser Region mußte man immer mit einem schnellen Wetterwechsel rechnen. Im Normalfall war das auch nicht weiter tragisch. Daß der Motor fast seinen Geist aufgab, damit hatte natürlich niemand gerechnet. Er war vor Antritt der Reise noch überprüft worden.

Herby nahm das Glas und preßte es vor seine Augen.

»Siehst du was?«

»Nein.«

Das Schiff stampfte weiter. Jetzt lief der Motor überhaupt nicht mehr glatt. Er kratzte unaufhörlich. Die See sah seltsam grün aus. Schaumstreifen sprühten auf den Wellen, helle Kränze, die sich irgendwann verliefen.

»Ich sehe was!« rief Herby Holl. »Land in Sicht.«

»Ehrlich?«

»Ja. Das muß diese Insel sein.«

Derek Summer lachte. »Eine unserer leichtesten Übungen.« Er ließ sich von Herby das Glas geben.

Summer stellte die richtige Schärfe für seine Augen ein, ließ das Glas hin und her wandern und grinste dabei. »Tatsächlich, du hast recht. Eine Insel.«

»Hoffentlich macht uns die Brandung nicht zuviel zu schaffen«, murmelte Herby.

Da hatte er gar nicht so unrecht. Besonders bei unruhiger See war es nicht einfach, an Land zu gehen. Zudem kannten sie das Wasser vor der Insel nicht. Sie wußten nicht, ob Klippen bis dicht an die Oberfläche wuchsen und dort als tückische Fallen lauerten.

Herby Holl konzentrierte sich jetzt nur auf das Steuern des Bootes. Er durfte keinen Fehler machen, denn die kleinste Unsicherheit konnte das Ende bedeuten.

Langsam schälten sich die Konturen der Insel hervor. Keine hohen Felswände, sondern sanft ansteigendes Gelände mit einem kleinen Strand davor.

Sogar eine winzige Bucht war zu sehen.

»Nach soviel Pech dürfen wir auch mal Glück haben«, freute sich Herby Holl.

Sie gerieten bereits in die Brandung der See. Das Wasser zerrte an dem Kahn, wollte ihn voranschieben und gleichzeitig wieder zurückreißen. Herby mußte all seine Steuerkunst aufbieten, um das Boot in der Spur und damit auf Kurs zu halten.

Er schaffte es.

Plötzlich ritten sie auf einer Welle, wurden vorwärtsgeschoben, fielen zurück in das Wellental, und das schnell strömende Wasser drückte sie in die kleine Bucht hinein.

Ein natürlicher Hafen nahm sie auf. Felsen schützten ihn

an beiden Seiten, und an seinem Ende lief er in einem winzigen Strand aus, der mit grauem Sand bedeckt war.

Und dann gab der Motor seinen Geist auf. Er orgelte noch ein paarmal durch, stotterte, spotzte und tat nichts mehr.

»Robinson, wir kommen!« rief Herby Holl voller Galgenhumor, als das Boot auflief und die Schraube über Grund kratzte. Sie warteten noch ein paar Minuten und verließen das Schiff.

Langsam wateten sie an Land.

Der Sand war nicht so fein, wie er ausgesehen hatte. Zu viele Kieselsteine – manche faustgroß – lagen herum.

Zum Glück trugen beide Männer wetterfeste Kleidung und Stiefel. Sie betraten die Insel.

Herby Holl ließ sich auf seinen Allerwertesten nieder. Er klopfte sich eine Zigarette aus der Packung und zündete sie mit dem Sturmfeuerzeug an. Langsam blies er den Rauch gegen den Wind. »Willst du hier Urlaub machen?« fragte Derek.

»Nein, aber mich ein wenig entstressen.«

»O Gott, was ist das denn für ein Ausdruck? Wieder einer eurer Werbeerfindungen?«

»Klar. Wir sind immer in.«

»Nur nicht im Moment. Da sind wir out.«

Herby Holl schleuderte seine Zigarette weg. »Was soll's, Junge? Hauptsache, wir leben.«

»Sagte Robinson und wurde von den Eingeborenen in den Topf gesteckt«, vollendete Summer.

»Woher hast du das denn?«

»Fiel mir nur so ein. Ich hätte die Geschichte so geschrieben.«

»Klasse.« Herby schlug seinem Freund auf die Schulter. »Wenn du schon so scharf auf Robinson bist, dann laß uns wenigstens losziehen und die Insel näher in Augenschein nehmen.«

»Und das Boot?«

Herby winkte ab. »Das hat Zeit. Wir hauen hier auf der Insel auf den Putz. Ich wollte schon immer mal ein Kloster besichtigen.«

»Wenn du eins findest.«

»Wieso?«

»Glaubst du denn, das steht noch?«

Herby grinste. »Was alles steht, das überlaß mir mal.« Er lief schon vor. »Komm jetzt.«

Derek Summer fügte sich achselzuckend. Am liebsten hätte er sich sofort an die Reparatur gemacht, aber wenn sein Kumpel die Insel erforschen wollte, okay.

Hinter der kleinen Bucht stieg das Gelände an. Der Boden war mit Steinen bedeckt. Es war ziemlich beschwerlich, dort voranzukommen.

Derek Summer blieb plötzlich stehen. Herby, der schon vorging, rief er zu: »He, warte mal.«

Holl drehte sich um. Ein Grinsen glitt über sein braungebranntes Gesicht, und der Wind wühlte in seinem schwarzen Haar. »Was ist denn los?«

»Fällt dir nichts auf?«

»Wieso? Was soll mir auffallen? Hier ist es verdammt einsam. Da möchte ich nicht begraben sein.«

»Fällt dir wirklich nichts auf?«

»Mach's nicht so spannend. Sag schon.«

»Vögel! Es gibt keine Vögel hier. Auf jeder Insel, die nahe am Festland liegt, nisten Tausende von Seevögeln, aber hier siehst du keinen einzigen.«

Herby grinste. »Das stimmt. Hast du eine Erklärung?«

»Nein.«

»Okay, dann weiter.«

Sie erklommen die Spitze des Steinhügels und hatten von dort aus einen guten Blick fast über die gesamte Insel bis hin zum anderen Ufer.

»Mann«, sagte Herby, »das ist ein Ding.« Er streckte den Arm aus und zeichnete einen Halbkreis.

Das Gelände vor ihnen war nicht flach. Es gab kleine Hügel, dann wieder Täler, und das Gras dort war gelblich grün.

Es sah aus, als würde es absterben. Sie sahen auch die Klosterruinen, doch etwas anderes stach viel mehr ins Auge.

Müllberge!

Diese Insel war nichts anderes als eine gewaltige Müllkippe. Da lagen Fässer neben- und übereinander. Es war dort Abfall hingekippt worden. Blechteile, Holz, Verpackungsmaterial und sogar Schutt.

Eine echte Schweinerei.

Da waren die beiden Freunde einer Meinung.

»Diese verdammten Drecksäcke«, murmelte Derek Summer. »Die machen vor nichts halt.«

»Das ist eben der Fluch der Zivilisation«, meinte sein Freund. »Jetzt weißt du auch, warum hier keine Vögel sind.«

»Vielleicht.«

»Gehen wir weiter?« fragte Herby.

»Ja.«

Der Wind blies den beiden Männern in den Rücken. Sie rutschten auf der anderen Seite des Hügels den Hang hinab. Steine begleiteten sie.

Der Wind fuhr über die Müllberge, zerrte und zurrte an ihnen und hob die leichteren Gegenstände hoch. Wie von unsichtbaren Händen geworfen, flogen sie quer über die Insel.

Die leichteren Teile wehte der Wind vor die Füße der Männer.

Am Westrand der Insel wuchsen Felsen hoch. In deren Schatten lag die Klosterruine.

»Sehen wir uns die noch an?« fragte Herby.

»Ja.« Die Antwort klang schwach.

»He, was ist?« fragte Herby Holl.

»Ich – ich weiß auch nicht. Plötzlich kriege ich verdammte Kopfschmerzen.«

»Das macht das Wetter.«

»Glaube ich nicht. Ich bin nicht so wetterfühlig.«

»Vielleicht solltest du was essen?«

Derek schüttelte den Kopf und verzog gleichzeitig das Gesicht. »Hunger habe ich keinen.«

»Dann weiß ich auch nicht weiter.«

Sie hatten jetzt den Fuß des ersten Müllhügels erreicht und gingen parallel zu dem Berg weiter. Der Weg war ziemlich uneben, so daß sie sich voll und ganz auf ihn konzentrieren mußten. Niemand achtete auf den Müllberg, der sich plötzlich in halber Höhe zu bewegen begann.

Jemand wühlte sich von innen hervor.

Schutt, Abfall und Kartons gerieten ins Rutschen, ein Loch wurde freigelegt.

Wie ein Pfeil schoß eine lange grüngelbe Zunge daraus hervor, und im nächsten Moment tauchte ein gewaltiger Echsenkopf auf, der doppelt so groß wie der Schädel eines Menschen war...

Die beiden jungen Männer waren ahnungslos. Sie wollten den Müllhügel umrunden, um auf dem kürzesten Weg das Kloster zu erreichen. Derek Summer hielt mit, trotz seiner Kopfschmerzen, die stärker wurden. Er biß die Zähne zusammen, eine Schwäche wollte er nicht zeigen.

Auch Herby Holl spürte etwas. Vorhin hatte er die Schmerzen seines Freundes nicht richtig ernst genommen, doch als ein Stich durch seinen Kopf fuhr, wurde er mißtrauisch und blieb stehen.

»Verdammt!« rief er. »Jetzt spüre ich es auch!«

Derek Summer versuchte zu grinsen, es mißlang. Er sagte jedoch: »Irgend etwas ist mit dieser Insel los. Da stimmt was nicht, verdammt.«

»Ja, vielleicht...«

Herby Holl hatte sich umgedreht, um seinen Partner anschauen zu können. Er sah dabei auch an ihm vorbei und bemerkte, daß sich die Müllhalde bewegte.

Seine Augen wurden starr.

»He, was ist?« rief Derek.

»Hinter dir, verflucht. Die Halde da, sie bewegt sich. Da ist was drin. Da!«

Da hatte er den Echsenkopf gesehen, der sich aus der Halde schob. Ein gewaltiger Schädel, so groß wie der eines Krokodils, nur nach vorn hin abgerundet.

Derek Summer lief auf seinen Freund zu. Beide waren kalkweiß im Gesicht. Sie standen auf dem Fleck und zitterten, als sie sahen, wie sich die Echse weiterschob.

Ihre Haut zeigte eine grüne Farbe. Dazwischen schimmerten vereinzelt braune Schuppen. Die beiden Kiefer bewegten sich auf und ab, als sie das Maul bewegte, Zähne – lang und spitz – waren zu sehen. Augen, so groß wie Hände, rollten in den Höhlen und quollen weit hervor, um die Männer anzustarren.

Die Echse bewegte den Kopf. Ihr Körper wand sich weiter nach vorn und damit aus dem Müllberg hervor.

»Ich glaube, ich spinne«, flüsterte Herby Holl und rieb sich über die Augen.

Derek Summer dachte praktischer. Er wußte, daß dieses Monstertier nicht ihr Freund war. »Wir müssen hier weg!« rief er.

»Aber wohin?«

»Vielleicht ins Kloster.«

»Was sollen wir denn da?«

»Da können wir uns verstecken«, sagte Summer.

Herby überlegte. Dabei ließ er keinen Blick von dem Ungeheuer, das immer weiter kroch und von dem nur noch ein Teil des langen Schwanzes im Müllhügel steckte.

Plötzlich wischte eine klebrige Zunge aus dem Maul. So schnell, daß die beiden Freunde es kaum verfolgen konnten. Dicht vor ihnen klatschte die Zunge zu Boden.

»Komm!« schrie Herby Holl, riß seinen Freund an der Schulter herum und rannte mit ihm los.

Die Echse nahm die Verfolgung auf...

Zwei Tage später.

Nichts hatte sich getan. Keine Spur von Dr. Tod oder Lady X. Die beiden schienen vom Erdboden verschwunden zu

748

sein. Die Großfahndung war buchstäblich im Sande verlaufen.

Doch ich wußte, daß die beiden eine neue Teufelei ausbrüteten. Und nicht nur sie. Auch Tokata, ihr grausamer Helfer, war daran beteiligt. Aber was hatten sie vor? Und wobei konnte die Terroristin Lady X ihnen helfen?

Diese Fragen beschäftigten nicht nur mich, sondern auch Chiefinspektor Hartley und meinen Chef, Sir James Powell. Wir drei hockten in Sir James' Büro um einen runden Tisch herum und berieten.

Wie sollte es weitergehen?

Ich muß ehrlich gestehen, daß keiner von uns so recht weiterwußte. Allerdings hatte der Chiefinspektor die Unterlagen der Tatortuntersuchungen mitgebracht. Alles war ausgewertet worden. Über einen Tag lang hatten die Beamten einer Sonderkommission den Schuppen und dessen unmittelbare Umgebung unter die Lupe genommen. Die Ergebnisse waren niedergeschrieben worden und in dem Schnellhefter mit der Aufschrift »Geheim« aufbewahrt.

Vor uns stand Kaffee. Glenda hatte ihn gekocht. Nur Sir Powell trank sein Magenwasser.

Als Chiefinspektor Hartley den ersten Schluck nahm, verdrehte er die Augen.

»Vorzüglich«, lobte er das Getränk. »Wer beim Yard kocht diesen wunderbaren Kaffee?«

Ich grinste. »Meine Sekretärin.«

»Können Sie mir die nicht abgeben?«

»Nein.«

»Schade.«

»Kommen wir zur Sache«, sagte Superintendent Powell. »Was haben wir bisher an Fakten? John, Sie bitte!«

Ich mußte die Schultern heben. »Eigentlich nichts, Sir. Mir sind Dr. Tod, Lady X und Tokata entkommen, eine Großfahndung hat auch nichts ergeben, und wir stehen wieder am Beginn. Es ist traurig, aber wahr.«

Mein Vorgesetzter nickte. »Da sagen Sie was. Dr. Tod scheint eine Nummer zu groß für Sie zu sein.«

Ich schluckte die Wut hinunter und verbiß mir eine Bemerkung. Klar, Dr. Tod war ein Problem, aber jeder andere hätte ihn ebensowenig gefangen wie ich.

»Zu Ihnen, Mr. Hartley. Sie haben die Ergebnisse der Untersuchungen zusammengefaßt. Was ist dabei herausgekommen?«

»Einiges, das man durchaus verwerten könnte«, erklärte der Chiefinspektor.

Dann begann eine langweilige Aufzählung der Dinge, die der Tote getragen hatte. Es folgten die Ergebnisse der Ballistiker-Untersuchungen und zudem die Lebensläufe der Terroristen. Vor allen Dingen zählte Hartley die Verbrechen auf, die auf das Konto dieses Pärchens gingen. Der Bankraub stand an erster Stelle. Es folgten Kidnapping und räuberische Erpressung. Aber auch ungelöste Fälle schob man auf das Konto dieser Terroristen.

Eine halbe Stunde verging. Ich rauchte derweil eine Zigarette und trank meinen Kaffee.

Innerlich mußte ich grinsen, denn Sir James' Gesicht wurde immer finsterer. Ich kannte den alten Griesgram inzwischen einige Jährchen und wußte, wie er auf Dinge reagierte, die Hartley ihm vortrug. Ziemlich sauer, weil keine konkreten Ergebnisse vorhanden waren.

Als der Chiefinspektor ein weiteres Mal Luft holte, um voll einzusteigen, winkte der Superintendent ab.

»So nicht, Mr. Hartley. Das ist doch alles fauler Zauber. Ich bin an konkreten Dingen interessiert. Haben Sie nun eine Spur gefunden oder nicht?«

»Doch, wir haben.«

»Na bitte, dann sagen Sie das doch. Spannen Sie uns nicht so lange auf die Folter.«

Hartleys Kopf lief rot an. Er öffnete die Mappe und holte einen weißgelben Zettel hervor, der zahlreiche Knitterfalten zeigte. »Den hier haben wir bei dem Toten gefunden.« Er legte den Zettel auf den Tisch und strich ihn glatt.

Sir Powell und ich beugten uns vor.

»Eine Zeichnung«, murmelte ich.

Mein Chef nickte. Die Augen hinter seiner Brille wurden noch größer. Er verfolgte die geschwungenen Linien und brummelte etwas Unverständliches. Dann schob er mir den Zettel zu.

»Werden Sie daraus schlau?«

Wurde ich auch nicht. Wenigstens nicht sofort. Am Außenrand der Linie waren einige Kreise eingezeichnet, vor denen kleine Buchstaben standen. Ich sah ein W, ein M und ein S. Buchstaben, mit denen ich auch nicht viel anfangen konnte. Aber rechts der Linie hatte jemand ein dickes Kreuz auf das Papier gemalt.

Dieser Punkt mußte wichtig sein.

»Was sagen Sie?« fragte mich Sir Powell.

»Im Moment denke ich noch nach.«

»Dann beeilen Sie sich.«

Was malte man auf Papier? Alte Karten, Wege, die zu einem Schatz führten, Lagepläne...

»Müßte der Teil einer Karte sein. Ein Ausschnitt«, sagte ich.

Sir James nickte. »Was meinen Sie, Mr. Hartley?«

»Aber welcher Teil?« fragte Mr. Hartley.

»Vielleicht unsere Küste«, vermutete ich.

Die Augen des Superintendenten blitzten plötzlich. »Die Idee ist nicht schlecht. Wir werden es nachprüfen.« Sir Powell drehte sich auf seinem Stuhl und drückte einen Knopf.

Ein Rechteck in der holzgetäfelten Wand fuhr nach unten, und auf einer milchigen Glasscheibe erschien die englische Karte. Diese Projektion war eine Errungenschaft der Technik. In einem Computer war nicht nur diese Karte gespeichert, sondern die ganze Welt. Per Knopfdruck konnte abgerufen werden.

Mein Chef drückte weiter, bis der südwestliche Teil der Küste auf der Scheibe erschien.

Wir verglichen ihn mit der Zeichnung.

Negativ.

Weiter ging es. Die nächste Projektion zeigte die Gegend um Ipswich und Southern on Sea. Auch hier stimmte der Verlauf der Küstenlinie nicht mit der gefundenen Karte überein.

Bei der nächsten Projektion auch nicht, doch bei der übernächsten rief ich: »Stop!«

Mit dem Zettel in der Hand trat ich an die Scheibe. »Ja, das ist genau der Verlauf, Sir.«

Auch der Superintendent stand auf, Chiefinspektor Hartley erhob sich ebenfalls.

»Tatsächlich«, sagten beide.

»Und jetzt noch das Kreuz«, murmelte ich.

Es war eine sehr genaue Karte. Dort fanden wir Inseln, die auf einer normalen Karte nicht eingezeichnet waren. Die Inseln waren beschriftet.

Ich verglich genau.

»Das müßte Abbey's Island sein.« Sir James Powell kam mir zuvor.

»Genau.«

»Was meinen Sie, Hartley?«

»Ich stimme mit Ihnen überein, Sir.«

»Abbey's Island«, murmelte Sir Powell. »Was hatten die dort zu suchen?«

»Wir werden es herausfinden«, erwiderte ich optimistisch.

Sir James Powell hielt schon den Telefonhörer in der Hand. Er ließ sich mit dem Archiv verbinden und forderte Unterlagen über die Insel an, falls welche vorhanden waren.

»Bin gespannt, ob uns das weiterbringt«, meinte Chiefinspektor Hartley.

»Das wird Ihr Fall nicht mehr sein«, sagte der Superintendent. »Wir kümmern uns um die Sache.«

Hartley bekam einen roten Kopf. »Übernehmen Sie alles, Sir?«

»Ja.«

Ich hielt mich zurück. Aber so war es nun mal zwischen den einzelnen Dienststellen. Gerne gab keine einen Fall ab. Vor allen Dingen nicht solch einen brisanten: schließlich war es Hartley gelungen, einen Terroristen zu stellen. Die Zeitungen würden lobend über ihn schreiben. Daß eine zweite Person verschwunden war, würde irgendwann im Wust der neuen Meldungen untergehen.

Per Rohrpost erhielt Sir James Powell die Information. Er las sie zuerst durch und reichte sie dann an mich weiter. Hartley schaute mir über die Schulter.

Abbey's Island. Eine sich in staatlichem Besitz befindliche Insel, die 25 Meilen vor der Ostküste Englands liegt und von einem Privatunternehmen als Mülldeponie gemietet worden war. Diese Insel hatte ihren Namen aus dem Grunde erhalten, weil vor 800 Jahren dort ein Kloster gegründet worden war. Jetzt waren davon nur noch Trümmer zu sehen.

Ich ließ das Blatt sinken. »Eine Mülldeponie. Können wir damit etwas anfangen?«

Sir Powell hob die Schultern. »Abgesehen davon, daß es eine Schweinerei ist, solch eine Insel als Schuttabladeplatz zu benutzen, wird die Zeichnung ja ihren Grund gehabt haben.«

»Ich fahre also hin!« sagte ich.

»Ja.«

»Welcher Müll dort gelagert ist, müßte man wissen«, murmelte ich. »Vielleicht Giftmüll?«

Sir Powell schaute mich ernst an. »Ich werde es herausfinden, John. Bereiten Sie alles vor.«

»Ich nehme Suko mit.«

Der Superintendent war einverstanden, und wir konnten gehen.

Auf dem Flur ließ Hartley seinem Zorn freien Lauf. »Wir müssen nur die Dreckarbeit machen«, schimpfte er. »Ihr pickt euch die Rosinen aus dem Kuchen.«

Ich hob die Schultern. »Glaube kaum, daß man das als Rosinen bezeichnen kann«, erwiderte ich.

Hartley blieb stehen. »Wir haben doch die meiste Arbeit gemacht – oder nicht? All die Ermittlungen, das Sammeln der Steinchen zu einem großen Mosaik, ich habe kaum geschlafen, und jetzt wird einem der Fall weggenommen. Bravo, sage ich, bravo.«

»Im Prinzip haben Sie recht, Kollege. Nur besteht da ein Unterschied. Ihre Kleinarbeit war nicht lebensgefährlich. Was jetzt folgt, falls wir die Spur der Lady X finden, wird teuflisch, wenn wir dabei auf Dr. Tod stoßen. Das können Sie mir glauben.«

»Und der Polizist, der sein Leben gelassen hat?«

»Ich sprach bewußt nur Ihre Ermittlungen an. Oder wollen Sie, daß noch mehr Ihrer Männer sterben? Denn das kann durchaus passieren, wenn Sie unvorbereitet in die Auseinandersetzungen mit einem Gegner wie Dr. Tod und dessen Helfer ziehen.«

Hartley schwieg. Nach einer Weile meinte er: »Sie nehmen sowieso eine Sonderstellung ein, Sinclair. Man weiß nie so recht, was Sie machen. Vielleicht hat alles seine Richtigkeit. Ich wünsche Ihnen jedenfalls viel Glück.«

»Danke.«

Hartley verschwand, ich kehrte zurück in mein Büro. Glenda war in der Pause.

Hunger hatte ich auch, doch jetzt eine halbe Stunde in der Kantine zu sitzen bedeutete einen zu großen Zeitverlust, den ich mir nicht mehr leisten konnte.

Ich wollte Suko gerade anrufen, als der Apparat auf meinem Schreibtisch klingelte.

Sir Powell war dran. Seine Stimme klang rauh und wütend. »Ich habe mich erkundigt. Auf der Insel lagern tatsächlich Fässer mit giftigem Müll. Nehmen Sie sich Gasmasken mit. In einer Stunde startet der Hubschrauber, der Suko und Sie rüberbringt.«

Das war's. Sir Powell legte auf. Ich aber rief meinen chinesischen Partner an.

Sie rannten, als wäre der Teufel höchstpersönlich hinter ihnen her. So falsch war der Vergleich auch nicht, denn die beiden Freunde fürchteten sich wirklich.

Wenn die Eidechse, dieses riesenhafte Geschöpf, sie schnappte, war es aus.

Trotzdem hatte Herbý Holl noch die Nerven, sich umzudrehen.

Er erschrak.

Die Eidechse hatte den Müllberg jetzt vollständig verlassen. Sie rutschte auf der einen Seite hinunter. Eine Abfalllawine überschüttete sie, doch das Zeug tat ihrer gepanzerten Haut nichts.

Sie merkte es kaum. Mit ihrem langen, hornigen Schwanz peitschte sie die im Weg liegenden Reste zur Seite und machte sich an die Verfolgung der Männer.

»Schneller!« keuchte Derek Summer. »Wir schaffen es sonst nicht. Die kriegt uns!«

Sie rannten nebeneinander her. Bevor das Gelände wiederum anstieg, sahen sie in einem flachen Tal die Überreste des Klosters. Es waren wirklich nur Ruinen.

Eine Außenmauer war völlig zusammengestürzt. Dahinter konnten sie in den ehemaligen Innenhof sehen, auf dem jetzt das gelbgrüne, harte Gras wuchs.

Aber rechts von ihnen stand noch ein Gebäude.

Es mußte der Teil eines Seitenflügels sein, der alle anderen Fragmente überragte und jetzt wie ein kleiner Turm wirkte.

Die Männer stolperten auf den Innenhof zu. Sie mußten dabei herumliegenden Steinen ausweichen, die ihre Flucht behinderten.

Herby Holl lief an der Spitze. Er hatte die bessere Kondition. Derek Summer stolperte hinter ihm her. Obwohl Herby noch mehr Kraft besaß als sein Freund, lief er ihm nicht weg. Sie waren gemeinsam in diesen Schlamassel geraten und würden auch gemeinsam die Gefahr meistern, falls dies möglich war.

Summer taumelte. Er konnte sich kaum noch auf den Beinen halten, warf den Kopf in den Nacken und atmete schnell und keuchend. Sein Gesicht war verzerrt.

»Lauf allein weiter!« japste er. »Ich – ich kann nicht mehr. Bring dich in Sicherheit...«

»Quatsch!« Herby Holl reagierte sauer. Er lief zurück, packte den Freund und wuchtete ihn hoch. Derek hing wie ein Mehlsack auf der Schulter seines Freundes. Herby aber biß die Zähne zusammen und schleppte ihn weiter.

Dadurch holte die Riesenechse auf.

Sie hatte Beine, die fast einen Meter lang waren. Damit schleuderte sie die im Weg herumliegenden Steine und Felsbrocken zur Seite. Mit dem Schwanz war sie bestimmt vier Yards lang. Wieder schlug die Zunge aus ihrem Maul. Sie war wie eine Peitschenschnur, knallte hinter den Flüchtlingen auf den Boden und riß dort das Gras mitsamt seinen Wurzeln aus der Erde.

Herby Holl stolperte in den Innenhof. Jetzt sah er das stehengebliebene Gebäude genauer, und er entdeckte die große, nach oben spitz zulaufende Holztür.

Ein Freudenschrei, der in einem heiseren Krächzen ausklang, drang über seine Lippen.

Mit seinem Freund zusammen fiel er gegen die Tür, weil er nicht mehr stoppen konnte.

Derek Summer rutschte von seiner Schulter. Er landete auf den Füßen, fiel nach vorn und konnte sich an der Wand abstützen.

Dort drehte er sich schwerfällig um und schaute der Riesenechse entgegen.

Sie kam.

Schon hatte sie den Rand des Innenhofs erreicht und schlug wieder ihre klebrige Zunge aus dem geöffneten Maul. Die schlängelte über den Boden und schleuderte dicht vor den beiden Freunden den Dreck hoch. Erreichen konnte die Zunge sie noch nicht.

»Mach auf!« schrie Derek, den plötzlich die heiße Angst überfiel.

»Kann nicht! Es ist zu!« brüllte Herby.

»O Gott!«

Auch Herby schluchzte auf. Er rüttelte an der verrosteten Klinke, aber es half nichts. Die Tür ließ sich nicht öffnen.

Die Echse riß weit ihr Maul auf. Für sie waren die beiden Männer sichere Opfer.

Doch sie sollte sich vorerst getäuscht haben. Denn plötzlich wurde die Tür geöffnet.

Von innen!

Herby Holl, der sich gegen das Holz gelehnt hatte, verlor

das Gleichgewicht und fiel in den dahinterliegenden Raum. Hart prallte er zu Boden und schmeckte den Staub auf den Lippen.

Eine Stimme zischte: »Rein, schnell!«

Dieser Befehl galt Derek Summer. Der junge Mann überlegte nicht lange. Auf allen vieren kroch er durch den rettenden Spalt. Das geschah genau in dem Augenblick, als die Echse abermals ihre Zunge vorschleuderte, um einen der Männer zu fangen. Sie hatte jetzt die richtige Distanz, und sie hätte auch getroffen, wenn nicht der unbekannte Retter die Tür zugedonnert hätte.

So klatschte die Zunge dagegen.

Das stabile Holz zitterte nach, mit solch einer Wucht war die Zunge gegen die Tür gedroschen worden.

Es brach allerdings nicht.

Derek und auch Herby lagen auf dem Boden. Beide waren ausgepumpt, am Ende ihrer Kraft schnappten sie nach Luft.

Ihr Retter ließ ihnen Zeit, sich zu erholen. Er schaute sie nur an, und sie erwiderten seinen Blick.

Vor ihnen stand ein alter Mann mit schlohweißen Haaren. Er hatte ein zerfurchtes Gesicht und trug einen blaugrauen Kittel. Wie zwei Erker sprangen Nase und Kinn vor. Die Hände waren dünn, überhaupt zeigte der Körper kaum Fett.

»Danke, Alter!« keuchte Herby Holl.

Der Mann schüttelte den Kopf. Seine schulterlangen, strähnigen Haare flogen dabei durcheinander. »Bedanken braucht ihr euch nicht«, sagte er mit seltsam hoher Stimme.

»Aber du hast uns das Leben gerettet.«

»Nur für kurze Zeit. Wir werden hier verrecken.« Als er die entsetzten Blicke der beiden Freunde sah, beugte er sich nach vorn und flüsterte kichernd: »Ja, verrecken werden wir. Aufgeschoben ist nicht aufgehoben. Hier lauert der schleichende Tod. Er wird euch fressen, genau wie er mich schon angefressen hat.«

Herby Holl stemmte sich hoch. Er taumelte und stützte sich an der Tür ab, dann half er seinem Freund auf die Beine.

»Was soll das heißen?« fragte Herby. »Der schleichende Tod?«

»Ich werde es euch gleich erklären, ihr Ahnungslosen. Schaut euch nur um!«

Das taten sie.

Sie waren in einem alten Gewölbe gelandet. Von der Tür her führten vier breite Steinstufen in das Gewölbe hinein. Die Stufen waren wellig und zum Teil schwer beschädigt. Eine Rundbogendecke wurde von zwei Pfeilern gehalten, damit sie nicht einstürzte. Der Boden bestand aus festgestampftem Lehm. Als Sitzgelegenheiten dienten mehrere bearbeitete Steinblöcke. Einen zweiten Ausgang gab es nicht. Nur eine alte Falltür, die etwas verbarg.

»Unheimlich ist es hier schon«, gab Herby Holl zu. »Aber vom schleichenden Tod kann ich nichts erkennen.«

Der Alte winkte mit seinem gichtkrummen Finger. »Kommt mit, Freunde, kommt nur mit.«

Herby und Derek folgten dem Mann in den Hintergrund des Gewölbes. Vor der Luke blieb der Alte stehen.

»Jetzt zeige ich euch meine Schreckenskammer«, wisperte er, als hätte er Angst, von anderen gehört zu werden.

Er bückte sich, umfaßte einen Ring und zog die Falltür hoch.

Zuerst sahen Derek und Herby nur ein Loch, sonst nichts.

»Was ist denn daran schlimm?« fragte Derek Summer.

»Der Inhalt.«

»Ich sehe nichts«, sagten die beiden wie aus einem Munde.

Der Alte griff in seine Tasche und förderte eine schmale Lampe zutage. Ansonsten brannten in dem Gewölbe nur einige alte Ölfunzeln. Sie standen in kleinen Wandnischen.

Der Alte knipste die Lampe an und leuchtete in den Schacht. Das Licht fiel als heller Kreis auf eine Blechkiste.

Nur ein Blinder hätte die gelbe Beschriftung nicht gesehen.

Poison!

»Gift«, murmelte Derek Summer. »Welches Gift?«

»Gas«, hauchte der Alte. »Gefährliches Giftgas, das hier versteckt worden ist.«

»Von wem?«

»Keine Ahnung.«

Erst jetzt fiel den beiden Freunden richtig auf, was der Alte gesagt hatte. Herby wirbelte herum. »Hast du tatsächlich Giftgas gemeint, Alter? Wirklich?«

»Ja, wenn ich es sage.«

Herby senkte den Kopf. Er schaute seinen Freund an, der nur dastand und schluckte.

»Sind die Behälter noch dicht?« wollte Derek wissen.

»Nein, das Gas strömt aus.«

Das war der Hammer. Unwillkürlich traten die beiden einige Schritte zurück.

Vor der nächsten Frage fürchtete Derek Summer sich, aber er stellte sie trotzdem. »Was hat dieses Gift bei uns Menschen für Folgeerscheinungen?«

»Seht mich an!« kicherte der Alte.

»Und?«

»Auf wie alt schätzt ihr mich?«

Die Freunde zögerten, schauten sich an. Herby meinte: »Sag du es, Derek.«

Vorsichtig formulierte Summer die Antwort. »Vielleicht auf 60 Jahre«, meinte er, obwohl er mit dieser Antwort noch schmeichelte.

Der Alte lachte schrill. »Sechzig?« Er klatschte in die Hände. »Das ist nicht zu fassen.«

»Älter?« fragte Herby Holl.

»Nein, ihr Irren. Jünger, viel jünger. Hört zu, ich bin 31 Jahre alt.«

Das war eine Bombe. Unglauben zeichnete sich auf den Gesichtern der beiden Freunde ab.

»Das ist doch gelogen«, meinte Derek.

»Nein, es stimmt.«

Herby schluckte. »Und weshalb – weshalb sehen Sie – äh, siehst du so alt aus?«

»Ich habe euch doch vom schleichenden Tod erzählt. Das Gift ist es, das mich hat altern lassen. Blitzschnell. Ich bin erst seit 14 Tagen hier.«

»O Gott«, stöhnte Derek und preßte beide Hände vor sein Gesicht.

»Wollt ihr die ganze Geschichte hören?« fragte der »Alte«. Herby nickte für seinen Freund mit.

»Ich heiße Ernie Swift«, erklärte der junge Alte, »und ich gehöre zur Besatzung eines Frachters, der hier Müll abliefert. Eines Tages, wir kamen aus Schottland und hatten Ölfässer geladen, gab es einen Streit an Deck. In mir fand man den Schuldigen, und ich sollte bestraft werden. Man setzte mich auf der Insel aus. Später soll ich wieder abgeholt werden. Das ist die Geschichte.«

»Aber geht denn das so einfach?« fragte Derek Summer. »Man wird doch merken, daß Sie überfällig sind.«

»Ach woher, die meisten auf dem Giftkahn hatten keinerlei Arbeitserlaubnis. Wir haben die Fässer abgeladen und fertig.«

»Das ist verboten, wenn ich mich nicht irre«, sagte Herby Holl.

»Ja, und nein«, lautete die Antwort.

»Wieso?«

»Diese Insel ist eine staatlich anerkannte und offizielle Müllkippe. Allerdings nur für bestimmte Firmen, nicht für die, der wir uns angeschlossen haben. Wir haben hier ohne Konzession gekippt.«

»Und das ist nicht aufgefallen?« fragte Derek Summer.

»Nein, es kontrolliert ja niemand.«

»Aber wieso bist du so schnell gealtert?« fragte Herby Holl. »Macht das dieses abgelagerte Gift?«

»Nein.« Ernie schüttelte den Kopf. »Unser Gift nicht. Aber ich will der Reihe nach berichten. Als ich hier abgesetzt wurde, mußte ich irgendwo eine Bleibe finden. Ich forschte die Insel aus und fand diese Klosterruine. Dort nistete ich mich ein. Es dauerte seine Zeit, bis ich die Luke entdeckt hatte, und als ich dann hineinschaute und die beiden Kanister sah, bekam ich einen Schreck. Darin ist hochgiftiges Zeug. Welches Gas man da versteckt hat, ist mir nicht bekannt. Auch den Täter kenne ich nicht. Auf jeden Fall löst das Gift, wenn man damit in Berührung kommt, eine Veränderung der Zellstruktur aus. Bei Tieren ist es besonders schlimm. Da fördert es das Wachstum. Warum, glaubt ihr, ist die Eidechse so groß geworden? Weil sie von dem Gift eingeatmet hat. Und nicht nur Eidechsen gibt es hier auf der Insel, auch Krebse und Spinnen. Nur die Vögel sind verschwunden, sie haben bemerkt, was geschehen ist. Auf mich hatte das Gift eine andere Wirkung. Ich begann zu altern, meine Haut wurde welk, die Haare fielen mir aus, hinzu kam der Hunger. Ich habe mich in den letzten beiden Tagen von Gräsern ernährt, weil meine Vorräte aufgebraucht waren. Und ich muß immer höllisch achtgeben, daß mich die Riesentiere nicht schnappen, wenn ich nach draußen gehe. Tagsüber belauern sie dieses Kloster, deshalb verschwinde ich oft des Nachts und hole mir Wasser. Es ist jedesmal eine Horrortour.«

Die beiden Freunde nickten.

»Und wie kommen wir hier weg?« fragte Derek.

»Da gibt es kaum eine Chance«, erwiderte Ernie. »Ihr müßt wohl oder übel hierbleiben.«

»Aber unser Boot liegt am Strand.«

»Da müßt ihr erst einmal hinkommen.«

»Wenn wir im Schutz der Dunkelheit laufen, können wir es schaffen. Und vom Boot aus funken wir SOS. Bis aufs freie Meer schafft es der Motor noch.«

Ernie lächelte nur und winkte den beiden zu. Sie gingen zur Tür, die Ernie Swift spaltbreit aufzog.

Derek und Herby prallten zurück. Was sie sahen, ließ ihnen die Haare zu Berge stehen.

Vor dem alten Bau und auf dem Innenhof hockten zwei grüne Riesenechsen!

Sie hielten sich links und rechts der alten Holztür auf. Ihre Mäuler waren zur Hälfte geöffnet, die Männer konnten die gefährlichen Zähne und die rötlich schimmernden Zungen sehen.

Sacht schloß Ernie Swift die Tür. »Die lassen euch und mich nicht vorbei.« Er hob die mageren Schultern. »So wie ihr habe ich vor ein paar Tagen auch gedacht. Nein, wir haben keine Chance, nicht die geringste.«

»Aber was sollen wir denn dann überhaupt machen?« fragte Derek, und seine Stimme klang schrill.

Ernie kicherte. »Verrecken! Was anderes bleibt dir gar nicht übrig, mein Junge.«

»Hör auf damit!« knirschte Herby Holl. »Irgendeine Chance wird es schon geben.«

»Ich sage nichts mehr.«

Die beiden jungen Männer nahmen auf einem Stein Platz. Sie hatten schon einiges in ihrem Leben gemeinsam unternommen, hatten sich mit dem gefährlichen, unberechenbaren Meer herumschlagen müssen, aber in solch einer Lage waren sie noch nie gewesen.

Wie bei einem Roman von Jules Verne, dachte Derek Summer und wühlte alle fünf Finger der linken Hand durch seine Haare. Sie fühlten sich seltsam rauh an und knisterten.

Derek zog seine Hand zurück.

Seine Augen wurden groß, als er auf seine Finger starrte. Zwischen ihnen hingen seine Haare. Er hatte sie sich ausgerissen.

Unter uns lag Suffolk.

Diese grüne englische Provinz mit ihren saftigen Weiden und Wiesen, den großen Gütern, Farmen, Wäldern, Schlössern und Sümpfen.

Eine Idylle, in der man heute noch das findet, auf das die Engländer so stolz sind.

Tradition.

Hier lebten noch zahlreiche Adelige, doch vielen war das nötige Kleingeld ausgegangen. Sie hatten verkaufen müssen. Manche an begüterte Industrielle, andere wieder gaben ihr Land den Ölscheichs. Die ließen sie nämlich offiziell noch darauf sitzen und als Eigner fungieren. Nur die Unkosten wurden von den Scheichs getragen.

Der Hubschrauber, von der Royal Army ausgeliehen, war

ziemlich geräumig. Suko und ich saßen im Mittelteil. Wir hatten ausreichend Platz und konnten die Beine ausstrecken.

Über uns drehten sich die Rotorblätter wie die Flügel einer Windmühle. Das Flappern vernahmen wir schon gar nicht mehr, und auch der Motorenlärm machte uns kaum noch was aus.

Zwischen meinen Füßen stand der Koffer. Unbewaffnet wollte ich Dr. Tod und seinen Helfern nicht gerade in die Arme laufen. Vielleicht konnte ich Tokata mit dem Bumerang köpfen. Beim Spuk hatte er ja leider versagt.

Aber soweit waren wir noch nicht.

Wir flogen unter den Wolken und relativ tief. Das Wetter war nicht besonders, wir kamen durch Regenschauer.

Nördlich von Cambridge, in der Nähe von Littleport, wollten wir zwischentanken. Dort befand sich ein Lager der Army. Unser Besuch war bereits avisiert worden.

Suko war froh, daß er sich wieder voll in die »Arbeit« stürzen konnte. Er war ja bei meinem letzten USA-Trip nicht mit von der Partie gewesen. Jetzt freute er sich direkt auf Dr. Tod.

Vor uns lag eine Wolkenwand. In die flogen wir hinein. Plötzlich konnten wir nichts mehr sehen. Rechts und links des Hubschraubers zogen dicke Nebelschwaden vorbei. Zum Glück gab es hier in der Nähe keine Berge, gegen die wir hätten fliegen können.

Meiner Schätzung nach brauchten wir noch eine halbe Stunde bis zum Army-Depot.

Wir schaffen es in 20 Minuten. Der Pilot erhielt Landeerlaubnis. Er richtete sich nach den Rollbahnfeuern. Sacht setzte er den Hubschrauber auf.

Die Maschine lief langsam aus, die Rotorblätter fielen in sich zusammen.

»Wollen Sie aussteigen?« fragte der Pilot. Er war noch ein junger Mann, aber man hatte mir gesagt, daß man sich auf ihn verlassen konnte.

Wir waren einverstanden. Die paar Schritte taten gut. Suko nahm den Koffer, bevor ich ihn daran hindern konnte.

Es regnete. Feiner Sprühregen segelte vom Himmel, zudem war es warm, und wir schwitzten in unseren Wetter-jacken.

Von der großen Tankstelle rauschte ein Wagen heran. Er brachte das Kerosin. In seinem Schlagschatten fuhr ein Jeep. Das Verdeck war hochgeklappt.

Neben uns hielt der Jeep. Heraus stieg ein Captain. Sein Fahrer blieb sitzen.

Der Captain grüßte, ich nickte nur.

»Irgendwelche Beschwerden, Sir?« fragte er und wippte auf den Zehenspitzen.

»Nein, Sir«, erwiderte ich, »aber ich müßte mal für Königs-tiger.«

»Äh – wie bitte?«

»Gibt es hier eine Toilette?«

»Ach so. Ja, natürlich. Steigen Sie ein. Ich lasse Sie hinfah-ren.«

Na, wenn das kein Service war, denn zur Toilette gehen selbst die Kaiser zu Fuß.

Eine Viertelstunde später befanden wir uns wieder in dem Hubschrauber. Der Pilot wartete schon. Er hieß übrigens Tom Bridger und hatte einen Igelhaarschnitt.

Wir kletterten wieder in die Maschine. Bridger startete. Sacht hob der Hubschrauber ab, und wir flogen hinein in die grauen Wolken.

»Wenn das so bleibt, finden wir die Insel nie«, meinte Suko. Damit sprach er mir aus der Seele, denn diese Befürchtung hegte ich auch.

Mit dem Piloten redeten wir nicht über unsere Sorgen. Wir wollten ihn nicht belasten.

Er änderte den Kurs. Der Hubschrauber flog jetzt mehr östlich, und wir merkten gar nicht, daß wir uns bereits über der See befanden. Als der Pilot uns dies sagte, schauten wir aus dem Fenster.

Nur Wolken.

»Wir fliegen jetzt über die Bucht, die ›The Wash‹ heißt«, sagte er. »Es dauert nicht mehr lange.« Er hatte den Kopfhö-rer abgenommen, um sich mit uns verständigen zu können.

»Und das Wetter?« rief ich.

»Soll angeblich auf See besser sein.«

»Davon merken wir nichts.«

Tom Bridger grinste. »Weil wir uns noch in Küstennähe befinden, daher kommt das.«

»Aha.«

Wieder was gelernt. Zehn Minuten vergingen. Auf Sukos Gesicht mehrten sich die Sorgenfalten, und mir war auch nicht gerade nach einem fröhlichen Lied zumute.

Dann jedoch erlebten wir eine Überraschung.

Es klarte auf. Nicht zum Wolkenbruch, wie es so schön heißt, sondern völlig normal. Die Sicht wurde besser. Als wir nach unten schauten, sahen wir das Meer.

Es war eine grüngraue, hin- und herwogende Fläche mit schaumigen Wellenkämmen.

In der Ferne sahen wir zwei Schiffe. Sie zogen dort ihre Bahn, wo der graue Wolkendunst mit dem Meer verschmolz.

Über uns trieben noch dicke Wolkenberge gen Westen, sie hüllten uns jedoch nicht mehr ein. Zahlreiche Vögel befanden sich in der Luft.

Zumeist Möwen, die mit schrillem Kreischen und weitaufgerissenen Schnäbeln dicht über den Wellen dahinschossen.

Die Insel sahen wir nicht.

Ich hatte eine Karte mitgenommen, legte sie auf meine Knie und schaute nach.

Eigentlich mußten wir sie bald erreichen, falls wir uns nicht verflogen hatten, woran ich allerdings nicht glaubte, denn der Pilot machte einen sicheren Eindruck.

Die Gasmasken befanden sich im Einsatzkoffer. Es waren keine Dinger, wie man sie früher hatte, sondern moderne Konstruktionen, die praktisch in eine Tasche paßten.

Dann drehte sich Tom Bridger um und deutete schräg nach unten. Suko und ich reckten die Hälse.

Tatsächlich, dort lag eine Insel. Ein Klecks inmitten der unendlichen See.

Schnell flogen wir näher. Die Insel schien unbewohnt zu

sein. Aber es gab an einer Seite kleine Buchten, in denen man Boote verstecken konnte.

Und Suko entdeckte auch eins. »Da, in der Bucht, direkt am Strand«, sagte er.

Es stimmte. Suko hatte ein Motorboot entdeckt, das dort schräg an Land lag. Es war graugrün gestrichen und hob sich kaum vom Untergrund ab.

»Ob das Dr. Tod und seinen Komplizen gehört?« fragte mich der Chinese.

Ich hob die Schultern.

»Soll ich landen?« fragte der Pilot.

»Klar.«

Er ging tiefer und legte den Hubschrauber dabei in eine Kurve, daß mir der Magen leicht angehoben wurde. Mit fast zu hoher Geschwindigkeit glitten wir am Ufer der Insel entlang, wo Bridger nach einem Platz suchte, um zu landen.

Er fand ihn auch.

Fast am anderen Ende der Insel gab es eine größere freie Fläche, wo er seine Maschine aufsetzen konnte.

Sinkflug!

Der Magen schoß mir hoch. Ich spürte ihn plötzlich in der Kehle. Dann stand die Maschine fast in der Luft und landete sicher auf den beiden Kufen.

Die Rotorblätter wirbelten den Sand zu regelrechten Fontänen hoch. Mit dem Ersterben des Motors senkte er sich dem Boden entgegen.

»Aussteigen, Gentlemen«, sagte Tom Bridger. Ich nahm den Koffer, während Suko die Tür aufklappte und schon nach draußen sprang.

»Wann soll ich Sie wieder abholen?« fragte mich der Pilot. Er reichte mir ein Funkgerät rüber. Ich konnte damit jederzeit Kontakt zur Zentrale aufnehmen.

»Das kommt darauf an«, erwiderte ich. »Es kann in vier Stunden sein, aber auch erst in einem Tag.«

»Was suchen Sie eigentlich auf der Insel?« wollte er wissen.

Von unserem Job hatten wir ihm nichts gesagt, sondern uns als Wissenschaftler ausgegeben.

»Spuren«, erklärte ich.

»Öl?«

»Nein, nein. Radioaktives Gestein. Man vermutet, daß es auf der Insel dieses Zeug gibt.«

»Ach so.« Er deutete auf den Koffer. »Dann ist dort sicherlich Ihr Arbeitsgerät verstaut?«

»Genau.«

Auch ich kletterte nach draußen, nahm das Funkgerät in die rechte und den Koffer in die linke Hand.

Ich befand mich noch in dem Hubschrauber, als ich Sukos Warnschrei hörte.

»John!«

Blitzschnell war ich aus der Maschine und kreiselte herum.

Suko stand fünf Yards entfernt und deutete auf eine Felsengruppe, wo der Kopf einer Riesenechse aufgetaucht war...

Derek Summer starrte auf die Haarbüschel, die zwischen seinen Fingern steckten.

Das war doch nicht möglich, das gab es nicht. Ihm fielen die Haare aus. Dabei war er völlig gesund!

Er wandte den Kopf, schaute auf seinen Freund, dessen Gesicht ebenfalls Entsetzen zeigte.

Nur Ernie Swift grinste.

Und dieses Grinsen brachte Derek in Rage. »Hör auf!« kreischte er. »Hör auf zu grinsen!« Er schleuderte die Haare von sich und sprang auf Swift zu. Bevor sich der Mann versah, spürte er schon Dereks Finger um seine Kehle.

»Du verdammter Hund!« kreischte der junge Mann. »Du Bastard hast alles gewußt. Du hast es nur nicht gesagt!«

Swift röchelte. Er wollte etwas sagen, brachte aber kein Wort hervor.

Derek schüttelte ihn durch. »Krepieren sollen wir!« schrie er. »Ja, krepieren. Aber du krepierst vorher!«

Da griff Herby Holl ein. Mit einem Schritt war er hinter seinem Freund, packte dessen Schultern und schleuderte ihn zurück. Nur widerwillig löste Derek seine Finger von Swifts Hals.

Ernie kauerte am Boden, rieb sich seinen Nacken und keuchte. Dann spie er aus.

»Laß mich zu ihm!« knurrte Derek böse und funkelte seinen Freund hart an.

»Nein!«

Derek schlug einfach zu. Er war kein Kämpfer, zudem hatte Herby Holl damit gerechnet.

Er wich aus und konterte.

Der wuchtige Haken traf Dereks Kinn. Er taumelte zurück und fiel hin.

»Bist du jetzt ruhig?« keuchte Herby und starrte auf den am Boden liegenden Freund.

Derek Summer richtete sich auf, so daß er eine sitzende Stellung erreichte.

»Aber er – er hat Bescheid gewußt. Er hat doch nur vom Krepieren geredet!«

»Ja, das werden wir auch«, krächzte Ernie Swift. »Wir sollten uns nur nicht gegenseitig umbringen.«

»Der Meinung bin ich auch«, erklärte Herby Holl und reichte Derek Summer die Hand.

Der ließ sich hochziehen.

Die Haare lagen schon auf seinen Schultern. Als er noch einmal über den Kopf strich, fielen auch die letzten aus.

»Der schleichende Tod«, flüsterte er. »O verdammt, Ernie, du hast so recht.«

Swift nickte nur.

Bisher hatte Holl noch nicht getestet, ob mit ihm das gleiche geschehen war. Jetzt hob er den Arm und streifte mit den Fingern vorsichtig über seinen Kopf.

Auch bei ihm fielen die Haare aus. Als schwarzer Regen rieselten sie zu Boden.

»Mein Gott«, hauchte er nur und schüttelte den Kopf.

»Ich bin alt geworden, und euch fallen die Haare aus«, sagte Ernie Swift. »Der schleichende Tod äußert sich bei jedem Menschen anders. Wer weiß, was uns noch alles bevorsteht.«

»Nichts«, sagte Herby Holl plötzlich. »Nichts wird uns mehr bevorstehen.«

»Und wieso nicht?«

Holl kratzte seine letzten Haare vom Schädel. »Weil wir jetzt verschwinden.«

»Hast du die Echsen vergessen?«

»Nein, das habe ich nicht. Aber ich will auch nicht in diesem Loch hier sterben. Vielleicht schafft es einer von uns und kann sich durchschlagen. Am Strand liegt unser Boot.«

Ernie Swift winkte ab. »Der Strand ist weit. Bis ihr den erreicht habt, haben euch die verdammten Echsen schon dreimal gefressen. Nein, wir müssen es im Schutz der Dunkelheit versuchen.«

Herby Holl nickte, doch Derek Summer sah das nicht ein. »Bis zur Dunkelheit halte ich es nicht aus!« schrie er. »Ich will jetzt weg. Vor den Echsen habe ich keine Angst. Und wenn sie mich packen, ist es auch nicht schlimm.«

Summer lief zur Tür.

Bevor er die Steinstufen betrat, hatte sein Freund ihn erreicht und schleuderte ihn herum.

»Laß es!«

Derek hob beide Arme. »Nein, Herby. Ich muß es versuchen. Es geht nicht anders.«

»Ich flehe dich an. Mach keinen Unsinn!«

Derek schüttelte den Kopf. Er sah seltsam fremd aus, so ohne Haare. »Ich schaffe es seelisch nicht.«

»Dann kann ich dir auch nicht helfen. Aber eins will ich dir sagen: Du handelst verdammt verantwortungslos, wenn du jetzt verschwindest. Du läßt uns hier allein.«

Derek senkte den Kopf. Das Licht einer Öllampe warf einen düsteren Schein auf das Gesicht des jungen Mannes. Dereks Lippen zuckten. Ebenso wie seine Wangenmuskeln.

»Was soll ich denn tun?« flüsterte er.

»Bleib hier!« drängte Herby.

»Aber nachschauen, ob die Bestien noch da sind, kann ich doch – oder?«

Herby Holl überlegte. Warum nicht? So konnte Derek wenigstens keinen Unsinn anstellen.

»Okay.«

»Danke.« Derek Summer legte seine Hand auf den Griff und öffnete vorsichtig die Tür.

Mit einem Auge peilte er nach draußen. Er konnte einen Teil des Innenhofes gut überblicken. Was er sah, ließ sein Herz schneller klopfen.

Nur noch eine Riesenechse lauerte vor der Tür.

Sie hatte sich ein paar Yards zurückgezogen, behielt die Tür aber nach wie vor im Auge.

Derek drehte sich um. »Ich glaube, wir können es wagen«, flüsterte er.

»Laß mich mal sehen.« Herby Holl eilte zu ihm und zog die Tür etwas weiter auf.

Das war ein Fehler.

Die Echse reagierte gedankenschnell. Ohne Vorwarnung schleuderte sie ihre lange, klebrige Zunge vor und zielte damit auf die beiden Männer.

»Zurück!« gellte Herbys Stimme.

Sein Partner reagierte nicht schnell genug.

Bevor er sich nach hinten werfen konnte, klatschte das Zungenende bereits gegen seine Brust, und mit ungeheurer Kraft wurde Derek Summer durch den Türspalt gerissen...

Ich traute meinen Augen nicht. Zischen den Felsen war in der Tat der Schädel einer Riesenechse erschienen. Ein Horrorwesen, das man nur aus Fabeln kannte, wie vor einigen Wochen die Höllenschlange.

Auch Tom Bridger hatte die Echse gesehen. Er stand hinter mir in der offenen Luke und brachte seinen Mund vor Staunen nicht mehr zu. Gleichzeitig leuchtete die Angst in seinen Augen auf.

»Hast du die Waffen?« rief Suko mir zu.

Ich nickte, setzte den Koffer ab und öffnete ihn, um den Bumerang hervorzuholen. Vielleicht konnte ich dieses Untier damit ausschalten. Die Silberkugeln würden die Haut sicherlich nicht durchdringen, höchstens ankratzen.

Während ich noch den Koffer aufgeklappt hielt, bewegte sich die Echse. Sie glitt voran, berührte dabei einen gewaltigen Felsbrocken, der ins Wanken geriet und plötzlich den Hang herabrollte.

»Weg!« brüllte Suko und rannte schon zur Seite.

Auch ich hörte den Brocken. Er donnerte und tobte über die Erde. Staub wölkte hoch, Grasbüschel rutschten ebenfalls mit, und da der Hang im letzten Drittel noch steiler wurde, nahm der mannsgroße Felsbrocken eine noch höhere Geschwindigkeit an.

Ich jagte ebenfalls zur Seite und riß meinen Koffer dabei mit. Nur der Pilot kam nicht weg.

»Tom!« gellte mein Warnschrei.

Der Pilot hörte oder verstand nicht. Er reagierte überhaupt nicht. Mit dem Oberkörper befand er sich bereits außerhalb seiner Maschine und starrte dem heranrollenden Felsen entgegen.

Wieder schrie ich.

Jetzt erst erwachte Tom Bridger aus seiner Erstarrung. Er riß den rechten Arm hoch, aus seinem Mund drang ein urwelthafter Schrei, und dann stieß er sich ab.

Wie eine Lawine rollte der Stein heran. Er war bereit, alles zu vernichten, was sich ihm in den Weg stellte.

Auch Tom Bridger.

Würde er es schaffen?

Suko und ich konnten nicht eingreifen. Mit Kugeln war dieser Brocken nicht zu stoppen.

Tom sprintete. Er warf seinen Oberkörper vor und rannte wie noch nie in seinem Leben.

Der Pilot schaffte es gerade noch.

Dicht hinter ihm donnerte der gewaltige Brocken vorbei, hüpfte wie ein Ball über eine Bodenfurche und knallte einen Augenblick später frontal gegen die Maschine.

Das Geräusch ging uns durch Mark und Bein. Der stabile Hubschrauber wurde von der tonnenschweren Wucht buchstäblich zermalmt. Die Kufen knickten weg, Glas splitterte, die Kanzel wurde zusammengedrückt, Eisenstäbe brachen kreischend, Funken sprühten, und dann war der Hubschrauber nur noch ein Haufen Schrott.

Der Pilot stöhnte auf. Er hatte seine Hände gegen die Wangen gepreßt und schüttelte den Kopf. Ein tonnenschwerer Felsblock hatte das zerstört, woran er abgöttisch hing.

Doch die Gefahr war längst nicht gebannt. Im Gegenteil, sie fing erst richtig an.

Jetzt griff die Echse an.

Nachdem ihr erster Versuch fehlgeschlagen war, versuchte sie es nun auf ihre ureigenste Art und Weise. Ihre Zunge schnellte aus dem Maul, schlug in der Luft einen Bogen und senkte sich auf Suko zu.

Der Chinese wich mit katzenhaften Bewegungen aus, so daß die Zunge ihn verfehlte.

Dann kniete er sich hin, zog die Beretta und jagte der Echse zwei Silberkugeln in das Maul.

Ich sah genau, wie sie in den Schlund stießen und auch Haut aufrissen, doch erledigt war die Bestie damit nicht.

Wir mußten es anders versuchen.

Ich hatte noch den Bumerang.

Erst einmal schrie ich Tom Bridger zu, daß er in Deckung gehen solle.

Diesmal hörte der Pilot. Er lief zum Strand hin und fand dort hinter einigen Felsen einen sicheren Platz. Ich konzentrierte mich auf die Riesenechse.

Meinen silbernen Bumerang hielt ich in der rechten Hand. Obwohl ich ihn erst einige Monate besaß, hatte ich das Gefühl, daß er schon immer zu mir gehört habe, so sicher ging ich mit dieser Waffe um.

Die Echse war noch wütender geworden. Wahrscheinlich hatten ihr die beiden Kugeln nicht geschmeckt. Sie rutschte in einer Wolke aus Steinen, Grasbüscheln und Staub den Hügel herab, um uns anzugreifen. Weit schleuderte sie ihren massigen Schädel hoch, und genau das war meine Chance.

Ausgeholt hatte ich schon.

»Duck dich!« brüllte ich Suko zu, dann warf ich den Bumerang.

Er glitt flach über den Boden, und es sah so aus, als wollte er der Echse die Füße abrasieren, doch ich hatte ihn angeschnitten geworfen, so daß er plötzlich wieder stieg und mit tödlicher Präzision sein Ziel fand.

Die Waffe hieb der vorwärts stürmenden Echse gegen den Hals, und jeder von uns rechnete damit, daß sie den riesigen Kopf vom Körper der Bestie trennen würde, doch unsere Erwartungen wurden enttäuscht.

Der Bumerang knallte gegen den Panzer. Sein rasender Flug wurde gestoppt, dann kippte er zu Boden und blieb liegen.

Die magische Waffe hatte versagt.

Warum?

Ich stand da und staunte. Damit hätte ich nie im Leben gerechnet, nein, mit so etwas nicht.

Das durfte es nicht geben. Der Bumerang war doch sonst auf dämonische Wesen programmiert, warum klappte es hier nicht?

Langsam nur kam mir die Erleuchtung. Vielleicht hatte ich es bei dieser Echse gar nicht mit einem dämonischen Wesen zu tun. Sie war zwar ein urwelthaftes Geschöpf, aber der Grund, der dieser Entstehung voranging, mußte ein anderer sein.

Ja, es gab keine andere Erklärung.

Mein Gott, hätte ich das vorher geahnt. Doch jetzt war keine Zeit, sich Vorwürfe zu machen, wir mußten zusehen, daß uns die verdammte Echse nicht erwischte.

Suko hatte natürlich auch gesehen, was geschehen war. Er huschte zur Seite, um aus dem unmittelbaren Gefahrenbereich zu gelangen. Die Echse hatte für ihn keinen Blick, ihre großen, hervorquellenden Augen waren allein auf mich gerichtet.

Mich wollte sie haben.

Ich schaute mich hastig um.

Der Weg nach vorn war durch die Riesenechse versperrt.

An den Seiten konnte ich auch nicht weg, mit ihrer langen Zunge hätte sie mich immer erreicht.

Blieb die Flucht zurück.

Zum Strand hin, wo auch Tom Bridger seine vorläufige Sicherheit gefunden hatte.

Ich rannte los.

Dabei ließ ich den Koffer liegen, er hätte mich nur behindert, denn nun zählte jede Sekunde.

Während des Laufens drehte ich meinen Kopf und schaute über die Schulter zurück.

Die Riesenechse holte auf.

Verdammt, wenn sie jetzt mit der Zunge zustieß, war ich geliefert.

Ich hatte den Gedanken kaum zu Ende gedacht, als das klebrige Ding schon aus dem Maul schnellte.

Suko warnte mich.

Mein Hechtsprung zu Boden war eine artistische Leistung. Ich prallte sehr hart auf, rollte mich ein paarmal um die eigene Achse und hörte, wie die Zunge neben mir aufklatschte.

Sofort stand ich wieder auf den Beinen.

Wieselflink zog die Riesenechse ihre Zunge zurück. Sie stand geduckt da, und es sah so aus, als würde sie springen.

Vor mir war Tom Bridger. Er hatte sich hinter seiner Deckung aufgerichtet und winkte mir zu.

Aber da mußte ich erst mal hinkommen.

Und dann wuchtete die verdammte Echse ihren gewaltigen Körper hoch. Mir kam es vor, als würde der Himmel von einem Riesenschatten verdunkelt, als das Tier auf mich zuflog.

Ich rannte, entging auch der Echse, aber nicht ihrer Zunge.

Sie ringelt über den Boden, war ungeheuer schnell und wickelte sich um meinen rechten Fußknöchel.

Ein Ruck, und ich wurde über den Boden gerissen. Die Zunge hatte sich ein paarmal um meinen Fußknöchel geschlungen, das sah ich, als ich mich zur Seite drehte, und die Echse mich auf ihr gewaltiges Maul zuzog.

Aber ich wollte nicht sterben. Obwohl die Angst in mir

hochschoß, kämpfte ich gegen mein Schicksal an. Mit beiden Händen versuchte ich, mich am Boden festzuhalten, doch die Kraft der Zunge war ungleich stärker als ich.

Sie riß mich weiter.

Der Pilot sprang über seinen eigenen Schatten. Obwohl auch er Angst haben mußte, überwand er sie und eilte mir zu Hilfe.

Neben mir warf er sich zu Boden und schlug beide Hände in meine Schultern, um mich festzuhalten. Dicht vor mir sah ich sein Gesicht, es war vor Anstrengung verzerrt, der Speichel rann ihm über die Lippen, doch in seinen Augen stand der Wille, nicht loszulassen.

Es blieb beim Vorsatz.

Das Biest war stärker.

Obwohl ich mich in den weichen Boden stemmte und mir der Pilot half, wurde ich Stück für Stück über den Boden gezogen und näherte mich dem Maul der gefräßigen Bestie.

Es war nur eine Frage der Zeit, wann ich darin verschwinden würde...

Herby Holl warf sich nach vorn. Er versuchte, die Beine seines Freundes zu packen, doch die Echse war einfach zu schnell. Ruckartig zog sie die Zunge auf ihr weit geöffnetes Maul zu, und in den Fängen hing Derek Summer.

Er kam nicht mehr los.

»Derek!« Der Schrei löste sich von Herby Holls Lippen. Ohne auf die Gefahr zu achten, in der er selbst schwebte, rannte er los. Er hörte auch nicht den Warnschrei, den Ernie Swift hinter ihm herrief, er sah nur seinen Kameraden, der mit tödlicher Präzision auf das Maul der Riesenechse zugeschleift wurde.

Dabei überschlug Derek sich mehrere Male, schrie, schlug mit den Armen um sich – alles vergebens.

Derek hatte keine Chance mehr.

Er verschwand in dem Maul der Echse.

Dann klappte der Rachen zu!

Herby Holl war stehengeblieben. Seine Augen quollen ihm fast aus den Höhlen, er war unfähig zu begreifen, daß es seinen Freund nicht mehr gab.

»Nein, Nein! Nein!« brüllte er in wilder Panik und trommelte mit beiden Fäusten auf den Boden.

Er war in diesem Augenblick völlig verzweifelt und stand dicht vor dem Zusammenbruch. Was er gesehen hatte, war mehr, als ein Mensch ertragen konnte.

Herby sah nicht, wie Swift die schützende Klosterruine verließ. Ernie lief auf Holl zu, legte ihm seine Hände auf beide Schultern und schüttelte ihn durch.

»Los, du mußt weg hier!«

»Nein...«

»Komm jetzt, es hat keinen Zweck.« Swift wollte noch etwas sagen, horchte plötzlich auf, denn er hatte Schüsse vernommen.

Schüsse auf der Insel?

Waren etwa noch andere Menschen in der Nähe? Konnte es sein, daß Rettung nahte?

Wie auch immer, länger hier draußen herumstehen durften sie auf keinen Fall. Ernie drehte Herby Holl herum und schob ihn auf die Tür zu. Dabei schaute er selbst über die Schulter zurück und beobachtete die Bestie.

Die verhielt sich ruhig, da sie inzwischen ihr Opfer bekommen hatte. Ungehindert konnten sich die beiden Männer zurückziehen. Hart rammte Swift die Tür ins Schloß.

Herby Holl wankte zu einem Stein und ließ sich darauf nieder. Er senkte den Kopf. Nichts konnte jetzt seine Tränen zurückhalten. Er weinte um den toten Freund, der ihm lange Jahre ein wirklicher Kamerad gewesen war. Herby konnte noch nicht begreifen, daß es Derek nicht mehr gab. Er hob den Kopf und glaubte, ihn neben sich stehen zu sehen, doch da war nichts. Nur diese Schreckenskammer, in die sich beide zurückgezogen hatten und wo sie vom Regen in die Traufe geraten waren.

Ernie Swift hatte sich auf der zweituntersten Treppenstufe

niedergelassen. Einige Minuten ließ er Holl in Ruhe. Erst als dieser den Kopf hob, fragte Swift:

»Bist du wieder okay?«

Holl schneuzte sich die Nase. »Wie man's nimmt. Es ist einfach zu schwer, sich daran zu gewöhnen.«

Ernie nickte. »Ja«, sagte er. »Obwohl ich nie einen guten Freund hatte, kann ich dich verstehen. Aber du hast auch gesehen, daß es unmöglich ist, diese Kammer zu verlassen.«

»Sollen wir ewig hier sitzenbleiben?« fragte Herby.

»Nein.«

»Hast du einen Plan?«

»Kaum. Aber wenn mich nicht alles täuscht, habe ich vorhin Schüsse gehört.«

»Wann?«

»Als wir draußen waren. Sag ehrlich, Herby, seid ihr allein auf die Insel gekommen?«

»Ja.«

»Dann müssen noch andere Menschen hier sein. Eine andere Lösung gibt es nicht. Deshalb ist auch die zweite Echse verschwunden. Jetzt wird mir einiges klar.«

»Ich verstehe das nicht«, murmelte Herby Holl. »Was sollten die auf dieser gottverlassenen Insel suchen? Oder sind das deine Kameraden, die dich abholen?«

»Kaum. Die Zeit ist noch längst nicht verstrichen.«

»Dann weiß ich es auch nicht. Man sucht uns auch nicht, weil wir kein SOS gefunkt haben.«

»Wir sollten uns bemerkbar machen«, schlug Swift vor.

»Ob das Zweck hat? Ich glaube kaum, daß die Fremden gegen diese Riesenechse etwas ausrichten können.«

»Stimmt auch wieder.«

Nach dieser deprimierenden Feststellung schwiegen die beiden Männer. Herbys Lippen bewegten sich, doch kein Laut drang hervor. Er sprach lautlos. Hin und wieder warf er einen Blick auf die verschlossene Luke, wo das Gas lagerte. Dieses Teufelszeug war an allem schuld. Derjenige, der das hinterlassen hatte, müßte sein ganzes Leben im Zuchthaus verbringen, das wünschte Herby ihm.

Swift stand auf. Er bewegte sich ziemlich schnell und preßte sein Ohr gegen die Tür.

»Was ist?« wisperte Herby.

»Da draußen steht jemand.«

»Wer? Ein Mensch?«

»Keine Ahnung.«

»Willst du nachsehen?« fragte Herby.

Als Antwort zog Ernie Swift langsam die Tür auf...

Die Adern sprangen mir fast aus der Brust, so sehr strengte ich mich an, und so hart stemmte ich mich gegen die Kraft des Monsters. Auch Tom Bridger setzte alles ein, was er hatte.

»Wir – wir schaffen es nicht!« keuchte er.

Ich mußte an die Höllenschlange denken, die uns ebenfalls in der Gewalt gehabt hatte. Dort hatte ich es mit meinem geweihten Silberdolch versucht und es auch geschafft. Würde das hier auch klappen? Ich mußte es versuchen, denn den Dolch trug ich bei mir.

Nur noch mit einer Hand stemmte ich mich ab, die rechte schob ich unter die Windjacke, und meine Finger suchten den Dolchgriff. Sie fanden ihn schnell.

Rasch zog ich das Messer aus der Scheide. Als ich es hatte, drehte ich mich auf den Rücken und zog meinen Körper dann zusammen. Tom reagierte gut, er machte meine Bewegungen mit, ohne die Schultern loszulassen.

Vielleicht klappte es.

Ich sah die dicke, klebrige Zunge dicht vor mir und schnitt mit dem Dolch hinein.

Im ersten Augenblick hatte ich das Gefühl, gegen Leder zu säbeln, dann aber spritzte eine dunkelrote, aber auch grünlich schimmernde Flüssigkeit wie eine Fontäne hoch.

Blut!

Ich muße der Bestie Schmerzen zugefügt haben, denn die Zunge zuckte unkontrolliert. Ich wurde mitgerissen, über den Boden geschleudert und verlor den Messerkontakt.

Vielleicht hätte ich es sogar geschafft, doch die Zeit blieb mir einfach nicht mehr. Ich befand mich schon zu nahe am Maul der gefräßigen Bestie.

Aber da gab es noch einen, der eingreifen konnte.

Suko.

Bisher war er zu weit vom Kampfplatz entfernt gewesen. Allerdings hatte er gesehen, wie mich die Riesenechse in ihre Gewalt brachte. Am eigenen Leibe hatte der Chinese erfahren müssen, daß magische Waffen diesmal nicht wirkten. Vielleicht brachten ganz normale Methoden einen Erfolg.

Mein Partner achtete nicht auf die Gefahr und auch nicht auf sein eigenes Leben. Er dachte nur an meine Rettung. Mit Riesenschritten hetzte er los.

Suko sprang über Steine und Geröll, mußte achtgeben, daß er von dem wild hin- und herzuckenden Schwanz der Echse nicht getroffen wurde, und jagte auf mich zu.

»Das Messer, John!« schrie er.

Ich sah den Freund aus einer Staubwolke auftauchen. Sein Gesicht zeigte wilde Entschlossenheit, die Augen blitzten.

Ich ließ den silbernen Dolch aus der Hand rutschen, wußte nicht, was Suko vorhatte, doch ich vertraute ihm blindlings.

Der Chinese nahm den Dolch in die rechte Hand. »Halte noch einen Moment aus!« schrie er mir zu.

Auch Tom packte mit an. Wir kämpften verbissen, doch wir verloren Zoll um Zoll.

Immer näher rückte das Maul.

Zum Glück hatte die Echse nur eine Zunge, so daß sie Suko nicht zusetzen konnte. Der Chinese nutzte diese winzige Chance. Mit einem gewaltigen Sprung beförderte er sich auf den breiten Rücken der Echse und setzte zu einer lebensgefährlichen Rettungsaktion an. Mein Freund warf alles in die Waagschale.

Den Griff des Messers hatte er zwischen die Zähne geklemmt. Auf allen vieren bewegte er sich voran. Er hatte Mühe, das Gleichgewicht nicht zu verlieren.

Suko fühlte unter seinen Händen die harte, hornige Haut. Die konnte er mit dem Dolch nicht durchdringen, aber es gab eine andere Chance.

Er mußte an die Augen gelangen.

Das war die Schwachstelle der mutierten Bestie!

Plötzlich bewegte sich die Riesenechse unkontrolliert. Sie schüttelte sich regelrecht durch, und Suko wäre fast von ihrem Rücken gefallen. Er konnte sich gerade noch abfangen.

Inzwischen kämpften Tom Bridger und ich verbissen weiter. Wir versuchten noch einmal, all unsere Kräfte zu mobilisieren, um keinen Zoll an Boden preiszugeben. Ein verdammt schwerer Vorsatz, denn die Kraft der Echse war gewaltig.

Dann ließ Tom meine Schultern los, bewegte den linken Arm zur Seite, packte einen Stein und schleuderte ihn voller Wut in das aufgerissene Maul der Echse.

Die reagierte automatisch und klappte ihre beiden Kiefer zusammen. An dem Stein biß auch sie sich die Zähne aus, sie konnte ihn nicht zermalmen, aber die Zunge, die zog sie nicht zurück, wie Tom gehofft hatte, sondern ließ sie weiterhin draußen.

Suko hatte es fast geschafft. Er befand sich bereits auf dem Hals der Bestie, brauchte nur noch eine Körperlänge, um in die Nähe der Augen zu gelangen.

In diesem Augenblick riß die Horrorechse ihr Maul wieder auf. Der Oberkiefer hob sich dem Chinesen entgegen.

Suko ließ sich die Chance nicht entgehen – er stach zu.

Der Chinese traf mit dem Messer das linke Auge der Bestie, zog die Waffe sofort wieder hervor und stach sie auch noch in das rechte Auge. Dann sprang er sofort vom Rücken der Echse, denn was anschließend folgte, war wie ein halber Weltuntergang.

Die Echse drehte durch.

Ihrer Sehkraft beraubt, schleuderte sie zuerst ihren gewaltigen Schwanz in die Höhe und warf den riesigen Körper herum. Suko mußte weghechten, sonst wäre er getroffen worden.

Wir verspürten die Reaktion der Riesenechse ein wenig später, als die Zunge herumfahren wollte. Doch diesmal hielten nicht nur Tom Bridger und ich fest, sondern auch Suko. Er hatte die Gefahr erkannt und war uns zu Hilfe geeilt.

Mit Suko schafften wir es.

Bevor die Zunge mich in das aufgerissen Maul hineinbefördern konnte, zogen wir mit vereinten Kräften, und mir gelang es tatsächlich, der tödlichen Umklammerung zu entgehen.

Sofort kroch ich zur Seite.

Die blinde Bestie tobte, schlug um sich und war wie von Sinnen. Hoch peitschte der Schwanz, knallte wieder auf den Boden zurück und riß dort regelrechte Löcher und Furchen. Dieser Schwanz war eine gefährliche Waffe.

Mir fehlte noch die Kraft, mich auf den Beinen zu halten. Ich hatte mich zu sehr verausgabt.

Suko und Tom Bridger stützten mich. Vor allen Dingen war es der Chinese, der mir sehr dabei half.

Die Riesenechse gab noch nicht auf. Aber sie griff auch nicht mehr an. In ihrer Panik flüchtete sie. Dabei lief sie genau in die falsche Richtung

Auf das Meer zu.

Tiefe Spuren hinterließ sie dort im Boden. Steine und Geröll wurden zur Seite geschleudert, Grasbüschel mitsamt Wurzeln ausgerissen, dann erreichte das Tier das Wasser.

Es rannte einfach hinein.

Hoch spritzte es auf, der lange Schwanz peitschte die Wellen, die Zunge zuckte aus dem Rachen und klatschte in die Fluten.

Wir sahen dem Schauspiel aus sicherer Entfernung zu. Mir zitterten noch immer die Knie, auch war ich in Schweiß gebadet, aber ich konnte wieder stehen.

Himmel, das war verdammt knapp gewesen.

Suko grinste mir zu. »Alles okay, Partner?«

»So halbwegs.«

Ich bedankte mich auch bei Tom Bridger, unserem Piloten. Er wurde vor Verlegenheit rot. »Sie hätten bestimmt das gleiche für mich auch getan«, sagte er.

Ich lächelte.

Danach wandten wir unsere Aufmerksamkeit wieder der Riesenechse zu. Ihr gesamter Körper wurde inzwischen vom Wasser überspült. Nur noch der Kopf tauchte hin und wieder aus den Fluten, wenn das Tier ihn mit wilden Bewegungen hochwarf.

»Kann solch eine Echse schwimmen?« fragte Bridger.

»Ich glaube schon«, erwiderte Suko.

»Dann bedeutet sie eine Gefahr für die Schiffe«, folgerte der Pilot.

Da hatte er recht. Wenn die Echse aufs Meer hinausschwamm, würde sie irgendwann auf ein Schiff stoßen, denn die Ostküste Englands war ziemlich stark befahren. Die Skandinavienroute führte hier vorbei. Obwohl das Biest blind war, würde es auch die Schiffe angreifen.

»Ändern können wir nichts«, murmelte Suko.

»Ich frage mich nur, ob wir mit weiteren Biestern rechnen müssen«, sagte ich.

»Bestimmt.« Suko und Tom waren einer Meinung.

»Okay, dann suchen wir das Gift.« Zum Glück besaßen wir noch zwei Reservemasken. Wir gingen zurück zu meinem Einsatzkoffer, der die Gefahren unbeschadet überstanden hatte. Suko und Tom nahmen sich eine Maske.

Ich holte noch meinen Bumerang.

Dazu mußte ich den Hügel hochklettern, wo die Riesenechse gelauert hatte. Von der Kuppe hatte ich einen guten Fernblick. Ich schaute in ein kleines Tal, wo die Ruinen des ehemaligen Klosters standen.

Alles sah verlassen und leer aus. Von einer zweiten Echse sah ich keine Spur.

Ich dachte darüber nach, wo sich das Gift, falls es tatsächlich hier versteckt war, befinden konnte.

Ich stieg den Hügel wieder hinab. »Das Kloster sollten wir uns näher ansehen.«

Suko runzelte die Stirn. »Glaubst du, das das Zeug dort abgeladen wurde? Wenn das eine offizielle Müllkippe ist, müßten wir doch die Tonnen sehen.«

»Es sei denn, sie sind vergraben.«

»Stimmt auch wieder.«

»Eine Durchsuchung der Insel bleibt uns nicht erspart«, stellte ich fest. »Hier liegt nichts, und warum sollen wir mit der Durchsuchung nicht in der Ruine beginnen?«

»Geht klar.«

Tom Bridger mischte sich ein. »Ich verstehe immer nur Bahnhof«, sagte er. »Es scheint sich also doch nicht um radioaktives Metall zu handeln, sondern um Giftmüll.«

Ich nickte. »So ist es.«

Tom verzog das Gesicht. »Auch das noch. Davor habe ich richtig Angst.«

Das war verständlich. Zu viele Umweltskandale waren in letzter Zeit ans Licht der Öffentlichkeit gedrungen. Die Menschen waren aufgeschreckt, und diese Mutation der Echse konnte man auch auf irgendwelche Einflüsse von außen zurückführen. Im Klartext: auf Gift.

Wir setzten die Masken auf und gingen los. Allerdings schlugen wir einen Bogen, schritten um eine Erhebung herum, die mit hartem Gras bewachsen war, und blieben stehen.

Jetzt sahen wir sie!

Müllberge. Fässer, Kisten, Container. Neben- und übereinandergestellt, ein wahres Müllparadies.

»Das ist ja schrecklich«, murmelte Tom Bridger. Er hatte seine Maske dabei ein Stück hochgehoben.

Ich nickte. Langsam schritt ich näher. Die ersten Fässer zeigten mir bereits das Ausmaß der Katastrophe. Sie waren völlig verrostet. Zum Teil lief der Inhalt schon aus. Wo er den Boden berührte, wuchs nichts mehr.

Alles war verbrannt, weggeätzt.

Die Apokalypse einer grausamen, übertechnisierten Zukunft.

Waren diese Fässer und deren Inhalt der Grund für die Mutation der Echse?

Ich fand auf diese Frage keine Antwort, mußte jedoch davon ausgehen. Bei genauerem Hinsehen erkannte ich, daß der Müll lebte. Kriechtiere hatten sich dort eingenistet, sie fühlten sich in diesem Abfall wohl. Ratten sah ich nicht, dafür jedoch armlange Würmer, die so dick wie zwei Finger waren.

Ich winkte den anderen. Wir wandten uns nach links, umrundeten einen Müllberg und erreichten wieder etwas freieres Gelände, wo das harte Inselgras wuchs.

Die Masken ließen wir auf. Es erschien mir zu riskant, sie abzunehmen.

Dann betraten wir die alte Klosterruine. Viel war wirklich nicht mehr übriggeblieben. Zerstörte Mauern verwandelten den Weg in Stolperfallen. Überall lagen dicke Steinquader auf dem Boden. Sie waren mit einer Moosschicht bedeckt. Von der Ruine stand jedoch noch ein Teil.

Und zwar mußte das der Flügel eines Gebäudes sein, der jetzt aus den Trümmern wie ein Turm hervorragte. Es gab sogar eine Tür. Sie bestand aus dickem Holz und hatte eine Klinke.

Bevor wir auf die Tür zugingen, fiel mir etwas auf.

Spuren!

Ich sah Abdrücke, und wenn mich nicht alles täuschte, waren es die einer Riesenechse.

Sofort machte ich Suko und Tom darauf aufmerksam. Auch sie sahen sich die Spuren an.

Suko hob die Maske hoch. »Eine zweite Echse?«

Ich zuckte mit den Schultern, drehte mich um und schritt auf die Tür zu. Nie hätte ich damit gerechnet, daß wir hier Menschen finden würden, außer Dr. Tod und seinen Helfern; doch als ich nach der Klinke fassen wollte, wurde die Tür mit einem Ruck aufgestoßen...

Dr. Tod befand sich noch nicht auf der Insel. Er, Lady X und Tokata waren jedoch auf dem Weg nach Abbey's Island. Sie hatten sich zwei Tage im Hintergrund gehalten, um erst einmal abzuwarten. Die Wellen waren ziemlich hochgeschlagen, jetzt sah es aus, als wäre wieder Ruhe eingekehrt.

Dr. Tod hatte das seetüchtige Boot einem Mann abgekauft, der dringend Geld benötigte. Die Adresse hatte der Verbrecher in einer Fachzeitschrift gefunden, bei dem Verkäufer angerufen und erst gar nicht groß gehandelt.

Er hatte das Boot gekauft.

Zusammen mit Pamela Scott befand er sich im Ruderhaus des Schiffes. Tokata hielt sich am Heck auf. Er hockte dort auf dem Boden und schien zu meditieren. Seine rechte Hand lag dabei auf dem Griff des Samuraischwerts.

Solo Morasso, alias Dr. Tod, beobachtete die Instrumente. Sie arbeiteten einwandfrei. Wie auch die beiden PS-starken Maschinen, die das Boot antrieben.

Lady X stand neben ihrem neuen Partner. Die schwarzen Haare hatte sie unter einer Mütze versteckt. Sie trug einen wetterfesten Anorak und lange Hosen. Zwischen dem schmalen Zeige- und Mittelfinger zitterte eine Zigarette. Die Nägel hatte sie dunkelrot lackiert. Sie wirkten wie in Blut getaucht.

Die Scott war nervös. Rudys Tod hatte sie doch geschafft, mehr als sie zugeben wollte, doch mit Dr. Tod sprach sie nicht darüber. Ihn interessierte Vergangenes nicht, er dachte immer an die Zukunft, und die war schrecklich genug.

Wenigstens für einen Normalbürger, nicht jedoch für Leute wie ihn und Lady X.

Da drehte sich alles nur um Vernichtung und Chaos. Sie wollten die Welt aus den Angeln heben, egal mit welchen Methoden. Und wenn Menschen starben, war es ihnen egal, ein Gewissen hatten sie nicht.

Lady X hatte in ihrem Leben eigentlich nie große Angst verspürt. Doch Tokata war ihr unheimlich. Sie konnte den lebenden Leichnam einfach nicht einordnen. Er sprach nicht, reagierte nur, wenn Dr. Tod ihn anredete, ansonsten hockte er stumm herum. Nur manchmal stieß er heisere Laute aus, die Lady X an die Kampfschreie großer Kung-Fu-Fighter erinnerten.

Pamela Scott mußte sich wirklich erst an die neue Situation gewöhnen. Es war ihr fremd, mit Mächten zu paktieren, die für sie nicht als Realität existierten, sondern nur in den Hirnen fantasiebegabter Gruselautoren.

Aber es gab sie.

Dr. Tod hatte sie davon nicht nur theoretisch überzeugt, sondern auch praktisch.

Tokata war das beste Beispiel.

Solo Morasso warf der schwarzhaarigen Frau einen knappen Blick zu. »Woran denkst du ?« fragte er.

»An die Zukunft.«

Dr. Tod lachte. »Sie wird gut sein, da Asmodina, die Höllentochter, sie steuert.«

Lady X lächelte spöttisch. »Asmodina ist wohl dein großer Schwarm, nicht wahr?«

»Wieso?«

»Du redest soviel von ihr.«

»Ich gehorche ihr«, erklärte Dr. Tod. »Denn ihr verdanke ich meine zweite Existenz.«

»Sorry, ich vergaß, daß du schon einmal gelebt hast.«

»Ja, und dann kam dieser Sinclair«, knirschte Morasso.

»Der immer noch lebt.«

»Leider!« Dr. Tod preßte die Lippen zusammen, und seine Wangenmuskeln zuckten. Er muß einen ungeheuren Haß auf diesen Sinclair haben, dachte die Frau.

Sie schaute nach vorn. Als graugrüne Fläche wogte das Meer. Die Wolken hingen tief, es sah nach Regen aus, doch zum Glück fielen noch keine Tropfen, so daß die Sicht einigermaßen gut war.

Längst lag die Küste hinter ihnen. Sie war nicht einmal als grauer Strich zu erkennen, so weit befanden sie sich bereits auf dem Meer.

Am Anfang hatte sie Dr. Tods seemännischen Kenntnissen nicht getraut. Es war ein Unterschied, ob man ein Schiff auf der Themse steuerte oder über das offene Meer.

Doch Solo Morasso kam gut zurecht.

Zudem hatten sie guten Wind, der keine querlaufenden Wellen herantrieb und eine ziemlich gute Fahrt garantierte.

»Wie lange dauert es eigentlich noch?« erkundigte sich Lady X.

Dr. Tod schaute auf die Seekarte und verglich einige Daten. »Vielleicht noch eine halbe Stunde.

»Dann müßten wir die Insel ja sehen.«

»Da liegt sie.« Solo Morasso deutete nach vorn. Er hatte bessere Augen als die Frau. Lady X hatte Mühe, den schmalen grauen Strich am Horizont zu sehen.

»Du kannst auf Deck gehen, da hast du einen besseren Ausblick«, schlug Dr. Tod vor.

Das tat Pamela Scott auch.

Tokata hockte noch immer am Heck des Bootes und starrte auf die Planken. Wieder rieselte ein Schauer über den Rücken der Frau, und als der Samurai jetzt den Kopf hob und sie anblickte, schaute sie in dieses verweste Gesicht hinter der Maske.

Schnell drehte sich die Frau um.

Die lange Dünung trieb auf das Schiff zu. Hier merkte Pamela das Schaukeln stärker als im Ruderhaus. Wenn sie die Augen schloß, mußte sie sich konzentrieren, damit es ihr nicht den Magen hob.

Die Insel war nun besser zu sehen. Am Horizont nahm sie langsam Konturen an. Die Linie wurde zu einem wellenförmigen Gebilde mit allerlei Einbuchtungen und Landzungen.

Ja, das war die Insel.

Lady X lächelte, als sie daran dachte. Sie und Rudy hatten damals den Coup allein durchgeführt, und es war wirklich ein lebensgefährlicher Job gewesen, an das Zeug heranzukommen.

Es war ein mörderisches Gas. Unter ungeheuren Sicherheitsmaßnahmen entwickelt, unter Verschluß gehalten und zum absoluten Staatsgeheimnis erklärt.

Dieses Gift war so schlimm, daß es alle anderen bisher bekannten in den Schatten stellte. Einmal eingeatmet, veränderte es Menschen und Tiere, machte aus ihnen Mutanten, so daß es möglich war, daß sich aus einer kleinen Katze ein riesiges Monster entwickelte.

Unvorstellbar...

Lady X hatte Dr. Tod genau die Stelle gezeigt, wo sie an

Land gehen sollten. Sie hatten dort damals auch angelegt. Von dem Landeplatz aus gab es den kürzesten Weg zu den alten Klosterruinen. Und dort hatten sie das Zeug versteckt. Die Behälter waren gut verschlossen gewesen, und Lady X hoffte, daß dies auch so geblieben war. Wenn sie das Gift erst einmal hatte, dann kam die große Akokalypse. Vor allen Dingen, wenn es sich in den Klauen des Menschenhassers Dr. Tod befand.

Der Gedanke daran ließ sie lächeln. Noch vor dem Dunkelwerden würden sie die beiden Kanister in den Händen haben, und dann gab es nichts mehr, was sie aufhielt.

Lady X griff nach ihren Zigaretten. Sie wollte gerade das Stäbchen aus der Schachtel nehmen, als ihr Blick abermals über das Meer fiel.

Vor dem Schiff entstand ein Strudel. Etwas bewegte sich unter der Oberfläche und trieb auf das Schiff zu.

Pamela Scott lief an die Reling und schaute genauer hin. Dicke Blasen stiegen an die Oberfläche und zerplatzten. Das Wasser geriet in einen wirbelnden Sog, und im nächsten Augenblick tauchte der riesige Kopf eines Monsters auf.

Lady X erschrak so sehr, daß sie lauthals aufschrie.

Der Kopf sah schrecklich aus. Vor allen Dingen die Augen, die ausgelaufen waren.

Eine Seeschlange! schoß es der Scott durch den Kopf. Nein, keine. Das Untier sah aus wie eine Echse.

Sie warf einen Blick über die Schulter zurück und sah, daß sich Tokata erhoben hatte. Auch er mußte etwas bemerkt haben.

»Da!« schrie Pamela Scott und deutete auf die Wasseroberfläche. »Da ist es!«

Im selben Augenblick erschien auch Dr. Tod an Deck. In seinen Augen stand die Ratlosigkeit. Er wußte ebenfalls nicht, was das Auftauchen des Monsters zu bedeuten hatte.

Die Echse schwamm weiter. Dann stieß sie mit dem harten Schädel gegen den Rumpf des Schiffes. Der Aufprall erschütterte den Kahn bis in seine Schweißnähte.

Dr. Tod und Lady X flogen zurück.

Nur der Samurai hielt sich.

»Tokata!« befahl Dr. Tod. »Töte dieses Biest!«

Der riesenhafte Samurai nickte. Er machte einen Schritt, stand auf der Reling und sprang ins Wasser. Noch während des Falls zog er sein gewaltiges Schwert, und Lady X sah diesen lebenden Leichnam zum erstenmal in voller Aktion...

Vor uns stand ein Mann.

Weißhaarig, alt und mit einem dunkelblauen Kittel bekleidet. Er blickte uns aus weitaufgerissenen Augen an und schüttelte verständnislos den Kopf.

»Wo kommen Sie her?«

Ich wollte die Maske abziehen, doch er machte mir durch eine Handbewegung klar, es nicht zu tun.

Dafür schloß er die Tür.

»Jetzt können Sie die Maske abnehmen«, forderte er mich auf.

Ich tat es und fragte: »Warum nicht früher?«

»Weil dort der schleichende Tod lauert.«

»Verstehe ich nicht.« Ich schaute meine Begleiter an. Auch sie hatten sich ihrer Masken entledigt und blickten ebenso verständnislos wie ich.

»Wer sind Sie eigentlich?« fragte der Alte.

Ich beschloß, mit offenen Karten zu spielen, und stellte meine Freunde und mich vor.

»Von der Polizei also.«

»Ja.«

»Was führt Sie hierher?«

»Wir suchen jemand.«

Die Augen des Alten zogen sich mißtrauisch zusammen. »Wen denn?«

»Einen Mann, der sich Solo Morasso oder Dr. Tod nennt. Und eine schwarzhaarige Frau mit dem Namen Pamela Scott.«

Ich merkte, wie dem Alten ein Stein vom Herzen fiel. Dann

schüttelte er den Kopf. »Tut mir leid, aber die beiden Namen habe ich noch nie gehört.«

»Dann waren sie nicht auf der Insel?«

»Nein.«

»Leben Sie hier allein?«

»Ja und nein.«

»Wie soll ich das verstehen?«

»Moment.« Der Alte drehte sich um, öffnete die Tür und rief den Namen Herby.

Ein kahlköpfiger junger Mann erschien, der einen ungeheuer deprimierten Eindruck machte.

»Bevor wir reden, lassen Sie uns hier weggehen«, schlug der Alte vor.

Ich war einverstanden.

Mir fiel auf, daß er und der jüngere Mann sich immer wieder umschauten, als würden sie nach etwas fahnden.

»Suchen Sie was?« fragte ich den Alten.

»Ja, wir halten Ausschau nach einem Monster.«

»Sie meinen die Riesenechse?«

»Genau, Mr. Sinclair.«

»Die haben wir ins Meer gescheucht.«

Er riß seine Augen auf, und ich mußte erzählen, wie wir es geschafft hatten.

Auf einigen Steinen nahmen wir schließlich Platz, und der Alte begann zu erzählen, nachdem er sich und den jüngeren Mann namentlich vorgestellt hatte.

In den nächsten Minuten erfuhren wir die gesamte schockierende Wahrheit, und für mich war es, als hätte ich einen Schlag ins Gesicht erhalten.

Ja, auf dieser Insel lagerte Giftmüll, aber nicht allein der, von dem Sir James Powell gesprochen hatte, sondern etwas viel Schlimmeres.

Gas!

Ein Gas, das Mensch und Tier veränderte, aus ihnen Mutationen machte.

Diese Vorstellung trieb mir den Schweiß auf die Stirn, und ich zweifelte daran, ob unsere Masken etwas nutzten.

Meine Gedanken drehten sich weiter. Bei dem toten Terroristen hatten wir die Zeichnung gefunden. Folglich wußte er, was auf dieser Insel lagerte. Und Lady X wußte es auch. Vielleicht hatte sich Dr. Tod aus diesem Grund mit der Frau zusammengetan. Wenn ich daran dachte, daß er hinter dem Gas her war, geriet ich automatisch ins Schwitzen. Tausende von Menschen waren in Gefahr. Eine Apokalypse des Schreckens, die sich da auftat.

»Sie überlegen, Mr. Sinclair«, sagte Ernie Swift.

»Ja, ich denke an das Gas.«

»Wollen Sie es abtransportieren?«

»Ich nicht. Da müssen Spezialisten kommen.«

»Wir sollten sie jetzt schon rufen«, schlug Suko vor.

Herby Holl meldete sich. »Auf unserem Boot gibt es ein Funkgerät. Es ist kein Problem, Hilfe herbeizuholen.«

Das war es in der Tat nicht.

»Und wer geht?« fragte Swift. Er schaute sich aufmerksam um. Jeder von uns wußte, daß er an die zweite Riesenechse dachte, die sich noch irgendwo auf der Insel herumtrieb.

Ich wollte die anderen keiner unnötigen Gefahr aussetzen. Deshalb entschied ich mich für diesen Gang. Und mit einem Funkgerät umzugehen, das hatte ich gelernt.

Suko hatte Einwände. »Ich begleite dich, John. Für einen einzelnen ist der Weg viel zu gefährlich.«

»Wenn ich einen lahmen Job hätte haben wollen, hätte ich auf dem Finanzamt angefangen«, hielt ich Suko entgegen.

Der Chinese preßte die Lippen zusammen. Er war sauer. Verständlich nach dem, was hinter uns lag.

Tom Bridger meinte: »Wenn Sie beide gehen und die Echse erscheint, sind wir hier nur zu dritt. Und wir haben auch keine Waffen.«

»Wir können uns in dem alten Klosterbau verstecken«, sagte Ernie Swift.

»In diese Monsterhöhle kriegt mich keiner rein. Da lagert das verdammte Giftgas.«

Da hatte er natürlich recht. Aber wie ich es auch drehte und wendete, Hilfe mußten wir herbeiholen.

Ich setzte die Maske wieder auf.

»Was haben Sie vor?« fragte mich Swift.

Ich deutete auf die Tür. Ansehen wollte ich mir die Monsterhöhle auf jeden Fall.

Suko wollte mit. In der Maske sah er aus wie ein Marsmensch. Ich hoffte, daß die Filter einen Teil des Gases absorbieren würden. Außerdem wollten wir uns ja nicht zwei Tage in dem Bau aufhalten.

Ich zog die Tür auf und betrat als erster die Monsterhöhle. Es war ein regelrechtes Verlies. Über vier breite Steinstufen gelangten wir in das eigentliche Gewölbe, dessen Boden aus festgestampfter Erde bestand.

In kleinen Nischen brannten Ölfunzeln, und die runde Decke wurde von Pfeilern getragen. Das Licht verlor sich auf halber Höhe, so daß wir die Decke selbst gar nicht erkennen konnten.

Aber die Luke sah ich. Ernie Swift hatte sie mir genau beschrieben. Suko und ich blieben davor stehen. Wahrscheinlich quälten uns die gleichen Gedanken. Sollten wir den Deckel hochheben oder nicht?

Wir ließen ihn zu.

Ich sagte ja schon, daß das Licht nicht bis zur Decke reichte. Deshalb konnten wir nicht erkennen, was sich dort oben abspielte. Zudem behinderten die Masken auch unseren Blickwinkel.

Ein Schatten löste sich von der Decke. Er bewegte sich auf einen Pfeiler zu. Als er tiefer ging und in den Lichtkreis einer der Lampen geriet, wurde ein behaartes, dünnes Bein sichtbar.

Ein Spinnenbein...

Ich nickte Suko zu, denn wir hatten genug gesehen. Während ich mich umdrehte und auf die Tür zuschritt, blieb Suko zwei Schritte hinter mir.

In diesem Augenblick ließ sich die Spinne fallen.

Ich hörte einen erstickten Ausruf, wirbelte herum und sah eine Riesenspinne, die sich auf meinen Freund gestürzt hatte und ihn zu Boden drückte...

Tokata kannte keine Angst. Jedes menschliche Gefühl war ihm völlig fremd. Zudem besaß er sein Schwert, auf das er sich verlassen konnte

Wie ein Stein fiel er ins Wasser. Lady X, die ebenso wie Dr. Tod an der Reling stand, dachte, daß der Unheimliche versinken würde, doch blitzschnell war er wieder an der Oberfläche.

Die Echse sah ihn nicht. Sie war wieder zurückgeschwommen, um einen neuen Angriff zu beginnen. Sie schien zu ahnen, daß sich auf dem Boot Feinde befanden.

Da schnellte der riesenhafte Samurai aus den Fluten. Mit der linken Hand hielt er sich am Rücken der Echse fest, und geschickt schwang er sich auf den hornigen Panzer.

Das Tier merkte, daß etwas nicht stimmte. Es wollte wegtauchen und senkte den Schädel.

Tokata schwang sein Schwert. Er zog einmal einen Kreis und schlug dann zu.

Was Bumerang und Kugeln nicht geschafft hatten, das bewirkte sein im Höllenfeuer geschmiedetes Samuraischwert. Tief hackte es in das Fleisch des Monsters und trennte den Kopf fast vom Rumpf.

Die Echse wurde wild. Urplötzlich peitschte ihr Schwanz aus dem Wasser. Sie schlug damit um sich, und abermals krachte etwas mit vehementer Wucht gegen den Schiffsrumpf.

»Töte sie!« brüllte Morasso.

Wieder hieb Tokata zu. Er hielt sich ausgezeichnet auf dem breiten Echsenrücken, als wäre er mit der Bestie verwachsen.

Der zweite Schlag kappte den Kopf endgültig.

Er versank.

Aus der Schnittstelle drang eine grünrote Flüssigkeit, die sich sofort mit dem Meerwasser vermischte und weggespült wurde.

Das Reptil war vernichtet. Auch der Oberkörper sank. Tokata sprang vom Rücken der Echse. Er gab nicht acht und wurde von einem der letzten Schwanzschläge getroffen.

Einen Menschen hätte dieser Hieb getötet. Nicht so Tokata. Er wurde zwar zur Seite geschleudert und prallte ebenfalls gegen den Bootsrumpf, aber es passierte ihm nichts. Über die Außenleiter kletterte er an Bord.

Tropfnaß blieb er vor seinem Herrn und Meister stehen, verbeugte sich und steckte das Schwert ein.

Tokata hatte einen Sieg errungen.

Lady X staunte. Gleichzeitig wuchs ihre Angst vor diesem Monstrum. Sie ahnte, was passieren würde, wenn sie Dr. Tod einmal den Rücken kehrte.

Tokata würde mit seinem Schwert kommen und dann...

»Woran denkst du, meine Liebe?« fragte Solo Morasso.

»An nichts, an gar nichts.«

Dr. Tod lachte nur.

Tokata begab sich wieder zum Heck des Schiffes und hockte sich nieder, als wäre nichts geschehen. Pamela Scott kam endlich dazu, sich eine Zigarette anzuzünden. Ihre Hände zitterten, und fast hätte sie das Feuerzeug verloren.

Als die Zigarette brannte, sog sie den Rauch tief in ihre Lungen. Langsam folgte sie Dr. Tod in das Ruderhaus.

»Wie ist so etwas möglich?« fragte sie. »Ich meine, wie kann dieses Monster entstehen? Schwarze Magie?«

Morasso schüttelte den Kopf. »Glaube ich nicht.«

»Wieso?«

»Das hätte ich gewußt.«

»Und woher?«

»Asmodina hätte mich gewarnt.«

Lady X hatte eine scharfe Bemerkung auf der Zunge. Sie schluckte sie aber herunter, sie wollte Dr. Tod nicht reizen, denn wenn sie den Namen Asmodina in den Schmutz zog oder falsch betont aussprach, konnte er sauer werden.

»Aber welche Möglichkeit gibt es dann?« fragte die ehemalige Terroristin.

»Denk mal an das Gas.«

»Wieso?«

»Nun, welch eine Wirkung hat es denn auf Mensch oder Tier? Hast du das nicht gewußt?«

»Doch, es verändert die Lebewesen. Manche werden plötzlich groß. Du meinst, daß diese Echse vorher ganz normal groß war und dann mit dem Gas in Berührung gekommen ist?«

»Genau das meine ich.«

»Aber dann wäre ja Gas ausgeströmt«, flüsterte die Frau. »Und wir würden uns ebenfalls in großer Gefahr befinden.«

»Möglich.«

»Da bleibst du so ruhig?« fuhr die Scott Dr. Tod an. »Aus uns können auch Monster werden, zum Henker.«

»Was macht das schon?« lachte Dr. Tod.

»Dir nichts, aber mir. Denkst du, ich will eine häßliche Alte oder irgend etwas anderes...«

»Tokata wird sich darum kümmern. Und jetzt sei ruhig.«

Früher hätte niemand in diesem Tonfall mit Lady X reden dürfen. Doch von Dr. Tod ließ sie es sich gefallen. Er war ihr Boß.

Sie befanden sich dicht vor der Insel. Klippen gab es hier keine, aber die heranrollende Brandung schob das Boot auf die Insel zu.

Das beeindruckte Dr. Tod nicht. Ruhig stand er am Ruder und drosselte die Geschwindigkeit. Spielend schafften sie die Brandung. Die Wellen spülten sie in einen kleinen natürlichen Hafen, wo sie an Land gehen konnten.

Tokata sprang ins Wasser. Er nahm eine Leine mit und drehte sie um einen Felsen.

Damit war das Schiff vertäut.

Dann gingen Dr. Tod und Lady X an Land. Beide wurden sie naß, aber das spielte keine Rolle.

Hier mußten auch die Müllschiffe ihre Ladung löschen, denn dicht vor sich sahen sie die Halden aus Fässern, Flaschen und Metallkisten.

»Wohin?« fragte Dr. Tod.

Pamela Scott deutete auf einen Weg zwischen zwei Müllbergen. »Das ist die kürzeste Strecke.«

Sie gingen los.

Tokata hatte die Führung übernommen. Sein Schwert hielt er in der rechten Hand. Er war für einen Angriff gewappnet.

Der Weg, den sie nahmen, war mit Abfall übersät. Immer wieder stießen sie gegen feuchte Kartons oder herumliegendes Glas. Von den Müllbergen ging ein widerlicher Geruch aus. Eine Mischung aus Öl und Chemikalien.

»Wie habt ihr die Insel eigentlich gefunden?« wollte Solo Morasso wissen.

»Durch Zufall. Rudy und ich hatten uns ein Flugzeug gekapert und einen kleinen Trip unternommen. Da haben wir die Insel eben entdeckt und für unsere Zwecke vorgemerkt.«

»Was ausgezeichnet war«, lobte der Verbrecher.

Lady X lächelte. Ansonsten blieb sie still. Auf der Insel selbst war es ruhig. Kein Vogel kreischte, und nur das Rauschen der Brandung war zu vernehmen.

»Hast du dir schon überlegt, wie du das Gas einsetzen willst?« fragte Pamela Scott.

»Ja.« Dr. Tod nickte. »Ich werde es gegen London einsetzen und mich dabei auf einen bestimmten Punkt konzentrieren.« Er machte bewußt eine Pause.

»Welcher ist das?«

»New Scotland Yard!«

Lady X blieb stehen. So überrascht war sie. »Du – du willst Scotland Yard vernichten?«

Dr. Tods Augen funkelten in wildem Haß. »Klar will ich das. Denn dort hocken meine schlimmsten Feinde. Es ist ja nicht nur John Sinclair, sondern die gesamte Organisation, die mich stört. Weitere Pläne habe ich noch nicht. Die ergeben sich von selbst.«

Lady X nickte. Da hatte Dr. Tod recht. Sie war sicher, doch den richtigen Partner gefunden zu haben.

Tokata, der untote Samurai, ging etwa fünf Schritte voran. Er erreichte auch das Ende des Hügels als erster.

Da geschah es.

Von der rechten Seite zuckte plötzlich ohne erkennbare Warnung eine lange klebrige Zunge hervor, wickelte sich blitzschnell um die Beine des Samurais und zog ihn mit sich fort.

Alles war so schnell gegangen, daß Dr. Tod und Lady X erst reagierten, als es zu spät war.

»Verdammt noch mal, ein zweites Biest!« schrie Solo Morasso. Er rannte vor, um zu sehen, was mit seinem Diener geschah.

Tokata hatte sich nicht mehr fangen können. Aber es war ihm gelungen, sein Schwert zu ziehen. Und dann, als er mit einem letzten Ruck in das weit aufgerissene Maul der Bestie gezogen werden sollte, stellte er das Schwert aufrecht.

Die Spitze durchdrang den Oberkiefer des Reptils, als wäre er aus Butter.

Sofort zog der Samurai sein Schwert wieder zurück und zerhackte die Zunge.

Er kam frei.

Dann sprang er zurück und schwang seine Waffe wie ein Artist. Tokata griff an, und er wurde dabei zu einer regelrechten Kampfmaschine. Lady X und Dr. Tod sahen nur einen wirbelnden Schatten, eine blitzende Waffe, und sie bemerkten kaum, daß der Samurai die Riesenechse regelrecht in Stücke schlug.

Dr. Tod und Lady X standen daneben. Sie applaudierten beide, als die Echse tot war.

Tokata trat vor, verbeugte sich wieder und ließ sein Schwert in der Scheide verschwinden.

Dr. Tod klopfte ihm auf die Schulter.

»Ist er nicht gut?« fragte Morasso.

Lady X nickte. Sprechen konnte sie nicht.

Dann gingen sie weiter, lenkten ihre Schritte nach rechts und erreichten einen Hügel, von dem aus sie die Klosterruinen sehen konnten.

Abrupt blieben sie stehen. Dr. Tods Augen wurden groß, als er die drei Männer sah, die sich im ehemaligen Innenhof des Klosters befanden.

»Verdammt!« zischte er. »Was geht da vor?« Er schaute Lady X an, doch sie hob nur die Schultern.

Solo Morasso überlegte nur einen Augenblick, dann hatte er sich entschieden.

»Tokata, du bist wieder dran!«
Der Samurai setzte sich in Bewegung...

Im ersten Moment war ich wirklich entsetzt. Nie hätte ich mit dem Auftauchen dieses Spinnenmonsters gerechnet. Ich wußte auch nicht, wo es hergekommen war; aber darüber nachzudenken war müßig. Zuerst mußte Suko geholfen werden.

Doch dazu sollte es nicht kommen.

Aus dem Dunkel unter der Decke löste sich ein Schatten, und ich vernahm Flügelklatschen. Dann zischte etwas auf mich zu, das, als ich es sah, mich an eine Fledermaus erinnerte.

Es war eine Flugechse. Ein kleiner Bruder der riesenhaften Bestie, die wir ins Wasser getrieben hatten.

Ich konnte gerade noch meine Arme hochreißen, sonst wäre sie voll gegen mein Gesicht geflogen, so aber klatschte sie mir vor die Hände.

Ich hatte die Finger gekrümmt, packte instinktiv zu und fühlte die ledrige Hut unter meinen Fingerkuppen.

Dann hatte ich das Biest.

Es gebärdete sich wie toll. Riß, zerrte und wollte aus meiner Hand wirbeln.

Ich ließ nicht los, drehte mich und schlug die kleine Bestie wütend gegen die Mauer.

Sie verendete, fiel zu Boden und blieb dort liegen.

Das war geschafft.

Doch jetzt ging es um Suko. Die Riesenspinne hockte auf ihm. Sie hatte ihm die Beine in den Leib gestemmt.

Durch magische Art war die Spinne nicht verändert worden, deshalb konnte ich sie auch nicht mit geweihten Silberkugeln töten. Ich mußte es mit den Händen und dem Messer versuchen.

Suko kämpfte ebenfalls. Er lag auf dem Rücken, hatte den linken Arm angewinkelt und schützte so sein Gesicht. Mit der rechten Faust stieß er zu und knallte sie gegen den Kopf der Spinne.

Er erzielte keinen Erfolg. Die Bestie schüttelte sich zwar, mehr geschah nicht.

Dann war ich heran.

Ich warf mich auf den harten Körper der Riesenspinne und packte sie. Mit einer gewaltigen Kraftanstrengung riß ich sie hoch, rannte zur Seite und drosch sie gegen die Wand. Die Beine zappelten, und als sie mit ihren dünnen, aber kräftigen Beinen die Mauer berührte, brachen drei von ihnen ab.

Ich ließ die Spinne los, und sie fiel zu Boden. Sie erhob sich zwar, doch die Hälfte der Beine war kürzer. Sie konnte sich nicht so bewegen, wie sie gern gewollt hätte.

Auch Suko war aufgestanden. Wie ich trug er noch seine Maske. Bevor er die Spinne angreifen konnte, hatte ich schon meinen silbernen Dolch gezogen.

Das Tier reichte mir fast bis an die Hüfte, nur knickte es nach der linken Seite weg, weil es dort auf den verkürzten Beinen lief.

Dem Riesenreptil hatten wir die Augen ausgestochen, vielleicht konnte ich die Spinne auf die gleiche Art und Weise besiegen.

Ich stach zu.

Leider zu überhastet, die Klinge fehlte und streifte den Kopf der Spinne. Sie mußte trotzdem etwas gespürt haben, denn sie zuckte zurück.

Sofort setzte ich nach.

Wieder ein Stich.

Diesmal traf ich besser.

Eine grünrote Flüssigkeit lief aus der Wunde.

Aber die Spinne war noch nicht besiegt. Ihre Drüse sonderte einen Faden ab, mit dem sie uns sicherlich einbinden wollte. Der Faden war ziemlich dick und auch klebrig, aber daran störte ich mich nicht. Einmal in Fahrt, stach ich dieses widerliche Monster nieder.

Dann hatten wir Ruhe.

Mein Atem ging schwer. Unter der Maske war es sowieso

nicht so leicht, einzuatmen. Aber abnehmen wollte ich sie auch nicht.

Suko hob den Arm.

Alles klar.

Lauerten vielleicht noch mehr von diesen Geschöpfen in der Monsterhöhle? Und warum hatte niemand etwas gesagt?

Meine kleine Taschenlampe trug ich immer bei mir. Sie war zwar nicht sehr lichtstark, doch sie hatte mir schon oft gute Dienste erwiesen.

Ich schaltete sie ein, hob den rechten Arm und ließ den Strahl hoch zur Decke wandern.

Das Licht traf auf etwas Glitzerndes, das von einem Deckenende zum anderen hing.

Spinnweben!

Eine Hinterlassenschaft der von mir getöteten Spinne. Diese Fäden waren dicker als Finger. Wenn es der Spinne gelungen wäre, uns darin einzuwickeln, hätten wir mies ausgesehen.

Ich ging weiter.

Vielleicht lauert noch irgendwo in den Winkeln eines dieser kleinen Flugmonster, dachte ich, doch ich fand keins.

Suko hielt sich neben mir. Dabei massierte er sich die breite Brust. Dort hatten ihn die Spinnenbeine getroffen.

Wir entdeckten keine Monster mehr, und ich war beruhigt. Zusätzlich leuchteten wir den Boden ab. Auch hier befand sich kein Gegner, nur Staub.

Wir schienen die Schreckenskammer gesäubert zu haben. Zumindest von vordergründigen Gegnern. Aber der wahre Feind, der befand sich nach wie vor hier.

Es war das Giftgas.

Ich nickte Suko zu. Diesmal würden wir das Gewölbe wohl ohne Schwierigkeiten verlassen können, denn die Zeit drängte, das verdammte Gift mußte weg.

Ich hatte schon meinen Fuß auf die erste Steinstufe gesetzt, als es passierte.

Von draußen drang ein gellender Schrei an unsere Ohren.

Die zweite Riesenechse, dachte ich, und dann riß mit einem heftigen Ruck die Tür auf...

Die drei Zurückgebliebenen waren nervös. Sie wußten, daß eine Echse erledigt war, aber da gab es noch eine zweite auf der Insel, und sie würde sicherlich nicht tatenlos im Hintergrund bleiben.

Immer wieder glitten die Blicke der Männer hinüber zu den Müllhügeln, als erwarteten sie, daß sich das Monster dort jeden Augenblick zeigte.

Herby Holl sagte keinen Ton. Er hatte den Tod seines Freundes noch immer nicht überwunden. Wie ein Häufchen Elend hockte er auf einem Stein und brütete vor sich hin, wobei er den Kopf gesenkt hielt und auf Schuhspitzen starrte.

Sehr aufgeregt war Tom Bridger. Ihn hielt es nicht auf seinem Platz. Er lief unruhig hin und her und knetete die Hände. Er hatte das Grauen erlebt und hoffte, daß es nicht zurückkehrte.

Nur Swift blieb ruhiger. Er lebte am längsten auf diesem Eiland und hatte sich mit dem Schrecken einigermaßen abgefunden. Wenn die Riesenechse auftauchte, konnten sie immer noch verschwinden.

Dabei ahnte niemand von ihnen etwas von der neuen Gefahr, die sich bereits anbahnte.

Tokata war unterwegs!

Der untote Samuraikiller fand mit nahezu tödlicher Präzision den Weg zu den Menschen. Und er war so schlau, daß er nicht gesehen wurde. Geschickt hielt er sich in Deckung der herumliegenden Quader und Felsen. Obwohl er über zwei Meter maß und seine Gestalt auch nicht gerade leicht war, rollte kaum ein Stein in den Innenhof des zerstörten Klosters, wo die anderen warteten.

Drei Menschen befanden sich dort.

Eine Kleinigkeit für Tokata und sein mörderisches Schwert. Vor Hunderten von Jahren hatte er mit seiner Waffe sechs Angreifer auf einmal abgeschmettert, und sein Schwert hatte seitdem nichts von seiner ursprünglichen Kraft verloren.

Der Pilot schaute auf seine Uhr. »Verdammt«, murmelte er, »die halten es aber lange aus.«

Swift hob die Schultern. »Was wollen Sie? Diese Monsterhöhle hat eben auch ihre Reize.« Er lachte blechern.

»Danke, verzichte«, erwiderte Tom. »Ich mache drei Kreuzzeichen, wenn ich diese Insel heil verlassen kann.«

»Das ist eben die Frage.«

»Wieso?«

»Wer sagt Ihnen eigentlich, daß das Funkgerät nicht von irgendwelchen Monstern zerstört worden ist?«

»Malen Sie den Teufel nicht an die Wand.«

»Ich bin Realist.«

»Darauf verzichte ich.«

Ernie Swift lachte wieder. »Die Insel wird für uns noch zu einem großen Grab«, prophezeite er.

Auch Herby Holl hatte die Worte vernommen. Ruckartig hob er den Kopf und sprang auf. »Hör auf mit dem Gerede! Hör auf damit! Ich will hier nicht sterben, verdammt!«

»Aber es stimmt doch!«

»Nein, zum Teufel!«

»Ja, zum Teufel!« Swift streckte den Arm aus und machte eine kreisende Bewegung. »Beim Teufel werden wir bald alle sein, wenn das so weitergeht. Glaubt es mir!«

Da drehte Herby Holl durch. Er senkte den Kopf, ballte die Hände zu Fäusten und ging auf Swift los. Der war so überrascht, daß er den ersten Schlag deckungslos einsteckte. Der Hieb schmetterte ihn zu Boden, und Holl blieb vor Swift breitbeinig stehen. »Dich mach ich fertig, du Schwein. Uns hier so zu drangsalieren. Warte, das hast du nicht umsonst getan, verfluchter Hund!«

Herby Holl war unberechenbar geworden. In den letzten Minuten hatte er einen regelrechten Knacks bekommen.

»Es war ja nicht so gemeint«, versuchte sich Swift zu verteidigen. »Nimm es nicht so ernst.« Er hob beide Hände, aber Holl kannte keinen Pardon.

Er wollte treten.

Das war Tom Bridger zuviel. Auch ihm hatten die Worte nicht gefallen, doch deshalb eine Schlägerei anzufangen ging wirklich zu weit. Sie hatten verdammt andere Sorgen, als sich gegenseitig umzubringen. Die Gegner würden sich nur ins Fäustchen lachen.

Bevor Herby Holl zutreten konnte, schnellte sich Tom Bridger ab. Er flog auf den jungen Mann zu, bekam dessen Hüfte zu fassen und riß ihn um.

Beide krachten zu Boden.

»Laß mich!« kreischte Holl und versuchte, nach Tom zu schlagen. Doch Bridger hatte die bessere Position, Herby lag unter ihm. Hart riß er ihn hoch und versetzte ihm einen klassischen Upercut.

Herby Holl verdrehte die Augen, breitete noch die Arme aus und fiel lang in den Staub.

Stöhnend blieb er liegen.

Ernie Swift war wieder auf die Beine gekommen. Er wollte sich bei Tom bedanken, doch da sah er die riesige Gestalt, die plötzlich auf dem Innenhof des Klosters stand.

Tokata!

Weit riß Ernie den Mund auf und begann zu schreien...

Ich sprang nach draußen. Eigentlich hatte ich mit allem gerechnet, mit mutierten Riesenwürmern, gefährlichen Krebsen oder riesigen Vögeln, aber den, der jetzt vor mir stand, hätte ich nicht erwartet.

Der Samurai des Satans baute sich vor mir auf.

Und wo er auftauchte, war auch Dr. Tod nicht mehr weit. Ebenso wie Lady X.

Ich blieb so abrupt stehen, daß Suko gegen mich prallte und mich nach vorn stieß. Der Chinese sah Tokata einen Herzschlag später als ich und stieß einen Fluch aus.

Auch der Samurai bemerkte uns jetzt erst, und er zuckte herum. Er wußte, wer seine Feinde waren, nicht die drei Männer auf dem Hof, die er töten sollte, sondern wir.

Trotzdem erhielt er von Dr. Tod noch den Befehl. Der dämonische Verbrecher stand zusammen mit Lady X auf halber Hügelhöhe und stieß drohend die Faust in die Luft.

»Töte Sinclair!« brüllte er. »Töte ihn!«

Dieser Befehl reichte. Mir war klar, wenn ich Tokata in die Finger geriet, war es aus. Es sei denn, ich hatte eine wirksame Waffe gegen ihn.

Mit dem Kreuz konnte ich nichts anfangen. Es entstammte einer ganz anderen Mythologie, die Silberkugeln nutzten auch nichts, vielleicht noch die Dämonenpeitsche, aber die hatte Suko, und der Samurai war auf mich programmiert.

Der Bumerang.

Ja, vielleicht konnte ich ihn damit erledigen. Nur lag der im Koffer. Der Koffer wiederum befand sich etwa 20 Schritte von mir entfernt.

Ich mußte es wagen.

Jede Sekunde zählte.

Ich war schneller als Tokata, sprintete auf den Koffer zu und sah aus den Augenwinkeln die entsetzt dastehenden anderen Besucher der Insel.

Während ich rannte, riß ich meine Maske vom Gesicht und schleuderte sie fort.

Aber auch Tokata startete.

Gleichzeitig rannte Suko los. Ebenfalls ohne Maske.

Und Lady X zog eine schwere Pistole.

Die nächsten Minuten zählten mit zu den mörderischsten, die ich je erlebt habe...

Suko sah, daß ich es nicht schaffen konnte. Die Distanz zum Koffer war zwischen mir und Tokata zwar ungefähr gleich, aber der Samurai konnte dank seiner Größe schneller laufen.

In diesen Augenblicken setzte auch Suko seine gesamte Kraft und Spurtschnelligkeit ein. Schräg jagte er auf das gefährliche Monster zu, um ihm den Weg abzuschneiden.

Da peitschten die ersten Schüsse.

Lady X hatte sich hingekniet, um besser zielen zu können,

trotzdem war die Entfernung noch zu groß für einen sicheren Treffer. Die Bleihummeln jaulten an Suko vorbei oder hackten vor ihm in die Erde.

Der Samurai des Satans hielt sein Schwert hoch. Die lange Klinge blitzte auf. Er selbst bot in seiner alten, pechschwarzen Kampfkleidung einen unheimlichen Anblick.

Plötzlich schnellte ein Körper durch die Luft. Flach flog er über den Boden, die beiden Hände voran und zum Karateschlag gekrümmt. Dann ging Suko in den Mann.

Diese Wucht haute auch den Samurai um.

Er geriet völlig aus dem Rhythmus, stürzte zu Boden und überschlug sich dort.

Wieder feuerte das Weib.

Suko zog den Kopf ein und rollte sich herum. Dabei zog er seine Beretta und schoß zurück.

Lady X wechselte die Stellung, so daß der Chinese einen Augenblick Ruhe hatte.

Er feuerte weiter und jagte das Blei in den untoten Körper, doch der Samurai schluckte die Kugeln und stand auf, als wenn nichts gewesen wäre.

Suko schnellte zur Seite, denn Tokata schlug zu. Sein Schwert zerteilte die Luft und hieb gegen einen Stein, wo die lange Klinge einen Funkenregen warf.

Dann sah Suko eine Chance. Er ließ die Beretta fallen und packte mit beiden Händen einen Stein. Der Chinese hob ihn hoch und schleuderte ihn Tokata entgegen.

Suko hatte gut gezielt. Der Brocken krachte gegen die Brust des Samurais und trieb ihn zurück.

Ich hatte inzwischen meinen Koffer erreicht, riß ihn auf und nahm den Bumerang hervor.

Bei der Riesenbestie hatte er nichts genutzt, ich war gespannt, ob ich mit ihm den Samurai des Satans ausschalten konnte.

»Weg da!« brüllte ich Suko zu, und der Chinese verstand. Er hetzte zur Seite.

Auch Tokata hatte den Schrei gehört, wandte sich um und schaute mir entgegen.

Ja, so stand er richtig.

Alle Kraft legte ich in meinen Wurf, und dann jagte der Bumerang als blitzendes Geschoß auf den Samurai zu...

Plötzlich schien die Zeit stillzustehen. Wenigstens hatte ich das Gefühl, als ich den Flug des Bumerangs verfolgte. Er war von mir so gezielt geworfen worden, daß er dem Samurai glatt den Kopf vom Hals getrennt hätte.

Ja, hätte...

Aber ich kämpfte nicht gegen irgend jemanden, sondern gegen Tokata, einen Gegner der Superlative. Und der Samurai reagierte ebenso gut und so schnell wie ich.

Er duckte sich zur Seite weg und riß gleichzeitig seinen linken, waffenlosen Arm hoch. Der Bumerang, auf seinen Hals gezielt, traf nur den Arm.

Mit ungeheurer Wucht wickelte er sich förmlich um den Arm des Samurais. Ich sah nur noch eine wild rotierende, blitzende Scheibe, die sich in den Arm hineinfraß und ihn wie eine Kreissäge dicht unter der Schulter abtrennte.

Die Waffe fiel zu Boden.

Wie auch der Arm.

Für eine Sekunde stand Tokata regungslos, dann drang ein unheimlicher, uriger Schrei hinter seiner Maske hervor. Ein Laut, der mir das Blut in den Adern gefrieren ließ. Im nächsten Augenblick nahm er sein Schwert, drehte sich und schlug die Spitze gegen den noch immer rotierenden Bumerang.

Er legte unheimlich viel Kraft in den Hieb und schleuderte meine Waffe nach links, dort, wo Dr. Tod und Lady X standen.

Dr. Tod hatte Glück. Der Bumerang zog seine Bahn, beschrieb einen Halbbogen und fiel dicht vor den Füßen des dämonischen Verbrechers zu Boden.

Blitzschnell bückte sich Morasso und hob ihn auf. Er konnte ihn anfassen, denn er war kein Dämon.

Wild lachte er auf.

Sein Lachen war es, das mich wieder in die Wirklichkeit zurückriß.

Dr. Tod, mein Feind, besaß nun den Bumerang. Meine wertvolle Waffe, die aus den letzten Seiten des Buchs der grausamen Träume entstanden war, befand sich nun in der Hand dieses Verbrechers.

Unglaublich – aber wahr.

Und ich sah keine Chance, mir den Bumerang zurückzuholen.

Triumphierend hielt Solo Morasso die Waffe hoch und lachte weiterhin wie irr. Es war wie das Gelächter des Teufels, das jedoch plötzlich abbrach, als Dr. Tod seinem Diener einen Befehl zuschrie.

»Komm zu mir!« brüllte er.

Tokata drehte sich um. Sein linker Arm lag nach wie vor auf dem Boden, von ihm würde nicht mehr viel übrigbleiben. Er zerfiel langsam zu Staub.

Dann rannte der Samurai los.

»Aber das Gas!« kreischte Lady X plötzlich. »Wir müssen es holen.«

»Nein, ich habe den Bumerang!« lachte Dr. Tod.

Okay, er hatte ihn, doch wir würden alles daransetzen, um ihn wieder in unseren Besitz zu bringen.

Tokata hatte sich kaum in Bewegung gesetzt, als Suko und ich die Verfolgung aufnahmen.

Schüsse stoppten uns.

Sie waren verdammt gut gezielt. In der sicheren Deckung eines Felsens hockend, nahm Lady X uns unter Feuer. Sie schoß wie ein Profi. Eiskalt setzte sie uns die Kugeln in einem Halbkreis vor die Füße, so daß wir ebenfalls Deckung nehmen mußten.

Tokata hatte seinen Herrn und Meister bereits erreicht. Auf der Hügelkuppe drehte er sich noch einmal um und drohte uns. Er hatte jetzt nur noch seinen rechten Arm, aber auch damit war er gefährlich genug.

Lady X schien zwei Waffen zu besitzen, denn normalerweise hätte sie längst nachladen müssen. Ich duckte mich so gut es ging und kroch hinter dem Felsen hervor. Auf dem Boden robbte ich weiter, peilte mein Ziel dabei an und sah nur noch eine wegrennende Terroristin. Wie Dr. Tod und Tokata verschwand sie hinter der Hügelkuppe.

Wir hatten die verdammte Strecke noch vor uns. Mußten den Hügel rauf, was wesentlich länger dauerte, als ihn hinunterzulaufen.

Fast gleichzeitig erreichten Suko und ich die Kuppe.

Wir sahen sie rennen.

Für einen Schuß war die Entfernung längst zu groß. Trotzdem wollte ich nicht wahrhaben, daß sie mir entkamen. Ich jagte hinterher, erreichte auch den Strand, doch da hockten die drei längst in ihrem Boot und dampften ab.

Tokata stand am Heck und drohte mir mit seinem Schwert. Ich hatte wieder einen Todfeind hinzugewonnen, denn seinen abgetrennten Arm würde er mir nicht vergessen.

Aber ich war auch bereit, mir den Bumerang wieder zurückzuholen. Vor Wut ballte ich die Hände, und meine Zähne knirschten aufeinander.

»Ich kriege dich, Solo Morasso. Irgendwann, darauf kannst du dich verlassen!«

Das Versprechen klang wie ein Schwur!

Auf halbem Weg kamen uns die anderen entgegen. In ihren Gesichtern spiegelte sich noch immer der Schrecken, den sie in den letzten Minuten erlebt hatten.

Es war merklich dunkler geworden. Die Dämmerung würde bald über die Insel fallen.

War es ein schlechter Tag? Wenn ich an meinen Bumerang dachte, dann ja. Doch sein Ziel, das Giftgas in die Hände zu bekommen, das hatte Dr. Tod nicht erreicht. Und vielleicht hatte ich durch diesen verlorenen Kampf Hunderte von Menschenleben gerettet. Diese Vorstellung war ein großer Trost für mich.

Suko legte mir seine Hand auf die Schulter. »Sorry, John,

aber ich kam nicht mehr dazu, meine Dämonenpeitsche einzusetzen. Es ging einfach alles zu schnell.«

Ich winkte ab. »Mach dir keine Vorwürfe. Es hat eben nicht sein sollen.«

Wir begaben uns dorthin, wo Herby Holls Boot lag. Der junge Mann befand sich bereits an Deck, um über Funk Hilfe herbeizuholen.

ENDE